GOLDMANN

Autorin:

Mit ihrem ersten Roman *Blumen der Nacht* wurde V.C. Andrews zur Bestsellerautorin. Ihrem Erstling folgten zehn weitere spektakuläre Erfolge, unter anderem *Wie Blüten im Wind, Dornen des Glücks, Schatten der Vergangenheit, Schwarzer Engel, Gärten der Nacht, Nacht über Eden* und *Dunkle Umarmung*. Nach ihrem Tod brachte ihre Familie zusammen mit einem sorgfältig ausgewählten Autor eine neue V.-C.-Andrews-Serie auf den Markt, die mit dem Titel *Zerbrechliche Träume* begann und weltweit ein begeistertes Echo hervorrief. Bis heute sind 35 Millionen V.-C.-Andrews-Bücher verkauft und in sechzehn Sprachen übersetzt worden.

In der Reihe Goldmann-Taschenbücher sind außerdem von V.C. Andrews® erschienen:

DAS ERBE VON FOXWORTH HALL:

Gärten der Nacht. Roman (9163) · Blumen der Nacht. Roman (6617) · Wie Blüten im Wind. Roman (6618) · Dornen des Glücks. Roman (6619) · Schatten der Vergangenheit. Roman (8841)

DIE CASTEEL-SAGA:

Dunkle Wasser. Roman (8655) · Schwarzer Engel. Roman (8964) · Gebrochene Schwingen. Roman (9301) · Dunkle Umarmung. Roman (9882) · Nacht über Eden. Roman (9833)

DIE CUTLER-SAGA:

Zerbrechliche Träume. Roman (42045) · Geheimnis im Morgengrauen. Roman (41222) · Kind der Dämmerung. Roman (41304) · Stimmen aus dem Dunkel. Roman (41305) · Stunden der Nacht. Roman (42404)

DIE LANDRY-SAGA:

Ruby. Roman (42533) · Dunkle Verheißung. Roman (43202) · Fesseln der Erinnerung. Roman (41590)

und:

Das Netz im Dunkel. Roman (6764)

V. C. Andrews

SCHATTEN DER VERGANGENHEIT

Das Erbe von Foxworth Hall IV

Aus dem Amerikanischen
von Willy Thaler

GOLDMANN VERLAG

Originaltitel: Seeds of Yesterday
Originalverlag: Pocket Books, New York

Umwelthinweis:
Alle bedruckten Materialien dieses Taschenbuches
sind chlorfrei und umweltschonend.
Das Papier enthält Recycling-Anteile.

Der Goldmann Verlag
ist ein Unternehmen der Verlagsgruppe Bertelsmann

Deutsche Erstausgabe 9/87

Umschlaggestaltung: Design Team München
Umschlagfoto: Hubertus Mall, Stuttgart
Druck: Elsnerdruck, Berlin
Verlagsnummer: 8841
AB/Herstellung: Sebastian Strohmaier/sc
Made in Germany
ISBN 3-442-08841-0

15 17 19 20 18 16

ERSTES BUCH

Foxworth Hall

Und so kam es, daß in jenem Sommer, in dem ich zweiundfünfzig und Chris vierundfünfzig war, der Reichtum, den uns unsere Mutter vor langer Zeit, als ich zwölf und Chris vierzehn war, versprochen hatte, endlich Wirklichkeit wurde.

Wir starrten beide auf das riesige, beängstigende Haus. Ich hatte nicht geglaubt, es jemals wiederzusehen. Obwohl es nicht die genaue Kopie des ursprünglichen Foxworth Hall war, zitterte ich immer noch bei dem Anblick. Welchen Preis hatten Chris und ich dafür bezahlt, um hier an dieser Stelle zu stehen, als zeitweilige Herrscher über dieses riesige Haus, das eigentlich nur noch eine verkohlte Ruine sein sollte. Vor langer Zeit hatte ich geglaubt, daß er und ich in diesem Haus als Prinzessin und Prinz leben und gemeinsam die Fähigkeit von König Midas besitzen würden, alles zu Gold zu machen, nur daß wir uns mehr Mäßigung auferlegen wollten.

Ich glaubte nicht mehr an Märchen.

Ich erinnerte mich so deutlich, als wäre es erst gestern gewesen, an die wunderbaren Sterne auf dem schwarzsamtenen Himmel, in der kühlen, in mystischen Mondschein gehüllten Sommernacht, als wir diesen Ort zum ersten Mal gesehen und gehofft hatten, daß uns nur das Beste erwartete. Aber nur das Schlimmste war eingetreten.

Damals waren Chris und ich noch so jung, so naiv und vertrauensvoll gewesen, hatten an unsere Mutter geglaubt, sie geliebt, als sie uns und unsere fünf Jahre alten

Geschwister, die Zwillinge, durch die dunkle und irgendwie bedrohliche Nacht zu dem mächtigen Haus namens Foxworth Hall führte, und waren davon überzeugt gewesen, daß all unsere künftigen Tage voller Reichtum und Glück sein würden.
Welch blindes Vertrauen wir in sie gesetzt hatten, als wir ihr folgten!
Während wir in dem düsteren, trostlosen Raum oben eingesperrt waren, während wir in dem staubigen, muffigen Dachgeschoß spielten, hielt uns nur unser Glaube an die Verheißungen unserer Mutter aufrecht, daß eines Tages Foxworth Hall und all seine sagenhaften Reichtümer uns gehören würden. Doch trotz all ihrer Versprechungen hörte das kranke, aber hartnäckige Herz eines grausamen Großvaters nicht auf zu schlagen, damit vier junge, hoffnungsvolle Herzen leben konnten, und so hatten wir über drei lange Jahre gewartet und gewartet, und Mutter löste ihr Versprechen nicht ein.
Erst an dem Tag, an dem sie starb – und ihr Testament verlesen wurde –, ging Foxworth Hall in unsere Hände über. Sie hatte den Besitz ihrem Lieblingsenkel Bart hinterlassen, meinem Sohn, dessen Vater ihr zweiter Gatte war, aber bis zu seinem fünfundzwanzigsten Geburtstag verwaltete Chris den Besitz als Treuhänder.
Bevor Mutter in unsere Nähe nach Kalifornien übersiedelte, hatte sie den Wiederaufbau von Foxworth Hall nach dessen katastrophalem Brand in Auftrag gegeben, aber die letzten Arbeiten an dem neuen Foxworth Hall wurden erst nach ihrem Tode abgeschlossen.
Fünfzehn Jahre lang stand das Haus unter der Aufsicht von Hausverwaltern leer, während ein Stab von Rechtsanwälten die rechtlichen Fragen regelte; sie setzten sich schriftlich oder telefonisch mit Chris in Verbindung, um die sich ergebenden Probleme zu besprechen. Ein leerstehendes Herrenhaus, das vielleicht traurig auf den Tag wartete, an dem Bart sich entschließen würde, dort seinen Wohnsitz aufzuschlagen; wir hatten immer angenommen,

daß er es einmal täte. Nun hatte er uns angeboten, einige Zeit dort zu wohnen, bis er es übernehmen würde.

In jedem Köder steckt ein Haken, flüsterte mein stets argwöhnischer Verstand. Jetzt spürte ich den Köder, der uns wieder einfangen wollte. Hatten Chris und ich diesen weiten Weg nur zurückgelegt, um den Kreis wieder zu schließen und zum Anfang zurückzukehren?

Was würde diesmal der Haken sein?

Nein, nein, sagte ich mir immer wieder, meine argwöhnische, ewig zweifelnde Natur gewann die Oberhand über mich. Wir hielten das unbefleckte Gold in Händen ... wirklich! Irgendwann mußten wir unsere gerechte Belohnung erhalten. Die Nacht war vorbei – unsere gute Zeit war endlich gekommen, und nun standen wir im hellen Sonnenschein unserer Träume, die sich erfüllt hatten.

Daß wir tatsächlich hier waren und vorhatten, in diesem wiederaufgebauten Haus zu wohnen, ließ plötzlich den wohlvertrauten bitteren Geschmack in meinem Mund entstehen. Meine ganze Freude war dahin. Ich erlebte einen Alptraum, der nicht verschwinden würde, wenn ich die Augen aufschlug.

Ich schüttelte das Gefühl ab, lächelte Chris zu, drückte seine Hand und starrte auf das aus den Ruinen des alten Hauses wiedererstandene Foxworth Hall, das uns durch seine Majestät, seine gewaltige Größe, sein unheilvolles Aussehen, seine zahllosen Fenster, deren schwarze Jalousien wie schwere Lider über kalten dunklen Augen lagen, wiederum verwirrte. Es ragte hoch und mächtig empor, erstreckte sich in prachtvoller, jedoch erschreckender Größe über mehrere Morgen Land. Es war größer als viele Hotels, in der Form eines riesigen T gebaut, das an jedem Ende durch Quertrakte abgeschlossen war, so daß der Mittelteil ungeheuer groß wirkte, im Norden, Süden, Osten und Westen waren dann weitere Flügel angegliedert.

Das Haus war aus rosa Ziegeln erbaut. Die vielen schwarzen Jalousien paßten zu der Farbe des Schieferdachs. Vier

beeindruckende korinthische Säulen an der Vorderfront trugen eine Säulenhalle. Über der zweiflügligen schwarzen Eingangstür befand sich ein Sonnendach aus farbigem Glas. Mächtige Wappenschilder aus Messing schmückten die Türen und ließen die einfachen Formen elegant und weniger düster erscheinen.
Das hätte mich aufgeheitert, wenn sich die Sonne nicht plötzlich fluchtartig hinter einer vorbeiziehenden Wolke versteckt hätte. Ich blickte zum Himmel hinauf, der Sturm und Unwetter, Regen und Wind ankündigte. Die Bäume in dem Wald um uns begannen zu schwanken, so daß die Vögel erschrocken aufflogen und kreischend Schutz suchten. Die makellos gepflegten grünen Rasenflächen waren bald mit abgebrochenen Ästen und Blättern übersät, und die blühenden Blumen in den in geometrischen Formen angelegten Beeten wurden erbarmungslos auf den Boden gedrückt.
Ich dachte zitternd: Bestätige mir noch einmal, Christopher, daß alles gut ausgehen wird. Sag es mir noch einmal, denn ich glaube es jetzt nicht mehr, weil die Sonne verschwunden ist und der Sturm näherkommt.
Auch er blickte hinauf, er spürte meine wachsende Besorgnis, meine Abneigung dagegen, unser Vorhaben durchzuführen, obwohl ich es Bart, meinem zweiten Sohn, versprochen hatte. Vor sieben Jahren hatten uns seine Psychiater mitgeteilt, daß ihre Behandlung Erfolg gehabt hatte, daß Bart vollkommen normal war und ohne regelmäßige Therapie leben könne.
Um mich zu beruhigen, legte mir Chris den Arm um die Schultern und berührte mit den Lippen meine Wange. »Es wird für uns alle gut ausgehen. Wir sind nicht mehr die in einem Zimmer im oberen Stockwerk eingeschlossenen Puppen, die sich darauf verlassen müssen, daß unsere älteren Familienangehörigen das Richtige tun werden. Jetzt sind wir die Erwachsenen und bestimmen selbst über unser Leben. Bis Bart das für den Antritt des Erbes festgesetzte Alter erreicht, sind wir die Besitzer, Dr. Christo-

pher Sheffield und Frau aus Marin County, Kalifornien – und niemand wird wissen, daß wir Bruder und Schwester sind. Sie werden nicht vermuten, daß wir in Wirklichkeit Abkömmlinge der Foxworth sind. Wir haben alle Schwierigkeiten hinter uns gelassen, Cathy, das ist unsere Chance. Hier in diesem Haus können wir den Schaden, der uns und unseren Kindern, vor allem Bart, zugefügt wurde, ungeschehen machen. Wir werden nicht mit stählernem Willen und eiserner Faust herrschen wie Malcolm, sondern mit Liebe, Mitgefühl und Verständnis.«

Weil Chris den Arm um mich gelegt hatte und mich an sich drückte, gewann ich die Kraft, das Haus in neuem Licht zu sehen. Es war schön. Um Barts willen würden wir bis zu seinem fünfundzwanzigsten Geburtstag hier bleiben, und dann würden Chris und ich mit Cindy nach Hawaii fliegen, wo wir immer schon den Rest unseres Lebens am Meer und an den weißen Stränden verbringen wollten. Ja, so sollte es sein. So mußte es kommen. Lächelnd wandte ich mich Chris zu. »Du hast recht. Ich fürchte mich weder vor diesem Haus noch vor irgendeinem Haus.« Er lachte in sich hinein, ließ seinen Arm um meine Taille gleiten und schob mich vorwärts.

Bald nach dem Abschluß der Mittelschule war mein erster Sohn Jory zu seiner Großmutter, Madame Marisha, nach New York geflogen. Dort war er in ihrer Balletttruppe sehr bald den Kritikern aufgefallen und hatte Hauptrollen erhalten. Seine Jugendliebe Melodie war Jory in den Osten gefolgt. Mit zwanzig Jahren hatte mein Jory Melodie geheiratet, die nur um ein Jahr jünger war als er. Die beiden hatten schwer gearbeitet, um an die Spitze zu gelangen. Sie waren jetzt das beste Ballettpaar im ganzen Land, ein Paar mit vollendetem, wunderschönem Gleichklang der Bewegungen, als könnten sie sich durch einen raschen Blick verständigen. Fünf Jahre standen sie schon auf dem Gipfel des Erfolgs. Jede Vorstellung brachte begeisterte Besprechungen von den Kritikern und Beifall

vom Publikum. Fernsehauftritte hatten ihnen eine weit größere Anhängerschar eingebracht, als sie es je durch Bühnenauftritte hätten erreichen können.
Vor zwei Jahren war Madame Marisha sanft entschlafen, doch wir konnten uns damit trösten, daß sie siebenundachtzig Jahre alt geworden war und bis zum letzten Tag vor ihrem Hinscheiden gearbeitet hatte.
Etwa im Alter von siebzehn Jahren hatte sich mein zweiter Sohn Bart wie durch ein Wunder aus einem zurückgebliebenen Schüler in den brillantesten Absolventen seiner Schule verwandelt. Kurz zuvor war Jory nach New York geflogen. Ich hatte angenommen, daß Jorys Abwesenheit Bart aus seiner Reserve gelockt und sein Interesse am Lernen geweckt hatte. Erst vor zwei Tagen hatte er an der juristischen Fakultät der Universität Harvard promoviert und die Abschiedsrede für seinen Jahrgang gehalten.
Chris und ich waren zu Melodie und Jory nach Boston geflogen und hatten in dem riesigen Auditorium von Harvard zugesehen, wie Bart seinen akademischen Grad erhielt. Nur unsere Adoptivtochter Cindy war nicht anwesend. Sie hielt sich im Haus ihrer besten Freundin in Süd-Carolina auf. Es hatte mich wieder geschmerzt, daß Bart seine Eifersucht auf ein Mädchen nicht überwinden konnte, das sich ehrlich bemüht hatte, seine Anerkennung zu gewinnen – besonders da er nichts dazu getan hatte, um die ihre zu gewinnen. Daß Cindy ihre Abneigung Bart gegenüber nicht soweit unterdrücken konnte, daß sie an der Feier teilnahm, bereitete mir zusätzlichen Kummer.
»Nein!« hatte sie ins Telefon geschrien. »Es ist mir egal, ob er mir eine Einladung geschickt hat! Es ist doch nur seine Art anzugeben. Er kann zehn akademische Titel vor seinen Namen setzen, ich werde ihn dennoch weder bewundern noch ausstehen können – nicht nach allem, was er mir angetan hat. Sage Jory und Melodie, warum ich nicht komme, damit sie nicht beleidigt sind. Aber Bart brauchst du es nicht zu erklären. Er weiß es.«

Ich hatte zwischen Chris und Jory gesessen, ihn angestarrt und mich gewundert, daß ein Sohn, der sich zu Hause so widerspenstig, so launisch und ablehnend verhielt, an die Spitze seines Jahrgangs aufsteigen und dazu bestimmt werden konnte, die Abschiedsansprache zu halten. Von seinen leidenschaftlichen Worten ging ein hypnotischer Zauber aus. Ich warf Chris, der vor Stolz zu platzen schien, einen Blick zu, und er grinste mich an.
»Phantastisch, wer hätte das gedacht? Er ist einfach fabelhaft, Cathy. Bist du nicht stolz auf ihn? Ich bin es.«
Ja, ja, natürlich. Ich war sehr stolz darauf, daß Bart dort oben stand. Doch ich wußte, daß der Bart auf dem Podium nicht der Bart war, den wir alle zu Hause kannten. Vielleicht war er jetzt tatsächlich über den Berg. Vollkommen normal – seine Ärzte hatten es bestätigt.
Meiner Ansicht nach gab es viele kleine Anzeichen dafür, daß Bart sich nicht so drastisch verändert hatte, wie seine Ärzte annahmen. Kurz bevor wir abreisten, hatte er gesagt: »Du mußt dabei sein, Mutter, wenn ich erhalte, was mir rechtmäßig zusteht.« Kein Wort darüber, daß Chris mitkommen sollte. »Es ist wichtig für mich, daß du dabei bist.«
Er mußte sich immer dazu überwinden, Chris' Namen auszusprechen. »Wir werden Jory und seine Frau einladen und natürlich auch Cindy.« Als er ihren Namen erwähnte, hatte er das Gesicht verzogen. Ich konnte nicht begreifen, wie jemandem ein so hübsches und reizendes Mädchen wie unsere geliebte Adoptivtochter nicht gefallen konnte. Wenn Cindy mein eigenes Fleisch und Blut und das meines Christopher gewesen wäre, hätte ich sie nicht mehr lieben können. Seit sie im Alter von zwei Jahren zu uns gekommen war, war sie gewissermaßen unser Kind gewesen, das einzige, von dem wir wirklich behaupten konnten, es gehöre uns beiden.
Cindy war jetzt sechzehn und viel üppiger, als ich in ihrem Alter gewesen war. Aber Cindy hatte nie soviel entbehren müssen wie ich. Für ihr gesundes Aussehen waren

frische Luft und Sonnenschein verantwortlich, die uns vier eingesperrten Kindern versagt gewesen waren. Gutes Essen und viel Bewegung ... sie hatte das Beste bekommen. Wir vier das Schlechteste.
Chris fragte, ob wir den ganzen Tag draußen bleiben und darauf warten wollten, daß uns der niederprasselnde Regen völlig durchnäßte, bevor wir ins Haus gingen. Er zog mich weiter und trieb mich mit fröhlichem Selbstvertrauen an.
Allmählich, langsam, Schritt für Schritt näherten wir uns der großen Säulenhalle von Foxworth Hall, während der Donner zu krachen begann, das Gewitter rasch näher kam und erschreckende Blitze über den wolkenverhangenen, schweren Himmel zuckten.
Ich bemerkte nun Einzelheiten, die mir früher entgangen waren. Der Boden der Säulenhalle war mit Mosaikziegeln in drei Schattierungen von Rot bedeckt, die so geschickt verlegt waren, daß ihr Muster zu dem gläsernen Sonnenschutz über der doppelflügeligen Eingangstür paßte. Diese bunten Glasfenster gefielen mir. Früher hatte es sie nicht gegeben. Vielleicht war es so, wie Chris vorausgesagt hatte. Es würde nicht das gleiche sein, so wie es nicht zwei gleiche Schneeflocken gibt.
Dann runzelte ich die Stirn, denn wer bemerkt eigentlich einen Unterschied zwischen fallenden Schneeflocken?
»Hör doch auf, Catherine, etwas zu suchen, das das Vergnügen an diesem Tag beeinträchtigt. Ich sehe es dir am Gesicht, an deinen Augen an. Ich gebe dir mein Ehrenwort, daß wir dieses Haus verlassen und nach Hawaii fliegen werden, sobald Bart seine Party gibt. Wenn ein Hurrikan über unser Haus drüben eine Flutwelle hinwegjagt, sobald wir dort sind, wird es nur deshalb geschehen, weil du es erwartest.«
Ich mußte lachen. »Vergiß den Vulkanausbruch nicht«, kicherte ich. »Er könnte Lavamassen auf uns herabschleudern.« Er grinste und gab mir einen Klaps.
»Hör auf! Bitte, bitte. Am zehnten August werden wir in

unserem Flugzeug sitzen – aber ich wette hundert gegen eins, daß du dir wegen Jory, wegen Bart Sorgen machst und dich ständig fragen wirst, was er ganz allein in diesem Haus tut.«
Da erinnerte ich mich an etwas, das ich bisher vergessen hatte. In Foxworth Hall wartete die Überraschung auf uns, die Bart uns versprochen hatte. Wie merkwürdig er doch ausgesehen hatte, als er es mir mitteilte.
»Mutter, du wirst staunen, wenn du siehst . . .« Er hatte sich unterbrochen, gelächelt und mich unsicher angesehen. »Ich bin jeden Sommer dorthin geflogen, nur um nach dem Rechten zu sehen und dafür zu sorgen, daß das Haus nicht vernachlässigt wird. Ich habe Innenarchitekten beauftragt, es so instand zu setzen, daß es genauso aussieht wie früher, ausgenommen mein Arbeitszimmer. Das möchte ich modern haben, mit allen elektronischen Einrichtungen, die ich brauche. Aber . . . wenn du willst, kannst du einiges verändern, um es behaglich einzurichten.«
Behaglich? Wie konnte ein solches Haus jemals behaglich wirken? Ich wußte, was es heißt, dort eingeschlossen, verschluckt, für immer gefangen zu sein. Ich erschauerte, als meine hohen Absätze neben dem dumpfen Widerhall von Chris' Schuhen klapperten, während wir uns den schwarzen, mit Wappenschildern geschmückten Türen näherten. Ich fragte mich, ob Bart die Ahnenreihe der Foxworth durchsucht und die Adelstitel und Wappen gefunden hatte, die er sich verzweifelt wünschte und die er offenbar brauchte. An jeder schwarzen Tür befand sich ein schwerer Messingklopfer und zwischen den Türen ein kleiner, fast unsichtbarer Knopf, der irgendwo drinnen zu einer Glocke führte.
»Ich bin sicher, daß dieses Haus voller moderner Einrichtungen steckt, über die man in echt historischen Häusern in Virginia empört wäre«, flüsterte Chris.
Er hatte damit zweifellos recht.
Bart war in die Vergangenheit verliebt, aber noch mehr in

die Zukunft. Er kaufte jedes elektronische Gerät, das auf den Markt kam.
Chris suchte in seiner Tasche nach dem Türschlüssel, den mir Bart gegeben hatte, bevor wir von Boston abgeflogen waren. Chris lächelte mir zu, bevor er den großen Messingschlüssel ins Schloß steckte. Ehe er ihn ganz umdrehen konnte, ging die Tür lautlos auf.
Erschrocken trat ich einen Schritt zurück.
Chris zog mich wieder zu sich und sprach höflich zu dem alten Mann, der uns aufforderte einzutreten.
»Kommen Sie herein«, sagte er mit schwacher, heiserer Stimme, während er uns schnell musterte. »Ihr Sohn hat angerufen und mir mitgeteilt, daß ich Sie erwarten soll. Ich bin – sozusagen – die Aushilfskraft.«
Ich starrte den mageren alten Mann an, der gebeugt ging und den Kopf unangenehm vorstreckte, so daß es aussah, als würde er einen Hügel hinaufsteigen, während er auf einer ebenen Fläche stand. Sein Haar war ausgeblichen, weder grau noch blond. Seine Augen waren von einem wäßrigen Blaßblau, seine Wangen hohl, seine Augen eingesunken, als hätte er viele, viele Jahre schwer gelitten. Er hatte etwas an sich . . . etwas Vertrautes.
Meine Beine waren schwer wie Blei und wollten sich nicht bewegen. Der heftige Wind peitschte den weiten Rock meines weißen Sommerkleides hinauf, so daß man meine Oberschenkel sah, als ich die große Vorhalle des wiedererstandenen Foxworth Hall betrat.
Chris hielt sich dicht neben mir. Er ließ meine Hand los und legte mir den Arm um die Schultern. »Doktor und Mrs. Christopher Sheffield«, stellte er uns in seiner freundlichen Art vor, »und wie heißen Sie?«
Der ausgedörrte alte Mann streckte zögernd die rechte Hand aus und schüttelte Chris' kräftige, gebräunte Hand. Auf seinen alten schmalen Lippen erschien ein zynisches, unaufrichtiges Lächeln, und er zog eine seiner buschigen Brauen hoch. »Ich freue mich, Sie kennenzulernen, Dr. Sheffield.«

Ich konnte meine Augen nicht von dem gebeugten alten Mann abwenden. Etwas war an seinem Lächeln, seinem gelichteten Haar mit den breiten Silbersträhnen, den Augen mit den erschreckend wilden dunklen Wimpern. Daddy!

Er sah aus, wie mein Vater vielleicht ausgesehen hätte, wenn er so lange am Leben geblieben wäre wie der Mann vor uns – und alle Qualen der Menschheit erduldet hätte.

Mein Daddy, mein geliebter, gut aussehender Vater, der die Freude meiner Jugend gewesen war. Wie hatte ich darum gebetet, ihn noch einmal wiederzusehen.

Chris ergriff die sehnige alte Hand, und erst jetzt sagte uns der alte Mann, wer er war: »Dein verloren geglaubter Onkel, der angeblich vor siebenundfünfzig Jahren in den Schweizer Alpen verschollen ist.«

Joel Foxworth

Chris sprudelte rasch alle passenden Redewendungen hervor, um den Schock zu überspielen, der offensichtlich auf unseren Gesichtern zu lesen war. »Sie haben meine Frau erschreckt«, erklärte er höflich. »Ihr Mädchenname war nämlich Foxworth ..., und sie hat bis jetzt geglaubt, daß ihre gesamte Familie mütterlicherseits tot ist.«
Ein leises, schiefes Lächeln huschte wie ein Schatten über »Onkel Joels« Gesicht, bevor es den gütigen, frommen Ausdruck überwältigender Herzensreinheit annahm. »Ich verstehe«, sagte der alte Mann mit seiner Flüsterstimme, die klang, als würde schwacher Wind unheimlich in toten, abgefallenen Blättern rascheln.
Tief in Joels himmelblauen Augen lagen dunkle, verwirrende Schatten. Chris würde natürlich behaupten, daß meine Phantasie wieder Überstunden machte.
Keine Schatten, keine Schatten, keine Schatten ... nur jene, für die ich verantwortlich bin.
Um meinen Argwohn dem alten Mann gegenüber zu überwinden, der behauptete, einer der beiden älteren, toten Brüder meiner Mutter zu sein, sah ich mich interessiert in der Halle um, die oft als Ballsaal gedient hatte. Ich hörte, wie die Windgeschwindigkeit zunahm, während die Donnerschläge immer dichter aufeinanderfolgten und anzeigten, daß das Gewitter direkt über uns stand.
Ach, ich seufzte stumm in Erinnerung an den Tag, als ich zwölf war, in den Regen hinausstarrte und mit dem Mann, der der zweite Ehemann meiner Mutter war und

der später der Vater meines zweiten Sohnes Bart werden sollte, in diesem Ballsaal tanzen wollte.
Ich seufzte, als ich daran dachte, wie ich damals gewesen war, so jung und voller Zukunftsglauben, so hoffnungsvoll, daß sich die Welt als ein schöner, freundlicher Ort erweisen würde.
Was mich als Kind so beeindruckt hatte, sollte eigentlich im Vergleich zu allem, was ich gesehen hatte, verblaßt sein, denn Chris und ich waren durch ganz Europa gereist und hatten Asien, Ägypten und Indien besucht. Dennoch erschien mir diese Halle doppelt so elegant und imposant wie damals, als ich zwölf gewesen war.
Ach, welcher Jammer, daß ich immer noch davon überwältigt wurde! Ich betrachtete alles wider Willen voll Ehrfurcht, ein seltsamer Schmerz meldete sich in meinem Herzen, ließ es lauter klopfen und mein Blut schnell und heiß durch meine Adern strömen. Ich starrte auf die drei Leuchter aus Kristall und Gold, in denen echte Kerzen steckten. Jeder hatte einen Durchmesser von viereinhalb Metern und bestand aus sieben übereinander angeordneten Reihen von Kerzen. Wie viele Reihen waren es früher gewesen? Fünf? Drei? Ich wußte es nicht mehr. Ich starrte auf die riesigen Spiegel mit Goldrahmen an den Wänden, in denen sich die eleganten Louis-XIV-Möbel spiegelten, auf denen die Gäste, die nicht tanzten, Platz nehmen, zuschauen und plaudern konnten.
Ich war verwirrt. Dinge, an die man sich erinnert, entsprechen nie den Erwartungen – warum überwältigte mich also dieses wiederaufgebaute Foxworth Hall noch mehr als der ursprüngliche Bau?
Dann bemerkte ich noch etwas – etwas, das ich nicht erwartet hatte.
Die geschwungene Doppeltreppe, eine rechts, eine links von der weiten, rot und weiß gemusterten Marmorfläche. Waren es die gleichen Treppen? Renoviert, aber die gleichen? Hatte ich nicht zugesehen, wie das Feuer Foxworth Hall eingeäschert hatte, bis es nur noch rote Glut und

Rauch war? Alle acht Schornsteine waren stehengeblieben; ebenso die Marmortreppen. Die kompliziert geschnitzten Geländer aus Rosenholz waren bestimmt verbrannt und später ersetzt worden. Ich schluckte krampfhaft, denn ein harter Klumpen steckte in meiner Kehle. Mir wäre es lieber gewesen, wenn das Haus neu, ganz neu gewesen wäre ... wenn nichts von dem alten übriggeblieben wäre.

Joel beobachtete mich, und das bedeutete, daß mein Gesicht mehr verriet als das von Chris. Als unsere Blicke einander trafen, blickte er weg, bevor er uns bedeutete, ihm zu folgen. Joel führte uns durch alle prunkvollen Räume im Erdgeschoß; ich folgte ihm betäubt und sprachlos, und Chris stellte alle Fragen, bis wir uns schließlich in einem der Salons niederließen und Joel uns seine Geschichte erzählte.

Unterwegs hatte er in der riesigen Küche haltgemacht, um einen Imbiß zu unserem Lunch zusammenzustellen. Er hatte Chris' Angebot, ihm zu helfen, abgelehnt und ein Tablett mit Tee und kleinen Sandwiches zurechtgemacht. Ich hatte keinen Appetit, doch Chris hatte, wie zu erwarten war, einen Bärenhunger, hatte in wenigen Minuten sechs von den kleinen Sandwiches vertilgt und griff nach einem weiteren, während ihm Joel eine zweite Tasse Tee einschenkte. Ich aß nur eines von den geschmacklosen winzigen Brötchen, nippte zweimal von meinem Tee, der kochend heiß und sehr stark war, und wartete auf die Geschichte, die Joel uns erzählen würde.

Seine Stimme klang schwach und hatte einen heiseren Unterton, der den Eindruck erweckte, daß er erkältet war und das Sprechen ihm Schwierigkeiten bereitete. Doch bald vergaß ich den unangenehmen Klang seiner Stimme, als er zu erzählen begann, und ich viel über unsere Großeltern und die Kinderzeit unserer Mutter erfuhr, was ich immer schon wissen wollte. Binnen kurzem wurde mir klar, daß er seinen Vater gehaßt hatte, und erst jetzt begann ich mich für ihn zu erwärmen.

»Du hast deinen Vater mit seinem Vornamen angesprochen?« Es war meine erste Frage, seit er zu erzählen begonnen hatte, und meine Stimme war ein schüchternes Flüstern, als würde sich Malcolm in Hörweite befinden.

Seine dünnen Lippen verzogen sich zu der grotesken Karikatur eines Lächelns. »Natürlich. Mein Bruder Mel war um vier Jahre älter als ich, und wir bezeichneten unter uns unseren Vater immer mit seinem Vornamen, aber niemals in seiner Gegenwart. Soviel Mut besaßen wir nicht. Ihn Daddy zu nennen, erschien uns lächerlich. Wir konnten ihn nicht Vater nennen, denn er war kein wirklicher Vater. ›Dad‹ hätte zu einer herzlichen Beziehung gepaßt, die es nicht gab und die wir auch nicht wollten. Wenn wir dazu gezwungen waren, nannten wir ihn Vater. Sonst bemühten wir uns beide, nicht von ihm gesehen oder gehört zu werden. Um die Zeit, um die er nach Hause kam, verschwanden wir. Er hatte ein Büro in der Stadt, von dem aus er die meisten Geschäfte abwickelte, und ein zweites Büro hier. Er arbeitete immerzu hinter seinem massiven Schreibtisch, der für uns eine Barriere bildete. Auch wenn er zu Hause war, hielt er sich von uns fern und blieb unnahbar. Er war nie müßig, immer wieder sprang er auf, um Ferngespräche in seinem Büro entgegenzunehmen, so daß wir nichts über seine geschäftlichen Transaktionen erfuhren. Mit unserer Mutter sprach er nur selten. Es schien ihr aber nichts auszumachen. Manchmal hielt er unsere kleine Schwester auf dem Schoß, dann versteckten wir uns und betrachteten ihn mit seltsamer Sehnsucht.

Wir sprachen nachher darüber und fragten uns, warum wir auf Corinne eifersüchtig waren, wenn Corinne oft ebenso streng bestraft wurde wie wir. Aber wenn unser Vater sie bestrafte, tat es ihm immer leid. Um eine Demütigung, Schläge oder das Einsperren im Dachgeschoß, was eine seiner bevorzugten Strafen war, wiedergutzumachen, brachte er Corinne ein kostspieliges Schmuckstück, eine teure Puppe oder ein Spielzeug. Sie hatte alles, was ein kleines Mädchen sich wünschen konnte –, aber wenn sie schlimm war, nahm er ihr das weg, was sie am liebsten hatte und schenkte es der Kirche, die er regelmäßig besuchte. Sie weinte und versuchte, seine Zuneigung zurückzugewinnen, doch er konnte sich ebenso leicht gegen sie stellen wie sich ihr zuwenden.

Wenn Mel und ich versuchten, von ihm Geschenke zum Trost zu erhalten, wandte er uns den Rücken zu und erklärte uns, wir sollten uns wie Männer benehmen, nicht wie Kinder. Mel und ich fanden, daß deine Mutter genau wußte, wie sie es anstellen mußte, um von unserem Vater zu bekommen, was sie wollte. Wir konnten uns nicht lieb, bezaubernd oder sittsam geben.«

Ich konnte mir vorstellen, wie meine Mutter als Kind durch dieses schöne, aber unheimliche Haus lief und sich daran gewöhnte, jeden Luxus und jede Kostbarkeit zu bekommen, so daß sie später, als sie Daddy heiratete, der nur ein bescheidenes Gehalt bezog, noch immer keine Ahnung hatte, wieviel sie für einen Einkauf ausgab.

Ich hörte mit weit geöffneten Augen zu, als Joel fortfuhr. »Corinne und unsere Mutter mochten einander nicht. Als wir heranwuchsen, erkannten wir, daß unsere Mutter auf die Schönheit und den Liebreiz ihrer eigenen Tochter eifersüchtig war, die es ihr ermöglichten, jeden Mann um den Finger zu wickeln. Corinne war ungewöhnlich attraktiv. Sogar wir als ihre Brüder spürten die Macht, die sie eines Tages ausüben würde.« Joel spreizte seine feingliedrigen, blassen Hände auf seinen Oberschenkeln. Seine Hände waren knorrig und voller Knoten, doch sie hatten sich einen Rest von Eleganz bewahrt, vielleicht weil er sie so anmutig bewegte oder vielleicht weil sie so blaß aussahen. »Betrachte doch all die Größe und Schönheit – und stell dir einen Haushalt von gequälten Menschen vor, die sich alle verzweifelt bemühten, die Ketten abzuschütteln, die uns Malcolm angelegt hatte. Sogar unsere Mutter, die von ihren Eltern ein Vermögen geerbt hatte, unterstand einer strengen Kontrolle.

Mel entfloh dem Bankgeschäft, das er haßte und zu dem

ihn Malcolm gezwungen hatte, indem er auf sein Motorrad sprang und in die Berge davonraste, wo er in einer Holzhütte hauste, die er und ich zusammen errichtet hatten. Wir luden unsere Freundinnen dorthin ein und taten bewußt alles, was unser Vater mißbilligte, aus Trotz gegen seine absolute Autorität.

An einem schrecklichen Sommertag stürzte Mel in einen Abgrund; man mußte seine Leiche aus der Schlucht herausholen. Er war erst einundzwanzig. Ich war damals siebzehn. Ich hatte das Gefühl, halb tot zu sein, so allein und verlassen fühlte ich mich ohne meinen Bruder. Nach Mels Begräbnis kam mein Vater zu mir und sagte, ich müsse den Platz meines älteren Bruders einnehmen und in einer seiner Banken arbeiten, um das Finanzwesen kennenzulernen. Er hätte ebensogut von mir verlangen können, ich solle mir Hände und Füße abhacken. Ich lief noch in derselben Nacht davon.«

Das riesige Gebäude um uns schien still, zu still zu warten. Der Sturm draußen schien auch den Atem anzuhalten, obwohl der bleigraue Himmel immer schwerer und regenverhangener wurde. Ich rückte auf dem eleganten Sofa näher zu Chris. Joel saß uns schweigend in einem Ohrenfauteuil gegenüber, als wäre er in melancholische Erinnerungen versunken, und Chris und ich existierten nicht mehr für ihn.

»Wohin bist du gefahren?« fragte Chris, stellte seine Teetasse auf den Tisch, lehnte sich zurück und schlug die Beine übereinander. Seine Hand griff nach der meinen. »Es muß für einen siebzehnjährigen, auf sich allein gestellten Jungen schwierig gewesen sein . . .«

Joel kehrte schlagartig in die Gegenwart zurück und war beinahe darüber erschrocken, sich in dem verhaßten Haus seiner Jugend wiederzufinden. »Es war nicht leicht. Ich besaß überhaupt keine praktischen Fertigkeiten, war aber auf musikalischem Gebiet begabt. Ich heuerte auf einem Frachtdampfer als Matrose an, um mir die Überfahrt nach Frankreich zu verdienen. Zum erstenmal in meinem Leben bekam ich Schwielen an den Händen. In Frankreich fand ich eine Stellung in einem Nachtlokal und verdiente ein paar Francs in der Woche. Bald hatte ich von der Nachtarbeit genug und fuhr in die Schweiz, weil ich mir die ganze Welt ansehen und niemals nach Hause zurückkehren wollte. Ich fand wieder einen Job als Barmusiker in einem kleinen Schweizer Lokal unweit der italienischen Grenze; dort unternahm ich bald Skitouren in die Alpen. In meiner Freizeit lief ich meist Ski, und im Sommer machte ich Ausflüge per Autostop oder mit dem Fahrrad. Eines Tages luden mich gute Freunde zu einem gefährlichen Ausflug ein, bei dem wir von einem sehr hohen Gipfel abfuhren. Ich war damals ungefähr neunzehn, und die vier vor mir lachten und schrien einander zu, so daß sie nicht bemerkten, daß ich die Kontrolle über meine Skier verlor und kopfüber in eine tiefe Gletscherspalte stürzte. Bei dem Sturz brach ich mir ein Bein. Ich lag halb bewußtlos anderthalb Tage dort, dann hörten zwei Mönche, die auf Eseln unterwegs waren, meine schwachen Hilferufe. Es gelang ihnen, mich herauszuziehen – aber ich erinnere mich kaum an ihre Rettungsaktion, denn ich war durch den Hunger geschwächt und halb verrückt vor Schmerzen. Als ich wieder zu mir kam, befand ich mich in ihrem Kloster, und sanfte, freundliche Gesichter lächelten mich an. Ihr Kloster lag auf der italienischen Seite der Alpen, und ich verstand kein Wort Italienisch. Während mein gebrochenes Bein heilte, brachten sie mir Latein bei, und dann setzten sie mein geringes künstlerisches Talent dazu ein, ihnen beim Malen von Wandgemälden zu helfen und Handschriften mit religiösen Bildern zu schmükken. Manchmal spielte ich auf ihrer Orgel. Als mein Bein soweit geheilt war, daß ich gehen konnte, stellte ich fest, daß mir ihr stilles Leben, die künstlerische Arbeit, die sie mich machen ließen, die Musik, die ich am Morgen und bei Sonnenuntergang spielte, die stille Routine ihrer ereignislosen, mit Gebeten, Arbeit und Selbstverleugnung erfüllten Tage gefielen. Ich blieb dort und wurde schließlich

einer von ihnen. In diesem Kloster, hoch oben in den Bergen, fand ich endlich Frieden.«
Seine Geschichte war zu Ende. Er sah Chris an, dann wandte er seine blassen und doch glühenden Augen mir zu.
Sein durchdringender Blick rüttelte mich auf, und ich versuchte, nicht zurückzuschrecken und die Abneigung nicht zu zeigen, die ich wider Willen empfand. Ich mochte ihn nicht, obwohl er meinem Vater ähnlich sah, den ich so geliebt hatte, und ich hatte bestimmt keinen Grund für meinen Widerwillen. Ich nahm an, daß ich einfach Angst davor hatte, er könnte erfahren, daß Chris mein Bruder und nicht mein Ehemann war. Hatte ihm Bart unsere Geschichte erzählt? Bemerkte er, wie ähnlich Chris den Foxworths sah? Ich wußte es nicht. Er lächelte mir zu und setzte seinen beinahe nicht mehr vorhandenen Charme ein, um mich für sich zu gewinnen. Er wußte bereits genau, daß es nicht Chris war, den er überzeugen mußte . . .
»Warum bist du zurückgekommen?« fragte Chris.
Wieder versuchte Joel zu lächeln. »Eines Tages kam ein amerikanischer Journalist in das Kloster, um einen großen Artikel zu schreiben, wie man als Mönch in der heutigen modernen Welt lebt. Da ich der einzige war, der Englisch sprach, wurde ich dazu bestimmt, die erforderlichen Auskünfte zu geben. Ich fragte ihn beiläufig, ob er von den Foxworths aus Virginia gehört habe. Er hatte von ihnen gehört, denn Malcolm hatte ein großes Vermögen erworben und mischte oft in der Politik mit; erst da erfuhr ich, daß er und meine Mutter tot waren. Als der Journalist wieder abgereist war, mußte ich immerfort an dieses Haus und an meine Schwester denken. Die Jahre gehen leicht ineinander über, wenn alle Tage gleich sind und man keinen Kalender zu Gesicht bekommt. Schließlich kam der Tag, an dem ich beschloß, nach Hause zu fahren, mit meiner Schwester zu sprechen und sie kennenzulernen. Der Journalist hatte nicht erwähnt, ob sie geheiratet hatte. Erst als ich vor fast einem Jahr ins Dorf kam und mich in

einem Motel einmietete, erfuhr ich, daß das ursprüngliche Haus in einer Weihnachtsnacht abgebrannt war, daß man meine Schwester in eine Nervenheilanstalt gebracht hatte und daß sie Erbin des ganzen gewaltigen Vermögens geworden war. Erst als Bart in diesem Sommer hierher kam, erfuhr ich alles übrige – wie meine Schwester gestorben war und er alles geerbt hatte.«
Er blickte bescheiden zu Boden. »Bart ist ein bemerkenswerter junger Mann; ich bin gern mit ihm zusammen. Bevor er kam, verbrachte ich einen großen Teil meiner Zeit hier und plauderte mit dem Verwalter. Er erzählte mir von Bart und seinen vielen Besuchen, bei denen er mit den Baumeistern und Innenarchitekten sprach und ihnen erklärte, daß dieses neue Haus genauso aussehen sollte wie das alte. Ich richtete es so ein, daß ich hier war, als Bart das nächste Mal kam. Wir lernten einander kennen, ich erzählte ihm, wer ich war, er wirkte außer sich vor Freude . . . und das ist alles.«
Wirklich? Ich starrte ihn scharf an. War er zurückgekommen, weil er einen Teil von dem Vermögen beanspruchen wollte, das Malcolm hinterlassen hatte? Konnte er das Testament meiner Mutter anfechten und sich ein großes Stück vom Kuchen abschneiden? Wenn das der Fall war, hätte ich gern gewußt, wieso Bart ruhig geblieben war, als er erfuhr, daß Joel noch lebte.
Ich faßte keinen meiner Gedanken in Worte, sondern wartete, während Joel lange trübsinnig schwieg. Chris erhob sich. »Es war ein langer Tag für uns, Joel, und meine Frau ist sehr müde. Kannst du uns unsere Zimmer zeigen, damit wir uns ausruhen und ein wenig frischmachen können?«
Joel sprang sofort auf, entschuldigte sich, weil er ein so schlechter Gastgeber war, und dann führte er uns zur Treppe.
»Ich werde mich sehr freuen, Bart wiederzusehen. Es war sehr großzügig von ihm, mir einen Raum in diesem Haus anzubieten. Aber all diese Räume erinnern mich zu sehr

an meine Eltern. Mein Zimmer liegt über der Garage neben den Dienstbotenräumen.«
In diesem Augenblick läutete das Telefon. Joel reichte mir den Hörer. »Es ist dein älterer Sohn, der aus New York anruft«, sagte er mit seiner steifen, heiseren Stimme. »Ihr könnt das Telefon im ersten Salon benutzen, wenn ihr beide mit ihm sprechen wollt.«
Chris lief hinüber zum anderen Apparat, während ich Jory begrüßte. Seine glückliche Stimme vertrieb meine Schwermut und Depression zum Teil. »Mom, Dad, es ist mir gelungen, einige Verpflichtungen abzusagen, und Mel und ich könnten zu euch hinüber fliegen. Wir sind beide müde und brauchen einen Urlaub. Außerdem möchten wir uns das Haus ansehen, von dem wir soviel gehört haben. Sieht es wirklich genauso aus wie das Original?«
O ja, nur allzu sehr. Ich freute mich sehr, daß Jory und Melodie zu uns kommen würden, und wenn Cindy und Bart auch kämen, würde die Familie wieder vollständig sein, wir würden alle unter einem Dach leben – etwas, das ich lange nicht mehr erlebt hatte.
»Nein, natürlich macht es mir nichts aus, eine Zeitlang nicht aufzutreten«, beantwortete er fröhlich meine Frage. »Ich bin müde. Sogar meine Knochen sind schwach vor Müdigkeit. Wir brauchen beide dringend Ruhe ... und wir haben eine Neuigkeit für dich.«
Mehr wollte er nicht sagen.
Wir legten auf, Chris und ich lächelten einander zu. Joel hatte sich zurückgezogen, um nicht zu stören, und erschien nun wieder, wankte unsicher um einen in den Raum ragenden Wandtisch, auf dem eine große Marmorvase mit Trockenblumen stand, und erwähnte die Zimmersuite, die Bart für mich vorgesehen hatte. Er sah mich an und dann Chris, ehe er hinzufügte: »Und auch für dich, Dr. Sheffield.«
Joels wäßrige Augen fixierten mich, er musterte meinen Gesichtsausdruck und wandte dann den Blick offensichtlich befriedigt ab.

Ich hängte mich bei Chris ein und stieg tapfer die Treppe empor, die hinauf und zurück in das erste Stockwerk führte, in dem alles begonnen hatte: die wundervolle, sündige Liebe, die Chris und mich in der staubigen, modrigen Düsternis der Mansarde zusammengeführt hatte, an dem dunklen Ort voller Trödel und alter Möbel, wo Papierblumen an der Wand hingen und gebrochene Versprechungen vor unseren Füßen lagen . . .

Erinnerungen

Mitten auf der Treppe blieb ich stehen und blickte hinunter, ich wollte etwas sehen, das meiner Aufmerksamkeit vielleicht vorher entgangen war. Selbst während Joel uns seine Geschichte erzählte und wir unseren spärlichen Lunch aßen, hatte ich alles angestarrt, was ich zuvor nur zweimal gesehen hatte, und hatte nicht aufhören können. Von dem Raum aus, in dem wir uns befunden hatten, konnte ich ohne weiteres in das Foyer mit den unzähligen Spiegeln und den eleganten französischen Möbeln sehen, die zu steifen kleinen Gruppen geordnet waren und vergeblich versuchten, intim zu wirken. Der Marmorboden war so oft poliert worden, daß er wie Glas glänzte. Ich empfand das unwiderstehliche Bedürfnis zu tanzen, zu tanzen und Pirouetten zu drehen, bis ich blindlings zusammenbrach ... Chris wurde ungeduldig, als ich zurückblieb, und zog mich weiter, bis wir uns endlich in der großen, rundum verlaufenden Galerie befanden und ich wieder in die Ballsaal-Halle hinunterschaute.

»Cathy, versinkst du in Erinnerungen?« flüsterte Chris ein wenig ärgerlich. »Ist es nicht an der Zeit, daß wir die Vergangenheit vergessen und weitergehen? Komm, ich weiß, daß du müde sein mußt.«

Erinnerungen ... sie überfielen mich schnell und ungestüm. Cory, Carrie, Bartholomew Winslow – ich hörte sie um mich flüstern. Ich sah wieder Joel an, der nicht wollte, daß wir ihn Onkel Joel nannten. Er sparte diesen vornehmen Titel für meine Kinder auf.

Er sah Malcolm ähnlich, nur seine Augen waren sanfter, weniger durchdringend als die, die wir in seinem lebensgroßen Porträt im »Trophäenraum« gesehen hatten. Ich sagte mir, daß nicht alle blauen Augen grausam und herzlos waren. Ich mußte das doch am besten wissen.
Als ich das gealterte Gesicht offen musterte, konnte ich noch erkennen, wie er als junger Mann einmal ausgesehen hatte. Er mußte flachsblondes Haar gehabt haben, und sein Gesicht hatte dem meines Vaters – und dem seines Sohnes – geähnelt. Deshalb entspannte ich mich und zwang mich, zu ihm zu treten und ihn zu umarmen. »Willkommen daheim, Joel.«
Der zarte alte Körper in meinen Armen fühlte sich zerbrechlich und kalt an. Seine Wange war trocken, als meine Lippen einen flüchtigen Kuß darauf drückten. Er wich vor mir zurück, als würde ihn meine Berührung beschmutzen, oder vielleicht hatte er Angst vor Frauen. Ich ließ ihn los und bedauerte nun, daß ich den Versuch unternommen hatte, warmherzig und freundlich zu sein. Berühren war etwas, das kein Foxworth tun sollte, außer man besaß eine Heiratsurkunde. Ich wandte nervös den Blick ab und schaute zu Chris hinüber. Beruhige dich, sagten seine Augen, alles wird gut.
»Meine Frau ist sehr müde«, erinnerte Chris Joel sanft. »Wir haben ein sehr gedrängtes Programm hinter uns, waren bei der Promotion unseres jüngsten Sohnes und all den Parties, und dann noch diese Reise . . .«
Endlich unterbrach Joel das lange steife Schweigen, in das er versunken war, seit wir befangen in der düsteren Galerie standen, und erwähnte, daß Bart Diener anstellen würde. Er hatte sich schon an eine Stellenvermittlung gewandt und sogar gesagt, daß wir die Leute selbst aussuchen sollten. Joel murmelte so undeutlich, daß ich nur die Hälfte verstand, vor allem aber war ich damit beschäftigt nachzudenken, während ich zum Nordflügel und zu dem isolierten Zimmer an seinem Ende hinübersah, in dem wir eingesperrt gewesen waren. Würde es noch genauso aus-

sehen? Hatte Bart wieder zwei Doppelbetten und die vielen dunklen, massiven, antiken Möbel hineinstellen lassen? Ich hoffte und betete, daß es nicht der Fall war.
Plötzlich sagte Joel etwas, worauf ich nicht vorbereitet war. »Du siehst aus wie deine Mutter, Catherine.«
Ich starrte ihn verblüfft an und ärgerte mich über den Ausspruch, den er offenbar als Kompliment gemeint haben mußte.
Er blieb stehen, als warte er auf eine stumme Aufforderung, blickte von mir zu Chris und dann wieder zu mir, ehe er nickte und sich umdrehte, um uns auf dem Weg zu unserem Zimmer vorauszugehen.
Die Sonne, die bei unserer Ankunft so strahlend geschienen hatte, war nur noch eine Erinnerung, als der Regen hart und regelmäßig wie Kugeln auf das Schieferdach heruntertrommelte. Der Donner rollte und krachte, Blitze spalteten alle paar Sekunden den Himmel, und ich flüchtete mich in Chris' Arme, weil ich mich vor Gottes Zorn fürchtete.
Wasserbäche rannen über die Fensterscheiben, flossen vom Dach in die Abzugsrinnen, die bald die Gärten überfluten und alles auslöschen würden, was lebendig und schön war. Ich seufzte unglücklich, weil ich wieder hier war, wo ich mich wieder jung und schrecklich verwundbar fühlte.
»Ja, ja«, murmelte Joel gleichsam zu sich selbst, »genauso wie Corinne.« Seine Augen musterten mich noch einmal kritisch, dann beugte er den Kopf und dachte so lange nach, daß fünf Minuten vergangen sein konnten. Oder fünf Sekunden.
»Wir müssen auspacken«, wiederholte Chris drängender. »Meine Frau ist erschöpft. Sie möchte ein Bad nehmen und dann schlafen, denn Reisen ermüdet sie, und sie hat das Gefühl, schmutzig zu sein.« Ich fragte mich, warum er überhaupt eine Erklärung abgab.
Joel kehrte sofort aus der Vergangenheit zurück. Vielleicht beteten Mönche oft mit gesenktem Kopf, verloren

sich in stumme Andacht, und mehr war nicht dahinter. Ich wußte überhaupt nichts über Klöster und darüber, wie die Mönche dort lebten. Er schlurfte endlich langsam vor uns durch den langen Korridor, bog noch einmal um die Ecke und schlug zu meinem Kummer die Richtung zum Südflügel ein, in dem einst unsere Mutter in prächtigen Räumen gelebt hatte. Ich hatte mich früher oft danach gesehnt, in ihrem üppigen Schwanenbett zu schlafen, an ihrem langen, langen Toilettentisch zu sitzen, in ihrer in den Boden eingelassenen schwarzen Marmorwanne mit den Spiegeln darüber und rundum zu baden.
Joel blieb vor der Doppeltür oberhalb der beiden breiten, teppichbelegten, halbmondförmigen Treppen stehen und lächelte bedächtig, eigentümlich. »In diesem Flügel hat deine Mutter gewohnt«, sagte er kurz.
Ich blieb erschauernd vor der nur allzu vertrauten Doppeltür stehen und warf Chris einen hilflosen Blick zu. Der Regen hatte sich zu einem regelmäßigen Stakkato-Trommeln beruhigt. Joel öffnete einen Türflügel und trat ins Schlafzimmer, wodurch er Chris Gelegenheit gab, mir zuzuflüstern: »Für ihn sind wir nur Mann und Frau, Cathy – sonst weiß er nichts.«
Ich trat mit Tränen in den Augen ins Schlafzimmer –, dann starrte ich erschrocken etwas an, das meines Wissens ebenfalls verbrannt war. Das Bett! Das Schwanenbett mit den ausgefallenen rosa Bettgardinen, die anmutig von den zu gebogenen Fingern gestalteten Enden der Schwungfedern zurückgehalten wurden. Der graziöse Schwanenkopf hatte den gleichen gebogenen Hals, das gleiche wachsame, aber schläfrige, halboffene Rubinauge, das die Insassen des Bettes behütete.
Ich konnte es nicht glauben. In diesem Bett schlafen? Dem Bett, in dem Bartholomew Winslow meine Mutter in den Armen gehalten hatte – ihren zweiten Ehemann. Derselbe Mann, den ich ihr gestohlen hatte, damit er meinen zweiten Sohn Bart zeugte? Der Mann, der mich noch immer im Traum verfolgte und mich mit Schuldgefühl erfüll-

te. Nein, ich konnte in diesem Bett nicht schlafen. Niemals.
Einst hatte ich mich danach gesehnt, mit Bartholomew Winslow in diesem Schwanenbett zu schlafen. Wie jung und töricht ich damals gewesen war, als ich dachte, daß Besitz glücklich macht und daß ich mir nur eines wünschte: ihn für mich zu haben.
»Ist dieses Bett nicht wundervoll?« fragte Joel hinter mir. »Bart hat sich besonders viel Mühe gegeben, um Künstler zu finden, die das Kopfbrett in Form eines Schwanes schnitzen würden. Sie hielten ihn für verrückt, hat er mir erzählt. Aber er fand ein paar alte Männer, die von der Vorstellung begeistert waren, etwas einzigartig Schöpferisches und finanziell Einträgliches zu schaffen. Bart hatte ihnen anscheinend genau beschrieben, wie der Schwan den Kopf drehen sollte. Das eine schläfrige Auge sollte aus einem Rubin bestehen. Die Schwungfedern sollten wie Finger duftige Bettgardinen halten. Was er für einen Krach schlug, als sie es das erste Mal nicht richtig machten. Und dann das kleine Schwanenbett am Fußende, das wollte er auch. Für dich, Catherine, für dich.«
Chris fragte mit harter Stimme: »Joel, was hat Bart dir genau erzählt?«
Er trat neben mich, legte mir den Arm beruhigend um die Schultern und beschützte mich vor Joel, vor allem. Mit ihm würde ich in einer strohgedeckten Hütte, in einem Zelt, in einer Höhle wohnen. Er verlieh mir Kraft.
Der alte Mann lächelte leicht sardonisch, als er Chris' schützende Haltung bemerkte. »Bart hat mir seine ganze Familiengeschichte anvertraut. Er hat nämlich immer jemand Älteren gebraucht, mit dem er sprechen konnte.«
Er machte eine bedeutungsvolle Pause und blickte Chris an, der einfach begreifen mußte, was Joel meinte. Trotz seiner Selbstbeherrschung zuckte er zusammen. Joel war offenbar befriedigt, denn er fuhr fort: »Bart hat mir von seiner Mutter, ihren Brüdern und einer Schwester erzählt, die über drei Jahre lang hier eingesperrt waren. Er hat mir

erzählt, daß seine Mutter mit ihrer Schwester Carrie, der Überlebenden eines Zwillingspaares, nach Süd-Carolina floh, daß du, Catherine, Jahre und Jahre gebraucht hast, um den richtigen Mann zu finden, der deinen Bedürfnissen am besten entspricht – und deshalb bist du jetzt mit ... Dr. Christopher Sheffield verheiratet.«

In seinen Worten lagen so viele Andeutungen, so vieles blieb ungesagt. Es genügte, damit ich plötzlich vor Kälte erschauerte.

Endlich verließ Joel das Zimmer und schloß die Tür leise hinter sich. Erst dann gab mir Chris die Beruhigung, die ich brauchte, um auch nur eine Nacht hier zu bleiben. Er küßte mich, hielt mich fest, streichelte meinen Rücken, meine Haare, und tröstete mich, bis ich mich umdrehen und alles betrachten konnte, was Bart getan hatte, um diese Suite ebenso luxuriös zu gestalten, wie sie früher gewesen war. »Es ist nur ein Bett, eine Reproduktion des Originals«, sagte Chris, und seine Augen waren warm und verständnisvoll. »Unsere Mutter hat nie auf diesem Bett gelegen, Liebling. Vergiß nicht, daß Bart deine Schilderungen gelesen hat. Was du siehst, ist deshalb hier, weil du das Modell geliefert hast, das er kopiert hat. Du hast dieses Schwanenbett mit allen köstlichen Details beschrieben, so daß er angenommen hat, daß du genau die gleichen Räume haben willst wie deine Mutter. Vielleicht willst du es wirklich unbewußt, und er spürt es. Verzeih uns beiden das Mißverständnis, wenn ich unrecht habe. Denk nur daran, daß er dir eine Freude machen wollte, sich große Mühe gegeben und keine Ausgaben gescheut hat, um diesen Raum so einzurichten, wie er einmal war.«

Ich schüttelte benommen den Kopf und stritt ab, daß ich jemals das gewollt hatte, was sie besaß. Er glaubte mir nicht. »Deine Wünsche, Catherine! Dein Bestreben, alles zu bekommen, was sie hatte! Ich weiß es. Deine Söhne wissen es. Also tadle keinen von uns, weil wir deine Wünsche deuten können, auch wenn du sie hinter geschickten Ausflüchten verbirgst.«

Am liebsten hätte ich ihn gehaßt, weil er mich so gut kannte. Doch meine Arme umschlangen ihn. Ich drückte das Gesicht an seine Hemdbrust, während ich zitternd versuchte, die Wahrheit zu verheimlichen, sogar vor mir selbst. »Sei nicht hart mit mir, Chris«, schluchzte ich. »Es war eine solche Überraschung für mich, diese Räume so wiederzufinden, wie sie damals waren, als wir hierher kamen, um sie zu bestehlen . . . sie und ihren Mann . . .«
Er drückte mich an sich. »Was hältst du wirklich von Joel?« fragte ich.
Er überlegte nachdenklich, bevor er antwortete. »Ich mag ihn, Cathy«, sagte Chris. »Er wirkt aufrichtig und ist offenbar überglücklich, weil wir bereit sind, ihn hierbleiben zu lassen.«
»Du hast ihm gesagt, daß er bleiben kann?« flüsterte ich.
»Natürlich, warum nicht? Wir werden bald nach Barts fünfundzwanzigstem Geburtstag wegfahren, wenn er ›sein Erbe übernimmt‹. Und denke nur daran, wie wunderbar es ist, daß wir Gelegenheit haben, mehr über die Foxworths zu erfahren. Joel kann uns über die Jugendzeit unserer Mutter erzählen, wie sie alle gelebt haben, und wenn wir die Einzelheiten kennen, werden wir vielleicht verstehen, wieso sie uns verraten konnte und warum Großvater uns am liebsten tot gesehen hätte. Es muß irgendwo in der Vergangenheit eine schreckliche Wahrheit geben, die Malcolms Geist beeinflußt hat, so daß er den natürlichen Instinkt unserer Mutter, ihre Kinder am Leben zu erhalten, unterdrücken konnte.«
Meiner Ansicht nach hatte Joel im Erdgeschoß genug gesagt. Mehr wollte ich nicht wissen. Malcolm Foxworth war einer jener seltsamen Menschen gewesen, die ohne Gewissen zur Welt kommen und außerstande sind, Reue für das Böse zu empfinden, das sie tun. Man konnte sein Verhalten weder erklären, noch ihn verstehen.
Chris sah mir bittend in die Augen, öffnete sein Herz und seine Seele für meinen verletzenden Spott. »Ich möchte mehr über die Jugend unserer Mutter erfahren, Cathy,

damit ich verstehen kann, wieso sie so wurde, wie wir sie kennen. Sie hat uns so tief verletzt, daß keiner von uns sich davon befreien kann, wenn wir es nicht begreifen. Ich habe ihr vergeben, kann es aber nicht vergessen. Ich will es verstehen, damit ich dir helfen kann, ihr zu vergeben . . .«

»Das soll mir helfen?« fragte ich sarkastisch. »Es ist zu spät, unsere Mutter zu verstehen oder ihr zu vergeben, und ehrlich gesagt, ich will sie nicht begreifen – denn wenn ich es tue, müßte ich ihr vielleicht vergeben.«

Er ließ die Arme steif sinken, drehte sich um und trat von mir weg. »Ich werde jetzt das Gepäck holen. Nimm ein Bad, und bis du fertig bist, werde ich alles ausgepackt haben.« Bei der Tür blieb er stehen, ohne sich zu mir umzudrehen. »Versuche, versuche wirklich, diese Gelegenheit zu benutzen, um dich mit Bart zu versöhnen. Sein Fall ist nicht hoffnungslos, Cathy. Du hast ihn auf dem Podium gehört. Der junge Mann ist als Redner bemerkenswert begabt. Er spricht durchaus vernünftig. Er ist jetzt ein Führer, Cathy, während er früher so schüchtern und introvertiert war. Es ist ein wahrer Segen, daß Bart endlich aus sich herausgeht.«

Ich senkte demütig den Kopf. »Ja, ich werde tun, was ich kann. Verzeih mir, Chris, daß ich – wieder – unvernünftig eigensinnig war.«

Er verließ lächelnd das Zimmer.

In »ihrem« Badezimmer, das neben einem herrlichen Ankleidezimmer lag, entkleidete ich mich langsam, während sich die schwarze, versenkte Marmorbadewanne füllte. Rings um mich befanden sich goldgerahmte Spiegel, die meine Nacktheit vervielfältigten. Ich war stolz auf meine Figur, die noch schlank und fest war, und auf meine straffen Brüste. Als ich alles ausgezogen hatte, hob ich die Arme, um die wenigen noch übrigen Haarnadeln herauszuziehen. Ich stellte mir wie in einem déjà vu meine Mutter vor, die das gleiche getan haben mußte, während sie an ihren zweiten Mann dachte, der jünger war als sie. Hatte sie sich gefragt, wo er in den Nächten war, die er mit mir verbrachte? Hatte sie gewußt, wer Barts Geliebte war, bevor ich es bei der Weihnachtsfeier öffentlich verkündete? Oh, ich hoffte es!

Ein unauffälliges Dinner kam und ging vorbei.
Zwei Stunden später lag ich in dem Schwanenbett, dem ich viele Tagträume verdankte, und sah zu, wie Chris sich entkleidete. Seinem Versprechen getreu hatte er alles ausgepackt, meine wie auch seine Kleider aufgehängt und unsere Unterwäsche in der Kommode verstaut. Jetzt sah er müde, ein wenig unglücklich aus. »Joel hat mich darauf aufmerksam gemacht, daß morgen Dienstboten kommen werden, um sich zu bewerben. Ich hoffe, daß du dich dazu stark genug fühlst.«
Ich setzte mich erschrocken auf. »Aber ich habe geglaubt, daß Bart sie selbst einstellen würde.«
»Nein, das überläßt er dir.«
»Oh!«
Chris hängte seinen Anzug auf den Messingständer, und ich mußte wieder daran denken, wie sehr dieser dem glich, den Barts Vater verwendet hatte, als er hier – oder eigentlich in dem anderen Foxworth Hall – lebte. Ich konnte wirklich keine Ruhe finden. Chris begab sich splitternackt in »sein« Bad. »Ich werde rasch duschen und komme bald wieder. Schlaf nicht ein, bevor ich fertig bin.«
Ich lag im Halbdunkel, blickte mich um und fühlte mich merkwürdig aufgewühlt. Ich versetzte mich immer wieder in meine Mutter, wußte, daß vier Kinder in einem Raum im Dachgeschoß eingesperrt waren. Ich empfand die gleiche Panik und das gleiche Schuldbewußtsein wie sie, während der bösartige alte Vater unten immer weiter lebte und auch dann eine Bedrohung darstellte, wenn er außer Sicht war. Von Geburt an schlecht, niederträchtig, böse. Ich hörte eine Stimme diese Worte immer wieder flüstern. Ich schloß die Augen und versuchte, diesem Irrsinn ein Ende zu machen. Ich hörte keine Stimmen. Ich hörte kei-

ne Ballettmusik, nein. Ich konnte nicht die trockene, verstaubte Luft der Mansarde riechen. Ich war zweiundfünfzig Jahre alt, nicht zwölf, dreizehn, vierzehn oder fünfzehn.
All die alten Gerüche waren fort. Ich roch nur frische Farbe, frisches Holz, frische Tapeten und Stoffe. Neue Teppiche, neue Brücken, neue Möbel. Alles war neu außer den seltsamen Antiquitäten im Erdgeschoß. Nicht das wirkliche Foxworth Hall, nur eine Imitation. Aber warum war Joel zurückgekommen, wenn er so gern Mönch gewesen war? Er konnte doch nicht all das Geld haben wollen, wenn er sich so an das einfache Leben im Kloster gewöhnt hatte. Es mußte einen guten Grund dafür geben, daß er hier war, nicht nur, daß er sehen wollte, was von seiner Familie übrig war. Als ihm die Dorfbewohner erzählt hatten, daß unsere Mutter tot war, war er dennoch geblieben. Hatte er darauf gewartet, daß er Bart kennenlernte? Was an Bart hatte ihn dazu veranlaßt, weiter zu bleiben? Er war sogar damit einverstanden gewesen, daß Bart ihn als Butler verwendete, bis wir jemanden einstellten. Dann seufzte ich. Warum suchte ich überall Geheimnisse, wenn es um ein Vermögen ging? Immer schien Geld der Grund dafür zu sein, daß jemand etwas tat.
Die Müdigkeit schloß mir die Augen. Ich kämpfte gegen den Schlaf. Ich brauchte Zeit, um an morgen zu denken, an den aus dem Nichts aufgetauchten Onkel. Hatten wir endlich alles bekommen, was Mammi versprochen hatte, nur um es an Joel zu verlieren? Was würde der Preis dafür sein, wenn er nicht versuchte, Mammis Testament anzufechten, und es uns gelang, zu behalten, was wir besaßen?

Am Morgen stiegen Chris und ich die rechte Seite der Doppeltreppe mit dem Gefühl hinunter, daß wir nun doch bekommen hatten, was »uns zustand«, und endlich selbst über unser Leben bestimmten. Er ergriff meine Hand und drückte sie, er erkannte an meinem Gesicht, daß dieses Haus mich nicht mehr einschüchterte.

Wir fanden Joel in der Küche, wo er eifrig das Frühstück bereitete. Er trug eine lange weiße Schürze, und auf seinem Kopf saß die hohe Mütze eines Küchenchefs. Sie sah auf einem so zarten, großen alten Mann irgendwie lächerlich aus. Nur dicke Männer sollten Küchenchefs sein, dachte ich, obwohl ich ihm dafür dankbar war, daß er mir eine Arbeit abnahm, die ich niemals wirklich gemocht hatte.
»Ich hoffe, ihr mögt ›Eier Benedikt‹«, sagte Joel, ohne in unsere Richtung zu blicken. Zu meiner Überraschung waren seine ›Eier Benedikt‹ ausgezeichnet. Chris aß zwei Portionen. Dann zeigte uns Joel Räume, die noch nicht eingerichtet waren. Er lächelte mich verschlagen an. »Bart hat mir gesagt, daß du zwanglose Räume mit behaglicher Einrichtung gern hast, und er will, daß du diese leeren Räume in deinem unnachahmlichen Stil gemütlich einrichtest.«
Machte er sich über mich lustig? Er wußte, daß Chris und ich nur auf Besuch hier waren. Dann wurde mir klar, daß Bart vielleicht Wert darauf legte, daß ich ihm beim Einrichten half, und er es nur ungern selbst sagte.
Als ich Chris fragte, ob Joel das Testament unserer Mutter anfechten und Bart das Geld wegnehmen könne, das ihm erst Selbstbewußtsein verlieh, schüttelte Chris den Kopf und gab zu, daß er nicht alle Einzelheiten der rechtlichen Komplikationen kannte, wenn ein »toter« Erbe wieder lebendig wurde.
»Bart könnte Joel genügend Geld für die letzten Jahre seines Lebens geben«, sagte ich und zerbrach mir den Kopf, um mich an jedes Wort des Testaments meiner Mutter zu erinnern. Sie hatte ihre älteren Brüder nicht erwähnt, denn sie hatte angenommen, daß sie tot waren.

Als ich aus meinen Gedanken auftauchte, befand sich Joel wieder in der Küche; er hatte alles, was er brauchte, in der Speisekammer gefunden, die genügend Vorräte für ein ganzes Hotel enthielt. Er beantwortete gerade eine

Frage, die Chris gestellt und die ich nicht gehört hatte. Seine Stimme klang ernst. »Natürlich ist das Haus nicht genauso wie früher, denn niemand verwendet mehr Holzstifte als Nägel. Ich habe alle alten Möbel in meine Zimmer geschafft. Ich gehöre eigentlich nicht hierher, werde also in den Räumen der Dienerschaft oberhalb der Garage bleiben.«

»Ich habe dir schon erklärt, daß ich das nicht will«, antwortete Chris mit gerunzelter Stirn. »Es wäre nicht richtig, wenn ein Familienmitglied so einfach lebt.« Wir hatten die riesige Garage schon gesehen, und man konnte die Zimmer der Dienerschaft kaum einfach nennen, nur eben klein.

›Laß ihn doch‹, wollte ich schon rufen, schwieg aber.

Bevor ich mich versah, hatte Chris Joel im ersten Stockwerk des Westflügels untergebracht. Ich seufzte etwas verstimmt, weil Joel mit uns unter demselben Dach wohnen würde. Aber es würde schon gutgehen; sobald unsere Neugierde befriedigt war und Bart seinen Geburtstag gefeiert hatte, würden wir mit Cindy nach Hawaii fahren.

Gegen zwei Uhr nachmittags begaben Chris und ich uns in die Bibliothek, um mit dem Mann und der Frau zu sprechen, die mit ausgezeichneten Empfehlungen kamen. Ich hätte eigentlich nichts an ihnen auszusetzen gehabt, nur wirkten sie irgendwie ein bißchen hinterhältig. Sie sahen uns so vielsagend an, daß ich nervös wurde. »Tut mir leid«, sagte Chris, der meine leicht abwehrende Handbewegung bemerkte, »aber wir haben uns schon für ein anderes Paar entschieden.«

Das Ehepaar erhob sich, um zu gehen. An der Tür drehte sich die Frau um und warf mir einen langen, bedeutungsvollen Blick zu. »Ich wohne im Dorf, Mrs. Sheffield«, sagte sie kalt. »Wir leben erst seit fünf Jahren hier, haben aber eine Menge über die Foxworths auf dem Hügel gehört.«

Der Stachel saß, ich blickte zur Seite.

»Davon bin ich überzeugt«, erwiderte Chris trocken.
Die Frau schnaubte wütend, dann schlug sie die Tür hinter ihnen zu.
Der nächste war ein hochgewachsener, aristokratisch aussehender Mann, der sich militärisch gerade hielt und bis zum kleinsten Detail makellos gekleidet war. Er trat ein und wartete höflich, bis Chris ihn aufforderte, Platz zu nehmen.
»Ich heiße Trevor Mainstream Majors«, erklärte er knapp auf typisch britische Art. »Ich wurde vor neunundfünfzig Jahren in Liverpool geboren. Als ich sechsundzwanzig war, habe ich in London geheiratet; meine Frau ist vor drei Jahren gestorben, und meine beiden Söhne leben in Süd-Carolina ... ich bewerbe mich um diesen Posten, weil ich in Virginia arbeiten und meine Söhne an meinen freien Tagen besuchen möchte.«
»Wo haben Sie gearbeitet, nachdem Sie die Johnstons verließen?« fragte Chris, der die Empfehlungen des Mannes überflog. »Sie haben bis vor einem Jahr ausgezeichnete Referenzen.«
Inzwischen hatte Chris den Engländer aufgefordert, Platz zu nehmen. Trevor schlug die langen Beine übereinander und zog seinen Schlips zurecht, ehe er höflich antwortete.
»Ich habe bei den Millersons gearbeitet, die vor ungefähr sechs Monaten vom Hügel wegzogen.«
Schweigen. Meine Mutter hatte die Millersons oft erwähnt. Mein Herz begann schneller zu schlagen. »Wie lange haben Sie bei den Millersons gearbeitet?« fragte Chris freundlich, als hegte er keine Bedenken, obwohl er meinen besorgten Blick wahrgenommen hatte.
»Nicht lange, Sir. Sie hatten fünf Kinder, und es tauchten immerfort Neffen und Nichten sowie Freunde auf, die zu Besuch blieben. Ich war ihr einziger Diener. Ich kochte, besorgte die Hausarbeit, die Wäsche, chauffierte, und für einen Engländer ist es ein Stolz und eine Freude, den Garten zu betreuen. Da ich auch die fünf Kinder täglich zur Schule und wieder nach Hause, zu Tanzstunden, zu

Sportveranstaltungen, ins Kino und dergleichen brachte, war ich so viel unterwegs, daß ich selten Zeit fand, eine ordentliche Mahlzeit zuzubereiten. Eines Tages beschwerte sich Mr. Millerson darüber, daß ich den Rasen nicht gemäht und den Garten nicht gejätet hatte, und daß er seit zwei Wochen keine ordentliche Mahlzeit bekommen habe. Er fuhr mich grob an, weil das Dinner nicht pünktlich auf dem Tisch stand. Sir, das war wirklich zuviel, nachdem ich seine Frau zum Einkaufen chauffiert, währenddessen gewartet und dann die Kinder vom Kino abgeholt hatte ... und dann sollte ich das Dinner rechtzeitig servieren. Ich erklärte Mr. Millerson, daß ich kein Roboter bin, der alles gleichzeitig machen kann – und kündigte. Er war so zornig, daß er mir drohte, er würde mir nie ein gutes Zeugnis ausstellen. Aber wenn Sie ein paar Tage warten, wird er sich vielleicht soweit beruhigt haben, daß ihm klar wird, daß ich unter schwierigen Umständen das Bestmögliche geleistet habe.«

Ich seufzte, sah Chris an und nickte ihm verstohlen zu. Der Mann war in Ordnung. Chris sah mich nicht einmal an. »Ich glaube, daß Sie der richtige Mann für den Posten sind, Mr. Majors. Wir stellen Sie für eine Probezeit von einem Monat an, und wenn wir danach unzufrieden sind, werden wir das Dienstverhältnis beenden.«

Chris sah mich an. »Das heißt, wenn meine Frau einverstanden ist ...«

Ich stand schweigend auf und nickte. Wir brauchten Dienstboten. Ich hatte nicht die Absicht, meinen Urlaub damit zu verbringen, daß ich in einem riesigen Haus Staub wischte und saubermachte.

»Sir, Madam, nennen Sie mich bitte einfach Trevor. Es wird mir eine Ehre und ein Vergnügen sein, in diesem großen Hause zu dienen.« Er war sofort aufgesprungen, als ich aufgestanden war, und als Chris dann aufstand, schüttelten er und Chris einander die Hände. »Wirklich ein Vergnügen für mich«, sagte er und lächelte uns zustimmend an.

Innerhalb von drei Tagen stellten wir drei Bedienstete an. Es war nicht schwierig, Leute zu bekommen, da Bart ihnen viel zuviel bezahlte.
Am Abend des fünften Tages stand ich neben Chris auf dem Balkon, blickte auf die Berge rundum und zu dem alten Mond hinauf, der auf uns herabgeschienen hatte, als wir auf dem Dach des alten Foxworth Hall gelegen hatten. Das große, einzige Auge Gottes, wie ich geglaubt hatte, als ich fünfzehn war. An anderen Orten hatte ich romantische Mondnächte, silbernes Mondlicht erlebt, und meine Angst und mein Schuldbewußtsein waren verschwunden. Hier hatte ich das Gefühl, daß der Mond ein strenger Prüfer war, der uns wieder und immer wieder verurteilte.
»Eine schöne Nacht, nicht wahr?« fragte Chris, der mir den Arm um die Taille gelegt hatte. »Mir gefällt dieser Balkon, den Bart zu unserer Suite hinzugefügt hat. Er lenkt nicht vom Gesamteindruck ab, da er an der Seitenfront liegt, und sieh dir nur die Aussicht an, die wir von hier aus auf die Berge haben.«
Die in blauem Dunst liegenden Berge waren für mich immer ein gezackter Zaun gewesen, der uns als Gefangene der Hoffnung einschloß. Auch jetzt bildeten ihre sanft gerundeten Gipfel für mich eine Schranke zwischen mir und der Freiheit. Gott, wenn du dort oben bist, hilf mir über die nächsten Wochen hinweg!

Am nächsten Tag standen Chris und ich gegen Mittag mit Joel im vorderen Säulengang und beobachteten den niedrigen roten Jaguar, der die steile gewundene Straße heraufjagte.
Bart fuhr rücksichtslos, waghalsig schnell, als fordere er den Tod heraus. Mir wurde übel, als ich zuschaute, wie er um die gefährlichen Kurven schlitterte.
»Er sollte wirklich vernünftiger sein«, knurrte Chris. »Er hat immer wieder Unfälle erlebt, und schau nur, wie er fährt, als hätte er die Unsterblichkeit gepachtet.«

»Manche haben sie wirklich gepachtet«, bemerkte Joel dunkel.
Ich warf ihm einen erstaunten Blick zu, dann schaute ich wieder zu dem kleinen roten Wagen hinüber, der ein kleines Vermögen gekostet hatte. Bart kaufte jedes Jahr einen neuen Wagen, nie eine andere Farbe als Rot; er probierte alle Luxusmodelle aus, um festzustellen, welcher Wagen ihm am besten zusagte. Dieser gefiel ihm bis jetzt am besten, hatte er uns in einem kurzen Brief mitgeteilt.
Er hielt mit quietschenden Bremsen und kreischenden Reifen und zerstörte die Vollkommenheit der sanft geschwungenen Einfahrt mit langen schwarzen Streifen. Bart winkte zuerst, warf seine Sonnenbrille weg, schüttelte den Kopf, um seine dunklen, zerzausten Locken wieder in Ordnung zu bringen, kümmerte sich nicht um die Tür, sprang aus seinem Kabriolett, zog die Handschuhe aus und warf sie unbekümmert auf den Sitz. Er lief die Stufen herauf, schloß mich in seine starken Arme und drückte mir mehrere Küsse auf die Wangen. Ich war verblüfft, wie herzlich er mich begrüßte, und reagierte entsprechend. Sobald meine Lippen seine Wange berührten, stellte er mich hin und schob mich weg, als wäre er meiner rasch überdrüssig.
Er stand, einsneunzig groß, im strahlenden Sonnenschein, seine dunkelbraunen Augen leuchteten vor Intelligenz und Kraft, seine Schultern waren breit, sein Körper muskulös, seine Hüften schlank und seine Beine lang. In seinem saloppen weißen Sportanzug bot er wirklich einen erfreulichen Anblick. »Du siehst großartig aus, Mutter, einfach glänzend.« Seine dunklen Augen musterten mich von Kopf bis Fuß. »Danke dafür, daß du dieses rote Kleid trägst . . . es ist meine Lieblingsfarbe.«
Ich griff nach Chris' Hand. »Danke, Bart, ich habe dieses Kleid nur dir zuliebe angezogen.« Ich hoffte, daß er jetzt Chris etwas Nettes sagen würde, und wartete darauf. Doch Bart übersah Chris und wandte sich an Joel.

»Hallo, Onkel Joel. Ist meine Mutter nicht genauso schön, wie ich gesagt habe?«
Chris umklammerte meine Hand so fest, daß es schmerzte. Bart fand immer eine Möglichkeit, den einzigen Vater, an den er sich erinnern konnte, zu beleidigen.
»Ja, Bart, deine Mutter ist sehr schön«, flüsterte Joel heiser. »Sie sieht genauso aus wie meine Schwester meiner Meinung nach ausgesehen haben muß.«
»Bart, begrüße doch deinen ...« – und da zögerte ich. Ich wollte ›Vater‹ sagen, aber ich wußte, daß Bart schroff dagegen protestieren würde. Also sagte ich »Chris«. Barts dunkle, manchmal grausame Augen wandten sich kurz Chris zu, und er sagte scharf: »Hallo. Du wirst auch nie älter, nicht wahr?« Sein Ton war vorwurfsvoll.
»Das tut mir leid, Bart«, antwortete Chris ruhig. »Aber die Zeit wird schon das ihre tun.«
»Hoffentlich.«
Ich hätte Bart ohrfeigen können.
Bart drehte sich um, übersah Chris und mich und betrachtete die Rasenflächen, das Haus, die üppigen Blumenbeete, die wuchernden Sträucher, die Gartenwege, die Vogelbäder und anderen Plastiken lächelnd voll Besitzerstolz.
»Es ist herrlich, wirklich großartig. Genau wie ich es erhofft habe. Ich habe mich in der Welt umgesehen, und kein Herrensitz kann sich mit Foxworth Hall vergleichen.«
Seine dunklen Augen begegneten den meinen. »Ich weiß, was du denkst, Mutter. Ich weiß, daß es noch nicht das großartigste Haus ist, aber eines Tages wird es soweit sein. Ich werde bauen, neue Flügel anfügen, und eines Tages wird dieses Haus alle Paläste in Europa übertreffen. Ich werde meine Energie darauf konzentrieren, Foxworth Hall zu einem historischen Wahrzeichen zu machen.«
»Wen willst du damit beeindrucken?« fragte Chris. »Die heutige Welt duldet weder große Häuser noch großen Reichtum und achtet niemanden, der sie durch Erbschaft erwirbt.«

Ach verdammt! Chris machte selten eine taktlose oder unhöfliche Bemerkung. Warum hatte er das gesagt? Barts Gesicht wurde unter der dunklen Sonnenbräune rot. »Ich habe vor, mein Vermögen durch meine eigenen Leistungen zu vergrößern!« brauste er auf und trat auf Chris zu. Weil er so schlank war und Chris besonders am Oberkörper Fett angesetzt hatte, schien ihn Bart zu überragen. Der Mann, den ich als meinen Mann betrachtete, blickte meinem Sohn herausfordernd in die Augen.

»Das habe ich bereits getan«, stellte Chris fest.

Zu meiner Überraschung freute sich Bart. »Willst du damit sagen, daß du als Treuhänder meinen Anteil an dem Erbe vergrößert hast?«

»Ja, das war nicht schwierig«, erwiderte Chris lakonisch. »Geld bringt Geld, und die Investitionen, die ich für dich getätigt habe, haben ordentliche Gewinne gebracht.«

»Zehn zu eins, daß ich es besser gemacht hätte.«

Chris lächelte ironisch. »Ich hätte voraussagen können, daß du mir so danken würdest.«

Ich blickte von einem zum anderen, und beide taten mir leid. Chris war ein reifer Mann, der wußte, wer und was er war, und dieses Selbstvertrauen half ihm weiter, während Bart noch darum kämpfte, sich selbst und seinen Platz in der Welt zu finden.

Mein Sohn, mein Sohn, wann wirst du Bescheidenheit, Dankbarkeit lernen? Ich hatte so manche Nacht gesehen, wie Chris über seinen Berechnungen saß, um herauszufinden, welche Investitionen die besten waren, als hätte er gewußt, daß Bart ihm früher oder später vorwerfen würde, daß er nichts von finanziellen Dingen verstand.

»Du wirst bald genug die Chance bekommen, dich zu beweisen«, antwortete Chris. Er wandte sich zu mir. »Komm, Cathy, machen wir einen Spaziergang hinunter zum See.«

»Warte einen Augenblick«, rief Bart sichtlich wütend, weil wir weggingen, obwohl er eben erst angekommen war.

Ich wußte nicht, ob ich mit Chris flüchten oder meinem Sohn zuliebe bleiben sollte. »Wo ist Cindy?«
»Sie wird bald kommen«, rief ich zurück. »Im Augenblick ist Cindy bei einer Freundin. Vielleicht interessiert es dich, daß Jory und Melodie auf Urlaub hierher kommen.«
Bart starrte mich nur an, vielleicht war er bei dieser Vorstellung erschrocken, und dann verdrängte merkwürdige Erregung alle anderen Gefühlsregungen in seinem schönen, sonnengebräunten Gesicht. »Bart«, fuhr ich fort und wehrte mich gegen Chris, der mich fortzog, um mir Verdruß zu ersparen, »das Haus ist wirklich schön. Alles, was du getan hast, um es zu verändern, ist eine wunderbare Verbesserung.«
Wieder schien er überrascht zu sein. »Du willst sagen, Mutter, daß es nicht genau so ist, wie es war? Ich habe geglaubt, daß . . .«
»O nein, Bart. Der Balkon bei unserer Suite war früher nicht da.«
Bart drehte sich zu seinem Großonkel um. »Du hast mir gesagt, daß er dort war!« schrie er.
Joel lächelte sarkastisch und trat einen Schritt vor. »Bart, mein Sohn, ich habe nicht gelogen. Ich lüge nie. Das ursprüngliche Gebäude hatte diesen Balkon. Die Mutter meines Vaters ließ ihn dort bauen. Und dank diesem Balkon konnte sie ihren Liebhaber ins Haus schmuggeln, ohne daß die Dienerschaft ihn sah. Später ging sie mit diesem Liebhaber durch, ohne ihren Mann zu wecken, der ihre Schlafzimmertür versperrte und den Schlüssel versteckte. Malcolm ließ den Balkon abreißen, als er der Besitzer war . . . aber er verleiht dieser Seite des Hauses einen gewissen Reiz.«
Befriedigt wandte sich Bart wieder Chris und mir zu. »Siehst du, Mutter, du weißt gar nichts über dieses Haus. Onkel Joel ist der Sachverständige. Er hat es mir in allen Einzelheiten beschrieben, auch die Möbel, die Bilder, und am Ende werde ich nicht das Original besitzen, sondern etwas Besseres.«

Bart hatte sich nicht verändert. Er war noch immer besessen, wollte noch immer eine getreue Kopie von Malcolm Foxworth sein, wenn schon nicht dem Aussehen, so doch der Persönlichkeit und der Entschlossenheit nach, der reichste Mann der Welt zu werden, ganz gleich, was er tun mußte, um diesen Titel zu erwerben.

Mein zweiter Sohn

Bald nachdem Bart nach Haus gekommen war, begann er seine bevorstehende Geburtstagsparty sorgfältig zu planen. Zu meiner Überraschung und Freude hatte er während der Sommerferien in Virginia offenbar dort viele Freunde gefunden. Es hatte mich geschmerzt, daß er nur einen so kleinen Teil seiner Ferien bei uns in Kalifornien verbrachte, wohin er meiner Ansicht nach gehörte. Doch nun kannte er anscheinend Leute, von denen wir noch nie gehört hatten, und er hatte im College junge Männer und Frauen kennengelernt, die er zu der Feier einladen wollte. Ich hatte erst kurze Zeit in Foxworth Hall verbracht, doch die eintönigen Tage, an denen man nichts zu tun hatte als zu essen, zu schlafen, zu lesen, fernzusehen und in Gärten und Wäldern herumzuwandern, machten mich bereits nervös, und ich wollte so bald wie möglich verschwinden. Die tiefe Stille der Berghänge erfaßte mich mit ihrer Einsamkeit und ihrer Hoffnungslosigkeit. Die Stille ging mir auf die Nerven. Ich wollte Stimmen hören, viele Stimmen, ein Telefon läuten hören, wollte, daß Menschen vorbeischauten und plauderten, doch niemand kam. In der örtlichen Gesellschaft gab es eine Gruppe, die die Foxworths gut gekannt hatte, und eben dieser Gruppe mußten Chris und ich aus dem Weg gehen. Es gab alte Freunde in New York und Kalifornien, die ich gern zu Barts Party eingeladen hätte, aber ohne Barts Zustimmung wagte ich es nicht. Ruhelos durchstreifte ich die großen Räume allein und manchmal mit Chris. Er und ich

gingen im Garten spazieren, schlenderten durch die Wälder, manchmal still, dann wieder gesprächig.
Er hatte noch sein altes Hobby, die Aquarellmalerei, das er wieder aufnahm und das ihn beschäftigte, aber ich sollte nicht mehr tanzen. Dennoch machte ich täglich meine Ballettübungen, nur um mich schlank und geschmeidig zu erhalten, und ich stand ihm bereitwillig Modell, wenn er mich darum bat. Joel traf mich einmal dabei an, als ich mich in unserem Wohnzimmer an einem Stuhl festhielt und in einem roten ärmellosen Trikot trainierte. Ich hörte, wie er in der offenen Tür nach Luft schnappte, drehte mich um und stellte fest, daß er mich anstarrte, als wäre ich nackt. »Was ist los?« fragte ich besorgt. »Ist etwas Schreckliches geschehen?«
Er spreizte die dünnen, langen, blassen Hände weit und musterte meinen Körper voll Verachtung.
»Bist du nicht ein wenig zu alt, um verführerisch sein zu wollen?«
»Hast du schon einmal etwas von Training gehört, Joel?« fragte ich ungehalten. »Du mußt diesen Flügel nicht betreten. Halte dich nur von unseren Räumen fern, dann werden deine Augen keinen Grund zur Empörung haben.«
»Du benimmst dich jemand Älterem und Weiserem gegenüber ungehörig«, antwortete er scharf.
»Wenn es der Fall ist, bitte ich um Entschuldigung. Aber deine Worte und dein Gesichtsausdruck beleidigen mich. Wenn in diesem Haus während unseres Besuchs Friede herrschen soll, Joel, halte dich von mir fern, wenn ich mich in meinem Flügel befinde. Dieses riesige Haus bietet soviel Platz, daß jeder von uns seine Ruhe haben kann, ohne daß er die Türen abschließt.«
Er wandte sich steif ab, doch ich sah noch die Entrüstung in seinen Augen. Ich starrte ihm nach und fragte mich, ob ich mich vielleicht geirrt hatte, er war doch nur ein harmloser alter Mann, der sich nicht dazu entschließen konnte, sich nur um seine eigenen Angelegenheiten zu kümmern.

Aber ich entschuldigte mich nicht. Statt dessen zog ich das Trikot aus, zog Shorts und eine Bluse an, dachte an Jory und seine Frau, die bald kommen und mich trösten würden, und machte mich auf die Suche nach Chris. Ich zögerte vor der Tür zu Barts Arbeitszimmer und hörte zu, wie er mit dem Speiselieferanten telefonierte und Anordnungen für mindestens zweihundert Gäste traf. Während ich zuhörte, war ich wie betäubt. Ach, Bart, dir ist nicht klar, daß einige nicht kommen werden, und wenn sie kommen, dann sei Gott uns allen gnädig.
Ich blieb stehen und hörte, wie er die Namen mehrerer geladener Gäste nannte, die nicht alle in unserem Land lebten. Viele waren Persönlichkeiten aus Europa, die er auf seinen Reisen kennengelernt hatte. Während seiner Collegezeit war er unermüdlich bestrebt gewesen, die Welt zu sehen und bedeutende Leute kennenzulernen, Leute, die durch politische Macht, Verstand oder finanzielle Zauberkunst herrschten und dominierten. Seine Unrast war eine Folge seiner Unfähigkeit, an einem Ort glücklich zu sein; er sehnte sich immer nach dem nächsten grüneren, fernen Feld.
»Sie werden alle kommen«, sagte er zu dem Mann am anderen Ende der Leitung. »Wenn sie meine Einladung lesen, werden sie nicht ablehnen können.«
Er legte auf, dann wandte er sich in seinem Drehstuhl um und sah mich an. »Mutter! Lauschst du?«
»Es ist eine Gewohnheit, die ich von dir übernommen habe, Liebling.«
Er runzelte die Stirn.
»Bart, warum machst du aus deiner Party nicht einfach eine Familienfeier? Oder lädst nur deine besten Freunde ein? Die Dorfbewohner aus der Umgebung werden nicht kommen wollen. Den Geschichten zufolge, die meine Mutter uns erzählte, haben sie die Foxworths nie gemocht, weil sie zuviel besaßen, während sie selbst zu wenig hatten. Die Foxworths kamen und gingen, während die Dorfbewohner bleiben mußten. Und, bitte, lade die

örtliche gute Gesellschaft nicht ein, auch wenn dir Joel eingeredet hat, daß sie seine Freunde sind, und deshalb auch deine und unsere.«

»Hast du Angst, Mutter, daß deine Sünden bekannt werden?« fragte er schonungslos. Ich war daran gewöhnt, schauderte aber dennoch zurück. War es so schrecklich, daß Chris und ich als Mann und Frau zusammenlebten? Berichteten die Zeitungen nicht über viel schlimmere Verbrechen als unseres?

»Komm schon, Mutter, mach kein solches Gesicht. Wir wollen zur Abwechslung fröhlich sein.« Sein gebräuntes Gesicht nahm einen heiteren, erregten Ausdruck an, als könnte nichts, was ich sagte, seine Freude dämpfen. »Bitte, Mutter, freu dich für mich. Ich bestelle das beste von allem. Wenn es sich herumspricht, und das wird der Fall sein, denn ich habe den besten Speiselieferanten in Virginia engagiert – und er gibt gern an –, wird niemand es fertigbringen, nicht zu meiner Party zu kommen. Sie werden hören, daß ich aus New York und Hollywood Entertainer kommen lasse, und vor allem bin ich sicher, daß alle Jory und Melodie tanzen sehen wollen.«

Überraschung und Freude erfüllten mich. »Hast du sie darum gebeten?«

»Nein, aber wie können es mir mein Bruder und meine Schwägerin verweigern? Siehst du, Mutter, ich will meine Party im Freien, im Garten, im Mondschein abhalten. Die Rasenflächen werden mit goldenen Kugeln beleuchtet. Ich lasse überall Springbrunnen aufstellen, und farbiges Licht wird auf dem sprühenden Wasser spielen. Champagner und alle Getränke, die dir einfallen, werden kistenweise importiert. Es wird die besten Speisen geben. Ich lasse inmitten einer Wunderwelt der Phantasie ein Gebäude errichten, in dem die Tische mit schönen Tischtüchern in allen Farben bedeckt sein werden. Farbe über Farbe. Überall wird es Blumen geben. Ich werde der Welt zeigen, was ein Foxworth vollbringen kann.«

Begeistert redete er immer weiter.

Als ich sein Arbeitszimmer verließ und Chris fand, der mit einem Gärtner sprach, fühlte ich mich glücklich, beruhigt. Vielleicht würde das der Sommer sein, in dem Bart endlich zu sich selbst fand. Es würde so kommen, wie Chris es immer prophezeit hatte: Bart würde nicht nur ein Vermögen erben, er würde auch das Verständnis für Stolz und Wert erben und sich selbst finden . . . und möge ihm Gott helfen, das richtige Selbst zu finden.

Zwei Tage später saß ich wieder in seinem Arbeitszimmer in einem der luxuriösen tiefen Lederfauteuils; ich staunte darüber, wieviel er in der kurzen Zeit, seit er zu Hause war, geleistet hatte. Offenbar hatte die gesamte Büroeinrichtung bereitgestanden und darauf gewartet, geliefert zu werden, sobald er selbst die Aufstellung leiten konnte. Das kleine Schlafzimmer hinter der Bibliothek, die er als Büro verwendete, in dem unser verhaßter Großvater bis zu seinem Tod gelebt hatte, war in einen Raum für Aktenschränke verwandelt worden. Der Raum, in dem sich die Krankenschwestern unseres Großvaters aufgehalten hatten, wurde zum Büro für Barts Sekretärin umfunktioniert, sobald oder falls er eine fand, die seinen hohen Anforderungen entsprach. Ein Computer beherrschte einen langen geschwungenen Tisch, und seine beiden Drucker tippten verschiedene Briefe aus, während Bart und ich plauderten. Ich war überrascht gewesen, daß er rascher tippen konnte als ich. Das Trommeln der Drucker wurde durch schwere Plexiglasdeckel gedämpft.

Stolz zeigte er mir, wie er mit der Welt in Verbindung bleiben konnte, während er zu Hause saß, einfach indem er auf Knöpfe drückte und ein Programm namens »Die Quelle« abrief. Erst jetzt erfuhr ich, daß er in einem Sommer einen zweimonatigen Kurs für Computerprogrammierung gemacht hatte. »Und, Mutter, ich kann meine Käufe und Verkäufe durchführen und auf sachverständige, technische und grundlegende Daten zurückgreifen, indem ich diesen Computer benutze. Ich werde meine Zeit auf diese Weise ausfüllen, bis ich meine eigene Anwaltsfirma eröffne.« Einen Moment lang sah er nachdenklich, sogar zweifelnd aus. Ich glaubte immer noch, daß er nur deshalb nach Harvard gegangen war, weil es auch sein Vater getan hatte. Jura interessierte ihn überhaupt nicht, er war nur daran interessiert, Geld zu machen und dann noch mehr Geld.

»Hast du nicht schon genug Geld, Bart? Was gibt es, das du nicht kaufen kannst?«

Etwas jungenhaft Sehnsüchtiges, Süßes flackerte in seinen dunklen Augen auf. »Achtung, Mutter. Ich verfüge über keine Begabung wie du, wie Jory. Ich kann nicht tanzen. Ich kann keine Blume, noch viel weniger eine menschliche Gestalt ordentlich zeichnen.« Er bezog sich indirekt auf Chris und sein Malereihobby. »Wenn ich ein Kunstmuseum besuche, verblüfft mich die Ehrfurcht der anderen. Ich finde an der ›Mona Lisa‹ nichts Wunderbares. Ich sehe nur eine unauffällige Frau mit einem sanften Gesicht, die bestimmt nicht aufregend war. Ich habe nichts für klassische Musik, für irgendwelche Musik übrig . . . und dabei hat man mir gesagt, daß ich eine recht gute Singstimme habe. Als Kind habe ich versucht zu singen. Ich war doch ein blödes Kind, nicht? Ich muß dich unzählige Male zum Lachen gebracht haben.« Er grinste mitleidheischend, dann breitete er flehend die Arme aus. »Ich besitze keine künstlerischen Talente, und so greife ich auf jene Formen zurück, die ich mühelos verstehen kann, die Dollars und Cents ausdrücken. Ich sehe mich in Museen um, und das einzige, was ich dort bewundern kann, sind Juwelen.«

Seine dunklen Augen blitzten. »Das Glitzern und Leuchten von Diamanten, Rubinen, Smaragden, Perlen . . . das alles kann ich würdigen. Gold, Berge von Gold – das kann ich verstehen. Ich erkenne die Schönheit von Gold, Silber, Kupfer und Öl. Weißt du, daß ich nach Washington gefahren bin, nur um zu sehen, wie Goldmünzen geprägt werden? Ich habe eine Art freudige Erregung empfunden, als würde all dieses Gold einmal mir gehören.«

Meine Bewunderung schwand, und Mitleid für ihn überflutete mich. »Wie stehst du zu Frauen, Bart? Zu Liebe? Einer Familie? Guten Freunden? Kindern? Hoffst du nicht, daß du dich verlieben, heiraten wirst?«
Er starrte mich einen Moment ausdruckslos an und trommelte mit den kräftigen Fingerspitzen mit den quadratischen Nägeln auf die Schreibtischplatte, bevor er aufstand, zu einer breiten Fensterwand trat und auf die Gärten und die dahinterliegenden bläulich schimmernden Berge starrte. »Ich habe sexuelle Erfahrung, Mutter. Ich habe nicht erwartet, daß ich es genießen würde, tat es aber. Mein Körper war stärker als mein Wille. Aber ich war nie verliebt. Ich kann mir nicht vorstellen, daß ich mich auf eine Frau beschränken könnte, wenn es so viele gibt, die nur allzu willig sind. Ich sehe ein schönes Mädchen vorbeigehen, drehe mich um, starre ihr nach und stelle fest, daß sie sich auch umdreht und zu mir zurückstarrt. Es ist so leicht, sie ins Bett zu bekommen. Überhaupt keine Herausforderung.« Er unterbrach sich und sah mich an. »Ich benutze die Frauen, Mutter, und manchmal schäme ich mich über mich selbst. Ich nehme sie, lasse sie fallen und tue sogar so, als würde ich sie nicht kennen, wenn ich sie wiedersehe. Schließlich hassen sie mich alle.«
Er begegnete meinen weit geöffneten Augen mit gespannter Herausforderung. »Bist du nicht empört?« fragte er liebenswürdig. »Oder bin ich nur so flegelhaft, wie du es immer erwartet hast?«
Ich schluckte und hoffte, daß ich diesmal das Richtige sagen würde. Früher hatte ich offenbar nie das Richtige gesagt. Ich bezweifelte, daß jemand etwas sagen konnte, das Bart dazu brachte, sich zu ändern, nicht so zu sein, wie er sein wollte . . . falls er es überhaupt wußte. »Ich nehme an, daß du ein Produkt deiner Zeit bist«, begann ich mit leiser Stimme, ohne Vorwürfe. »Fast tut mir deine Generation leid, weil ihr das Schönste, das Sichverlieben, entgeht. Wo bleibt die Romantik bei deinen Eroberungen, Bart? Was

gibst du den Frauen, mit denen du ins Bett gehst? Weißt du nicht, daß man Zeit braucht, um eine liebevolle, beständige Beziehung aufzubauen? So etwas kommt nicht über Nacht. Einmalige Gastspiele führen zu keiner Bindung. Du kannst einen schönen Körper betrachten und diesen Körper begehren, aber das ist nicht Liebe.«
In seinen glühenden Augen lag solche Intensität und solches Interesse, daß ich den Mut hatte, fortzufahren, besonders als er fragte: »Wie erklärst du die Liebe?«
Er stellte mir eine Falle, denn er wußte, daß alle Liebesaffären in meinem Leben unglücklich geendet hatten. Dennoch antwortete ich, denn ich hoffte, ihn vor den Fehlern bewahren zu können, die er sicherlich begehen würde. »Ich erkläre die Liebe nicht, Bart. Ich glaube nicht, daß das möglich ist. Sie wächst von Tag zu Tag durch den Kontakt mit der Person, die deine Bedürfnisse versteht, und du verstehst die ihren. Es beginnt mit einer zögernden Unruhe, die dein Herz berührt und dich für alles Schöne verwundbar macht. Du siehst Schönheit, wo du vorher nur Häßlichkeit gesehen hast. Du glühst innerlich, bist glücklich, ohne zu wissen, warum. Du schätzt, was du früher übersehen hast. Dein Blick begegnet dem Blick der Person, die du liebst, in ihren Augen spiegeln sich deine Gefühle, deine Hoffnungen und Wünsche wider, und du bist glücklich, nur weil du mit dieser Person beisammen bist. Selbst wenn du sie nicht berührst, wird dir warm ums Herz, weil du mit einer Person beisammen bist, die deine Gedanken erfüllt. Eines Tages berührst du sie dann. Vielleicht ihre oder seine Hand, und es ist ein angenehmes Gefühl. Es muß nicht einmal eine intime Berührung sein. Erregung beginnt zu wachsen, also willst du mit dieser Person zusammen sein, nicht sexuell ... nur beisammen sein und allmählich zueinanderwachsen. Du hast am Leben des anderen in Worten Anteil, bevor du an seinem Körper Anteil hast. Erst dann beginnst du ernsthaft daran zu denken, mit dieser Person Sex zu haben. Du beginnst davon zu träumen. Noch immer schiebst du es auf, war-

test, wartest auf den richtigen Augenblick. Du willst, daß diese Liebe anhält, nie endet. Deshalb gehst du dem entscheidenden Erlebnis deines Lebens langsam entgegen. Tag um Tag, Minute um Minute, Sekunde um Sekunde, Moment um Moment erwartest du diese Person, weißt, daß du nicht enttäuscht sein wirst, weißt, daß diese Person treu sein wird, verläßlich . . . auch wenn sie außer Sicht ist oder du außer Sicht bist. Es herrscht Vertrauen, Zufriedenheit, Friede, Glück, wenn du wirklich liebst. Lieben ist, als würde man das Licht in einem dunklen Raum einschalten. Plötzlich wird alles hell und sichtbar. Du wirst nie allein sein, weil sie dich liebt und du sie liebst.« Ich machte eine Pause, um Atem zu schöpfen, sah, daß er immer noch interessiert war, und das gab mir den Mut weiterzusprechen. »Das wünsche ich dir, Bart. Mehr als alle Milliarden Tonnen Gold der Welt, mehr als alle Juwelen in den Tresoren wünsche ich dir, daß du ein wunderbares Mädchen findest, das du liebst. Vergiß das Geld. Du hast genug. Sieh dich um, öffne die Augen, entdecke die Freuden des Lebens und vergiß die Jagd nach Geld.« – Nachdenklich sagte er: »So also denken die Frauen über Liebe und Sex. Ich wollte es immer wissen. Ein Mann empfindet anders, das weiß ich . . ., dennoch ist das, was du gesagt hast, interessant.«
Er wandte sich ab, bevor er fortfuhr. »Ich weiß wirklich nicht genau, was ich mir vom Leben wünsche, außer mehr Geld. Angeblich werde ich einen ausgezeichneten Rechtsanwalt abgeben, weil ich gut debattieren kann. Aber ich kann mich nicht für einen bestimmten Zweig des Rechtswesens entschließen. Ich will nicht wie mein Vater Strafverteidiger werden, denn ich müßte oft jemanden vertreten, von dem ich weiß, daß er schuldig ist. Das könnte ich nicht. Ich glaube, daß das Gesellschaftsrecht langweilig ist. Ich habe an Politik gedacht, weil es das Gebiet ist, das ich am interessantesten finde, aber meine verdammte psychologische Vergangenheit schadet meinem Ruf . . . wie könnte ich also in die Politik gehen?«

Er stand auf, trat zu mir und ergriff meine Hand. »Mir gefällt, was du mir sagst. Erzähle mir mehr über deine Lieben und darüber, welchen Mann du am meisten geliebt hast. War es Julian, dein erster Ehemann? Oder war es dieser wunderbare Doktor Paul? Vielleicht hätte ich ihn geliebt, wenn ich mich an ihn erinnern könnte. Er hat dich geheiratet, um mir seinen Namen zu geben. Es wäre schön, wenn ich sein Bild in meinem Gedächtnis bewahrt hätte, so wie Jory, aber es ist nicht der Fall. Jory erinnert sich gut an ihn. Er erinnert sich sogar an meinen Vater.«
Er beugte sich gespannt vor, um mir in die Augen zu sehen. »Sag mir, daß du meinen Vater am meisten geliebt hast. Sag mir, daß er der einzige Mann war, der wirklich dein Herz erobert hat. Sag mir nicht, daß du ihn nur benutzt hast, um dich an deiner Mutter zu rächen. Sag mir nicht, daß du seine Liebe benutzt hast, um der Liebe zu deinem eigenen Bruder zu entfliehen.«
Ich konnte nicht sprechen.
Seine brütenden, düsteren, dunklen Augen musterten mich prüfend. »Ist dir nicht klar, daß du und dein Bruder es mit eurer blutschänderischen Beziehung immer geschafft habt, mein Leben zu zerstören und zu vergiften? Ich hatte gehofft und gebetet, daß du ihn eines Tages verlassen würdest, aber dazu kommt es ja nicht. Ich habe mich damit abgefunden, daß ihr beide voneinander besessen seid und vielleicht eure Beziehung sogar noch mehr genießt, weil sie im Gegensatz zu Gottes Willen steht.«
Ich war ihm wieder in die Falle gegangen. Ich sprang auf und wußte, daß seine Stimme nur deshalb so freundlich geklungen hatte, damit er mich umstricken konnte.
»Ja, ich habe deinen Vater geliebt, Bart, daran darfst du nie zweifeln. Ich gebe zu, daß ich mich für alles rächen wollte, was unsere Mutter uns angetan hatte, deshalb hatte ich es auf meinen Stiefvater abgesehen. Als ich ihn dann hatte und wußte, daß ich ihn und daß er mich liebte, wußte ich, daß ich uns beide in eine Falle gelockt hatte. Er konnte mich nicht heiraten. Er liebte mich auf eine Art –

und meine Mutter auf eine andere. Er wurde zwischen uns hin und her gerissen. Ich beschloß, seiner Unschlüssigkeit ein Ende zu machen, indem ich schwanger wurde. Selbst dann war er noch unentschlossen. Erst in der Nacht, als er mir endlich glaubte, daß seine Frau mich gefangengehalten hatte, wandte er sich gegen sie und sagte, daß er mich heiraten würde. Ich hatte angenommen, daß ihn ihr Geld für immer an sie binden würde, aber er hätte mich geheiratet.«

Ich wandte mich zum Gehen. Bart sprach kein Wort, das mir gezeigt hätte, was er dachte. An der Tür drehte ich mich um und sah ihn an. Er saß wieder in seinem Stuhl am Schreibtisch, hatte die Ellbogen auf die Tischplatte und den Kopf in die Hände gestützt. »Glaubst du, daß mich jemand um meiner selbst willen und nicht um meines Geldes willen lieben wird, Mutter?«

Mein Herz setzte kurz aus.

»Ja, Bart. Aber du wirst hier kein Mädchen finden, das nicht weiß, daß du sehr reich bist. Warum gehst du nicht fort? Laß dich im Nordosten oder im Westen nieder. Wenn du dann ein Mädchen findest, wird sie nicht wissen, daß du reich bist, vor allem dann, wenn du als gewöhnlicher Rechtsanwalt arbeitest.«

Er blickte auf. »Ich habe schon meinen Familiennamen rechtsgültig ändern lassen, Mutter.«

Angst erfüllte mich, und ich mußte eigentlich nicht fragen. »Wie heißt du jetzt?«

»Foxworth«, antwortete er und bestätigte damit meinen Verdacht. »Ich kann schließlich kein Winslow sein, wenn mein Vater nicht mit dir verheiratet war. Und es wäre falsch, den Namen Sheffield zu behalten. Paul war nicht mein Vater, und Gott sei Dank auch dein Bruder nicht.«

Ein eisiger Schauer der Angst überlief mich. Das war der erste Schritt ... er wollte sich in einen zweiten Malcolm verwandeln, was ich am meisten befürchtet hatte. »Mir wäre lieber gewesen, du hättest Winslow als Familiennamen gewählt, Bart. Das hätte deinem toten Vater gefallen.«

»Ja, davon bin ich überzeugt«, erwiderte er trocken, »und ich habe ernstlich daran gedacht. Doch wenn ich Winslow gewählt hätte, hätte ich mein legitimes Recht auf den Namen Foxworth verwirkt. Es ist ein guter Name, Mutter, ein Name, den jeder achtet außer diesen Dörflern, die ohnehin nicht zählen. Foxworth Hall gehört wirklich mir, ohne daß ich einen Makel einer Schuld auf mich geladen hätte.« Seine Augen leuchteten strahlend, glücklich. »Onkel Joel ist auch dieser Ansicht, nicht jeder haßt mich und glaubt, daß ich weniger wert bin als Jory.« Er machte eine Pause, um meine Reaktion zu beobachten. Ich versuchte, unbeteiligt auszusehen, und er schien enttäuscht zu sein. »Geh jetzt, Mutter, ich habe einen langen Arbeitstag vor mir.«
Ich setzte mich der Gefahr aus, seinen Zorn zu erregen, indem ich bemerkte: »Während du dich in deinem Arbeitszimmer einschließt, Bart, solltest du nicht vergessen, daß dich deine Familie sehr liebt und daß wir alle das Beste für dich wollen. Wenn du dich durch mehr Geld besser und sicherer fühlst, dann mach dich zum reichsten Mann der Welt. Doch finde das Glück, das ist alles, was wir für dich wollen. Finde den Platz, auf den du genau paßt, das ist das Wichtigste.«
Ich schloß die Tür seines Büros hinter mir und ging zur Treppe, wo ich beinahe mit Joel zusammenstieß. Seine wäßrigen blauen Augen sahen mich schuldbewußt an. Ich nahm an, daß er Bart und mich belauscht hatte. Aber hatte ich nicht unabsichtlich das gleiche getan? »Tut mir leid, daß ich dich im Halbdunkel nicht gesehen habe, Joel.«
»Ich wollte nicht horchen«, sagte er mit einem eigentümlichen Blick. »Die erwarten, Böses zu hören, werden nicht enttäuscht«, und er schlurfte davon wie eine alte magere Kirchenmaus, die nicht genügend Material sammeln kann, um Unheil zu stiften. In seiner Gegenwart schämte ich mich, fühlte mich schuldig. Argwöhnisch, immer so verdammt argwöhnisch jedem gegenüber, der Foxworth hieß. Allerdings hatte ich triftige Gründe dafür.

Mein erster Sohn

Sechs Tage vor der Party landeten Jory und Melodie auf dem nächstgelegenen Flugplatz. Chris und ich holten sie so begeistert ab, als hätten wir sie jahrelang nicht gesehen, und dabei hatten wir uns erst vor zehn Tagen getrennt. Jory war sofort gekränkt, weil Bart nicht mitgekommen war, um ihn in seinem phantastischen neuen Haus willkommen zu heißen.

»Er hat mit den Gärten sehr viel Arbeit, Jory, Melodie, und er hat uns aufgetragen, ihn zu entschuldigen« (was er gar nicht getan hatte). Beide sahen mich an, als wüßten sie es besser. Ich schilderte rasch, wie Bart Scharen von Arbeitern beaufsichtigte, um unsere Rasenflächen in ein Paradies oder etwas ihm möglichst Ähnliches zu verwandeln.

Jory lächelte über diese prunkvolle Feier; ihm waren kleine, intime Parties lieber, auf denen alle einander kannten. Er sagte jedoch recht freundlich: »Nichts Neues unter der Sonne. Bart ist immer beschäftigt, wenn es sich um mich und meine Frau handelt.«

Ich starrte zu seinem Gesicht empor, das dem meines jugendlichen ersten Mannes, Julian, der auch mein Tanzpartner gewesen war, so ähnlich sah. Die Erinnerung an diesen Ehemann schmerzte immer noch und erfüllte mich mit dem alten quälenden Schuldgefühl. Eine Schuld, die ich auslöschen wollte, indem ich seinen Sohn am meisten liebte. »Jedesmal, wenn ich dich sehe, siehst du deinem Vater ähnlicher.«

Wir saßen nebeneinander, während Melodie neben Chris saß und gelegentlich ein paar Worte mit ihm wechselte. Jory lachte, umarmte mich, neigte seinen dunklen, schönen Kopf und berührte meine Wange mit seinen warmen Lippen. »Mam . . . du sagst das jedesmal, wenn du mich siehst. Wann werde ich endlich genauso aussehen wie mein Vater?«
Ich lachte auch, ließ ihn los, lehnte mich zurück, schlug die Beine übereinander und blickte in die schöne Landschaft hinaus. Die welligen Hügel, die verschwommenen Berge, deren Gipfel in Wolken verborgen waren. Nahe dem Himmel, dachte ich immer. Ich mußte mich zwingen, meine Aufmerksamkeit wieder Jory zuzuwenden, der über so viele Tugenden verfügte, die Julian nie besessen hatte, nie hätte besitzen können. Jory war Chris ähnlicher als Julian, obgleich mich auch das mit Schuldbewußtsein, mit Scham erfüllte, denn es hätte zwischen Julian und mir anders sein können –, wenn Chris nicht gewesen wäre.
Jory war mit seinen neunundzwanzig Jahren ein großartig aussehender Mann mit langen, kräftigen, schönen Beinen und festen, runden Hinterbacken, die alle Frauen verzückt anstarrten, wenn er im Trikot auf die Bühne kam. Sein dichtes Haar war blauschwarz und lockig, aber nicht gekräuselt; seine außergewöhnlich roten Lippen waren sinnlich geschwungen, seine Nase gerade, und seine Nasenflügel konnten vor Zorn oder Leidenschaft beben. Er besaß ein hitziges Temperament, hatte aber seit langem gelernt, es zu zügeln, vor allem weil er seine ganze Selbstbeherrschung brauchte, um Bart zu ertragen. Jory strahlte eine beinahe elektrisierende innere Schönheit aus, wie eine joie de vivre. Seine Schönheit ging über seine äußere Erscheinung hinaus; er verfügte auch über geistige Kraft und ähnelte mit seinem heiteren Optimismus, seinem Glauben, daß alles, was in seinem Leben geschah, sich zum Besten wenden mußte, Chris.
Jory ertrug seinen Erfolg mit Anstand, mit rührender Be-

scheidenheit und Würde, zeigte nie die Anmaßung Julians, die dieser auch dann zur Schau getragen hatte, wenn seine Vorführung nicht gut gewesen war.
Melodie hatte bisher wenig gesprochen, als behielte sie eine Menge Geheimnisse für sich, die sie liebend gern enthüllt hätte, aber aus irgendeinem Grund verschwieg, bis sie Gelegenheit hatte, im Mittelpunkt der Aufmerksamkeit zu stehen. Für gewöhnlich verstand ich mich mit meiner Schwiegertochter sehr gut. Unzählige Male drehte sie sich auf dem Vordersitz um und lächelte mich glücklich an. »Hör auf, mich zu necken«, ermahnte ich sie. »Was ist die gute Neuigkeit, die du uns erzählen willst?«
Wieder nahm ihr Gesicht den gespannten Ausdruck an, als sie Jory einen kurzen Blick zuwarf, so daß sie aussah wie ein verschlossener Goldbeutel, der platzen würde, wenn sie es uns nicht bald sagte. »Ist Cindy schon da?« fragte sie.
Als ich verneinte, wandte sich Melodie wieder der Windschutzscheibe zu. Jory zwinkerte mir zu. »Wir werden euch noch eine Weile zappeln lassen, damit alle die Überraschung in vollem Ausmaß genießen können. Außerdem ist Dad jetzt so darauf erpicht, uns wohlbehalten zum Haus zu befördern, daß er unser Geheimnis nicht so würdigen könnte, wie es sich gehört.«
Nach einstündiger Fahrt bogen wir in unsere Privatstraße ein, die sich den Berg hinaufschlängelte, an tiefen Schluchten und Abgründen entlang, die Chris zu noch größerer Vorsicht zwangen. Nachdem wir im Haus waren, ich sie im Erdgeschoß herumgeführt hatte und sie in begeisterte Ausrufe ausgebrochen waren, flüchtete sich Melodie in meine Arme und drückte ihren Kopf schüchtern an meine Schulter, denn sie war um einiges größer als ich. »Sprich schon, Liebling«, forderte sie Jory leise auf.
Sie ließ mich rasch los, lächelte Jory stolz zu, der ihr Lächeln ermutigend erwiderte. Dann sprudelte sie heraus, was sich in dem prallen Goldbeutel befand.

»Ich wollte auf Cindy warten, Cathy, und es euch allen zugleich verraten, aber ich bin so glücklich, daß ich platze. Ich bin schwanger! Du ahnst nicht, wie ich mich freue, denn ich wünsche mir doch das Baby, seitdem Jory und ich verheiratet sind. Ich bin schon im dritten Monat. Unser Baby wird Anfang Januar kommen.«
Ich konnte sie nur verdutzt anstarren und dann Jory ansehen, der mir wiederholt gesagt hatte, er wolle erst zehn Jahre an der Spitze stehen, bevor er eine Familie gründete. Doch er lächelte und sah ebenso stolz aus wie jeder andere Mann in diesem Augenblick, als akzeptiere er dieses unerwartete, ungeplante Kind mit Freuden.
Das genügte, damit ich vor Glück außer mir geriet. »O Melodie, Jory, ich freue mich so für euch. Ein Baby! Ich werde Großmutter sein.« Dann wurde ich wieder nüchtern. Wollte ich überhaupt Großmutter sein? Chris schlug Jory auf den Rücken, als wäre er der erste Mann, der eine Frau je geschwängert hatte; dann umarmte er Melodie und erkundigte sich, wie sie sich fühlte und ob sie am Morgen unter Übelkeit litt – er konnte den Arzt nicht verleugnen.
Weil er Melodie offenbar genauer beobachtete als ich, betrachtete ich sie näher. Sie hatte Schatten unter den tiefliegenden Augen und sah viel zu mager aus, als daß man sie für schwanger halten konnte. Aber es gab nichts, das Melodie ihre klassische, kühle, blonde Schönheit rauben konnte. Sie bewegte sich anmutig und wirkte sogar königlich, wenn sie eine Illustrierte zur Hand nahm und sie überflog – wie jetzt. Ich war verwirrt. »Ist etwas nicht in Ordnung, Melodie?«
»Nichts«, sagte sie, wurde ohne ersichtlichen Grund steif und zeigte mir dadurch, daß nichts in Ordnung war.
Mein Blick begegnete kurz dem Jorys. Er nickte, würde mir also später verraten, was Melodie beunruhigte.
Auf der Heimfahrt nach Foxworth Hall hatte ich vor dem Augenblick, in dem Bart und sein älterer Bruder einander gegenüberstanden, Angst gehabt. Ich befürchtete eine

häßliche Szene, durch die alles von Anfang an schiefgehen würde. Ich trat an ein Fenster, das auf eine seitliche Rasenfläche ging, und sah, daß Bart an der Ballwand allein spielte und sich genauso bemühte, zu gewinnen, als hätte er einen Partner, den er besiegen mußte.
»Bart!« rief ich und öffnete eine Balkontür, »dein Bruder und seine Frau sind hier.«
»Komme gleich hinauf«, rief er zurück und spielte weiter.
»Wo sind die Arbeiter?« fragte Jory und sah sich in dem weiträumigen Garten um, in dem sich jetzt außer Bart kein Mensch befand. Ich erklärte ihm, daß die meisten gegen vier Uhr weggingen, da sie vor dem abendlichen Stoßverkehr nach Hause fahren wollten.
Endlich ließ Bart sein Racket fallen und schlenderte mit einem herzlichen, freundlichen Lächeln auf uns zu. Wir traten alle auf eine Seitenterrasse, die mit bunten Steinplatten bedeckt und mit vielen lebenden Pflanzen und hübschen Patiomöbeln mit farbigen Sonnenschirmen zum Schutz gegen die Sonne geschmückt war. Melodie holte tief Luft, hielt sich sehr gerade und trat näher zu Jory. Diesmal brauchte sie unseren Schutz nicht. Barts Schritte wurden rascher, bis er schließlich lief, und Jory rannte ihm entgegen. Mein Herz wäre fast zersprungen ... Brüder, endlich! Wie damals, als beide klein gewesen waren. Sie schlugen einander auf den Rücken, fuhren einander durch das Haar, dann schüttelte Bart heftig Jorys Hand und schlug ihn wieder auf die Schulter, wie es Männer oft tun. Er drehte sich um und blickte Melodie an.
Seine Begeisterung erlosch. »Hallo, Melodie«, sagte er kurz, dann begann er, Jory zu ihren Erfolgen auf der Bühne und den schmeichelhaften Kritiken, die sie erhielten, zu gratulieren. »Ich bin stolz auf euch«, sagte er mit einem merkwürdigen Lächeln.
»Wir haben eine Neuigkeit für dich, Bruder«, strahlte Jory. »Du siehst das glücklichste Ehepaar der Welt vor dir, denn wir werden im Januar Eltern sein.«
Bart starrte Melodie an, die seinem Blick auswich. Sie

wandte sich halb Jory zu, so daß die Sonne hinter ihr stand; das honigblonde Haar leuchtete an der Kopfhaut feuerrot, während die äußeren Strähnen golden schimmerten, so daß es fast aussah, als hätte sie einen goldenen Heiligenschein. Rein wie eine Madonna stand sie im Profil vor uns, als könne sie jeden Augenblick entschweben. Ihr langer graziöser Hals, die weiche Linie ihrer kleinen Nase, ihre vollen, aufgeworfenen, rosigen Lippen verliehen ihr die ätherische Schönheit, durch die sie eine der schönsten und bewundertsten Ballerinen Amerikas geworden war.

»Die Schwangerschaft steht dir gut, Melodie«, murmelte Bart, ohne Jory zuzuhören, der ihm erzählte, daß er für ein Jahr alle Engagements absagte, um während Melodies Schwangerschaft mit ihr beisammen zu sein und ihr nach der Geburt des Babys als guter Ehemann bei allem zu helfen.

Bart starrte zu der Balkontür, in der Joel stand und schweigend unsere Familienversammlung beobachtete. Ich ärgerte mich darüber, daß er dort stand; dann schämte ich mich und winkte ihm, während Bart rief: »Komm, ich will dich meinem Bruder und seiner Frau vorstellen.«

Joel schlurfte langsam über die Fliesen zu uns. Er begrüßte Jory und Melodie würdevoll, ohne ihnen die Hände zu schütteln. »Ich habe gehört, daß du Tänzer bist«, sagte er zu Jory.

»Ja . . . ich habe mein ganzes Leben gearbeitet, um diesen Titel zu verdienen.«

Joel wandte sich um und verließ uns ohne ein weiteres Wort.

»Wer ist dieser seltsame alte Mann?« fragte Jory. »Mam, du hast uns doch erzählt, daß deine beiden Onkel mütterlicherseits bei Unfällen gestorben sind, als sie noch sehr jung waren.«

Ich zuckte die Schultern und überließ Bart die Erklärung. Innerhalb kurzer Zeit hatten wir Jory und seine Frau in einer prächtigen Suite mit schweren roten Samtvorhän-

gen, rotem Teppich und dunkel getäfelten Wänden untergebracht, durch die die Zimmer sehr männlich wirkten. Melodie sah es und rümpfte leicht angewidert die Nase.
»Prächtig . . . hübsch . . . wirklich«, brachte sie mühsam heraus.
Jory lachte. »Liebste, wir können nicht immer weiße Wände und blaue Teppiche erwarten, oder? Mir gefällt dieser Raum, Bart. Er sieht aus wie die Art Schlafzimmer, die du bevorzugst – große Klasse.«
Bart hörte Jory nicht zu. Seine Augen waren noch immer auf Melodie gerichtet, die von einem Möbelstück zum anderen ging und mit ihren langen, graziösen Fingern über die glatten, polierten Oberflächen strich, bevor sie einen Blick in das Wohnzimmer nebenan warf und dann das großartige Badezimmer mit der altmodischen, mit Zinn ausgekleideten Badewanne aus Nußholz betrat. Als sie die Wanne erblickte, lachte sie. »Oh, das wird mir gefallen. Sieh nur, wie tief sie ist – Wasser bis zum Kinn, wenn man will.«
»Blonde Frauen sehen vor einem dunklen Hintergrund so dramatisch aus«, stellte Bart fest, beinahe ohne zu merken, daß er gesprochen hatte. Niemand sprach ein Wort, nicht einmal Jory, der ihm einen scharfen Blick zuwarf.
In diesem Badezimmer gab es auch eine Duschnische und eine Frisierkommode aus Nußholz mit einem dreiflügeligen, goldgerahmten Spiegel, damit man sich, auf dem samtbespannten Stuhl sitzend, von allen Seiten betrachten konnte.
Wir aßen früh zu Abend und saßen in der Dämmerung im Freien auf der Terrasse. Joel gesellte sich nicht zu uns, und dafür war ich ihm dankbar. Bart sprach nur wenig, konnte aber seine Augen nicht von Melodie losreißen, deren leichtes blaues Kleid alle zarten Kurven ihrer Oberschenkel, Hüfte, Taille und Büste betonte. Mir war beklommen zumute, als ich sah, wie eingehend er sie betrachtete, und wie deutlich sein Verlangen in den dunklen, glühenden Augen geschrieben stand.

Der Frühstückstisch auf der Terrasse vor dem Speisezimmer war mit leuchtend gelben Margeriten geschmückt. Nun konnten wir Hoffnung haben, daß wir den Sonnenschein doch noch einmal wiedersehen würden.
Chris lachte über etwas Komisches, das Jory eben erzählt hatte, während Bart nur lächelte, ohne Melodie aus den Augen zu lassen, die appetitlos in ihrem Frühstück herumstocherte. »Alles, was ich esse, kommt früher oder später wieder hoch«, erklärte sie leicht verlegen. »Nicht das Essen ist schuld, sondern ich. Ich soll langsam essen und nicht daran denken, daß ich die Mahlzeit nicht behalten werde ... aber ich denke an nichts anderes.« Hinter ihrer Schulter, im Schatten einer riesigen Palme, die in einem großen Tontopf stand, richtete auch Joel den Blick auf Melodie und betrachtete ihr Profil. Dann sah er Jory an und kniff wieder die Augen zusammen.
»Komm her, Joel«, rief ich, »und frühstücke mit uns.«
Er trat zögernd, vorsichtig vor, schlurfte mit seinen weichen Schuhen über die Fliesen, hielt die Arme über der Brust gekreuzt, als trüge er eine unsichtbare grobe, braune, handgewebte Mönchskutte und als steckten seine Hände in den weiten Ärmeln. Er begrüßte Jory und Melodie leise und höflich und nickte zu ihren Fragen über das Leben als Mönch. »Ich könnte ein Leben ohne Frauen, ohne Musik und ohne alle möglichen Menschen um mich herum nicht ertragen«, behauptete Jory. »Jeder Mensch gibt mir auf seine Art etwas. Ich brauche Hunderte von Freunden, um glücklich zu sein. Meine Balletttruppe fehlt mir jetzt schon.«
»Man braucht alles Mögliche, um die Welt in Gang zu halten«, bemerkte Joel, »und der Herr gibt, bevor er nimmt.« Dann entfernte er sich mit tief gesenktem Kopf, als flüstere er Gebete und hielte einen Rosenkranz in den Fingern. »Der Herr muß gewußt haben, was er tat, als er jeden von uns anders machte«, hörte ich ihn murmeln.
Jory drehte sich in seinem Stuhl um und starrte Joel nach. »Das ist also unser Großonkel, der angeblich bei einem

Skiunfall ums Leben gekommen ist. Wäre es nicht seltsam, Mam, wenn der andere Bruder gleichfalls auftauchte?«

Bart sprang rot vor Wut auf. »Mach dich doch nicht lächerlich! Malcolms ältester Sohn starb, als sein Motorrad in einen Abgrund stürzte, man hat seine Leiche gefunden und sie begraben. Sie liegt auf dem Familienfriedhof, den ich oft besucht habe. Laut Onkel Joel hat sein Vater Detektive beauftragt, nach seinem verlorenen zweiten Sohn zu suchen, und das ist einer der Gründe, weshalb mein Onkel in diesem Kloster versteckt bleiben mußte, bis er sich schließlich daran gewöhnte und begann, sich vor dem Leben draußen zu fürchten.« Er warf mir einen Blick zu, als wollte er darauf hinweisen, daß auch wir als Kinder uns an unser Gefangenenleben gewöhnt und das Leben draußen gefürchtet hatten.

»Er sagt, wenn man so lange Zeit isoliert ist, beginnt man die Menschen so zu sehen, wie sie wirklich sind –, als würde man durch die Entfernung besseren Einblick erlangen.«

Chris und ich sahen einander an. Ja, wir kannten Einsamkeit. Chris stand auf und bot Jory an, ihn herumzuführen.

»Bart hat vor, Pferdeställe zu bauen, damit er Fuchsjagden veranstalten kann, wie Malcolm es zu tun pflegte. Vielleicht haben wir einmal Lust, uns an dieser Art von Sport zu beteiligen.«

»Sport?« fragte Melodie, stand graziös auf und folgte rasch Jory. »Ich kann eine Meute hungriger Hunde, die einen niedlichen, kleinen, harmlosen Fuchs jagen, nicht als Sport bezeichnen –, es ist barbarisch, sonst nichts.«

»Das ist das Problem mit Ballettänzern –, sie sind für die wirkliche Welt zu sensibel«, erwiderte Bart, bevor er in die andere Richtung davonmarschierte.

Später am Nachmittag fand ich Chris, der in der Halle Jory bei der Arbeit vor den Spiegeln zusah; ein Stuhl diente ihm als barre. Die Beziehung zwischen diesen beiden

Männern war so gut, und ich hoffte nur, daß Chris und Bart sich eines Tages ebenso nahekommen würden. Vater und Sohn, die einander bewunderten und achteten. Ich verschränkte die Arme vor der Brust und war glücklich, meine ganze Familie beisammen zu haben, oder jedenfalls dann, wenn Cindy eintraf. Und das erwartete Baby bedeutete einen weiteren Zusammenhalt für uns alle.

Jory hatte sich genügend aufgewärmt und begann zur »Feuervogel«-Musik zu tanzen. Er drehte sich so schnell, daß man nur noch einen verschwommenen Eindruck hatte, schlug die Beine in der Luft aneinander, sprang hoch, landete so leicht, daß man nicht hörte, wie seine Füße auf den Boden auftrafen. Seine Muskeln spielten, während er einen Sprung nach dem anderen vollführte und die Beine so weit spreizte, daß seine ausgestreckten Fingerspitzen seine Zehen berührten. Ich war von Erregung erfüllt, während ich ihm zusah; denn ich wußte, daß er uns zeigte, was er konnte.

»Schau dir doch diese jetés an!« rief Chris, als er mich erblickte. »Er springt vier Meter hoch und noch mehr. Ich traue meinen Augen nicht.«

»Etwas über drei Meter, nicht vier«, stellte Jory richtig, während er vorbeiwirbelte, sich weiter drehte und innerhalb von Sekunden den riesigen Raum der Halle durchquerte. Dann sank er atemlos auf eine gepolsterte Bodenmatte, die dort lag, damit er sich ausruhen konnte, ohne daß sein Körperschweiß den zarten farbigen Stuhlüberzügen schadete. »Verdammt harter Fußboden, wenn ich stürze . . .« keuchte er, während er sich zurücklegte und sich auf den Ellbogen aufstützte.

»Und wie er die Beine spreizt, wenn er springt, es ist unglaublich, daß er in seinem Alter so geschmeidig sein kann.«

»Dad, ich bin erst neunundzwanzig, nicht neununddreißig!« protestierte Jory, für den es ein Alptraum war, älter zu werden und den Platz im Rampenlicht an einen jüngeren danseur abzutreten. »Ich habe noch mindestens elf gute Jahre vor mir, bevor ich abzugleiten beginne.«

Ich wußte genau, woran er dachte, als er auf der Matte lag und Julian so ähnlich sah. Es war, als wäre ich wieder zwanzig. Wenn sich die männlichen Tänzer den vierzig nähern, beginnen ihre Muskeln hart und spröde zu werden, so daß ihre einst herrlichen Körper für das Publikum nicht mehr attraktiv sind. Weg mit den Alten, her mit den Jungen ... die Angst aller Bühnenkünstler, obgleich Ballerinen mit ihren Fettpolstern unter der Haut länger durchhalten können. Ich ließ mich in meiner rosa Hose neben Jory auf die Matte fallen und kreuzte die Beine.

»Du wirst länger durchhalten, Jory, als die meisten Tänzer, also mach dir keine Sorgen. Es ist ein langer, herrlicher Weg, bis du vierzig bist, und wer weiß, vielleicht wirst du fünfzig sein, bevor du dich zurückziehst.«

»Ja, sicherlich«, sagte er, schob die Hände unter seinen Lockenkopf und starrte zur hohen Decke empor. »Der vierzehnte in einer langen Reihe von Tänzern, das muß eine Glückszahl sein, nicht wahr?«

Wie oft hatte er gesagt, daß er nicht leben könne, ohne zu tanzen? Als er ein kleiner Junge von zwei Jahren gewesen war, hatte ich seine Füße auf den Weg gestellt, auf dem er sich jetzt befand.

Melodie glitt die Treppe herunter, sie sah schön und frisch aus, weil sie gebadet und die Haare gewaschen hatte, und wirkte in ihrem ärmellosen blauen Trikot wie eine zarte Frühlingsblume. »Jory, mein Arzt hat gesagt, daß ich weiterhin leichte Übungen machen kann, und ich will so lange wie möglich tanzen, damit meine Muskeln geschmeidig bleiben ... also tanz mit mir, Liebster. Tanz und tanz, und dann tanzen wir noch ein bißchen mehr.«

Sofort sprang Jory auf und wirbelte zum Fußende der Treppe, wo er in der romantischen Haltung eines Prinzen, der die Prinzessin seiner Träume erblickt, auf ein Knie sank. »Mit Vergnügen, meine Dame ...« Er hob sie hoch, drehte sich mit ihr in den Armen, bevor er sie geschickt, geübt und elegant auf den Boden stellte, so daß sie leicht wie eine Feder wirkte. Sie wirbelten herum, im-

mer füreinander tanzend –, wie einst Julian und ich aus reiner Freude, jung, lebendig und begabt zu sein, getanzt hatten. Tränen traten mir in die Augen, während ich neben Chris stand und ihnen zusah.
Chris spürte meine Gedanken, legte mir den Arm um die Schultern und zog mich an sich. »Sie sind schön miteinander, nicht wahr? Füreinander geschaffen, würde ich sagen. Wenn ich die Augen zusammenkneife und sie undeutlich sehe, sehe ich dich mit Julian tanzen ... nur warst du viel hübscher, Catherine, viel hübscher ...«
Bart schnaubte hinter uns.
Ich drehte mich rasch um, sah Joel, der wie ein gut dressierter junger Hund Bart gefolgt und hinter ihm stehengeblieben war; er hatte den Kopf gesenkt und die Hände noch immer in den unsichtbaren braunen, handgewebten Ärmeln versteckt. »Der Herr gibt, und der Herr nimmt«, murmelte Joel wieder.
Warum, zum Teufel, wiederholte er das immerzu?
Ich blickte beklommen von Joel zu Bart, dessen bewundernder Blick wieder auf Melodie geheftet war, die darauf wartete, daß Jory sie hochhob. Mir gefiel das, was ich in Barts dunklem, neidischem Blick sah, nicht –, die Begierde, die stündlich heißer brannte. Die Welt war voller unverheirateter Frauen –, er brauchte Melodie nicht, die Frau seines Bruders.
Bart klatschte wild Beifall, als ihr Tanz zu Ende war, und beide einander verzückt anstarrten, als hätten sie uns vergessen. »Ihr müßt bei meiner Geburtstagsfeier so tanzen! Jory, versprich mir, daß ihr es tun werdet.«
Jory wandte langsam den Kopf und lächelte Bart zu. »Wenn du willst, daß ich es tue, gern, aber nicht Mel. Ihr Arzt erlaubt ihr, vorsichtig zu tanzen und zu trainieren, wie wir es eben getan haben, aber nicht, sich so anzustrengen, wie es bei einer professionellen Vorstellung notwendig ist, und ich weiß, du willst nur das Beste.«
»Aber ich will auch Melodie«, protestierte Bart. Er lächelte die Frau seines Bruders bezaubernd an. »Bitte, zu mei-

nem Geburtstag, Melodie, nur dieses eine Mal ... und du bist noch nicht so weit, daß jemand deinen Zustand bemerken wird.«

Melodie starrte Bart unsicher an. »Ich glaube nicht, daß ich es tun sollte«, widersprach sie stockend. »Ich will ein gesundes Kind zur Welt bringen und nicht Gefahr laufen, es zu verlieren.«

Bart versuchte sie zu überreden, und es wäre ihm vielleicht gelungen, aber Jory machte der Debatte rasch ein Ende. »Hör mal, Bart, ich habe unserem Agenten erklärt, daß Mels Arzt ihr verbietet aufzutreten, und wenn sie es tut, könnte er es erfahren und uns verklagen. Außerdem ist sie sehr müde. Das mühelose Tanzen so zum Spaß, das du eben gesehen hast, ist etwas anderes als eine richtige Vorstellung. Ein professioneller Auftritt erfordert stundenlanges Aufwärmen, Training und Proben. Bitte uns nicht mehr, es ist uns unangenehm. Wenn Cindy kommt, kann sie mit mir tanzen.«

»Nein«, knurrte Bart wütend, sah ihn finster an und vergaß seinen Charme. »Sie kann nicht so tanzen wie Melodie.«

Das stimmte. Cindy war keine Berufstänzerin, aber sie tanzte recht gut, wenn sie wollte. Jory und ich hatten sie seit ihrem zweiten Lebensjahr trainiert.

Einige Meter hinter Bart kamen Joels Hände wie ein magerer dunkler Schatten aus den weiten Ärmeln und falteten sich unter seinem gesenkten Kopf. Er hatte die Augen geschlossen, als würde er wieder beten. Wie ärgerlich, ihn die ganze Zeit um uns zu haben.

Ich wandte meine Gedanken bewußt von ihm ab und Cindy zu. Ich konnte es kaum erwarten, sie wiederzusehen. Konnte es kaum erwarten, ihr atemloses, jungmädchenhaftes Geplauder zu hören, das von Collegebällen, Rendezvous und den Jungen erzählte, die sie kannte. All das brachte mir meine eigene Jugend in Erinnerung und mein Verlangen, das zu bekommen, was Cindy erlebte.

In der rosigen Glut des abendlichen Sonnenuntergangs

stand ich unbeobachtet im Schatten eines großen Bogens und sah zu, wie Jory wieder in der großen Halle mit Melodie tanzte. Wieder in ärmellosen Trikots, diesmal in violetten, und die dünne Tunika flatterte verführerisch. Melodie hatte violette Satinbänder unter ihre kleinen festen Brüste gebunden. Sie sah aus wie eine Prinzessin, die mit ihrem Geliebten tanzt. Ach, die Leidenschaft, die Jory und Melodie füreinander empfanden, weckte sehnsüchtiges Verlangen in meinen Lenden. Wieder jung zu sein wie sie ... die Chance zu haben, es noch einmal zu tun ... es das zweite Mal richtig zu machen.

Plötzlich bemerkte ich, daß Bart sich in einem anderen Alkoven befand, als wäre er darauf aus zu spionieren ... oder, großzügiger ausgedrückt, zuzusehen, wie ich zuschaute. Und er mochte weder Ballett noch schöne Musik. Er lehnte gleichgültig an einem Türrahmen, die Arme über der Brust gekreuzt. Doch die glühenden, dunklen Augen, die Melodie verfolgten, waren nicht gleichgültig. Sie waren wieder voller Begierde. Mein Herz setzte aus. Wann hatte Bart jemals nicht begehrt, was Jory gehörte? Die Musik wurde leidenschaftlicher. Jory und Melodie hatten vergessen, daß sie vielleicht beobachtet wurden, und waren in ihr Tun so vertieft, daß sie voll wilder Leidenschaft, voneinander hingerissen, weitertanzten, bis Melodie in seine ausgestreckten Arme lief. Ihre Lippen preßten sich auf die seinen. Immer wieder öffneten sich die Lippen und drückten sich wieder aufeinander. Ihre Hände suchten und fanden die geheimsten Stellen. Ihr Liebesspiel riß mich ebenso mit wie Bart, wir waren unfähig, uns zurückzuziehen. Ihre Küsse schienen einander gegenseitig zu verschlingen. Heiß vor entflammter Lust fielen sie auf den Boden und rollten auf die Matte. Während ich auf Bart zuging, hörte ich ihr Keuchen, das lauter wurde.

»Komm, Bart, es ist nicht recht zuzuschauen, wenn der Tanz vorbei ist.«

Er zuckte zusammen, als verbrenne meine Berührung sei-

nen Arm. Das Verlangen in seinen Augen schmerzte und ängstigte mich zugleich.
»Sie sollten lernen, sich zu beherrschen, wenn sie Gäste in meinem Hause sind«, sagte er mit rauher Stimme, ohne den Blick von dem vergeßlichen Paar zu wenden, das sich auf der Matte wälzte, Arme und Beine umeinander schlang, deren naßgeschwitztes Haar am Kopf klebte und dessen Küsse immer leidenschaftlicher wurden.
Ich zog Bart ins Musikzimmer und schloß leise die Tür hinter uns. Dieser Raum gefiel mir nicht. Bart hatte ihn seinem männlichen Geschmack entsprechend eingerichtet. Es gab einen Flügel, auf dem nie jemand spielte, obwohl ich ein- oder zweimal gesehen hatte, daß Joel auf ihm klimperte, dann aber die Hände wegzog, als hätten ihn die Elfenbeintasten mit Sünde versengt. Aber das Klavier lockte ihn so oft, daß er einfach vor ihm stand und es anstarrte, während sich seine Finger bogen und streckten.
Bart ging zu einem Schrank, öffnete ihn, und eine beleuchtete Bar kam zum Vorschein. Er ergriff eine Kristallkaraffe und schenkte sich einen steifen Scotch ein. Ohne Wasser oder Eis. Er schüttete ihn in einem Zug hinunter. Dann sah er mich schuldbewußt an. »Neun Jahre sind sie verheiratet, und sie haben noch immer nicht voneinander genug. Was besitzt ihr, du und Chris, das Jory mitbekommen hat und ich nicht?«
Ich errötete, dann senkte ich den Kopf tief. »Ich wußte nicht, daß du allein trinkst.«
»Du weißt eine ganze Menge nicht von mir, liebe Mutter.« Er schenkte sich ein zweites Glas Scotch ein, ich hörte das langsame Gurgeln der Flüssigkeit, ohne aufzublikken. »Auch Malcolm hat gelegentlich ein Glas getrunken.«
»Denkst du noch immer an Malcolm?« fragte ich neugierig.
Er sank in einen Stuhl, schlug die Beine übereinander und legte einen Knöchel auf das andere Knie. Ich sah weg und dachte, daß mein zweiter Sohn die äußerst aufreizen-

de Gewohnheit gehabt hatte, seine Füße auf alles Erreichbare zu stellen, wobei er so manchen guten Stuhl mit seinen schmutzigen Stiefeln ruinierte und Bettdecken früh zugrunde richtete. Dann betrachtete ich wieder seine Schuhe. Wie konnte er seine Sohlen so sauber halten, daß sie aussahen, als wäre er immer nur auf Samt gegangen? Bart hatte seine unordentlichen Gewohnheiten auf dem Weg zum Mannesalter nach und nach abgelegt. »Warum starrst du so auf meine Schuhe, Mutter?«

»Sie sehen sehr gut aus.«

»Findest du wirklich?« Er blickte gleichgültig auf sie hinunter. »Sie haben sechshundert Dollar gekostet, und ich habe noch weitere hundert bezahlt, um die Sohlen behandeln zu lassen, damit sie sich nie abnützen oder schmutzig sind. Es ist jetzt ›in‹, weißt du, Schuhe mit sauberen Sohlen zu tragen.«

Ich runzelte die Stirn. Welche psychologische Botschaft konnte man daraus entnehmen? »Die Oberteile werden früher kaputt sein als die Sohlen.«

»Na und?«

Ich mußte zustimmen. Was bedeutete Geld jetzt für einen von uns? Wir besaßen mehr, als wir je ausgeben konnten.

»Wenn die Oberteile kaputt sind, werde ich sie wegwerfen und mir ein neues Paar kaufen.«

»Wozu machst du dir dann die Mühe, die Sohlen behandeln zu lassen?«

»Aber Mutter«, sagte er ärgerlich, »bei mir muß alles neu aussehen, bis ich bereit bin, es wegzuwerfen – ich werde Melodie nicht ansehen wollen, wenn sie um die Mitte rund sein wird wie eine trächtige Kuh . . .«

»Ich werde glücklich sein, sobald man es ihr ansieht, dann bist du vielleicht imstande, sie aus den Augen zu lassen.«

Er zündete sich eine Zigarette an und begegnete ruhig meinem Blick. »Ich wette, daß ich sie Jory mit Leichtigkeit wegnehmen könnte.«

»Wie kannst du wagen, so etwas zu sagen?« schrie ich zornig.

»Sie sieht mich nie an, hast du das bemerkt? Sie will nicht zur Kenntnis nehmen, daß ich jetzt besser aussehe als Jory, größer, klüger und hundertmal reicher bin als er.«
Wir sahen einander weiterhin in die Augen. Ich schluckte nervös und entfernte unsichtbare Fädchen von meiner Kleidung. »Cindy kommt morgen.«
Er schloß einen Augenblick die Augen und umklammerte die Lehnen seines Stuhls fester, aber sein Gesicht veränderte sich nicht. »Ich mag dieses Mädchen nicht«, stieß er endlich hervor.
»Ich hoffe, du wirst nicht unfreundlich zu ihr sein, während sie hier ist. Kannst du dich nicht erinnern, wie sie dir nachgelaufen ist und dich angebetet hat? Sie hat dich geliebt, bevor du sie gegen dich aufgebracht hast. Sie würde dich noch immer mögen, wenn du aufhören würdest, sie so unbarmherzig zu necken. Bart ... tut es dir nicht leid, daß du deiner Schwester all die häßlichen Dinge gesagt und angetan hast?«
»Sie ist nicht meine Schwester.«
»O doch, Bart.«
»O Gott, Mutter, ich werde in Cindy nie meine Schwester sehen. Sie wurde adoptiert, gehört nicht wirklich zu uns. Ich habe einige der Briefe gelesen, die sie dir schreibt. Merkst du nicht, was sie ist? Oder liebst du nur, was sie sagt und nicht, was sie meint? Wie kann ein Mädchen so beliebt sein, ohne etwas herzugeben?«
Ich sprang auf. »Was ist mit dir los, Bart?« schrie ich. »Du erkennst Chris nicht als deinen Vater an, Cindy nicht als deine Schwester, Jory nicht als deinen Bruder. Brauchst du niemanden als dich selbst – und diesen abscheulichen alten Mann, der hinter dir herschleicht?«
»Ich habe ein wenig von dir, nicht wahr, Mutter?« fragte er und kniff die Augen zu drohenden Schlitzen zusammen. »Und ich habe meinen Onkel Joel, der ein sehr interessanter Mann ist und im Augenblick für unser aller Heil betet.«
Ich sah rot und fuhr ihn wütend an. »Du bist ein Idiot,

wenn dir dieser schleimige alte Mann lieber ist als der einzige Vater, den du je hattest!« Ich versuchte, meine Gefühle zu beherrschen, schaffte es aber nicht, wie immer, wenn es sich um Bart und Beherrschung handelte. »Hast du all die vielen guten Taten vergessen, die Chris für dich getan hat? Und noch immer für dich tut?«

Bart beugte sich vor und durchbohrte mich mit seinem diamantharten Blick. »Wenn Chris nicht wäre, hätte ich ein glückliches Leben geführt. Wärst du mit meinem wirklichen Vater verheiratet gewesen, hätte ich der vollkommene Sohn sein können! Viel vollkommener als Jory. Vielleicht bin ich wie du, Mutter. Vielleicht brauche ich meine Rache mehr als alles andere.«

»Warum brauchst du Rache?« In meiner Stimme lag Überraschung, eine gewisse Hoffnungslosigkeit. »Niemand hat dir das angetan, was mir angetan wurde.«

Er beugte sich vor und fuhr mich heftig an. »Weil du mir alles Notwendige gegeben hast, die Kleider, die ich brauchte, alle Speisen, die ich essen konnte, und ein Haus, in dem ich wohnte, hast du dir eingeredet, das sei genug, aber das ist es nicht. Ich wußte, daß du das Beste von deiner Liebe für Jory aufgespart hast. Und als dann Cindy kam, gabst du ihr das Zweitbeste. Für mich blieb dir nur Mitleid übrig – und ich hasse dich, weil du mich bemitleidest!«

Plötzliche Übelkeit würgte mich. Ich war froh, daß ich den Stuhl unter mir hatte. »Bart«, begann ich und bemühte mich, nicht zu weinen und damit genau die Schwäche zu zeigen, die er verachten würde, »vielleicht habe ich dich früher bemitleidet, weil du unbeholfen warst, weil du kein Selbstvertrauen hattest. Vor allem tat es mir leid, daß du dich so oft selbst verletzt hast. Aber wie kann ich dich jetzt bemitleiden? Du siehst sehr gut aus, bist intelligent, und wenn du willst, bist du auch überaus charmant. Welchen Grund sollte ich jetzt haben, dich zu bemitleiden?«

»Das ist es, was mich quält«, sagte er leise. »Du bringst mich dazu, in den Spiegel zu schauen und mich zu fragen,

was du siehst. Ich bin zu dem Schluß gekommen, daß du mich einfach nicht magst. Du vertraust mir nicht, du glaubst nicht an mich. Ich sehe es jetzt in deinen Augen, du glaubst nicht, daß ich geistig vollkommen gesund bin.«
Plötzlich riß er seine halb geschlossenen Augen weit auf. Er starrte durchdringend in meine Augen, in denen man immer leicht lesen konnte, und lachte kurz und hart. »Da ist es, liebe Mutter, das Mißtrauen, die Angst. Ich kann deine Gedanken lesen, glaub nicht, daß ich es nicht kann. Du nimmst an, daß ich eines Tages etwas tun werde, um dich und deinen Bruder zu verraten, und dabei hatte ich doch diese Möglichkeit oft genug und habe nichts getan. Ich habe eure Sünden für mich behalten.
Warum bist du nicht ehrlich und sagst jetzt, daß du den zweiten Ehemann deiner Mutter nicht geliebt hast? Sag wahrheitsgemäß, daß du ihn nur als Werkzeug deiner Rache benutzt hast. Du hast ihm schöngetan, ihn eingefangen, mich empfangen, und dann war er tot. Darauf tatest du, was deinem Wesen entsprach, und fuhrst geradewegs zu dem armen Doktor nach Süd-Carolina zurück, der zweifellos an dich glaubte und dich über alles liebte. War ihm klar, daß du ihn nur geheiratet hast, um deinem unehelichen Kind einen Namen zu geben? Wußte er, daß du ihn benutzt hast, um Chris zu entgehen? Siehst du, wie genau ich über deine Motivationen nachgedacht habe? Und nun bin ich zu einem weiteren Schluß gelangt: Du siehst in Jory eine Menge von Chris –, und das liebst du! Wenn du mich ansiehst, siehst du Malcolm, und obwohl mein Gesicht und mein Äußeres vielleicht meinem wirklichen Vater ähneln, kümmerst du dich nicht darum und siehst in meinen Augen nur das, was du sehen willst. Du glaubst, in meinen Augen die Seele Malcolms zu sehen. Sag mir jetzt, daß ich falsch vermutet habe! Nur zu, sag mir, daß ich nicht die Wahrheit spreche.«
Meine Lippen öffneten sich, um jedes Wort abzustreiten, doch es kam nichts heraus.
Innerlich geriet ich in Panik, wollte zu ihm laufen und sei-

nen Kopf an meine Brust drücken, wie ich Jory oft getröstet hatte, aber ich konnte meine Füße nicht dazu bringen, zu Bart zu gehen. Ich hatte wirklich Angst vor ihm. So wie er jetzt war, leidenschaftlich angespannt, kalt und hart, hatte ich Angst vor ihm, und die Furcht verwandelte meine Liebe in Abneigung.

Er wartete darauf, daß ich sprechen, seine Beschuldigungen widerlegen würde, und schließlich tat ich das Schlimmste, was ich tun konnte –, ich rannte aus dem Zimmer.

Ich warf mich auf mein Bett und weinte. Jedes Wort, das er gesagt hatte, war wahr! Ich hatte nicht gewußt, daß Bart in mir lesen konnte wie in einem aufgeschlagenen Buch. Nun zitterte ich vor Angst davor, was er eines Tages tun konnte, um nicht nur Chris und mich, sondern auch Cindy, Jory und Melodie zu vernichten.

Cindy

Am nächsten Tag gegen elf Uhr kam Cindy in einem Taxi an und lief wie eine frische, stärkende Frühlingsbrise in das Haus. Sie warf sich in meine Arme und duftete nach einem exotischen Parfüm, das ich für ein sechzehnjähriges Mädchen für zu ausgefallen hielt, behielt diese Ansicht jedoch klugerweise für mich.

»O Mammi«, rief sie, küßte und drückte mich immer wieder an sich, »es ist so schön, dich wiederzusehen!« Ihre überschäumende Zuneigung, die ich eifrig erwiderte, raubte mir den Atem. Die ganze Zeit, auch während wir einander umarmten, gelang es ihr, rundum die großen Räume mit ihrer eleganten Einrichtung anzustarren. Sie zog mich an der Hand von einem Raum zum anderen und stieß begeisterte Bemerkungen über die Schönheit der luxuriösen, prächtigen Dinge aus.

»Wo ist Dad?« fragte sie. Ich erklärte ihr, daß Chris nach Charlottesville gefahren war, um seinen Leihwagen gegen ein luxuriöseres Modell auszutauschen.

»Er wollte zurück sein, Liebling, bevor du ankamst. Etwas muß ihn aufgehalten haben. Nur Geduld, in ein, zwei Sekunden wird er hereinkommen und dich begrüßen.«

Sie war beruhigt und rief wieder: »Toll, Mammi! Was für ein Haus! Du hast mir nicht erzählt, daß es so sein würde. Du hast mich im Glauben gelassen, daß das neue Foxworth Hall ebenso häßlich und schrecklich sein würde wie das alte.«

Für mich würde Foxworth Hall immer häßlich und

schrecklich sein, aber es war hinreißend, wie Cindy vor Aufregung außer sich war. Sie war größer als ich, ihre jungen Brüste waren reif und voll, ihre Taille sehr schlank, so daß sie ihre schön geformten Hüften und den flachen Bauch betonte, während ihre Hinterbacken ihre Jeans voll ausfüllten. Ich betrachtete sie von der Seite und mußte sie mit einer knospenden Blume vergleichen, so zart, so schwach wirkte sie, und doch besaß sie außerordentliche Ausdauer.

Ihre dichten, schweren, langen goldblonden Haare waren zwanglos frisiert. Sie flogen wild im Wind, als wir hinausgingen, um Jory und Bart bei ihrem Match auf dem neuen Tennisplatz zuzuschauen. »Mein Gott, Mammi, hast du zwei schöne Söhne«, flüsterte sie, als sie ihre gebräunten, kräftigen Körper betrachtete. »Ich hätte nie geglaubt, daß Bart ebenso gut aussehen würde wie Jory; er war doch ein so häßliches kleines Biest.«

Ich sah sie überrascht an. Bart war zu dünn gewesen, hatte immer Krusten und Narben auf den Beinen gehabt, und sein dunkles Haar war nie ordentlich gekämmt gewesen, aber er war ein gut aussehender, bestimmt nicht häßlicher kleiner Junge gewesen – er hatte sich nur häßlich betragen. Und früher einmal hatte Cindy Bart vergöttert. Ein Messer durchbohrte mein Herz, als mir klar wurde, daß so vieles, was Bart gestern gesagt hatte, wahr war. Ich hatte Cindy ihm wirklich vorgezogen. Ich hatte sie für vollkommen gehalten –, außerstande, etwas Böses zu tun, und ich glaubte es immer noch.

»Versuch, zu Bart freundlich und aufmerksam zu sein«, flüsterte ich, als ich sah, daß Joel auf uns zukam.

»Wer ist dieser komische alte Mann?« fragte Cindy mit einem Blick auf Joel, der sich steif bückte, um Unkraut auszureißen. »Erzähl mir nicht, daß Bart so jemanden als Gärtner angestellt hat –, der kann sich ja kaum aufrichten, wenn er sich gebückt hat.«

Ehe ich antworten konnte, war Joel bei uns und lächelte so breit, wie es seine falschen Zähne erlaubten. »Du mußt

also Cindy sein, von der Bart die ganze Zeit spricht«, sagte er mit einem schwachen Rest von Charme, ergriff Cindys widerwillig dargebotene Hand und drückte seine dünnen, schiefen Lippen darauf.
Sie wollte ihm ihre Hand entziehen, doch sie ließ sich die Berührung seiner Lippen gefallen. Die Sonne beschien Joels fast weißes Haar, das noch immer Strähnen von Foxworth-Gold enthielt, so daß es schrecklich dünn aussah. Plötzlich fiel mir ein, daß ich Cindy nichts von Joel erzählt hatte, und ich stellte sie einander hastig vor. Als sie erfuhr, wer er war, war sie fasziniert. »Du hast den abscheulichen alten Großvater Malcolm tatsächlich gekannt? Bist du wirklich sein Sohn? Da mußt du schon recht alt sein . . .«
»Cindy, das ist nicht taktvoll . . .«
»Es tut mir leid, Onkel Joel. Aber wenn ich höre, wie meine Mam und mein Dad über ihre Jugend sprechen, kommt es mir vor, als wäre es eine Million Jahre her.« Sie lachte bezaubernd und lächelte Joel um Verzeihung bittend an. »Weißt du, du siehst in gewisser Hinsicht meinem Dad sehr ähnlich. Wenn er erst wirklich alt sein wird, wird er so aussehen wie du.«
Joel blickte zu Chris hinüber, der soeben, die Arme voller Pakete, aus einem schönen, neuen blauen Cadillac ausstieg. Er hatte Geschenke abgeholt, die ich für Barts Geburtstag ausgesucht hatte. Ich hatte mich für seinen Geburtstag voll eingesetzt und nur das Allerbeste gekauft, wie er es erwarten würde; eine Diplomatentasche aus feinstem Leder mit Kombinationsschlössern, die ihm Chris schenken würde. Von mir Manschettenknöpfe aus achtzehnkarätigem Gold mit seinen Initialen in Diamanten und einer dazu passenden goldenen Zigarettendose, gleichfalls mit Monogramm in Diamanten – die Edelsteine, die Bart am meisten schätzte. Sein Vater hatte eine solche Zigarettendose besessen, meine Mutter hatte sie ihm geschenkt.
Chris ließ die Pakete in einen Liegestuhl fallen und breite-

te die Arme aus. Cindy warf sich in seine Begrüßungsumarmung. Sie bedeckte sein Gesicht mit einem Regen von Küßchen, die überall Lippenstiftspuren hinterließen. Sie starrte zu ihm empor und bat: »Daddy, das wird der schönste Sommer meines Lebens. Können wir nicht hierbleiben, bis die Schule im Herbst beginnt, damit ich erfahre, wie es ist, auf einem wirklichen Herrensitz mit all diesen schönen Räumen und phantastischen Badezimmern zu leben? Ich weiß schon, welches ich mir wünsche, das mit den vielen rosa, weißen und goldenen Jungmädchendingen. Er weiß, daß ich Rosa anbete, heiß liebe, und ich verehre und liebe dieses Haus. Ich liebe es einfach!«
Ein Schatten huschte durch Chris' Augen, als er sie losließ und sich mir zuwandte. »Wir werden es besprechen müssen, Cindy. Wie du weißt, sind deine Mutter und ich nur hier, um mit Bart seinen fünfundzwanzigsten Geburtstag zu feiern.«
Ich blickte zum Tennisplatz hinüber, wo Bart den Ball mit solcher Kraft schmetterte, daß es ein Wunder war, daß er nicht platzte. Jory lief wie ein weißer Blitz und schlug den gelben Ball zu Bart zurück, der fast ebenso schnell rannte und ihn mit ebensolcher Kraft zurückschlug. Beide waren erhitzt und verschwitzt, ihre Gesichter durch die Anstrengung und die heiße Sonne gerötet. »Jory, Bart«, rief ich. »Cindy ist da. Kommt doch herüber und begrüßt sie.«
Jory wandte uns sofort den Kopf zu und lächelte, wodurch er den nächsten Ball, der auf ihn zukam, verpaßte. Er konnte ihn nicht zurückschlagen, und Bart jubelte vor Freude. Er sprang immer wieder in die Höhe, warf sein teures Racket auf den Boden und schrie: »Ich habe gewonnen!«
»Du hast gewonnen, weil ich aufgegeben habe.« Jory ließ ebenfalls sein Racket fallen. Er lief lächelnd auf uns zu und rief zu Bart zurück: »Ein Sieg durch Aufgabe zählt nicht.«
»Und ob er zählt!« brüllte Bart. »Was zum Teufel kümmert es uns, ob Cindy hier ist oder nicht? Du hast es als

Vorwand benutzt, um aufzugeben, bevor ich den entscheidenden Punkt erzielte.«

»Von mir aus hast du recht«, antwortete Jory. Einen Augenblick später hob er Cindy hoch, wirbelte sie im Kreis herum, daß ihr blauer Rock hochflog und ihr winziges Bikinihöschen enthüllte. Es belustigte mich, daß Cindy immer noch von oben bis unten die gleiche Farbe trug.

Melodie erhob sich von einem Marmorstuhl, von dem aus sie der Tennispartie zugeschaut hatte; bis jetzt hatten sie die hohen Sträucher halb verdeckt. Sie preßte die Lippen zusammen, als sie Cindys übertrieben zärtliche Begrüßung bemerkte.

»Wie die Mutter, so die Tochter«, murmelte Bart hinter mir.

Cindy näherte sich Bart vorsichtig so wohlerzogen, daß man sie kaum für das gleiche Mädchen halten konnte, das Jory geküßt hatte. »Hallo, Bruder Bart, du bist sehr gut in Form.«

Bart starrte sie an, als hätte er sie noch nie zuvor gesehen. Es war zwei Jahre her, und mit vierzehn hatte Cindy ihr Haar noch in Zöpfen getragen und hatte Zahnklammern gehabt. Nun waren ihre leuchtend weißen Zähne vollkommen gleichmäßig. Ihr Haar war eine lose flatternde Masse aus geschmolzenem Gold. In den Sex-Illustrierten gab es kein Mädchen, das eine bessere Figur oder einen makelloseren Teint hatte, und mir wurde leider klar, daß Cindy nur allzu gut wußte, wie aufregend sie in ihrem blauweißen Tenniskleid aussah.

Barts dunkle Augen verweilten auf ihren reifen, nicht gebändigten Brüsten, die wippten, wenn sie ging, und deren Warzen deutlich zu sehen waren. Er schätzte ihre gertenschlanke Taille ab und musterte ihren Unterleib; anschließend wanderte sein Blick zu den sehr hübschen langen Beinen, die in weißen Sandalen steckten. Ihre Zehennägel waren hellrot lackiert und paßten zu ihren Fingernägeln und zum Lippenstift.

Sie war auf süße, frische, unschuldige Art atemberaubend

reizvoll und bemühte sich erfolglos, erfahren zu wirken. Ich glaubte keinen Moment lang, daß der lange intensive Blick, den sie Bart zuwarf, das bedeutete, was er offenbar annahm.

»Du bist nicht mein Typ«, meinte er verächtlich und wandte sich ab. Dabei starrte er Melodie lange und vielsagend an. Dann wandte er sich wieder Cindy zu. »Du wirkst irgendwie billig, trotz deiner teuren Kleider –, du besitzt keinerlei Vornehmheit.«

Es schmerzte mich, daß er bewußt versuchte, Cindys jugendlichen Stolz zu dämpfen. Ihr strahlender Gesichtsausdruck erlosch. Wie eine zarte Blume, für die Bewunderung genauso wichtig ist wie Regen, damit sie den Glauben an sich nicht verliert, sank sie in sich zusammen und flüchtete in Chris' wartende Arme.

»Entschuldige dich, Bart«, befahl Chris. Ich zuckte zusammen, denn ich wußte, daß Bart sich nie entschuldigen würde.

Bart verzog die Lippen höhnisch, tat jedoch, als wäre er empört und zornig. Er öffnete den Mund, um Chris zu beschimpfen, wie er es so oft getan hatte, doch dann blickte er zu Melodie hinüber, die ihn merkwürdig gleichgültig ansah. Barts Gesicht wurde dunkelrot. »Ich werde mich entschuldigen, wenn sie lernt, sich wie eine Dame zu kleiden und zu benehmen.«

»Entschuldige dich sofort, Bart«, befahl Chris.

»Stell keine Forderungen, Christopher.« Bart blickte Chris vielsagend in die Augen. »Du befindest dich in einer sehr prekären Lage. Du und meine Mutter. Du bist weder ein Sheffield noch ein Foxworth – oder zumindest kannst du nicht bekanntgeben, daß du ein Foxworth bist. Was also bist du, das zählt? Die Welt ist voller Ärzte, zu vieler Ärzte, die jünger und besser ausgebildet sind als du.«

Chris richtete sich auf. »Meine Unkenntnis der Medizin hat dir mehr als einmal das Leben gerettet, Bart. Und das Leben von vielen anderen. Vielleicht wirst du eines Tages diese Tatsache anerkennen. Du hast dich noch nie für etwas bedankt, das ich für dich getan habe. Ich warte auf diesen Tag.«

Bart wurde blaß, vermutlich jedoch nicht wegen Chris' Äußerung. Ich nahm an, daß er verlegen war, weil Melodie zusah und zuhörte. »Danke, ›Onkel‹ Chris«, erwiderte er spöttisch.

Wie höhnisch und unaufrichtig seine Worte und der Ton seiner Stimme klangen. Ich beobachtete die beiden Männer, die einander schweigend herausforderten. Chris zuckte zusammen, als Bart das Wort »Onkel« betonte. Dann sah ich grundlos Joel an.

Er war näher gekommen und unmittelbar hinter Melodie stehengeblieben; auf seinem Gesicht lag ein freundliches, wohlwollendes Lächeln. Aber in seinen Augen lauerte etwas Dunkleres. Ich trat zu Chris, während Jory sich an seine andere Seite stellte.

Ich öffnete schon die Lippen, um eine lange Liste von Dingen hinzuzufügen, für die Bart Chris danken sollte, als Bart plötzlich auf Melodie zuging, ohne Cindy zu beachten. »Habe ich dir schon das Thema meiner Party verraten? Den Tanz, den ich für dich und Jory ausgewählt habe? Er wird eine Sensation verursachen.«

Melodie stand auf und blickte Bart mit offener Verachtung in die Augen. »Ich werde nicht für deine Geburtstagsgäste tanzen. Jory hat dir mehr als einmal erklärt, daß ich alles tue, was ich kann, um ein gesundes Baby zur Welt zu bringen –, und dazu gehört nicht, daß ich zu deiner Belustigung und der von Leuten, die ich nicht einmal kenne, tanze.«

Ihre Stimme war kalt. In ihren dunklen Augen lag tiefe Abneigung gegen Bart.

Sie begab sich gemeinsam mit Jory ins Haus zurück und überließ es uns, ob wir ihnen folgten oder nicht. Joel trottete hinterdrein wie ein Schwanz, der nicht weiß, wie er wedeln soll.

Cindy, die jedesmal, wenn Bart sie schlecht behandelte, rasch darüber hinwegkam, schwärmte glücklich von dem

Baby, weil sie sich darauf freute, Tante zu werden. »Wie wundervoll! Ich kann es kaum erwarten. Es wird ein schönes Kind sein, weil Jory und Melodie seine Eltern sind und es dich und Dad zu Großeltern hat.«

Cindys bezaubernde Anwesenheit entschädigte mich für Barts unausstehliches Benehmen. Ich umarmte sie innig, und sie kuschelte sich auf das zweisitzige Sofa in meinem persönlichen Wohnzimmer und begann mir alle Einzelheiten ihres Lebens zu erzählen. Ich hörte fasziniert zu, denn meine Tochter erlebte all die interessanten Dinge, die Carrie und ich versäumt hatten.

Jeden Morgen standen Chris und ich früh auf, um die kühlen Morgen in den Bergen mit dem köstlichen Duft der Rosen und der übrigen Blumen zu genießen. Flammendrote Kardinalvögel flogen herum, Blauhäher und Purpurschwalben suchten das Gras nach Insekten ab. Ich entdeckte überrascht Dutzende von Vogelhäusern, in denen Zaunkönige, Schwalben und andere Arten nisteten, und wunderbare Vogelbäder und Felsteiche, in denen die Vögel fröhlich flatternd rasche Bäder nahmen. Wir aßen jedesmal auf einer anderen Terrasse, um eine neue Aussicht zu genießen, und sprachen oft darüber, daß uns all das versagt geblieben war, als wir jung waren und es mehr gewürdigt hätten als jetzt. Traurig, so traurig, wenn wir an unsere kleinen Zwillinge dachten, wie sie darum gebettelt hatten, hinaus zu dürfen, und der einzige Spielplatz, den sie hatten, der Mansardengarten war, den wir für sie aus Papier und Karton gebastelt hatten. Und all dies war damals nicht genützt worden, niemand hatte sich daran erfreut, während zwei fünfjährige Kinder im siebenten Himmel gewesen wären, wenn sie nur ein kleines Stückchen der Herrlichkeit zur Verfügung gehabt hätten, die wir nun täglich genossen.

Cindy schlief gern lange, ebenso wie Jory und vor allem Melodie, die sich sehr über Übelkeit und Müdigkeit beklagte. Chris und ich sahen schon um halb acht zu, wie

Arbeiter und Ausstatter für die Party eintrafen; auch Innenarchitekten waren darunter, die einige der nicht fertiggestellten Räume einrichteten, doch kein Nachbar kam vorbei, um uns zu begrüßen. Barts persönliches Telefon läutete oft, aber die Apparate der anderen Anschlüsse blieben meist stumm. Wir saßen ganz allein auf dem Gipfel der Welt, so schien es wenigstens, und in mancher Hinsicht war es ganz nett, in anderer jedoch ein wenig erschreckend.

Wir konnten in der Ferne, schwach und undeutlich, zwei Kirchtürme sehen. Wenn die Nächte ruhig und windstill waren, hörten wir es leise von dorther die Stunden schlagen. Ich wußte, daß Malcolm zu seinen Lebzeiten eine dieser Kirchen besucht hatte, und ungefähr eine Meile entfernt befand sich der Friedhof, auf dem er und unsere Großmutter nebeneinander begraben waren; unsere Mutter hatte kunstvolle Grabsteine und Schutzengel dort aufstellen lassen.

Ich verbrachte meine Tage damit, daß ich mit Chris, mit Jory, manchmal mit Bart Tennis spielte, und bei diesen Gelegenheiten mochte er mich wirklich. »Du überraschst mich, Mutter«, schrie er über das Netz und schlug den gelben Ball so hart, daß er fast mein Racket durchschlug. Irgendwie gelang es mir, ihn zurückzuschlagen, und dann begann mein verletztes Knie zu schmerzen, und ich mußte aufhören. Bart behauptete, daß ich das Knie als Ausrede benutzte, um nicht weiter mit ihm spielen zu müssen. »Du findest immer Gründe, um dich von mir fernzuhalten«, schrie er, als wären Chris' Worte bedeutungslos. »Dein Knie schmerzt gar nicht ... sonst würdest du hinken.«

Ich hinkte, als ich die Treppe hinaufstieg, aber Bart war nicht dabei und sah es nicht. Ich setzte mich eine Stunde lang in eine Badewanne mit warmem Wasser, damit der Schmerz nachließ. Chris kam herein und erklärte mir, daß ich es wieder falsch mache. »Eis, Catherine, Eis! Die Entzündung in deinem Knie wird nur schlimmer, wenn du in heißem Wasser sitzt. Steig jetzt heraus, während ich einen Beutel mit zerschlagenem Eis fülle, und leg ihn für zwanzig Minuten auf dein Knie.« Er küßte mich, um seinen Worten die Schärfe zu nehmen. »Bis später«, sagte er und lief zu den Tennisplätzen zurück, um mit Jory zu spielen, während Bart mit Joel im Schlepptau wegging. All das konnte ich vom Balkon unseres Schlafzimmers aus sehen, während ich den Eisbeutel auf mein Knie drückte; die Kälte wirkte bald und vertrieb den klopfenden heißen Schmerz.

Ich begann eine Babyausstattung für Jorys Kind zu häkeln. Dafür mußte ich Garn, Nadeln, Häkelhaken einkaufen und wunderhübsche Geschäfte für Babysachen besuchen. Wir fuhren oft mit Cindy und Chris nach Charlottesville, um einzukaufen, und zweimal unternahmen wir die lange Fahrt nach Richmond, kauften ein, gingen ins Kino und blieben über Nacht dort. Manchmal begleiteten uns Jory und Melodie, aber nicht so oft, wie ich es gern gesehen hätte. Der Zauber von Foxworth verflüchtigte sich schon.

Während er für mich, Jory und Melodie verblaßte, blieb er für Cindy bestehen, die ihr Zimmer, die elegante französische Einrichtung, das überaus weibliche Badezimmer in Rosa, Gold und blassem Moosgrün liebte. Sie wirbelte selig umher. »Er mag mich also nicht«, lachte sie und drehte sich vor den vielen Spiegeln, »und doch richtet er einen Raum genauso ein, wie ich will. Ach, Mammi, wie sollen wir beide Bart verstehen?«

Wer konnte das beantworten?

Vorbereitungen

Als Barts fünfundzwanzigster Geburtstag näherkam, machte sich eine Art fieberhafter Wahnsinn in Foxworth Hall breit. Verschiedene Dekorateure kamen, um unsere Rasenflächen, unsere Patios, unsere Terrassen auszumessen. Sie standen in Gruppen beisammen, flüsterten, machten Listen, Skizzen, probierten verschiedene Farben für die Tischtücher aus, redeten alle gleichzeitig mit Bart, besprachen das Thema des Tanzes und fertigten geheime Entwürfe an. Bart weigerte sich noch immer, das Thema zu verraten – jedenfalls den Mitgliedern seiner Familie. Niemand wahrte Geheimnisse so wie Bart. Wir anderen schlossen uns zu einer festgefügten Familie zusammen, mit der Bart nichts zu tun haben wollte.

Arbeiter begannen mit Holz, Farbe und anderen Baumaterialien etwas zu errichten, das aussah wie eine Bühne und eine Plattform für das Orchester. Bart prahlte jemandem von seiner Begleitung gegenüber damit, daß er Opernstars, und zwar sehr berühmte, engagiere.

Wann immer ich draußen war, und ich hielt mich möglichst viel im Freien auf, starrte ich auf die blauverschleierten Berge und fragte mich, ob sie sich an zwei der fast vier Jahre eingeschlossenen Kinder in der Mansarde erinnerten. Ob sie wohl jemals wieder ein gewöhnliches kleines Mädchen in einen Menschen voller phantastischer Träume verwandeln würden, die es verwirklichen mußte. Ich hatte einige verwirklicht, obwohl es mir mehr als einmal nicht gelungen war, meinen Ehemann am Leben zu erhalten.

Ich wischte zwei Tränen weg, begegnete Chris' immer noch liebevollem Blick und spürte, wie mich altvertraute Traurigkeit überkam. Wie normal könnte Bart sein, wenn Chris nicht mich und ich nicht ihn geliebt hätte ...

Gib dem Wind oder den Schicksalssternen die Schuld – aber ich gab noch immer meiner Mutter die Schuld.

Obwohl wir in bezug auf die Zukunft die schlimmsten Befürchtungen hegten, fühlte ich mich wider Willen glücklicher als seit geraumer Zeit, wenn ich die Aufregung in dem Garten beobachtete, der sich allmählich in eine Art Filmdekoration verwandelte. Ich schnappte nach Luft, als ich erkannte, was Bart vorhatte.

Es war eine biblische Szene.

»Samson und Dalila«, sagte Bart ruhig, als ich ihn fragte; seine Begeisterung war erloschen, weil Melodie sich weiterhin weigerte, die Rolle zu tanzen, die er für sie ausgesucht hatte. »Jory hat oft behauptet, daß es ihm am meisten Spaß macht, eine eigene Produktion herauszubringen, und er liebt diese Rolle ganz besonders.«

Melodie drehte sich um und ging wortlos ins Haus; ihr Gesicht war bleich vor Ärger.

Ich hätte es wissen sollen. Welches andere Thema hätte Barts Phantasie so fesseln können?

Cindy lief zu Jory und umarmte ihn. »Jory, laß mich die Rolle der Dalila tanzen. Ich kann es! Ich weiß, daß ich es kann.«

»Ich will deine dilettantischen Versuche nicht sehen!« schrie Bart.

Cindy kümmerte sich nicht um ihn und zog bittend an Jorys Händen. »Bitte, bitte, Jory. Ich würde es so gern tun. Ich habe weiterhin Ballettstunden genommen, werde also nicht steif und hölzern sein, so daß du ungeübt wirkst, und du kannst mir bis zu unserem Auftritt helfen, eine bessere zeitliche Abstimmung zu erreichen. Ich werde früh, mittags und abends proben!«

»Wir haben nicht genug Zeit zum Üben, wenn die Vorstellung in zwei Tagen stattfindet«, jammerte Jory und warf Bart einen harten, zornigen Blick zu. »Mein Gott, Bart, warum hast du es mir nicht früher gesagt? Glaubst du, daß ich mich an alle schwierigen Passagen erinnern kann, nur weil ich dieses Ballett choreographiert habe? So eine Rolle erfordert wochenlange Proben, und du wartest bis zum letzten Moment! Warum?«

»Cindy lügt«, sagte Bart und blickte sehnsüchtig zu der Tür, durch die Melodie verschwunden war. »Sie war schon früher zu faul, um in die Ballettschule zu gehen, warum sollte sie es also getan haben, wenn Mutter nicht anwesend war und sie dazu zwang?«

»Doch, ich habe es getan!« schrie Cindy aufgeregt und stolz, während ich doch wußte, daß sie anstrengende Übungen haßte. Als sie noch nicht sechs gewesen war, hatte sie die hübschen Ballettröckchen geliebt, die eleganten Satinslipper, die kleinen glitzernden Diademe aus imitierten Edelsteinen, und die phantastischen Einfälle der Produktionen hatten sie durch ihre Schönheit in Bann geschlagen, so daß ich einst angenommen hatte, sie würde das Ballett nie aufgeben. Doch Bart hatte sich zu oft über ihre Darbietungen lustig gemacht, und sie hatte sich von ihm einreden lassen, daß sie hoffnungslos unbegabt war. Sie war etwa zwölf gewesen, als er ihr die Freude am Ballett genommen hatte. Von da an war sie nie mehr zum Tanzunterricht gegangen. Deshalb wunderte ich mich ganz besonders darüber, daß sie das Tanzen nie wirklich aufgegeben, sondern nur Bart daran gehindert hatte, sie tanzen zu sehen.

Sie wandte sich an mich, als bitte sie um ihr Leben. »Wirklich, ich sage die Wahrheit! Solange ich die private Mädchenschule besuchte und Bart nicht in der Nähe war und sich nicht über mich lustig machen konnte, habe ich wieder begonnen; seither habe ich den Ballettunterricht nicht mehr unterbrochen und kann auch steppen.«

»Also gut«, gab Jory sichtlich beeindruckt nach und warf Bart wieder einen strengen Blick zu, »wir können die ganze Zeit, die uns noch bleibt, zum Üben benützen, aber es

war überaus gedankenlos von dir, Bart, anzunehmen, daß wir nicht wochenlang proben müssen. Ich glaube nicht, daß ich große Schwierigkeiten haben werde, denn mir ist die Rolle vertraut – aber Cindy, du hast dieses Ballett noch nicht einmal gesehen.«
Bart unterbrach ihn schroff und fragte aufgeregt: »Hast du die Linsen, die weißen Linsen? Kannst du wirklich durch sie sehen? Ich habe dich und Melodie vor etwa einem Jahr in New York gesehen, und vom Parkett aus hast du wirklich blind gewirkt.«
Bei dieser unerwarteten Frage runzelte Jory die Stirn und musterte Bart ernsthaft. »Ja ... ich habe die Kontaktlinsen dabei«, antwortete er langsam. »Überall, wo ich hinkomme, ersucht mich jemand, die Rolle des Samson zu tanzen, deshalb nehme ich die Linsen mit. Ich habe nicht gewußt, daß du für Ballett so viel übrig hast.«
Bart schlug Jory lachend auf den Rücken, als hätte es nie einen Streit zwischen ihnen gegeben. Jory schwankte durch die Stärke des Schlages. »Die meisten Ballette sind albern und langweilig, aber dieses Stück gefällt mir sehr gut. Samson war ein großer Held, und ich bewundere ihn. Und du, mein Bruder, tanzt die Rolle des Samson ausgezeichnet. Du siehst genauso kraftvoll aus wie er. Es ist das einzige Ballett, das mich je gepackt hat.«
Ich hörte Bart nicht zu. Ich starrte Joel an, der sich vorbeugte. Die Muskeln neben seinen dünnen Lippen zuckten fast krampfhaft, schwankten zwischen Grinsen und Lachen. Ich wußte nicht, was es war. Plötzlich wollte ich nicht mehr, daß Jory und Cindy in diesem Ballett tanzten, das sehr brutale Szenen enthielt. Und es war vor Jahren Barts Idee gewesen ... er hatte seinerzeit behauptet, daß die Oper die Musik für das Ballett liefern würde, das seiner Ansicht nach eine Sensation werden mußte.
Die ganze Nacht lang dachte ich darüber nach, wie ich Bart daran hindern konnte, ausgerechnet diese Produktion zu bringen. Selbst als er noch ein Junge gewesen war, war es mir nie gelungen, ihn an etwas zu hindern.

Und nun als Mann . . . ich wußte nicht, ob ich eine Chance hatte, aber ich würde es versuchen.
Am nächsten Morgen stand ich früh auf und lief in den Hof, um Bart zu erwischen, bevor er wegfuhr. Er hörte mir ungeduldig zu und weigerte sich, das Thema seiner Party zu ändern. »Das kann ich jetzt nicht mehr, selbst wenn ich es wollte. Ich habe die Kostüme entwerfen lassen, und sie sind fast fertiggestellt, ebenso die Ausstattung. Wenn ich das vorgesehene Ballett absage, ist es zu spät, in der verbleibenden Zeit ein anderes zu planen. Außerdem macht es Jory nichts aus, warum bist also du dagegen?«
Wie konnte ich ihm verständlich machen, daß mich eine leise, beschwörende Stimme warnte, ihn nicht gerade dieses Ballett in unmittelbarer Nähe des Ortes, an dem wir gefangengehalten worden waren, aufführen zu lassen –, Malcolm und seine Frau lagen so nahe von hier begraben, daß die Musik ihre tauben Ohren erreichen würde.

Jory und Cindy übten Tag und Nacht, beide wurden allmählich von Begeisterung erfaßt, während sie zusammen arbeiteten, und Jory stellte fest, daß Cindy gut war; natürlich konnte sie nicht dasselbe Niveau erreichen wie Melodie, aber ihre Fähigkeiten reichten bei weitem, und sie sah mit ihrem im klassischen Ballerinenstil hochfrisierten Haar ganz reizend aus.
Der Morgen von Barts Geburtstag zog hell und klar herauf und versprach einen herrlichen Sommertag ohne Regen oder Wolken. Chris und ich waren früh aufgestanden, gingen vor dem Frühstück in den Gärten spazieren und genossen den Duft der Rosen, der einen schönen, idealen Geburtstag für Bart erwarten ließ. Er hatte immer Geburtstagsparties haben wollen, wie wir sie für Jory und Cindy veranstalteten, aber wenn es soweit war, war es ihm immer gelungen, alle Gäste zu vergrämen, so daß viele die Veranstaltung frühzeitig und für gewöhnlich auch noch verärgert verließen.

Jetzt war er ein Mann, rief ich mir immer wieder ins Gedächtnis, und diesmal würde alles anders verlaufen. Chris äußerte den gleichen Gedanken, als gäbe es eine Art Telepathie zwischen uns, und wir dachten beide an dasselbe.
»Er tritt sein Erbe an«, sagte ich. »Ist es nicht merkwürdig, wie sehr er an diesem kindlichen Ausdruck hängt, Chris? Werden die Anwälte das Testament nach der Party noch einmal verlesen?«
Chris schüttelte lächelnd, mit glücklichem Gesichtsausdruck den Kopf. »Nein, Liebste, wir werden alle viel zu müde sein. Die Testamentverlesung ist für den nächsten Tag vorgesehen.« Ein Schatten umdüsterte seine Miene. »Ich kann mich an keine Bestimmung darin erinnern, die Barts Geburtstag verderben würde, du etwa?«
Nein, mir war nichts Derartiges bewußt, aber damals, als das Testament meiner Mutter verlesen wurde, war ich zu aufgeregt gewesen, hatte geweint und nur halb zugehört, und mir war es gleichgültig gewesen, ob jemand von uns das Foxworth-Vermögen erbte, auf dem ein eigener Fluch lastete.
»Es gibt einen Umstand, den mir Barts Anwälte verschweigen, Cathy ... aus ihren Äußerungen entnehme ich, daß ich damals, als das Testament unserer Mutter kurz nach ihrem Tod verlesen wurde, nicht alles verstanden habe. Sie wollen jetzt nicht darüber sprechen, weil Bart verlangt hat, daß ich aus allen rechtlichen Diskussionen herausgehalten werde. Es sieht so aus, als würde er ihnen Angst einjagen oder sie einschüchtern. Es überrascht mich, daß Männer in fortgeschrittenem Alter mit jahrelanger Berufserfahrung seinem Druck nachgeben, als wollten sie sich sein Wohlwollen sichern und meine Interessen hintanstellen. Es ärgert mich, und dann frage ich mich wieder, was zum Teufel schert es mich eigentlich? Wir werden bald abreisen und uns ein neues Heim schaffen, und Bart kann sein Vermögen nehmen und nach seinem Gutdünken herrschen ...«
Ich umarmte ihn und ärgerte mich, weil Bart ihm die ver-

diente Anerkennung dafür verweigerte, daß er so viele Jahre lang das riesige Vermögen verwaltet hatte und noch dazu verdammt gut, obwohl seine Arztpraxis ihm so viel Zeit geraubt hatte.

»Wie viele Millionen wird er wohl erben?« fragte ich. »Zwanzig, fünfzig, noch mehr? Eine Milliarde, zwei, drei – mehr?«

»Ach, Catherine, du wirst nie erwachsen. Immer übertreibst du. Aufrichtig gesagt, ist es schwierig, den effektiven Wert des gesamten Besitzes zu berechnen, wenn er auf so viele Investitionsformen verteilt ist. Er wird sich jedenfalls freuen, wenn seine Anwälte eine grobe Schätzung vornehmen . . . , es ist mehr als genug für zehn geldgierige junge Leute.«

Wir blieben in der Halle stehen, um zuzusehen, wie Jory mit Cindy probte. Beide waren durch die Anstrengung erhitzt und schweißbedeckt. Andere Tänzer, die mit ihnen zusammen in dem Ballett auftraten, standen unbeschäftigt herum, sahen entweder Jory und Cindy zu oder betrachteten das märchenhafte Haus, soweit sie Einblick hatten. Cindy erwies sich als überaus gut, und das überraschte mich wirklich; sie hatte tatsächlich weiter Ballettstunden genommen, ohne mir gegenüber etwas davon zu erwähnen. Sie mußte einen Teil ihres für Kleider, Kosmetika und andere alltägliche Bedürfnisse gedachten Taschengeldes dafür verwendet haben.

Eine der älteren Tänzerinnen kam zu mir herüber und erwähnte lächelnd, daß sie mich ein paarmal in New York auf der Bühne gesehen hatte. »Ihr Sohn sieht seinem Vater sehr ähnlich«, fuhr sie fort und blickte zu Jory hinüber, der sich in eine solche Leidenschaft hineinsteigerte, daß ich mich fragte, ob ihm noch genügend Kraft für die abendliche Vorstellung bleiben würde. »Vielleicht sollte ich es nicht sagen, aber er ist zehnmal besser. Ich war ungefähr zwölf, als ich Sie und Julian Marquet in ›Dornröschen‹ sah, aber es war die Inspiration, die mir den Wunsch einflößte, selbst Tänzerin zu werden. Danke da-

für, daß Sie uns einen wunderbaren Tänzer wie Jory Marquet geschenkt haben.«
Ihre Worte erfüllten mich mit Glück. Meine Ehe mit Julian war also doch kein völliger Fehlschlag gewesen, wenn Jory aus ihr hervorgegangen war. Jetzt war ich bereit zu glauben, daß Bartholomew Winslows Sohn mich einmal mit ebenso großem Stolz erfüllen würde.
Nach der Probe kam Cindy zu mir, vollkommen außer Atem. »Wie war ich, Mam, okay?« Sie wartete mit gespanntem Gesichtsausdruck auf meine Anerkennung.
»Du hast sehr schön getanzt, Cindy, wirklich. Wenn du dich jetzt noch bemühst, auf die Musik einzugehen, die zeitliche Abstimmung einzuhalten, wirst du für eine Debütantin eine bemerkenswerte Leistung bieten.«
Sie grinste mich an. »Du kannst nie die Rolle der Lehrerin ablegen, nicht wahr, Mam? Ich habe den Verdacht, daß ich bei weitem nicht so gut bin, wie du mir einreden willst, aber ich werde bei dieser Aufführung mein Bestes geben, und wenn ich keinen Erfolg haben sollte, wird es nicht daran liegen, daß ich mich nicht genügend bemüht habe.«
Jory war von Bewunderern umringt, während Melodie ruhig neben Bart auf einem Doppelsofa saß. Sie unterhielten sich nicht miteinander und waren nicht einmal in freundschaftlicher Stimmung. Doch als ich sie auf dem hübschen kleinen Sofa für zwei Personen erblickte, wurde mir unbehaglich zumute. Ich zog Chris zu dem Paar auf dem Sofa. »Alles Gute zum Geburtstag«, rief ich fröhlich. Er blickte auf und lächelte bezaubernd.
»Ich habe euch ja gesagt, daß es ein großartiger Tag mit Sonnenschein und ohne Regen wird.«
»Das stimmt.«
»Können wir jetzt zu Tisch gehen?« fragte er, stand auf und griff nach Melodies Hand. Sie übersah seine Geste und stand ohne Hilfe auf. »Ich bin halb verhungert!« fuhr Bart fort, den ihre neuerliche Zurückweisung kaum berührte. »Diese bescheidenen kontinentalen Frühstücke reichen für meinen Appetit einfach nicht aus.«

Am Mittagstisch bildeten wir eine glückliche Gesellschaft, mit Ausnahme von Joel, der abseits von uns an einem kleinen runden Tisch auf der Terrasse saß. Er behauptete, daß wir zu laut waren und zu viel aßen, was seiner mönchischen Lebenshaltung zuwiderliefe, die den Speisen gegenüber ernste Zurückhaltung und lange Gebete vor und nach dem Essen verlangte. Sogar Bart ärgerte sich über Joel, wenn er seine Frömmigkeit übertrieb, und an diesem besonderen Tag war sein Unwillen deutlich erkennbar.
»Onkel Joel, mußt du denn immer allein dort sitzen? Komm in den Kreis der Familie und wünsche mir Glück zum Geburtstag.«
Joel schüttelte den Kopf. »Der Herr verurteilt die ostentative Zurschaustellung von Reichtum und Eitelkeit. Ich mißbillige diese Party. Du könntest deinen Dank dafür, daß du am Leben bist, auf bessere Weise zeigen, indem du Nächstenliebe übst.«
»Was hat die Nächstenliebe für mich getan? Jetzt bin ich an der Reihe, mich hervorzutun, Onkel, und selbst wenn sich der liebe alte Malcolm im Grab umdreht, werde ich mich heute abend vergnügen wie noch nie in meinem Leben!«
Ich war überwältigt vor Freude, beugte mich zu ihm und küßte ihn. »Ich bin glücklich, dich in so guter Laune zu sehen, Bart. Heute ist dein großer Tag ..., und bei unseren Geschenken werden dir die Augen übergehen.«
»Das hoffe ich«, erwiderte er mit einem strahlenden Lächeln. »Sie türmen sich ja auf dem Gabentisch. Wir werden sie bald öffnen, nachdem die Gäste eingetroffen sind, damit wir dann die Vorstellung genießen können.«
Mir gegenüber starrte Jory besorgt in Melodies Augen. »Liebling, fühlst du dich wohl?«
»Ja«, flüsterte sie, »nur würde ich allzu gern die Rolle der Dalila tanzen. Es ist ein merkwürdiges Gefühl für mich, dich mit einer anderen Partnerin tanzen zu sehen.«
»Wenn das Baby erst einmal geboren ist, werden wir wieder zusammen tanzen«, versprach er, bevor er sie küßte.

Ihre Augen waren liebevoll auf ihn geheftet, als er aufstand, um wieder mit Cindy zu proben.
Da war Barts glücklicher Gesichtsausdruck wie weggewischt.
Unaufhörlich kamen Lieferanten, die weitere Geschenke für Bart abgaben. Viele Angehörige seiner Studentenverbindung in Harvard kamen mit ihren Ehefrauen oder Freundinnen. Wer nicht persönlich erscheinen konnte, schickte Geschenke. Bart kam und ging fast im Laufschritt, kontrollierte alle Details der Party. Dutzende von Blumensträußen trafen ein. Die Traiteure füllten die Küche, so daß ich mir wie ein Eindringling vorkam, als ich mir meinen Mittagsimbiß zubereiten wollte. Dann ergriff mich Bart am Arm und zog mich durch alle Räume, die vor Blumen überquollen. »Glaubst du, daß meine Freunde beeindruckt sein werden?« fragte er besorgt. »Ich fürchte, ich habe in der Schule etwas zuviel angegeben. Sie werden ein Feenschloß erwarten.«
Ich sah mich noch einmal um. Ein Haus, das für eine Party hergerichtet war, hatte einen Zauber an sich, der es besonders schön erscheinen ließ, und Foxworth Hall wirkte nicht nur festlich, sondern war eine Sensation mit all den frischen Blumen, die ihm Wärme und Anmut und auch Schönheit verliehen. Die vielen Kristallgegenstände funkelten, das Silber glänzte, das Kupfer glühte ... o ja, dieses Haus konnte es mit den ersten am Platz aufnehmen.
»Hör auf, dich zu sorgen, Liebling. Du kannst nicht alle Welt übertrumpfen. Foxworth Hall ist ein wirklich schönes Haus, und deine Dekorateure haben großartige Arbeit geleistet. Deine Freunde werden aus dem Staunen nicht herauskommen, daran brauchst du keine Sekunde zu zweifeln. Die Hausverwalter haben es all die Jahre hindurch gut instand gehalten und den Pflanzen in den Gärten die Möglichkeit gegeben, sich gut zu entwickeln.«
Er hörte mir nicht zu, sondern starrte mit leicht gerunzelter Stirn an mir vorbei. »Weißt du, Mutter«, sagte er leise, »wenn du und dein Bruder wegfahren und auch Melodie

und Jory abreisen, werde ich immer noch hier weilen. Es ist gut, daß ich meinen Onkel Joel habe, der bis zu seinem Tod hier leben wird.«

Mein Herz wurde schwer.

Cindys Name fiel nicht, denn er würde sie offenbar nie vermissen. »Magst du Joel wirklich so sehr, Bart? Heute morgen hast du dich über seine asketische Art geärgert.«

Schatten verfinsterten seine an und für sich dunklen Augen, ließen sein gutaussehendes Gesicht ernst erscheinen. »Mein Onkel verhilft mir dazu, zu mir zu finden, Mutter, und wenn ich mich auch manchmal ärgere, so kommt es daher, daß ich meine Zukunft noch nicht klar vor mir sehe. Er kann nichts für die Gewohnheiten, die er in den Jahren bei den Mönchen angenommen hat; sie durften nicht sprechen, sondern nur bei den Gottesdiensten laut beten und singen. Er hat mir ein wenig erzählt, wie es war, und es muß sehr hart und einsam gewesen sein ... dennoch behauptet er, daß er dort den Frieden und den Glauben an Gott und ein ewiges Leben gefunden hat.«

Mein Arm löste sich von seiner Taille. Er hätte sich nur an Chris wenden müssen und alles gefunden, was er suchte – Frieden, Sicherheit und das Selbstvertrauen, das Chris sein Leben lang aufrecht gehalten hatte. Bart war mit Blindheit geschlagen, wenn es darum ging, das Wertvolle in einem Mann zu erkennen, der sich so aufrichtig bemüht hatte, in Bart seinen Sohn zu sehen.

Doch meine Beziehung zu meinem Bruder machte Bart für alles andere blind.

Traurig verließ ich Bart und stieg die Treppe hinauf zu Chris, der vom Balkon auf die Arbeiter im Hof hinunterblickte. Ich trat zu ihm und spürte die heiße Sonne, die auf meinen Kopf niederbrannte. Schweigend beobachteten wir das eifrige Treiben, während ich betete, daß dieses Haus uns endlich Freude statt Trübsal schenken würde.

Wir schliefen zwei Stunden, dann nahmen wir ein leichtes Dinner zu uns, bevor wir uns für die Party umzogen.

Ich trat auf den Balkon hinaus, der mir und Chris soviel

Vergnügen bot. Unter mir lag das Märchenland der Geburtstagsfeier. Die Farben des schwindenden Tages überzogen den Himmel mit sattem Rosa und Violett, mit Streifen von Anilinrot und Orange, während schläfrige Vögel zu ihren Nestern flogen. Kardinalvögel piepsten leise, es war kein Zirpen oder Zwitschern, sondern eher ein elektronisches, metallisches Flöten. Als Chris, noch feucht und erfrischt durch das Duschen, neben mich trat, sprachen wir nicht und empfanden auch nicht das Bedürfnis, es zu tun; wir legten einander die Arme um die Taille, blickten hinunter, drehten uns schließlich um und gingen hinein.

Bart, das Kind meiner Rache, trat nun sein Erbe an. Ich hielt an meinen Hoffnungen fest – ich wünschte mir eine Party, die gut verlief und ihm die Gewißheit gab, die er brauchte, daß er Freunde hatte und beliebt war. Ich schob meine Befürchtungen beiseite und wiederholte mir immer wieder, daß es Bart und auch uns gebührte.

Vielleicht würde Bart morgen befriedigt sein, wenn das Testament wieder verlesen wurde. Vielleicht, nur vielleicht . . . ich wünschte ihm das Beste und wollte, daß das Schicksal ihn für so vieles entschädigte.

Hinter mir ging Chris in unserem Ankleidezimmer herum, zog seine Smokinghose an, stopfte die Hemdschöße hinein, band sich die Smokingfliege selbst und bat mich dann, es besser zu machen. »Sorge dafür, daß die Enden gleich lang sind.« Ich knüpfte sie ihm gern noch einmal. Er bürstete sein schönes, blondes Haar, das hinten nur ein wenig dunkler war als damals, als er vierzig gewesen war. Jedes Jahrzehnt färbte sich das Blond auf unseren beiden Köpfen ein wenig dunkler und mischte eine Spur mehr Silberfäden ins Haar. Ich konnte meines ohne weiteres tönen, aber Chris lehnte es ab. Blondes Haar gehörte vor allem zu meiner Vorstellung von mir selbst. Mein Gesicht war noch immer reizvoll. Ich war eine reife Frau und sah dennoch jung aus.

Chris' Spiegelbild näherte sich meinem Toilettentisch, zö-

gerte über meinen Schultern. Seine mir so vertrauten Hände schlüpften in das Oberteil meines Kleides und umspannten meine Brüste, dann drückte er seine Lippen auf meinen Nacken. »Ich liebe dich. Ich weiß nicht, was ich täte, wenn ich dich nicht hätte.«
Warum betonte er das immer wieder?
Als erwartete er, daß ich ihn eines Tages verlassen oder sterben würde. »Liebster, du würdest ganz einfach weiterleben. Du bist wichtig für die Gesellschaft, ich nicht.«
»Du bist es, die mich am Leben hält«, flüsterte er heiser. »Ohne dich wüßte ich nicht, wie es weitergehen sollte – du aber würdest ohne mich weiterleben und wahrscheinlich wieder heiraten.«
Ich sah seine Augen, seine blauen, wehmütig erwartungsvollen Augen.
»Ich habe drei Ehemänner und einen Geliebten gehabt, das reicht mir. Wenn ich das Unglück hätte, dich zu verlieren, würde ich Tag um Tag am Fenster sitzen, hinausstarren und daran denken, wie mein Leben mit dir zusammen war.«
Seine Augen wurden milder, und er sah mich unverwandt an, als ich fortfuhr. »Du bist so schön, Chris, du wirst unsere Söhne neidisch machen.«
»Schön? Ist das nicht ein Eigenschaftswort, das man im Zusammenhang mit Frauen verwendet?«
»Nein. Es gibt einen Unterschied zwischen gutaussehend und schön. Manche Männer sehen gut aus, strahlen aber keine innere Schönheit aus – wie du. Du bist schön, mein Liebster – innerlich und äußerlich.«
Wieder leuchteten seine blauen Augen auf. »Ich danke dir sehr. Und ich darf dir gestehen, daß ich dich zehnmal schöner finde als du mich.«
»Ich sagte es schon, meine Söhne werden eifersüchtig sein, wenn sie die Schönheit meines Christopher erblicken.«
»Ja, natürlich«, antwortete er und verzog das Gesicht zu einem Grinsen, »deine Söhne finden an mir viel, worum sie mich beneiden.«

»Du weißt doch, Chris, daß Jory dich liebt. Eines Tages wird auch Bart seine Liebe für dich entdecken.«

»Eines Tages wird mein Schiff kommen . . .« sang er leichthin.

»Es ist auch sein Schiff, Chris. Bart tritt endlich sein Erbe an. Und weil dieses Vermögen jetzt seiner Kontrolle unterliegt, nicht mehr der deinen, wird er sich beruhigen, zu sich selbst finden und in dir den besten Vater sehen, den er je haben konnte.«

Er lächelte nachdenklich, ein leicht trauriges Lächeln. »Ehrlich gesagt, Liebling, ich werde glücklich sein, wenn Bart sein Geld hat und ich nichts mehr damit zu tun habe. Es ist keine leichte Aufgabe, all das Geld zu verwalten, obgleich ich einen Anlageberater hätte anstellen können, der es an meiner Stelle gemacht hätte. Ich wollte als Treuhänder Bart beweisen, daß ich mehr bin als nur ein Arzt, denn das hatte ihm nie genügt.«

Was konnte ich sagen? Was immer Chris tat, Barts Einstellung zu ihm änderte sich nicht. Wegen der einen Tatsache, die er nicht ändern konnte – daß Chris mein Bruder war –, würde ihn Bart nie als Vater akzeptieren.

»Denkst du an etwas Häßliches, Liebste, weil du die Stirn runzelst?«

»An nichts Wichtiges«, antwortete ich und stand auf. Das seidige Weiß meines enganliegenden Kleides im griechischen Stil raschelte sinnlich an meiner nackten Haut. Eine lange Locke fiel auf meine Schulter herab, der Rest meines Haares war hochfrisiert. Es wurde von einer Diamantspange festgehalten, dem einzigen Schmuck, den ich außer meinen Eheringen trug. In der Mitte unseres gemeinsamen Schlafzimmers umarmten wir einander. Wir hielten uns an der einzigen Sicherheit fest, die wir je besessen hatten: einander. Das Haus um uns war still. Als hätten wir uns verirrt und wären für alle Ewigkeit allein.

»Heraus damit«, forderte mich Chris nach langen Minuten auf. »Ich merke immer, wenn du dir Sorgen machst.«

»Ich möchte nur, daß sich die Beziehung zwischen dir

und Bart ändert, sonst nichts«, antwortete ich gleichmütig, denn ich wollte diesen Abend nicht verderben.

»Meine Beziehung zu Jory und Cindy wiegt Barts Feindseligkeit mehr als auf. Und noch wichtiger ist, ich weiß, daß Bart mich nicht haßt. Es gibt Zeiten, da spüre ich, daß er mir die Hand reichen will, aber die Scham, die Kenntnis von unserer wahren Beziehung hält ihn wie mit stählernen Ketten zurück. Er sucht meine Führung, schämt sich aber, darum zu bitten. Er braucht einen Vater, einen wirklichen Vater. Das haben uns seine Psychiater immer gesagt. Er mustert mich, stellt fest, daß ich seinen Ansprüchen nicht genüge ... also sucht er anderswo. Zuerst war es sein Urgroßvater Malcolm, der bereits im Grab lag. Dann war es John Amos, und auch John hat ihn enttäuscht. Jetzt wendet er sich Joel zu, befürchtet aber, daß auch er Fehler haben könnte. Ja, manchmal merke ich, daß er seinem Großonkel nicht wirklich traut. Und weil Bart so denken kann, ist er kein hoffnungsloser Fall, Cathy. Wir haben noch Zeit, ihm nahezukommen –, denn wir leben und er lebt.«

»Ja, ja, ich weiß, ich weiß. Solange es Leben gibt, gibt es Hoffnung. Sag es immer wieder. Wenn du es oft genug wiederholst, wird vielleicht der Tag kommen, an dem Bart dir sagt, ›Ja, ich liebe dich. Ja, du hast dein Bestes getan. Ja, du bist der Vater, den ich mein Leben lang gesucht habe‹ –, wäre das nicht wunderbar?«

Er drückte seinen Kopf in mein Haar. »Sprich nicht so bitter. Der Tag wird kommen, Cathy. So sicher, wie du und ich uns lieben – und unsere drei Kinder –, der Tag wird kommen.«

Ich würde alles tun, was mir möglich war, damit Bart eines Tages aufrichtig und voll Liebe mit seinem Vater sprach! Ich würde ewig auf den Tag warten, an dem Bart Chris akzeptierte und zugab, daß er ihn liebte, ihn bewunderte und ihm dankbar war, und ich würde auch erleben, daß er sich Jory gegenüber wie ein Bruder verhielt ... und auch Cindy gegenüber.

Minuten später befanden wir uns oben auf der Treppe, um zu Jory und Melodie hinunterzugehen, die unten neben dem Geländer standen. Melodie trug ein einfaches schwarzes Kleid mit Spaghettiträgern. Ihr einziger Schmuck war eine Kette aus schimmernden Perlen.
Als Bart meine hochhackigen Schuhe auf dem Marmor klappern hörte, kam er in seinem maßgeschneiderten Smoking zu uns. Ich hielt den Atem an. Er sah aus wie sein Vater, als ich ihn kennenlernte.
Sein Schnurrbart – vor sieben Tagen hatte ich den ersten Flaum bemerkt – war dichter geworden. Er sah glücklich aus, und das genügte, damit er noch attraktiver wirkte. Seine dunklen Augen waren voll Bewunderung, als er mein Kleid, meine Haare sah, mein Parfüm roch. »Mutter!« rief er, »du siehst phantastisch aus! Du hast dieses bezaubernde weiße Kleid eigens für meine Party gekauft, nicht wahr?« Lachend bejahte ich, ich konnte auf einer solchen Party doch nicht etwas Altes tragen.
Wir alle machten einander Komplimente, nur Bart sprach kein Wort mit Chris, obgleich er ihm verstohlene Blicke zuwarf, als ob ihn Chris' unverändert gutes Aussehen überraschte. Melodie, Jory, Chris und ich, Bart und Joel bildeten einen Kreis am Fuß der Treppe, und alle außer Joel versuchten, zugleich zu sprechen. Dann . . .
»Mama, Daddy!« rief Cindy, lief die Treppe zu uns herunter und raffte ihr langes, feuerrotes Kleid zusammen, um nicht darüber zu stolpern. Ich starrte sie ungläubig an. Ich wußte nicht, wo Cindy das gewagte rote Kleid herhatte, das sie trug. Es paßte zu einer Hure, die ihre Reize zur Schau stellen wollte. Mich erfüllte so entsetzliche Angst vor Barts Reaktion, daß mein vorheriges Glücksgefühl wie schaler Wein in meine Schuhe strömte und durch den Boden verschwand. Das Ding, das sie trug, klebte wie scharlachrote Farbe an ihr, der Ausschnitt reichte fast bis zu ihrer Taille, und sie trug sichtlich nichts darunter. Die Warzen ihrer üppigen Brüste waren deutlich zu sehen; und wenn sie sich bewegte, wippten sie auf peinliche Wei-

se. Die anliegende Satinhülle war schräg geschnitten und klebte am Körper ... oh, wie sie klebte. Es gab keinen Wulst, keine Falte, keine Unze Fett, nur einen herrlichen, jungen Körper, den sie zur Schau stellen wollte.
»Cindy, geh in dein Zimmer«, flüsterte ich, »und zieh das blaue Kleid an, das du tragen solltest. Du bist sechzehn, nicht dreißig.«
»Ach, Mama, sei doch nicht so altmodisch. Die Zeiten haben sich geändert. Nacktheit ist ›in‹, Mama. Und im Vergleich zu anderen Kleidern, die ich hätte wählen können, ist dieses sittsam, absolut prüde.«
Ein einziger Blick auf Bart sagte mir, daß er Cindys Kleid nicht für sittsam hielt. Er war wie vom Donner gerührt, sein Gesicht war puterrot, seine dunklen Augen traten hervor, während er zusah, wie sie herumtrippelte, denn ihr Rock war so eng, daß sie kaum die Beine bewegen konnte.
Bart starrte uns an, dann wieder Cindy. Er war so wütend, daß er nicht sprechen konnte. In diesen wenigen Sekunden mußte mir etwas einfallen, womit ich ihn beschwichtigen konnte. »Cindy, bitte lauf zurück und zieh dir etwas Dezentes an.«
Cindys Augen waren auf Bart gerichtet. Sie forderte ihn sichtlich heraus, ließ es darauf ankommen, ob er etwas dagegen unternahm. Seine Reaktion, seine hervorquellenden Augen, seine vor Empörung und Schock offenen Lippen schienen ihr Vergnügen zu bereiten. Sie gab noch mehr an, indem sie herumtänzelte wie ein brünstiges Pony und die Hüften aufreizend wiegte. Joel trat zu Bart, er musterte Cindy von oben bis unten kalt und verächtlich, dann blickte er mich an. »Sieh doch, was du aufgezogen hast«, schien er sagen zu wollen.
»Cindy! Hörst du, was deine Mutter will?« brüllte Chris. »Tu, was sie sagt! Sofort!«
Cindy erstarrte erschrocken, wurde rot, sah ihn jedoch herausfordernd an und hielt ihm stand.
»Bitte, Cindy«, fügte ich hinzu, »tu, was dein Vater sagt.

Das andere Kleid ist sehr hübsch und passend. Was du trägst, ist vulgär.«

»Ich bin alt genug, um selbst zu wissen, was ich trage«, erwiderte sie mit zitternder Stimme, ohne sich zu bewegen. »Bart hat Rot gern, deshalb trage ich Rot!«

Melodie starrte Cindy an, warf mir einen hilflosen Blick zu und versuchte zu lächeln. Jory schien belustigt, als wäre alles nur ein Scherz. Inzwischen war Cindy mit ihrer burlesken Vorstellung fertig. Sie sah etwas niedergeschlagen drein, als sie vor Jory stehenblieb und ihn erwartungsvoll anblickte. »Du siehst ausgesprochen himmlisch aus, Jory – und du auch, Melodie.«

Jory wußte sichtlich nicht, was er sagen oder wohin er schauen sollte, deshalb blickte er weg und dann wieder auf sie. Langsam breitete sich die Röte vom Kragen seines elegant gefältelten Hemdes bis in sein Gesicht aus. »Und du siehst aus . . . wie Marilyn Monroe . . .«

Barts dunkler Kopf fuhr herum. Wieder starrte er Cindy wütend an. Sein Gesicht brannte noch röter, als würde es sich jeden Augenblick in Rauch auflösen. »Du gehst sofort auf dein Zimmer zurück und ziehst etwas Anständiges an. Augenblicklich! Setz dich in Bewegung, bevor du bekommst, was du verdienst! Ich lasse nicht zu, daß jemand in meinem Haus wie eine Hure gekleidet ist!«

»Verschwinde, du Scheusal!« fuhr sie ihn an.

»Was hast du gesagt?« schrie er.

»Ich sagte, verschwinde, du Scheusal! Ich werde genau das tragen, was ich anhabe!« Sie zitterte. Aber diesmal hatte Bart recht.

»Cindy, warum? Du weißt, daß dieses Kleid nicht richtig ist, und wir alle sind mit Recht schockiert. Also tu doch, was wir von dir erwarten, geh hinauf und zieh dich um. Verursache nicht noch mehr Unruhe, als schon der Fall ist – denn du siehst wie ein Straßenmädchen aus, das ist dir bestimmt klar. Für gewöhnlich hast du einen sehr guten Geschmack. Warum hast du dir ausgerechnet dieses Kleid ausgesucht?«

»Mama, du tust, als wäre ich schlecht«, jammerte sie.
Bart ging mit drohendem Gesicht auf sie zu. Sofort trat Melodie zwischen die beiden und breitete ihre schlanken Arme aus, bevor sie sich bittend an Bart wandte. »Merkst du nicht, daß sie es nur tut, um dich zu ärgern? Bleib ruhig, sonst wirst du Cindy genau die Genugtuung verschaffen, die sie will.«
Sie drehte sich um und sagte kühl, aber autoritär zu Cindy: »Cindy, du hast uns schockiert, was du ja wolltest. Warum gehst du nicht wieder nach oben und ziehst das hübsche blaue Kleid an, das du zuerst nehmen wolltest?«
Ohne sich um Chris und mich zu kümmern, setzte sich Bart auf Cindy zu in Bewegung, um sie zu packen, aber sie trippelte aus seiner Reichweite und drehte sich spöttisch um, weil er langsam und nicht so gewandt war wie sie, obwohl der schmale, gerade, enge Rock sie behinderte. Ich hätte Cindy am liebsten geohrfeigt, als sie seidenweich sagte: »Bart, Liebling, ich war so sicher, daß dir dieses rote Kleid gefallen würde ... du hältst mich ohnehin für ein billiges, wertloses Geschöpf, also entspreche ich nur deinen Erwartungen – und spiele die Rolle, die du für mich geschrieben hast.«
Mit einem blitzschnellen Sprung war er bei ihr. Seine offene Handfläche klatschte auf ihre Wange.
Der harte Schlag war so schmerzhaft, daß Cindy zurücktaumelte und sich mit einem Plumps auf die zweite Treppe setzte. Der Rock ihres roten Kleides platzte entlang der Mittelnaht auf, und ich eilte ihr zu Hilfe. Tränen traten in ihre Augen.
Cindy stand rasch auf, stieg die Treppe rücklings hinauf und versuchte ihre Würde zu bewahren. »Du bist und bleibst ein Scheusal, Bruder Bart. Ein sonderbarer, perverser Mensch, der von der wirklichen Welt nichts versteht. Ich könnte wetten, daß du noch eine Jungfrau oder schwul bist!«
Barts Gesicht drückte solche Wut aus, daß sie schleunigst die Treppe hinaufstolperte. Ich wollte mich Bart in den

Weg stellen, damit er Cindy nicht folgen konnte, aber er war zu schnell für mich.
Er stieß mich rücksichtslos zur Seite, so daß ich fast gestürzt wäre. Weinend wie ein gezüchtigtes Kind verschwand Cindy, dicht gefolgt von Bart.
Ich hörte undeutlich, wie Bart in einer fernen Halle schrie: »Wie kannst du es wagen, mich in Verlegenheit zu bringen? Du bist das Miststück, das ich vor all den schmutzigen Geschichten schützen mußte, die ich über dich hörte. Ich habe angenommen, daß sie erlogen sind. Jetzt hast du selbst bewiesen, daß du genau das bist, was man sich von dir erzählt! Sobald diese Party vorbei ist, will ich dich niemals wiedersehen!«
»Als ob ich dich sehen wollte!« schrie sie. »Ich hasse dich, Bart! Ich hasse dich!«
Ich hörte sie schreien und jammern und wollte die Treppe hinaufgehen, doch Chris versuchte mich zurückzuhalten. Ich riß mich los und hatte bereits fünf Stufen erklommen, als Bart mit befriedigtem Grinsen auf seinem schönen, doch im Augenblick bösen Gesicht auftauchte. Er flüsterte mir im Vorübergehen zu: »Ich habe ihr etwas verabreicht, was sie bei dir nie bekommen hat – eine ordentliche Tracht Prügel. Wenn sie nächste Woche keine Schwierigkeiten beim Sitzen hat, muß sie einen Arsch aus Eisen haben.«
Ich blickte zufällig zu Joel zurück, der bei diesem Ausdruck finster blickte.
Bart kümmerte sich zur Abwechslung nicht um Joel, lächelte wie ein vollendeter Gastgeber, stellte uns in einer Reihe auf, und wir begrüßten die Gäste, die bald einzutreffen begannen. Bart stellte uns Leuten vor, von denen ich gar nicht wußte, daß er sie kannte. Ich wunderte mich über seine vollendeten Manieren, über die Sicherheit und Ungezwungenheit, mit der er alle behandelte und sie begrüßte. Seine Kollegen aus dem College kamen in Scharen, als wollten sie alles sehen, wovon er ihnen erzählt hatte. Wenn Cindy nicht dieses entsetzliche Kleid angezo-

gen hätte, hätte ich wirklich stolz auf Bart sein können. So aber war ich verwirrt, weil Bart jede Rolle spielen konnte, die seinen Zwecken diente.

Im Augenblick war er darauf aus, alle zu bezaubern. Und es gelang ihm sogar besser als Jory, der offenbar klugerweise beabsichtigte, sich im Hintergrund zu halten und Bart im Scheinwerferlicht stehen zu lassen. Melodie blieb an der Seite ihres Mannes, hielt seine Hand, hängte sich in ihn ein, sah blaß und unglücklich aus. Ich war so damit beschäftigt, Bart zu beobachten, daß ich zusammenfuhr, als mich jemand am Arm zupfte. Es war Cindy, die das einfache blaue Seidenkleid trug, das ich für sie ausgesucht hatte. Sie sah aus wie eine süße Sechzehnjährige, die noch nie geküßt hatte. Ich schalt sie: »Cindy, du hast Bart wirklich nichts vorzuwerfen. Diesmal hast du eine Tracht Prügel verdient.«

»Der verdammte Kerl soll zum Teufel gehen!« stieß sie hervor. »Ich werde es ihm schon zeigen! Ich werde zehnmal besser tanzen, als Melodie je getanzt hat! Ich werde jeden Mann auf dieser Party dazu bringen, mich zu begehren, trotz dieses tödlich farblosen Kleides, das du ausgesucht hast.«

»Das meinst du doch nicht im Ernst, Cindy.«

Sie wurde weich und fiel mir um den Hals. »Nein, Mama, ich meine es nicht ernst.«

Bart sah Cindy bei mir stehen, musterte ihr mädchenhaftes Kleid, lächelte sarkastisch und kam dann zu uns.

Cindy richtete sich stolz auf.

»Jetzt hör mal zu, Cindy. Du wirst dein Kostüm anziehen, wenn es soweit ist, und alles vergessen, was zwischen uns passiert ist. Du wirst deine Rolle vollendet tanzen – okay?« Er kniff sie spielerisch in die Wange. So spielerisch, daß er einen tiefroten Abdruck auf ihrem Gesicht hinterließ. Sie quiekte und trat nach ihm. Ihr hoher Absatz bohrte sich in sein Schienbein. Er schrie auf und ohrfeigte sie.

»Bart!« zischte ich, »hör auf! Tu ihr nicht wieder weh! Für einen Abend hast du schon genug getan!«

Chris zog Bart von Cindy weg. »Jetzt habe ich genug von diesem Unsinn«, sagte er zornig, und Chris geriet selten in Zorn. »Du hast einige der bedeutendsten Leute von Virginia zu dieser Party eingeladen –, zeige ihnen jetzt, daß du dich benehmen kannst.«
Bart riß sich von Chris los und funkelte ihn an, dann entfernte er sich rasch und wortlos. Ich lächelte Chris zu, und wir gingen zusammen hinaus in die Gärten. Jory und Melodie stellten Cindy einigen der jungen Leute vor, die mit ihren Eltern gekommen waren. Viele der Gäste hatte Bart durch Jory und Melodie kennengelernt, die zahllose Freunde und Fans besaßen.
Ich konnte nur das Beste hoffen.

Samson und Dalila

Goldene Kugeln erhellten ringsum die Nacht, und der Mond schwebte hoch auf einem wolkenlosen Sternenhimmel. Auf dem Rasen waren Dutzende von Büfettischen aneinandergefügt, die ein riesiges U bildeten. Auf diesen Tischen befanden sich die Speisen auf großen Silberplatten. Ein Springbrunnen sprühte importierten Champagner in die Höhe, der dann in stufenweise angeordnete Becken tropfte, die in kleine Hähne mündeten. Auf dem Mitteltisch stand eine riesige Eisskulptur von Foxworth Hall.
Neben den mit allem, was Geld kaufen konnte, beladenen Haupttischen standen Dutzende kleiner, runder und quadratischer Tische, mit glänzenden Tischtüchern bedeckt – grün auf rosa, türkis auf violett, gelb auf orange und andere überraschende Farbkombinationen. Schwere Blumengirlanden schmückten die Tischtücher und hinderten sie daran, davonzufliegen.
Obwohl Chris und ich allen Gästen vorgestellt worden waren, hatte ich den Eindruck, daß die meisten bestrebt waren, nicht mit uns zu sprechen. Ich blickte Chris an, und er mich. »Was ist da los?« flüsterte er.
»Die älteren Gäste sprechen auch nicht mit Bart«, antwortete ich. »Sie sind nur gekommen, um zu trinken, zu essen und sich zu vergnügen, Bart und wir sind ihnen vollkommen gleichgültig. Sie sind nur hier, damit er sie bewirten kann.«
»Das würde ich nicht sagen«, erwiderte Chris. »Alle legen Wert darauf, mit Jory und Melodie zu sprechen. Einige

unterhalten sich sogar mit Joel. Sieht er heute abend nicht wie ein feiner, eleganter Gentleman aus?«
Ich staunte immer darüber, daß Chris an jedermann etwas zu bewundern fand.
Joel sah aus wie ein Leichenbestatter, während er feierlich von einer Gruppe zur anderen ging. Er hatte kein Glas in der Hand wie alle anderen. Er nahm nichts von den Erfrischungen zu sich, die sich so atemberaubend auf den Büfettischen türmten. Ich knabberte lustlos an einem mit Gänseleberpastete belegten Cracker und sah mich nach Cindy um. Sie war von fünf jungen Männern umgeben und offenbar die Ballkönigin. Nicht einmal ihr sittsames blaues Kleid hinderte sie daran, sehr verführerisch auszusehen –, sie hatte die Schulterrüsche hinuntergeschoben, so daß die obere Hälfte ihres Busens nicht bedeckt war.
»Sie sieht so aus wie du früher einmal«, sagte Chris, der Cindy gleichfalls betrachtete. »Nur hast du ätherischer gewirkt, als würden deine Füße nie fest auf dem Boden stehen und als würdest du nie aufhören, an Wunder zu glauben.« Er unterbrach sich und sah mich auf die besondere Art an, durch die meine Liebe zu ihm immer lebendig blieb. »Ja, Liebste«, flüsterte er, »sogar hier können Wunder geschehen.«
Alle Frauen und Ehemänner schienen zu versuchen, bei einem fremden Angehörigen des anderen Geschlechts Erfolg zu haben. Nur Chris und ich blieben beisammen. Jory war verschwunden, und nun stand Melodie neben Bart. Er sagte etwas zu ihr, worauf ihre Augen zornig funkelten. Sie wandte sich von ihm ab, doch er ergriff ihren Arm und zog sie zurück. Sie entriß ihm den Arm, doch er packte ihn wieder und zog sie in seine Arme. Sie begannen zu tanzen, und Melodie hinderte ihn entschlossen daran, sie an sich zu drücken.
Ich wollte zu ihnen gehen, doch Chris hielt mich am Arm fest. »Laß Melodie mit ihm fertig werden. Du würdest ihn nur wütend machen.«
Seufzend beobachtete ich die kleine Auseinandersetzung

zwischen Bart und der Frau seines Bruders und sah zu meiner Verwunderung, daß er siegte, denn sie entspannte sich und schien schließlich den Tanz zu genießen, der bald zu Ende war. Dann führte er sie von einer Gruppe zur anderen, als wäre sie seine Frau und nicht die Jorys.
Ich hatte nur ein wenig von dem und jenem gekostet, als eine sehr schöne Frau auf uns zutrat und zuerst Chris, dann mich anlächelte. »Sind Sie nicht Corinne Foxworths Tochter, die damals zu der Party am Weihnachtsabend kam und . . .«
Ich unterbrach sie. »Würden Sie mich bitte entschuldigen, ich habe einige Pflichten zu erledigen«, sagte ich und hastete davon, ohne Christopher loszulassen. Die Frau lief hinter uns her. »Aber Mrs. Sheffield . . .«
Ich wurde einer Antwort enthoben, denn ein Trompetenstoß ertönte. Die Veranstaltung begann, und Barts Gäste nahmen mit Tellern voller Speisen und mit Getränken Platz. Bart und Melodie kamen zu uns, während Cindy und Jory davonliefen, um sich in Trainingsanzügen aufzuwärmen, bevor sie ihre kunstvollen Kostüme anlegten. Bald lachte ich wie alle anderen über die professionellen Entertainer.
Was für eine wunderbare Party! Ich sah oft Chris, Bart und Melodie an, die neben uns saßen. Die Sommernacht war vollkommen. Die Berge umschlossen uns mit einem wohlwollenden romantischen Kreis, und ich wunderte mich wieder darüber, daß ich in ihnen nicht nur schreckliche Hindernisse sah, die uns die Freiheit für immer vorenthielten. Ich war glücklich, weil Melodie lachte, und vor allem, weil Bart sich wirklich gut unterhielt. Er schob seinen Stuhl näher zu meinem. »Würdest du sagen, daß meine Party ein Erfolg ist, Mutter?«
»O ja, Bart, du hast alles übertroffen, was ich jemals erlebt habe. Es ist eine wunderbare Party. Der Abend ist atemberaubend schön mit den Sternen und dem Mond und all deinen farbigen Lampen. Wann beginnt das Ballett?«

Er legte mir den Arm lächelnd und liebevoll um die Schultern. Seine Stimme war zärtlich und verständnisvoll, als er fragte: »Für dich kommt nichts dem Ballett gleich, nicht wahr? Und du wirst nicht enttäuscht werden. Warte nur, ob New York oder London den Vergleich mit meiner Produktion von ›Samson und Dalila‹ aufnehmen kann.«
Jory hatte die Rolle nur dreimal vorher getanzt, aber jedesmal hatte seine Darstellung solchen Beifall erzielt, daß es kein Wunder war, wenn Bart von der Rolle fasziniert war. Die schwarzgekleideten Musiker setzten sich, legten neue Notenblätter auf und begannen die Instrumente zu stimmen.
Einige Meter von uns entfernt trug Joel steif einen gehässigen, mißbilligenden Gesichtsausdruck zur Schau, als gäbe er alles wieder, was der Geist seines Vaters bei dieser extravaganten Geldverschwendung fühlen würde.
»Bart, du bist heute fünfundzwanzig, alles Gute zum Geburtstag! Ich erinnere mich genau daran, wie mir eine Schwester dich zum erstenmal in die Arme legte. Es war eine sehr schwere Geburt gewesen, und die Ärzte sagten mir immer wieder, ich müsse mich entscheiden, dein Leben oder das meine. Ich wählte deines. Aber ich habe es geschafft und gebar sogar einen zweiten Sohn . . . das genaue Ebenbild seines Vaters. Du hast geschrien, deine kleinen Hände waren zu Fäusten geballt, und du fuchteltest mit ihnen in der Luft herum. Du hattest mit den Füßen die Decke weggestrampelt, aber sobald du meine Körperwärme spürtest und ich dich an mein Herz drückte, hörtest du auf zu weinen. Deine bis dahin geschlossenen Augen öffneten sich zu Schlitzen. Du schienst mich zu sehen, bevor du einschliefst.«
»Du hast bestimmt Jory für das hübschere Baby gehalten«, meinte er sarkastisch, aber sein Blick war zärtlich, als hörte er gern, wie er als Baby gewesen war.
Melodie sah mich sehr merkwürdig an. Mir wäre es lieber gewesen, sie nicht so in der Nähe zu haben. »Du besaßest deine eigene Art von Schönheit, Bart, eine eigene Persön-

lichkeit, von Anfang an. Du wolltest mich Tag und Nacht bei dir haben. Wenn ich dich in dein Bettchen legte, begannst du zu weinen. Kaum nahm ich dich heraus, hörtest du auf.«

»Mit anderen Worten, ich war ein großer Quälgeist.«

»Auf die Idee bin ich nie gekommen, Bart. Ich liebte dich von dem Tag an, an dem ich dich empfing. Ich habe dich noch mehr geliebt, wenn du gelächelt hast. Dein erstes Lächeln war so zögernd, als würde es deinem Gesicht wehtun.«

Einen Augenblick schien es, daß ich ihn gerührt hatte. Seine Hand griff nach der meinen und meine nach der seinen. Aber in diesem Moment begann die Ouvertüre von Samson und Dalila, und der zärtliche Augenblick zwischen meinem zweiten Sohn und mir ging in dem aufgeregten, überraschten Gemurmel unter, als Barts Gäste dem Programm entnahmen, daß Jory Janus Marquet seine berühmteste Rolle tanzen und seine Schwester Cynthia Sheffield die Rolle der Dalila verkörpern würde. Viele Leute sahen Melodie neugierig an und fragten sich, warum nicht sie die Dalila tanzte.

Wie immer, wenn ein Ballett begann, war ich für die wirkliche Welt verloren, schwebte irgendwo auf einer Wolke, meine Gefühle waren so schmerzlich, so schön, und ich wurde in eine andere Welt entführt.

Der Vorhang ging auf und zeigte das Innere eines bunten Seidenzeltes vor einem Hintergrund, der eine Sternennacht in der Wüste darstellte. Es gab ausgestopfte, aber echt aussehende Kamele, Palmen schwankten sanft. Auf der Bühne stand Cindy in einem durchscheinenden Kostüm, das ihre schlanke, aber reife Gestalt deutlich erkennen ließ. Sie trug eine dunkle Perücke, die geschickt mit juwelenbesetzten Bändern an ihrem Kopf befestigt war. Sie begann einen verlockenden, wiegenden Tanz, um Samson zu verführen, der in der Kulisse stand. Als Jory auftrat, standen die Geburtstagsgäste auf und bereiteten ihm eine begeisterte Ovation.

Er wartete, bis der Beifall aufhörte, dann begann er seinen Tanz. Er trug nur ein Lendentuch aus Löwenfell, das von einem Träger gehalten wurde, der quer über seine breite muskulöse Brust verlief. Seine braungebrannte Haut sah aus, als wäre sie eingeölt. Sein Haar war lang und schwarz und vollkommen glatt, seine Muskeln spielten, während er sich drehte, sprang und Dalilas Schritte wiederholte, nur ungestümer, als verspotte er ihre weibliche Schwäche und schwelge in seiner behenden männlichen Kraft. Ich erschauerte, als ich bedachte, welche Stärke der Darsteller des Samson brauchte. Er war der Richtige für die Rolle, tanzte so gut, daß ich wieder erschauerte, nicht vor Kälte, sondern angesichts der Schönheit meines Sohnes, der dort oben tanzte, als hätte ihm Gott übermenschliche Ausdruckskraft und Grazie verliehen.
Dann zermürbte Dalilas Verführungstanz unentrinnbar seinen Widerstand, und Samson erlag Dalilas Reizen, die ihre dunklen Zöpfe öffnete und langsam begann, sich zu entkleiden ... sie ließ einen Schleier nach dem anderen fallen, bis Samson über sie herfiel und sie nach hinten auf den Stoß von Tierfellen trug ... und die Bühne wurde dunkel, bevor der Vorhang fiel.
Beifall donnerte, während sich der Vorhang senkte. Melodies blasses Gesicht trug einen merkwürdigen Ausdruck – war es Neid? Bedauerte sie jetzt, daß sie nicht die Dalila tanzte?
»Du wärst die beste Dalila gewesen«, flüsterte Bart, und seine Lippen berührten die Haarlocken über ihrem perlengeschmückten Ohr. »Cindy kann sich nicht mir dir vergleichen ...«
»Du tust ihr unrecht, Bart«, widersprach Melodie. »Wenn du bedenkst, wie wenig Zeit sie zum Proben hatte, hat sie eine gute Leistung geboten. Jory hat mir erzählt, daß er überrascht feststellen mußte, wie gut sie ist.« Melodie beugte sich zu mir: »Ich bin sicher, Cathy, daß Cindy zahllose Stunden trainiert hat, sonst hätte sie nicht so gut tanzen können.«

Da der erste Akt des Balletts so gut gegangen war, lehnte ich mich an Chris, der den Arm um mich legte, und entspannte mich. »Ich bin so stolz, Chris. Bart benimmt sich sehr gut. Jory ist der vollendetste danseur, den ich je gesehen habe. Ich bin darüber erstaunt, wie gut Cindy tanzt.«

»Jory ist zum Tanzen geboren«, sagte Chris. »Wenn er von Mönchen erzogen worden wäre, hätte er dennoch getanzt. Aber ich erinnere mich noch an ein widerspenstiges kleines Mädchen, das es haßte, seine Muskeln zu strecken, weil sie wehtaten.«

Wir lachten, wie es lang verheiratete Paare tun, ein vertrautes Lachen, das mehr ausdrückte, als wir sagten.

Der Vorhang ging wieder auf.

Während Samson auf der farbigen Couch schlief, die er mit Dalila geteilt hatte, glitt sie vorsichtig herab, legte ein reizendes Kleid aus zarter Seide an, huschte verstohlen zum Zelteingang und winkte eine Gruppe von sechs Kriegern herbei, die sich vorher versteckt hatten. Alle trugen Schilde und Schwerter. Dalila hatte Samsons langes, dunkles Haar bereits geschoren. Sie hielt es triumphierend hoch, um den ängstlichen Kriegern Selbstvertrauen zu verleihen.

Samson erwachte jäh, sprang vom Bett, vollführte einen hohen Sprung und versuchte, seine Waffe aufzuheben. Der Rest seines langen Haares war kurz und stoppelig. Sein Schwert war ihm zu schwer. Er stöhnte auf, als er merkte, daß seine Kraft fort war. Seine Verzweiflung wurde sichtbar, als er enttäuscht herumwirbelte und sich brutal mit den Fäusten auf die Stirn schlug, weil er an Liebe und Dalila geglaubt hatte; dann fiel er hin, wand sich am Boden und funkelte Dalila an, die ihn mit ihrem wilden Lachen quälte. Er stürzte sich auf sie, doch die sechs Soldaten warfen sich auf Samson und rissen ihn zu Boden. Sie fesselten ihn mit Ketten und Stricken, während er vergeblich versuchte, sich zu befreien.

Und die ganze Zeit sang hinter der Bühne der berühmteste Tenor der Metropolitan seine flehende Liebesarie an

Dalila und fragte, warum sie ihn betrogen habe. Tränen strömten über meine Wangen, als ich sah, wie mein Sohn gefesselt und geschlagen wurde, bevor man ihn auf die Füße stellte und die Soldaten ihren Foltertanz begannen, während Dalila zusah.

Obwohl ich wußte, daß die gräßliche Folter nur gespielt war, drückte ich mich an Chris, als das weißglühende Brandeisen immer näher an Samsons hervorquellende Augen gehalten wurde. Die Scheinwerfer erloschen. Nur das weißglühende Eisen erhellte die Bühne – und der geisterhafte Schein auf Samsons fast nacktem Körper. Der letzte Ton war Samsons Schmerzensschrei.

Der Vorhang fiel nach dem zweiten Akt. Wieder gab es wilden Applaus und laute Hoch- und Bravorufe.

Zwischen den Akten plauderten die Leute, standen auf, holten sich weitere Getränke und füllten ihre Teller wieder, aber ich blieb neben Chris sitzen, fast erstarrt von einer Angst, die ich mir nicht erklären konnte.

Neben Bart saß Melodie ebenso angespannt wie ich und wartete mit geschlossenen Augen.

Der dritte Akt begann.

Bart rückte seinen Stuhl näher an Melodie heran. »Ich hasse dieses Ballett«, murmelte sie. »Seine Brutalität erschreckt mich immer. Das Blut scheint so echt, zu echt. Die Wunden verursachen mir Übelkeit. Märchen eignen sich besser für mich.«

»Alles wird gut gehen«, beruhigte sie Bart und legte ihr den Arm um die Schultern. Melodie sprang sofort auf und weigerte sich von da an, sich wieder zu setzen.

Der rote Vorhang glitt in die Höhe. Nun sahen wir einen heidnischen Tempel vor uns. Riesige, dicke Säulen aus Papiermaché erhoben sich zum Himmel. Der vulgäre, hokkende heidnische Gott kauerte mit untergeschlagenen Beinen über der Mitte der Bühne, und seine grausamen Augen starrten böse herab. Er wurde von zwei Hauptsäulen getragen, die man über eine kurze Treppe erreichen konnte.

Die Musik zum dritten und letzten Akt setzte ein.
Die Tänzer stellten die Menge dar, die zusehen wollte, wie Samson gefoltert wurde, bis die Priester des Tempels die Bühne betraten, jeder sein eigenes Solo tanzte und sich hinsetzte. Dann zogen Zwerge Samson an Ketten auf die Bühne. Er sah erschöpft und müde aus. Blut strömte aus vielen – geschminkten – Wunden, und er stolperte blind im Kreis umher, während die Zwerge ihn boshaft verwirrten, ihm ein Bein stellten, so daß er stürzte, sich dann mühsam wieder aufraffte, um nochmals zu stolpern. Ich beugte mich besorgt vor. Chris ließ seine Hand auf meiner Schulter liegen und versuchte mich zu beruhigen. Konnte Jory tatsächlich durch diese fast undurchsichtigen Haftschalen sehen, die ihn wirklich blind erscheinen ließen? Warum hatte sich Bart nicht mit einem Tuch über den Augen begnügt? Aber Jory hatte behauptet, daß Bart recht hatte. Die Haftschalen waren viel effektvoller.
Knisternde Spannung lag in der Luft. Bart richtete seinen Blick auf Melodie, während Joel Zoll um Zoll näher kam, als wollte er unsere Gesichter beobachten.
Samson fiel es schwer, mit den Ketten zu gehen, die seine mächtigen Knöchel aneinanderfesselten und an denen er eine große Kugel aus vorgetäuschtem Eisen hinter sich herzog. Neben ihm liefen und sprangen ein Dutzend Zwerge herum, die mit kleinen Schwertern und winzigen Lanzen auf seine kräftigen Beine einstachen. (Die Zwerge waren in Wirklichkeit grotesk kostümierte Kinder.) Jory hob seine Ketten hoch, erweckte den Eindruck, als wären sie sehr schwer und er selbst zum Umfallen müde. Auch an den Handgelenken trug er Ketten, die aussahen, als wären sie aus Eisen.
Während er auf der Bühne herumtaumelte, infolge seiner Blindheit im Kreise ging und versuchte, sich weiterzutasten, hörte man die rhythmische, herzzerreißende Musik. Rechts auf der Bühne im Licht eines kleinen blauen Scheinwerfers begann die berühmte Opernsängerin die bekannteste der Arien aus ›Samson und Dalila‹:

»Sieh, mein Herz erschließet sich . . .«
Blind und von Peitschenhieben bis aufs Blut gemartert, begann Jory einen langsamen hypnotischen Tanz, der die Martern und den verlorenen Glauben an die Liebe, seinen wiedergewonnenen Glauben an Gott darstellte; er bezog die – imitierten – Eisenketten in seine Darstellung ein. Noch nie hatte ich eine so herzzerreißende Darbietung gesehen.
Samsons blinde, verzweifelte Qual bei der Suche nach Dalila, die sich nur knapp außerhalb seiner Reichweite hielt, zerbrach mir das Herz, als handle es sich um ein wirkliches Geschehen und nicht um eine Vorstellung, es war so lebensecht, daß die Zuschauer vergaßen zu essen, zu trinken, ihrem Begleiter etwas zuzuflüstern.
Dalila trug ein noch freizügigeres Kostüm in Grün. Die Juwelen blitzten, als wären sie echte Diamanten und Smaragde, und als ich durch das Opernglas blickte, erkannte ich zu meiner Bestürzung, daß sie aus dem Foxworth-Erbe stammten und so sehr glitzerten und glänzten, daß sie den Eindruck erweckten, Dalila trüge mehr am Leib, als es in Wirklichkeit der Fall war. Noch vor wenigen Stunden hatte Bart Cindy mit seinem Zorn verfolgt, obwohl sie damals bekleideter war als jetzt.
Dalila huschte durch den Tempel und versteckte sich hinter einer Marmorsäulen-Attrappe. Samsons ausgestreckte Hände flehten sie um Hilfe an, während der Tenor seinen Schmerz über den Verrat hinausschrie. Ich warf Bart einen raschen Blick zu. Er beugte sich vor und sah so gebannt zu, als interessiere ihn nichts auf der Welt mehr als dieses Spiel der Qual, die er zwischen Bruder und Schwester säen wollte.
Wieder war ich von Besorgnis erfüllt. Gefahr lag in der Luft. Immer höher schwang sich die Sopranstimme empor. Samson torkelte blind auf sein Ziel zu – die Zwillingssäulen, die er auseinanderschieben und so den heidnischen Tempel zerstören wollte.
Über ihm grinste der riesige, obszöne Gott bösartig.

Und das Liebeslied ließ alles tausendmal schmerzhafter erscheinen.
Während Samson die niedrigen Stufen emporstieg, wand sich Dalila voller Reue und Schmerz auf dem Tempelboden, weil ihr Geliebter so grausam behandelt wurde. Einige Wächter machten sich bereit, sie festzunehmen, und zweifellos würde es ihr ebenso ergehen wie Samson. Dennoch begann sie zu Samson hinzukriechen, hielt dabei ihren Körper tief unten am Boden, unterhalb der Ketten, mit denen er so wütend um sich schlug. Nun faßte sie seinen Knöchel und blickte flehend zu ihm empor. Es schien, als würde er sie mit den Ketten schlagen, doch dann zögerte er, starrte blind auf sie hinab, und seine gefesselten Hände streichelten zärtlich ihr langes dunkles Haar, während er ihren Worten lauschte, die sie sprach, die wir aber nicht hören konnten.
Mit gut berechneter Dramatik, mit erneutem Glauben an seine Liebe und seinen Gott, hob Jory die Arme, seine Muskeln schwollen an, und er zerriß seine Ketten!
Das Publikum hielt den Atem an, soviel Leidenschaft legte Jory in sein Spiel.
Er wirbelte wild umher, schlug mit den gesprengten Ketten, die von seinen Handschellen herabhingen, um sich und versuchte blindlings, alle zu treffen. Dalila sprang auf, um den brutal geschwungenen Ketten auszuweichen, die zwei Wachen und einen Zwerg zu Boden warfen. Sie gestaltete ihre Versuche, ihnen zu entgehen, zu einem so aufregenden Tanz, daß alle Partygäste in Bann geschlagen wurden und sich vollkommen still verhielten, während Dalila ihren blinden Geliebten genau in die Stellung brachte, die er einnehmen mußte, zwischen die beiden mächtigen Säulen, die den Tempelgott trugen. Sie wich geduckt aus, provozierte Samson immer mehr mit höhnischen, stummen Gebärden, während die Arie ihre unsterbliche Liebe zu ihm ausdrückte. All das sollte die Priester und die blutdürstige Menge täuschen, die Samsons Tod miterleben wollten.

Rings um die Bühne beugten sich die Zuschauer vor, um die Grazie und Schönheit eines der größten premier danseurs der Welt zu bewundern.
Jory führte erstaunliche Sprünge aus, peitschte sich zu schrecklicher Ekstase auf, bis er endlich eine Hand an eine der Marmorsäulen legte und dann mit noch mehr dramatischem Ausdruck auch die andere umfaßte.
Auf dem Boden küßte Dalila seine Füße, bevor sie ihn verspottete und ihn mit Worten quälte. Sie täuschte die Menge der Heiden, während er wußte, daß sie ihn in Wirklichkeit liebte und ihn nur aus eifersüchtiger Bosheit und Habgier verraten hatte. Mit voller Kraft bemühte sich nun Samson, den gesamten Tempel zum Einsturz zu bringen, indem er sich gegen die Säulen warf! Die Stimme des Tenors flehte Gott an, Samson beizustehen, wenn er den lästerlichen Götzen stürzte.
Wieder erklang der Sopran und wiegte Samson zärtlich in dem Glauben, er könnte das Unmögliche nicht vollbringen. Die letzte flehende Note schwoll gewaltig an, Schweiß strömte über sein Gesicht und tropfte auf seinen geölten Körper, der schon rote Streifen zeigte und gespenstisch glitzerte. Seine blinden weißen Augen leuchteten.
Dalila schrie.
Das war das Stichwort!
Mit einer gewaltigen, furchterregenden Anstrengung hob Jory wieder die Hände und begann mit einer noch gewaltigeren Anstrengung die »steinernen« Säulen wegzuschieben. Ich spürte mein Herz bis zum Hals klopfen, als ich sah, wie die Säulen aus Papiermaché sich zu biegen begannen. Während Gott Samson seine Kraft wiederschenkte, würde der Tempel einstürzen und alle darunter begraben! Bühnenarbeiter hatten geschickt dafür gesorgt, daß eine Menge Pappdeckelplatten und klirrendes Gerümpel mit entsetzlichem Getöse herunterfallen würden. Sie ahmten Donner nach, indem sie auf lange dünne Blechplatten schlugen, als würde Gott seine Rache persönlich ausüben. Merkwürdigerweise erzählte mir Cindy später, daß sie ge-

spürt habe, als die Lichter auf Rot wechselten und die Schallplatten ertönten, auf denen Menschen schrien, wie etwas Hartes über ihre Schulter streifte.
Unmittelbar bevor der Vorhang fiel, wurde Jory von einem riesigen, falschen Stein an Rücken und Kopf getroffen und stürzte zu Boden.
Er lag mit dem Gesicht nach unten auf der Bühne, Blut floß aus seinen Wunden! Entsetzt merkte ich, daß kein ungefährlicher Sand aus den zerbrochenen und umgestürzten Säulen quoll, sprang auf und begann zu schreien. Sofort war Chris auf den Beinen und rannte zur Bühne. Meine Knie gaben nach. Ich sank auf das Gras und sah noch immer entsetzt vor mir, wie Jory auf dem Gesicht lag und die Säule auf den unteren Teil seines Rückens stürzte. Eine zweite Säule krachte auf seine Beine nieder. Der Vorhang war jetzt unten.
Donnernder Applaus ertönte. Ich versuchte aufzustehen und zu Jory zu gelangen, aber meine Beine versagten mir den Dienst. Jemand ergriff meinen Ellbogen und zog mich in die Höhe. Es war Bart. Bald war ich auf der Bühne und starrte auf den zerbrochenen Körper meines Sohnes hinunter.
Ich konnte nicht glauben, was ich sah. Nicht mein Jory, mein tanzender Jory. Nicht der kleine Junge, der gefragt hatte, als er drei war: »Tanze ich, Mammi?«
»Ja, Jory, du tanzt.«
»Bin ich gut. Mammi?«
»Nein, Jory, du bist wunderbar!«
Nicht mein Jory, der sich körperlich immer hervorgetan hatte, der so schön und herzlich war. Nicht mein Jory ... der Sohn meines Julian.
»Jory, Jory«, schrie ich, fiel neben ihm auf die Knie und sah durch meine Tränen, daß Cindy ebenfalls weinte. Er hätte längst aufstehen müssen. Doch er lag schlaff ... und blutig auf dem Boden. Das »falsche« Blut, das ich berührte, war klebrig, warm. Es roch wie wirkliches Blut. »Jory ... du bist doch nicht wirklich verletzt ... Jory ...?«

Nichts. Kein Laut, keine Bewegung.
Aus den Augenwinkeln sah ich Melodie wie durch das falsche Ende eines Teleskops auf uns zuhasten, ihr Gesicht war so blaß, daß sie und ihr schwarzes Kleid dunkler wirkten als die Nacht. »Er ist verletzt. Wirklich verletzt.«
Jemand sagte das. Ich?
»Nein! Bewegt ihn nicht. Holt einen Krankenwagen.«
»Das hat schon jemand getan –, sein Vater, glaube ich.«
»Jory, Jory . . . du kannst nicht verletzt sein«, rief Melodie, die zu ihm stürzte. Bart versuchte sie zurückzuhalten. Sie begann zu schreien, als sie das Blut sah. »Jory, stirb nicht, bitte stirb nicht!« schrie sie immer wieder.
Ich wußte, was sie empfand. Sobald der Vorhang fiel, sprang jeder Tänzer, der auf der Bühne »gestorben« war, sofort auf . . ., und Jory tat es nicht.
Von überallher ertönten Schreie. Blutgeruch umgab uns. Und ich starrte Bart an, auf dessen Wunsch hin diese Oper für ein Ballett verwendet worden war. Warum sollte Jory diese Rolle spielen? Warum, Bart, warum? Hatte er den Unfall schon vor Wochen geplant?
Wie hatte Bart den Zwischenfall zuwege gebracht? Ich ergriff eine Handvoll Sand und stellte fest, daß er naß war. Ich fixierte Bart, der auf Jorys ausgestreckten, schweißnassen, blutverklebten sandigen Körper hinunterblickte. Bart hatte nur Augen für Jory, während zwei Ambulanzbegleiter ihn vorsichtig auf eine Bahre hoben und hinten in den weißen Krankenwagen legten.
Ich lief hin und bahnte mir einen Weg, um in den Wagen zu schauen. »Wird er am Leben bleiben?« fragte ich den jungen Arzt, der Jory den Puls fühlte. Chris war nirgends zu sehen.
Der Arzt lächelte. »Ja, er wird am Leben bleiben. Er ist jung und kräftig, aber es wird lange dauern, bis er wieder tanzen wird.«
Und Jory hatte Millionen Male gesagt, daß er nicht leben könne, ohne zu tanzen.

Als die Party vorüber war . . .

Ich drängte mich neben Jory in den Krankenwagen, und bald war Chris an meiner Seite, und wir beugten uns beide über Jorys bewegungslose Gestalt, die an die Bahre geschnallt war. Er war bewußtlos, eine Seite seines Gesichts war schlimm mitgenommen und zerschlagen, und aus vielen kleinen Wunden floß Blut. Ich konnte den Anblick seiner Wunden nicht ertragen, er erdrückte mich, und noch viel weniger konnte ich mich auf die schrecklichen Verletzungen konzentrieren, die ich auf seinem Rücken gesehen hatte . . .

Ich schloß die Augen und wandte meinen Kopf den hellen Lichtern von Foxworth Hall zu, die auf dem Berg wie Glühwürmchen flackerten. Später erfuhr ich von Cindy, daß zuerst alle Gäste entsetzt gewesen waren und nicht wußten, was sie tun, wie sie sich verhalten sollten, aber Bart hatte ihnen mitgeteilt, daß Jory nur leicht verletzt war und in wenigen Tagen voll wiederhergestellt sein würde.

Vorne saß Melodie in ihrem schwarzen Kleid zwischen dem Fahrer und seinem Begleiter, blickte von Zeit zu Zeit nach hinten und fragte, ob Jory das Bewußtsein wiedererlangt habe. »Wird er am Leben bleiben, Chris?« fragte sie mit vor Angst dünner Stimme.

»Natürlich wird er am Leben bleiben«, antwortete Chris, der sich fieberhaft an Jory zu schaffen machte und dabei den neuen Smoking mit Blut beschmutzte. »Er blutet jetzt nicht mehr, das habe ich gestoppt.« Er wandte sich an den Arzt und verlangte mehr Verbandszeug.

Das Heulen der Sirenen zerrte an meinen Nerven, erfüllte

mich mit Angst davor, daß wir bald alle tot sein würden. Wie hatte ich mir nur einreden können, daß uns Foxworth Hall je etwas anderes als Kummer bescheren würde? Ich begann zu beten, schloß die Augen und sprach immer wieder die gleichen Worte. Laß Jory nicht sterben, Gott, bitte nimm ihn nicht von uns. Er ist zu jung, er hat nicht lange genug gelebt. Sein ungeborenes Kind braucht ihn. Erst nachdem ich einige Kilometer lang nichts anderes gedacht hatte, fiel mir ein, daß ich fast die gleichen Gebete für Julian gesprochen hatte –, und Julian war gestorben.

Inzwischen war Melodie hysterisch geworden. Der Arzt wollte ihr ein Beruhigungsmittel injizieren, aber ich hinderte ihn daran. »Nein! Sie ist schwanger, und das würde ihrem Kind schaden.« Ich beugte mich vor und zischte Melodie zu: »Hör auf zu schreien! Du hilfst weder Jory noch deinem Baby.« Sie schrie noch lauter, wandte sich um und schlug mit ihren kleinen, aber kräftigen Fäusten auf mich ein.

»Wären wir doch nie gekommen . . . Ich habe ihm gesagt, daß es ein Fehler war, in dieses Haus zu kommen, der schlimmste Fehler in unserem Leben, und nun bezahlt er dafür, bezahlt, bezahlt . . .« Sie wiederholte diese Worte immerzu, bis ihr endlich die Stimme versagte, und Jory die Augen aufschlug und uns anlächelte.

»Hallo«, sagte er schwach. »Anscheinend ist Samson doch nicht gestorben.«

Ich schluchzte erleichtert. Chris lächelte und betupfte Jorys Kopfwunden mit einer Lösung. »Du wirst wieder gesund, mein Sohn, ganz gesund. Halte dich nur daran.«

Jory schloß die Augen, bevor er leise murmelte: »War die Vorstellung gut?«

»Sag ihm, Cathy, was du von ihr hältst«, forderte mich Chris ruhig auf.

»Du warst unglaublich, Liebling«, sagte ich, beugte mich nieder und küßte sein blasses, mit verschmierter Schminke bedecktes Gesicht.

»Sag Mel, sie soll sich keine Sorgen machen«, flüsterte er, als hätte er sie weinen gehört; dann schlief er ein, weil ihm Chris etwas in den Arm spritzte.

Wir gingen im Warteraum des Krankenhauses vor dem Operationssaal auf und ab. Melodie war nur noch ein schlaffes, angstgeschütteltes Etwas, das vor sich hinstarrte. »Genau wie sein Vater ... genau wie sein Vater«, wiederholte sie ununterbrochen, als wolle sie sich diese Vorstellung einprägen – und mir ebenfalls. Auch ich hätte schreien können, wenn ich daran dachte, daß Jory sterben könnte. Mehr um sie zu beruhigen als aus einem anderen Grund nahm ich sie in die Arme und drückte ihr Gesicht an meine Brust, beruhigte sie mütterlich mit gespielter Zuversicht, während ich meiner Sache überhaupt nicht sicher war. Wir befanden uns wieder in den unbarmherzigen Klauen von Foxworth Hall. Wie hatte ich am Morgen dieses Tages so glücklich sein können? Wo war meine Intuition geblieben? Bart hatte sein Erbe angetreten, und dabei hatte er Jory geraubt, was ihm gehörte, seinen wertvollsten Besitz – seine Gesundheit und seinen starken gelenkigen Körper.
Stunden später brachten fünf grüngekleidete Chirurgen meinen erstgeborenen Sohn aus dem Operationssaal. Jory war bis zum Kinn mit Decken zugedeckt. Seine Sommerbräune war verschwunden, er war so blaß, wie sein Vater gern ausgesehen hatte. Sein lockiges dunkles Haar wirkte naß. Unter seinen geschlossenen Augen hatte er blaue Flecke.
»Er wird wieder gesund werden, nicht wahr?« fragte Melodie, die aufgesprungen und zu der Bahre gelaufen war, die schnell zum Fahrstuhl gerollt wurde. »Er wird gesund werden und vollkommen wiederhergestellt sein, nicht wahr?«
Ihre Stimme war vor Verzweiflung hoch und schrill.
Niemand sprach ein Wort.
Sie hoben Jory mit Hilfe des Lakens von der Bahre, legten

ihn vorsichtig auf sein Bett, dann jagten sie alle außer Chris hinaus. In der Vorhalle hielt ich Melodie in den Armen und wartete, wartete.

Melodie und ich kehrten bei Morgengrauen nach Foxworth Hall zurück, als Jorys Zustand sich soweit stabilisiert hatte, daß ich mich ein wenig entspannen konnte. Chris blieb dort und schlief in einem kleinen Raum, der von den diensthabenden Ärzten benutzt wurde.
Ich hatte ebenfalls bleiben wollen, doch Melodie wurde immer hysterischer, haßte die Art, wie Jory schlief, haßte den Medizingeruch der Korridore im Krankenhaus, haßte die Krankenschwestern, die mit Tabletts voller Instrumente und Fläschchen in sein Zimmer hinein und wieder heraus huschten, haßte die Ärzte, die weder ihr noch mir eine klare Antwort geben wollten.
Ein Taxi brachte uns nach Foxworth Hall zurück, wo eine Lampe beim Eingang brannte. Die Sonne blinzelte gerade über den Horizont und färbte den Himmel schwach rosa. Kleine Vögel erwachten und schlugen versuchsweise mit den Flügelchen, während ihre Eltern mit ihrem Gesang oder ihrem Zwitschern ihre Gebietsansprüche anmeldeten, bevor sie wegflogen, um Nahrung zu suchen. Ich stützte Melodie, während wir die Treppe emporstiegen und ins Haus gingen. Sie hatte sich so sehr von der Wirklichkeit entfernt, daß sie schwankte, als wäre sie betrunken.
Wir stiegen vorsichtig, langsam die Doppeltreppe hinauf, ich hatte ihr einen Arm um die Taille gelegt und dachte jede Sekunde an das Baby, das sie trug, und an die Wirkung, die diese Nacht auf das Kind haben konnte. In dem Schlafzimmer, in dem sie und Jory schliefen, schaffte sie es nicht, sich auszuziehen, so sehr zitterten ihre Hände. Ich half ihr, dann zog ich ihr ein Nachthemd über den Kopf, steckte sie ins Bett und machte das Licht aus. »Ich bleibe hier, wenn du willst«, schlug ich vor, weil sie so blaß und hoffnungslos aussah. Sie wollte, daß ich blieb,

wollte von Jory und den Ärzten sprechen, die uns keine Hoffnung machen wollten.
»Warum tun sie das?« rief sie weinend.
Wie konnte ich ihr begreiflich machen, daß sich die Ärzte durch ihr Schweigen schützen, bis sie ihrer Sache sicher sind? Ich nahm Jorys Ärzte in Schutz, indem ich Melodie erklärte, daß keine Gefahr für Jory bestand, sonst hätten sie Melodie nicht fortgehen lassen.
Schließlich verfiel sie in unruhigen Schlaf, warf sich herum, rief Jorys Namen, schreckte oft auf, erinnerte sich an alles und weinte von neuem. Es war für mich schmerzlich, zu sehen und zu hören, wie sie sich quälte, und schließlich war ich genauso erschöpft wie sie.
Eine Stunde später fiel sie zu meiner Erleichterung in tiefen Schlaf, als wüßte sogar sie, daß sie ihrem Kummer auf diese Weise entgehen mußte.
Ich konnte ein paar Minuten schlafen, bevor Cindy in mein Zimmer stürzte, sich besorgt auf mein Bett setzte und darauf wartete, daß ich aufwachte. Die Matratze gab nach, als sie sich setzte, und das genügte, damit ich die Augen aufschlug. Ich sah ihr Gesicht, breitete die Arme aus und hielt sie fest, während sie weinte. »Wird er gesund werden, Mammi?«
»Liebling, dein Vater ist bei ihm. Jory mußte sofort operiert werden. Er liegt jetzt in einem Einzelzimmer, schläft und ruht sich aus. Chris wird bei ihm sein, wenn er aufwacht. Ich werde rasch frühstücken und dann in die Stadt fahren, um auch bei ihm zu sein. Ich möchte, daß du hier bei Melodie bleibst.«
Ich hatte begriffen, daß Melodie viel zu hysterisch war, um mit mir ins Krankenhaus zu fahren.
Cindy protestierte sofort und sagte, sie wolle Jory besuchen. Ich schüttelte den Kopf und bestand darauf, daß sie zu Hause blieb. »Melodie ist seine Frau, Liebling, sie nimmt es sehr schwer, und in ihrem Zustand sollte sie erst wieder das Krankenhaus aufsuchen, wenn wir die Wahrheit über Jory wissen. Ich habe noch nie eine Frau erlebt,

die wegen eines Krankenhauses eine solche Szene machte. Sie hält Krankenhäuser offenbar für ebenso schlimm wie Leichenhallen. Bleib jetzt hier und sag irgend etwas, um sie zu beruhigen, gib auf sie acht, sorge dafür, daß sie ißt und trinkt. Gib ihr den Frieden, den sie jetzt so verzweifelt sucht ... und ich werde dich anrufen, wenn ich etwas erfahre.«

Als ich ein paar Minuten später zu Melodie hineinschaute, schlief sie tief, und ich wußte, daß ich die richtige Entscheidung getroffen hatte. »Erkläre ihr, warum ich nicht gewartet habe, bis sie aufwachte, Cindy, sonst glaubt sie, ich will ihren Platz einnehmen ...«

Ich fuhr sehr schnell zum Krankenhaus.

Da Chris Arzt war, war ich in meinem Leben oft zu Krankenhäusern gefahren, hatte ihn dort abgesetzt, ihn abgeholt, Freunde besucht, war mit Patienten zusammengetroffen, denen er besonders gewogen war. Wir hatten Jory in das beste Krankenhaus in unserer Gegend gebracht. Die Korridore waren breit, die Fenster waren groß und mit Topfpflanzen geschmückt. Alle erdenklichen diagnostischen Hilfsmittel, auch die teuersten, waren vorhanden. Aber das Zimmer, in dem Jory immer noch schlief, war winzig, so winzig wie alle anderen Zimmer. Das einzige Fenster befand sich in einer Nische, so daß man kaum hinausschauen konnte, und als ich es tat, sah ich nur die Einfahrt zum Krankenhaus und weiter hinten einen anderen Flügel.

Chris schlief noch, doch eine Schwester sagte mir, daß er während der Nacht fünfmal bei Jory gewesen war und nach ihm gesehen hatte. »Wirklich ein aufopfernder Vater.«

Ich wandte mich um und sah Jory an, dessen Körper jetzt in einem schweren Gipsverband steckte, in den ein Fenster geschnitten war, durch das die Operationswunde in Augenschein genommen und wenn notwendig behandelt werden konnte. Ich starrte auf seine Beine und fragte mich, warum sie nicht zuckten, sich nicht bogen, sich nicht bewegten – sie waren nicht im Gips eingeschlossen. Plötzlich legte sich ein Arm um meine Taille, und warme Lippen berührten meinen Nacken.

»Habe ich nicht angeordnet, daß du erst wiederkommen sollst, wenn ich anrufe?«

Sofort wurde mir leichter ums Herz. Chris war da. »Wie kann ich wegbleiben, Chris? Ich muß erfahren, was los ist, sonst kann ich nicht schlafen. Sag mir die Wahrheit, denn Melodie ist nicht hier und kann nicht schreien und in Ohnmacht fallen.«

Er senkte seufzend den Kopf. Erst jetzt erkannte ich, wie erschöpft er aussah; er trug noch seinen zerknitterten, beschmutzten Smoking. »Es ist keine gute Nachricht, Cathy. Ich möchte lieber nicht auf Einzelheiten eingehen, bevor ich noch einmal mit den Ärzten und Chirurgen gesprochen habe.«

»Versuch bei mir nicht diesen alten Trick! Ich will es wissen! Ich bin nicht einer deiner Patienten, die Ärzte für Götter auf Postamenten halten, denen man keine Fragen stellen kann. Ist Jorys Rückgrat gebrochen? Wurde sein Rückenmark verletzt? Wird er wieder gehen können? Warum bewegt er seine Beine nicht?«

Zuerst zog er mich in den Korridor hinaus, für den Fall, daß Jory wach war, aber die Augen geschlossen hielt. Leise schloß er die Tür hinter sich und führte mich in einen kleinen Raum, der den Ärzten vorbehalten war. Erst dann sagte er: »Jorys Rückgrat ist gebrochen, Cathy. Du hast richtig vermutet. Es ist eine Fraktur der unteren Lendenwirbel, wir können also dankbar dafür sein, daß die Verletzung nicht höher liegt. Er wird die Arme uneingeschränkt gebrauchen können und später auch seine Blase und die Darmfunktionen unter Kontrolle bekommen, aber derzeit befinden sie sich noch sozusagen im Schockzustand, und er braucht Schläuche und Plastikbeutel, bis er wieder spürt, daß diese Organe funktionieren.«

Er machte eine Pause, aber so leicht ließ ich ihn nicht davonkommen. »Das Rückenmark? Sag mir, daß es nicht zermalmt wurde.«

»Nein, nicht zermalmt, aber beschädigt«, gab er zögernd zu. »Es ist so schwer verletzt, daß seine Beine gelähmt bleiben werden.«
Ich erstarrte. O nein! Nicht Jory! Ich schrie auf, genauso unbeherrscht wie Melodie. »Er wird nie wieder gehen?« flüsterte ich und spürte, daß ich blaß und schwach wurde und daß mir schwindelte. Als ich die Augen wieder aufschlug, kniete Chris neben mir und hielt meine Hände fest.
»Nimm dich zusammen ... er lebt, und darauf kommt es an. Er wird nicht sterben –, aber er wird nie wieder gehen können.«
Ich versank, ertrank, ging in der alten, vertrauten, hoffnungslosen Verzweiflung unter. Der gleiche kleine schillernde Fisch mit dem Schwanenkopf begann an meinem Gehirn zu nagen und riß mir Stücke aus der Seele. »Das heißt, daß er nie wieder tanzen wird ... nie wieder gehen, niemals tanzen ... Chris, wie wird er darauf reagieren?«
Er zog mich in seine Arme, beugte den Kopf in meine Haare, und sein Atem bewegte sie, als er erstickt sagte: »Er wird es überleben, Liebste. Tun wir das nicht alle, wenn eine Tragödie in unser Leben tritt? Wir ertragen sie und versuchen, dem, was übrig ist, die beste Seite abzugewinnen. Wir vergessen, was wir gestern hatten, und konzentrieren uns auf das, was wir heute haben, und wenn wir Jory beibringen können, wie er das Geschehene akzeptieren kann, werden wir unseren Sohn wiederbekommen – behindert, aber lebendig, intelligent, organisch gesund.«
Ich wurde von Schluchzen geschüttelt, während er weitersprach. Seine Hände glitten auf meinem Rücken hinauf und hinunter, seine Lippen strichen über meine Augen, meine Lippen, fanden Möglichkeiten, mich zu beruhigen. »Wir müssen für ihn stark sein, Liebling. Weine jetzt, so viel du willst, denn du darfst nicht weinen, wenn er die Augen aufschlägt und dich sieht. Du darfst kein Mitleid zeigen. Du darfst nicht allzu mitfühlend sein. Wenn er er-

wacht, wird er dir in die Augen schauen, und er wird deine Gedanken lesen. Was immer du an Ängsten oder Mitleid auf deinem Gesicht oder in deinen Augen erkennen läßt, wird bestimmen, wie er seine Behinderung betrachten und darüber denken wird. Er wird niedergeschmettert sein, das wissen wir beide. Er wird sterben wollen. Er wird an seinen Vater denken und wie Julian seinem Elend entfloh, auch das dürfen wir nicht vergessen. Wir werden mit Cindy und Bart sprechen und ihnen erklären müssen, welche Rollen sie bei seiner Genesung spielen werden. Wir müssen eine starke Familieneinheit bilden, um ihm durch seine schwere Prüfung hindurchzuhelfen; denn es wird hart sein, Cathy, hart und bitter.«

Ich nickte und versuchte, meine Tränenflut zu unterdrücken, ich hatte das Gefühl, in Jory geschlüpft zu sein, und ich wußte, daß jeder qualvolle Augenblick, der vor ihm lag, auch mein Herz zerreißen würde.

Chris hielt mich weiterhin tröstend in den Armen und fuhr fort: »Jory hat sein ganzes Leben auf das Tanzen aufgebaut, und er wird nie wieder tanzen. Nein, schau mich nicht so hoffnungsvoll an. Nie wieder! Es besteht die Möglichkeit, daß er einmal genügend Kraft haben wird, um aufzustehen und sich auf Krücken fortzubewegen ... aber er wird nie mehr normal gehen können. Finde dich damit ab, Cathy.

Wir müssen ihn davon überzeugen, daß seine Behinderung keine Rolle spielt, daß er derselbe Mensch ist wie vorher. Und das Wichtigste, wir müssen uns selbst einreden, daß er ebenso männlich, ebenso menschlich ist ... denn viele Familien verändern sich, wenn eines ihrer Mitglieder zum Invaliden wird. Entweder verhalten sie sich zu mitfühlend oder entfremdet, als würde die Behinderung den Menschen verändern, den sie geliebt und gekannt haben. Wir müssen den Mittelweg einschlagen, damit Jory mit unserer Hilfe die Kraft findet, das durchzustehen.«

Ich hörte einen Teil von dem, was er sagte.

Gelähmt! Mein Jory war gelähmt. Ein Querschnittgelähmter. Ich schüttelte den Kopf, konnte nicht glauben, daß das Schicksal ihn in diesem Zustand lassen würde. Tränen regneten auf Chris' verschmutztes, zerknittertes Smokinghemd. Wie sollte Jory leben, wenn er erfuhr, daß er den Rest seines Lebens in einem Rollstuhl verbringen müßte?

Grausames Schicksal

Die Sonne stand hoch, und noch immer hatte Jory nicht die Augen geöffnet. Chris fand, daß wir beide eine herzhafte Mahlzeit brauchten, und die Krankenhauskost war immer Sägemehl oder Schuhleder. »Versuche ein wenig zu schlafen, während ich fort bin, und verliere nicht die Selbstbeherrschung. Wenn er aufwacht, gerate nicht in Panik, bleib kühl und lächle, lächle, lächle. Er wird leicht verwirrt sein, nicht ganz bei Bewußtsein. Ich werde mich beeilen . . .«

Ich wollte nicht schlafen, ich war zu sehr damit beschäftigt zu planen, wie ich mich verhalten sollte, wenn Jory schließlich aufwachte und Fragen stellte. Kaum hatte Chris die Tür hinter sich geschlossen, bewegte sich Jory, wandte den Kopf und lächelte mir zu. »He, warst du die ganze Nacht hier? Oder zwei Nächte? Wann war es?«

»Gestern abend«, flüsterte ich heiser und hoffte, er würde meine rauhe Stimme nicht bemerken. »Du hast stundenlang geschlafen.«

»Du siehst erschöpft aus«, sagte er schwach. Ich war gerührt, weil er um mich besorgter war als um sich. »Warum fährst du nicht zurück nach Foxworth Hall und schläfst? Mir geht es gut, ich bin schon früher gestürzt und werde wie früher in ein paar Tagen wieder im ganzen Haus herumwirbeln. Wo ist meine Frau?«

Warum fühlte er den Gipsverband nicht, der seine Brust umschloß? Dann bemerkte ich, daß er nur verschwommen sah, er hatte sich also noch nicht ganz von den

Schlafmitteln erholt, die er bekommen hatte, um seine Schmerzen zu lindern. Gut ... wenn er nur nicht begann, Fragen zu stellen, die Chris beantworten sollte.
Schläfrig schloß er die Augen und nickte ein, doch zehn Minuten später war er wieder wach und stellte Fragen: »Ich fühle mich merkwürdig, Mam, ich habe mich noch nie so gefühlt. Es gefällt mir gar nicht. Warum dieser Gips? Ist etwas gebrochen?«
»Die Papiermachésäulen des Tempels sind umgestürzt«, erklärte ich schwach. »Sie haben dich bewußtlos geschlagen. Was für eine Art, das Ballett zu beenden – zu wirklichkeitsnah.«
»Habe ich stürmischen Beifall ausgelöst – oder den Himmel zum Einsturz gebracht?« scherzte er, seine Augen öffneten sich und wurden klar, während das Schlafmittel, das ihn benommen gemacht hatte, aufhörte zu wirken. »Cindy war ausgezeichnet, nicht wahr? Weißt du, jedesmal, wenn ich sie sehe, ist sie schöner. Und sie ist wirklich eine sehr gute Tänzerin. Sie ist wie du, Mam, je älter sie wird, desto besser ist sie.«
Ich hatte die Hände verschränkt, damit ich mich nicht wie meine Mutter verriet, weil ich sie nicht stillhalten konnte. Ich lächelte, stand auf und goß ein Glas Wasser ein. »Befehl des Arztes. Du mußt viel trinken.«
Er trank, während ich seinen Kopf stützte. Es war so seltsam, daß er hilflos war, er, der nie das Bett gehütet hatte. Seine Erkältungen waren innerhalb weniger Tage vergangen, und er hatte kein einziges Mal einen Tag in der Schule oder im Ballettunterricht versäumt, außer um Bart nach einem seiner vielen Unfälle im Krankenhaus zu besuchen. Jory hatte sich dutzendemal den Fuß verstaucht, Bänder gezerrt, war gestürzt, wieder aufgestanden, bis jetzt aber hatte er noch nie eine ernsthafte Verletzung erlitten. Jeder Tänzer mußte manchmal kleine Verletzungen behandeln, manchmal auch größere, aber ein gebrochenes Rückgrat, ein verwundetes Rückenmark – das war der entsetzliche Alptraum jedes Tänzers.

Er schlief ein, doch bald waren seine Augen wieder geöffnet, und er stellte Fragen über sich. Ich setzte mich auf sein Bett, plapperte weiterhin Unsinn und betete, daß Chris zurückkommen möge. Eine hübsche Schwester kam mit Jorys Lunch auf einem Tablett herein, nur flüssige Nahrung. Das bot mir eine Beschäftigung. Ich befaßte mich mit einer Milchpackung, öffnete Joghurt, schenkte Milch und Orangensaft ein, klemmte ihm eine Serviette unter das Kinn und begann mit dem Erdbeer-Joghurt. Er würgte sofort und verzog das Gesicht. Er schob meine Hände weg und sagte, er könne allein essen, habe aber keinen Appetit.

Ich stellte das Tablett weg und hoffte, daß er einschlafen würde. Doch er starrte mich an, und seine Augen waren klar. »Kannst du mir jetzt erklären, warum ich mich so schwach fühle? Warum ich nicht essen kann? Warum ich meine Beine nicht bewegen kann?«

»Dein Vater ist weggegangen, um uns beiden etwas zu essen zu bringen, einen Imbiß, der dir nicht guttun würde, aber besser schmecken wird als die Speisen im Selbstbedienungsrestaurant im Parterre. Er wird es dir sagen. Er kennt alle Fachausdrücke, ich nicht.«

»Ich würde Fachausdrücke nicht verstehen, Mam. Sag es mir mit deinen laienhaften Worten –, warum kann ich meine Beine weder spüren noch bewegen?«

Seine dunklen Saphiraugen waren auf mich geheftet. »Ich bin kein Feigling, Mam. Ich kann alles ertragen, was du mir beibringen mußt. Heraus damit, sonst muß ich annehmen, daß mein Rückgrat gebrochen ist und meine Beine gelähmt sind, und ich nie wieder gehen werde.«

Mein Herz klopfte schneller, während ich den Kopf senkte. Er hatte das alles scherzhaft gesagt, als ob nichts davon wahr sein könnte . . . , und er hatte seinen Zustand genau beschrieben.

Verzweiflung trat in seine Augen, während ich zögerte und versuchte, die richtigen Worte zu finden, und sogar die richtigen würden ihm das Herz brechen. In diesem

Augenblick kam Chris herein und brachte eine Tüte mit Cheeseburgers mit.
»Na also«, sagte er fröhlich und lächelte Jory erfreut zu, »sieh mal an, wer da wach ist und plaudert.« Er nahm einen Burger heraus und reichte ihn mir. »Tut mir leid, Jory, du kannst infolge deiner Operation ein paar Tage lang nichts Festes essen. Cathy, iß das, solange es warm ist«, befahl er, setzte sich und packte sofort seinen Burger aus. Er hatte für sich zwei extra große gekauft und biß mit Appetit hinein, bevor er die Coladrinks herauszog. »Sie haben den Limonensaft nicht, den du wolltest, Cathy. Es ist Pepsi.«
»Es ist kalt, mit viel Eis, das ist alles, was ich will.«
Jory beobachtete uns genau, während wir aßen. Ich würgte den Cheeseburger hinunter, weil ich wußte, daß er argwöhnisch war. Chris aß mit bewundernswertem Appetit zwei Burgers und einen Karton mit Frites, während ich nur einen halben Burger schaffte und die fetten Kartoffeln nicht anrührte. Chris ballte seine Serviette zusammen und steckte sie, zusammen mit unseren übrigen Resten, in eine Dose.
Inzwischen waren Jorys Lider schwer geworden. Er bemühte sich sehr, wach zu bleiben. »Dad . . . wirst du es mir jetzt sagen?«
»Ja, alles, was du wissen willst.« Chris setzte sich auf Jorys Bett und legte seine kräftige Hand auf die Jorys, der blinzelte, um nicht einzuschlafen.
»Ich spüre unterhalb meiner Taille nichts, Dad. Während du und Mam gegessen habt, habe ich versucht, meine Zehen zu bewegen, und konnte es nicht. Wenn ich mir das Rückgrat gebrochen habe und deshalb in diesem Gips liege, will ich die Wahrheit wissen, die ganze Wahrheit.«
»Ich habe vor, dir die ganze Wahrheit zu sagen«, erklärte Chris ruhig.
»Ist mein Rückgrat gebrochen?«
»Ja.«
»Sind meine Beine gelähmt?«

»Ja.«
Jory blinzelte niedergeschmettert und sammelte seine Kräfte für eine letzte Frage: »Werde ich wieder tanzen?«
»Nein.«
Jory schloß die Augen, preßte die Lippen zu einer dünnen Linie zusammen und lag vollkommen still.
Ich trat zu ihm, beugte mich über ihn und schob zärtlich die dunklen Locken zurück, die ihm in die Stirn gefallen waren. »Ich weiß, Liebling, du bist verzweifelt. Es ist deinem Vater nicht leicht gefallen, dir die Wahrheit zu sagen, aber du mußtest sie erfahren. Du bist nicht allein. Wir sind alle davon berührt. Wir sind hier, um dir darüber hinwegzuhelfen, um alles zu tun, was wir können. Du wirst dich darauf einstellen. Die Zeit wird deinen Körper heilen, so daß du keine Schmerzen haben wirst, und schließlich wirst du akzeptieren, was sich nicht ändern läßt. Wir lieben dich. Melodie liebt dich. Und du wirst im kommenden Januar Vater werden. Du hast in deinem Beruf die Spitze erreicht und sie fünf Jahre lang gehalten ... das ist mehr, als die meisten Menschen in einem ganzen Leben erreichen.«
Er sah mir kurz in die Augen. In den seinen lag Bitterkeit, Zorn, Enttäuschung, so schreckliche Wut, daß ich mich abwenden mußte. Sein rasender Unwille darüber, daß er betrogen und bestohlen worden war, bevor er genug gehabt hatte, beherrschte ihn völlig.
Als ich ihn wieder ansah, waren seine Augen geschlossen. Chris hatte die Finger auf Jorys Puls gelegt. »Ich weiß, daß du nicht schläfst, Jory. Ich werde dir noch ein Schlafpulver geben, damit du wirklich schlafen kannst, und wenn du aufwachst, wirst du darüber nachdenken, wie wichtig du für sehr viele Leute bist. Du wirst dich nicht selbst bemitleiden und in Verbitterung versinken. Es gibt Menschen, die niemals erleben werden, was du schon erlebt hast. Sie sind nicht durch die Welt gereist, haben nicht den donnernden Applaus und die wilden Bravorufe gehört. Nie werden sie die Höhen kennenlernen, die du

erreicht hast und auf einem anderen künstlerischen Gebiet wieder erreichen kannst. Deine Welt ist nicht untergegangen, mein Sohn, du bist nur gestolpert. Der Weg zu großen Leistungen liegt offen vor dir, nur wirst du diesen Weg entlangrollen müssen, statt zu laufen und zu tanzen, aber du wirst nur einen anderen Beruf finden, eine andere Karriere, und bei deiner Familie wirst du Glück finden. Ist das nicht das Wesentliche im Leben, wenn man es genau betrachtet? Wir wollen, daß jemand uns liebt, uns braucht, unser Leben teilt ... und das alles besitzt du.«
Mein Sohn schlug die Augen nicht auf, antwortete nicht. Er lag nur so still da, als wäre er bereits tot.
Innerlich schrie ich, denn Julian hatte genauso reagiert! Jory schloß uns aus, sperrte sich in dem schmalen engen Käfig seines Geistes ein, der ein Leben ohne Gehen und Tanzen ablehnte.
Schweigend richtete Chris eine Injektionsnadel her, ehe er Jorys Arm reinigte und dann die Flüssigkeit gleichmäßig injizierte. »Schlaf, mein Sohn. Wenn du erwachst, wird deine Frau hier sein. Du wirst um ihretwillen tapfer sein müssen.«
Jory erschauerte.
Als wir ihn verließen, schlief er, betreut von einer Privatschwester, der eingeschärft worden war, ihn nie allein zu lassen. Chris fuhr uns nach Foxworth zurück, damit er duschen, sich rasieren und ein wenig schlafen und sich umziehen konnte, bevor er zu Jory zurückfuhr. Wir erwarteten, daß Melodie uns begleiten würde.
Ihre blauen Augen sahen Chris entsetzt und starr an, als er ihr so schonend wie möglich Jorys Zustand schilderte. Sie stieß einen leisen Schrei aus und preßte die Hände auf den Bauch.
»Du meinst ... nie mehr tanzen? Nie gehen?« wimmerte sie, als versage ihre Stimme. »Du mußt etwas tun können, um ihm zu helfen.«
Chris erstickte diese Hoffnung im Keim. »Nein, Melodie. Wenn das Rückenmark verletzt ist, können die Beine die

Botschaften des Gehirns nicht erhalten. Jory kann seinen Beinen befehlen, sich zu bewegen, aber die erhalten die Botschaft nicht. Du mußt ihn so akzeptieren, wie er jetzt ist, und alles tun, was du kannst, um ihm zu helfen, das wahrscheinlich traumatischste Ereignis seines Lebens zu überstehen.«

Sie sprang auf und rief jämmerlich: »Aber er wird nicht der gleiche sein! Du hast eben gesagt, daß er sich weigert zu sprechen – ich kann nicht zu ihm fahren und so tun, als mache es nichts aus, wenn es doch der Fall ist! Was wird er tun? Was werde ich tun? Wohin sollen wir uns wenden, und wie sollen wir überleben, ohne zu gehen und zu tanzen? Was für ein Vater wird er sein, wenn er den Rest seines Lebens in einem Rollstuhl verbringen muß?«

Chris stand auf und sagte entschieden: »Melodie, du hast nicht das Recht, in Panik zu geraten und hysterische Anfälle zu bekommen. Du mußt stark sein, nicht schwach. Mir ist klar, daß du auch leidest, aber du mußt ihm ein frohes, lächelndes Gesicht zeigen, um ihm das sichere Gefühl zu geben, daß er die Frau, die er liebt, nicht verloren hat. Man heiratet nicht nur für die guten Zeiten, sondern auch für die schlechten. Du wirst baden, dich ankleiden, Make-up auflegen, dich frisieren, ihn aufsuchen, ihn in die Arme nehmen, so gut du kannst, ihn küssen und ihm den Glauben geben, daß er eine Zukunft hat, für die es sich lohnt, am Leben zu bleiben.«

»Aber die hat er nicht!« schrie sie. »Er hat sie nicht!«

Dann brach sie zusammen und weinte bittere Tränen. »Ich habe es nicht so gemeint ... Ich liebe ihn doch ..., aber zwingt mich nicht, ihn so still und bewegungslos dort liegen zu sehen. Ich kann es erst ertragen, ihn zu sehen, wenn er lächelt und es akzeptiert, dann kann ich vielleicht dem entgegentreten, was aus ihm geworden ist ..., vielleicht kann ich es ...«

Ich verachtete sie, weil sie sich so haltlos und hysterisch benahm und Jory im Stich ließ, als er sie am meisten brauchte. Ich trat neben Chris und hängte mich in ihn ein.

»Glaubst du auch nur einen Augenblick, Melodie, daß du die erste Frau in anderen Umständen bist, der plötzlich die Welt auf den Kopf fällt? Das bist du nicht. Ich war mit Jory schwanger, als sein Vater einen tödlichen Autounfall hatte. Sei dafür dankbar, daß Jory am Leben ist.«

Sie ließ sich kläglich in einen Stuhl fallen, legte den Kopf in die Hände und weinte minutenlang, bevor sie aufblickte; ihre Augen waren dunkler und trüber als zuvor. »Vielleicht zieht er den Tod vor –, hast du daran gedacht?«

Der Gedanke, daß Jory, genau wie Julian, etwas tun würde, um seinem Leben ein Ende zu machen, hatte mich die ganze Zeit über nicht losgelassen.

Ich würde es nicht zulassen. Nicht noch einmal. »Dann bleib hier und weine«, sagte ich unbeabsichtigt hart. »Aber ich werde meinen Sohn nicht im Stich lassen, damit er es allein durchsteht. Ich werde Tag und Nacht bei ihm bleiben, um dafür zu sorgen, daß er die Hoffnung nicht aufgibt. Du aber vergiß nicht, Melodie, daß du sein Kind trägst, und das macht dich zur wichtigsten Person in seinem Leben – und auch in meinem. Er braucht dich und deine Unterstützung. Es tut mir leid, wenn ich hart klinge, aber in erster Linie muß ich an ihn denken . . ., warum kannst du das nicht?«

Sie starrte mich sprachlos an, ihr hübsches Gesicht war verzweifelt, Tränen liefen ihr über die Wangen. »Sag ihm, ich werde bald kommen . . ., sag's ihm«, flüsterte sie heiser.

Wir sagten es ihm.

Er ließ die Augen geschlossen, die Lippen zusammengepreßt. Man konnte erkennen, daß er nicht schlief, sondern uns nur aussperren wollte.

Jory weigerte sich zu essen, bis ihm Schläuche in die Arme gesteckt wurden, um ihn intravenös zu ernähren. Sommertage kamen und gingen; lange Tage, die ausgefüllt und zumeist traurig waren. Manche Stunden brachten mir ein wenig Freude, wenn ich mit Chris und Cindy beisammen war, aber wenige gaben mir Hoffnung.

Wenn nur ..., waren die Worte, mit denen ich meine Morgen begann und meine Nächte beendete. Wenn ich nur mein Leben noch einmal leben könnte, dann könnte ich vielleicht Jory, Chris, Cindy, Melodie, mich selbst – und sogar Bart retten. Wenn nur.

Wenn er nur diese Rolle nicht getanzt hätte ...

Ich versuchte alles, genau wie Chris und Cindy, um Jory von dem entsetzlich einsamen Ort zurückzuholen, auf den er sich zurückgezogen hatte. Zum ersten Mal in meinem Leben konnte ich nicht zu ihm gelangen, konnte ich seinen Schmerz nicht lindern.

Er hatte verloren, was ihm am wichtigsten war, den Gebrauch seiner tanzenden Beine. Mit seinen Beinen würde er bald auch seinen wunderbar kraftvollen, geschmeidigen Körper verlieren. Ich konnte die schönen, starken Beine nicht ansehen, die so regungslos, so verdammt nutzlos unter dem Laken lagen.

Hatte Großmutter recht gehabt, als sie sagte, wir seien verflucht, zu Mißerfolg und Kummer verurteilt? Hatte sie uns darauf programmiert, daß uns die Früchte unserer Erfolge tragisch gestohlen wurden?

Hatten Chris und ich etwas wirklich Wertvolles geschaffen, wenn unser Sohn wie tot im Krankenhaus lag und unser zweiter Sohn sich weigerte, Jory auch nur einmal zu besuchen?

Bart hatte auf den regungslosen Jory gestarrt, dessen Augen geschlossen waren, und hatte die Arme hilflos hängen lassen. »O mein Gott«, hatte er geflüstert, bevor er aus dem kleinen Raum geeilt war.

Ich konnte ihn nicht dazu überreden, Jory noch einmal zu besuchen. »Er weiß nicht, daß ich dort bin, Mutter, was hat es dann für einen Sinn? Ich kann es nicht ertragen, ihn so zu sehen. Es tut mir leid, wirklich leid, aber ich kann nicht anders.«

Ich sah ihn an und fragte mich, ob ich so bestrebt gewesen war, ihm zu helfen, daß ich das Leben meines geliebten Jory aufs Spiel gesetzt hatte.

Dann begann ich mir einzureden, es sei gar nicht wahr, daß er nie wieder gehen, nie wieder tanzen würde. Das war ein Alptraum, den man ertragen mußte, aber einmal würden wir erwachen, und Jory würde wieder so gesund sein wie früher.

Ich erzählte Chris, daß ich Jory davon überzeugen wolle, er könne und würde wieder gehen, auch wenn er nie wieder tanzen würde.

»Du darfst ihm keine falschen Hoffnungen machen, Cathy«, warnte mich Chris verzweifelt. »Du mußt ihm jetzt nur helfen zu akzeptieren, was man nicht ändern kann. Gib ihm deine Kraft. Hilf ihm – aber führe ihn nicht auf falsche Wege, die ihm nur Enttäuschung bringen werden. Ich weiß, daß es schwer sein wird. Ich bin genauso verzweifelt wie du. Aber vergiß nicht, unsere Verzweiflung ist nichts im Vergleich zu seiner. Wir können Mitgefühl mit ihm haben, er kann uns schrecklich leid tun, aber wir stecken nicht in seiner Haut. Wir haben seinen Verlust nicht erlitten –, damit ist er allein. Du und ich, wir können nicht einmal ahnen, welche Qualen er erleidet. Wir können nur da sein, wenn er sich entschließt, seine schützende Schale zu verlassen. Da sein, um ihm das Selbstvertrauen zu geben, das er braucht, um weiterzumachen . . . , denn verdammt noch mal, Melodie gibt ihm nichts!«

Das war fast ebenso schrecklich wie Jorys Verletzung . . . , daß seine eigene Frau sich von ihm fernhielt, als wäre er aussätzig. Chris und ich flehten sie an, mit uns zu kommen, auch wenn sie ihm nur »Hallo, ich liebe dich« sagte, sie mußte ihn aufsuchen.

»Was kann ich sagen, das ihr nicht schon gesagt habt?« schrie sie. »Er will nicht, daß ich komme und ihn so sehe! Ich kenne ihn besser als ihr. Wenn er mich sehen wollte, würde er es sagen. Außerdem habe ich Angst hinzufahren. Angst, daß ich weinen und genau die falschen Dinge sagen würde, und selbst wenn ich die Ruhe bewahren würde, könnte er die Augen aufschlagen und in meinem Gesicht lesen, was ihn noch unglücklicher machen würde, und ich will nicht dafür verantwortlich sein, was ich damit anrichten könnte. Besteht nicht länger darauf! Wartet, bis er verlangt, daß ich ihn besuche . . . , und dann kann ich vielleicht soviel Mut zusammenraffen, wie ich dazu brauche.«

Sie hielt sich von Chris und mir fern, als wären wir mit Pestbazillen verseucht, die ihre Hoffnung, daß dieser Alptraum gut enden könnte, zunichte machen würden.

Im Korridor vor unseren Zimmern stand Bart und starrte Melodie nach, seine Seele lag in seinen Augen. Er funkelte mich an.

»Warum laßt ihr sie nicht in Frieden? Ich habe ihn besucht, und es hat mich fertiggemacht. In ihrem Zustand hat sie bestimmt das Bedürfnis, irgendwo Sicherheit zu finden, und sei es nur in ihren Träumen. Sie schläft viel, wie du weißt. Wenn ihr bei ihm seid, weint sie, geht wie im Traum mit leerem Blick herum. Sie ißt kaum. Ich mußte sie überreden zu schlucken, zu trinken. Sie starrt mich an und folgt wie ein Kind. Manchmal muß ich ihr das Essen löffelweise in den Mund schieben, ihr das Glas halten, damit sie trinkt. Melodie befindet sich in einem Schockzustand, Mutter –, und du denkst an nichts anderes als an deinen kostbaren Jory, ohne dich darum zu kümmern, was du ihr antust!«

Nun tat sie mir leid, ich eilte zu ihr und nahm sie in die Arme. »Schon gut, ich verstehe dich jetzt. Bart hat mir erklärt, daß du dich nicht damit abfinden kannst . . . aber versuche es, Melodie, versuche es bitte. Auch wenn er die Augen nicht öffnet und nicht spricht, weiß er, was vorgeht, wer ihn besucht und wer nicht.«

Ihr Kopf lag auf meiner Schulter. »Cathy . . . ich versuche es. Laß mir nur Zeit.«

Am nächsten Morgen kam Cindy ohne anzuklopfen in unser Schlafzimmer, worauf Chris sie ärgerlich ansah. Sie hätte vernünftiger sein müssen. Aber ich mußte ihr verzeihen, als ich ihr blasses, ängstliches Gesicht sah. »Mama . . . Daddy, ich muß euch etwas erzählen, weiß aber

nicht, ob ich es tun soll. Oder ob es wirklich etwas bedeutet.«
Ich wurde durch ihre Kleidung von ihren Worten abgelenkt: ein weißer Bikini, der so klein war, daß man ihn kaum bemerkte. Der Swimmingpool, den Bart bestellt hatte, war fertig, und es war der erste Tag, an dem er benutzt werden konnte. Jorys tragischer Unfall durfte Barts Lebensstil nicht beeinträchtigen.
»Mir wäre es lieber, Cindy, du würdest am Schwimmbekken ein Strandkleid tragen. Und dieser Bikini ist viel zu knapp.«
Sie sah erschrocken, niedergeschlagen und gekränkt aus, weil ich ihr Badekostüm kritisierte. Sie sah kurz an sich hinunter und zuckte gleichgültig die Schultern. »Mein Gott, Mama! Manche meiner Freundinnen tragen Tangas –, die solltest du sehen, wenn du meinen für unanständig hältst. Manche meiner Freundinnen tragen gar nichts . . .« Ihre großen blauen Augen betrachteten mich ernst.
Chris warf ihr ein Handtuch zu, das sie sich um die Hüfte wickelte. »Mama, ich mag es nicht, wenn du mir wie Bart das Gefühl gibst, daß ich unanständig bin –, während ich dir erzählen will, was ich zufällig aufgeschnappt habe.«
»Heraus damit, Cindy«, drängte sie Chris.
»Bart telefonierte. Er hatte seine Tür angelehnt gelassen, und er sprach mit einer Versicherungsgesellschaft.« Sie machte eine Pause, setzte sich auf unser ungemachtes Bett und senkte den Kopf, ehe sie fortfuhr. Ihr weiches, seidiges Haar verbarg ihren Gesichtsausdruck. »Bart scheint eine spezielle ›Party‹-Versicherung abgeschlossen zu haben, für den Fall, daß einer seiner Gäste verletzt würde.«
»Das ist gar nicht so ungewöhnlich«, meinte Chris. »Das Haus ist durch die Hausversicherung gedeckt . . . aber bei zweihundert Gästen brauchte er für diese Nacht eine beträchtliche Zusatzversicherung.«
Cindy hob den Kopf mit einem Ruck. Sie sah ihren Vater

an, dann mich und seufzte. »Dann ist es wohl in Ordnung. Ich dachte nur, vielleicht . . . vielleicht . . .«
»Vielleicht was?« fragte ich scharf.
»Mama, du hast eine Handvoll von dem Sand aufgehoben, der aus den Säulen quoll, als sie zerbrachen. Sollte dieser Sand nicht trocken sein? Er war nicht trocken. Jemand hat ihn angefeuchtet – und dadurch wurde er schwerer. Der Sand ist nicht herausgeflossen, wie er sollte. Er hielt die Säulen aufrecht – und der Sand fiel wie Zement auf Jory. Sonst wäre Jory nicht so schwer verletzt worden.«
»Ich wußte von der Versicherung«, sagte Chris dumpf, ohne mich anzusehen. »Aber ich wußte nicht von dem nassen Sand.«
Weder Chris noch ich wußten, wie wir Bart verteidigen sollten. Doch er hatte Jory bestimmt nicht verletzen wollen – oder ihn töten? Irgendwann in unserem Leben mußten wir an Bart glauben, ihn im Zweifelsfall für unschuldig halten.
Chris schritt in unserem Schlafzimmer auf und ab und hatte die Stirn in tiefe Falten gelegt, während er erklärte, daß einer von den Bühnenarbeitern Wasser in den Sand getan haben konnte, um die Säulen widerstandsfähiger zu machen. Er mußte damit nicht Anordnungen von Bart befolgt haben.
Wir stiegen zu dritt ernst die Treppe hinunter und fanden Bart draußen auf der Morgenterrasse mit Melodie. Der Hintergrund mit den fernen Bergen, den Wäldern davor, den Gärten voller blühender Blumen war voll romantischer Schönheit. Sonnenschein drang durch die zarten Blätter der Obstbäume, drang unter den bunt gestreiften Sonnenschirm, der die Menschen, die an dem weißen, schmiedeeisernen Tisch saßen, schützen sollte.
Zu meiner Überraschung lächelte Melodie, während ihr Blick auf Barts kräftigen Zügen ruhte. »Bart, deine Eltern verstehen nicht, warum ich mich nicht entschließen kann, Jory im Krankenhaus zu besuchen. Deine Mutter sieht

mich vorwurfsvoll an. Ich enttäusche sie, enttäusche mich selbst. Ich bin Krankheiten gegenüber feige. Das war ich immer. Ich weiß aber, was vorgeht. Ich weiß, daß Jory auf dem Bett liegt, zur Decke starrt und sich weigert zu sprechen. Ich weiß, was er denkt. Er hat nicht nur den Gebrauch seiner Beine verloren, sondern auch alle Ziele, die er sich gesteckt hat. Er denkt an seinen Vater und daran, wie er gestorben ist. Er versucht sich von der Welt zurückzuziehen, indem er sich zu einem Nichts macht, das uns nicht fehlen wird, wenn er eines Tages genau wie sein Vater Selbstmord begeht.«

Bart sah sie mißbilligend an. »Melodie, du kennst meinen Bruder nicht. Jory würde nie Selbstmord begehen. Vielleicht hat er jetzt das Gefühl, vernichtet zu sein, aber er wird es schaffen.«

»Wie kann er?« jammerte sie. »Er hat das Wichtigste in seinem Leben verloren. Unsere Ehe beruhte nicht nur auf unserer gegenseitigen Liebe, sondern auch auf unserer gemeinsamen Karriere. Jeden Tage rede ich mir ein, daß ich ihn besuchen, lächeln und ihm geben kann, was er braucht. Dann denke ich nach, weiß nicht weiter und frage mich, was ich sagen kann. Ich bin mit Worten nicht geschickt wie deine Mutter. Ich kann nicht lächeln und optimistisch sein wie sein Vater . . .«

»Chris ist nicht Jorys Vater«, stellte Bart entschieden fest.

»Oh, für Jory ist Chris sein Vater. Zumindest der, der am meisten zählt. Er liebt Chris, Bart, achtet und bewundert ihn und verzeiht ihm die Sünden, die du ihm vorwirfst.« Sie fuhr fort, während wir drei zögerten und mehr darüber erfahren wollten, warum sie so handelte.

Doch wir bekamen nur eine abschließende Erklärung zu hören. »Ich schäme mich, es auszusprechen, aber ich kann ihn in dem Zustand, in dem er sich jetzt befindet, nicht besuchen.«

»Was wirst du also tun?« fragte Bart zynisch. Er trank seinen Kaffee und sah ihr starr in die Augen. Hätte er seinen Kopf nur ein wenig zur Seite gewandt, hätte er gemerkt,

daß wir drei zuschauten, zuhörten und auf diese Art Aufschlußreiches erfuhren.
Ihre Antwort war ein gequältes Wimmern. »Ich weiß es nicht. Ich bin mit mir selbst zerfallen. Ich hasse es, aufzuwachen und zu wissen, daß Jory nie mehr ein richtiger Ehemann sein wird. Wenn es dir nichts ausmacht, werde ich in das Zimmer auf der anderen Seite des Korridors übersiedeln, das nicht so viele schmerzliche Erinnerungen an unsere Gemeinsamkeit birgt. Deiner Mutter ist nicht klar, daß ich genauso vernichtet bin wie er, und dazu erwarte ich sein Kind.«
Dann begann sie zu schluchzen. Sie legte den Kopf auf die Arme, die sie auf dem Tisch verschränkte. »Jemand muß auch an mich denken, mir helfen ... irgend jemand ...«
»Ich werde dir helfen«, versprach Bart leise und legte seine gebräunte Hand auf ihre Schulter. Mit der rechten Hand stellte er die Kaffeetasse ab und strich mit dieser Hand leicht über Melodies dichtes offenes Haar. »Wann immer du mich brauchst, und wenn nur, um dich an meiner Schulter auszuweinen, werde ich zur Stelle sein, jederzeit.«
Hätte Bart früher zu jemand anderem als Melodie so mitfühlend gesprochen, so hätte ich mich vor Freude nicht zu fassen gewußt. So aber sank mir der Mut. Jory brauchte seine Frau, nicht Bart!
Ich trat in den Sonnenschein und nahm meinen Platz am Frühstückstisch ein. Bart zog die Hände von Melodie zurück und starrte mich an, als hätte ich ihn bei etwas unterbrochen, das ihm sehr wichtig war. Dann setzten sich auch Chris und Cindy zu uns. Ich mußte die eingetretene Stille überbrücken.
»Melodie, ich möchte ein langes Gespräch mit dir führen, sobald wir das Frühstück beendet haben. Diesmal kannst du dich nicht drücken oder für mich nur taube Ohren haben und meine Stimme mit deinem leeren Blick zum Verstummen bringen.«

»Mutter!« brauste Bart auf. »Kannst du ihren Standpunkt nicht begreifen? Vielleicht wird Jory eines Tages imstande sein, sich auf Krücken herumzuschleppen, wenn er eine schwere Rückenstütze und Gurte trägt ... kannst du dir Jory so vorstellen? Ich kann es nicht. Ich will ihn jedenfalls nicht so sehen.«
Melodie stieß einen schrillen Schrei aus und sprang auf. Bart war sofort ebenfalls auf den Beinen und zog sie schützend in seine Arme.
»Weine nicht, Melodie«, beschwichtigte er sie liebevoll besorgt. Melodie stieß noch einen gedämpften verzweifelten Schrei aus, dann flüchtete sie von der Terrasse. Wir drei blieben sitzen und sahen ihr nach. Als sie außer Sicht war, richteten wir unsere Blicke auf Bart, der sich zu seinem unterbrochenen Frühstück setzte, als wären wir für ihn Luft.
»Bart«, ergriff Chris den günstigen Moment, bevor Joel sich zu uns gesellte, »was weißt du über den nassen Sand in den Papiermaché-Säulen?«
»Ich verstehe dich nicht«, erwiderte Bart ruhig, beinahe zerstreut, während er auf die Tür starrte, durch die Melodie verschwunden war.
»Dann werde ich es genauer erklären«, fuhr Chris fort. »Der Sand sollte trocken sein, damit er locker herausquoll und niemanden verletze. Wer hat den Sand angefeuchtet?«
Bart kniff die Augen zusammen und antwortete scharf: »Jetzt werde ich also beschuldigt, Jorys Unfall verursacht – und absichtlich das schönste Fest unterbrochen zu haben, das ich je erlebt hatte, bevor er verletzt wurde. Es ist genauso wie damals, als ich neun oder zehn Jahre alt war. Meine Schuld, immer war alles meine Schuld. Als Clover starb, habt ihr beide angenommen, ich hätte den Draht um seinen Hals geschlungen, ohne im Zweifelsfall an meine Unschuld zu glauben. Als Apple getötet wurde, glaubtet ihr wieder, ich sei es gewesen, obwohl ihr wußtet, daß ich Clover und Apple liebte. Ich habe nie jemanden getö-

tet. Auch als ihr später herausfandet, daß John Amos der Täter war, habt ihr mir die Hölle heiß gemacht, bevor ihr euch entschuldigt habt. Also entschuldigt euch gleich, denn ich will verdammt sein, wenn ich die Schuld für Jorys gebrochenes Rückgrat auf mich nehme!«

Ich wollte ihm so gern glauben, daß mir Tränen in die Augen traten. »Aber wer hat dann den Sand angefeuchtet, Bart«, fragte ich, beugte mich vor und ergriff seine Hand. »Jemand muß es ja getan haben.«

Seine dunklen Augen trübten sich. »Einige Arbeiter mochten mich nicht, weil ich ihrer Ansicht nach zu diktatorisch war ... aber ich glaube wirklich nicht, daß sie Jory verletzen wollten. Schließlich agierte doch nicht ich dort oben auf der Bühne.«

Aus irgendeinem Grund glaubte ich ihm. Er wußte nichts von dem nassen Sand, und als mein Blick dem Chris' begegnete, wußte ich, daß auch er davon überzeugt war. Aber mit unseren Fragen hatten wir uns Bart ... wieder einmal entfremdet.

Er schwieg, ohne zu lächeln und beendete sein Frühstück. Im Garten stand Joel im Schatten der dichten Sträucher, als hätte er unser Gespräch belauscht, während er so tat, als bewundere er die blühenden Blumen.

»Verzeih uns, wenn wir dich verletzt haben, Bart. Bitte, tu dein Möglichstes und hilf uns herauszufinden, wer den Sand mit Wasser versetzt hat. Wenn das nicht geschehen wäre, könnte Jory seine Beine noch gebrauchen.«

Klugerweise hatte Cindy die ganze Zeit über geschwiegen.

Bart wollte schon antworten, aber in diesem Moment trat Trevor aus dem Haus und begann uns das Frühstück zu servieren. Ich nahm hastig eine Kleinigkeit zu mir, dann stand ich auf, um zu gehen. Ich mußte etwas unternehmen, um Melodies Verantwortungsgefühl wachzurufen. »Entschuldigt mich, Chris und Cindy. Laßt euch Zeit und frühstückt in Ruhe. Ich stoße später wieder zu euch.«

Joel schlüpfte aus den Schatten der dichten Sträucher und

setzte sich neben Bart. Als ich mich umdrehte und über die Schulter zurückblickte, hatte Joel sich zu Bart gebeugt und flüsterte ihm etwas zu, das ich nicht verstehen konnte.

Mit schwerem Herzen ging ich zu dem Zimmer, das Melodie jetzt benutzte.

Melodie lag mit dem Gesicht nach unten auf dem Bett, das sie mit Jory geteilt hatte, und weinte. Ich setzte mich auf den Bettrand und dachte darüber nach, welche Argumente die richtigen sein würden –, aber wie konnte ich die richtigen Worte finden? »Er lebt, Melodie, und darauf kommt es letztlich an, nicht wahr? Er weilt noch unter uns. Ist bei dir. Du kannst die Hand ausstrecken und ihn berühren, zu ihm sprechen, kannst ihm alles sagen, was ich zu meinem Leidwesen seinem Vater nicht gesagt habe. Fahr ins Krankenhaus. Mit jedem Tag, den du ihm fernbleibst, stirbt er etwas mehr. Wenn du ihn nicht besuchst, wenn du einfach hierbleibst und dich bemitleidest, wirst du es bereuen. Jory kann dich noch immer hören, Melodie. Laß ihn jetzt nicht im Stich. Er braucht dich jetzt mehr als in eurem ganzen bisherigen Leben.«

Sie schlug wild und hysterisch mit ihren kleinen Fäusten auf mich ein. Ich packte ihre Handgelenke, um sie daran zu hindern, mich zu verletzen.

»Aber ich kann ihm nicht gegenübertreten, Cathy! Ich weiß, daß er stumm und einsam dort liegt, daß ich ihn nicht erreichen kann. Er antwortet nicht, wenn du zu ihm sprichst, warum also sollte er mir antworten? Wenn ich ihn küsse und er reagiert nicht, würde jedes Gefühl in mir sterben. Außerdem kennst du ihn nicht wirklich, nicht so wie ich. Du bist seine Mutter, nicht seine Frau. Du hast keine Ahnung, wie wichtig sein Sexualleben für ihn ist. Nun ist es damit zu Ende. Kannst du dir überhaupt vorstellen, wie sehr dieser eine Umstand allein ihn belastet? Ganz zu schweigen davon, daß er nicht mehr gehen kann und daß seine Karriere zu Ende ist. Er wollte sich unbedingt seines Vaters wegen – seines wirklichen Vaters we-

gen, bewähren. Und du redest dir ein, daß das für ihn ein Leben ist. Er lebt nicht. Er hat dich schon verlassen, Cathy. Hat auch mich verlassen. Er muß nicht mehr sterben. Er ist schon tot, während er noch lebt.«
Wie sehr ihre leidenschaftlichen Worte mich trafen. Vielleicht, weil sie nur allzu wahr waren.
Ich geriet in Panik, denn mir wurde klar, daß Jory sehr wohl das gleiche tun konnte wie Julian – einen Weg finden, um seinem Leben ein Ende zu setzen. Ich versuchte mich zu trösten. Jory war nicht wie sein Vater, er war wie Chris. Einmal würde Jory wieder zu sich kommen und aus dem, was ihm geblieben war, das Beste machen.
Ich setzte mich auf das Bett, sah meine Schwiegertochter an und begriff, daß ich sie nicht kannte. Daß ich das Mädchen nicht kannte, mit dem ich seit seinem elften Lebensjahr immer wieder zusammengetroffen war. Ich hatte die Fassade eines hübschen, graziösen Mädchens gesehen, das Jory immer angebetet hatte. »Was bist du für eine Frau, Melodie? Was geht in dir vor?«
Sie drehte sich herum und funkelte mich zornig an.
»Ich bin nicht von deiner Art, Cathy!« schrie sie beinahe. »Du bist aus besonders stabilem Stoff gemacht. Ich nicht. Ich wurde genauso verwöhnt, wie du deine liebe kleine Cindy verwöhnst. Ich war ein Einzelkind und bekam alles, was ich wollte. Schon als ich klein war, bekam ich heraus, daß das Leben nicht nur aus den hübschen Bilderbuchgeschichten besteht. Das wollte ich nicht wahrhaben. Als ich alt genug war, suchte ich im Ballett Zuflucht. Ich redete mir ein, daß ich nur in der Welt der Phantasie mein Glück finden könne. Als ich Jory kennenlernte, hielt ich ihn für den Prinzen, den ich brauchte. Aber Prinzen stürzen nicht und verletzen dabei ihr Rückgrat, Cathy. Sie werden nie zu Krüppeln. Wie kann ich mit Jory leben, wenn ich ihn nicht mehr als Prinzen sehe? Wie, Cathy? Sag mir, wie ich meine Augen schließen und meine Sinne abstumpfen kann, damit ich keine Abscheu empfinde, wenn er mich berührt?«

Ich starrte auf ihre geröteten Augen, auf ihr vom vielen Weinen gedunsenes Gesicht hinunter und spürte, wie meine Bewunderung für sie schwand. Schwach, ja, das war sie. Wie lächerlich von ihr zu glauben, daß Jory nicht genauso aus Fleisch und Blut bestand wie jeder andere Mann. »Angenommen, du wärst verletzt worden, Melodie. Möchtest du dann, daß Jory dich im Stich läßt?«
Sie sah mir in die Augen. »Ja.« Ich stand auf.
Als ich Melodie verließ, lag sie immer noch weinend auf ihrem Bett.
Chris erwartete mich unten. »Wenn du heute vormittag ins Krankenhaus fährst, werde ich ihn am Nachmittag besuchen, und Melodie könnte abends mit Cindy hinüberfahren. Du hast sie bestimmt dazu überredet, ihn zu besuchen.«
»Ja, sie wird es tun, aber nicht heute«, erklärte ich, ohne ihm in die Augen zu schauen. »Sie will warten, bis er die Augen öffnet und spricht – deshalb habe ich vor, irgendwie die Mauer um ihn zu durchbrechen und ihn dazu zu bringen, auf seine Besucher zu reagieren.«
»Wenn jemand das fertigbringt, dann bist es du«, murmelte Chris in mein Haar.

Jory lag apathisch in seinem Krankenbett. Die Fraktur lag so weit unten, daß er sogar eines schönen Tages in ferner Zukunft seine Potenz zurückgewinnen konnte. Es gab gewisse Übungen, die er später machen konnte.
Ich hatte zwei große lange Schachteln mit Sträußen aus verschiedenen Blumen gekauft, die ich in hohe Vasen stellte.
»Guten Morgen, Liebling«, grüßte ich betont fröhlich, als ich in das kleine sterile Krankenzimmer trat.
Jory wandte den Kopf nicht, um in meine Richtung zu blicken. Er lag so, wie ich ihn beim letzten Mal gesehen hatte, und starrte zur Decke empor. Ich küßte sein etwas kühles Gesicht und begann die Blumen in den Vasen zu ordnen.

»Es wird dich bestimmt freuen, daß Melodie nicht mehr unter der morgendlichen Übelkeit leidet. Aber sie fühlt sich die meiste Zeit müde. Ich weiß noch, daß ich auch so leicht ermüdete, als ich mit dir schwanger war.«
Ich biß mir auf die Zunge, denn ich hatte Julian bald, nachdem ich von meiner Schwangerschaft erfahren hatte, verloren. »Es ist ein merkwürdiger Sommer, Jory. Ich kann nicht sagen, daß ich Joel wirklich mag. Er scheint Bart sehr gern zu haben, kritisiert aber Cindy unaufhörlich. Sie kann Joels und Barts Ansicht nach nichts richtig machen. Es wäre vielleicht eine gute Idee, Cindy in ein Sommerlager zu schicken, bis die Schule im Herbst wieder beginnt. Du findest doch nicht, daß Cindy sich schlecht benimmt, oder?« Keine Antwort.
Ich versuchte, weder zu seufzen noch meine Ungeduld zu zeigen. Ich zog einen Stuhl an Jorys Bett heran und ergriff seine schlaffe Hand. Wieder keine Reaktion. Genausogut hätte ich einen toten Fisch halten können. »Jory, man wird dich weiterhin intravenös ernähren«, warnte ich ihn. »Und wenn du dich nach wie vor weigerst zu essen, werden sie dir Schläuche in andere Venen stecken und andere Methoden anwenden, um dich nicht sterben zu lassen, auch wenn wir dich schließlich an jede Maschine anhängen müssen, die dich am Leben hält, bis du deinen Eigensinn aufgibst und zu uns zurückkommst.«
Er zuckte mit keiner Wimper, noch sprach er ein Wort.
»Also gut, Jory, bis jetzt habe ich mit dir Nachsicht geübt – aber jetzt habe ich genug.« Mein Ton wurde scharf. »Ich liebe dich zu sehr, um mitanzusehen, wie du dich zwingst zu sterben. Dir ist also alles gleichgültig, nicht wahr? Du bist jetzt Invalide und mußt in einem Rollstuhl sitzen, bis du lernst, mit Krücken zu gehen, wenn du je diesen Ehrgeiz aufbringst. Du bemitleidest dich und fragst dich, wie du so weiterleben kannst. Andere haben es geschafft. Andere haben sich ein neues Leben gezimmert, und sie waren teils in noch schlimmerer Verfassung als du jetzt. Du sagst dir, was andere tun, zählt für mich nicht,

weil es sich um deinen eigenen Körper und dein eigenes Leben handelt – und vielleicht hast du damit recht. Es spielt keine Rolle, was andere tun, wenn du nur an dich denken willst.
Sage mir nicht, daß die Zukunft dir jetzt nichts mehr zu bieten hat. Das dachte ich zuerst auch. Es gefällt mir nicht, Jory, wenn du so apathisch hier liegst. Es bricht mir und deinem Vater das Herz, und Cindy ist außer sich vor Sorge. Bart ist so unglücklich, daß er es nicht über sich bringt, hierher zu kommen und mitanzusehen, wie du so in dich zurückgezogen hier liegst. Und bedenkst du überhaupt, was du Melodie antust? Sie trägt dein Kind unter dem Herzen, Jory. Sie weint den ganzen Tag. Sie hat sich vollkommen verwandelt, weil sie von uns erfährt, daß du auf nichts reagierst und dich eigensinnig weigerst, dich mit etwas abzufinden, was sich nicht ändern läßt. Es tut uns leid, entsetzlich leid, daß du deine Beine nicht mehr gebrauchen kannst – aber wir können nur eines tun: aus einer fürchterlichen Situation das Beste machen! Komm zu uns zurück, Jory. Wir brauchen dich. Wir werden nicht untätig zusehen, wie du dich systematisch umbringst. Wir lieben dich. Für uns spielt es keine Rolle, daß du nicht tanzen und gehen kannst, wir wollen nur, daß du am Leben bist, daß wir dich sehen, mit dir sprechen können. Sprich mit uns, Jory, sag etwas, irgend etwas. Sprich mit Melodie, wenn sie kommt. Zeige eine Reaktion, wenn sie dich berührt –, sonst wirst du Melodie und dein Kind verlieren. Sie liebt dich, das weißt du. Aber keine Frau kann auf die Dauer Liebe empfinden, wenn sich der Gegenstand ihrer Liebe von ihr abwendet und sie zurückweist. Sie kommt nicht, weil sie die Ablehnung, die du uns gegenüber an den Tag legst, nicht ertragen kann.«
Während dieses langen leidenschaftlichen Appells ließ ich sein Gesicht nicht aus den Augen, ich hoffte, daß sich sein Gesichtsausdruck wenigstens ein bißchen ändern würde. Ich wurde für meine Mühe dadurch belohnt, daß ein Muskel neben seinen zusammengepreßten Lippen zuckte.

Dadurch ermutigt, fuhr ich fort: »Melodies Eltern haben angerufen und vorgeschlagen, daß sie zu ihnen zurückkommt, um das Kind dort zur Welt zu bringen. Willst du, daß Melodie wegzieht, weil sie glaubt, daß sie nichts mehr für dich tun kann? Bitte, Jory, bitte tu uns allen das nicht an, auch dir selbst nicht. Du kannst der Welt noch so viel geben. Du bist mehr als nur ein Tänzer, weißt du das nicht? Wenn jemand Talent besitzt, so ist das nur ein Zweig an einem Baum mit vielen Ästen. Du hast nie auch nur begonnen, deine anderen Fähigkeiten zu erforschen. Wer weiß, was du entdecken könntest. Denke daran, auch für mich war das Tanzen mein Lebensinhalt, und als ich nicht mehr tanzen konnte, wußte ich nicht, was ich mit meinem Leben anfangen sollte. Wenn ich Musik hörte, hast du mit Melodie in unserem Wohnzimmer getanzt. In mir verkrampfte sich alles, und ich versuchte, die Musik auszuschalten, zu der meine Beine tanzen wollten. Meine Seele schwang sich empor . . . und dann stürzte ich auf die Erde zurück und weinte. Doch als ich zu schreiben begann, hörte ich auf, ans Tanzen zu denken. Jory, du wirst eine Tätigkeit finden, die dich interessiert und dir das Tanzen ersetzt. Ich weiß es.«

Zum erstenmal, seit er wußte, daß er nie mehr gehen oder tanzen würde, wandte Jory den Kopf. Schon das erfüllte mich mit atemloser Freude.

Seine Augen blickten mich kurz an. Ich sah Tränen in ihnen stehen, unvergossen, aber glänzend. »Mel denkt daran, zu ihren Eltern zurückzukehren?« fragte er mit heiserer Stimme.

In mir regte sich Hoffnung. Ich wußte nicht, was Mel tun würde, auch wenn er wieder zu sich fand. Aber ich mußte das Richtige sagen, und ich entsprach solchen Anforderungen so selten. Ich hatte bei Julian versagt, hatte bei Carrie versagt. Bitte, lieber Gott, laß mich bei Jory nicht versagen.

»Sie würde dich nie verlassen, wenn du zu ihr zurückkämst. Sie braucht dich, sehnt sich nach dir. Du wendest dich von uns ab und beweist ihr damit, daß du dich auch von ihr abwenden wirst. Dein langes Schweigen und deine Weigerung, Nahrung zu dir zu nehmen, sagen soviel aus, Jory, daß Melodie ständig in Furcht lebt. Sie ist nicht wie ich. Sie wehrt sich nicht, schlägt nicht zurück und greift nicht an. Sie weint die ganze Zeit. Sie ißt fast nichts . . ., und sie ist schwanger, Jory. Mit deinem Kind schwanger. Denk daran, was du empfunden hast, als du erfuhrst, was dein Vater getan hat, und bedenke, welche Auswirkungen dein Tod auf dein Kind haben wird. Denke lange und gründlich darüber nach, bevor du den Zustand aufrechterhältst, auf den du dich jetzt festgelegt hast. Denke über dich selbst nach und darüber, wie sehr du dich nach deinem natürlichen Vater gesehnt hast. Ahme nicht deinen Vater nach, Jory, und lasse dein vaterloses Kind nicht allein zurück. Vernichte uns nicht, indem du dich selbst vernichtest!«

»Aber Mami!« rief er voll Verzweiflung. »Was soll ich denn tun? Ich will nicht für den Rest meines Lebens an einen Rollstuhl gefesselt sein! Ich bin wütend, so verdammt wütend, daß ich um mich schlagen und jedermann verletzen möchte! Was habe ich getan, um eine solche Strafe zu verdienen? Ich war ein guter Sohn, ein treuer Ehemann. Aber ich kann kein Ehemann mehr sein. Dort unten regt sich nichts mehr. Ich fühle von der Taille abwärts nichts. Für mich ist es besser, tot zu sein!«

Ich beugte den Kopf und drückte meine Wange an seine schlaffe Hand. »Vielleicht hast du recht, Jory. Also mach nur so weiter, hungere und zwing dich zu sterben, damit du nie in einem Rollstuhl sitzen mußt – und denke an keinen von uns. Vergiß den Schmerz, den du damit in unser Leben bringst, daß du stirbst. Vergiß, wieviele Menschen Chris und ich schon verloren haben. Wir können uns darauf einstellen, wir sind daran gewöhnt, die zu verlieren, die wir am meisten lieben. Wir werden suchen und suchen, bis wir etwas finden, das wir nicht richtig gemacht haben. Das werden wir vergrößern und zum Wachsen bringen, bis es die Sonne und all unser Glück verdunkelt, und wir werden uns bis zu unserem Tod Vorwürfe machen, weil wir wieder versagt haben.«

»Hör auf, Mam! Ich kann es nicht ertragen, wenn du so sprichst!«

»Ich kann nicht ertragen, was du uns antust, Jory! Gib nicht auf. Es sieht dir gar nicht ähnlich, ans Aufgeben auch nur zu denken. Wehre dich. Sage dir, daß du damit fertig werden und dann ein besserer, stärkerer Mensch sein wirst, weil du dich einem Unglücksfall, den sich andere nicht einmal vorstellen können, gestellt hast.«

Er hörte zu. »Ich weiß nicht, ob ich mich wehren will. Ich habe seit jener Nacht darüber nachgedacht, was ich tun könnte. Sag mir nicht, daß ich nichts tun muß, weil du reich bist und weil auch ich Geld habe. Das Leben ist nichts ohne ein Ziel, das weißt du.«

»Dein Kind ... mach dein Kind zu deinem Ziel. Ein weiteres Ziel ist, Melodie glücklich zu machen. Bleib, Jory, bleib ... ich kann es nicht ertragen, noch jemanden zu verlieren, ich kann es nicht, ich kann es nicht ...« Und dann weinte ich.

Und ich war entschlossen gewesen, nicht schwach zu werden und zu weinen. Ich schluchzte krampfhaft, ohne ihn anzusehen. »Nach dem Tod deines Vaters wurde mir mein Kind das Wichtigste in meinem Leben. Vielleicht tat ich es, um mein Schuldbewußtsein zu lindern, ich weiß es nicht. Als du aber in der Nacht des Valentinstages zur Welt kamst und sie dich mir auf den Bauch legten, damit ich dich sehen konnte, zersprang mein Herz fast vor Stolz. Du wirktest so kräftig, und deine blauen Augen waren so klar. Du hast meinen Finger gefaßt und wolltest ihn nicht loslassen. Paul und Chris waren anwesend. Beide haben dich von Anfang an geliebt. Du warst ein so glückliches, braves Baby. Wir haben dich alle verwöhnt, und du mußtest nie weinen, um zu bekommen, was du wolltest. Jetzt weiß ich, Jory, daß du nicht fähig bist, ein verwöhnter Mensch zu sein. Du besitzt eine innere Stärke, die dir helfen wird durchzuhalten. Einmal wirst du froh sein, daß du es um deines Kindes willen durchgestanden hast. Ich weiß, daß du froh sein wirst."

Ich hatte meine Worte fast unzusammenhängend, schluchzend hervorgestoßen. Vermutlich tat ich Jory leid. Er streckte die Hand aus, um meine Tränen mit dem Rand des weißen Lakens wegzuwischen.

»Hast du dir schon überlegt, was ich in einem Rollstuhl tun könnte?« fragte er mit leiser, spöttischer Stimme.

»Tausenderlei Dinge. Der Tag ist nicht lang genug, um sie alle aufzuzählen. Du kannst Klavierspielen lernen, Kunst studieren, Romane schreiben. Oder du kannst Ballettlehrer werden. Dazu mußt du nicht herumstolzieren, du brauchst nur einen ausreichenden Wortschatz und eine unermüdliche Zunge. Oder du kannst etwas Weltlicheres machen, amtlich zugelassener Wirtschaftsprüfer werden, Jura studieren und Bart Konkurrenz machen. Es gibt wirklich sehr wenig, was du nicht tun kannst. Wir sind alle auf die eine oder andere Weise behindert. Das solltest du wissen. Bart hat seine unsichtbare Behinderung, die schlimmer ist als alles, was dir zugestoßen ist. Erinnere dich nur an all seine Probleme, während du getanzt und dich glänzend unterhalten hast. Er wurde von Psychiatern gequält, die sein tiefstes Inneres schmerzhaft erforschten.«

Seine Augen waren jetzt heiterer, von unbestimmter Hoffnung erfüllt, die versuchte, etwas zu finden, woran er sich klammern konnte.

»Und denke an den Swimmingpool, den Bart im Hof eingerichtet hat. Deine Ärzte sagen, daß deine Arme sehr kräftig sind, und daß du nach ein wenig physikalischer Therapie wieder schwimmen kannst.«

»Was möchtest du, das ich tue, Mam?« Seine Stimme war sanft und freundlich, während seine Hand über mein Haar strich, und sein Blick war zärtlich.

»Leben, Jory, das ist alles.«

Seine Augen standen voller Tränen, doch er weinte nicht.

»Was ist mit dir, Dad und Cindy? Habt ihr nicht vorgehabt, nach Hawaii zu übersiedeln?«
Seit Wochen hatte ich nicht mehr an Hawaii gedacht. Ich starrte ausdruckslos vor mich hin. Wie konnten wir jetzt abreisen, wenn Jory verletzt und Melodie so verzweifelt war? Wir mußten bleiben.
Foxworth Hall hatte uns wieder eingefangen.

ZWEITES BUCH

Die widerstrebende Frau

Obwohl Cindy uns leid tat, vernachlässigten Chris und ich sie, weil wir den größten Teil unserer Zeit im Krankenhaus bei Jory verbrachten. Cindy wurde unruhig und langweilte sich in dem feindseligen Haus mit Joel, der ihr nur Mißbilligung, mit Bart, der ihr nur Verachtung zeigte, und mit Melodie, die niemandem etwas zu geben hatte.

»Mama«, jammerte sie, »für mich ist es fürchterlich. Es ist ein schrecklicher Sommer, der schlimmste, den ich je erlebt habe. Es tut mir leid, daß Jory im Krankenhaus ist und nie wieder gehen oder tanzen wird, und ich möchte für ihn tun, was ich kann, aber was ist mir mir? Er darf nicht mehr als zwei Besucher zugleich empfangen, und du und Daddy, ihr seid immer bei ihm. Auch wenn ich bei ihm bin, weiß ich die Hälfte der Zeit nicht, was ich sagen oder tun soll. Und ich weiß auch nicht, was ich mit mir anfangen soll, wenn ich hier bin. Dieses Haus ist von der übrigen Welt so isoliert, als würde man auf dem Mond leben – langweilig, tödlich langweilig. Du willst nicht, daß ich ins Dorf gehe, ich soll nur Rendezvous haben, wenn du davon weißt, und du bist nie hier, damit ich dich fragen kann, wenn mich jemand auffordert. Ich soll nicht schwimmen, wenn Joel und Bart in der Nähe sind. Ich soll so vieles nicht tun ... was kann ich eigentlich tun?«

»Sag mir, was du tun willst«, antwortete ich mitfühlend. Sie war sechzehn und hatte von diesen Ferien viel Vergnügen erwartet. Nun erwies sich das Herrenhaus, das ihr anfänglich so gut gefallen hatte, in gewisser Hinsicht ebenso als Gefängnis für sie, wie es das alte für uns gewesen war.

Sie setzte sich mit gekreuzten Beinen zu meinen Füßen auf den Boden. »Ich möchte Jorys Gefühle nicht verletzen, indem ich abreise, aber hier werde ich wahnsinnig. Melodie bleibt die ganze Zeit in ihrem Zimmer, schließt die Tür ab und weigert sich, mich einzulassen. Joel saugt mich mit seinen bösartigen, alten Augen aus. Bart tut, als würde er mich nicht sehen. Heute kam ein Brief von meiner Freundin Bary Boswell, die in das wundervolle Sommerlager einige Meilen nördlich von Boston fährt, in dessen Nähe es ein Sommertheater gibt. Man schwimmt und segelt auf dem nahen See, jeden Sonnabend gibt es Tanz, und dazu gibt es Unterricht in allen möglichen Fertigkeiten. Ich bin gern mit Mädchen meines Alters beisammen, und es ist genau die Art von Lager, die mir gefallen würde. Du kannst dich erkundigen und wirst erfahren, daß es einen guten Ruf hat, aber bitte laß mich hinfahren, bevor ich verrückt werde.«

Ich hatte mir so sehr einen Sommer gewünscht, in dem wir einander wieder nahekamen, und jetzt wollte sie wegfahren, und ich hatte bei weitem nicht genügend Zeit mit ihr verbracht. Dennoch verstand ich sie. »Ich werde heute abend mit deinem Vater darüber sprechen«, versprach ich. »Wir wollen ja, daß du glücklich bist, Cindy, das weißt du. Es tut mir leid, daß wir dich vernachlässigen, weil wir uns um Jory kümmern. Laß uns jetzt von dir sprechen. Was ist mit den jungen Leuten, die du auf Barts Party kennengelernt hast, Cindy? Was spielt sich zwischen dir und ihnen ab?«

»Bart und Joel verstecken die Schlüssel zu den Wagen, damit ich nicht wegfahren kann. Und genau das würde ich tun, ob mit oder ohne Erlaubnis. Ich möchte aus einem Fenster schlüpfen, aber sie liegen alle so hoch über der Erde, daß ich Angst davor habe, hinunterzuspringen und mich zu verletzen. Aber ich denke die ganze Zeit an Jungen, darum geht es. Ich möchte mit ihnen zusammen

sein, Rendezvous haben und tanzen gehen. Ich weiß, was du denkst, denn Joel murmelt die ganze Zeit vor sich hin, daß ich unmoralisch bin ... Ich bemühe mich sehr, mich ordentlich aufzuführen, wirklich, aber ich weiß nicht, wie lange ich noch Jungfrau bleiben kann. Ich sage mir, daß ich altmodisch sein und durchhalten werde, bis ich heirate, aber ich habe vor, erst zu heiraten, wenn ich mindestens dreißig bin. Wenn ich mit einem Jungen ausgehe, den ich wirklich mag, und er anfängt, mich zu drängen, möchte ich nachgeben. Ich liebe die Gefühle, die mich überwältigen und mein Herz schneller schlagen lassen. Mein Körper möchte, daß es passiert. Warum kann ich nicht die Kraft finden, die du besitzt? Wie soll ich mein wahres Selbst finden? Ich bin in einer Welt gefangen, die nicht weiß, was sie wirklich will, das sagst du mir die ganze Zeit. Wenn es also die Welt nicht weiß, wie soll ich es dann wissen? Ich möchte so sein, wie du mich haben willst, süß und unschuldig, aber eigentlich möchte ich sexy sein. Das ist ein Widerspruch, den ich nicht lösen kann. Ich will, daß du und Daddy mich immer lieben, deshalb versuche ich, so lieb zu sein, wie ihr von mir erwartet – aber ich bin nicht so unschuldig, Mama. Ich will, daß alle gutaussehenden Jungen in mich verliebt sind – aber eines Tages werde ich nicht fähig sein, mich zurückzuhalten.«
Ich lächelte über ihren besorgten Gesichtsausdruck, über den ängstlichen Blick, mit dem sie feststellen wollte, ob ich schockiert war. Ich erriet auch, daß sie befürchtete, sie hätte ihre Chancen, aus diesem Haus zu entkommen, jetzt zunichte gemacht. Ich umarmte sie. »Halte dich an die Moral, Cindy. Du bist viel zu talentiert und zu schön, um dich wegzuwerfen, als wärst du wertloser Plunder. Habe eine gute Meinung von dir, dann werden sie die anderen auch haben.«
»Aber Mama – wie soll ich nein sagen und die Jungen dazu bringen, mich dennoch gern zu haben?«
»Es gibt eine Menge Jungen, die nicht von dir erwarten,

daß du ›schwach wirst‹, Cindy, und das sind die, die du willst. Diejenigen, die aus dem einen oder anderen Grund Sex von dir verlangen, werden dich sehr wahrscheinlich bald, nachdem sie bekommen haben, was sie wollen, fallenlassen. Die Männer sind so veranlagt, daß sie jede Frau erobern wollen, besonders eine außergewöhnliche Schönheit wie dich. Vergiß auch nicht, daß sie sich miteinander unterhalten und einander die intimsten Einzelheiten erzählen, wenn sie dich nicht wirklich lieben.«

»Du gibst mir das Gefühl, Mama, daß es eine Falle ist, eine Frau zu sein! Ich will nicht, daß sie mich fangen – ich will sie fangen! Aber ich muß gestehen, ich kann nicht gut Widerstand leisten. Bart hat mich in bezug auf mich selbst so unsicher gemacht, daß ich mich nur zu gern von den Jungen eines Besseren belehren lasse. Doch von heute an werde ich kein Mitleid mit diesen Knilchen haben, wenn sie mich auf den Rücksitz locken und behaupten, daß sie krank werden, wenn ich ihre Begierde nicht befriedige. Ich werde nur an dich und Daddy denken und ihnen den Schädel einschlagen – oder ihnen mit dem Knie dorthin stoßen, wo es am meisten schmerzt.«

Ich mußte lachen, und dabei hatte ich seit Wochen nicht mehr gelacht. »In Ordnung, Liebling. Ich weiß, du wirst schließlich das Richtige tun. Sprechen wir lieber über dieses Sommerlager, damit ich deinem Vater alle Einzelheiten erzählen kann.«

»Du meinst, daß ich mir den Weg nicht selbst verstellt habe?« fragte sie entzückt.

»Natürlich nicht. Chris wird ebenfalls der Meinung sein, daß du Erholung von dieser ganzen Tragödie brauchst.«

Chris war einverstanden, denn er fand wie ich, daß ein sechzehnjähriges Mädchen in den Sommerferien Unterhaltung brauchte. Sobald Cindy es erfuhr, mußte sie Jory besuchen und es ihm erzählen. »Daß ich jetzt wegfahre, bedeutet nicht, daß du mir gleichgültig bist, aber ich langweile mich so schrecklich, Jory. Ich werde dir oft schreiben und dir kleine Geschenke schicken.« Sie umarmte ihn, küßte ihn, und ihre Tränen fielen auf sein glattrasiertes Gesicht. »Nichts kann dir das rauben, was du bist, Jory – das Wunderbare, das dich so ungewöhnlich macht, und es lebt nicht in deinen Beinen. Ich würde dich für mich haben wollen, wenn du nicht mein Bruder wärst.«

»Natürlich«, sagte er mit leiser Ironie. »Aber jedenfalls danke ich dir.«

Chris und ich ließen Jory mit seiner Krankenschwester allein, bis wir Cindy zum nächsten Flugplatz gebracht hatten, wo wir uns mit einem Kuß von ihr verabschiedeten und Chris ihr noch ein wenig »Taschengeld« gab. Sie freute sich über den Betrag und mußte ihn immer wieder küssen, bevor sie heftig winkend zum Gate lief. »Ich werde wirklich Briefe schreiben«, versprach sie, »nicht nur Postkarten, und euch Fotos schicken. Danke für alles, und vergeßt nicht, mir oft zu schreiben und zu erzählen, was los ist. In Foxworth Hall zu leben, das ist irgendwie so, als lese man einen tiefen, dunklen, geheimnisvollen Roman, doch wenn man die Geschichte wirklich erlebt, bekommt man Angst.«

Unterwegs zum Krankenhaus, zu Jory, erzählte mir Chris von seinen Plänen. Wir konnten jetzt nicht nach Hawaii übersiedeln und Jory der unzuverlässigen Pflege von Bart und Joel überlassen, und Melodie war nicht imstande, für sich selbst zu sorgen, geschweige denn für einen Mann mit einer Gipsschale, nicht einmal wenn sie eine Krankenschwester anstellte. Weder Jory noch Melodie würden in den nächsten Monaten imstande sein, die lange Flugreise nach Hawaii zu unternehmen.

»Wenn Jory nach Foxworth Hall zurückkehrt und eigene Betreuer hat, werde ich nicht wissen, was ich mit mir anfangen soll, genau wie Cindy nicht wußte, womit sie sich beschäftigen sollte. Jory wird mich nicht mehr ununterbrochen brauchen. Wenn ich nichts Sinnvolles tue, werde ich mich nutzlos fühlen, Cathy. Ich bin kein alter Mann. Ich habe noch viele gute Jahre vor mir.«

Ich sah ihn traurig an, während er den Blick auf den Ver-

kehr gerichtet hielt. Er fuhr fort, ohne mich anzusehen. »Die Medizin hat immer eine große Rolle in meinem Leben gespielt. Das soll nicht heißen, daß ich mein Versprechen brechen will, mehr Zeit mit dir und meiner Familie zu verbringen als mit meinem Beruf. Denk nur daran, was der Verlust einer Karriere für Jory bedeutet . . .«
Ich glitt auf dem Sitz näher zu ihm, legte den Kopf an seine Schulter und erklärte ihm mit erstickter Stimme, er solle nur tun, was er für richtig hielt, ». . . aber denk daran, daß ein Arzt einen einwandfreien Ruf haben muß, und irgendwann könnte man über uns klatschen.«
Er nickte und sagte, das habe er schon in Betracht gezogen. Diesmal würde er sich mit medizinischen Forschungen befassen. Er würde mit der Öffentlichkeit nichts zu tun haben, die ihn als einen Foxworth erkennen könnte. Er hatte darüber lange nachgedacht. Es langweilte ihn bereits, zu Hause zu sitzen und nichts zu tun. Er mußte etwas Bedeutendes tun, oder er würde die Identität verlieren, die er brauchte. Ich lächelte heiter, obwohl mein Herz schwer war, denn sein Traum, in Hawaii zu leben, war auch mein Traum gewesen.
Wir betraten Arm in Arm das riesige Haus, dessen weit geöffneter Rachen uns schon erwartete.
Melodie hatte sich in ihr Zimmer zurückgezogen, Joel befand sich in dem kleinen Raum ohne Möbel, kniete und betete, während eine einzige Kerze in der Dunkelheit brannte. »Wo ist Bart?« fragte Chris und sah sich um, als wäre er darüber erstaunt, daß jemand bereit war, so viele Stunden an einem so trostlosen Ort zu verbringen.
Joel runzelte die Stirn, dann lächelte er schwach, als fiele ihm wieder ein, daß er freundlich sein wollte. »Bart ist in irgendeine Kneipe gegangen, um sich vollaufen zu lassen, wie er sich ausgedrückt hat.«
Bart hatte so etwas noch nie getan. Bedauerte er, daß er die Vorstellung veranstaltet hatte, die seinen Bruder die Gehfähigkeit und seine Karriere gekostet hatte? Bedauerte er, daß er Cindy vertrieben hatte? War Bart imstande,

Bedauern zu empfinden? Ich wußte es nicht. Ich starrte Joel verständnislos an, der auf und ab ging und sehr aufgeregt wirkte, denn was konnte ihm Barts Verhalten schon ausmachen?

Der alte Mann folgte uns so, wie er für gewöhnlich Bart folgte. »Er müßte klüger sein«, murmelte Joel. »In Bars lungern Huren und Flittchen herum, aber ich habe ihn vor ihnen gewarnt.«

Ich war durch seine Worte verblüfft. »Was ist der Unterschied zwischen einer Hure und einem Flittchen, Joel?«

Seine schmierigen Augen wandten sich mir zu. Als würde ihn das Licht blenden, hielt er sich die knorrige Hand vor die Augen.

»Machst du dich über mich lustig, Nichte? Die Bibel erwähnt beide Bezeichnungen, es muß also einen Unterschied geben.«

»Vielleicht ist eine Hure schlimmer als ein Flittchen oder umgekehrt? Meinst du das?«

Seine glitzernden, fahlen Augen sagten mir, daß ich ihn mit meinen albernen Fragen quälte.

»Dann gibt es die Dirnen, Joel, und heutzutage auch Nutten, Callgirls und Prostituierte – stehen sie zwischen Huren und Flittchen, oder sind sie alle dasselbe?«

Seine Augen verhärteten sich und hefteten sich mit dem durchbohrenden Blick eines jungfräulichen Heiligen auf mich. »Du magst mich nicht, Catherine. Warum kannst du mich nicht leiden? Was habe ich getan, daß du mir mißtraust? Ich bleibe hier, um Bart vor dem Schlimmsten in ihm zu retten, sonst würde ich wegen deiner Haltung noch heute abreisen, und ich bin mehr ein Foxworth als du.« Dann änderte sich sein Gesichtsausdruck, und seine Lippen verzogen sich. »Nein, das nehme ich zurück. Du bist im Vergleich zu mir zweimal ein Foxworth.«

Wie ich ihn dafür haßte, daß er mich daran erinnerte! Doch er hatte erreicht, daß ich mich schämte, als hätte ich die stummen Botschaften, die er aussandte, mißverstanden. Ich verteidigte mich nicht, protestierte auch nicht, um ihn eines Besseren zu belehren. Auch Chris sprach kein Wort, um diese Konfrontation zu verhindern, obwohl er gewußt hatte, daß sie früher oder später kommen würde.

»Ich weiß nicht, warum ich dir mißtraue, Joel«, sagte ich freundlicher, als ich für gewöhnlich mit ihm sprach. »Vielleicht verwahrst du dich zu sehr gegen deinen Vater, so daß ich bezweifeln muß, daß du auch nur um einen Deut besser oder anders bist.«

Ohne ein weiteres Wort, aber mit einem traurigen Blick, den ich für geheuchelt hielt, wandte er sich um, schlurfte davon und hatte wieder die Hände in die unsichtbaren braunen Mönchsärmel gesteckt.

Als Melodie an diesem Abend wieder darauf bestand, allein in ihrem Zimmer zu essen, faßte ich einen Entschluß. Auch wenn sie es nicht wollte und sich gegen mich wehrte, würde ich Melodie zu Jory fahren.

Ich ging in ihr Zimmer und nahm das Tablett mit ihrem fast unberührten Abendessen vom Tisch. Sie trug den gleichen schäbigen Morgenrock, den sie seit Tagen anhatte. Ich nahm ihr bestes Sommerkleid aus dem Schrank und warf es auf das Bett. »Geh unter die Dusche, Melodie, und wasch dir das Haar. Dann ziehst du dich an – du wirst heute abend Jory besuchen, ob du willst oder nicht!«

Sie sprang sofort auf und protestierte, benahm sich hysterisch und sagte, sie könne es nicht, sie sei noch nicht soweit, und ich könne sie nicht zu etwas zwingen, das sie nicht tun wolle. Ich setzte mich über ihre Argumente hinweg und schrie sie an, sie würde anscheinend nie soweit sein, es sei mir gleichgültig, welche Ausreden sie erfand, und sie würde fahren.

»Du kannst mich verdammt zu nichts zwingen!« kreischte sie und wich blaß zurück. Dann flehte sie schluchzend, ich solle ihr mehr Zeit lassen, damit sie sich an den Gedanken gewöhnte, daß Jory gelähmt war. Ich erwiderte, daß sie Zeit genug gehabt habe. Ich hatte mich daran gewöhnt, ebenso Chris, ebenso Cindy, und sie konnte so tun, als ob; schließlich war sie Profi und daran gewöhnt, Rollen zu spielen.

Ich mußte Melodie buchstäblich zur Dusche schleppen und schob sie hinein, während sie in die Wanne steigen wollte. Ich wußte jedoch, was geschehen würde, wenn ich sie in die Badewanne ließ. Sie würde sitzen bleiben, bis ihre Haut runzlig wurde, und die Besuchszeit vorbei war. Ich wartete vor der Tür zur Dusche und drängte sie, sich zu beeilen. Sie trat, noch immer schluchzend, in ein Handtuch gewickelt heraus, und ihre blauen Augen flehten um Gnade.

»Hör auf zu weinen!« befahl ich und schob sie auf den Schemel im Ankleidezimmer. »Ich werde dein Haar fönen, während du dich schminkst – und mach es gut, um die roten gedunsenen Lider zu verbergen, denn Jory wird sehr scharfsichtig sein. Du mußt ihm zeigen, daß du ihn nach wie vor unverändert liebst.«

Ich redete immer weiter – während ich ihr hübsches, honigblondes Haar trocknete –, um sie davon zu überzeugen, daß sie die richtigen Worte sprechen, die richtige Miene aufsetzen würde.

Ihr Haar schimmerte wundervoll, satter in der Farbe als meines gewesen war. In meinem gab es keinen Hauch von Rot. Ihre Haare waren stärker als meine zarten, feinen, strohblonden Haare. Sobald ich Melodie angezogen hatte, besprühte ich sie leicht mit dem Parfüm, das Jory am meisten liebte, während sie wie in Trance vor mir stand und nicht wußte, was sie als nächstes tun sollte. Ich umarmte sie und zog sie dann zur Tür.

»Komm jetzt, Melodie, es wird nicht so schlimm werden. Er liebt dich und braucht dich. Wenn du erst einmal dort bist und er dich ansieht, wirst du vergessen, daß seine Beine gelähmt sind. Du wirst instinktiv das Richtige tun und sagen, weil du ihn liebst.«

Sie war unter dem Make-up blaß, ihre großen Augen starrten mich traurig an, als bezweifle sie es und wolle nur nicht wieder davon anfangen.

Inzwischen war Bart aus der Kneipe zurückgekommen, in der er soviel zu trinken bekommen hatte, daß seine Beine schlaff und sein Blick unscharf waren. Er sank in einen tiefen Stuhl, spreizte die Beine, und hinter ihm im Schatten stand Joel wie eine sterbende Palme. »Wohin gehst du?« fragte Bart undeutlich, während ich versuchte, Melodie durch den Korridor zur Garage zu bringen, ohne daß er uns bemerkte.

»Ins Krankenhaus«, antwortete ich und zog Melodie zu der riesigen Garage. »Und ich finde, es ist an der Zeit, daß du deinen Bruder wieder besuchst, Bart. Nicht heute abend, aber morgen. Kauf ihm ein Geschenk, das ihm Freude bereitet . . ., er wird dort verrückt, weil er keine Abwechslung hat.«

»Melodie, du mußt nicht hingehen, wenn du nicht willst«, erklärte Bart und stand unsicher auf. »Laß dich von meiner autoritären Mutter nicht unter Druck setzen.«

Sie zitterte und zögerte, flehte ihn stumm um Hilfe an. Ich zog sie rücksichtslos weiter und beförderte sie in den Wagen.

Bart stolperte in die Garage und rief Melodie zu, er würde sie vor mir retten . . . dann verlor er in seinem betrunkenen Zustand das Gleichgewicht und fiel hin. Ich drückte auf den elektrischen Knopf, um die großen Garagentüren zu öffnen, und fuhr im Rückwärtsgang hinaus.

Melodie versuchte während der Fahrt nach Charlottesville bis zum Parkplatz des Krankenhauses, mich schluchzend und zitternd davon zu überzeugen, daß sie Jory mehr wehtun als ihm helfen würde. Und ich versuchte die ganze Zeit, ihr einzureden, daß sie mit der Situation fertigwerden würde.

»Bitte, Melodie, betritt das Zimmer mit einem Lächeln auf den Lippen. Gib dich edel, königlich wie eine Prinzessin, so wie du dich immer verhalten hast. Wenn du dann bei seinem Bett angelangt bist, nimm ihn in die Arme und küsse ihn.«

Sie nickte stumpf, wie ein verschüchtertes Kind.

Ich legte ihr die Rosen, die ich gekauft hatte, in die Arme, und dazu andere Geschenke, die ich hübsch verpackt hatte, darunter eines, das sie gekauft hatte, um es ihm nach Barts Party zu überreichen. »Sag ihm jetzt, daß du nicht früher kommen konntest, weil du dich schwach, matt und krank gefühlt hast. Erzähle ihm von all deinen Sorgen, wenn du willst. Aber wage es auf keinen Fall, auch nur anzudeuten, daß du für ihn nicht mehr die Gefühle einer Ehefrau aufbringen kannst.«

Sie nickte steif wie ein blind und automatisch gehorchender Roboter und zwang sich, mit mir Schritt zu halten.

Wir begegneten Chris, der den Korridor entlang kam, als wir im sechsten Stockwerk den Fahrstuhl verließen. Er strahlte glücklich, als er Melodie in meiner Begleitung sah. »Wie wundervoll, Melodie.« Er umarmte sie rasch, bevor er sich an mich wandte. »Ich bin ausgegangen und habe das Abendessen für Jory besorgt und auch gleich meines. Er ist in recht guter Verfassung. Er hat die ganze Milch getrunken und zwei Bissen vom Pekannußkuchen gegessen. Wenn du kannst, Melodie, überrede ihn dazu, mehr von diesem Kuchen zu essen, den er immer gern mochte. Er verliert ständig an Gewicht, und ich halte es für notwendig, daß er wieder zunimmt.«

Immer noch sprachlos, mit weit aufgerissenen, bestürzten Augen nickte Melodie und blickte zu der Tür mit der Nummer 606 hin, als erwarte sie dort der elektrische Stuhl. Chris klopfte ihr freundlich, verständnisvoll auf den Rücken, küßte mich und ging. »Ich werde noch mit seinen Ärzten sprechen. Ich komme später wieder und werde euch in meinem Wagen nach Hause folgen.«

Ich war meiner Sache keineswegs sicher, als ich Melodie zu Jorys geschlossener Tür führte. Weil er um keinen Preis gestört werden wollte, war seine Tür immer geschlossen, damit niemand einen ehemaligen premier danseur hilflos im Bett liegen sah. Ich klopfte einmal, dann zweimal, unser verabredetes Zeichen. »Jory, ich bin es, deine Mutter.«

»Komm herein, Mam«, rief er zugänglicher als sonst. »Dad hat mir gesagt, daß du jeden Augenblick erscheinen würdest. Ich hoffe, du hast mir ein gutes Buch zum Lesen gebracht. Ich habe –«

Er brach mitten im Satz ab und starrte, als ich Melodie vor mir ins Zimmer schob.

Da ich Chris angerufen und ihm meine Absichten mitgeteilt hatte, hatte er Jory geholfen, die Krankenhauskleidung auszuziehen, und er trug jetzt ein blaues Pyjama-Oberteil. Sein Haar war sorgfältig gebürstet, er war glatt rasiert und hatte sich zum ersten Mal seit dem Unfall die Haare schneiden lassen. Er sah seit jener entsetzlichen Nacht zum ersten Mal besser aus.

Er versuchte zu lächeln. Hoffnung leuchtete in seinen Augen, weil er sich so sehr freute, Melodie wiederzusehen.

Sie war stehengeblieben, wohin ich sie geschoben hatte, und machte keinen Schritt auf sein Bett zu. Daraufhin erstarrte sein Lächeln im Ansatz, während er sich bemühte, sein Verlangen zu verbergen . . . , die Flamme der Hoffnung wurde schwächer, während seine Augen die ihren suchten. Sie weigerte sich, seinen Blick zu erwidern. Schnell verschwand das Lächeln, während die Flamme in seinen Augen zu flackern begann und dann erlosch. Es waren jetzt tote Augen. Er drehte das Gesicht zur Wand.

Ich trat sofort hinter Melodie und schob sie zu seinem Bett, bevor ich merkte, was ihr Gesicht ausdrückte. Sie hatte die Arme voller roter Rosen und Geschenke, schien festgenagelt zu sein und zitterte wie Espenlaub bei heftigem Wind. Ich versetzte ihr einen kräftigen Stups. »Sag etwas«, flüsterte ich.

»Hi, Jory«, grüßte sie mit zitternder, kaum hörbarer Stimme und verzweifeltem Blick. Ich schob sie näher zu ihm. »Ich habe dir Rosen gebracht . . .« fügte sie hinzu.

Er hielt das Gesicht weiter der Wand zugewandt.

Ich stieß sie noch einmal an und überlegte, ob ich nicht hinausgehen und sie allein lassen sollte; doch ich befürchtete, sie würde sich umdrehen und davonlaufen.

»Es tut mir leid, daß ich dich nicht früher besucht habe«, begann sie stockend und näherte sich zentimeterweise seinem Bett. »Ich habe dir auch Rosen mitgebracht ... und ein paar Kleinigkeiten, von denen deine Mutter meinte, daß du sie brauchen könntest.«
Er drehte den Kopf mit einem Ruck herum, seine dunkelblauen Augen waren von glühendem Zorn und Unwillen erfüllt. »Und meine Mutter hat dich auch gezwungen zu kommen, nicht wahr? Du mußt nicht bleiben. Du hast deine Rosen und deine Geschenke abgeliefert –, jetzt verschwinde!«
Melodie verlor ihre Selbstbeherrschung, ließ die Rosen auf das Bett fallen, und ihre Geschenke rollten auf den Boden. Sie versuchte, seine Hand zu ergreifen, die er rasch zurückzog, und rief: »Ich liebe dich, Jory ... und es tut mir leid, so leid ...«
»Ich bezweifle keine Minute, daß es dir leid tut!« schrie er. »So leid, daß der ganze Glanz innerhalb eines Moments verschwindet, und du nun an einen gelähmten Mann gefesselt bist. Du bist nicht an mich gekettet, Melodie! Du kannst schon morgen die Scheidung einreichen und mich verlassen!«
Von Mitleid für ihn erfüllt – und auch für sie –, wich ich rücklings zur Tür zurück. Vorsichtig schlich ich mich hinaus, ließ aber die Tür offenstehen, um noch hören und sehen zu können, was im Krankenzimmer vorging. Ich hatte solche Angst davor, daß Melodie diese Chance ergreifen und fortgehen würde oder sich zu etwas hinreißen ließe, was seinen Lebenswillen zunichte machen würde ..., und wenn ich konnte, würde ich alles unternehmen, um sie daran zu hindern.
Melodie hob die herabgefallenen Rosen einzeln auf. Sie warf die alten, verwelkten Blumen in den Abfallkorb, füllte die Vase in dem kleinen anstoßenden Badezimmer mit Wasser, ordnete dann sorgfältig die roten Rosen, so sorgfältig, als könnte sie durch diese Tätigkeit vermeiden, daß sie ihn vernichtete. Als sie fertig war, wandte sie sich wie-

der dem Bett zu und griff nach den drei Geschenken. »Willst du sie nicht öffnen?« fragte sie schwach.
»Ich brauche nichts«, wehrte er entschieden ab und starrte wieder auf die Wand, so daß sie nur seinen Rücken sah. Nun bewies sie doch Mut. »Der Inhalt der Päckchen wird dir bestimmt Freude machen. Du hast oft erwähnt, was du wolltest . . .«
»Ich wollte nie etwas anderes als tanzen, bis ich vierzig bin«, unterbrach er sie erstickt. »Das ist jetzt vorbei, ich brauche keine Frau und keine Tanzpartnerin mehr, ich brauche nichts und will auch nichts.«
Sie legte die Geschenke auf das Bett, rang die blassen, dünnen Hände und begann zu weinen. »Ich liebe dich, Jory«, stammelte sie, »ich will alles gut und richtig machen, aber ich bin nicht so tapfer wie deine Eltern, deshalb habe ich dich nicht früher besucht. Wenn es nach deiner Mutter gegangen wäre, hätte ich mich damit entschuldigt, daß ich krank war und nicht kommen konnte, aber ich hätte dich besuchen können. Ich habe zu Hause gesessen und geweint, habe gehofft, daß ich die Kraft finden würde zu lächeln, wenn ich dich schließlich besuchte. Ich vergehe vor Scham, weil ich so schwach bin, weil ich nicht alles für dich tue, was meine Pflicht ist, wenn du mich brauchst . . . , und je länger ich den Besuch aufschob, desto schwerer wurde es für mich, hierherzukommen. Ich befürchtete, daß du nicht mit mir sprechen, mich nicht ansehen würdest, und daß ich dann etwas Dummes tun würde, so daß du mich haßt. Ich will nicht geschieden werden, Jory. Ich bin noch immer deine Frau. Gestern hat mich Chris zu einem Gynäkologen gebracht, und unser Kind entwickelt sich normal.«
Sie machte eine Pause und berührte versuchsweise seinen Arm. Er zuckte krampfhaft zusammen, als hätte ihn ihre Hand verbrannt, aber er zog seinen Arm nicht weg –, sie zog den ihren zurück.
Von meinem Platz im Korridor konnte ich Jorys Gesicht sehen, er weinte und gab sich Mühe, es Melodie nicht

merken zu lassen. Auch meine Augen schwammen in Tränen, während ich mich innerlich wand und mich als Horcher an der Wand fühlte, der nicht das Recht hat, zuzusehen und zu lauschen. Dennoch konnte ich nicht weggehen, denn als ich von Julians Seite gewichen war, hatte ich ihn, als ich das nächste Mal nach ihm sah, als Leichnam vorgefunden. Wie der Vater, so der Sohn, wie der Vater, so der Sohn, dröhnten die Trommeln der Angst in meinem Kopf.

Wieder berührte sie ihn, diesmal sein Haar. »Wende dein Gesicht nicht ab, Jory. Sieh mich an. Zeig mir, daß du mich nicht haßt, weil ich dich im Stich gelassen habe, als du mich am meisten brauchtest. Schrei mich an, schlage mich, aber brich nicht die Verbindung zu mir ab. Ich bin vollkommen verkrampft. Ich kann nachts nicht schlafen, werfe mir vor, daß ich verpflichtet gewesen wäre, dich daran zu hindern, diese Rolle zu tanzen. Ich habe dieses Ballett immer gehaßt, wollte es dir aber nicht sagen, als du die Choreographie dafür geschaffen hast und es zu deinem Markenzeichen wurde.« Sie wischte die Tränen weg, dann sank sie neben dem Bett auf die Knie und legte den Kopf auf seine Hand, die sie nun doch ergriffen hatte.

Ihre leise Stimme drang kaum bis zu meinen Ohren. »Wir können ein gemeinsames Leben aufbauen. Du kannst mich lehren, wie. Wohin du mich auch führst, Jory, ich werde dir folgen . . ., sag mir nur, daß ich bleiben soll.«

Vielleicht weil sie jetzt das Gesicht verbarg und ihre Tränen seine Hand unter ihrer Wange benetzten, wandte er den Kopf und sah sie mit unendlich gequältem und tragischem Blick an. Er räusperte sich, bevor er zu sprechen begann, und trocknete seine Tränen mit dem Rand des Lakens.

»Ich will nicht, daß du bei mir bleibst, wenn das Leben mit mir zu einer Last für dich wird. Du kannst immer nach New York zurückkehren und mit anderen Partnern auftreten. Weil ich ein Krüppel bin, heißt das nicht, daß auch du ein Krüppel sein mußt. Du hast deine Karriere, und all die Jahre pflichtbewußter Arbeit dürfen nicht umsonst sein. Also geh, Mel, mit meinem Segen ... ich brauche dich nicht mehr.«

Mein Herz schrie auf, es wußte es besser.

Sie hob den Kopf, ihr Make-up war von den vielen Tränen zerstört. »Wie könnte ich denn allein leben, Jory? Ich bleibe bei dir. Ich werde mein Bestes tun, um dir eine gute Frau zu sein.« Sie legte eine Pause ein, während der ich dachte, daß ihre Wahl des Zeitpunkts so falsch war, so verdammt falsch. Sie gab ihm Zeit, darüber nachzudenken, daß er keine Frau brauchte, nur eine Krankenschwester und Gesellschafterin und eine Ersatzmutter für sein Kind.

Ich schloß die Augen und begann zu beten. Gott, laß sie die richtigen Worte finden. Warum erzählte sie ihm nicht, daß ihr das Ballett ohne ihn nichts bedeutete? Warum erklärte sie ihm nicht, daß sein Glück für sie mehr zählte als alles andere? Melodie, Melodie, sag etwas, das den Glauben in ihm weckt, daß seine Behinderung keine Rolle spielt, daß er der Mann ist, den du immer lieben wirst! Aber nichts dergleichen kam.

Sie packte nur die Geschenke aus und zeigte sie ihm, während er mit immer traurigerem Blick ihr Gesicht betrachtete.

Er dankte ihr für den Bestseller, den sie ihm mitgebracht hatte (ich hatte ihn ausgesucht); dankte ihr für das Reise-Rasierset mit den echten Silberklingen – geraden, elektrischen und eine dritte Art Doppelklingen – mit einem Rasierpinsel mit Silbergriff und einem runden Spiegel, den man mit einem Saugnapf, der unter Garantie funktionierte, auf jeder Unterlage befestigen konnte. Es enthielt auch einen luxuriösen Silberbehälter mit Seife, Kölnischwasser und Aftershave-Lotion. Schließlich packte sie das schönste Geschenk aus, eine große Mahagonischachtel voller Aquarellfarben, ein Hobby, das Chris liebte. Er hatte die Absicht, Jory die Technik des Aquarellmalens beizubringen, sobald er nach Hause kam. Jory starrte die längste Zeit uninteressiert den Malkasten an, bevor er wegschaute. »Du hast einen guten Geschmack, Mel.«

Sie senkte den Kopf und nickte. »Gibt es noch etwas, das du brauchen könntest?«

»Nein. Geh jetzt. Ich bin schläfrig. Es war schön, dich wiederzusehen, aber ich bin jetzt sehr müde.«

Sie trat zögernd zurück, während mein Herz um sie beide weinte. So verliebt waren sie vor seinem Unfall gewesen, und diese große Leidenschaft war von der Springflut ihres Schocks und seiner Demütigung hinweggeschwemmt worden.

Ich trat ins Zimmer.

»Hoffentlich störe ich euch nicht, aber ich glaube, Jory ist müde, Melodie.« Ich lächelte beiden aufmunternd zu. »Warte nur, bis du siehst, was wir für deine Heimkehr vorbereitet haben. Wenn dich das Malen jetzt nicht interessiert, wirst du später auf den Geschmack kommen. Zu Hause haben wir aber noch andere Schätze, die auf dich warten. Du wirst begeistert sein, aber ich kann dir noch nichts verraten. Es soll eine große Überraschung zu deiner Begrüßung werden.« Ich umarmte ihn, was nicht leicht war, denn sein Körper war durch die Gipsschale massig und hart. Ich küßte ihn auf die Wange, fuhr ihm durch das Haar und drückte ihm die Finger. »Es wird alles in Ordnung kommen, mein Liebling«, flüsterte ich. »Sie muß erst lernen, sich damit abzufinden, so wie du auch. Sie bemüht sich sehr, und wenn sie nicht die Worte findet, die du hören möchtest, dann nur deshalb, weil sie noch zu sehr unter Schock steht, um richtig zu denken.«

Er lächelte ironisch. »Natürlich, Mutter, natürlich. Sie liebt mich genauso wie damals, als ich noch gehen und tanzen konnte. Es hat sich nichts verändert. Nichts Wesentliches.«

Melodie war schon hinausgegangen und wartete im Korridor, so daß sie uns nicht hörte. Auf dem Heimweg, wäh-

rend Chris uns in seinem Wagen folgte, wiederholte sie immerfort: »O mein Gott ... o mein Gott ..., was sollen wir nur tun?«
»Du hast dich gut gehalten, Melodie, sehr gut. Das nächste Mal wird es noch besser gehen«, versprach ich zuversichtlich.

Eine Woche verging, und Melodie verhielt sich bei ihrem zweiten Besuch besser und bei ihrem dritten noch besser. Nun wehrte sie sich nicht mehr, wenn ich sie aufforderte, ihn zu besuchen. Sie wußte, daß es ihr nichts nutzen würde, wenn sie sich wehrte.
Eines Tages saß ich in meinem Ankleidezimmer vor dem langen Spiegel und legte Wimperntusche auf, als Chris in Sicht kam und mich anstrahlte.
»Ich muß dir etwas Großartiges erzählen«, begann er. »Letzte Woche habe ich den wissenschaftlichen Lehrkörper der Universität besucht und ein Bewerbungsformular für ihr Krebsforschungsteam ausgefüllt. Ihnen ist natürlich klar, daß ich bisher nur in meiner Freizeit als Amateur-Biochemiker gearbeitet habe. Dennoch scheinen ihnen aus irgendeinem Grund einige meiner Antworten gefallen zu haben, und sie haben mich aufgefordert, ihrem Arbeitskreis beizutreten. Ich bin begeistert, Cathy, weil ich so etwas wie eine Aufgabe habe. Bart ist bereit, uns solange hier wohnen zu lassen, wie wir wollen, oder bis er heiratet. Ich habe mit Jory gesprochen, und er will in unserer Nähe bleiben. Seine Wohnung in New York ist zu klein. Hier hat er breite Korridore und große Zimmer, in denen Platz für seinen Rollstuhl ist. Im Augenblick behauptet er zwar, er werde nie einen verwenden, aber wenn der Gips erst einmal abgenommen wird, wird er es sich schon noch überlegen.«
Chris' Begeisterung für seinen neuen Job war ansteckend. Ich wollte, daß er glücklich war, eine Beschäftigung ausübte, die ihn von Jorys Problemen ablenkte. Ich stand auf und wollte zum Schrank gehen, doch er zog mich auf sei-

nen Schoß, um mir die Einzelheiten zu erläutern. Ich verstand nicht alles, was er erwähnte, denn er verfiel immer wieder unabsichtlich in die ärztliche Fachsprache, die für mich noch immer wie Chinesisch klang.

»Wirst du dabei glücklich sein, Chris? Es ist wichtig, daß du dein Leben so gestaltest, wie du es haben möchtest. Jorys Glück ist ebenfalls wichtig, aber ich will nicht, daß du weiterhin hierbleibst, wenn Bart unerträglich werden sollte. Sei ehrlich ... kannst du Bart ertragen, nur damit Jory einen wundervollen Ort hat, in dem er leben kann?«

»Catherine, mein Liebling, solange du bei mir bist, werde ich selbstverständlich glücklich sein. Was Bart betrifft, habe ich mich all diese Jahre mit seiner Art abgefunden, und ich kann es solange aushalten, wie es nötig ist. Ich weiß, wer Jory über seine traumatische Periode hinweghilft. Ich trage vielleicht ein wenig dazu bei, aber du bringst mit deinem Geplauder, deiner fröhlichen Art, deinen Bergen von Geschenken und deiner konsequenten Versicherung, daß Melodie sich ändern wird, mehr Sonnenschein in sein Leben. Er akzeptiert jedes deiner Worte, als käme es direkt von Gott.«

»Aber du wirst kommen und gehen, und wir werden dich nur selten sehen«, stöhnte ich.

»Aber, aber, mach doch kein solches Gesicht. Ich werde jeden Abend nach Hause fahren und versuchen, vor Einbruch der Dunkelheit hier zu sein.« Dann erklärte er, daß er erst um zehn im Universitätslabor sein müsse, so daß wir reichlich Zeit haben würden, gemeinsam zu frühstücken. Es würde auch keine Anrufe geben, die ihn nachts herausholten; er würde jedes Wochenende frei haben, einen Monat bezahlten Urlaub, obwohl Geld für uns keine Rolle spielte. Wir würden zu Tagungen fahren, wo ich Menschen mit neuen Ideen kennenlernen würde, jene Art von schöpferischen Menschen, die ich am meisten schätzte.

Immer weiter pries er die Vorzüge seiner neuen Tätigkeit, so daß ich sie schließlich akzeptierte, weil sie offenbar genau das war, was er wollte. Dennoch schlief ich diese Nacht sehr unruhig in seinen Armen und bedauerte, daß wir jemals in dieses Haus gekommen waren, das so viele schreckliche Erinnerungen enthielt und der Schauplatz so vieler Tragödien gewesen war.

Als ich um Mitternacht immer noch nicht einschlafen konnte, stand ich auf, setzte mich in unser persönliches, neben unserem Schlafzimmer liegendes Wohnzimmer und nahm meine Strickerei zur Hand, die ein flauschiges Babyhäubchen werden sollte. Ich fühlte mich fast wie meine Mutter, als ich mit solchem Eifer strickte, daß ich die Arbeit nicht weglegen konnte. Wie sie konnte auch ich nie etwas aus der Hand geben, ehe es fertig war.

Es klopfte leise an der Tür, und dann fragte Melodie, ob sie hereinkommen dürfe. Ich freute mich über ihren Besuch und antwortete: »Natürlich, komm nur. Ich bin froh, daß du den Lichtschein unter meiner Tür gesehen hast. Ich habe beim Stricken an dich und Jory gedacht, und ich kann verdammt nicht aufhören, wenn ich etwas begonnen habe.«

Sie setzte sich zögernd neben mich auf das kleine Sofa für zwei; infolge ihrer Unsicherheit war ich sofort auf der Hut. Sie warf einen Blick auf meine Strickarbeit, dann blickte sie zur Seite. »Ich brauche jemanden, mit dem ich sprechen kann, Cathy, einen so vernünftigen Menschen wie dich.«

Wie kläglich und jung sie wirkte, noch jünger als Cindy. Ich legte meine Strickarbeit beiseite und umarmte sie. »Komm, Melodie, weine dich aus. Du hast genügend Gründe, um zu weinen. Ich war streng mit dir, das weiß ich.«

Ihr Kopf sank auf meine Schulter, während sie sich gehen ließ und rückhaltlos schluchzte.

»Hilf mir, Cathy, bitte hilf mir. Ich weiß nicht, was ich tun soll. Ich denke immerzu an Jory und daran, wie schrecklich er sich fühlen muß. Ich denke an mich und daran, daß ich mich als Versager fühle. Ich bin froh, daß

du mich gedrängt hast, ihn zu besuchen, obwohl ich dich damals deswegen gehaßt habe. Als ich ihn heute allein besuchte, lächelte er, als ob ihm mein Erscheinen etwas bewiesen hätte. Ich weiß, daß ich kindisch und schwach gewesen bin. Doch ich muß mich jedesmal dazu zwingen, sein Zimmer zu betreten. Ich kann nicht ertragen, daß er so bewegungslos im Bett liegt, und daß er nur seine Arme und den Kopf bewegen kann. Ich küsse ihn, halte seine Hand, aber wenn ich über wichtige Dinge zu sprechen beginne, wendet er den Kopf zur Wand und weigert sich, mir zu antworten. Cathy ... du glaubst vielleicht, daß er lernt, seine Behinderung zu akzeptieren, aber ich glaube, er will sterben – und es ist meine Schuld, meine Schuld!«
Ich sah sie mit großen Augen an. »Deine Schuld? Es war doch ein Unfall, du darfst dir deshalb keine Vorwürfe machen.«
In einem atemlosen Strom flossen die Worte von ihren Lippen. »Du verstehst nicht, warum ich mich so fühle! Es bedrückt mich so sehr, meine Schuld quält mich unablässig. Weil wir uns hier in unserem verwünschten Haus befinden! Jory wollte erst einige Jahre später ein Kind haben. Ich mußte ihm vor unserer Hochzeit versprechen, daß wir erst eine Familie gründen würden, wenn wir uns mindestens zehn Jahre lang an der Spitze gehalten hatten –, doch ich brach mein Versprechen bewußt und hörte auf, die Pille zu nehmen. Ich wollte mein erstes Kind vor meinem dreißigsten Lebensjahr bekommen. Ich war davon überzeugt, daß er keine Abtreibung verlangen würde. Als ich ihm mitteilte, daß ich schwanger war, tobte er! Er brüllte mich an – und verlangte, ich solle es abtreiben lassen.«
»Nein ...« Ich war entsetzt, denn mir wurde klar, daß ich Jory bei weitem nicht so gut kannte, wie ich angenommen hatte.
»Tadle ihn nicht; es war meine Schuld. Tanzen war sein Leben«, fuhr Melodie atemlos fort, als wäre sie wochenlang bergauf gelaufen. »Ich hätte ihn nicht überrumpeln

dürfen. Ich behauptete, ich hätte die Pille vergessen. Ich wußte an unserem Hochzeitstag, daß für ihn das Tanzen an erster Stelle stand und ich erst an zweiter. Er hat nie gelogen oder mir etwas vorgemacht, obwohl er mich liebte. Dann sagten wir unsere Tournee ab, weil ich schwanger war, kamen hierher . . . , und jetzt siehst du, was geschehen ist! Es war nicht fair, Cathy, nicht fair! Wenn das Baby nicht wäre, wären wir genau heute in London aufgetreten. Er hätte auf der Bühne gestanden, hätte sich verbeugt, den Applaus, die Blumensträuße entgegengenommen, hätte getan, wofür er geboren ist. Ich habe ihn getäuscht und dadurch seinen Unfall verursacht, und was soll er nun tun? Wie kann ich wiedergutmachen, was ich ihm genommen habe?«

Sie zitterte am ganzen Körper, während ich sie in meinen Armen hielt. Was konnte ich ihr zum Trost sagen? Ich biß mir in die Lippe, denn ich fühlte mit ihr und Jory. Wir waren einander in mancher Hinsicht so ähnlich, denn ich hatte Julians Tod verursacht, indem ich ihn in Spanien allein zurückließ –, und das hatte zu seinem Tod geführt. Nie hatte ich ihn absichtlich verletzen wollen, ich tat nur einfach, was ich für richtig hielt, so wie Melodie nur getan hatte, was sie für richtig hielt.

Wer hat je die Blumen gezählt, die starben, wenn wir Unkraut jäteten? Ich schüttelte den Kopf, zog mich aus dem Abgrund des Gestern heraus und konzentrierte mich voll auf den Augenblick.

»Jory ist ebenso verzweifelt wie du, Melodie, noch viel mehr, und mit gutem Grund. Du hast dir nichts vorzuwerfen. Jetzt, da das Baby unterwegs ist, freut er sich darauf. Viele Männer protestieren, wenn ihre Frauen Kinder wollen, doch wenn sie das Kind sehen, das sie gezeugt haben, sind sie anderer Meinung. Er liegt in seinem Bett, wie du in deinem, und fragt sich, wie sich seine Ehe jetzt entwickeln wird, da er nicht tanzen kann. Er ist es, der behindert ist. Er ist es, der dem Alltagsleben die Stirn bieten muß und weiß, daß er nicht sitzen kann, wenn er will;

weiß, daß er in keinem gewöhnlichen Stuhl sitzen, daß er nicht auf und ab gehen kann, wenn er Lust dazu hat; er kann auch nicht im Regen spazierengehen oder durch das Gras laufen oder auch nur auf normale Art die Toilette benutzen.

Alle einfachen, normalen, alltäglichen Dinge, die für ihn selbstverständlich waren, werden nun sehr schwierig für ihn sein. Und denk daran, was er war. Es ist ein furchtbarer Schlag für seinen Stolz. Er wollte nicht erst versuchen, damit fertig zu werden, weil er Angst hatte, daß er dir zur Last fallen würde. Doch es gibt einen Trost. Als ich heute nachmittag bei ihm war, sagte er, er würde sich zusammenreißen, um nicht mehr so schwarz zu sehen, und sich aus der Depression herausreißen. Und das wird er tun. Er wird es schaffen, und du hast viel dazu beigetragen, indem du ihn besucht und bei ihm gesessen hast. Jedesmal wenn du hingehst, überzeugst du ihn davon, daß du ihn noch liebst.«

Warum entzog sie sich meinen Armen und wandte das Gesicht ab? Sie wischte sich ungeduldig die Tränen von den Wangen; dann schneuzte sie sich und hörte auf zu weinen.

Als sie weitersprach, geschah es nur mit Mühe. »Ich weiß nicht, was los ist, aber ich habe immer wieder schreckliche Träume. Ich wache erschrocken auf und glaube, daß etwas noch Gräßlicheres passieren wird. Dieses Haus hat etwas Unheimliches an sich. Etwas Seltsames, Beängstigendes. Wenn alle fort sind, Bart in seinem Büro sitzt und Joel in diesem häßlichen leeren Raum betet, liege ich im Bett und höre das Haus flüstern. Als würde es mich rufen. Der Wind heult, als wolle er mir etwas sagen. Der Fußboden vor meiner Tür knarrt, ich springe auf, laufe zur Tür und öffne sie – und niemand ist da, nie ist jemand da. Vermutlich ist es nur meine Phantasie, aber ich höre soviel, das nicht wirklich ist, genau wie du. Verliere ich den Verstand, Cathy? Ist das der Grund?«

»Ach, Melodie«, murmelte ich und versuchte wieder, sie

an mich zu ziehen, doch sie glitt ans andere Ende des Sofas.
»Warum ist dieses Haus anders, Cathy?«
»Anders als was?« fragte ich beklommen.
»Als alle anderen Häuser.« Sie blickte ängstlich zu der Tür, die in den Korridor führte. »Fühlst du es nicht? Hörst du es nicht? Spürst du, daß dieses Haus atmet, als wäre es am Leben?«
Ich schaute sie mit weit geöffneten Augen an, während ein kalter Hauch meinem hübschen Wohnzimmer die Behaglichkeit raubte. Im Schlafzimmer atmete Chris regelmäßig und schwer.
Melodie, die für gewöhnlich so schweigsam und zurückhaltend war, sprach atemlos weiter. »Dieses Haus will die Menschen, die in ihm wohnen, benutzen, um ewig weiterzuleben. Es ist wie ein Vampir, es saugt uns allen das Blut aus. Es wäre besser gewesen, wenn es nicht restauriert worden wäre. Es ist kein neues Haus. Es steht seit Jahrhunderten hier. Nur die Tapeten und der Anstrich und die Möbel sind neu, aber ich kann die Treppe in der Halle nie hinauf oder hinunter gehen, ohne die Geister der anderen zu sehen . . .«
Eine Art lähmender Betäubung erfaßte mich.
Jedes Wort, das sie sprach, war nur allzu erschreckend wahr. Ich hörte es atmen! Ich versuchte, in die Wirklichkeit zurückzukehren. »Hör zu, Melodie. Bart war ein kleiner Junge, als meine Mutter es auf den Fundamenten des alten Herrenhauses wieder aufbauen ließ. Als sie starb, war der Bau fertig, aber im Inneren nicht ganz vollendet. Als ihr Testament verlesen wurde, das Haus Bart zufiel und Chris es als Treuhänder verwalten sollte, bis Bart volljährig wurde, fanden wir, daß es Vergeudung wäre, es nicht fertigstellen zu lassen. Chris und unser Rechtsanwalt setzten sich mit den Architekten und Baumeistern in Verbindung, die Arbeit ging weiter, bis alles fertig war und nur das Innere hergerichtet werden mußte. Das mußte warten, bis Bart während seines College-

studiums hierher kam und den Innenarchitekten den Auftrag erteilte, es so einzurichten, wie es früher ausgesehen hatte. Du hast recht, auch mir wäre es lieber, man hätte dieses Haus in Trümmern liegen lassen . . .«

»Vielleicht wußte deine Mutter, daß Bart dieses Haus brauchte, um Selbstvertrauen zu gewinnen. Es ist so imposant. Hast du nicht bemerkt, wie sehr er sich verändert hat? Er ist nicht mehr der kleine Junge, der sich im Schatten versteckte und hinter Bäumen lauerte. Er ist der Herr hier, wie ein Baron, der seine Domäne verwaltet. Oder vielleicht sollte ich sagen, wie der König des Berges, denn er ist so reich, so schrecklich reich . . .«

Noch nicht . . . noch nicht, dachte ich. Dennoch beunruhigte mich ihre zarte, flüsternde Stimme. Ich wollte nicht hören, daß Bart so anmaßend war wie ein mittelalterlicher Lehensherr. Aber sie fuhr fort. »Bart ist glücklich, Cathy, außerordentlich glücklich. Er erzählt mir, daß ihm Jory leid tut. Dann ruft er diese Anwälte an und will wissen, warum sie die Verlesung des Testamentes seiner Großmutter immer wieder verschieben. Sie haben ihm erklärt, daß sie es erst verlesen können, wenn jeder, der in dem Testament erwähnt ist, bei der Verlesung anwesend ist, deshalb schieben sie es bis zu dem Tag auf, an dem Jory aus dem Krankenhaus nach Hause kommt. Sie werden das Testament in Barts Arbeitszimmer verlesen.«

»Wieso weißt du so viel über Barts Geschäfte?« fragte ich scharf, denn ich war plötzlich sehr mißtrauisch; sie war oft in diesem Haus mit meinem Sohn allein gewesen . . . und mit einem alten Mann, der den größten Teil seiner Zeit in dem kleinen leeren Raum verbrachte, den er als Kapelle benützte. Wenn Jory zugrunde ging, würde Joel glücklich sein, weil Bart endlich befriedigt wäre. Joels Meinung nach war ein Tänzer nicht besser als der ärgste Sünder, da er seinen Körper zur Schau stellte, vor Frauen herumhüpfte und sprang und dabei nur ein Lendentuch trug . . . Wieder starrte ich Melodie an.

»Verbringst du viel Zeit mit Bart?«

Sie stand rasch auf. »Ich bin jetzt müde, Cathy. Ich habe soviel geredet, daß du mich für verrückt halten mußt. Haben alle werdenden Mütter so fürchterliche Träume – hattest du sie? Ich habe auch Angst, daß mein Baby nicht normal sein wird, weil ich mich wegen Jory so gegrämt habe.«

Ich tröstete sie, so gut ich konnte, obwohl mir innerlich übel war, und als ich später neben Chris lag, warf ich mich hin und her, geriet von einem Alptraum in den anderen, bis er mich weckte und mich bat, ihn ein wenig schlafen zu lassen. Ich drehte mich zu ihm um, umarmte ihn und klammerte mich an ihn wie an ein unsinkbares Floß – wie ich mich immer an den einzigen Strohhalm geklammert hatte, der mich davor bewahrte, in der grausamen See von Foxworth Hall zu ertrinken.

Heimkehr

Endlich waren die Innendekorateure fertig, die ich engagiert hatte, um Jorys Suite neu auszustatten. Jetzt war alles für seine Unterhaltung, Behaglichkeit und Bequemlichkeit eingerichtet. Melodie stand neben mir, als wir alles überblickten, was getan worden war, um den Raum heiter und freundlich zu gestalten.

»Jory liebt Farben und viel Licht, im Gegensatz zu anderen, die nur Halbdunkel wünschen, weil es wohlhabender wirkt«, erklärte Melodie, und ihre Augen blickten merkwürdig. Ich wußte natürlich, daß sie Bart meinte, und sah sie mißtrauisch an. Wieder hätte ich gern gewußt, wieviel Zeit sie mit Bart verbrachte, worüber sie sprachen und ob er auf etwas Bestimmtes aus war. Das sehnsüchtige Verlangen, das ich in seinen Augen gesehen hatte, mußte dazu führen, daß er Annäherungsversuche machte. Und die beste Gelegenheit dazu war Jorys Abwesenheit und Melodies Anlehnungsbedürfnis. Dann funktionierte mein Sicherheitsventil... Melodie verachtete Bart. Vielleicht brauchte sie ihn als Gesprächspartner, aber das war auch alles...

»Kann ich dir noch irgendwie helfen?« fragte ich. Allerdings hoffte ich, daß sie den Großteil tun würde, denn dann bekam sie das Gefühl, daß man sie brauchte, daß sie sich nützlich machen konnte. Zum ersten Mal war ihre Antwort ein glückliches Lächeln. »Du könntest mir helfen, das Bett mit den hübschen neuen Laken zu machen, die ich bestellt habe.« Sie riß die Plastikhüllen auf, und durch die Bewegung hüpften ihre schon volleren Brüste.

Unter den engen Jeans wölbte sich ihr Bauch leicht.
Ich machte mir um sie fast genauso große Sorgen wie um Jory. Eine werdende Mutter mußte mehr essen, Milch trinken, Vitamine zu sich nehmen, und außerdem hatte sich ihre frühere schwere Depression ins Gegenteil verwandelt. Sie akzeptierte Jorys unglückliche Lage vollkommen. Darauf hatte ich zwar gewartet, doch es war zu schnell gegangen, und deshalb befürchtete ich, daß es falsch war.
Doch dann verriet sie mir, woher ihre Zuversicht stammte. »Cathy, Jory wird gesund werden und wieder tanzen. Ich habe es gestern nacht geträumt, und meine Träume gehen immer in Erfüllung.«
Nun wußte ich, daß sie sich genauso verhalten würde wie ich zu Beginn, sie würde sich einreden, daß Jory irgendwann gesund werden würde, und auf diesem Hirngespinst würde sie ihr Leben aufbauen – und das seine.
Ich setzte zum Sprechen an, um zu wiederholen, was Chris mir gesagt hatte, aber Bart stampfte mit seinen großen Füßen schwer durch den langen, düsteren Korridor. Er betrachtete finster die früher dunkle Täfelung, die nun in gebrochenem Weiß gestrichen war, so daß Meeres- und Strandbilder sich schön davon abheben würden. Es war nicht zu übersehen, daß ihm unsere Veränderungen mißfielen.
»Wir taten es Jory zuliebe«, sagte ich, bevor er etwas einwenden konnte, während Melodie ihn schweigend mit großen Augen und dem hilflosen Blick eines Kindes anstarrte, das in eine schwierige Lage geraten ist. »Du willst doch sicherlich, daß dein Bruder glücklich ist, und niemand liebt das Meer, die Brandung, den Sand und die Meeresvögel mehr als Jory. Wir werden also das Meer und den Strand in diesen Raum bringen – ihm das Bewußtsein geben, daß alle wichtigen Dinge im Leben noch für ihn existieren. Der Himmel oben, die Erde unten und das Meer dazwischen. Es wird ihm nichts fehlen, Bart. Er wird haben, was er braucht, um am Leben und glücklich

zu bleiben, und ich weiß, daß du dazu beitragen willst.« Er sah Melodie an und hörte mir nicht einmal halb zu. Er wandte die Augen nicht von ihren prallen Brüsten ab und musterte dann die Kurve ihres gerundeten Bauches. »Melodie, du hättest mich fragen können, bevor du etwas bestellst, denn ich bezahle die Rechnungen.« Er übersah mich vollkommen, als wäre ich gar nicht da.

»O nein«, widersprach Melodie. »Jory und ich haben Geld. Wir können die Änderungen bezahlen, die wir hier vorgenommen haben ... und ich habe nicht angenommen, daß es dir etwas ausmacht, denn du warst seinetwegen sehr besorgt.«

»Ihr braucht nichts zu bezahlen«, widersprach Bart überraschend herzlich. »An dem Tag, an dem Jory nach Hause kommt, werden Anwälte am Nachmittag das Testament noch einmal verlesen, und diesmal werde ich genau erfahren, wieviel ich wert bin. Ich habe verdammt die Nase voll davon, daß die Verlesung immer wieder verschoben wird.«

»Bart«, sagte ich und trat zwischen ihn und Melodie, »du weißt, warum sie das Testament nicht verlesen haben. Sie wollten, daß Jory dabei und über alles unterrichtet ist, was vorgeht.«

Er ging um mich herum, um Melodie absichtlich in die großen traurigen Augen zu schauen. Er sprach zu ihr, zu ihr allein. »Sag du mir nur, was du brauchst, und ich lasse es dir noch gestern bringen. Du und Jory, ihr könnt hier bleiben, solange ihr wollt.«

Sie starrten einander über sechs Meter meerblauen Samtteppichs hinweg an. Barts dunkle Augen bohrten sich in ihre blauen, bevor er leise und einschmeichelnd sagte: »Mach dir nicht so viele Sorgen, Melodie. Du und Jory, ihr habt hier für immer ein Heim, wenn ihr wollt. Es ist mir wirklich verdammt egal, was ihr mit diesen Räumen tut. Jory soll sich so behaglich und glücklich wie möglich fühlen.«

Waren es leere Phrasen, um mich zu beruhigen –, oder

wollte er Melodie damit verführen? Warum errötete Melodie und blickte zu Boden?
Cindys Geschichte hallte wie ferne Kirchenglocken in meinem Gedächtnis wider. Versicherung für alle Gäste ... im Fall von Unfällen. Feuchter Sand, der trockener Sand hätte sein sollen. Sand, der Zementklumpen bildete und nicht sofort herausrieselte, damit die Papiermachésäulen ungefährlich waren.
In meinen Gedanken mischten sich Erinnerungen an Bart, als er sieben, acht, neun und zehn war ...
›Ich möchte so hübsche Beine haben wie Jory. Ich möchte laufen und tanzen können wie Jory. Ich werde größer werden, viel größer, ich werde stärker sein als Jory. Einmal. Einmal.‹
Diese Wünsche hatte Bart gemurmelt, als er klein war, und zwar so oft, daß ich sie nicht mehr gehört hatte. Dann, als er älter war ...
›Wer wird mich so lieben, wie Melodie Jory liebt? Niemand. Niemand.‹
Ich schüttelte den Kopf, um unwillkommene Erinnerungen an einen kleinen Jungen loszuwerden, der es seinem älteren, talentierteren Bruder gleichmachen wollte.
Warum sah er Melodie so vielsagend an? Ihre blauen Augen blickten ihn kurz an; dann sah sie weg, errötete wieder, brachte ihre Hände in die Balletthaltung, die alle Tänzer einnehmen, um die Aufmerksamkeit nicht vom Hauptdarsteller abzulenken – hatte die Füße nach außen gedreht. Auf der Bühne, Melodie stand auf der Bühne und spielte eine Rolle.
Bart schlenderte davon, seine langen Beine bewegten sich mit einer Sicherheit, die er in seiner Kindheit nie besessen hatte. Es tat mir leid, daß er hatte warten müssen, bis er aus Jorys Schatten trat, bevor er die Fähigkeit entwickelte, seine körperliche Koordination gekonnt einzusetzen.
Seufzend beschloß ich, an die Gegenwart zu denken und an alles, was wir unternommen hatten, um die ideale Umgebung für Jorys Rekonvaleszenz zu schaffen.

Am Fuß des Bettes stand ein großer Farbfernseher mit Fernbedienung, damit er die Kanäle vom Bett aus wechseln und ihn ein- und ausschalten konnte. Ein Elektriker hatte ein Gerät angeschlossen, mit dem Jory die Vorhänge nach Wunsch öffnen und schließen konnte. Eine Stereoanlage befand sich in seiner Reichweite. An der Rückwand seines verstellbaren Bettes, das ihn zum Sitzen und in fast jede gewünschte Lage bringen konnte, befand sich ein Bücherregal. Melodie und ich hatten mit Chris' Hilfe alle modernen Einrichtungen herbeigeschafft, die ihn befähigten, möglichst viel ohne Hilfe zu bewältigen. Jetzt mußten wir nur dafür sorgen, daß er einer wirklich interessanten Beschäftigung nachging, die seine Energie in Anspruch nahm und seine angeborenen Talente herausforderte.

Vor langer Zeit hatte ich begonnen, Bücher über Psychologie zu lesen –, ein schwacher Versuch, Bart zu helfen. Nun konnte ich Jory helfen, der wie ein Rennpferd war, das kämpfen und gewinnen muß. Er konnte keine Langeweile ertragen, konnte nicht herumliegen und nichts tun. Wir hatten vor kurzem an einer fensterlosen Wand eine Barre aufstellen lassen, als Aussicht darauf, daß er eines Tages aufstehen würde, auch wenn er eine mit Beinstützen verbundene Rückenstütze tragen mußte. Ich seufzte, wenn ich an meinen schönen, graziösen Sohn dachte, der dahinstolpern würde wie ein Pferd im Geschirr; dann liefen mir Tränen über die Wangen. Tränen, die ich rasch wegblinzelte, damit Melodie sie nicht sah.

Melodie wurde rasch müde, mußte sich hinlegen und ausruhen. Ich machte das Zimmer fertig, dann überwachte ich die Aufstellung der Rampen, die Jory ermöglichen würden, auf die Terrassen und in die Gärten zu gelangen. Wir scheuten keine Anstrengung, alles nur Mögliche zu tun, damit er nicht nur auf sein Zimmer angewiesen war. In dem ehemaligen Anrichteraum des Butlers ließen wir einen Fahrstuhl installieren.

Endlich kam der wunderbare Tag, an dem Jory das Krankenhaus verlassen und heimkehren durfte. Sein Körper steckte noch in der Gipsschale, aber er aß und trank normal, hatte wieder Farbe bekommen und ein wenig zugenommen. Mein Herz schmerzte vor Mitleid, als er auf einer Bahre zum Fahrstuhl gerollt wurde, während er früher drei Stufen auf einmal genommen hatte. Er wendete den Kopf und blickte auf die Treppe, als würde er seine Seele dafür geben, wenn er sie noch einmal benutzen könnte.

Doch er sah sich lächelnd in der großen, neu eingerichteten Suite um, und seine Augen strahlten. »Es ist wunderbar, was ihr gemacht habt, wirklich großartig. Meine liebste Farbkombination, Weiß und Blau. Ihr habt mir den Strand geschenkt – ich kann beinahe die Brandung riechen, die Möwen hören. Es ist wunderbar, wirklich wunderbar, was Farbe und Bilder, grüne Pflanzen und Planung erreichen können.«

Seine Frau stand am Fußende des schmalen Bettes, das er benutzen mußte, bis der Gips abgenommen wurde, aber sie war bemüht, seinem Blick nicht zu begegnen. »Ich freue mich, daß dir gefällt, was wir gemacht haben. Deine Mutter und ich und auch Chris haben uns wirklich bemüht, dir Freude zu machen.«

Seine blauen Augen wurden dunkel, als er sie ansah und das gleiche empfand wie ich. Er sah zu den Fenstern, seine vollen Lippen wurden schmal, bevor er sich in seine Schale zurückzog.

Ich trat sofort vor und reichte ihm eine große Schachtel, die für einen solchen unangenehmen Moment gedacht war. »Etwas Sinnvolles, das du tun kannst, solange du das Bett hüten mußt. Ich will nicht, daß du die ganze Zeit in den blöden Kasten starrst.«

Er war offenbar erleichtert, weil er seine Frau nicht mit Worten quälen mußte, die sie nicht hören wollte, und heuchelte kindlichen Eifer, indem er die große Schachtel schüttelte. »Ein Mini-Elefant? Ein unsinkbares Surfbrett?« riet er und sah nur mich an. Ich fuhr ihm durch das Lockenhaar, umarmte und küßte ihn und befahl ihm, die Schachtel rasch zu öffnen. Ich konnte es nicht erwarten zu erfahren, was er von meinem Geschenk hielt, das ich aus New England hatte kommen lassen.

Bald hatte er die Bänder und die hübsche Verpackung abgenommen und starrte auf die längliche Schachtel, die anscheinend ordentliche Bündel besonders langer Streichhölzer enthielt. Fläschchen mit Farben, größere Flaschen mit Leim, dünne Schnüre auf Spulen und sorgfältig verpackten Stoff. »Ein Klipper-Baukasten«, sagte er verwundert und zugleich erschrocken. »Mam, das sind zehn Seiten Anleitungen! Das Ding ist so kompliziert, daß ich den größten Teil meines Lebens zu seiner Fertigstellung brauchen werde. Und wenn er fertig ist – falls es jemals soweit kommt –, was habe ich dann?«

»Was du haben wirst? Mein Sohn, wenn du fertig bist, wirst du ein unschätzbares Erbstück haben, das du deinem Sohn oder deiner Tochter hinterlassen kannst.« Das sagte ich so stolz, so davon überzeugt, daß er die schwierige Anleitung ausführen konnte. »Du hast ruhige Hände, den Blick für Einzelheiten, verstehst schwierige Texte und bist überaus zielstrebig. Außerdem sieh dir den leeren Kaminsims an, der geradezu nach einem Schiff schreit.«

Er ließ lachend, aber schon erschöpft, den Kopf auf das Kissen sinken und schloß die Augen. »Okay, du hast mich überzeugt. Ich werde es versuchen – aber ich habe seit meiner Kinderzeit, als ich Flugzeugteile zusammenklebte, kein Handwerk mehr ausgeübt.«

Ach ja, daran erinnerte ich mich deutlich. Sie hingen von seiner Zimmerdecke herab und machten Bart wütend, der damals nicht fähig war, Klebearbeiten ordentlich auszuführen.

»Mam ... ich bin müde. Laß mich ein wenig schlafen, bevor die Anwälte kommen, um das Testament zu verlesen. Ich weiß nicht, ob ich der Aufregung gewachsen bin, wenn Bart – endlich – sein Erbe antritt.«

In diesem Augenblick kam Bart herein. Jory spürte seine

Anwesenheit und öffnete die Augen. Barts dunkelbraune und Jorys dunkelblaue Augen waren aufeinander gerichtet, und keiner der beiden wandte den Blick ab. Die Stille wurde immer bedrückender, bis mein Herzschlag in meinen Ohren dröhnte; die Uhr hinter mir tickte zu laut, und Melodie atmete schwer. Die Vögel draußen zwitscherten; um etwas zu tun, begann Melodie die Blumen in einer weiteren Vase neu zu ordnen.

Die Blicke, die Willenskräfte prallten nach wie vor zusammen, während Bart doch sprechen und den Bruder begrüßen sollte, den er nur einmal besucht hatte. Er sah aus, als würde er durchhalten, bis Jory nachgab und das Duell zwischen ihnen verlor. Ich wollte schon eingreifen und die Auseinandersetzung beenden, als Jory freundlich lächelte, ohne den Blick zu senken oder abzuwenden, und sagte: »Hallo, Bruder. Ich weiß, wie sehr du Krankenhäuser haßt, deshalb war es doppelt nett von dir, mich zu besuchen. Jetzt befinde ich mich in deinem Haus ... wäre es da nicht angebracht, daß wir einander begrüßen? Ich bin froh, daß mein Unfall deine Geburtstagsparty nicht unterbrochen hat. Cindy hat mir erzählt, daß mein Sturz die fröhliche Stimmung nur für einen Augenblick gedämpft hat und die Feier weiterging, als wäre nichts geschehen.«

Bart sprach noch immer kein Wort. Melodie steckte die letzte Rose in die Vase und hob den Kopf. Ein paar blonde Haarsträhnen hatten sich aus ihrem straffen Ballerinenknoten gelöst, so daß sie bezaubernd ungezwungen und altmodisch zerbrechlich aussah. Sie wirkte irgendwie müde, als hätte sie vor dem Leben und seinen Wechselfällen kapituliert. Bildete ich mir ein, daß sie eine stumme Warnung an Bart richtete – und er sie verstand? Plötzlich lächelte er, wenn auch etwas steif.

»Ich freue mich, daß du wieder hier bist. Willkommen daheim, Jory.« Er ging zu seinem Bruder und drückte ihm die Hand. »Wenn es etwas gibt, das ich für dich tun kann, laß es mich wissen.« Dann verließ er den Raum, und ich starrte ihm nach und fragte mich ...

Am gleichen Nachmittag, kurz nachdem Jory aufgewacht war und Chris und Bart ihn auf eine Bahre gelegt hatten, trafen um genau vier Uhr drei Rechtsanwälte ein und belegten Barts großartiges Privatbüro mit Beschlag. Wir saßen in eleganten hellbraunen Lederstühlen, bis auf Jory, der still und ruhig auf einer Tragbahre lag. Seine müden Augen waren halb geschlossen, und man merkte, daß sein Interesse nur gering war. Cindy war herübergeflogen, was unerläßlich war, denn auch sie war im Testament erwähnt. Sie saß auf der Armlehne meines Stuhles, baumelte ihr wohlgestaltetes Bein hin und zurück und sah das Ganze als Scherz an, während Joel den blauen Schuh mit dem hohen Absatz mißtrauisch betrachtete, der sich ständig bewegte und die Aufmerksamkeit auf die bemerkenswert hübschen Beine lenkte. Wir saßen alle dort wie bei einem Begräbnis, während Papiere raschelten, Brillen aufgesetzt wurden und die leise Unterhaltung zwischen den Anwälten uns alle beunruhigte.

Bart war besonders nervös und aufgeregt, wirkte aber argwöhnisch, weil ihn die Anwälte immer wieder seltsam musterten. Der älteste von den dreien fungierte als Sprecher und verlas sorgfältig Wort für Wort den Hauptteil des Testamentes meiner Mutter noch einmal.

»... wenn mein Enkel, Bartholomew Winslow Scott Sheffield, der einmal auf seinen rechtmäßigen Familiennamen Foxworth Anspruch erheben wird, fünfundzwanzig Jahre alt ist«, las der beinahe siebzigjährige Mann vor, dessen Brille am unteren Ende seiner Nase saß, »erhält er bis zu seinem fünfunddreißigsten Geburtstag alljährlich einen Betrag von fünfhunderttausend Dollar. Zu diesem Zeitpunkt ist mein übriger Nachlaß, im weiteren als die ›Corrine Foxworth Winslow Stiftung‹ bezeichnet, in seiner Gesamtheit meinem Enkel Bartholomew Winslow Scott Sheffield Foxworth zu übergeben. Mein erstgeborener Sohn, Christopher Garland Sheffield Foxworth, wird bis zu dem obengenannten Zeitpunkt in seiner Stellung als Treuhänder verbleiben. Sollte er, der Treuhänder, zu der

Zeit, wenn mein Enkel Bartholomew Winslow Scott Sheffield Foxworth das Alter von fünfunddreißig Jahren erreicht, nicht mehr am Leben sein, soll meine Tochter, Catherine Sheffield Foxworth, bis zum fünfunddreißigsten Geburtstag meines obenerwähnten Enkels zur stellvertretenden Treuhänderin bestellt werden.«

Es folgte noch mehr, viel mehr, aber ich hörte nicht weiter zu. Ich blickte erschrocken zu Chris hinüber, der ebenfalls verblüfft aussah. Dann wanderte mein Blick zu Bart.

Sein Gesicht war blaß, und sein Ausdruck wechselte kaleidoskopartig. Seine Hautfarbe war wächsern. Er fuhr sich mit den langen kräftigen Fingern durch die untadelige Frisur und zerstörte sie. Hilflos sah er Joel an, als suchte er seinen Rat, doch Joel zuckte nur die Schultern und verzog die Lippen, als wollte er sagen: »Ich habe es dir ja gesagt.«

Dann fixierte Bart Cindy, als hätte ihre Anwesenheit das Testament seiner Großmutter durch Zauberei verändert. Er wandte sich Jory zu, der schläfrig auf der fahrbaren Bahre lag und sich nur für Melodie interessierte, die Bart anstarrte. Ihr blasses, leidvolles Gesicht zuckte wie eine schwache Kerzenflamme im Sturm von Barts Enttäuschung.

Bart wandte ruckartig seinen glühenden Blick ab, als ihr Kopf auf Jorys Brust sank. Sie weinte fast lautlos.

Eine Ewigkeit schien zu vergehen, bis der ältliche Rechtsanwalt das lange Testament sorgsam zusammenfaltete, es in eine blaue Aktenmappe und dann auf Barts Schreibtisch legte. Er wartete mit verschränkten Armen auf Barts Fragen.

»Was zum Teufel geht hier vor?« schrie Bart.

Er sprang auf, trat zu seinem Schreibtisch, ergriff das Testament und blätterte es rasch mit fachmännischem Blick durch. Als er fertig war, schleuderte er es auf den Tisch. »Der Teufel soll sie holen! Sie versprach mir alles, alles! Jetzt muß ich weitere zehn Jahre warten . . . warum wur-

de dieser Absatz denn nicht früher verlesen? Ich war anwesend. Ich war zwar erst zehn Jahre alt, erinnere mich aber genau, daß ihr Testament besagte, ich würde mein Erbe antreten, sobald ich fünfundzwanzig war. Ich bin fünfundzwanzig Jahre und einen Monat alt –, und wo bleibt meine Belohnung?«
Chris stand auf. »Bart, du bekommst fünfhunderttausend Dollar im Jahr – das ist ein Betrag, den man nicht mit einem Achselzucken abtun kann. Und hast du nicht gehört, daß deine Lebenskosten und die Kosten für den Betrieb und die Erhaltung dieses Hauses von der Hauptmasse der noch in Treuhandverwaltung befindlichen Mittel bestritten werden? Deine Steuern werden im voraus bezahlt. Und fünfhunderttausend jährlich während eines Zeitraums von zehn Jahren sind mehr als neunundneunzig Komma neun Prozent der Weltbevölkerung im Laufe ihres ganzen Lebens in die Finger kriegen werden. Wieviel kannst du für deinen Aufwand ausgeben, wenn alle anderen Ausgaben bereits gedeckt sind? Außerdem werden diese zehn Jahre rasch vergehen, und dann wird alles dir gehören, und du wirst damit tun und lassen können, was du willst.«
»Wieviel ist alles in allem vorhanden?« wollte Bart wissen, dessen Augen so habgierig und intensiv leuchteten, daß sie zu brennen schienen. Sein Gesicht war vor Zorn dunkelrot. »Fünf Millionen muß ich innerhalb eines Zeitraums von zehn Jahren erhalten, aber was wird dann noch übrig sein? Weitere zehn Millionen? Zwanzig, fünfzig, eine Milliarde – wieviel?«
»Ich weiß es wirklich nicht«, antwortete Chris kühl, während die Anwälte Bart anstarrten. »Aber ich kann dir aufrichtig versichern, daß du an dem Tag, an dem du endlich dein gesamtes Erbe erhältst, zweifellos einer der reichsten Männer der Welt sein wirst.«
»Aber bis dahin – bist du es!« kreischte Bart. »Du! Ausgerechnet du! Der Mann, der am meisten gesündigt hat! Es ist nicht fair, überhaupt nicht fair! Ich bin an der Nase

herumgeführt, betrogen worden!« Seine Augen funkelten uns alle an, dann stampfte er aus seinem Büro, steckte aber den Kopf nach einer Sekunde noch einmal herein. »Es wird dir noch leid tun, Chris«, verkündete er wütend. »Du mußt sie dazu überredet haben, dieses Kodizill zum Testament hinzuzufügen – und du hast die Anwälte angewiesen, es an dem Tag nicht vorzulesen, an dem ich den Text das erste Mal gehört habe, als ich zehn war. Es ist deine Schuld, daß ich nicht alles erhalten habe, was mir zusteht.«

Wie immer war es Chris' Schuld – oder die meine.

Brüderliche Liebe

Der größte Teil des erbarmungslos heißen Monats August war vergangen, während Jory im Krankenhaus gelegen hatte, und der September kam mit seinen kühleren Nächten, die nur zu bald das Farbenspiel des Herbstes auslösten. Chris und ich rechten Blätter, nachdem die Gärtner gekommen und wieder gegangen waren, denn wir fanden, daß sie nachlässig zu viele übersehen hatten. Die Blätter hörten nie auf zu fallen, und es war eine Tätigkeit, die wir gern besorgten.

Wir häuften sie in tiefen Gräben auf, warfen ein Streichholz hinein, kauerten nebeneinander im Gras und sahen zu, wie das Feuer hoch aufloderte und unsere kalten Hände und Gesichter wärmte. Das Feuer tief unten war so ungefährlich, daß wir es unbesorgt genossen, uns einander gelegentlich zuwandten und beobachteten, wie unsere Augen in seinem Schein aufleuchteten und unsere Haut warm und dunkelrot schimmerte. Chris sah mich liebevoll an, streichelte meine Wange mit seinem Handrücken, fuhr mit den Fingerspitzen über mein Haar, küßte meinen Nacken und rührte mich mit seiner beständigen Liebe. Im nächtlichen Feuerschein der brennenden Blätter fanden wir einander auf eine neue Art, eine reife Art, die besser war als unsere frühere Beziehung, und die war schon immer überwältigend schön gewesen.

Hinter uns schloß sich Melodie in ihrem Zimmer in diesem schrecklichen Haus ein, während das Kind in ihrem Leib wuchs.

Der Monat Oktober brachte uns leuchtende, berauschende Farben, die mir den Atem raubten und mich mit Ehrfurcht erfüllten, wie es nur das Wirken der Natur vermag. Es waren dieselben Bäume, deren Wipfel wir aus unserem verborgenen Schulzimmer im Dachgeschoß erblickt hatten. Wenn ich zu den Giebelfenstern im Dachgeschoß emporblickte, konnte ich fast vor mir sehen, wie wir vier hinausstarrten. Die Zwillinge waren erst fünf, zwei kleine blasse Geschöpfe mit großen Augen, und wir alle drückten unsere Gesichter sehnsüchtig an die verschmierte Glasscheibe, starrten hinaus und sehnten uns danach, frei all die Dinge tun zu können, die ich jetzt für natürlich und unser gutes Recht halte.
Gespenster dort oben, unsere Gespenster dort oben.
Die Farbe unserer Tage ist grau, dachte ich damals. Die Farbe von Jorys Tagen ist jetzt grau, denn wie sollte er die Schönheit des Herbstes in den Bergen sehen, wenn er nicht über die Waldpfade schlendern oder über das welke Gras tanzen oder sich bücken und an den Herbstblumen riechen oder neben Melodie laufen konnte.
Die Tennisplätze blieben leer, da Bart sie in Ermangelung eines Partners nicht benutzte. Chris hätte gern am Sonnabend oder Sonntag mit Bart gespielt, aber Bart ließ Chris noch immer links liegen.
Der große Swimmingpool, der Cindys Entzücken hervorgerufen hatte, wurde ausgelassen, gereinigt und abgedeckt. Die Fliegenfenster kamen weg, die Scheiben wurden geputzt, bevor die Doppelfenster eingesetzt wurden. Die hinter der Garage außer Sicht aufgestapelten Holzstöße wurden immer mehr, und Lastwagen lieferten Kohle, die verbrannt werden sollte, wenn unsere Ölöfen versagten oder es einen Stromausfall gab. Wir besaßen ein Zusatzaggregat, damit wir Licht in den Zimmern hatten und die elektrischen Einrichtungen in Gang blieben, und dennoch fürchtete ich diesen Winter mehr als seinerzeit unsere Winter im Dachgeschoß.
Dort war es eiskalt gewesen wie in der Arktis. Jetzt wür-

den wir erfahren, wie es in den unteren Räumen gewesen war, in denen Mama mit ihren Verwandten und Freunden und mit ihrem Geliebten das Leben genoß, während ihre vier unerwünschten Kinder im Dachgeschoß froren, hungerten und litten.

Die Sonntagvormittage waren am schönsten. Chris und ich genossen unser Beisammensein. Wir frühstückten in Jorys Zimmer, damit er sich nicht vom Familienleben ausgeschlossen fühlte, und nur wenige Male konnte ich Bart und Melodie dazu überreden, mitzumachen.

»Geht doch spazieren«, drängte Jory, wenn ich zu oft zum Fenster blickte. »Glaubt nicht, daß ich dich und Dad um eure Beine beneide, weil meine nicht mehr gebrauchsfähig sind. Ich bin weder ein Kleinkind noch egoistisch.«

Wir mußten gehen, damit er nicht auf die Idee kam, daß er unsere Lebensweise beeinträchtigte. Und so gingen wir und hofften, daß ihm Melodie Gesellschaft leisten würde.

Eines Tages wachten wir so früh auf, daß der Reif noch dick auf dem Boden lag und Kürbisse unter den aufgeschichteten Maisstengeln reiften, wo Farmer sich kümmerlich durchschlugen. Der Reif sah hübsch aus, wie Zukkerkristalle, die aber bald schmelzen würden, wenn die Sonne voll herauskam.

Unterwegs blieben wir stehen und blickten zum Himmel hinauf, weil kanadische Gänse nach Süden zogen und uns verrieten, daß der Winter in diesem Jahr früher einsetzen würde als gewöhnlich. Die melancholischen Schreie der unermüdlich fliegenden Vögel verklangen in der Ferne, während sie in den Morgenwolken verschwanden. Sie flogen nach Süd-Carolina, wohin wir einmal geflüchtet waren, bevor der harte Winter einsetzte.

Mitte Oktober kam der Orthopäde und schnitt mit einer großen elektrischen Schere Jorys Gips halb durch; dann verwendete er eine von Hand zu betätigende Schere, mit der er vorsichtig die verbleibenden Schichten durchschnitt. Jory sagte, er fühle sich nun wie eine Schildkröte ohne Panzer. Seine kräftigen Muskeln waren innerhalb der Gipsschale geschwunden. »Wenn du ein paar Wochen lang Übungen für Arme und Schultern machst, werden deine Brustmuskeln genauso kräftig werden wie vorher«, redete ihm Chris zu. »Du wirst kräftige Arme brauchen, deshalb mußt du weiterhin das Trapez benutzen, und wir werden dir einen Barren ins Wohnzimmer stellen lassen, damit du dich selbst zum Stehen hochziehen kannst. Glaub nicht, daß das Leben für dich vorbei ist, daß alle Herausforderungen hinter dir liegen und jetzt nichts mehr eine Rolle spielt, denn du hast noch viele Meilen zurückzulegen, ehe dein Leben zu Ende geht, vergiß das nie.«

»Ja«, murmelte Jory traurig und starrte mit leerem Blick auf die Tür, durch die Melodie nur selten zu ihm fand. »Viele Meilen zurückzulegen, bis ich einen anderen Körper finde, der so funktioniert, wie er sollte. Ich werde mich allmählich auf eine Wiedergeburt einstellen.«

Die schnell kühler werdenden Tage wurden schließlich bitterkalt. In den Herbstnächten fielen die Temperaturen rasch auf den Gefrierpunkt. Die Zugvögel flogen jetzt nicht mehr über unser Haus hinweg. Der Wind pfiff durch die Baumwipfel, heulte um das Haus, stahl sich ins Innere der Räume. Der Mond war wieder ein raubgieriges Wikingerschiff, das hoch oben am Himmel segelte, unser Bett im Mondschein überflutete und uns Material für eine neue Romanze lieferte. Reine, kühle, strahlende Liebe, die unsere Stimmung erhellte und uns das Gefühl vermittelte, nicht wirklich Sünder der schlimmsten Art zu sein. Nicht wenn unsere Liebe so lange angehalten hatte, während andere Ehen schon nach wenigen Monaten oder Jahren zerbrachen. Unsere Liebe konnte nicht sündig sein, wenn sie uns so ganz erfüllte. Wem schadeten wir? Niemandem, wirklich nicht. Bart schadete sich selbst, fanden wir.

Dennoch, warum plagten mich diese Alpträume, die das Gegenteil besagten? Ich verstand es inzwischen meisterhaft, unangenehmen Gedanken zu entgehen, indem ich an die vielen trivialen Erlebnisse in meinem Leben dachte. Nichts lenkte besser ab als die überwältigende Schönheit der Natur. Die Natur würde meine Wunden heilen und die Jorys – und vielleicht sogar die Barts.

Ich beobachtete mit scharfem Blick alle Anzeichen in der Natur, beinahe wie ein Farmer, und berichtete Jory darüber. Die Kaninchen setzten plötzlich Fett an. Die Eichhörnchen trugen mehr Nüsse in ihren Bau. Wollige Raupen sahen aus wie kleine, pelzige Güterwaggons, die sich in Sicherheit brachten –, wo immer sie zu finden war.

Bald holte ich Wintermäntel heraus, die ich Wohlfahrtseinrichtungen zugedacht hatte, dicke Pullover und Wollröcke, die ich in Hawaii bestimmt nie getragen hätte. Im September war Cindy in ihre Mittelschule nach Süd-Carolina zurückgeflogen. Es war ihr letztes Jahr in einer sehr teuren Privatschule, die sie »schrecklich himmlisch« fand. Ihre Briefe trafen ein wie unzeitgemäßer warmer Regen, sie brauchte meist mehr Geld für dies oder das.

Cindys jungmädchenhaftes Gekritzel brach nie ab, sie brauchte alles, trotz der vielen Geschenke, mit denen ich sie verwöhnte. Sie hatte Dutzende von Freunden, in jedem Brief berichtete sie von einem neuen. Sie brauchte saloppe Kleidung für den Jungen, der gern jagte und fischte. Sie brauchte elegante Kleider für den Jungen, der für Opern und Konzerte schwärmte. Sie brauchte Jeans, warme Blusen und luxuriöse Unterwäsche und Nachthemden für sich selbst, denn sie konnte in einem billigen Fähnchen einfach nicht schlafen.

Ihre Briefe riefen mir alles in Erinnerung, was mir gefehlt hatte, als ich sechzehn war. Ich dachte an Clairmont und meine Zeit in Dr. Pauls Haus, wo mir Henny durch ihr Beispiel, nicht mit Worten, beigebracht hatte, wie man kocht. Ich hatte ein Kochbuch gekauft, aus dem ich erfahren wollte, wie man einen Mann erobert und ihn behält, indem man die richtigen Speisen kocht. Was für ein Kind ich doch gewesen war. Ich seufzte. Vielleicht war es mir schließlich doch genauso gut gegangen wie Cindy – auf andere Weise –, nachdem wir Foxworth Hall entronnen waren. Ich schnupperte an Cindys rosa parfümiertem Briefpapier, bevor ich ihren Brief beiseite legte und dann meine Aufmerksamkeit der Gegenwart mit ihren Problemen in Foxworth Hall zuwandte, auch wenn es keine Papierblumen mehr im Dachgeschoß gab.

Ich beobachtete Bart Tag um Tag, wenn er mit Melodie beisammen war, und gelangte zur Überzeugung, daß sie sehr viel Zeit zusammen verbrachten, während Jory seine Frau nur sehr selten zu Gesicht bekam. Ich versuchte mir einzureden, daß Melodie Bart trösten wollte, weil er nicht so viel geerbt hatte, wie er angenommen hatte . . ., aber gegen meinen Willen nahm ich an, daß mehr im Spiel war als reines Mitleid.

Wie ein treuer junger Hund, der nur einen Freund hat, folgte Joel Bart überallhin, außer in sein Büro oder sein Schlafzimmer. Er betete vor dem Frühstück, dem Lunch und dem Dinner in dem kleinen Raum. Er betete, bevor er zu Bett ging, betete, während er umherging, und murmelte die passenden Bibelzitate bei jeder Gelegenheit vor sich hin, die ihn zu seinem frommen Gemurmel veranlaßte.

Auf seine Art befand sich Chris im Himmel, er genoß die schönsten Jahre seines Lebens –, das behauptete er zumindest.

»Ich liebe meinen neuen Job. Die Männer, mit denen ich arbeite, sind intelligent, humorvoll und erzählen endlose Geschichten, die die Eintönigkeit vertreiben, wenn man eine Menge öder Arbeit zu erledigen hat. Wir gehen jeden Tag ins Labor, ziehen unsere weißen Mäntel an, kontrollieren unsere Petrischalen, erwarten Wunder und ertragen es mit Humor, wenn diese Wunder doch nicht eintreffen.«

Bart benahm sich Jory gegenüber weder freundlich noch feindselig, sondern steckte nur den Kopf zur Tür herein und sprach ein paar Worte, bevor er zu einer Tätigkeit eilte, die ihm wichtiger erschien, als die Zeit mit seinem behinderten Bruder zu vergeuden. Ich fragte mich oft, was er mit seiner Zeit anfing, außer die Finanzmärkte zu studieren und Aktien und Wertpapiere zu kaufen und zu verkaufen. Ich hegte den Verdacht, daß er einen Großteil seiner fünfhunderttausend Dollar riskierte, um uns allen zu beweisen, daß er klüger war als Chris und gerissener als der schlaueste aller Foxworths, Malcolm.

Bald nachdem Chris an einem Dienstagmorgen im Oktober weggefahren war, lief ich die Treppe zu Jory hinauf, um dafür zu sorgen, daß er ordentlich betreut wurde. Chris hatte einen Krankenpfleger für Jory genommen, doch er kam nur jeden zweiten Tag.

Jory beklagte sich selten darüber, daß er ans Haus gefesselt war, obwohl er oft den Kopf zu den Fenstern wandte und in den leuchtenden Herbst hinausblickte.

»Der Sommer ist vorbei«, stellte er matt und fast lustlos fest, während der Wind bunte Blätter spielerisch herumwirbelte, »und er hat meine Beine mitgenommen.«

»Der Herbst wird dir Anlässe bieten, um glücklich zu sein, Jory. Der Winter wird dich zum Vater machen. Das Leben hat noch viele glückliche Überraschungen für dich auf Lager, ob du es nun glauben willst oder nicht. Ich meine wie Chris, daß das Beste noch kommen wird. Nun ... laß mal sehen, was wir tun können, um dir Ersatz für deine Beine zu verschaffen. Du bist jetzt kräftig genug, um dich aufzusetzen, und es besteht kein Grund mehr, daß du nicht in den Rollstuhl übersiedelst, den dein Vater nach Hause gebracht hat. Bitte, Jory. Ich sehe dich ungern die ganze Zeit im Bett liegen. Probier den Rollstuhl aus, vielleicht ist er nicht so unangenehm, wie du annimmst.«

Er schüttelte eigensinnig den Kopf.

Ich kümmerte mich nicht darum und fuhr mit meinen Überredungskünsten fort. »Wir können dich leicht ins Freie transportieren. Sobald Barts Arbeiter die Wege, auf denen du Schwierigkeiten haben könntest, gesäubert haben, können wir durch die Wälder fahren, und schon jetzt könntest du im Sonnenschein auf der Terrasse sitzen und

etwas Farbe bekommen. Bald wird es zu kalt sein, um sich im Freien aufzuhalten. Und wenn die schöne Zeit kommt, kann ich dich durch die Gärten und die Wälder schieben.«
Er warf dem Rollstuhl, der sich in seiner Sichtweite befand, einen bösen, verächtlichen Blick zu. »Das Ding würde umstürzen.«
»Wir werden dir einen elektrischen Rollstuhl kaufen, der so schwer ausgewogen ist, daß er nicht umstürzen kann.«
»Ich bin dagegen, Mam. Ich habe den Herbst immer geliebt, aber dieser macht mich so traurig. Ich habe das Gefühl, daß ich alles verloren habe, was wirklich wichtig ist. Ich bin wie ein zerbrochener Kompaß, der sich unkontrolliert dreht. Nichts ist die Mühe wert. Ich wurde betrogen, und das nehme ich übel. Ich hasse die Tage. Aber die Nächte sind schlimmer. Ich will mich an den Sommer und an alles, was ich besaß, klammern, und die fallenden Blätter sind die Tränen, die ich innerlich vergieße, der Wind, der in der Nacht pfeift, ist mein verzweifeltes Jammern, und die Vögel, die nach Süden fliegen, machen mir klar, daß der Sommer meines Lebens gekommen und gegangen ist, und ich niemals, niemals wieder glücklich sein oder mich als jemand Besonderer fühlen werde. Ich bin jetzt niemand, Mam, niemand.«
Er brach mir das Herz.
Erst als er sich mir zuwandte, erkannte er, was er angerichtet hatte. Sein Gesicht wurde rot vor Scham. Das Schuldbewußtsein verwirrte ihn. »Es tut mir leid, Mam. Du bist die einzige, mit der ich so sprechen kann. Dad gegenüber, der sich wundervoll hält, muß ich mich wie ein Mann benehmen. Wenn ich dir meine Gefühle verraten kann, nagen sie nicht mehr so sehr an mir. Verzeih mir, daß ich meinen ganzen Kummer bei dir ablade.«
»Das ist schon in Ordnung. Hör nie auf, mir zu erzählen, wie du dich fühlst. Denn dann wüßte ich nicht mehr, wie ich dir helfen soll. Dazu bin ich hier, Jory. Deshalb hast du Eltern. Glaube nicht, daß dein Vater dich nicht verstehen würde, denn er kann es. Sprich mit ihm, wie du mit

mir sprichst. Sag alles, was du sagen mußt, halte es nicht zurück. Verlange alles, was sich in vernünftigen Grenzen hält, und Chris und ich werden dir alles geben, was wir können –, aber verlange nicht das Unmögliche.«

Er nickte stumm, dann zwang er sich zu einem schwachen Lächeln. »Okay. Vielleicht kann ich es eines Tages ertragen, in einem elektrischen Rollstuhl zu sitzen.«

Auf dem für sein Bett angefertigten Tisch mit Laufrollen lagen die vielen Teile des Klippers, die er mühsam zusammenleimte. Er schaltete die Stereoanlage selten ein, als wäre schöne Musik nun, da er nicht mehr tanzen konnte, ein Greuel für seine Ohren. Das Fernsehen betrachtete er als Zeitvergeudung und las, wenn er nicht an dem Modellschiff arbeitete. Ein winziges Holzteil wurde von einer Pinzette festgehalten, während er ein wenig Leim auftrug, dann kniff er die Augen zusammen, schaute in die Bastelanleitung und stellte den Rumpf fertig.

Er fragte leichthin, ohne mir in die Augen zu sehen: »Wo ist meine Frau? Sie besucht mich selten vor fünf. Was zum Teufel macht sie den ganzen Tag?«

Es war eine beiläufige Bemerkung, denn Jorys Pfleger trat ein und erwähnte, daß er jetzt zu einem Kurs müsse. Er winkte fröhlich und verließ das Zimmer. Während seiner Abwesenheit mußten Melodie oder ich unser Bestes tun, um es Jory bequem zu machen und ihn zu unterhalten. Am schwierigsten war es, ihn zu beschäftigen. Sein Leben hatte aus körperlicher Betätigung bestanden, und nun mußte er sich mit geistigen Aktivitäten zufriedengeben. Die Beschäftigung, die ihn bis jetzt am ehesten körperlich beansprucht hatte, war das Zusammensetzen des Schiffes. Ich hatte angenommen, daß Melodie ihn aufsuchte, um für ihn zu tun, was sie konnte.

Ich sah Melodie sehr selten. Das Haus war so groß, daß es leicht war, Menschen aus dem Weg zu gehen, die man nicht sehen wollte. In letzter Zeit hatte sie nicht nur das Frühstück, sondern auch den Lunch in ihrem Schlafzimmer gegenüber von Jorys Suite eingenommen.

Chris brachte den nach Maß angefertigten elektrischen Rollstuhl nach Hause, der mit einem Steuerknüppel gelenkt wurde. Der Pfleger begann sofort, Jory beizubringen, wie er seinen Körper aus dem Bett und in den Rollstuhl schwenken mußte, der mit blockierten Rädern neben dem Bett stand, die dem Bett zugewandte Armlehne des Stuhls mußte dazu hochgeklappt werden.

Jory war seit dreieinhalb schrecklich langen, elenden Monaten behindert. Für ihn hatten sie sich wie Jahre hingezogen. Er hatte sich in einen anderen Menschen verwandeln müssen, einen Menschen, den er wirklich nicht mochte.

Dann gab es wieder einen Tag, an dem ihn Melodie nicht aufsuchte, und Jory wollte wieder wissen, wo sie sich befand und was sie mit ihrer Zeit anfing. »Hast du meine Frage gehört, Mam? Bitte sage mir, was meine Frau den ganzen Tag über tut.« Seine für gewöhnlich freundliche Stimme klang scharf. »Sie verbringt ihre Zeit nicht mit mir, das weiß ich.«

In seinem Blick lag Bitterkeit, als er mich mit seinen durchdringenden dunkelblauen Augen fixierte. »Ich verlange, daß du sofort zu Melodie gehst und ihr sagst, daß ich sie sehen will – AUGENBLICKLICH! Nicht später, wenn sie Lust dazu hat –, denn sie hat offenbar nie Lust dazu!«

»Ich werde sie holen«, versprach ich entschlossen. »Zweifellos ist sie in ihrem Zimmer und hört Ballettmusik.«

Ich verließ Jory, der weiter an seinem Modellschiff arbeitete. Als ich einen Blick zu ihm zurück warf, sah ich, daß der Wind stärker wurde und die am Boden liegenden Blätter zum Haus trieb. Goldene, scharlachrote und rostbraune Blätter, die Jory nicht sehen wollte – und früher hatte er die Musik der Farben gehört.

›Schau jetzt, Jory, schau jetzt. Das ist Schönheit, die du vielleicht nicht wieder sehen wirst. Verwirf sie nicht – ergreife sie und nütze den Tag, wie du es früher getan hast.‹

Aber hatte ich damals ...? Hatte ich?

Während ich ihn ansah, ihn zu sich selbst zurückbringen

wollte, wurde der Himmel plötzlich dunkel, die leuchtenden, fallenden Blätter erschlafften in dem kalten, strömenden Regen, der sie gegen das Glas klebte. »Als wir in Gladstone wohnten, erledigte Dad die gesamte Hausarbeit. Mama beklagte sich immer darüber, daß die Reinigung der Winterfenster doppelt soviel Arbeit machte...«
»Ich will meine Frau, Mam, SOFORT!«
Aus mir unerklärlichen Gründen sträubte ich mich, Melodie zu suchen. In dem düsteren Zwielicht mußte Jory um zehn Uhr vormittags eine Lampe einschalten. »Soll ich ein gemütliches Holzfeuer im Kamin entfachen?«
»Ich will nur meine Frau. Muß ich das zehnmal wiederholen? Sobald sie hier ist, kann sie das Feuer anzünden.«
Ich ließ ihn in Ruhe, da mir klar wurde, daß ihn meine Anwesenheit irritierte, obwohl er sie wollte –, ich war die einzige, die ihn wieder zu sich bringen konnte.
Melodie befand sich nicht in ihrem Zimmer, wie ich angenommen hatte.
Die Korridore, die ich durchmaß, schienen die gleichen zu sein, durch die ich in meiner Kindheit gegangen war. Die geschlossenen Türen, an denen ich vorbeikam, schienen die gleichen schweren, soliden Türen zu sein, die ich heimlich geöffnet hatte, als ich vierzehn, fünfzehn war. Hinter mir spürte ich die allwissende Anwesenheit Malcolms, die Gehässigkeit der feindseligen Großmutter.
Ich wandte mich dem Westflügel zu. Barts Flügel.
Fast automatisch trugen mich meine Füße dorthin, während mein Geist leer blieb. Intuition hatte den Großteil meines Lebens beherrscht und würde anscheinend auch meine Zukunft beherrschen. Warum ging ich dorthin? Warum suchte ich Melodie nicht anderswo? Welcher Instinkt führte mich zu den Räumen meines zweiten Sohnes, die ich, wenn es nach ihm ging, nie betreten sollte?
Vor Barts breiten Doppeltüren, die mit luxuriösem, schwarzem Leder dick gepolstert waren, auf dem sein Monogramm und das Familienwappen in Gold prangten, rief ich leise: »Bart, bist du drinnen?«

Ich hörte nichts. Aber die Türen waren alle aus solidem Eichenholz, und unter der prunkvollen Polsterung sorgfältig getäfelt. Vollkommen schalldichte Türen und dicke Wände, die es verstanden, Geheimnisse zu bewahren, somit war es kein Wunder, daß man uns vier so leicht hatte verstecken können. Ich drehte den Türgriff und erwartete, daß sie versperrt war. Sie war es nicht.

Fast verstohlen trat ich in Barts Wohnzimmer, in dem makellose Ordnung herrschte, es gab kein Buch oder Magazin, das nicht an seinem Platz stand. An den Wänden hing seine Sportausrüstung: Tennisschläger und Angelruten, eine Golftasche lehnte in einer Ecke, eine Rudermaschine in einer Kammer, deren Tür offenstand. Ich betrachtete die Fotos seiner bevorzugten Sportstars. Ich war davon überzeugt, daß Bart nur so tat, als würde er Fußball- und Baseballspieler bewundern, um mit seinen übrigen Geschlechtsgenossen etwas gemeinsam zu haben. Meiner Ansicht nach wäre es ehrlicher gewesen, wenn er seine Wände mit Fotos der Leute gepflastert hätte, die an der Börse oder mit Geschäften in der Industrie oder Politik Vermögen gemacht hatten.

Alle seine Räume waren in Schwarz und Weiß gehalten und wiesen rote Akzente auf; dramatisch, aber irgendwie kalt. Ich setzte mich auf sein weißes, volle vier Meter langes Ledersofa, meine Füße ruhten auf seinem roten Teppich, hinter meinem Rücken befanden sich schwarze Samt- und Satinkissen. In einer Ecke stand eine wundervolle Bar, auf der Kristallkaraffen und verschiedene Stielgläser funkelten alle möglichen alkoholischen Getränke sowie Kleinigkeiten zum Essen standen, die er für sich persönlich dort aufbewahrte. Es gab auch einen kleinen Kühlschrank und einen Mikrowellenherd, auf dem er Käse schmelzen oder einen kleinen Imbiß zubereiten konnte. Jedes Foto war auf Schwarz oder Rot aufgezogen und in Gold gerahmt. Drei Wände waren mit weißem Moiréstoff bezogen. Eine Wand war mit gepolstertem und gestepptem schwarzen Leder bedeckt. Eine irreführende Wand.

Einer der Lederknöpfe verbarg den großen Tresor, in dem er seine Aktien- und Wertpapierzertifikate aufbewahrte, denn er hatte mir seine Suite nur einmal stolz gezeigt, bald nachdem sie vollkommen eingerichtet war. Er hatte die geheimen Knöpfe betätigt und mir begeistert vorgeführt, welche komplizierten Mechanismen er beherrschte. Der Safe unten in seinem Büro wurde für weniger wichtige Papiere verwendet.

Ich wandte den Kopf und blickte auf die gleichfalls mit schwarzem Leder bedeckte Tür zu seinem Schlafzimmer. Schöne Türen zu einem herrlichen Schlafzimmer mit der gleichen Ausstattung wie dieser Raum. Ich glaubte etwas zu hören. Leises männliches Gelächter – das leisere Kichern einer Frau. Konnte ich mich irren? Besaß Bart die Gabe, Melodie zum Lachen zu bringen, wenn niemand von uns es konnte?

Meine Phantasie machte Überstunden, stellte sich vor, was sie taten, und ich war bei dem Gedanken angewidert, daß Jory in seinem Zimmer auf eine Frau wartete, die nie zu ihm kam. Angewidert, weil Bart ihm das antat, seinem eigenen Bruder, den er kurze Zeit geliebt und sehr bewundert hatte, nur so jämmerlich kurze Zeit ...

In diesem Augenblick ging die Tür auf, und Bart kam splitternackt heraus. Er bewegte sich so rasch, daß seine langen Beine verschwommen wirkten. Es machte mich verlegen, ihn nackt zu sehen; ich drückte mich in die weißen Kissen und hoffte, daß er mich nicht sehen würde. Er würde es mir nie verzeihen. Ich durfte nicht hier sein.

Infolge des plötzlichen Gewitters war es in seinem Wohnzimmer so düster, daß ich hoffte, er würde mich auf seinem weißen Sofa nicht bemerken. Er ging direkt zu der reich ausgestatteten Bar und mixte mit schnellen, geschickten Bewegungen einen Drink aus den Kristallflaschen. Er zerschnitt eine Zitrone, füllte zwei Cocktailgläser, stellte die halbvollen Gläser auf ein Silbertablett, kehrte in sein Schlafzimmer zurück und stieß die Tür hinter sich mit dem Fuß zu.

Cocktails am Vormittag, vor zwölf ...
Was würde Joel davon halten?
Ich blieb sitzen, atmete kaum.
Donner grollte, und Blitze krachten, der Regen peitschte an die Fensterscheiben. Die zuckenden Blitze erhellten alle paar Sekunden das Dunkel.
Ich zog mich auf einen versteckten Platz in seinem Zimmer zurück, wo ich mich hinter einer großen Pflanze im Schatten befand, und wartete.
Es schien eine Ewigkeit zu dauern, bis die Tür wieder aufging, und ich wartete inzwischen ungeduldig, vielleicht sogar zornig, daß Melodie auftauchte. Zwei Gläser, zwei. Sie war hier. Sie mußte hier sein.
Endlich kam Melodie im schwachen Licht aus Barts Schlafzimmer; sie trug einen duftigen Schlafrock, der deutlich erkennen ließ, daß sie nichts darunter anhatte. Ein Blitz beleuchtete sie kurz, und ich sah den gerundeten Bauch; das Kind war Anfang Januar fällig.
O Melodie, wie kannst du das Jory antun?
»Komm zurück«, rief Bart; er sprach undeutlich, aber in seiner Stimme lag Befriedigung. »Es regnet. Das Feuer hier drinnen macht es gemütlicher –, und wir haben nichts Besseres zu tun...«
»Ich muß baden und Jory besuchen.« Sie blieb unschlüssig stehen und sah ihn mit deutlichem Verlangen an. »Ich möchte bleiben, wirklich, aber Jory braucht mich gelegentlich.«
»Kann er dir geben, was ich dir eben gegeben habe?«
»Bitte, Bart. Er braucht mich. Du weißt nicht, wie es ist, gebraucht zu werden.«
»Nein, das weiß ich nicht. Nur schwache Menschen brauchen Beistand von anderen.«
»Du hast nie geliebt, Bart«, antwortete sie heiser, »deshalb kannst du es nicht verstehen. Du nimmst mich, benutzt mich, erzählst mir, daß ich wunderbar bin, aber du liebst mich nicht, brauchst mich auch nicht wirklich. Jede andere Frau würde deinem Zweck ebenso entsprechen. Es

tut gut, gebraucht zu werden, zu wissen, daß jemand dich mehr begehrt als alle Menschen auf der Welt.«

»Dann verschwinde.« Sein glücklicher Ton wurde eisig, doch er kam nicht in Sicht. »Natürlich brauche ich dich nicht. Ich brauche niemanden. Ich weiß nicht, ob ich für dich Liebe oder nur Begierde empfinde. Du bist trotz deiner Schwangerschaft sehr schön, und obwohl dein Körper mir jetzt Vergnügen bereitet, ist es morgen vielleicht nicht mehr der Fall.«

Ich sah an ihrem Profil, daß sie verletzt war. Sie rief jämmerlich: »Warum willst du dann, daß ich jeden Tag, jede Nacht zu dir komme? Warum verfolgt mich dein Blick, wohin ich auch gehe? Du brauchst mich, Bart! Du liebst mich wirklich! Du schämst dich nur, es zuzugeben. Bitte sprich nicht so grausam zu mir. Es schmerzt. Du hast mich verführt, als ich schwach war und Angst hatte, während Jory noch im Krankenhaus lag. Du hast mich genommen, als ich ihn brauchte, und mir eingeredet, daß ich dich brauche. Du wußtest, daß ich davor Angst hatte, daß Jory sterben könnte..., und daß ich jemanden brauchte.«

»Und das ist alles, was ich bin?« brüllte er. »Ein Lückenbüßer? Ich habe geglaubt, daß du mich liebst, mich wirklich liebst.«

»Das tue ich, ich tue es!«

»Nein, du tust es nicht! Wie kannst du mich lieben und noch immer von ihm sprechen? Dann geh zu ihm. Sieh zu, was er dir jetzt geben kann!«

Sie ging, ihr duftiger Morgenrock flatterte hinter ihr, sie erinnerte mich an ein Gespenst, das verzweifelt flieht und versucht, das Leben zu finden.

Die Tür schlug hinter ihr zu.

Ich stand steif auf und spürte, wie mein Knie vor Schmerzen pochte, wie immer, wenn es regnete. Leicht hinkend ging ich zu Barts geschlossener Schlafzimmertür. Ich zögerte nicht einmal, als ich sie aufstieß. Bevor er protestieren konnte, streckte ich die Hand aus, schaltete das Licht

ein und überflutete sein behagliches, vom Kaminfeuer erleuchtetes Zimmer mit elektrischer Helligkeit.
Er setzte sich sofort in seinem Doppelbett auf. »Mutter! Was, zum Teufel, tust du in meinem Schlafzimmer? Hinaus mit dir, hinaus!«
Ich hielt nicht an und hatte die Entfernung von der Tür zu seinem Bett innerhalb einer Sekunde zurückgelegt. »Wieso, zum Teufel, schläfst du mit der Frau deines Bruders? Der Frau deines verletzten Bruders?«
»Hinaus!« brüllte er, bemühte sich jedoch, sein Geschlechtsteil zuzudecken, während sich die dunklen dichten Haare auf seiner Brust vor Empörung zu sträuben schienen. »Wie kannst du es wagen, mir nachzuspionieren?«
»Schrei mich nicht an, Bart Foxworth! Ich bin deine Mutter, und du bist noch nicht fünfunddreißig Jahre alt, somit kannst du mich nicht aus deinem Haus weisen. Ich werde gehen, wenn ich dazu bereit bin, und dieser Moment ist noch nicht gekommen. Du schuldest mir viel, Bart, sehr viel.«
»Ich schulde dir etwas, Mutter?« fragte er sarkastisch, bitter. »Sag mir bitte, warum ich dir etwas schulde. Sollte ich dir für meinen Vater danken, an dessen Tod du beteiligt warst? Soll ich dir für all die erbärmlichen Tage in meiner Kindheit danken, als du mich vernachlässigt hast und ich meiner selbst nicht sicher war? Soll ich dir jetzt dafür danken, daß du mich auf so schwankenden Boden geführt hast, so daß ich nicht den Eindruck habe, daß ich ein normaler Mann bin, der imstande ist, Liebe zu erwecken?« Seine Stimme brach, und er senkte den Kopf. »Klage mich nicht mit diesen verdammten blauen Augen der Foxworth an. Du mußt verdammt nichts dazu tun, damit ich mich schuldig fühle. Seit meiner Geburt läßt mich dieses Gefühl nicht los. Ich habe Melodie genommen, als sie weinte und jemanden brauchte, der sie festhielt und ihr Selbstvertrauen und Liebe gab. Ich habe zum ersten Mal die Art von Liebe gefunden, von der ich mein Leben lang

gehört und gelesen hatte, von einer anständigen Frau, die nur einen einzigen Mann gehabt hat. Ist dir klar, wie selten sie sind? Melodie ist die erste Frau, bei der ich mich wirklich wie ein Mensch fühle. Bei ihr kann ich mich entspannen, muß nicht auf der Hut sein, und sie versucht nicht, mich zu verletzen. Sie liebt mich, Mutter. Ich glaube nicht, daß ich jemals glücklicher war.«

»Wie kannst du das sagen, wenn ich soeben die Worte gehört habe, die zwischen euch gefallen sind?«

Er sank schluchzend zurück, drehte sich von mir weg, und das Laken bedeckte seine Blöße gerade noch. »Ich befinde mich in der Defensive, und sie auch. Sie weiß, daß sie Jory hintergeht, indem sie mich liebt. Mir geht es genauso. Manchmal vergessen wir Schuld und Scham, dann ist es wunderbar. Als Jory im Krankenhaus war und du und Chris die ganze Zeit weg wart, mußte ich mich nicht besonders anstrengen, um sie zu verführen. Sie sank mir nach kurzem Zögern in die Arme und war froh, jemanden zu haben, der sich etwas aus ihr machte und ihre Gefühle verstand. Unsere Konflikte wachsen alle in dem Sumpf der Schuld. Würde uns Jory nicht im Weg stehen, würde sie ohne zu überlegen zu mir laufen, meine Frau werden.«

»Bart! Du darfst Jory nicht seine Frau wegnehmen. Er braucht sie wie noch nie zuvor! Es war unrecht von dir, sie zu nehmen, als sie vor Verzweiflung und Einsamkeit schwach war. Gib sie auf. Hör auf, mit ihr zu schlafen. Sei loyal zu Jory, wie er zu dir loyal war. Bei allen Schwierigkeiten hat Jory hinter dir gestanden –, denk daran!«

Er drehte sich um, hielt aber das schwarze Bettuch sittsam fest. In seinen Augen lag offener Schmerz, und er wirkte verwundbar, war wieder ein bemitleidenswertes Kind. Ein verletztes kleines Kind, das sich selbst nicht mochte. Er antwortete mit heiserer Stimme: »Ja, ich liebe Melodie. Ich liebe sie so sehr, daß ich sie heiraten will. Ich liebe sie mit jedem Knochen, Muskel, jeder Unze meines Fleisches. Sie hat mich aus einem tiefen Schlaf geweckt. Sie ist die erste Frau, die ich liebe. Noch nie hat mich eine Frau

so berührt und bewegt wie Melodie. Sie ist in mein Herz geschlüpft, und nun kann ich sie nicht hinausbugsieren. Sie schleicht verstohlen in ihren zarten Kleidern in mein Zimmer, trägt ihr schönes, langes, glänzendes Haar offen, kommt frisch aus dem Bad, duftet süß und sieht mich mit flehenden Augen an. Dann klopft mein Herz rascher, und wenn ich träume, träume ich von ihr. Sie ist das Wunderbarste in meinem Leben.
Verstehst du nicht, warum ich sie nicht aufgeben kann? Sie ist es, die die brennende Begierde nach Liebe und Sex geweckt hat, von der ich nicht ahnte, daß ich sie besitze. Ich hielt Sex für Sünde und löste mich nie von einer Frau, ohne mich schmutzig zu fühlen, sogar schmutziger als sie. Wenn ich mit anderen Frauen schlief, war ich nachher immer schuldbewußt, als wäre es sündhaft, wenn zwei nackte Körper in Leidenschaft zueinander finden – jetzt weiß ich es besser. Sie hat mir gezeigt, wie schön die Liebe sein kann, und nun weiß ich nicht, wie es ohne sie weitergehen soll. Jory kann ihr keine körperliche Liebe mehr geben. Laß zu, daß ich ihr Mann werde, denn sie braucht mich und sehnt sich nach mir. Hilf mir, ein normales Leben für sie und für mich aufzubauen ... oder sonst ..., ich weiß nicht ..., ich weiß einfach nicht, was geschehen wird ...«
Seine dunklen Augen richteten sich auf mich und flehten um mein Verständnis.
Ach, daß er das jetzt sagte, während ich mich sein Leben lang danach gesehnt hatte, sein Vertrauen zu gewinnen; jetzt war es soweit, und ich wußte nicht, was ich tun sollte. Ich liebte Bart, und ich liebte Jory. Ich rang die Hände, erforschte mein Gewissen und wurde von Schuldbewußtsein gequält, denn irgendwie mußte ich für die Entwicklung verantwortlich sein. Ich hatte Bart vernachlässigt, Jory und Cindy begünstigt ...
Nun mußten ich und Jory den Preis dafür bezahlen ...
Als er wieder sprach, war seine Stimme leiser und gebrochen, so daß er noch jünger und verwundbarer wirkte, während er versuchte, sein Glück an einem sicheren Ort

zu verwahren, zu dem ich keinen Zugang besaß, und es auf diese Weise für immer vor einer tödlichen Entlarvung zu schützen.
»Mutter, sieh doch einmal in deinem Leben etwas von meinem Standpunkt aus. Ich bin nicht schlecht, nicht verderbt, auch nicht das gemeine Biest, für das du mich offenbar manchmal hältst. Ich bin nur ein Mann, der nie wirklich mit sich zufrieden war. Hilf mir, Mutter. Hilf Melodie, den Ehemann zu bekommen, den sie jetzt braucht, da Jory kein wirklicher Mann mehr sein kann.«
Der Regen trommelte wild an die Scheiben. Er paßte zum Rhythmus meines Herzens. Der Wind pfiff und heulte um das Haus, während Fledermausflügel wild in meinem Kopf flatterten. Ich konnte Melodie nicht in zwei gleiche Hälften teilen und Jory und Bart je einen Teil geben. Ich mußte mich an das halten, was richtig war. Barts Liebe zu Melodie war unrecht. Jory brauchte sie am meisten.
Dennoch blieb ich wie angewurzelt auf dem Teppich stehen..., und das verzweifelte Bedürfnis meines zweiten Sohnes, geliebt zu werden, überwältigte mich. So oft in der Vergangenheit hatte ich angenommen, daß er etwas Böses getan hatte, und jedesmal hatte sich seine Unschuld herausgestellt. Ich hatte Schuld auf mich geladen, indem ich ihn in die Welt setzte –, weigerten sich meine Augen deshalb, das Gute in Bart zu sehen?
»Bist du sicher, Bart? Liebst du Melodie wahrhaftig – oder willst du sie nur, weil sie Jory gehört?«
Er drehte sich auf den Rücken, seine dunklen Augen begegneten den meinen aufrichtiger denn je zuvor. Wie diese dunklen Augen um Verständnis flehten. »Anfangs wollte ich Melodie nur, weil sie Jory gehörte. Das gebe ich ehrlich zu. Ich wollte ihm das Wertvollste in seinem Dasein wegnehmen. Weil er mir weggenommen hatte, was ich am meisten brauchte – dich!«
Ich wand mich innerlich, während er fortfuhr. »Sie wies meine Annäherungsversuche so oft zurück, daß ich begann, sie zu achten; sie war anders als andere Frauen, die

leicht zu haben waren. Je mehr sie mich beiseite schob, um so heißer brannte meine Begierde, bis ich sie bekommen oder sterben mußte. Ich liebe sie! Ja, durch sie bin ich verwundbar geworden ... und nun weiß ich nicht, wie ich ohne sie leben soll!«

Ich breitete die Arme aus, während ich auf sein riesiges Bett sank. »Ach Bart ... wie schade, daß es keine andere Frau sein konnte. Jede Frau außer Melodie. Ich freue mich, daß du die Liebe erfahren hast – und weißt, daß sie weder schmutzig noch sündig ist. Hätte Gott Männer und Frauen so erschaffen, wenn er nicht vorgehabt hätte, sie zusammenzubringen? Er hat es so geplant. Wir erschaffen uns durch die Liebe neu. Aber du mußt mir versprechen, Bart, daß du nicht wieder allein mit ihr zusammenkommst. Warte, bis Melodie ihr Kind hat, bevor ihr einen Entschluß faßt.«

Seine Augen füllten sich mit Hoffnung, mit Dankbarkeit. »Du wirst mir helfen?« fragte er ungläubig. »Ich hätte nie gedacht, daß du es tun würdest ...«

»Warte, bitte warte. Laß Melodie ihr Kind bekommen, dann geh zu ihr und dann zu Jory und stell dich ihm, Bart. Sag ihm, was du für sie empfindest. Stiehl ihm seine Frau nicht, ohne ihm die Chance zu geben, seine Meinung zu äußern.«

»Nichts, was er sagt, kann die Tatsachen ändern, Mutter. Er hat schon verloren. Er kann nicht tanzen. Er kann nicht einmal gehen. Er kann keine körperliche Leistung erbringen.«

Sekunden vergingen, bevor ich weitere unnütze Worte fand. »Aber liebt sie dich aufrichtig? Ich war in deinem Wohnzimmer. Ich habe sie gehört. Sie hat in dieser Sache nicht ihr letztes Wort gesprochen. Soweit ich es sehe, ist sie zwischen ihrer Liebe zu Jory und ihrem Verlangen nach dir hin und her gerissen. Nutze ihre Schwäche oder Jorys Invalidität nicht aus. Laß ihm Zeit zu genesen –, dann tu, was du tun mußt. Es ist nicht fair, Jory zu bestehlen, wenn er sich nicht wehren kann. Laß ihr Zeit,

sich auf Jorys Zustand einzustellen. Wenn sie dich dann noch immer will, nimm sie; denn sie würde ihm nur noch mehr schaden. Aber was würdest du mit Jorys Kind machen? Wirst du Jory dieses Kind ebenso wegnehmen wie seine Frau? Willst du ihm denn nichts lassen?«
Er starrte mich an, und seine Augen glitzerten argwöhnisch. Bart wandte den Blick von mir ab und starrte zur Decke. »Wegen des Kindes habe ich noch keinen Entschluß gefaßt. Soweit habe ich es noch nicht überdacht. Ich versuche, nicht an das Baby zu denken –, und du mußt damit nicht zu Chris oder Jory laufen. Gib mir einmal in deinem Leben eine Chance, etwas zu haben, das ganz mir gehört.«
»Bart –«
»Geh jetzt, bitte. Laß mich allein, damit ich nachdenken kann. Ich bin müde. Mit deinen Forderungen, mit deinen Entscheidungen kannst du einen Menschen schwach machen, Mutter. Gib mir nur diesmal eine faire Chance, dir zu beweisen, daß ich nicht so schlecht bin, wie du glaubst, oder so verrückt, wie ich selbst einmal von mir glaubte.«
Er bat mich nicht noch einmal, es Jory oder Chris nicht zu verraten. Als wüßte er, daß ich es nicht tun würde. Ich stand auf und verließ sein Zimmer.

Auf dem Rückweg in mein Zimmer überlegte ich, ob ich Melodie stellen sollte, aber ich war zu sehr durcheinander, um ihr gegenüberzutreten, bevor ich mich beruhigt hatte. Sie war schon genug verwirrt, und ich mußte an die Gesundheit ihres Kindes denken.
Ich saß allein in meiner Suite vor einem lodernden Holzfeuer und zerbrach mir den Kopf darüber, was ich tun sollte. Jorys Bedürfnisse kamen zuerst. Innerhalb von drei Monaten waren Jorys kräftige Beine allmählich zu dünnen Stäben geworden, die mich an Barts Beine erinnerten, als er sehr klein gewesen war. Kurze, magere Beine voller Kratzer, Wunden und blauer Flecken, immerfort war er gestürzt, hatte sich Knochen gebrochen. Er hatte sich

übel zugerichtet, weil er nicht den Maßstäben entsprechen konnte, die Jory gesetzt hatte. Nur diese Überlegung brachte mich dazu, aufzustehen und in Jorys Schlafzimmer zu gehen.
Ich stand im Türrahmen, hatte die Tränenspuren aus meinem Gesicht gewaschen und meine Augen mit Eisbeuteln gekühlt, so daß sie nicht mehr rot waren, und lächelte meinem Erstgeborenen heiter zu. »Melodie schläft ein wenig, Jory. Aber sie wird dich vor dem Dinner besuchen. Es wäre doch nett, wenn ihr beide allein vor dem Kamin zu Abend essen würdet. Der Regen draußen wird es hier drinnen sehr gemütlich machen. Ich habe Trevor und Henry gesagt, sie sollen Holzscheite und einen speziellen kleinen Tisch zum Dinner heraufbringen. Ich habe auch ein Menü mit allem, was du gern hast, zusammengestellt. Was kann ich jetzt tun, um dir beim Anziehen zu helfen, damit du wirklich gut aussiehst?«
Er zuckte gleichgültig die Schultern. Vor dem Unfall hatte er immer auf seine Kleidung geachtet, war immer wie aus dem Ei gepellt gewesen. »Was soll das jetzt, Mam, es spielt doch keine Rolle mehr. Du hast sie nicht mitgebracht, und warum hat es so lange gedauert, bis du mir gesagt hast, daß sie schläft?«
»Das Telefon hat geläutet . . . und, Jory, ich muß manchmal auch einiges für mich erledigen. Welchen Anzug möchtest du jetzt?«
»Ein Pyjama und ein Morgenrock genügen«, meinte er kühl.
»Hör mal, Jory. Heute abend wirst du in dem elektrischen Rollstuhl sitzen und einen der Anzüge deines Vaters tragen, weil du keinen Winteranzug mitgebracht hast.« Er erhob sofort Einwände, während ich darauf bestand.
Wir hatten schon alle Anzüge Jorys aus New York angefordert, aber Melodie hatte verlangt, daß ihre Kleider dort blieben –, und das hatte mich in Wut gebracht, obwohl ich nichts sagte.
»Wenn du gut aussiehst, fühlst du dich auch gut, und das

ist schon der halbe Sieg. Du kümmerst dich gar nicht mehr um dein Aussehen. Ich werde dich rasieren, auch wenn du dir einen Bart wachsen lassen willst. Du siehst viel zu gut aus, um dich hinter struppigen Haaren zu verstecken. Du hast einen schönen Mund und ein kräftiges Kinn. Nur Männer mit schwachem Kinn sollten sich hinter Bärten verstecken.«

Schließlich gab er spöttisch lächelnd nach und erklärte sich mit allem einverstanden, was ich vorschlug, damit er wieder er selbst wurde. »Du bist vielleicht ein Dickschädel, Mam. Du bemühst dich so verdammt – aber ich will nicht fragen, warum. Ich bin einfach dankbar dafür, daß sich jemand so um mich kümmert.«

Um diese Zeit kam Chris aus Charlottesville nach Hause und wollte mithelfen. Er rasierte Jorys hübsches Gesicht mit einem geraden Rasiermesser und behauptete, daß eine solche Rasur einem Mann besser tat als alles andere.

Ich saß auf dem Bett und sah zu, wie Chris die Rasur beendete, bevor er Lotion und Kölnischwasser anwandte. Jory sah ihn die ganze Zeit über tolerant an. Ich fragte mich unaufhörlich, was Bart machte und wie er Melodie beibringen würde, daß ich wußte, was sich zwischen ihr und meinem zweiten Sohn abspielte.

Jorys Arme waren schon so kräftig, daß sie seinen Oberkörper in den Stuhl schwenken konnten. Chris und ich traten zurück und schauten zu, ohne ihm Hilfe anzubieten, denn wir wußten, daß er es allein fertigbringen mußte. Er wirkte ein wenig verlegen und zugleich stolz, weil er es beim ersten Mal mühelos schaffte. Als Jory im Stuhl saß, sah er wider Willen befriedigt aus. »Nicht so übel«, stellte er fest, als er sein Gesicht in dem Spiegel betrachtete, den ich hochhielt. Er schaltete den Stuhl ein, drehte eine Proberunde durch den Raum und lächelte uns an. »Es ist besser als das Bett. Für was für einen Dummkopf müßt ihr mich halten –, jetzt wird es mir leichter fallen, das Schiff vor Weihnachten fertigzustellen, und vielleicht werde ich mich, wenn ich so verwöhnt werde, hindurchkämpfen.«

»Als hätten wir jemals etwas anderes angenommen«, bemerkte Chris glücklich.
»Jetzt beherrsche dich ein wenig, Jory ... ich hole Melodie«, sagte ich. Ich war von seinem Aussehen, von dem glücklichen Leuchten in seinen Augen, von seiner Freude über die wiedergewonnene Bewegungsfreiheit begeistert, auch wenn er statt seiner Beine Räder verwendete. »Melodie ist wahrscheinlich schon angezogen und bereit, zum Dinner hinunterzugehen. Wie du weißt, ist unser vormals so salopper Bart jetzt äußerst darauf bedacht, vornehm zu leben.«
»Sag ihr, sie soll sich beeilen«, rief mir Jory in einem Ton nach, der an den früheren Jory erinnerte. »Ich habe Hunger. Und der Anblick dieses brennenden Kaminfeuers weckt in mir große Sehnsucht nach ihr.«
Ich machte mich besorgt auf den Weg zu Melodies Zimmer; denn ich wußte, daß meine Entdeckung sie niederschmettern würde –, und wenn ich damit fertig war, konnte es durchaus möglich sein, daß ich sie geradewegs in Barts ausgebreitete Arme getrieben hatte. Dieses Risiko ging ich ein.
Einer der Brüder würde der Sieger sein.
Der andere der Verlierer.
Und ich wollte, daß beide gewannen.

Melodies Treubruch

Ich klopfte leise an Melodies Tür. Durch die dicke Holzfüllung hörte ich die Musik von »Schwanensee«. Sie mußte sie sehr laut eingestellt haben, sonst hätte ich nichts gehört. Ich klopfte wieder. Sie antwortete nicht. Darauf öffnete ich die Tür, trat ein und zog sie leise hinter mir zu. Das Zimmer war unaufgeräumt, Kleider lagen auf dem Boden, auf dem Toilettentisch standen Kosmetika herum.
»Melodie, wo bist du?«
Ihr Badezimmer war leer. Ach, verdammt! Sie war bei Bart. Wie der Blitz war ich im Flur und lief zu Barts Flügel. Ich klopfte wütend an seine Tür. »Bart, Melodie ..., das könnt ihr Jory nicht antun.«
Sie waren nicht da.
Ich flog die Treppe hinunter zum Speisezimmer, weil ich annahm, daß sie ohne mich und Chris mit dem Abendessen begonnen hatten. Trevor deckte den Tisch für zwei Personen und schätzte die Entfernung des Tellers vom Tischrand mit solcher Präzision, als würde er ein Lineal verwenden. Ich zwang mich, das Speisezimmer langsam zu betreten. »Trevor, haben Sie meinen zweiten Sohn gesehen?«
»O ja, Mylady«, antwortete er auf höfliche, britische Art und begann das Silberbesteck aufzulegen. »Mr. Foxworth und Mrs. Marquet sind soeben in ein Restaurant gefahren. Mr. Foxworth ersuchte mich, Ihnen mitzuteilen, daß er ... bald zurück sein würde.«
»Was hat er genau gesagt, Trevor?« fragte ich mit einem flauen Gefühl.

»Mylady, Mr. Foxworth war ein ganz klein wenig beschwipst. Nicht betrunken, also machen Sie sich, bitte, keine Sorgen wegen des Regens und der Unfallgefahr. Ich bin davon überzeugt, daß er den Wagen in der Gewalt hat, und Mrs. Marquet geht es ausgezeichnet. Es ist ein angenehmer Abend für eine Ausfahrt, wenn man Regen liebt.«

Ich lief zur Garage, weil ich hoffte, sie noch aufhalten zu können. Zu spät! Und es war genauso gekommen, wie ich befürchtet hatte. Bart hatte Melodie in seinem schnellen kleinen Sportwagen, dem roten Jaguar, mitgenommen.

Ich schlich im Schneckentempo die Treppe hinauf. Jorys Gesicht glühte von dem Champagner, den er getrunken hatte, während er wartete. Chris war in unsere Suite gegangen, um sich für das Dinner umzuziehen.

»Wo ist meine Frau?« fragte Jory, der an dem kleinen Tisch saß, den Henry und Trevor hinaufgebracht hatten. In der Mitte des Tisches standen frische Blumen aus unserem Treibhaus, und infolge des in einem silbernen Sektkübel eingekühlten Champagners war die Atmosphäre festlich und zauberisch, besonders durch das Holzfeuer, das die feuchte Kälte vertreiben sollte. Weil Jorys Beine verborgen waren, sah er so aus wie früher, und der Rollstuhl, den er gehaßt hatte, war kaum zu bemerken.

Sollte ich diesmal, wie früher, zu einer Lüge Zuflucht nehmen?

Der Glanz in seinen Augen verschwand. »Sie kommt also nicht«, stellte er tonlos fest. »Sie kommt nie mehr hierher –, zumindest betritt sie das Zimmer nicht. Sie bleibt im Türrahmen stehen und spricht aus einiger Entfernung mit mir.« Seine heisere Stimme wurde leiser, dann brach sie, und er weinte.

»Ich versuche es, Mam, ich versuche mich damit abzufinden, ohne bitter zu werden. Aber wenn ich sehe, wie sich das Verhältnis zwischen mir und meiner Frau verschlechtert, fühle ich mich ausgestoßen. Ich weiß, was sie denkt, auch wenn sie es nicht ausspricht. Ich bin kein wirklicher

Mann mehr, und sie weiß nicht, wie sie damit fertig werden soll.«
Ich sank neben ihm auf die Knie und schloß ihn in die Arme. »Sie wird es lernen, Jory, sie wird es lernen. Wir alle müssen lernen, mit Dingen fertig zu werden, die sich nicht ändern lassen. Laß ihr Zeit. Warte, bis ihr Kind auf der Welt ist. Sie wird sich danach ändern. Ich verspreche dir, daß sie sich ändern wird. Du hast ihr schließlich das Kind geschenkt. Das eigene Kind, das man in den Armen hält, ist das beste Mittel, um das Herz froh zu machen, die Seligkeit, ein winziges Menschenkind zu besitzen und derjenige zu sein, der es formen und bilden darf. Wart nur, Jory, du wirst sehen, wie Melodie sich ändern wird.«
Seine Tränen waren versiegt, aber der Schmerz in seinen Augen blieb.
»Ich weiß nicht, ob ich so lange warten kann«, flüsterte er heiser. »Wenn andere Menschen anwesend sind, lächle ich und spiele ihnen Zufriedenheit vor. Aber ich denke die ganze Zeit daran, ein Ende zu machen und Melodie von allen Pflichten zu entbinden. Es ist unfair, von ihr zu erwarten, daß sie weiterhin bei mir bleibt. Ich werde ihr heute abend erklären, daß sie gehen kann, wenn sie will, oder bleiben, bis das Kind geboren ist, und mich dann verlassen und die Scheidung einreichen kann. Ich werde keine Einwände erheben.«
»Nein, Jory«, rief ich. »Sag nichts, was sie noch mehr durcheinanderbringt – laß ihr nur Zeit. Sie muß sich umstellen. Das Kind wird ihr dabei helfen.«
»Aber ich weiß nicht, Mam, ob ich so lange durchhalten kann. Ich denke die ganze Zeit an Selbstmord. Ich denke an meinen Vater und möchte den Mut haben, es ihm nachzumachen.«
»Nein, Liebling, gib nicht auf. Du wirst nie allein sein.«
Chris und ich setzten uns an den kleinen Tisch, um ihm Gesellschaft zu leisten. Er sprach während der Mahlzeit kaum ein Dutzend Worte.
Vor dem Schlafengehen entfernte ich heimlich alle Rasier-

messer und alle Gegenstände, mit denen er sich verletzen konnte. Ich schlief diese Nacht auf der Couch in seinem Zimmer, weil er so verzweifelt war, daß er versuchen konnte, seinem Leben ein Ende zu setzen, nur damit Melodie ohne Schuldgefühle weggehen konnte. Sein Stöhnen drang sogar in meinen Traum.

»Mel . . . meine Beine schmerzen!« rief er im Schlaf. Ich stand auf, um ihn zu beruhigen. Er erwachte und starrte mich verwirrt an. »Jede Nacht schmerzen mein Rücken und meine Beine«, antwortete er schläfrig auf meine Fragen. »Ich brauche kein Mitleid für meine Phantomschmerzen. Ich möchte nur die Nacht durchschlafen.«

Die ganze Nacht über wand er sich vor Schmerzen. Die Beine, die er tagsüber nicht spürte, quälten ihn nachts mit dauernden Schmerzen. Im unteren Teil seines Rückens spürte er immer wieder Stiche.

»Warum habe ich in der Nacht Schmerzen, wenn ich bei Tag nichts spüre?« schrie er, Schweiß strömte ihm über das Gesicht, und seine Pyjamajacke klebte an seiner Brust. »Warum habe ich nicht den Mut, den mein Vater hatte –, das würde alle unsere Probleme lösen.«

Nein, nein, nein. Ich klammerte mich an ihn, bedeckte sein Gesicht mit Küssen, versprach ihm alles Erdenkliche, um ihn ans Leben zu fesseln. »Es wird gutgehen, bestimmt! Halte durch. Gib nicht auf, versage nicht bei der größten Herausforderung deines Lebens. Du hast mich und du hast Chris, und früher oder später wird Melodie zur Vernunft kommen und wieder deine Frau sein.«

Er sah mich ausdruckslos an, als spräche ich von Hirngespinsten, die nur aus Rauch bestanden.

»Geh in dein Zimmer schlafen, Mam. Wenn du hier bleibst, fühle ich mich noch mehr wie ein Kind. Ich verspreche dir, nichts zu tun, worüber du wieder weinen mußt.«

»Liebling, versprich mir, daß du nach mir oder deinem Vater klingeln wirst, wenn du etwas brauchst. Keinem von uns macht es etwas aus, aufzustehen. Rufe nicht Melodie, sie könnte stolpern und im Dunkel stürzen, denn sie ist jetzt ein wenig unsicher. Ich hatte immer einen leichten Schlaf, und ich kann auch leicht wieder einschlafen. Hörst du mir zu, Jory?«

»Natürlich höre ich zu«, antwortete er mit leerem, abwesendem Blick. »Wenn es jetzt etwas gibt, das ich gut kann, ist es Zuhören.«

»Und bald wird der Therapeut kommen und dich auf den Weg zur Genesung bringen.«

»Genesung, Mam?« Seine Augen wirkten müde, sehr umschattet und dunkel. »Du meinst diese Rückenstütze, die mir angepaßt werden soll? Ich freue mich schon darauf, das Ding zu benutzen, es wird eine Freude sein, die Beinstützen zu tragen. Ist es nicht ein Glück, daß ich sie nicht spüren werde? Und ich will gar nicht das Geschirr erwähnen, mit dem ich mich für ein Pferd halten werde. Ich werde nur daran denken, daß es das Hinfallen verhindern wird . . .« Er machte eine Pause, bedeckte kurz sein Gesicht mit den Händen, warf den Kopf zurück und seufzte. »O Gott, gib mir Kraft durchzuhalten –, du bestrafst mich, weil ich zu stolz auf meine Beine und meinen Körper war? Du hast verdammt gute Arbeit dabei geleistet, wenn du mich demütigen wolltest.«

Er ließ die Hände sinken. Tränen glänzten in seinen Augen, liefen über seine Wangen. Dann entschuldigte er sich. »Es tut mir leid, Mam. Tränen des Selbstmitleids sind nicht sehr männlich, nicht wahr? Ich kann nicht immer tapfer und stark sein. Wie jeder andere habe auch ich Augenblicke der Schwäche. Geh wieder in dein Zimmer. Ich werde nichts tun, was dir und Dad noch mehr Kummer bereitet. Ich werde diese Sache bis zum Ende durchstehen. Gute Nacht. Sag Melodie gute Nacht für mich, wenn sie zurückkommt.«

Ich weinte in Chris' Armen, so daß er tausend Fragen stellte, auf die ich die Antwort verweigerte. Enttäuscht und ziemlich ärgerlich ließ er mich los. »Du kannst mich nicht täuschen, Catherine. Du verheimlichst mir etwas, weil du glaubst, daß es mich zusätzlich belasten wird, während es die schwerste Belastung ist, nicht zu wissen, was vorgeht!«

Er wartete auf meine Antwort. Als sie nicht kam, schlief er rasch ein. Er hatte die höchst ärgerliche Gewohnheit, schlafen zu können, wenn ich es nicht konnte. Ich wollte, daß er wach blieb und mich zwang, seine Fragen zu beantworten. Doch er schlief tief, drehte sich um, umarmte mich im Schlaf und begrub sein Gesicht in meinem Haar.

Jede Stunde war ich auf und sah nach, ob Bart Melodie nach Hause gebracht hatte, und ob mit Jory alles in Ordnung war. Jory lag mit weitgeöffneten Augen im Bett und wartete sichtlich darauf, wie ich, daß Melodie nach Hause kam.

»Haben die Phantomschmerzen nachgelassen?«

»Ja, geh wieder ins Bett. Mir geht es gut.«

In dem Korridor vor Barts Zimmer traf ich auf Joel. Er wurde rot, als er mich in meinem weißen Spitzennegligé sah. »Joel«, sagte ich, »ich habe angenommen, daß du nicht mehr unter diesem Dach leben willst und in deine kleine Zelle über der Garage zurückgekehrt bist . . .«

»Bin ich, Catherine, bin ich«, murmelte er. »Bart hat mich ins Haus zurückbeordert, weil ein Foxworth nicht wie ein Diener behandelt werden soll.« Seine Augen warfen mir vor, daß ich nicht widersprochen hatte, als er uns mitgeteilt hatte, die Zelle über der Garage sei ihm lieber als das nette Zimmer in Barts Flügel.

»Du weißt nicht, Nichte, wie es ist, alt und einsam zu sein. Ich leide seit vielen Jahren unter Schlaflosigkeit, böse Träume plagen mich und auch Schmerzen und Krämpfe, die mich daran hindern, den Tiefschlaf zu finden, nach dem ich mich sehne. Deshalb stehe ich auf, um müde zu werden, und gehe herum . . .«

Herumgehen? Spionieren, das tat er! Dann musterte ich ihn genauer und schämte mich. In dem dunklen Korridor wirkte er so schwach, kränklich und dünn – war ich Joel gegenüber unfair? Mochte ich ihn nur deshalb nicht, weil er Malcolms Sohn war – und die abscheuliche Gewohnheit hatte, unaufhörlich Bibelzitate vor sich hin zu murmeln, die mich in die Zeit unserer Großmutter zurückversetzten, die darauf bestanden hatte, daß wir jeden Tag ein Zitat aus der Heiligen Schrift lernten?

»Gute Nacht, Joel«, sagte ich freundlicher als gewöhnlich. Doch als er weiter stehenblieb, als wolle er mich auf seine Seite ziehen, dachte ich an Bart, der mir als Junge viele schmerzliche Dinge gesagt hatte, doch damit aufgehört hatte, seit er erwachsen war. Jetzt las auch er die Bibel, benutzte, was in ihr stand, um einen strittigen Punkt zu beweisen. Hatte Joel dafür gesorgt, daß etwas zum Leben erwachte, was meiner Meinung nach schlief? Ich starrte den alten Mann an, der fast ängstlich vor mir zurückwich.

»Warum schaust du so?« fragte ich scharf.

»Wie, Catherine?«

»Als hättest du Angst vor mir.«

Er lächelte dünn, mitleidig. »Du bist eine fürchterliche Frau, Catherine. Trotz deiner blonden Anmut kannst du manchmal ebenso hart handeln wie meine Mutter.«

Ich war erstaunt, daß er dieser Ansicht war. Ich konnte unmöglich so sein wie diese böse alte Frau.

»Du erinnerst mich auch an deine Mutter«, flüsterte er mit seiner dünnen, brüchigen Stimme und zog seinen alten Bademantel enger um seine knochige Gestalt. »Und du wirkst viel zu jung, um über fünfzig zu sein. Mein Vater pflegte zu sagen, daß es den Sündhaften immer gelingt, länger jung und gesund zu bleiben als jenen, auf die ein Platz im Himmel wartet.«

»Wenn dein Vater in den Himmel gekommen ist, Joel, dann werde ich gern die entgegengesetzte Richtung einschlagen.«

Er blickte mich an, als wäre ich ein erbärmliches Etwas, das nichts begriff, dann schlurfte er davon.

Sobald ich wieder bei Chris war, wachte er auf, und ich konnte ihm die Szene zwischen mir und Joel schildern. Chris funkelte mich in der Dunkelheit an. »Wie taktlos

von dir, Catherine, mit einem alten Mann so zu sprechen. Natürlich kannst du ihn nicht aus dem Haus treiben. In gewissem Sinn hat er mehr Anspruch darauf, hier zu sein, als wir alle, und rechtlich gesehen ist es Barts Haus, auch wenn wir lebenslänglich über das Wohnrecht verfügen.«
Ich wurde zornig. »Merkst du nicht, daß Joel die Vaterfigur geworden ist, die Bart sein Leben lang gesucht hat?«
Damit hatte ich ihn verletzt. Er erstarrte und wandte sich von mir ab.
»Gute Nacht, Catherine. Vielleicht solltest du im Bett bleiben und dich zur Abwechslung um deine eigenen Angelegenheiten kümmern. Joel ist ein einsamer alter Mann, der dafür dankbar ist, daß er einen Fürsprecher wie Bart hat und einen Ort, an dem er den Rest seines Lebens verbringen kann. Hör auf, in jedem alten Mann, den du kennenlernst, Malcolm zu sehen, denn wenn ich lange genug lebe, werde auch ich einmal ein alter Mann sein.«
»Wenn du so aussiehst und dich so benimmst wie Joel, werde ich froh sein, wenn auch du nicht mehr bist.«
Ach, wie konnte ich so etwas zu dem Mann sagen, den ich liebte? Er rückte weiter von mir weg, dann reagierte er nicht, als ich seinen Arm berührte. »Chris, es tut mir leid. Ich habe es nicht so gemeint.« Meine Hand streichelte seinen Arm, dann glitt sie ins Innere seiner Pyjamajacke.
»Du solltest deine Hände lieber bei dir behalten. Ich bin jetzt nicht in der Stimmung. Gute Nacht, Catherine, und vergiß nicht, wenn man Schwierigkeiten sucht, findet man sie für gewöhnlich.«

Eine ferne Tür wurde geschlossen. Auf dem Leuchtzifferblatt meiner Armbanduhr war es drei Uhr dreißig. Ich zog den Schlafrock an, schlüpfte in Melodies Zimmer, setzte mich und wartete. Es wurde vier Uhr, bis sie den langen Weg von der Garage in ihr Zimmer schaffte. Waren sie und Bart stehengeblieben, um einander zu umarmen und zu küssen? Hatten sie einander Liebesworte zugeflüstert, die nicht bis morgen warten konnten? Was sonst konnte sie so lange aufgehalten haben? Die erste Andeutung des Morgengrauens tauchte über den uns umschließenden Bergen auf. Ich ging in ihrem Zimmer auf und ab und wurde schrecklich ungeduldig. Endlich hörte ich sie kommen. Sie stolperte durch die Tür ihres Zimmers, hielt die hochhackigen silbernen Schuhe in einer Hand und in der anderen eine kleine silberne Klemme.

Sie war im sechsten Monat schwanger, aber in ihrem losen schwarzen Kleid war es kaum zu merken. Sie fuhr zusammen, als ich aufstand, dann schluckte sie krampfhaft und trat zurück. »Du siehst ja gut aus, Melodie«, bemerkte ich zynisch.

»Ist mit Jory alles in Ordnung, Cathy?«

»Interessiert dich das wirklich?«

»Du klingst, als wärst du böse auf mich. Du siehst mich so streng an – was habe ich denn getan, Cathy?«

»Als wüßtest du das nicht«, antwortete ich zornig und vergaß, daß ich vorgehabt hatte, taktvoll zu sein. »Du verschwindest in einer Regennacht mit meinem zweiten Sohn, kommst Stunden später mit roten Knutschflecken am Hals zurück, dein Lippenstift ist verschmiert, deine Frisur beim Teufel, und du fragst mich noch, was ... du ... getan ... hast. Warum erzählst du mir nicht ... was du getan hast?« Sie starrte mich mit weit aufgerissenen ungläubigen Augen an, in denen Schuldbewußtsein und Scham lagen, aber es war auch eine Spur Hoffnung dabei. »Du warst mir eine Mutter, Cathy«, rief sie mit Tränen in den Augen, um Verständnis flehend. »Bitte, laß mich jetzt nicht im Stich –, jetzt, wo ich mehr als je zuvor eine Mutter brauche.«

»Du vergißt aber, daß ich zuallererst Jorys Mutter bin. Ich bin auch Barts Mutter. Wenn du Jory betrügst, betrügst du mich.«

Melodie flehte mich wieder an, sie anzuhören.

»Wende dich jetzt nicht von mir ab, Cathy. Niemand außer dir kann mich verstehen. Gerade du mußt mich verstehen! Ich liebe Jory, ich werde ihn immer lieben –«

»Und deshalb gehst du mit Bart ins Bett? Was für eine schöne Art, deine Liebe zu beweisen«, unterbrach ich sie. Meine Stimme klang kalt und hart.
Ihr Gesicht sank in meinen Schoß, während sie die Arme um meine Taille legte. Sie klammerte sich an mich. »Bitte, Cathy, warte, bis du hörst, was ich zu sagen habe.« Sie hob ihr tränennasses Gesicht, es waren schwarze Tränen wegen der Wimperntusche. Merkwürdigerweise sah sie dadurch noch bedauernswerter und verwundbarer aus.
»Ich gehöre zur Welt des Balletts, Cathy, und du weißt, was das heißt. Wir sind die Tänzerinnen, die die Musik in ihre Körper und Seelen aufnehmen und sie für alle sichtbar machen, und dafür bezahlen wir einen Preis, einen hohen Preis. Du kennst den Preis. Wenn wir tanzen, liegt unsere Seele bloß, jeder kann sie besichtigen und beurteilen, und wenn der Tanz zu Ende ist, hören wir den Applaus, nehmen die Rosen entgegen, verbeugen uns, folgen den Hervorrufen und hören den Applaus. Doch schließlich gehen wir in die Garderobe, schminken uns ab, ziehen Alltagskleider an, und dann wissen wir, daß das Beste in uns nicht wirklich, sondern Phantasie ist. Uns tragen so starke Flügel der Sinnlichkeit, daß niemand die schmerzliche Wirklichkeit, die gefühllos, grausam und brutal ist, so erfassen kann wie wir.«
Sie zögerte, bis sie die Kraft fand fortzufahren, während mich ihre Hellsichtigkeit verblüffte, denn ich erkannte die Wahrheit, wenn ich sie hörte – wer konnte sie besser kennen als ich?
»Draußen im Publikum glauben sie, daß die meisten von uns ein lockeres Leben führen. Sie begreifen nicht, daß uns die Musik trägt, daß sie unser Halt ist, daß uns das Bühnenbild, der Beifall, die Bewunderung über uns hinauswachsen lassen, und am allerwenigsten begreifen sie, daß unsere Nahrung die Liebe ist. Sobald Jory und ich allein waren, fielen wir einander leidenschaftlich in die Arme, und erst dann fanden wir die notwendige Entspannung, um uns zu beruhigen, so daß wir schlafen konnten.

Nun gibt es für mich keine Entspannung, und für ihn auch nicht. Er will keine Musik hören, und ich kann sie nicht abschalten.«

»Aber du hast einen Liebhaber«, widersprach ich schwach, denn ich verstand jedes Wort, das sie gesprochen hatte. Früher einmal hatten auch mich die frohen Schwingen der Musik getragen, und dann war ich enttäuscht auf die Erde zurückgekehrt, weil es niemanden gab, der mich liebte und der Phantasiewelt, die für mich das wichtigste in meinem Leben war, Wirklichkeit verlieh.

»Bitte hör mir zu, Cathy. Gib mir die Möglichkeit, dir alles zu erklären. Du weißt, wie langweilig es in diesem Haus ist, in das nie Besuch kommt, und wenn einmal das Telefon läutet, ist es für Bart. Du und Chris und Cindy, ihr wart immer bei Jory im Krankenhaus, während ich ein Feigling war, zu Hause blieb und Angst davor hatte, daß er mein Entsetzen erkennen würde. Ich versuchte zu lesen, versuchte, mich mit Stricken abzulenken wie du, aber ich konnte es nicht. Ich gab auf und wartete darauf, daß das Telefon läutete. Niemand ruft mich aus New York an. Ich unternahm Spaziergänge, jätete im Garten Unkraut. Weinte in den Wäldern, starrte zum Himmel, beobachtete die Schmetterlinge und weinte wieder.

Einige Nächte, nachdem wir erfahren hatten, daß Jory nie mehr gehen oder tanzen würde, kam Bart in mein Zimmer. Er schloß die Tür hinter sich und sah mich an. Ich lag im Bett und weinte wie gewöhnlich. Ich hatte Ballettmusik aufgelegt, um wieder zu empfinden, wie es mit Jory gewesen war, und Bart starrte mich mit seinen dunklen, hypnotischen Augen an. Er wartete, sah mich nur an, bis ich aufhörte zu weinen und er ans Bett trat und mir die Tränen vom Gesicht wischte. Seine Augen wurden weich vor Liebe, als ich mich aufsetzte und ihn nur ansah. Seine Augen waren noch nie so freundlich, so voller Zärtlichkeit und Mitgefühl gewesen. Er berührte mich. Meine Wange, mein Haar, meine Lippen. Schauer jagten mir über den Rücken. Er schob seine Hände in mein Haar, sah mir in die Augen, und langsam, ganz langsam beugte er den Kopf, bis seine Lippen über meine strichen. Ich hatte nie geglaubt, daß er so sanft sein konnte. Ich hatte immer vermutet, daß er die Frauen mit brutaler Gewalt nahm. Wenn er mich mit harten, gleichgültigen Händen berührt hätte, hätte ich ihn vielleicht fortgeschickt. Aber seine Sanftheit war mein Verderben. Er erinnerte mich an Jory.«

Ich wollte nichts mehr hören. Ich mußte sie zum Schweigen bringen, bevor ich Mitleid für sie, für Bart empfand.

»Ich will nichts mehr hören, Melodie«, sagte ich kalt und wandte meinen Kopf ab, um die Liebesspuren nicht zu sehen, die Jory vielleicht bemerken würde, wenn sie ihn jetzt aufsuchte. »In dem Augenblick, in dem Jory dich am meisten braucht, willst du ihn im Stich lassen und dich Bart zuwenden«, hielt ich ihr bitter vor. »Was für eine wunderbare Frau du bist, Melodie.«

Sie schluchzte lauter und bedeckte ihr Gesicht mit den Händen.

»Ich erinnere mich an deinen Hochzeitstag, als du vor dem Altar gestanden und geschworen hast, ihm in guten und schlechten Tagen treu zu sein – kaum kommen schlechte Tage, nimmst du dir einen Liebhaber.«

Während sie schluchzend nach Worten suchte, damit ich die Dinge von ihrem Standpunkt aus sah, dachte ich daran, wie einsam dieses Haus am Berghang lag, wie isoliert. Und wir hatten Melodie allein gelassen, weil wir geglaubt hatten, daß sie zu durcheinander war, um wegfahren zu wollen. Ohne daran zu denken, was sie und Bart tun konnten, ohne auch nur zu ahnen, daß sie sich ihm zuwenden könnte – dem Mann, den sie überhaupt nicht leiden konnte.

Immer noch weinend fingerte Melodie an ihrem Träger herum, und in ihre verweinten Augen trat ein argwöhnischer Ausdruck. »Wie kannst du mich verurteilen, Cathy, wenn du noch Schlimmeres getan hast?« Gekränkt stand ich auf, um zu gehen, denn meine Beine wollten meinem

Herzen folgen. Sie hatte recht. Ich war um nichts besser. Auch ich hatte mehr als einmal nicht das Richtige getan.
»Willst du Bart vergessen, dich von ihm fernhalten und Jory davon überzeugen, daß du ihn noch liebst?«
»Ich liebe ihn wirklich noch, Cathy. Vielleicht klingt es seltsam, aber ich liebe Bart auf andere Art, eine merkwürdige Art, die nichts mit meinem Gefühl für Jory zu tun hat. Jory war meine Jugendliebe und mein bester Freund. Ich habe seinen jüngeren Bruder nie wirklich gemocht, aber er hat sich verändert, Cathy, glaub mir. Kein Mann, der Frauen wirklich haßt, kann so lieben wie er . . .«
Ich preßte die Lippen zusammen. Ich stand in der offenen Tür und verurteilte sie, wie einst meine Großmutter mich verurteilt hatte; damals hatten mir ihre erbarmungslosen, stahlgrauen Augen gesagt, daß es keine schlimmere Sünderin gab als mich.
»Geh nicht, bevor du verstanden hast!« schrie Melodie und streckte flehend die Arme aus. Ich dachte an Joel, schloß die Tür und lehnte mich mit dem Rücken daran.
»Also gut, ich werde bleiben, aber ich werde es nicht verstehen.«
»Bart liebt mich, Cathy, er liebt mich wirklich. Wenn er es mir versichert, muß ich es ihm einfach glauben. Er will, daß ich mich von Jory scheiden lasse. Bart will mich heiraten.« Ihre tränenerstickte Stimme sank zu einem heiseren Flüstern herab. »Ich weiß wahrhaftig nicht, ob ich mit einem an einen Rollstuhl gefesselten Mann bis an mein Lebensende beisammen sein kann.« Ihr Schluchzen wurde lauter, sie ließ mich los und sank aus der knienden Stellung wie ein Häufchen Unglück zusammen. »Ich bin nicht so stark wie du, Cathy. Ich kann Jory nicht die Stütze sein, die er jetzt braucht. Ich weiß nicht, was ich sagen oder was ich für ihn tun soll. Ich will die Zeiger zurückdrehen und den früheren Jory wiederhaben, denn diesen hier kenne ich nicht. Ich glaube nicht einmal, daß ich ihn kennen will . . ., und ich schäme mich, ich schäme mich so! Jetzt will ich nur eines, verschwinden.«

Meine Stimme nahm die stählerne Schärfe eines Rasiermessers an. »Du wirst deiner Verantwortung nicht so leicht entrinnen, Melodie. Ich werde dafür sorgen, daß du deine Ehegelübde einhältst. Vor allem wirst du Bart aus deinem Leben verbannen. Du wirst ihm nie wieder gestatten, dich anzurühren. Du wirst jedesmal nein sagen, wenn er es versucht. Ich werde ihm wieder gegenübertreten. Ja, ich habe ihm schon die Stirn geboten, aber ich werde härter sein. Wenn ich muß, werde ich Chris erzählen, was sich abspielt. Wie du weißt, ist Chris ein sehr geduldiger, verständnisvoller Mann mit großer Selbstbeherrschung, aber er wird dir dein Verhältnis mit Bart nicht verzeihen.«

»Bitte«, schrie sie, »ich liebe Chris wie einen Vater! Ich will, daß er mich weiterhin achtet.«

»Dann halte dich von Bart fern! Denk an dein Kind, das an erster Stelle stehen sollte! Du solltest jetzt ohnehin keinen Geschlechtsverkehr haben, es ist manchmal gefährlich.«

Ihre großen Augen schlossen sich, und sie unterdrückte die Tränen; dann nickte sie und versprach, nie wieder mit Bart zu schlafen. Noch während sie es versprach, glaubte ich ihr nicht. Ich glaubte auch Bart nicht, als ich mit ihm sprach, bevor ich zu Bett ging.

Der Morgen brach an, und ich hatte überhaupt nicht geschlafen. Ich stand müde und teilnahmslos auf, setzte ein erzwungenes Lächeln auf, bevor ich an Jorys Tür klopfte. Er forderte mich auf, hineinzukommen. Er wirkte glücklicher als am vorigen Abend, als hätte er während der Nacht nachgedacht und sich beruhigt. »Ich bin froh, daß Melodie dich als Stütze hat«, sagte er, während ich ihm half, sich umzudrehen.

An den Tagen, an denen der Therapeut nicht da war, bewegten Chris, der Pfleger und ich abwechselnd Jorys Beine. Auf diese Weise würden seine Muskeln nicht verkümmern. Seine Beine hatten dank der Massage ihre frühere Form ein wenig wiedergewonnen. Für mich stellte diese

Tatsache einen großen Fortschritt dar. Hoffnung..., in diesem Haus voll tiefster Verzweiflung klammerten wir uns immer an die Hoffnung, die wir uns gelb vorstellten – wie die Sonne, die wir selten gesehen hatten.
»Ich habe geglaubt, daß Melodie heute morgen kommen würde«, sagte Jory ein bißchen wehmütig, »denn gestern abend ist sie nicht einmal vorbeigekommen, um mir gute Nacht zu sagen.«

Tage vergingen, Melodie verschwand häufig, ebenso Bart. Mein Vertrauen zu Melodie war geschwunden. Ich konnte ihr nicht mehr in die Augen sehen und lächeln. Ich sprach nicht mehr mit Bart und beschäftigte mich nur mit Jory. Wir saßen gemeinsam vor dem Fernsehapparat. Wir unterhielten uns mit Gesellschaftsspielen, führten kindische Puzzle-Wettbewerbe durch, um zu sehen, wer die richtigen Stücke schneller finden konnte. Wir tranken am Nachmittag Wein, wurden gegen neun Uhr schläfrig und taten, als ob alles in Ordnung kommen würde.
Weil Jory beinahe die ganze Zeit im Bett verbrachte, wurde er sehr schnell müde. »Mir fehlt die richtige Bewegung«, stellte er fest und zog sich an dem an seinem Kopfbrett befestigten Trapez hoch. »Ich sorge wenigstens dafür, daß meine Arme kräftig bleiben – wo ist eigentlich Melodie?«
Ich legte den Babyschuh weg, mit dem ich gerade fertig geworden war, und griff nach der Wolle, um einen zweiten zu stricken. Wenn ich nicht mit Jory spielte, strickte ich und sah fern. Wenn ich nicht bei Jory war, tippte ich in meinem Zimmer das Tagebuch, das ich über unser Leben führte. Mein letztes Buch, redete ich mir ein. Was hatte ich noch zu sagen? Was konnte uns noch zustoßen?
»Mam, hörst du mir überhaupt zu? Ich habe dich gefragt, wo Melodie ist und was sie tut.«
»Sie ist in der Küche«, antwortete ich schnell, »und sorgt dafür, daß du zum Abendessen eines deiner Lieblingsgerichte bekommst.«

Ein erleichterter Ausdruck trat in sein Gesicht. »Ich mache mir Sorgen um meine Frau, Mam. Sie kommt herein und erledigt Kleinigkeiten für mich, doch ist sie nicht mit dem Herzen dabei.« Seine Augen blickten traurig, doch er riß sich zusammen, als er meinen forschenden Blick bemerkte. »Das, was ich dir jetzt sage, sollte ich eigentlich Melodie sagen. Es schmerzt mich, daß sie sich Schritt für Schritt von mir zurückzieht. Ich würde ihr gern erklären, daß ich innerlich noch immer derselbe Mensch bin, aber ich glaube nicht, daß sie das hören will. Sie will daran festhalten, daß ich mich geändert habe, weil ich nicht mehr tanzen oder gehen kann, und das macht es ihr leichter, sich von mir zu lösen und alles, was uns aneinander bindet, zu vergessen. Sie spricht mit mir nie über die Zukunft. Nicht einmal der Name unseres Sohnes oder unserer Tochter ist ihr ein Gespräch mit mir wert. So wie du tröste ich mich damit, daß sie schwanger ist, und ich habe auch über diesen Zustand einiges gelesen. Nur um wiedergutzumachen, daß ich mich früher kaum dafür interessiert habe...«
Er sprach immer weiter, als wolle er sich durch seine Worte einreden, daß die Schwangerschaft für alle Veränderungen im Wesen seiner Frau verantwortlich war.
Ich räusperte mich und benutzte die Gelegenheit. »Jory, ich habe über folgendes ernsthaft nachgedacht: Dein Arzt hat gemeint, du wärst im Krankenhaus besser aufgehoben als hier, wo jemand kommen und dir bei deiner Rehabilitation helfen muß. Du könntest für dich und Melodie eine kleine Wohnung in der Nähe des Krankenhauses mieten, und sie kann dich jeden Tag mit dem Wagen ins Rehabilitationszentrum bringen. Es ist fast Winter, Jory. Du kennst die Winter in diesem westlichen, gebirgigen Teil von Virginia nicht. Sie sind bitter kalt. Der Wind weht unaufhörlich. Es schneit häufig. Die Straßen von hier in den Ort sind oft verweht. Der Staat hält die Überlandstraßen und Autobahnen frei, aber die kleinen Privatstraßen zu diesem Besitz sind oft unbefahrbar. Ich denke an die Ta-

ge, an denen dein Pfleger oder dein physikalischer Therapeut nicht kommen kann, und du brauchst deine täglichen Übungen. Wenn du in der Nähe des Krankenhauses wohnst, kann alles, was für deinen Körper wichtig ist, leicht erfüllt werden.«
Er blickte mich verblüfft und gekränkt an. »Willst du mich etwa loswerden?«
»Natürlich nicht. Du mußt zugeben, daß du dieses Haus nicht gerade liebst.«
Sein Blick schweifte zu den Fenstern, an die der Regen trommelte und auf welke Blätter und spätblühende Rosen niederprasselte. Alle Sommervögel waren fortgezogen. Der Wind fegte um das Haus, fand einen Weg durch die kleinsten Spalten und heulte wie in Urzeiten.
Jory sprach hinter mir, während ich weiterhin hinausstarrte. »Mir gefällt, was du und Mel aus diesen Räumen gemacht habt. Ihr habt mir eine sichere Zuflucht vor dem Spott der Welt geboten, die ich nicht verlassen will, um jenen entgegenzutreten, die meine Grazie und mein Können bewundert haben. Ich will nicht von dir und Dad getrennt leben. Wir sind einander näher gekommen als je zuvor, und die Feiertage stehen bevor.
Und wenn die Straßen zwischen diesem Haus und der Außenwelt für meinen Pfleger und den Therapeuten unbefahrbar sind, sind sie es auch für dich und Dad. Schick mich nicht in dem Augenblick weg, Mam, in dem ich nur eines will: hierbleiben. Ich brauche dich. Ich brauche Dad. Ich brauche sogar die Möglichkeit, meinem Bruder näherzukommen. Ich habe in letzter Zeit viel über Bart nachgedacht. Manchmal kommt er herein, setzt sich zu mir, und wir sprechen miteinander. Ich glaube, wir werden allmählich wieder zu Freunden, so wie damals, als ich neun war, bevor deine Mutter in das Haus nebenan einzog.«
Barts Doppelspiel weckte meine alte Besorgnis und Unruhe, denn einerseits wollte er mit seinem Bruder Freundschaft schließen, andererseits verführte er hinter Jorys Rücken dessen Frau.

»Wenn du es unbedingt so haben willst, Jory, dann bleib hier. Aber denke noch ein wenig drüber nach. Chris und ich könnten auch in die Stadt ziehen, um bei dir und Melodie zu sein, und wir können es dir dort ebenso behaglich machen wie hier.«
»Aber du kannst mir keinen anderen Bruder mehr schenken, nicht wahr, Mam? Bart ist der einzige Bruder, den ich habe. Bevor einer von uns stirbt, soll er wissen, daß es mir nicht gleichgültig ist, was mit ihm geschieht. Ich will, daß er glücklich wird. Ich wünsche ihm, daß er eine Ehe erlebt, wie ich sie mit Mel führe. Eines Tages wird er begreifen, daß man mit Geld nicht alles kaufen kann, und ganz sicher nicht Liebe. Nicht die, die Mel und mich verbindet.«
Er überlegte, während ich innerlich um ihn und um seine »Liebe« weinte; dann breitete sich vom Ausschnitt seines Sporthemdes, über dem er einen roten Pullover trug, bis zu seinen blassen Wangen tiefe Röte aus. »Ich muß richtigstellen: die Art von Ehe, die wir einmal geführt haben; jetzt ist es kaum mehr eine Ehe, wie ich leider zugeben muß. Aber das ist nicht ihre Schuld.«

Eine Woche danach saß ich allein in meinem Zimmer und machte eifrig Eintragungen in mein Tagebuch, als Chris hereinstürzte. »Cathy«, rief er aufgeregt, zog seinen Überzieher aus und warf ihn auf einen Stuhl, »ich habe wunderbare Neuigkeiten! Du weißt doch von dem Experiment, an dem ich mitarbeite? Es hat einen entscheidenden Durchbruch gegeben.« Er zog mich hoch, schob mich in einen Stuhl vor dem lodernden Feuer und erläuterte mir detailliert das Vorhaben, an dem er und andere Wissenschaftler arbeiteten. »Das bedeutet, daß ich jetzt im Winter fünf Nächte in der Woche nicht zu Hause verbringen werde. Der frischgefallene Schnee wird erst gegen Mittag weggeräumt, und dadurch bleibt mir so wenig Zeit für die Laborarbeit. Aber mach kein so trauriges Gesicht, ich werde über die Wochenenden hier sein. Wenn du dagegen bist, sag es mir aufrichtig. Du und die Familie haben natürlich Vorrang.«

Seine Begeisterung über das neue Projekt war so unübersehbar, daß ich sie mit meinen Ängsten nicht zunichte machten durfte. Er hatte mir, Jory und Bart so viel gegeben und so wenig Dank geerntet. Ich legte ihm automatisch die Arme um den Hals und betrachtete sein geliebtes, vertrautes Gesicht. Ich sah kleine Fältchen um seine blauen Augen, die mir vorher entgangen waren. Meine Finger stöberten Silberfäden in seinem Haar auf, die gröber waren als die goldblonden Strähnen. Auch in seinen Brauen zeigten sich ein paar graue Fäden.

»Wenn es dich unglücklich macht, kann ich jederzeit kündigen, die Forschung aufgeben und meine Zeit ungeteilt der Familie widmen. Aber ich wäre dir sehr dankbar, wenn du mir diese Tätigkeit läßt. Als ich meine Praxis in Kalifornien aufgab, dachte ich, ich würde nie mehr etwas finden, das mich interessiert, aber ich habe mich geirrt. Vielleicht hat das Schicksal diesen Job für mich vorgesehen –, aber wenn es notwendig ist, gebe ich ihn auf und bleibe bei meiner Familie.«

Die Medizin ganz aufgeben? Er hatte den größten Teil seines Lebens dem Studium der Medizin gewidmet. Daß er das Gefühl hatte, nützlich zu sein, verlieh seinem Leben neuen Reiz. Wenn ich ihn aus Egoismus zwang hierzubleiben, so daß er nicht mehr zum Fortschritt der Menschheit beitragen konnte, und dies noch dazu in dem kritischen Augenblick, in dem er besonders gefährdet war, weil er allmählich alt wurde, zerstörte ich sein Leben.

Chris unterbrach meine Grübelei, während er den schweren warmen Überzieher wieder anzog. »Fühlst du dich nicht wohl, Cathy? Warum siehst du so seltsam aus? So traurig? Ich werde jeden Freitag abend nach Hause kommen und erst am Montag morgen wieder wegfahren. Erkläre Jory alles, was ich dir erzählt habe. Nein, wenn ich es mir recht überlege, werde ich in sein Zimmer hineinschauen und es ihm selbst erklären.«

»Wenn diese Arbeit für dich so wichtig ist, darfst du sie nicht aufgeben. Aber du wirst uns fehlen. Ich weiß nicht, ob ich schlafen kann, wenn du nicht neben mir liegst. Ich habe mit Jory gesprochen, und er will nicht nach Charlottesville übersiedeln. Er fühlt sich in diesen Räumen offenbar wohl. Er ist mit dem Klipper beinahe fertig. Und es wäre schade, ihm alle Annehmlichkeiten zu entziehen, die er hier hat. Weihnachten ist auch nicht mehr weit. Cindy wird zum Erntedankfest nach Hause kommen und bis Neujahr hierbleiben. Versprich mir, Chris, daß du dich wirklich bemühen wirst, jeden Freitag heimzukommen. Jory braucht deinen Zuspruch ebenso sehr wie den meinen, denn Melodie vernachlässigt ihn gänzlich.«
Seine Augen wurden schmal. »Was geht hier vor, was du mir verschweigst?« Er zog den schweren Mantel aus und hängte ihn sorgfältig auf den Haken. Ich schluckte, wollte sprechen, zögerte, versuchte seinem durchdringenden Blick zu entgehen..., aber seine blauen Augen zwangen mich zu reden.
»Chris, würdest du es schrecklich finden, wenn du erführst, daß sich Bart in Melodie verliebt hat?«
Seine Lippen zuckten. »Ach das. Ich weiß, daß Bart seit dem Tag, an dem sie hierher kam, in sie vernarrt ist. Ich habe zugesehen, wie er sie beobachtet. Eines Tages habe ich die beiden im hinteren Salon überrascht. Sie saßen auf dem Sofa, er hatte ihr Kleid aufgeknöpft und küßte ihre Brüste. Ich ging leise weg. Cathy, wenn Melodie ihn nicht wollte, würde sie ihn ohrfeigen und dafür sorgen, daß er sie in Ruhe läßt. Du meinst vielleicht, daß Bart durch dieses Verhältnis Jory seine Frau in dem Augenblick stiehlt, in dem er sie am meisten braucht, aber er braucht keine Frau, die ihn nicht mehr liebt. Mag er sie haben –, was kann sie Jory jetzt noch nützen?«
Ich starrte ihn vollkommen verständnislos an. »Du verteidigst Bart! Hältst du das, was er getan hat, für fair?«
»Nein, ich halte es nicht für fair. Wann geht es im Leben schon fair zu, Cathy? War es fair, als Jory sich das Rück-

grat brach, so daß er jetzt nicht mehr gehen kann? Nein, es ist nicht fair. Ich war lange genug als Arzt tätig, um zu wissen, daß es auf der Welt nicht gerecht zugeht. Die Guten sterben oft vor den Schlechten. Kinder sterben vor ihren Großeltern, und wer kann behaupten, daß das gerecht wäre? Aber was können wir dagegen tun? Das Leben ist ein Geschenk, und vielleicht ist der Tod auf eine andere Art auch ein Geschenk. Wer bin ich oder wer bist du, um das zu entscheiden? Finde dich mit dem Verhältnis ab, das nun zwischen Bart und Melodie besteht, und bleibe in Jorys Nähe. Sorge dafür, daß er glücklich bleibt, bis der Tag kommt, an dem er eine andere Frau findet.«
Mir schwindelte es bei seinen Worten, ich konnte nicht klar denken. »Und das Kind, was wird aus dem Kind?«
Nun wurde seine Stimme hart. »Das Kind ist etwas anderes. Es wird Jory gehören, ganz gleich, für welchen Bruder sich Melodie entscheidet. Das Kind wird Jory dazu verhelfen, die Krise durchzustehen – denn er wird vielleicht nie mehr imstande sein, ein Kind zu zeugen.«
»Bitte, Chris, sage Bart, er soll Melodie in Ruhe lassen. Ich kann den Gedanken nicht ertragen, daß Jory in diesem kritischen Moment seines Lebens seine Frau verliert.«
Er schüttelte den Kopf und sagte mir, daß Bart nie auf seinen Rat gehört habe und es nicht wahrscheinlich war, daß er sich jetzt anders verhalten würde. Und er hatte bereits ohne mein Wissen mit Melodie gesprochen.
»Liebling, du mußt den Tatsachen ins Auge sehen. Melodies Herz hat sich von Jory abgewandt. Sie wird es nicht rundheraus zugeben, aber hinter jedem Wort, das sie nicht ausspricht, hinter all ihren Ausreden verbirgt sich die Tatsache, daß sie einfach nicht mit einem Mann verheiratet bleiben will, der nicht gehen kann. Meiner Ansicht nach wäre es grausam, sie zur Aufrechterhaltung der Ehe zu zwingen, und auf lange Sicht wäre es auch für Jory schlecht. Wenn wir sie zwingen zu bleiben, würde sie sich früher oder später an ihm rächen, weil er nicht mehr der Mann ist, der er war, und das will ich ihm ersparen.

Es ist besser, sie gehen zu lassen, bevor sie ihm etwas Schlimmeres antut als nur eine Affäre mit Bart.«
»Chris!« rief ich, denn seine Ansichten empörten mich. »Wir können nicht zulassen, daß sie das Jory antut!«
»Mit welchem Recht wollen ausgerechnet wir in dieser Angelegenheit ein Urteil fällen? Ob sich Bart nun richtig oder falsch verhält, dürfen wir, die nach seiner Meinung Sünder sind, über ihn zu Gericht sitzen?«

Am Morgen fuhr Chris weg, nachdem er mir versprochen hatte, Freitag abend gegen sechs wieder zurück zu sein. Ich sah ihm von meinem Schlafzimmerfenster aus nach, bis er außer Sicht war.
Wie leer waren die Tage, während Chris abwesend war, wie freudlos die Nächte, in denen seine Arme mich nicht umfangen hielten und er mir nicht zuflüsterte, daß alles gut ausgehen würde. Ich lächelte und lachte Jorys wegen, damit er nicht erkannte, wie sehr ich darunter litt, daß Chris nicht jede Nacht neben mir schlief. Jory schläft auch allein, sagte ich mir, und ich konnte genausogut damit zurechtkommen wie er. Ich wußte, daß Melodie und Bart noch immer miteinander schliefen, aber sie bemühten sich wenigstens, es vor mir zu verbergen. Doch aus der Art, wie Joel Jorys Frau ansah, schloß ich, daß er sie für eine Hure hielt. Merkwürdigerweise blickte er Bart nicht so an, der doch ebenso schuldig war. Aber Männer sind eben der Meinung, daß das, war für den Gänserich recht ist, für die Gans nicht billig ist, und sogar fromme, religiöse Männer wie Joel dachten so.
Es war schon Ende November, wir waren mit den Vorbereitungen für das Erntedankfest fertig. Die Witterung wurde kälter, stürmischer Wind häufte den Schnee vor unseren Türen an, der sich über Nacht in Eis verwandelte, so daß wir die Garage nicht in einem unserer vielen Wagen verlassen konnten. Ein Diener nach dem anderen verließ uns, bis nur noch Trevor da war, der die Mahlzeiten zubereitete, wobei ich ihm gelegentlich half.

Cindy flog nach Hause, heiterte mit ihrem unbeschwerten Lachen unsere Tage auf, und ihre gewinnende Art bezauberte alle außer Bart und Joel. Sogar Melodie wirkte ein wenig froher. Dann blieb sie den ganzen Tag über im Bett, damit sie sich warm halten konnte, denn jetzt gab es sehr oft keinen elektrischen Strom, und das bedeutete, daß unsere von elektrischen Thermostaten kontrollierten Radiatoren keine Wärme abgaben. Wir mußten dann auf unseren Behelfsofen mit Kohlenfeuerung zurückgreifen.
Bart holte sich unbekümmert das Holz, das er für den Kamin seines Büros brauchte, und vergaß, daß der Rest der Familie sich auch über ein Feuer gefreut hätte.
Bart führte mit Joel lange, geheime Gespräche über den Weihnachtsball, den er veranstalten wollte, deshalb mußte ich genügend Holzscheite herbeischleppen, um in Jorys Zimmer ein Feuer zu unterhalten, wo Cindy mit ihm spielte. Er saß, in eine Wolldecke gehüllt, in seinem Stuhl, hatte die Schultern mit einer Jacke bedeckt und lächelte über meine ergebnislosen Versuche, ein Feuer zu entfachen. »Öffne doch die Zugklappe, Mam, das hilft immer ein bißchen.«
Wie hatte ich das vergessen können?
Bald hatte ich ein Feuer in Gang gebracht. Die lodernden Flammen hellten den Raum auf, der uns im Sommer so ansprechend erschienen war, im Winter jedoch ganz anders wirkte, wie Bart vorausgesagt hatte. Nun hätte die dunkle Täfelung Jory ein behagliches Gefühl vermittelt.
»Ich habe tagelang darüber nachgedacht, Mam«, sagte Jory, der plötzlich sehr fröhlich aussah. »Ich bin doch ein Dummkopf, wenn ich mich so aufführe. Du hast recht – hast die ganze Zeit über recht gehabt. Ich werde mich nicht bemitleiden, sobald ich einmal allein bin und niemanden zur Gesellschaft habe, wie ich es seit dem Unfall getan habe. Ich werde mich mit meiner Lage abfinden, die sich nun einmal nicht ändern läßt, und aus meiner schwierigen Situation das Beste machen. So wie du und Dad, als ihr eingesperrt wart, werde ich meine müßige Zeit zu

schöpferischer Arbeit verwenden. Ich werde über genügend Zeit verfügen, um alle Bücher zu lesen, zu denen ich vorher nie Zeit gefunden hatte, und wenn Dad mir wieder anbietet, mich in der Aquarelltechnik zu unterrichten, werde ich ja sagen. Ich werde ins Freie gehen und versuchen, Landschaften zu malen. Vielleicht werde ich mich sogar an Ölfarben und andere Techniken wagen. Ich will euch beiden dafür danken, daß ihr mich angespornt habt, nicht aufzugeben. Ich bin ein glücklicher Mensch, weil ich Eltern wie dich und Dad besitze.«
Ich war so stolz auf ihn, daß mir die Tränen kamen, und ich umarmte ihn, beglückwünschte ihn dazu, daß er sein angeborenes, begeisterungsfähiges Ich wiedergefunden hatte.
Cindy hatte einen Bridgetisch für zwei Personen hergerichtet, aber Jory wandte sich bald wieder dem Klipper zu, den er unbedingt vor Weihnachten fertigstellen wollte. Er knüpfte die fadendünnen Seile an das Takelwerk, was die letzte Arbeitsphase war, bevor er da und dort den Anstrich ein wenig ausbesserte.
»Ich werde das jemand ganz Besonderem schenken, Mam«, teilte er mir mit. »Am Weihnachtstag wird eine Person in diesem Haus mein erstes schwieriges Kunstwerk erhalten.«
»Ich habe es für dich gekauft, Jory, damit du es deinen Kindern vererbst . . .« Ich erblaßte, weil ich von »Kindern« gesprochen hatte.
»Es ist schon in Ordnung, Mam, denn mit diesem Geschenk werde ich meinen jüngeren Bruder zurückgewinnen, der mich geliebt hat, bevor dieser alte Mann sein Wesen veränderte. Er möchte es sehr gern besitzen; ich sehe es jedesmal seinen Augen an, wenn er sich vergewissert, welche Fortschritte ich gemacht habe. Außerdem kann ich immer noch für mein Kind ein zweites bauen. Im Augenblick will ich etwas für Bart tun. Er glaubt, daß keiner von uns ihn braucht oder liebt. Ich habe nie einen Mann kennengelernt, der seiner so wenig sicher war . . ., und das ist so schade.«

Festtagsfreuden

Das Erntedankfest kam, und Chris traf am frühen Morgen ein. Jorys Pfleger nahm an dem Dinner teil, und seine liebeskranken Blicke blieben dabei ständig auf Cindy gerichtet, als hätte sie ihn verzaubert. Sie hätte sich übrigens nicht damenhafter benehmen können, das machte mich ungeheuer stolz auf sie. Am nächsten Tag nahm sie bereitwillig unser Angebot an, einen Einkaufsbummel in Richmond zu unternehmen. Melodie schüttelte den Kopf. »Tut mir leid, ich habe nicht die geringste Lust dazu.« Chris, Cindy und ich fuhren mir ruhigem Gewissen weg, denn Bart war nach New York geflogen und würde nicht mit Melodie zusammen sein. Jorys Pfleger hatte uns versprochen, bei Jory zu bleiben, bis wir zurückkamen.
Unser dreitägiger Urlaub in Richmond möbelte uns geistig und seelisch auf und bestätigte mir, daß ich noch schön und sehr verliebt war, und Cindy amüsierte sich großartig, indem sie Geld ausgab und ausgab und noch mehr ausgab. »Siehst du«, erklärte sie stolz, »ich verbrauche das ganze Taschengeld, das ihr mir schickt, nicht nur für mich. Ich spare, um wunderschöne Geschenke für meine Familie zu kaufen..., wartet nur, Mam und Daddy, bis ihr seht, was ich für euch beide erstanden habe. Ich hoffe sehr, daß Jory sein Geschenk gefällt. Bart muß eben nehmen, was ich ihm schenke, ob er es nun mag oder nicht.«
»Wie steht es mit deinem Onkel Joel?« fragte ich neugierig.

Sie umarmte mich lachend. »Warte, bis du das Geschenk siehst.«
Stunden später bog Chris in die Privatstraße ein, die sich nach Foxworth Hall hinaufschlängelt. In einer der Schachteln, die unseren Kofferraum und den ganzen Hintersitz des Wagens füllten, befand sich ein teures Kleid, das ich zum Weihnachtsball tragen wollte, den Bart mit dem gleichen Partyservicedienst wie bei seinem Geburtstag besprochen hatte. In einer großen Schachtel lag Cindys sensationelles Kleid, das sie sich ausgesucht hatte; es war zwar gewagt, paßte aber zugleich wunderbar zu dem Anlaß. »Danke, Mama, daß du nichts dagegen hast«, hatte sie mir zugeflüstert und mich geküßt.
Während unserer Abwesenheit hatte sich nichts Ungewöhnliches ereignet, außer daß Jory den Klipper fertiggestellt hatte. Es war ein stolzes Bild, denn er war bis ins letzte Detail vollkommen, sein kleines Messingruder glänzte, die vollen Segel blähten sich in einer unsichtbaren, nicht spürbaren Brise. »Mit Zucker versteift«, verriet Jory mit leisem Lachen, »und es hat funktioniert. Ich habe die Segel, wie es in der Anleitung steht, um eine Flasche geformt, und nun steht der Jungfernfahrt nichts mehr im Wege.« Er war stolz auf sein Werk und lächelte, als Chris seine sorgfältig ausgeführte künstlerische Arbeit aus der Nähe bewunderte. Dann mußten wir ihm helfen, das Schiff in eine passende hohle Verpackung aus Styropor zu heben, in der es bruchsicher aufbewahrt werden sollte, bis es in die Hände des neuen Besitzers gelangte.
Seine schönen Augen wandten sich mir zu. »Ich danke dir, daß du mir eine Beschäftigung für die langen, langweiligen Stunden gegeben hast, Mam. Als ich es das erste Mal zu Gesicht bekam, war ich überwältigt und dachte, ich würde nie imstande sein, eine Bastelei anzufertigen, die mir so schwierig erschien. Aber ich ging Schritt für Schritt vor, und nun habe ich diese entsetzlich komplizierten Anleitungen gemeistert.«
»So werden alle Kämpfe im Leben gewonnen, Jory«, er-

klärte Chris, während ich Jory an mich drückte. »Man kümmert sich vorerst nicht um das Gesamtbild. Man geht etappenweise langsam vor…, bis man sein Ziel erreicht. Und ich muß sagen, du hast mit diesem Schiffsmodell großartige Arbeit geleistet. Es ist so fachmännisch ausgeführt, daß es nicht besser geht. Wenn Bart die Mühe nicht zu schätzen weiß, die du dir damit gemacht hast, wäre ich wirklich enttäuscht.«

Chris strahlte Jory an. »Du siehst gesünder, kräftiger aus. Und gib die Aquarellmalerei nicht auf. Es ist eine schwierige Technik, aber du wirst bestimmt mehr Freude damit haben als mit der Ölmalerei. Du wirst eines Tages noch ein bedeutender Künstler sein.«

Unten wies Bart einen Bankbeamten telefonisch an, ein vom Konkurs bedrohtes Geschäft zu übernehmen. Dann sprach er mit jemand anderem wegen der geplanten Weihnachtsparty, einem Ball, der die Tragödie seiner Geburtstagsparty vergessen lassen sollte. Ich stand in der offenen Tür und stellte fest, wie gut es doch war, daß all diese Bestellungen nicht aus seinem persönlichen Vermögen bezahlt wurden, sondern aus der Corinne Foxworth-Winslow-Stiftung, so daß Bart sein »Taschengeld« von jährlich fünfhunderttausend Dollar ganz für seinen persönlichen Aufwand blieb. Es ärgerte Bart sehr, daß er sich jedesmal, wenn er mehr als die vorgesehenen zehntausend Dollar ausgab, mit Chris ins Einvernehmen setzen mußte.

Bart knallte den Hörer auf die Gabel und sah mich zornig an. »Mußt du immer in der Tür stehen und horchen, Mutter? Habe ich dir nicht schon früher gesagt, du sollst dich von mir fernhalten, wenn ich beschäftigt bin?«

»Wenn ich mich daran halte, kann ich nie mit dir sprechen.«

»Warum mußt du mich überhaupt sprechen?«

»Warum will eine Mutter ihren Sohn sprechen?«

Seine dunklen Augen wurden weich. »Du hast Jory – und ich hatte immer den Eindruck, daß er dir genügt.«

»Nein, da irrst du. Wenn ich nie einen zweiten Sohn ge-

habt hätte, hätte mir Jory genügt. Aber ich habe dich, und dadurch bist du ein wichtiger Bestandteil meines Lebens.« Er wurde unsicher, stand auf und ging zu einem der Fenster, ohne sich mir zuzuwenden. Seine Stimme klang tief und mürrisch, mit einem Anflug von melancholischer Traurigkeit. »Erinnerst du dich, wie ich Malcolms Tagebuch unter mein Hemd steckte und mit mir herumtrug? Malcolm hat darin so viel über seine Mutter geschrieben, wie sehr er sie geliebt hatte, bis sie mit ihrem Liebhaber durchging und ihn mit seinem Vater allein ließ, den er nicht leiden konnte. Malcolms Haß auf sie hat sich leider zum Teil auf mich übertragen. Jedesmal, wenn ich dich und Chris gemeinsam die Treppe hinaufgehen sehe, habe ich das Bedürfnis, mich von der Schande reinzuwaschen, die ich empfinde und die euch fremd ist. Fang also nicht an, mir wegen Melodie die Leviten zu lesen, denn meine Liebe zu ihr ist viel weniger sündig als deine zu Chris.«
Zweifellos hatte er damit recht, und das schmerzte mich mehr als alles andere.

Unglücklich gewöhnte ich mich mehr oder weniger daran, Chris nur an den Wochenenden zu sehen, wenn auch mein Herz beklommen war, mein Bett mir ohne ihn riesig und leer vorkam und all meine einsamen Vormittage traurig waren; mir fehlte sein Pfeifen, während er sich rasierte und duschte, seine gute Laune, sein unerschütterlicher Optimismus. Wenn er wegen des schlechten Wetters an den Wochenenden nicht kommen konnte, gewöhnte ich mich sogar an diesen Zustand. Wie anpassungsfähig wir Menschen doch sind, wie bereit, alles Schreckliche, alle Veränderungen, alle Entbehrungen zu ertragen, nur um ein paar Minuten grenzenloser Freude zu genießen.
Wenn ich am Fenster stand und beobachtete, wie Chris vorfuhr, erfüllte mich überraschend jugendliche Erregung, die so überwältigend war, als wartete ich auf Barts Vater, der sich aus Foxworth Hall davonschlich, um mich im Sommerhaus zu treffen. Ich benahm mich natürlich

nicht so gelassen wie zu der Zeit, da ich ihn jede Nacht, jeden Morgen gesehen hatte. Die Wochenenden waren etwas, worauf ich mich freute und wovon ich träumte. Chris bedeutete mir jetzt sowohl mehr als auch weniger – mehr als Geliebter und weniger als Ehemann. Mir fehlte der Bruder, der meine ergänzende Hälfte gewesen war, und ich liebte den Geliebten im Ehemann, der mich nicht so stark an den Bruder erinnerte.
Es gab keine Möglichkeit und keine Worte, die uns beide noch trennen konnten, nachdem ich mich zu ihm bekannt, ihn zu meinem Ehemann genommen und damit der Mißbilligung und dem Moralkodex der Gesellschaft getrotzt hatte.
Doch mein Unterbewußtsein versuchte noch immer alles Mögliche, um mein Bewußtsein zu entlasten. Entschlossen trennte ich den Mann Chris von dem Jungen Chris, der mein Bruder gewesen war. Ein unbewußtes, improvisiertes Spiel, das wir beide geschickt spielten. Wir sprachen nicht darüber, das hatten wir nicht nötig. Chris nannte mich nicht mehr »meine Lady Cath-er-ine«. Er sagte nicht mehr neckend: »Laß die Wanzen nicht beißen.« Alle Zauberformeln und Beschwörungen der Vergangenheit, die die bösen Geister fernhalten sollten, als wir eingesperrt waren, gaben wir in den mittleren Jahren unseres Lebens auf, weil wir endlich zufrieden waren.
An einem Freitagabend im Dezember traf er verspätet ein, stapfte in die Halle, während ich im Schatten der Rundhalle zusah, wie er den Überrock ablegte und ihn ordentlich in die Gästegarderobe hängte, bevor er die Treppe, zwei Stufen auf einmal nehmend, hinauflief und meinen Namen rief. Ich trat aus dem Dunkel und warf mich in seine begeistert geöffneten Arme. »Du kommst wieder so spät!« rief ich. »Wen triffst du in deinem Labor, der dich wohlig erschauern läßt?«
›Niemanden! Niemanden!‹ versicherten mir seine leidenschaftlichen Küsse.
Die Wochenende waren so kurz, so schrecklich kurz.

Ich sprudelte alles hervor, was mich beunruhigte, über Joel und seine unheimliche Art, durch das Haus zu geistern, alles mit Mißfallen zu registrieren, was ich tat. Ich erzählte ihm von Melodie und Bart und von Jory, der wieder deprimiert war und sich nach Melodie sehnte, der ihre Gleichgültigkeit haßte, sie aber dennoch liebte, während ich dauernd versuchte, Melodie an ihre Pflichten zu erinnern, was ihn noch mehr schmerzte als die Tatsache, daß er seine Beine nicht mehr gebrauchen konnte.

Chris lag neben mir und hörte sich ungeduldig schweigend meine lange Rede an, bevor er schläfrig feststellte: »Catherine, manchmal bringst du es fertig, daß ich mich vor dem Nachhausekommen fürchte.« Er wälzte sich von mir weg auf die Seite. »Alles Wunderbare und Reizvolle, das zwischen uns besteht, verdirbst du mit deinen unaufhörlichen, lästigen, argwöhnischen Erzählungen. Und beinahe alles, was dich beunruhigt, besteht nur in deiner Phantasie. Hattest du nicht immer eine übersteigerte Einbildungskraft? Werde endlich erwachsen, Catherine. Du steckst auch Jory mit deinem Argwohn an. Wenn du einmal lernst, von den Leuten nur Gutes zu erwarten, dann wirst du vielleicht nur Gutes erfahren.«

»Ich kenne deine Philosophie zur Genüge, Christopher«, entgegnete ich voll Bitterkeit, die wie ein Laserstrahl in mein Gehirn drang. Ich erinnerte mich daran, wie er an unsere Mutter geglaubt und erwartet hatte, daß er dank seiner Ergebenheit Gutes von ihr erfahren würde. ›Chris, Chris, lernst du denn nie?‹ Aber ich sprach es nicht aus, wagte nicht, es auszusprechen. Er war ein Mann mittleren Alters, auch wenn er nicht so aussah, und bot mir den gleichen, alten, rosig-strahlenden Optimismus. Obwohl ich mich mit Worten darüber lustig machen konnte, sehnte ich mich nach seinem versöhnlichen Glauben..., denn er verlieh ihm Frieden, während ich tagaus, tagein wie auf einer heißen Bratpfanne von einem Fuß auf den anderen trat.

Bart saß vor dem lodernden Kaminfeuer und versuchte, sich auf das Wall Street Journal zu konzentrieren, während Jory und ich auf einem langen Tisch, den wir vollkommen abgeräumt hatten, Weihnachtsgeschenke einpackten. Während ich schöne Schleifen knüpfte und Folien zurechtschnitt, fiel mir plötzlich ein, daß Cindy seit ihrer Ankunft träumerisch in ihre eigene Welt versunken durch das Haus schwebte, so daß sie beinahe nicht da war. Weil dadurch Frieden herrschte, hatte ich mehr oder minder ihre Bedürfnisse vergessen, während ich mich mit Jory befaßte. Ich war nicht überrascht gewesen, als sie mit Chris nach Charlottesville fuhr, um letzte Einkäufe zu tätigen und ins Kino zu gehen, bis sie mit Chris am Freitag zurückkam. Er hatte eine Einzimmerwohnung und wollte Cindy auf seiner Bettcouch schlafen lassen.

»Wirklich, Mama, meine ganz besondere Weihnachtsüberraschung wird dir gefallen.« Erst als sie fort war, fragte ich mich, was das geheimnisvolle, vergnügte Lächeln auf ihr hübsches Gesicht gezaubert hatte.

Während Jory und ich seine Geschenke mit großen Seidenschleifen und Namensschildchen versahen, hörte ich das Zuschlagen von Wagentüren, laute Schritte im Säulengang und dann Chris, der nach mir rief. Es war erst zwei Uhr nachmittag, als er mit Cindy in unseren Lieblingssalon schlenderte – und zu meiner Überraschung begleitete sie ein bemerkenswert gut aussehender, etwa achtzehnjähriger junger Mann. Wenn ein Junge nicht um mindestens zwei Jahre älter war als Cindy, fand sie, daß er zu jung für sie war. Je älter und erfahrener, desto besser, neckte sie mich gern.

»Mam«, strahlte Cindy mich glücklich an, »das ist die Überraschung, die ich mit deiner Erlaubnis mitgebracht habe.«

Ich war zwar erschrocken, doch es gelang mir zu lächeln. Cindy hatte kein einziges Mal erwähnt, daß ihre ›geheime‹ Überraschung ein Gast war, den sie eingeladen hatte, ohne jemanden um Erlaubnis zu fragen. Ich stand auf, damit Chris den Freund vorstellen konnte, den Cindy in Süd-Carolina kennengelernt hatte und der Lance Spalding hieß. Der junge Mann benahm sich bemerkenswert sicher und schüttelte mir, Jory und dem finster blickenden Bart die Hand.

Chris küßte mich auf die Wange und umarmte Jory kurz, bevor er zur Tür eilte. »Verzeih mir, Cathy, daß ich so bald wieder wegfahre, aber morgen früh bin ich wieder hier. Cindy konnte nicht bis morgen warten, um euch ihren Gast vorzustellen. Ich habe noch einiges in der Universität zu erledigen. Und ich bin auch mit meinen Einkäufen noch nicht fertig.« Er schenkte mir ein strahlendes, bezauberndes Lächeln. »Liebling, ich habe über die Feiertage zwei Wochen Urlaub. Also reg dich nicht auf und halte deine Phantasie im Zaum.« Er wandte sich an Lance. »Genießen Sie Ihre Ferien, Lance.«

Sehr selbstsicher zog Cindy den jungen Mann zu dem Menschen, der ihrem Begleiter gegenüber vermutlich kaum den liebenswürdigen Gastgeber spielen würde. »Ich war sicher, daß du nichts dagegen haben würdest, Bart, wenn ich Lance einlade. Sein Vater ist Präsident der Kette der Chemical Banks von Virginia.«

Magische Worte. Ich lächelte über Cindys Klugheit. Barts feindselige Haltung verwandelte sich sofort in Interesse. Es war geradezu peinlich, wie er versuchte, dem jungen Mann, der sichtlich sehr verliebt in Cindy war, möglichst viele Informationen zu entlocken.

Cindy war bezaubernder denn je, sie strahlte wie eine Winterrose in ihrem enganliegenden weißen Pullover mit rosa Streifen, der zu ihrer knappsitzenden Strickhose paßte. Sie hatte eine wunderbare Figur und war entschlossen, sie zur Geltung zu bringen.

Lachend und fröhlich ergriff sie Lances Hand und zog ihn von Bart weg. »Warte nur, Lance, bis du das ganze Haus gesehen hast. Wir besitzen echte Rüstungen – zwei Stück –, und sie wären sogar für mich zu klein; Mama könnte sie vielleicht tragen, aber ich nicht. Und dabei

heißt es, daß die Ritter große, kräftige Männer waren, während das Gegenteil stimmt. Das Musikzimmer ist größer als dieser Raum, und mein Zimmer ist das hübscheste von allen. Die Suite meiner Eltern ist unglaublich. Bart hat mich noch nicht aufgefordert, seine Räume zu besichtigen, ich bin aber sicher, daß sie phantastisch sind.« Dabei wandte sie sich halb um und lächelte Bart boshaft und spöttisch zu. Sein Gesichtsausdruck wurde noch finsterer.
»Halte dich von meinen Räumen fern«, befahl er schroff, »und komme nicht in die Nähe meines Büros. Lance, denken Sie daran, daß Sie sich hier unter meinem Dach befinden; ich erwarte, daß Sie sich Cindy gegenüber ehrenhaft verhalten.«
Das Gesicht des Jungen wurde rot, und er versprach gehorsam: »Selbstverständlich. Ich verstehe.«
Sobald die beiden außer Sicht waren, obwohl wir noch hören konnten, wie Cindy Lobeshymnen auf Foxworth Hall sang, schleuderte mir Bart seine Ansicht über Cindys Freund entgegen. »Ich mag ihn nicht. Er ist zu alt und zu raffiniert für sie. Sie oder du hättten es mir sagen sollen. Du weißt, ich mag es nicht, wenn unerwartet Gäste auftauchen.«
»Ich bin völlig deiner Ansicht, Bart. Cindy hätte es uns vorher sagen müssen, aber vielleicht hatte sie Angst, du würdest nein sagen. Und er scheint ein sehr netter junger Mann zu sein. Vergiß nicht, wie nett Cindy seit dem Erntedankfest war. Sie hat dir keine Sekunde lang Schwierigkeiten bereitet. Sie wird erwachsen.«
»Hoffen wir, daß sie sich weiterhin anständig benimmt«, brummte er, dann lächelte er. »Hast du gesehen, wie er sie angeblickt hat? Sie hat den armen Jungen eingewikkelt.«
Erleichtert lehnte ich mich zurück und lächelte Bart zu, dann Jory, der sich mit den Weihnachtskerzen zu schaffen machte und dann ruhig seine Geschenke unter dem Baum verteilte.
»Bei den Foxworths war es Tradition, am Weihnachts-

abend einen Ball zu geben«, bemerkte Bart freundlich, »und Onkel Joel hat selbst vor zwei Wochen meine Einladungen zur Post gebracht. Ich erwarte mindestens zweihundert Gäste, wenn das Wetter halbwegs hält. Selbst wenn ein Blizzard ausbricht, müßte es die Hälfte schaffen, hierher zu kommen. Schließlich können sie es sich nicht leisten, mich zu beleidigen, denn ich sorge dafür, daß sie Arbeit haben. Bankiers, Rechtsanwälte, Makler, Ärzte, Geschäftsleute, ihre Frauen, die Freunde ihrer Töchter sowie die Honoratioren der lokalen Gesellschaft. Außerdem werden etliche Studienkollegen aus meiner Studentenvereinigung kommen. Du wirst dich also diesmal nicht darüber beklagen können, Mutter, daß wir in dieser abgeschiedenen Gegend ein einsames Leben führen.«

Jory vertiefte sich wieder in sein Buch und war anscheinend entschlossen, sich durch nichts, was Bart sagte oder tat, aus der Ruhe bringen zu lassen. Im Licht des Kaminfeuers wirkte sein klassisches Profil vollkommen. Sein dunkles Haar lag in weichen Locken um sein Gesicht und rollte sich am Kragen seines Strickhemdes auf. Bart trug einen dunklen Straßenanzug, als würde er jeden Augenblick weggehen und an einer Sitzung seines Unternehmens teilnehmen. Dann erschien Melodie; sie trug ein formloses graues, gerade herabhängendes Kleid, das sich vorn bauschte, als hätte sie eine Wassermelone darunter. Ihr Blick wanderte sofort zu Bart, der aufsprang, wegsah und hastig das Zimmer verließ. Hinter ihm entstand peinliches Schweigen.

»Ich habe oben Cindy getroffen«, berichtete Melodie heiser und vermied verzweifelt, Jory anzusehen. Sie setzte sich zum Kamin und streckte die Hände aus, um sie zu wärmen. »Ihr Freund scheint sehr nett und wohlerzogen zu sein und sieht auch sehr gut aus.« Sie schaute unverwandt ins Feuer, während Jory sie unablässig dazu bringen wollte, ihn anzusehen. Sein ganzes Herz lag in seinen Augen, als er seine Versuche wehmütig aufgab und zu sei-

nem Buch zurückkehrte. »Cindy scheint dunkelhaarige Männer zu mögen, die so aussehen wie ihre Brüder«, fuhr sie unbestimmt und zerstreut fort, als wäre alles unwichtig und als gäbe sie sich nur zur Abwechslung Mühe.
Jory blickte ärgerlich auf. »Kannst du mich nicht einmal begrüßen, Mel?« fragte er mit rauher Stimme. »Ich bin hier, ich lebe. Ich bemühe mich, zu überleben. Sag oder tu etwas, damit ich merke, daß du noch weißt, daß ich dein Mann bin.«
Melodie wandte ihm zögernd den Kopf zu und lächelte ihm unbestimmt grüßend zu. In ihren Augen konnte man deutlich lesen, daß sie ihn nicht mehr als den Ehemann betrachtete, den sie so leidenschaftlich geliebt und bewundert hatte. Sie sah nur einen gelähmten Mann in einem Rollstuhl und reagierte beklommen und verlegen auf diesen Augenblick.
»Hallo, Jory«, sagte sie gehorsam.
Warum stand sie nicht auf und küßte ihn? Warum sah sie nicht seine flehenden Augen? Warum konnte sie sich nicht zusammenreißen, auch wenn sie ihn nicht mehr liebte? Langsam lief Jorys blasses Gesicht rot an, dann senkte er den Kopf und betrachtete die Geschenke, die er so schön eingepackt hatte.
Ich wollte Melodie schon hart zurechtweisen, als Cindy und Lance mit glänzenden Augen und geröteten Gesichtern zurückkamen. Kurz darauf folgte ihnen Bart. Er überblickte den Raum, sah, daß Melodie noch anwesend war, drehte sich um und ging wieder. Sofort stand Melodie auf und verschwand. Bart mußte gemerkt haben, daß sie sich entfernte, denn er kehrte kurz darauf zurück, setzte sich und schlug die Beine übereinander; weil Melodie fort war, sah er erleichtert aus.
Cindys Freund sagte mit einem Blick auf Bart und breitem Lächeln: »Der ganze Besitz gehört Ihnen, Mr. Foxworth, hat mir Cindy erzählt.«
»Nenn ihn doch einfach Bart«, verlangte Cindy.
Bart runzelte die Stirn.

»Bart...« begann Lance zögernd, »es ist wirklich ein bemerkenswertes Haus. Ich danke Ihnen dafür, daß Sie mich eingeladen haben.« Ich sah zu Cindy hinüber, die mit keiner Wimper zuckte, als Bart sie zornig anblickte, während Lance arglos fortfuhr: »Cindy hat mir Ihre Suite und Ihr Büro nicht gezeigt, aber ich hoffe, Sie werden es selbst tun. Ich hoffe, daß auch ich einmal so etwas besitzen werde..., außerdem habe ich eine Leidenschaft für elektronische Geräte; Cindy hat mir verraten, daß Sie welche besitzen.«

Sofort stand Bart geschmeichelt auf, um seine elektronischen Geräte vorzuführen. »Selbstverständlich, wenn Sie meine Räume und mein Büro besichtigen wollen, werde ich sie Ihnen gern zeigen. Aber es wäre mir lieber, wenn Cindy uns nicht begleitet.«

Nach einem üppigen Abendessen, das Trevor servierte, unterhielten wir uns im Musikzimmer mit Jory und Bart. Melodie war bereits im Oberstock zu Bett gegangen. Bart erklärte bald, er müsse morgen früh aufstehen und werde jetzt zu Bett gehen. Sofort versiegte die Unterhaltung, wir standen alle auf und gingen zur Treppe. Ich führte Lance in ein hübsches Zimmer mit anschließendem Bad. Es befand sich im Ostflügel, nicht weit von Barts Räumen entfernt, während Cindys Zimmer nahe bei meinem lag. Cindy lächelte bezaubernd und küßte Lance Spalding auf die Wange. »Gute Nacht, mein Prinz«, flüsterte sie. »Trennung ist ein so süßer Schmerz.«

Er verschränkte die Arme über der Brust, und Joel machte es ihm nach. Bart trat zurück und beobachtete die rührende Szene spöttisch. »Laßt es eine richtige Trennung werden«, orakelte er bedeutungsvoll, sah Lance direkt an, dann Cindy, und begab sich in sein Zimmer.

Zuerst begleitete ich Cindy bis zu ihrer Tür, wir wechselten ein paar Worte und die obligaten Gutenachtküsse. Dann blieb ich noch vor Melodies Tür kurz stehen und fragte mich, ob ich klopfen, hineingehen und versuchen sollte, mit ihr vernünftig zu reden. Ich seufzte, denn ich wußte, daß es nichts nützen würde –, ich hatte es schon so oft versucht. Als nächstes schaute ich bei Jory vorbei. Er lag im Bett und starrte zur Decke. Seine dunkelblauen Augen wandten sich mir zu, sie glänzten von ungeweinten Tränen. »Es ist so lange her, seit Melodie mir einen Gutenachtkuß gab. Du und Cindy, ihr findet immer Zeit dafür, aber meine Frau nimmt keine Notiz von mir, als würde ich für sie nicht existieren. Es gibt jetzt wirklich keinen Grund dafür, daß ich nicht in einem größeren Bett schlafen könnte, und sie könnte neben mir liegen, aber sie würde es nicht einmal dann tun, wenn ich sie darum bitte. Den Klipper habe ich jetzt fertiggestellt und weiß nicht, was ich als nächstes beginnen soll, um mir die Zeit zu vertreiben. Ich will wirklich kein zweites Schiff für unser Kind beginnen. Ich fühle mich so unausgefüllt, so uneins mit dem Leben, mit mir selbst und am meisten mit meiner Frau. Ich möchte mich meiner Frau zuwenden, aber sie wendet sich von mir ab. Mam ... ohne dich, Dad und Cindy würde ich nicht wissen, wie ich meine langen Tage verbringen soll.«

Ich hielt ihn in den Armen, fuhr ihm mit den Fingern durch das Haar wie damals, als er noch ein kleiner Junge gewesen war. Ich sagte all die Worte, die Melodie hätte sprechen sollen. Ich bedauerte sie, verachtete sie ihrer Schwäche wegen, haßte sie, weil sie ihn nicht genügend liebte, weil sie nicht verstand zu geben, auch wenn es ihr weh tat.

»Gute Nacht, ›mein‹ Prinz«, sagte ich von der Tür aus. »Halte fest an deinen Träumen, gib sie jetzt nicht auf, denn das Leben hält viele Gelegenheiten bereit, um glücklich zu sein, Jory. Für dich ist noch nicht alles vorbei.«

Er lächelte, wünschte mir eine gute Nacht, und ich ging zum Südflügel, zur Suite, die ich mit Chris teilte.

Plötzlich stand Joel vor mir, versperrte mir den Weg. Er trug einen schäbigen alten, ausgeblichenen Bademantel, der nur noch grau aussah. Sein schütteres, farbloses Haar bildete kleine Büschel wie Hörner, während das lange En-

de seiner Kordel wie ein schlaffer Schwanz hinter ihm herschleifte.
»Catherine«, fragte er scharf, »ist dir klar, was dieses Mädchen in eben diesem Augenblick treibt?«
»Dieses Mädchen? Welches Mädchen?« antwortete ich ebenso scharf.
»Du weißt, wen ich meine, deine Tochter. Gerade jetzt, in diesem Moment unterhält sie in ihrem Zimmer den jungen Mann, den sie mitgebracht hat.«
»Unterhält? Was meinst du damit?«
Sein Lächeln war falsch und bösartig. »Wenn es jemand wissen müßte, dann bist du es. Sie hat den Jungen in ihrem Bett.«
»Ich glaube dir nicht.«
»Dann sieh selbst nach!« antwortete er rasch mit sichtlichem Vergnügen. »Du glaubst mir nie etwas. Ich war in der hinteren Halle, sah zufällig, wie dieser Junge durch die Räume schlich, und folgte ihm. Noch bevor er Cindys Tür erreichte, hatte sie sie schon geöffnet und ließ ihn ein.«
»Ich glaube dir nicht«, wiederholte ich wieder, diesmal schon schwächer.
»Hast du Angst, nachzusehen und zu entdecken, daß ich vielleicht doch die Wahrheit spreche? Würdest du dann einsehen, daß ich nicht dein Feind bin, für den du mich hältst?«
Ich wußte nicht, was ich sagen oder denken sollte. Sie war unschuldig, ich wußte, daß sie es war. Sie hatte sich einwandfrei verhalten, hatte mir mit Jory geholfen und ihre Neigung, mit Bart zu streiten, unterdrückt. Joel mußte lügen. Ich machte kehrt und ging zu Cindys Zimmer; Joel folgte mir auf den Fersen.
»Du verleumdest sie, Joel, und das werde ich dir beweisen«, erklärte ich, während ich beinahe lief.
Vor ihrer Tür hielt ich an und horchte, hörte aber nichts. Ich hob die Hand, um anzuklopfen. »Nein!« zischte Joel. »Warne sie nicht, wenn du die volle Wahrheit erfahren

willst. Reiß nur die Tür auf, geh ins Zimmer und überzeuge dich selbst!«

Ich zögerte, wollte nicht einmal denken, daß er recht haben könnte. Und außerdem wollte ich nicht, daß Joel mir vorschrieb, was ich tun solle. Ich starrte ihn an, dann klopfte ich einmal scharf, wartete ein paar Sekunden, riß die Tür zu Cindys Schlafzimmer auf und betrat den Raum, der nur durch das Mondlicht erhellt wurde.

Zwei vollkommen nackte Körper lagen eng umschlungen auf Cindys jungfräulichem Bett.

Ich starrte sie erschrocken an und spürte einen Schrei in meiner Kehle aufsteigen, der dort steckenblieb. Vor meinen verblüfften Augen lag Lance Spalding wild bockend auf meiner sechzehnjährigen Tochter. Cindys Hände umklammerten seine Hinterbacken, ihre langen roten Fingernägel bohrten sich in sie, ihr Kopf rollte von einer Seite zur anderen, während sie wollüstig stöhnte und mir dadurch verriet, daß sie es nicht zum ersten Mal erlebte.

Was sollte ich nun tun? Lautlos die Tür schließen, ohne etwas zu sagen? Einen Wutanfall bekommen und Lance aus unserem Haus jagen? Hilflos zappelte ich im Netz meiner Unentschlossenheit, und es waren nicht mehr als einige Sekunden vergangen, als ich ein leises Geräusch hinter mir hörte.

Jemand schnappte nach Luft. Ich fuhr herum und erblickte Bart, der auf Cindy starrte, die sich auf Lance gewälzt hatte, ihn wollüstig ritt, unflätige Wörter schrie, verrückt stöhnte, blind für alles andere war und sich nur auf den Liebesakt konzentrierte.

Bart kannte kein Zögern.

Er ging geradewegs zum Bett und faßte Cindy um die Taille. Mit einem mächtigen Ruck riß er sie von dem Jungen hoch, der in seiner Nacktheit und dem Entzücken, in das er sich hineingesteigert hatte, benommen wirkte. Bart schleuderte Cindy rücksichtslos auf den Boden. Sie schrie auf, als sie mit dem Gesicht auf den Teppich fiel.

Bart hörte es nicht.

Er war zu sehr mit dem jungen Mann beschäftigt. Immer wieder rammte er seine Fäuste in Lances hübsches Gesicht. Lances Nase krachte, und das Blut spritzte hervor. »Nicht unter meinem Dach!« brüllte er und schlug Lance ins Gesicht. »Kein Sündenbabel unter meinem Dach!« Einen Augenblick zuvor hätte ich am liebsten das gleiche getan. Jetzt wollte ich den Jungen retten. »Bart, hör auf! Du wirst ihn umbringen!«
Cindy kreischte hysterisch, während sie den Versuch unternahm, ihre Blöße mit den Kleidern zu bedecken, die auf dem Boden lagen. Ihre und Lances Kleidungsstücke bildeten einen wirren Haufen. Joel war ebenfalls ins Zimmer getreten und musterte Cindy voll Verachtung, wandte sich mir mit hämischer Genugtuung zu, und sein Lächeln besagte: Siehst du, ich habe es ja gewußt. Wie die Mutter, so die Tochter.
»Siehst du, was du mit deiner Nachsicht erreicht hast?« begann er, als stünde er auf einer Kanzel. »Als ich dieses Mädchen zum ersten Mal sah, war mir klar, daß sie nur eine Hure ist, die sich in das Haus meines Vaters eingeschlichen hat.«
»Du Narr!« tobte ich. »Wer bist du denn, daß du es wagst, jemanden zu verurteilen?«
»Die Närrin bist du, Catherine. Genauso wie deine Mutter in mehr als einer Hinsicht. Auch sie war nach jedem Mann verrückt, den sie sah, sogar nach ihrem Halbonkel. Sie kroch wie dieses nackte Mädchen lüstern auf dem Boden herum – bereit, mit allem, was Hosen trug, ins Bett zu gehen.« Unerwarteterweise ließ Bart Lance auf das Bett fallen und warf sich auf Joel. »Hör auf! Wage es nicht, meiner Mutter vorzuwerfen, sie sei so wie ihre Mutter! Sie ist es nicht, sie ist es nicht!«
»Letzten Endes wirst du dich meiner Meinung anschließen, Bart«, flüsterte Joel überaus sanft und scheinheilig. »Corrine hat bekommen, was sie verdient hat. So wie deine Mutter eines Tages erhalten wird, was ihr zusteht. Und wenn es noch Gerechtigkeit und Recht auf dieser Welt

gibt und Gott im Himmel thront, wird das unzüchtige nackte Mädchen auf dem Boden, das versucht, seine Blöße zu bedecken, ihr Ende in den brennenden Flammen der Hölle finden, wie sie es verdient.«

»Sag so etwas nicht wieder!« brüllte Bart, der so wütend auf Joel war, daß er Cindy und Lance vergaß, die beide hastig ihre Nachtgewänder anzogen, auf die sie verzichtet hatten. Er zögerte, als wäre er erschrocken, weil er das Mädchen verteidigte, das er niemals als seine Schwester anerkannt hatte. »Das ist mein Leben, Onkel«, stellte er streng fest, »und eigentlich meine Familie, nicht die deine. Ich werde strafen, wenn es notwendig ist, nicht du.«

Anscheinend sehr bekümmert und tief erschüttert, schlenderte Joel tief gebeugt mit langsam schlurfenden Schritten wie ein alter Mann den Korridor hinunter.

Sobald Joel außer Sichtweite war, wandte sich Bart wütend mir zu. »Siehst du!« brüllte er. »Cindy hat soeben den Beweis dafür erbracht, was ich die ganze Zeit über ahnte. Sie ist nichts wert, Mutter! Nichts wert. Die ganze Zeit hat sie uns vorgegaukelt, wie lieb sie ist, und dabei schon daran gedacht, wie sie sich vergnügen würde, wenn Lance käme. Sie muß für immer aus diesem Haus und meinem Leben verschwinden!«

»Du kannst Cindy nicht wegschicken, Bart – sie ist meine Tochter! Wenn du es schon für notwendig hältst, jemanden zu bestrafen, schick Lance fort. Du hast natürlich recht, Cindy hätte sich nicht dazu hergeben dürfen, und auch Lance hätte deine Gastfreundschaft nicht mißbrauchen dürfen.«

Er war ein wenig besänftigt, und es gelang ihm, sich einigermaßen zu beruhigen. »Also gut, Cindy kann bleiben, wenn du darauf bestehst, daß du sie liebst, ganz gleich, was sie anstellt. Aber dieser Junge verschwindet noch heute nacht!« Er schrie Lance an: »Los, packen Sie Ihre Sachen – denn in fünf Minuten fahre ich Sie zum Flughafen. Wenn Sie Cindy jemals wieder anrühren, breche ich Ihnen sämtliche Knochen im Leib! Und glauben Sie ja nicht,

daß ich es nicht erfahren werde. Ich habe auch in Süd-Carolina Freunde!«
Lance Spalding war sehr blaß, als er eilig seine Kleider in die Koffer packte, die er erst vor kurzem ausgeräumt hatte. Er konnte mich nicht einmal ansehen, als er an mir vorbeihastete, sondern flüsterte nur heiser: »Es tut mir leid und ich schäme mich sehr, Mrs. Sheffield . . .«, und dann war er verschwunden, mit Bart auf den Fersen, der ihn immer wieder stieß, damit er rascher ging.
Nun wandte ich mich Cindy zu, die ein sehr sittsames Großmutternachthemd angezogen hatte und zugedeckt in ihrem Bett lag; sie sah mich mit weitaufgerissenen verängstigten Augen an. »Ich hoffe, du bist jetzt zufrieden, Cindy«, bemerkte ich kalt. »Du hast mich wirklich enttäuscht. Ich habe mehr von dir erwartet . . ., du hast es mir versprochen. Bedeuten deine Versprechungen denn gar nichts?«
»Bitte, Mama«, schluchzte sie. »Ich liebe ihn, ich habe ihn begehrt, und ich finde, daß ich lang genug gewartet habe. Es war mein Weihnachtsgeschenk für ihn – und auch für mich.«
»Lüg mir doch nichts vor, Cynthia! Du warst heute nacht nicht das erste Mal mit ihm zusammen. Ich bin nicht so dumm, wie du vielleicht annimmst. Du und Lance, ihr hattet schon vorher intime Beziehungen.«
Sie jammerte laut. »Mama, wirst du mich jetzt nicht mehr lieben? Du kannst doch deine Gefühle für mich nicht einfach abschalten, denn wenn du es tust, dann will ich sterben! Ich habe keine anderen Eltern als dich und Daddy . . . und ich schwöre, daß es nicht wieder vorkommen wird. Bitte verzeih mir, bitte!«
»Ich werde darüber nachdenken«, erwiderte ich kalt, während ich ihre Tür schloß.

Als ich mich am nächsten Morgen ankleidete, stürzte Cindy in mein Zimmer und schrie hysterisch. »Bitte Mama, laß es nicht zu, daß Bart mich auch zwingt, das Haus zu verlassen. Ich habe nie ein glückliches Weihnachtsfest erlebt, wenn Bart dabei war. Ich hasse ihn! Ich hasse ihn wirklich! Er hat Lances Gesicht verunstaltet.«

Sie hatte sehr wahrscheinlich damit recht. Ich mußte Bart begreiflich machen, daß er seine Wut im Zaum halten sollte. Wie schrecklich für einen so gutaussehenden Jungen, daß seine gerade Nase gebrochen war, ganz zu schweigen von den blauen Augen, den Platzwunden und den Quetschungen.

Aber nachdem Lance aus dem Haus war, legte eine seltsame Macht ihre Geisterhand auf Bart, so daß er sehr still wurde. Falten, die ich vorher nicht an ihm bemerkt hatte, verliefen von seiner Nase zu seinen schön geschwungenen Lippen, und er war für Runzeln doch zu jung. Er sah Cindy weder an, noch sprach er mit ihr. Er behandelte auch mich, als wäre ich Luft für ihn. Er starrte mich finster schweigend an und blickte dann flüchtig zur weinenden Cindy hinüber; ich konnte mich nicht daran erinnern, daß Cindy jemals zugelassen hätte, daß wir sie weinen sahen.

Alle möglichen düsteren Gedanken gingen mir durch den Kopf. Der Ort, an dem Eulen und Füchse hausten, wie es in der Bibel hieß, die wir jeden Tag lesen mußten. Wo konnte man Verständnis finden? Es gab eine Zeit zum Pflanzen, eine Zeit zum Reifen, eine Zeit zum Ernten . . ., wo blieb unsere Zeit zur Freude?

Hatten wir nicht lang genug darauf gewartet?

Im Lauf des Vormittags sprach ich mit Cindy. »Ich bin über dein Benehmen empört, Cindy. Bart ist vollkommen zu Recht wütend, auch wenn ich mißbillige, daß er diesen Jungen so gewalttätig behandelt hat. Ich kann sein Verhalten verstehen, deines aber nicht. Jeder junge Mann hätte dein Zimmer betreten, wenn du deine Tür so bereitwillig öffnest und ihn dazu aufforderst. Cindy, du mußt mir versprechen, dich niemals wieder so zu vergessen. Wenn du einmal achtzehn bist, wirst du selbst über dich bestimmen können –, aber bis zu diesem Tag und solange du unter diesem Dach wohnst, wirst du mit niemandem hier oder anderswo Sexspiele treiben. Hast du mich verstanden?«

Ihre blauen Augen wurden groß, und aufsteigende Tränen schimmerten in ihnen. »Ich lebe doch nicht im achtzehnten Jahrhundert, Mama! Alle Mädchen tun es! Ich habe um so viel länger durchgehalten als die meisten von ihnen, und soviel ich über dich gehört habe . . ., warst du auch hinter den Männern her.«

»Cindy!« fuhr ich sie scharf an. »Untersteh dich nicht noch einmal, mir meine Vergangenheit oder Gegenwart vorzuwerfen. Du weißt nicht, was ich zu ertragen hatte – während du nichts als glückliche Tage mit allen Annehmlichkeiten gekannt hast, die mir versagt blieben.«

»Glückliche Tage?« fragte sie bitter. »Hast du die gemeinen, bösartigen Dinge vergessen, die mir Bart angetan hat? Ich wurde zwar nicht eingesperrt, ausgehungert und geschlagen, aber ich hatte auch meine Probleme, und glaube nicht, daß ich jetzt keine mehr habe. Bart hat mich in bezug auf meine Weiblichkeit so verunsichert, daß ich alle Jungen testen muß, die ich kennenlerne . . ., ich kann einfach nicht anders.«

Wir befanden uns in ihrem Schlafzimmer, während sich Bart unten aufhielt.

Ich schloß Cindy in die Arme. »Weine nicht, mein Liebling, ich verstehe ja, wie dir zumute ist. Aber du mußt versuchen zu begreifen, daß Eltern ihre Töchter besonders hüten. Dein Vater und ich wollen nur das Beste für dich. Wir wollen nicht, daß du in deinen Gefühlen verletzt wirst. Laß dir diese Erfahrung mit Lance eine Lehre sein und beherrsche dich, bis du achtzehn und infolge deiner Reife imstande bist, richtig zu urteilen. Beherrsche dich noch länger, wenn du kannst. Wenn du zu früh mit dem Geschlechtsverkehr beginnst, kann es unerwünschte Folgen haben und dir genau das bescheren, was du nicht willst. Das ist mir nämlich widerfahren, und du hast tausendmal erwähnt, daß du eine Bühnen- und Filmkarriere machen und daß du Heirat und Kinder zurückstellen willst. Die Pläne vieler Mädchen wurden durch ein Kind als Folge unbeherrschter Leidenschaft vereitelt. Sei vorsichtig, bevor du dich an jemanden bindest. Verliebe dich nicht zu früh, denn wenn du es tust, mußt du eventuell mit sehr vielen unvorhergesehenen Schwierigkeiten rechnen. Versuche es mit romantischer, platonischer Liebe, Cindy, und du ersparst dir viel Kummer, weil du zu früh zuviel verschenkt hast.«

Sie drückte sich fest an mich, ihr Blick wurde weich und verriet mir, daß wir wieder Mutter und Tochter waren. Später standen Cindy und ich nebeneinander unten und beobachteten, wie der weiße Schnee alles bedeckte, wie die Ferne im Nebel verschwamm und wir von der übrigen Welt noch weiter abgeschnitten waren. »Jetzt werden alle Straßen nach Charlottesville gesperrt sein«, bemerkte ich tonlos zu Cindy. »Und noch dazu benimmt sich Melodie so merkwürdig, daß ich mir wegen der Gesundheit ihres Kindes Sorgen mache. Jory bleibt in seinem Zimmer, als wollte er weder sie noch einen von uns sehen. Bart benimmt sich, als wären wir alle sein persönliches Eigentum wie das Haus. Wenn Chris doch hier wäre. Ich ertrage es nicht, wenn er fort ist.«

Ich wandte mich um und stellte fest, daß Cindy mich seltsam verwundert anblickte. Sie wurde rot, als sie meinem Blick begegnete. Als ich sie fragte, warum sie errötete, murmelte sie: »Ich wundere mich nur manchmal, wieso ihr beide so aneinander festhaltet, während ich mich so oft immer wieder in jemand anderen verliebe. Mama, du mußt mir einmal erklären, wie ich es anstellen soll, daß mich ein Mann in meiner Gesamtheit liebt und nicht nur meinen Körper. Ich sehne mich danach, daß die Jungen zuerst so in meine Augen blicken wie Daddy in die deinen. Sie sollten wenigstens manchmal mein Gesicht betrachten, denn es ist bestimmt nicht häßlich, aber sie starren alle auf meine Titten. Ihr Blick sollte mir so folgen wie Jorys Blick Melodie . . .«

Cindy legte den Arm um mich und begrub ihr Gesicht an

meiner Schulter. »Es tut mir so leid, Mama, wirklich so leid, daß ich dir gestern nacht solchen Kummer verursacht habe. Danke, weil du mich nicht mehr ausgescholten hast. Ich habe über deine Worte nachgedacht, und du hast recht. Lance hat einen hohen Preis bezahlen müssen, und ich hätte klüger sein sollen.« Sie blickte mir flehend in die Augen. »Im Ernst, Mama, alle Mädchen in der Schule haben damit angefangen, als sie elf, zwölf, dreizehn waren, und ich liebe Lance. Ich habe mich lange zurückgehalten, obwohl alle Jungen es mehr auf mich abgesehen hatten als auf die anderen Mädchen. Die Mädchen glaubten, daß ich es tue, aber ich tat es nicht. Ich machte ihnen vor, ich hätte Beziehungen, aber eines Tages hörte ich ein paar Jungen ihre Erfahrungen austauschen, und alle gestanden, daß sie mich nicht so weit gebracht hatten. Sie sprachen so, als wäre ich eine Mißgeburt – oder vielleicht eine Lesbierin. Da beschloß ich, zu Weihnachten Lance nachzugeben. Mein besonderes Geschenk für ihn.«
Ich sah sie scharf an und hätte gern gewußt, ob sie mir die reine Wahrheit gesagt hatte, während sie weitererzählte, daß sie das einzige Mädchen in ihrer Gruppe war, das bis sechzehn unberührt geblieben war, und das war in der heutigen Welt für ein Mädchen wirklich spät. »Bitte, schäme dich nicht meinetwegen, denn wenn du es tust, dann muß ich es auch tun. Ich wollte es tun, seit ich zwölf war, habe mich aber wegen deiner Ermahnungen beherrscht. Aber du mußt verstehen, daß das, was ich mit Lance tat, keine flüchtige Beziehung war. Ich liebe ihn. Und eine Zeitlang, bevor du und Bart hereinkamen ..., fühlte ich mich ..., fühlte ich mich ... so wunderbar.«
Was konnte ich darauf sagen?
Ich hatte meine eigenwillige Jugend in einem Winkel meines Gedächtnisses versteckt, und sie wartete nur auf eine Gelegenheit, herauszuspringen und mir Pauls Bild vor Augen zu führen ..., und wie ich damals gewollt hatte, daß er mich alle Spielarten der Liebe lehrte, vor allem deshalb, weil meine erste Erfahrung mit dem anderen Ge-

schlecht so niederschmetternd verlaufen war und mich mit solchem Schuldgefühl belastet hatte, daß ich noch jetzt hätte weinen können, wenn ich zum Mond hinaufblickte, der Chris' und meine Sünde mit angesehen hatte.

Gegen sechs rief Chris an und sagte, er habe den ganzen Tag versucht, mich zu erreichen, aber die Telefonleitungen seien gerissen. »Du wirst mich aber am Weihnachtsabend sehen«, verkündete er fröhlich. »Ich habe einen Schneepflug gemietet, der vor mir bis Foxworth Hall fahren wird. Wie kommt ihr voran?«

»Ausgezeichnet, ganz ausgezeichnet«, log ich und erzählte ihm, daß Lances Vater die Treppe hinuntergefallen sei, und daß er daraufhin sofort nach Hause fliegen mußte. Dann plauderte ich weiter, berichtete, daß wir schon für Weihnachten gerüstet wären, die Geschenke seien verpackt, der Baum aufgestellt, aber daß Melodie wie gewöhnlich in ihren Räumen blieb, als wären sie ihr einziger Zufluchtsort auf der Welt.

»Wie schön wäre es, Cathy«, sagte Chris streng, »wenn du gelegentlich mir gegenüber ehrlich wärst. Lance ist nicht nach Hause geflogen. Kein Flugzeug kann starten. Im Augenblick befindet sich Lance keine drei Meter von dieser Telefonzelle entfernt. Er kam zu mir und hat mir alles gebeichtet. Ich habe seine gebrochene Nase und seine übrigen Wunden behandelt und dabei die ganze Zeit Bart verflucht. Der Junge ist vollkommen zerschlagen.«

Am nächsten Morgen in den Frühnachrichten hörten wir, daß alle Straßen zum Dorf und zur nächsten Stadt zugeschneit waren. Reisende wurden aufgefordert, zu Hause zu bleiben. Wir ließen das Radio den ganzen Tag laufen und hörten den Wetterwarten zu, die unser Leben bestimmten. »Noch nie zuvor hat es einen dramatischeren Winter als diesen gegeben«, leierte die männliche Stimme und wies auf die Vorzüge des Wetters hin. »Rekorde wurden gebrochen . . .«

Stunde um Stunde standen Cindy und ich traurig am Fenster, und Jory leistete uns oft Gesellschaft und starrte so wie wir auf den unbarmherzig, zielstrebig fallenden Schnee. Vor meinem geistigen Auge sah ich uns vier vor mir, die in dem Raum eingesperrt waren, flüsternd von Santa Claus erzählten und den Zwillingen versicherten, daß er uns bestimmt finden würde. Chris hatte ihm einen Brief geschrieben. Ach, die armen kleinen Zwillinge, die am Weihnachtsmorgen aufwachten und sich nicht einmal an die guten Zeiten erinnern konnten, die wir vorher erlebt hatten.

Als Jory hustete, kehrte ich in die Gegenwart zurück. Alle paar Minuten bekam Jory krampfartige Hustenanfälle. Ich beobachtete ihn besorgt.

Er fuhr bald mit seinem Rollstuhl in sein Zimmer und meinte, er würde sich wieder ins Bett legen. Ich wollte ihn begleiten, wußte aber, daß er alle Tätigkeiten, zu denen er fähig war, allein verrichten wollte.

»Allmählich hasse ich dieses Haus«, brummte Cindy. »Jetzt hat Jory auch noch eine Erkältung bekommen. Deshalb habe ich Lance mitgebracht, weil ich wußte, daß es so kommen würde. Ich hoffte, daß wir jede Nacht eine Party haben würden, und wenn man beschwipst ist, fällt es einem sicher leichter, im Schatten von Bart und diesem gruseligen alten Joel zu leben. Ich habe erwartet, daß Lance mich während meines Aufenthaltes hier bei Laune halten würde. Jetzt habe ich niemanden außer dir, Mama. Jory wirkt so zurückhaltend und einsam, und er findet, daß ich zu jung bin, um seine Probleme zu begreifen. Melodie spricht nie mit mir oder jemand anderem, Bart stelzt herum wie der erbarmungslose Sensenmann, und dieser alte Mann jagt mir Schauer über den Rücken. Wir haben keine Freunde. Niemand besucht uns überraschend. Wir sind ganz allein und gehen einander auf die Nerven. Und dazu ist Weihnachten. Ich freue mich auf den Ball, den Bart angeblich veranstaltet. Das würde mir wenigstens Gelegenheit geben, einige Leute kennenzulernen und das Moos herunterzukriegen, das sich auf meinen Beinen ansetzt.«

Plötzlich tauchte Bart auf und brüllte Cindy an. »Du mußt nicht hier bleiben. Du bist nur das angenommene Kind, das meine Mutter unbedingt haben mußte.«
Cindy wurde tiefrot. »Versuchst du wieder, mich zu treffen, du Dreckskerl? Du kannst mich jetzt nicht mehr verletzen! Damit bin ich fertig!«
»Daß du mich nie wieder Dreckskerl nennst, du Bastard!«
»Kriecher! Dreckskerl! Kriecher! Dreckskerl!« verhöhnte sie ihn, wich zurück und schlüpfte hinter Stühle und Tische, reizte ihn absichtlich, ihr nachzusetzen, und brachte so ein wenig Farbe in den langweiligen Tag.
»Cindy!« schrie ich jetzt wütend. »Wie kannst du es wagen, so zu Bart zu sprechen? Entschuldige dich jetzt ... sofort!«
»Nein, das werde ich nicht tun, denn ich bedauere es nicht«, schrie sie nicht mir, sondern Bart zu. »Er ist ein Scheusal, ein Irrer, ein Verrückter, und er versucht, uns alle so plemplem zu machen, wie er ist!«
»Hör auf!« schrie ich, weil Barts Gesicht leichenblaß wurde. Dann machte er einen Satz und packte sie an den Haaren. Sie versuchte wegzulaufen, aber er hielt sie zu fest. Ich stürzte mich auf ihn, und um ihn daran zu hindern, sie zu schlagen, klammerte ich mich an seinen freien Arm. Er überragte sie. »Wenn du jemals wagst, auch nur zu mir zu sprechen, kleines Mädchen, wirst du den Tag verwünschen. Du bist sehr stolz auf deinen Körper, auf dein Haar, auf dein Gesicht. Noch eine Beleidigung, und du wirst dich in einer finsteren Kammer verstecken und alle Spiegel zerschlagen.«
Der schreckliche Ton seiner Stimme verriet mir, daß er es ernst meinte. Ich mischte mich ein, um Cindy beizustehen. »Das meinst du doch nicht im Ernst, Bart Du hast Cindy dein ganzes Leben lang gequält. Kannst du es ihr verübeln, wenn sie sich dafür rächen will?«
»Du stellst dich nach den Beleidigungen, die sie mir an den Kopf geworfen hat, auf ihre Seite?«
»Sag, daß es dir leid tut, Cindy«, forderte ich sie auf.

Dann wandte ich mich beschwörend Bart zu. »Bitte, entschuldige du dich auch.«
Als Bart sah, wie bestürzt ich war, trat eine gewisse Unentschlossenheit in seine dunkel glühenden Augen, die aber sofort verschwand, als Cindy schrie: »Nein! Es tut mir nicht leid! Und ich habe keine Angst vor ihm! Du bist genauso bösartig und senil wie der alte Knilch, der herumschleicht und vor sich hinbrummt. Junge, bist du versessen auf alte Männer! Vielleicht ist das dein Komplex, Bruder!«
»Cindy!« flüsterte ich entsetzt, »entschuldige dich bei Bart!«
»Nie, nie, niemals – nicht nach allem, was er Lance angetan hat!«
Die Wut in Barts Gesicht machte mir Angst.
In diesem Augenblick kam Joel herein. Er blieb mit verschränkten Armen stehen und hielt Barts zornigem Blick stand. »Sohn – laß sie. Der Herr sieht und hört alles und übt zu gegebener Zeit Gerechtigkeit. Sie ist ein Kind, das wie ein Vogel in den Zweigen zwitschert, wird von Instinkten beherrscht, die keine Moral kennen. Sie handelt, spricht, bewegt sich, alles ohne Vernunft. Verglichen mit dir ist sie ein Nichts, Bart. Nichts als Haarsträhnen, Knochen und Fetzen –, du bist zum Führer geboren.«
Barts Wut legte sich wie durch Zauberei. Er folgte Joel aus dem Raum, ohne uns noch eines Blicks zu würdigen.
Als ich sah, wie Bart dem alten Mann so gehorsam und widerspruchslos folgte, erfüllten mich neue Ängste. Wie hatte Joel solchen Einfluß gewinnen können?
Cindy fiel mir in die Arme und begann zu weinen. »Was ist mit mir und mit Bart los, Mama? Warum sage ich so abscheuliche Dinge, um ihn zu verletzen? Warum sagt er sie zu mir? Ich will Bart verletzen. Ich will ihm alle häßlichen Dinge zurückzahlen, die er mir angetan hat, um mich zu verletzen.«
In meinen Armen schluchzte sie sich ihre Ängste von der Seele, ihr Körper entspannte sich.

Cindy erinnerte mich in vieler Hinsicht an meine eigene Jugend; sie sehnte sich so danach, zu lieben und geliebt zu werden, ein erfülltes, aufregendes Leben zu führen, obwohl sie noch nicht reif genug war, um für ihre Gefühle die Verantwortung zu übernehmen.

Ich seufzte und drückte sie an mich. Irgendwann, irgendwie würden alle Familienprobleme einmal gelöst werden. Ich hielt an diesem Glauben fest und betete, daß Chris bald nach Hause kommen möge.

Weihnachten

So wie alle Jahre kam der Weihnachtsabend mit seinem Zauber und seinem festlichen Frieden, beruhigte die verstörten Gemüter und verlieh sogar Foxworth Hall eine eigenartige Schönheit. Es schneite noch immer, aber nicht mehr so dicht, und der Wind hatte nachgelassen. In dem Raum, in dem wir am liebsten zusammenkamen, schmückten Bart und Cindy unter Jorys Leitung den riesigen Christbaum. Cindy stand auf der einen Seite auf einer Leiter, Bart auf einer zweiten, während Jory in seinem Rollstuhl saß und mit Kabeln und elektrischen Kerzen hantierte, die als Girlanden an den Türen befestigt werden sollten. In anderen Räumen arbeiteten Dekorateure, um sie für die Hunderte von Gästen festlich zu schmükken, die Bart zu dem Ball eingeladen hatte. Er war schrecklich aufgeregt. Daß er glücklich lachte, machte meinem Herzen Freude, besonders als Chris eintrat, der mit allen Geschenken beladen war, die er im letzten Moment eingekauft hatte, wie es seinem zaudernden Wesen entsprach.

Ich begrüßte ihn mit bereitwillig geöffneten Armen und zahlreichen Küssen, die Bart von seinem Platz aus hinter dem Baum nicht sehen konnte. »Was hat dich denn so lange aufgehalten?« fragte ich, und er lachte und zeigte auf die schön verpackten Geschenke.

»Draußen im Wagen habe ich noch mehr«, gestand er glücklich. »Ich weiß, du bist der Meinung, ich sollte meine Einkäufe früher besorgen, aber anscheinend finde ich nie die Zeit dazu. Dann plötzlich ist der Weihnachtsabend da, und ich muß für alles doppelt soviel bezahlen, aber du

wirst sehr zufrieden sein –, und wenn nicht, verschweig es mir.«
Melodie hockte auf einem niedrigen Schemel beim Kamin in dem an die Halle anstoßenden Salon und sah elend aus. Als ich sie genauer betrachtete, hatte ich den Eindruck, daß sie Schmerzen litt. »Geht es dir nicht gut, Melodie?« fragte ich. Doch sie meinte, es ginge ihr gut, und ich nahm es dummerweise für bare Münze. Als Chris sie ebenfalls fragte, stand sie auf und bestritt, daß etwas nicht stimmte. Sie warf Bart einen flehenden Blick zu, den er nicht bemerkte, und ging dann zur Hintertreppe. In ihrem formlosen, dunklen Kleid wirkte sie farblos und um zehn Jahre älter als im Juli. Jory, der Melodie immer sehr genau beobachtete, schaute ihr mit tieftraurigem Blick nach, und die Freude an seiner fröhlichen Beschäftigung verging ihm. Das Kabel mit den elektrischen Kerzen glitt von seinem Schoß und verhedderte sich in den Rädern seines Rollstuhls. Er merkte es nicht, hatte nur die Fäuste geballt, als wollte er dem Schicksal ins Gesicht schlagen, das ihm den Gebrauch seines ehemals so herrlichen Körpers geraubt und ihm damit die Frau gestohlen hatte, die er liebte.
Auf dem Weg zur Treppe blieb Chris stehen und klopfte Jory herzlich auf den Rücken. »Du siehst kräftig und gesund aus. Mach dir keine Sorgen wegen Melodie. Es ist normal, daß eine Schwangere im letzten Vierteljahr reizbar ist und zu Verstimmungen neigt. Es ginge dir genauso, wenn du das zusätzliche Gewicht mit dir herumschleppen müßtest.«
»Sie könnte wenigstens gelegentlich ein paar Worte mit mir sprechen«, beklagte sich Jory, »oder mich ansehen. Sie ist nicht einmal mehr zu Bart nett.«
Ich sah ihn erschrocken an. Wußte er womöglich, daß Bart und Melodie noch vor kurzem miteinander geschlafen hatten? Ich glaubte nicht, daß sie es noch taten, und das war auch die naheliegende Erklärung für Melodies deprimierten Zustand. Ich versuchte, in seinen Augen zu

lesen, doch er senkte die Lider und tat, als würde er sich wieder auf das Schmücken des Baumes konzentrieren.
Vor langer Zeit hatten Chris und ich uns angewöhnt, mindestens ein Geschenk am Weihnachtsabend auszupacken. Als es Abend wurde, saßen Chris und ich allein in dem schönsten Salon im Erdgeschoß und prosteten einander mit Champagner zu. Wir hoben unsere Gläser. »Auf all unsere künftigen Tage«, brachte er den Trinkspruch aus, während sein warmer Blick liebevoll und glücklich auf mir ruhte. Ich wiederholte die gleichen Worte, bevor Chris mir mein »ganz persönliches« Geschenk überreichte. Ich öffnete das kleine Etui, in dem ein zweikarätiger birnenförmiger Diamant an einer zarten Goldkette lag.
»Mach jetzt keine Einwände und behaupte nicht, daß du keinen Schmuck magst«, sagte Chris hastig, als ich den Anhänger betrachtete, der in allen Regenbogenfarben strahlte. »Unsere Mutter hat nie etwas Ähnliches getragen. Ich wollte dir eigentlich eine überlange Perlenkette kaufen, wie sie sie immer trug, denn ich finde diese Ketten elegant und zugleich dezent. Da ich dich aber kenne, ließ ich die Perlen bleiben und entschied mich für diesen schönen Diamanten. Er hat die Form einer Träne, Cathy, für alle Tränen, die ich innerlich vergossen hätte, wenn du meine Liebe nicht erwidert hättest.«
Die Art, wie er das sagte, trieb mir Tränen in die Augen und erfüllte mein Herz mit Schuldbewußtsein und Traurigkeit wegen unserer Verbindung, und mit Freude darüber, daß wir uns über alles hinweggesetzt hatten; die Komplikationen, die sich aus unserem Verhältnis ergaben, waren manchmal fast erdrückend. Wortlos reichte ich ihm mein »persönliches« Geschenk – einen schönen Ring mit einem Sternsaphir, der auf seinen Zeigefinger paßte. Er erklärte lachend, daß er protzig, aber schön wäre.
Kaum hatte er diese Worte ausgesprochen, als Jory, Melodie und Bart zu uns kamen. Jory lächelte, als er in unsere leuchtenden Augen sah. Bart runzelte die Stirn. Melodie sank in einen weich gepolsterten Stuhl, in dem sie zu

verschwinden schien. Cindy kam in einer leuchtend roten Hose und dazu passendem Pullover herein und schüttelte fröhlich kleine Glöckchen. Schließlich schlurfte Joel ins Zimmer und blieb ungerührt durch unsere Fröhlichkeit mit über der Brust verschränkten Armen in einer Ecke stehen wie ein finsterer Richter, der schlimme, gefährliche Kinder überwacht.

Jory war der erste, der auf Cindys Charme reagierte, indem er sein Champagnerglas hob und den Trinkspruch ausbrachte. »Die Freuden des Weihnachtsfestes sollen hochleben! Mögen meine Eltern einander immer so anblicken wie am heutigen Abend, voll Liebe und Zärtlichkeit, voll Mitgefühl und Verständnis. Möge ich diese Liebe in den Augen meiner Frau . . . bald wiederfinden.«

Er forderte Melodie also vor uns allen direkt heraus. Leider hatte er für diese Konfrontation den falschen Zeitpunkt gewählt. Sie versank noch tiefer in ihrem Stuhl und sah ihm nicht in die Augen, sondern beugte sich vor und starrte noch intensiver ins Feuer. Der Hoffnungsstrahl schwand aus Jorys Augen. Er ließ die Schultern hängen, dann drehte er seinen Stuhl um, so daß er sie nicht ansehen mußte. Er stellte das Champagnerglas weg und fixierte das Feuer ebenso intensiv wie seine Frau, als wollte er erkennen, welche Symbole sie darin erblickte. In einer fernen dunklen Ecke lächelte Joel hämisch.

Cindy versuchte die fröhliche Stimmung wieder herbeizuzwingen. Zermürbt überließ sich Bart der Schwermut, die von Melodie wie grauer Nebel ausging. Unser kleines Familientreffen in einem herrlichen, festlichen Rahmen war wirklich ein Fiasko. Bart blickte nicht einmal Melodie an, die jetzt beinahe unförmig wirkte.

Nach einer Weile ging er ruhelos im Raum auf und ab und musterte die Geschenke unter dem »Familien«baum. Zufällig bemerkte er, daß Melodie ihn erwartungsvoll beobachtete, worauf er rasch wegsah, als störe ihn ihr unverhülltes Flehen. Nach wenigen Minuten entschuldigte sich Melodie damit, daß sie sich nicht wohl fühle.

»Kann ich dir irgendwie helfen?« fragte Chris sofort und sprang auf, um sie über die Treppe zu begleiten. Sie stapfte schwerfällig, mühsam weiter. »Mir geht es gut«, fuhr sie ihn an. »Ich brauche weder deine Hilfe noch die von jemand anderem.«

»Und alle feierten fröhliche Weihnachten«, intonierte Bart ganz nach Joels Art, der weiterhin im Schatten stand und zusah, immerfort nur zusah.

Kaum hatte Melodie das Zimmer verlassen, sank Jory in seinem Stuhl zusammen und erklärte ebenfalls, daß er müde wäre und sich nicht allzu wohl fühlte. Sein nächster Hustenanfall bestätigte seine Worte. »Ich habe genau die Medizin, die du brauchst«, erklärte Chris, stand auf und ging zur Treppe. »Du kannst noch nicht zu Bett gehen, Jory. Bleib noch eine Weile hier. Wir müssen feiern. Bevor ich dir ein Mittel verabreiche, das vielleicht nicht das richtige für dich ist, muß ich noch deine Lunge abhorchen.«

Bart lehnte lässig am Kamin und beobachtete die rührende Szene zwischen Jory und Chris, als neide er ihnen ihre Beziehung. Chris kam zu mir. »Vielleicht ist es besser, wenn wir uns jetzt zurückziehen, dann können wir bei Morgengrauen aufstehen und frühstücken, unsere Geschenke auspacken und dann ein wenig schlafen, bevor wir uns für den Ball morgen abend bereitmachen.«

»Halleluja!« rief Cindy und wirbelte durch den Raum. »Menschen, massenhaft Menschen, alle elegant gekleidet – ich kann den morgigen Abend kaum erwarten! Wie sehne ich mich nach Lachen! Wie sehnen sich meine Ohren nach Scherzen und Geplauder! Ich bin es so leid, ernst zu sein, verbissene Gesichter um mich zu sehen, die nicht lächeln können, traurige Gespräche mitanzuhören. Ich hoffe, daß all diese alten Leute ihre Söhne im College-Alter mitbringen – oder irgendeinen Sohn, wenn er nur über zwölf ist. So verzweifelt bin ich schon!«

Bart war nicht der einzige, der ihr einen mißbilligenden Blick zuwarf, den Cindy ignorierte. »Ich werde die ganze Nacht tanzen, ich werde die ganze Nacht tanzen«, sang sie, wirbelte allein im Kreis herum, tat, als hätte sie einen Partner, und wollte ihre Erwartungen nicht durch unsere eventuellen Einwände trüben lassen. »Und dann werde ich weiter tanzen . . .«

Wider Willen ließen sich Chris und Jory von ihrem Verhalten, ihrem fröhlichen, unbeschwerten Singen bezaubern. Chris versprach ihr lächelnd: »Morgen abend sollten mindestens zwanzig junge Männer anwesend sein. Versuch nur, dir ein wenig Zurückhaltung aufzuerlegen. Und weil Jory sichtlich erschöpft ist, wollen wir schlafen gehen. Morgen erwartet uns ein langer Tag.«

Das war ein guter Vorschlag.

Plötzlich ließ sich Cindy in einen Stuhl fallen, sank genauso zusammen wie Melodie und sah traurig und den Tränen nahe aus. »Warum hat Lance nicht hierbleiben können. Ich wäre lieber mit ihm beisammen als mit allen anderen.«

Bart warf ihr einen wütenden Blick zu. »Dieser junge Mann wird dieses Haus nie wieder betreten.« Dann wandte er sich an mich. »Wir brauchen Melodie bei der Party nicht«, fuhr er entschlossen und weiterhin verärgert fort, »und schon gar nicht, wenn sie auf unglücklich und unpäßlich macht. Sie soll morgen früh nur ruhig in ihrem Zimmer schmollen, damit sie uns beim Auspacken unserer Geschenke nicht stört. Ich halte ein Nachmittagsschläfchen für eine gute Idee, damit wir morgen nach reichlicher Ruhe bei meiner Party frisch, fröhlich und glücklich aussehen.«

Jory war vorausgefahren und allein in den Fahrstuhl gerollt, als wollte er seine Selbständigkeit unter Beweis stellen. Der Rest der Familie hatte keine Lust aufzubrechen. Während ich die Weihnachtslieder hörte, die Bart auf der Stereoanlage abspielte, dachte ich an seine neu erworbenen anspruchsvollen Gewohnheiten.

Als Junge war er am liebsten nicht nur schmutzig, sondern ausgesprochen dreckig gewesen. Jetzt duschte er mehrmals am Tag und war immer sorgfältig gekleidet. Er konnte erst schlafengehen, wenn er »sein Haus« von oben bis unten kontrolliert und dafür gesorgt hatte, daß alle Türen und auch die Fenster verschlossen waren, und daß das neue Kätzchen, das Trevor gehörte, den Teppich nicht besudelt hatte. (Trevor war von Bart schon gut ein dutzendmal gefeuert worden, hatte es jedoch nie zur Kenntnis genommen, und Bart bestand nicht darauf, daß er das Haus verließ.)

Auch jetzt stand Bart auf, um die Kissen aufzuschütteln, glättete die Falten der Daunenkissen auf dem Sofa, hob Magazine auf und ordnete sie zu sauberen Stößen. Er machte alles, was die Dienstboten übersehen hatten, dann stellte er Trevor am nächsten Tag zur Rede und befahl den Dienstmädchen, sich zu bessern – sonst würden sie fristlos entlassen werden. Kein Wunder, daß alle Bediensteten nicht lange bei uns blieben. Nur Trevor blieb loyal, übersah Barts Gewohnheiten; heimlich bemitleidete er ihn, was Bart natürlich nicht ahnte.

Diese Gedanken gingen mir durch den Kopf, während ich Barts wachsende Begeisterung für die morgige Party zur Kenntnis nahm. Ich warf einen Blick zu den Fenstern und merkte, daß es noch immer schneite, der Schnee lag schon über einen halben Meter hoch. »Bart ... auf den Straßen wird es morgen abend Glatteis geben, vielleicht werden sie sogar gesperrt sein, und das könnte viele deiner Gäste daran hindern, zu dem traditionellen Foxworth-Ball zu kommen.«

»Unsinn! Ich werde sie einfliegen lassen, wenn sie telefonisch absagen. Ein Hubschrauber kann auf dem Rasen landen.« Ich seufzte, aus irgendeinem Grund beunruhigte mich Joels merkwürdig boshafter Gesichtsausdruck; er verließ eben das Zimmer.

»Deine Mutter hat recht, Bart«, gab Chris freundlich zu bedenken, »also sei nicht enttäuscht, wenn nur wenige Ballbesucher kommen. Vor einigen Stunden kostete es mich verdammt viel Mühe, hierher zu gelangen, und jetzt schneit es noch dichter.«

Es war, als hätte Chris kein Wort gesprochen. Bart wünschte mir gute Nacht, dann ging er zur Treppe. Kurz darauf folgten ihm Chris, Cindy und ich.
Während Chris zu Jory hineinging, um mit ihm ein paar Worte zu wechseln, wartete ich darauf, daß Cindy aus dem Badezimmer kam. Nach einer Dusche (mindestens zweimal täglich mit Shampoo) spazierte sie in einem kurzen roten Nachthemd frisch und fröhlich aus dem Bad.
»Mama, halte mir nicht wieder eine Gardinenpredigt. Mein Bedarf daran ist gedeckt. Als ich zum ersten Mal in dieses Haus kam, hielt ich es für einen Märchenpalast. Jetzt finde ich, daß es eine düstere Festung ist, in der wir alle gefangen sind. Sobald der Ball vorbei ist, fahre ich weg – und zum Teufel mit Bart! Ich liebe dich, Daddy und Jory, aber auch Melodie ist eine entsetzlich langweilige Person geworden, und Bart wird sich nie ändern. Er wird mich immer hassen, also werde ich nicht einmal mehr versuchen, nett zu ihm zu sein.«
Sie glitt zwischen die Laken, zog die Decken hoch und rollte sich von mir weg auf die Seite. »Gute Nacht, Mamma. Bitte mach das Licht aus, wenn du gehst. Verlange nicht von mir, daß ich mich morgen abend gut benehme, denn ich habe vor, ein Musterbeispiel für damenhaftes Auftreten zu sein. Weck mich bitte drei Stunden, bevor der Ball beginnt.«
»Mit anderen Worten, du willst nicht einmal den Weihnachtsmorgen mit uns verbringen?«
»Schön«, maulte sie gleichgültig, »ich werde meinen Schlaf unterbrechen, um meine Geschenke auszupakken . . . und euch allen zuzusehen, wie ihr die euren öffnet. Dann lege ich mich wieder ins Bett, damit ich morgen abend als Ballkönigin glänzen kann.«
»Ich liebe dich, Cindy«, flüsterte ich, löschte das Licht, dann hob ich ihr Haar hoch und küßte ihren warmen Nacken.
Sie warf sich herum, ihre schlanken jungen Arme schlangen sich um meinen Hals, und sie schluchzte: »Ach Ma-

ma, du bist die allerbeste! Ich verspreche dir, ich werde von nun an brav sein. Ich werde keinem Jungen mehr erlauben, mir auch nur die Hand zu halten. Aber laß mich aus diesem Haus verschwinden und nach New York zu der Neujahrsparty fliegen, die meine beste Freundin im Ballsaal eines großen Hotels gibt.«

Ich nickte. »In Ordnung. Wenn du dich im Haus deiner Freundin unterhalten willst, bin ich einverstanden; aber bemühe dich morgen, Bart nicht zu ärgern. Du kennst sein Problem, und er hat sich sehr bemüht, mit den vielen beunruhigenden Ideen fertig zu werden, die man ihm in den Kopf gesetzt hat, als er noch sehr jung war. Hilf ihm, Cindy. Er soll erkennen, daß seine Familie hinter ihm steht.«

»Ich werde mich bemühen, Mama, ich verspreche es.«

Ich schloß die Tür und wünschte dann noch Jory gute Nacht. »Alles wird gut werden, Liebling. Sobald das Kind geboren ist, wird Melodie wieder zu dir kommen.«

»Wirklich?« fragte er bitter. »Ich bezweifle es. Sie wird dann das Kind haben, das ihre ganze Zeit und alle ihre Gedanken in Anspruch nehmen wird. Sie wird mich noch weniger brauchen als jetzt.«

Eine halbe Stunde später breitete Chris die Arme aus, und ich gab mich der einzigen Liebe in meinem Leben hin, die lange genug gewährt hatte, um mir das Bewußtsein zu geben, daß ich das Glück fest in meinen Händen hielt ... trotz allem, was unsere im Schatten gehegte und gepflegte Verbindung hätte vernichten können.

Das unwirkliche Morgenlicht kroch in mein Zimmer und weckte mich aus dem Schlaf, bevor der Wecker klingelte. Rasch stand ich auf und blickte aus dem Fenster. Es schneite nicht mehr, Gott sei Dank; Bart würde sich darüber freuen. Ich lief zum Bett zurück und küßte Chris wach. »Frohe Weihnachten, mein geliebter Doktor Christopher Sheffield«, flüsterte ich ihm ins Ohr.

»Es wäre mir lieber, du würdest mich nur Geliebter nennen«, murmelte er schlaftrunken und sah sich benommen um.

Ich war entschlossen, den Tag festlich zu begehen, zog ihn aus dem Bett, und bald waren wir angekleidet und begaben uns ins Frühstückszimmer.
Zwei Tage lang waren Männer und Frauen ins Haus gekommen und hatten das gleiche getan wie im Sommer, nur war diesmal das gesamte Erdgeschoß in einen Weihnachtstraum verwandelt worden.
Ich sah beinahe gleichgültig zu, als die Arbeiter des Partydienstes, den Bart gemietet hatte, letzte Hand anlegten, um unser Haus in ein Märchenland zu verwandeln. Cindy stand neben mir und bewunderte, wie sie die Zimmer zu prachtvoll festlichen Räumen voller Farben, Kerzen, Kränze, Girlanden gestalteten und einen mächtigen Christbaum aufstellten, der um drei Meter höher war als unser »Familien«baum.
Der Anblick hatte bei Cindy bald den Entschluß ausgelöst, den Tag doch nicht im Bett zu verbringen. Sie vergaß Lance und ihre Einsamkeit, denn der Christtag war wesentlich schöner als der Weihnachtsabend.
»Sieh dir diese Torte einmal an, Mama! Sie ist riesig.« Sie sprühte plötzlich vor Leben. »Tut mir leid, daß ich mich häßlich benommen habe. Heute abend werden junge Leute hierher kommen und massenhaft gutaussehende, reiche Männer. Vielleicht kann dieses Haus doch etwas anderes hervorbringen als Trübsal.«
»Natürlich«, stimmte Bart zu und trat zwischen uns, seine Augen glänzten, während er das fertige Werk überblickte. Erwartungsvolle Erregung erfüllte ihn. »Vergiß nicht, du mußt ein anständiges Kleid tragen und darfst nichts Ungehöriges tun.« Dann folgte er den Arbeitern, erteilte Anweisungen und lachte häufig, sogar mit Jory, Cindy, Melodie und mir, als wäre nun, da Weihnachten gekommen war, alles vergessen und vergeben.
Tag für Tag war Joel wie ein dunkler, düsterer Schatten hinter Bart hergeschlichen, seine alte Stimme hatte krächzend Bibelstellen rezitiert. An diesem Morgen war er um sechs Uhr dreißig bereits voll angekleidet und sagte wie-

der: »Es ist leichter, daß ein Kamel durch ein Nadelöhr gehe, denn daß ein Reicher ins Reich Gottes komme . . .«
»Was, zum Teufel, willst du damit sagen, Alter?« schrie Bart.
Einen Augenblick lang leuchteten Joels Augen zornig wie ein Funke bei einem plötzlichen, unerwarteten Windstoß.
»Du wirfst Tausende von Dollars hinaus und hoffst, jemanden damit zu beeindrucken –, und niemand wird beeindruckt sein, denn auch die anderen haben Geld. Manche leben in noch schöneren Häusern. Foxworth Hall war seinerzeit das beste seiner Art, aber seine Zeit ist gekommen und vergangen.«
Bart wandte sich ihm wütend zu. »Sei still! Du versuchst jedes Glück zu zerstören, nach dem ich greife. Alles, was ich tue, ist für dich Sünde. Du bist ein alter Mann und hast deinen Anteil am Leben gehabt; jetzt versuchst du, meinen zu verderben. Jetzt ist meine Zeit gekommen, jung zu sein und mein Leben in vollen Zügen zu genießen. Behalte deine religiösen Sprüche für dich.«
»Hochmut kommt vor dem Fall.«
»Hochmut kommt vor dem Verfall«, stellte Bart mit einem Blick auf seinen Großonkel richtig, der mir köstliche Genugtuung verschaffte. Endlich, endlich erkannte Bart Joel als eine Bedrohung und nicht als den geachteten Vater, den er sein Leben lang gesucht hatte.
»Hochmut ist das unfehlbare Laster der Narren«, deklamierte Joel und blickte voll Abscheu auf allen Glanz und Flitter. »Du hast Geld vergeudet, das du besser für wohltätige Zwecke hättest verwenden sollen.«
»Hinaus mit dir! Geh auf dein Zimmer und pflege deinen Stolz, Onkel! Denn offensichtlich liegt in deinem Herzen nur Neid!«
Joel stolperte aus dem Zimmer und brummte vor sich hin. »Er wird schon noch draufkommen. Hier in den Hügeln wird nichts vergeben und vergessen, das weiß ich. Wer sollte es besser wissen als ich? Bitter, bitter sind die Tage der Foxworths trotz allen Reichtums.«

Ich trat zu Bart und umarmte ihn. »Hör nicht auf ihn, Bart. Du wirst eine herrliche Party erleben. Nun, da die Sonne scheint und der Schnee schmilzt, werden alle Geladenen kommen. An diesem Tag steht Gott auf deiner Seite, also freue dich und amüsiere dich großartig.«
Der Blick in seinen Augen, als ich ihn aufmunterte, ach, dieser dankbare Blick! Er versuchte, mir etwas zu sagen – aber er fand wohl nicht die richtigen Worte. Schließlich umarmte er mich nur kurz, dann verschwand er, als wäre er verlegen. Ein so großartig aussehender Mann, und zu nichts nütze, dachte ich. Irgendwo mußte es einen Ort geben, wo Bart am Platz war.
Räume, die man zu Winterbeginn abgeschlossen hatte, wurden wieder geöffnet, die Schutzhüllen von Polstermöbeln entfernt und gelüftet, so daß niemand erraten konnte, daß wir uns bemüht hatten, Wärme oder Geld zu sparen. Badezimmern und Damentoiletten wurden besondere Aufmerksamkeit gewidmet, so daß sie peinlich sauber und elegant aussahen. Teure Seifen und großformatige Gästehandtücher wurden zurechtgelegt. Alle Toilettenartikel, die ein Gast gebrauchen konnte, waren vorhanden. Wertvolles Porzellan und geschliffene Gläser wurden aus den Partyschränken geholt sowie der Saison angepaßte Dekorationen, die für den Partydienst zu aufwendig waren.
Wir versammelten uns gegen elf Uhr um den Christbaum. Bart war frisch rasiert, sah wunderbar gepflegt aus, ebenso Jory. Nur Melodie wirkte in ihrem abgenutzten Umstandskleid, das sie seit vielen Wochen jeden Tag trug, unansehnlich. Ich versuchte wie immer, Spannungen abzubauen und nahm das Christkind aus der wirklichkeitsechten Krippe in die Arme. »Das habe ich noch nie gesehen, Bart. Hast du es gekauft? Ich habe noch nie eine schöner geschnitzte Gruppe von biblischen Gestalten gesehen.«
»Sie ist gestern eingetroffen, und ich habe sie erst heute ausgepackt«, antwortete Bart. »Ich habe sie vergangenen Winter in Italien erstanden und sie herschicken lassen.«
Ich schwärmte weiter, weil ich mich freute, daß er so leb-

haft war. »Dieses Christkind sieht wie ein echtes Baby aus, was bei den meisten Krippenfiguren nicht der Fall ist, und die Jungfrau Maria ist wunderschön. Joseph blickt so freundlich und verständnisvoll.«

»Das muß er doch wohl sein, nicht wahr?« fragte Jory, der sich vorbeugte und weitere Geschenke unter unseren Familienbaum legte. »Es muß ihm ja schließlich unwahrscheinlich vorgekommen sein, daß eine Jungfrau von einem unsichtbaren, abstrakten Gott geschwängert werden kann.«

»Wir sollen nichts in Frage stellen«, erklärte Bart, dessen Augen die fast lebensgroßen Figuren liebevoll betrachteten, die er gekauft hatte. »Du hast blind zu glauben, was in der Bibel geschrieben steht.«

»Warum hast du dann mit Joel gestritten?«

»Jory . . . treib es nicht zu weit. Joel hilft mir, mich selbst zu finden. Er ist ein alter Mann, der in Sünde lebte, als er jung war, und es in seinem Alter durch gute Taten wettmachen will. Ich bin ein junger Mann, der sündigen will, da ich finde, daß ich durch meine traumatische Kindheit bereits erlöst worden bin.«

»Nach ein paar Orgien in einer Großstadt wirst du schleunigst hierher zurückkehren und genauso altmodisch und scheinheilig leben wie dein Großonkel Joel«, entgegnete Jory furchtlos. »Ich mag ihn nicht. Und du würdest gut daran tun, ihn wegzuschicken, Bart. Gib ihm ein paar Hunderttausend und sag ihm endgültig Lebewohl.«

In Barts Augen regte sich etwas wie ein Wunsch, als würde er am liebsten genau das tun. Er beugte sich vor und blickte Jory in die Augen. »Warum magst du ihn nicht?«

»Ich kann es eigentlich nicht begründen, Bart«, antwortete Jory, der immer leicht verzeihen konnte. »Er sieht sich in deinem Haus um, als sollte es rechtens ihm gehören. Ich habe ihn dabei ertappt, wie er dich anblickte, wenn du nicht achtgabst. Ich glaube nicht, daß er dein Freund ist, sondern nur dein Feind.«

Tief bekümmert und erregt verließ Bart den Raum mit der

zynischen Bemerkung: »Wann habe ich etwas anderes als Feinde gehabt?«
Einen Augenblick später kehrte er mit einem schweren Stoß von Geschenken zurück. Er mußte noch zweimal in sein Arbeitszimmer marschieren, um alle seine Einkäufe unter den Familienbaum zu legen.
Dann war Chris an der Reihe. Er stapelte seine Geschenke sorgfältig auf, und das erforderte einige Mühe. Die Geschenke bildeten einen beinahe meterhohen Stapel und füllten eine Ecke des Raumes fast ganz aus.
Melodie strich traurig zu unserer fröhlichen Runde wie ein dunkler Schatten und setzte sich nahe an den Kamin, um seine Wärme zu spüren; sie saß zusammengesunken wie ein weicher Lappen in ihrem Stuhl, und die tanzenden Flammen faszinierten sie immer noch mehr als alles andere. Sie wirkte verdrossen, niedergeschlagen, in sich gekehrt und entschlossen, nur körperlich anwesend zu sein, während ihr Geist frei umherschweifte. Ihr Bauch wölbte sich unübersehbar, und dabei hatte sie noch einige Wochen Schwangerschaft vor sich; unter ihren Augen lagen dunkle Schatten.
Bald bemühten wir uns alle, eine liebende Familie darzustellen, während Cindy den Weihnachtsmann spielte. Weihnachten konnte, wie ich vor langer Zeit erfahren hatte, seine eigenen Geschenke vergeben. Groll konnte vergessen, Feinden konnte verziehen werden, während wir alle, sogar Joel, um den Baum versammelt waren und einer nach dem anderen seine Päckchen schüttelte, Vermutungen über den Inhalt äußerte, sie dann aufriß, lachte und die Weihnachtslieder übertönte, die ich in der Stereoanlage aufgelegt hatte. Bald war der Boden mit glänzendem Geschenkpapier und Bändern in leuchtenden Farben bedeckt.
Endlich überreichte Cindy Joel das Geschenk, das sie für ihn gekauft hatte. Er nahm es zögernd entgegen, wie alle unsere Geschenke, als wären wir heidnische Ungläubige, die nicht den wahren Sinn des Weihnachtsfestes erfaßten,

das keine Geschenke brauchte. Dann traten seine Augen hervor, als er das weiße Nachthemd und die spitze Zipfelmütze erblickte, die Cindy bestimmt lange gesucht hatte. In dieser Aufmachung würde er genau wie der alte Scrooge aus Charles Dickens' »Weihnachtsmärchen« aussehen. Dazu gehörte noch ein Spazierstock aus Ebenholz, den er zusammen mit Nachthemd und Mütze auf den Boden warf. »Willst du dich über mich lustig machen, Mädchen?«
»Ich wollte nur, daß du etwas Warmes zum Schlafen hast, Onkel«, erklärte sie unschuldig mit funkelnden Augen, blickte jedoch dabei zu Boden, »und mit dem Spazierstock könntest du rascher gehen.«
»Weg von dir? Meinst du das?« Er bückte sich mühselig, um den Stock aufzuheben, und schwenkte ihn wild. »Vielleicht werde ich den Stock doch behalten; eine gute Waffe, falls ich nachts einmal angegriffen werde, wenn ich durch die Gärten . . . und die langen Korridore wandere.«
Einen Augenblick schwiegen wir alle; keiner von uns brachte ein Wort heraus. Dann lachte Cindy. »Onkel, ich dachte schon beim Kaufen daran. Ich wußte, du würdest dich eines Tages bedroht fühlen.«
Da verließ er den Raum.
Nur allzu bald waren alle Geschenke ausgepackt, und Jory starrte bekümmert auf das auf dem Boden herumliegende Verpackungsmaterial, dann sah er sich in dem Raum um. »Ich habe dich nicht vergessen, Bart«, meinte er besorgt. »Cindy und Dad haben mir geholfen, es einzupacken, aber dann habe ich es wieder herausgenommen und noch einmal schöner verpackt, nachdem mir Cindy geholfen hatte, es hineinzuheben.« Er überblickte suchend das Gewirr von weggeworfenen Folien und Bändern. »Heute früh, bevor ihr wach wart, kam ich hier herunter und stellte es unter den Baum. Wo zum Teufel ist es nur hingekommen, das möchte ich wissen? Es ist eine sehr große Schachtel, in rotes Papier gepackt und mit Silberbändern verschnürt – und bei weitem die größte Schachtel unter dem Baum.«

Bart sprach kein Wort, als hätte er sich längst an Enttäuschungen gewöhnt und als spiele es keine Rolle, daß er von Jory kein Geschenk bekam.

Natürlich wußte ich, daß Jory monatelang an dem Klipper gearbeitet, daß dieser schließlich einen Meter lang und ebenso hoch geworden war und daß sein filigranes Takelwerk naturgetreu ausgeführt war. Er hatte sich sogar besondere Kupferarmaturen und ein solides Messingrad für das Steuer schicken lassen. Jory sah sich verzweifelt um. »Hat jemand die große, in rote Folie gepackte Schachtel mit Barts Namen auf dem Etikett gesehen?« fragte er.

Ich stand sofort auf und durchstöberte die Anhäufung von Schachteln, Verpackungspapier, Bändern, Seidenpapier, und auch Chris beteiligte sich an der Suche. Cindy begann auf der anderen Seite des Raumes herumzusuchen. »Hier ist es«, rief sie plötzlich, »hinter dem roten Sofa.« Sie trug es zu Bart, stellte es zu seinen Füßen auf den Boden und verneigte sich mit gespielter Ehrerbietung. »Für unseren Herrn und Meister«, sagte sie zuckersüß und trat zurück. »Jory ist ein Narr, das Modell nach all der harten Arbeit, die er dafür aufgewendet hat, dir zu schenken, aber vielleicht wirst du zur Abwechslung mal etwas würdigen.«

Plötzlich bemerkte ich, daß Joel wieder ins Zimmer geschlüpft war, um Bart zu beobachten. Wie merkwürdig sein Gesichtsausdruck war, wie überaus seltsam.

Bart ließ seine Blasiertheit wie ein lästiges Kleidungsstück fallen und stürzte sich mit kindlichem Eifer auf sein Geschenk. Er riß das Paket auf, das Jory so schön und sorgfältig verpackt hatte. Er blickte Jory mit warmem, breitem, glücklichem Lächeln an, seine dunklen Augen glänzten vor beinahe knabenhafter Vorfreude. »Zehn zu eins, daß es der Klipper ist, den du gebaut hast, Jory. Du solltest ihn wirklich behalten..., aber ich danke dir, danke dir sehr –.« Er unterbrach sich, dann holte er Luft.

Er starrte in die Schachtel, wurde blaß, und als er auf-

blickte, war sein glücklicher Ausdruck wie weggewischt. In seinen Augen lag Bitterkeit. »Es ist zerbrochen«, stellte er dumpf fest. »In kleine Stücke zerschlagen. In dieser Schachtel liegen nur zerbrochene Streichhölzer und verfilztes Takelwerk.«
Seine Stimme brach, während er aufstand und die Schachtel auf den Boden fallen ließ. Mit einem heftigen Fußtritt stieß er sie zur Seite, bevor er Melodie einen scharfen Blick zuwarf. Sie hatte kein Wort gesprochen, auch nicht, während sie ihre Geschenke auspackte, sondern hatte uns nur mit einem Nicken und einem schwachen Lächeln gedankt. »Ich hätte wissen sollen, daß du die perfekte Methode finden würdest, um mir heimzuzahlen, daß ich mit deiner Frau geschlafen habe.«
Die peinliche Stille rollte lauter als Donner. Melodie blieb sitzen, starrte trübe vor sich hin, schien ein seelenloser Automat zu sein, während sie vor sich hin murmelte, wie sehr sie dieses Haus haßte. Jorys Augen blickten starr.
Hatte er es die ganze Zeit über geahnt? Jorys Gesicht wurde vollkommen farblos, und dann zwang er sich, Melodie anzusehen. »Ich glaube dir nicht, Bart. Du hattest schon immer die bösartige, gehässige Gewohnheit, dorthin zu treten, wo es am meisten schmerzt.«
»Ich lüge nicht«, brach es aus Bart hervor, ohne sich um den Schmerz zu kümmern, den er Jory, mir und Chris zufügte. »Während du mit deinem Gipskorsett in deinem Krankenhausbett gelegen hast, haben deine Frau und ich ein gemeinsames Bett benutzt, und sie hat bereitwillig die Beine für mich breitgemacht.«
Chris sprang auf, sein Gesicht war so wütend, wie ich es niemals gesehen hatte. »Wie kannst du es wagen, Bart, deinem Bruder solche Gemeinheiten zu sagen? Entschuldige dich sofort bei Jory und Melodie, auf der Stelle! Wie kannst du ihn so verletzen, wenn er ohnehin schon so verletzt ist? Hörst du mich? Du sagst ihm jetzt, daß jedes deiner Worte eine Lüge war! Eine verdammte Lüge!«
»Es ist keine Lüge!« tobte Bart. »Von mir aus, glaube mir

nie wieder; etwas aber glaube mir, daß Melodie eine sehr kooperative Bettgenossin war.«

Cindy schrie auf, dann lief sie zu Melodie und schlug sie in das leichenblasse, betroffene Gesicht. »Wie kannst du es wagen, Jory so etwas anzutun?« kreischte sie. »Du weißt, wie sehr er dich liebt!«

Bart lachte hysterisch auf. Chris donnerte: »Schluß damit! Stell dich dieser Situation, Bart – der Verlust des Klippers ist kein guter Vorwand für den Versuch, die Ehe deines Bruders zu zerstören. Wo bleibt deine Ehre, deine Rechtschaffenheit?«

Barts Lachen verstummte fast augenblicklich. Seine Augen wurden hart und kalt wie Steine, während er Chris von Kopf bis Fuß musterte. »Sprich du mir nicht von Ehre und Rechtschaffenheit! Wo ist die deine geblieben, als es sich um deine Schwester handelte? Wo bleibt sie jetzt, während du weiter mit ihr schläfst? Ist dir noch nicht klar, daß dein Verhältnis mit ihr mich so ungünstig beeinflußt hat, daß mir alles andere gleichgültig ist, wenn ich euch beide nur auseinanderbringen kann? Ich will, daß meine Mutter ihr Leben als eine anständige, ehrbare Frau beschließt, und du bist es, der sie daran hindert. Du, Christopher, nur du!«

Barts Gesicht zeigte nur Ekel, keinen Funken Reue, während er sich umdrehte und den Raum verließ.

Er ließ uns mit den Scherben unserer Weihnachtsfreude zurück.

Melodie wollte es ihm nachmachen, erhob sich unbeholfen und senkte zitternd den Kopf, als Cindy schrie: »Hast du mit Bart geschlafen? Ja? Es ist nicht fair von dir, einfach stumm dazustehen, während Jory das Herz bricht.«

Melodies schwarz umschattete Augen schienen noch tiefer einzusinken, während sie immer größer wurden und ihre Pupillen sich ängstlich weiteten. »Warum kannst du mich nicht in Frieden lassen?« schrie sie jämmerlich. »Ich bin nicht aus dem gleichen Holz wir ihr alle! Ich kann nicht eine Tragödie nach der anderen ertragen. Jory lag gelähmt im Krankenhaus, unfähig, je wieder zu gehen oder zu tanzen, und Bart war hier, ich brauchte jemanden. Er umarmte mich, tröstete mich. Ich schloß die Augen und stellte mir vor, er wäre Jory.«

Jory sank in seinem Stuhl vornüber. Ich lief zu ihm und hielt ihn fest, doch er keuchte so entsetzlich, daß er nicht einmal das Zittern seiner Hände unter Kontrolle bekam. Ich hielt ihn in meinen Armen, während Chris Melodie daran hindern wollte, die Treppe hinaufzulaufen. »Sei vorsichtig!« rief er. »Du könntest fallen und dein Kind verlieren.«

»Das ist mir egal«, jammerte sie kläglich und verschwand.

Jory hatte sich inzwischen soweit gefaßt, daß er seine Tränen trocknete und ein schwaches Lächeln zustande brachte. »Jetzt weiß ich es endlich«, stellte er heiser fest. »Ich habe schon lang geahnt, daß sich zwischen ihr und Bart etwas angesponnen hatte, hoffte aber, daß meine Phantasie mit mir durchging. Aber ich hätte klüger sein müssen. Mel kann nicht leben, ohne daß sie einen Mann neben sich hat... besonders im Bett... und ich kann es ihr kaum übelnehmen, nicht wahr?«

Zutiefst betroffen begann ich die Verpackungen einzusammeln, die so sorgfältig behandelt und jetzt so rücksichtslos aufgerissen worden waren. Wie alles im Leben –, und wir versuchten so sehr, uns unsere Illusionen zu erhalten, obwohl die Wirklichkeit selten so war, wie sie uns erschien.

Jory entschuldigte sich bald und sagte, er müsse allein sein.

»Wer kann dieses wunderschöne Schiff zerschlagen haben?« flüsterte ich. »Cindy hat Jory geholfen, das Geschenk einzupacken, nachdem er den Farbanstrich das letzte Mal ausgebessert hat, und ich habe dabei zugeschaut. Das Schiff wurde sorgfältig in eine spezielle Styroporform gelegt, in der es aufrecht stand. Kein Sprung hätte entstehen und kein Teil hätte zerbrechen dürfen.«

»Wie soll ich je erklären, was in diesem Haus vor sich

geht?« antwortete Chris mit schmerzerfüllter, heiserer Stimme. Er blickte auf und sah Bart im Türrahmen stehen, er hatte seine langen Beine weit gespreizt, die Fäuste in die Hüften gestemmt und sah mich an. Chris wandte sich mit lauter Stimme zu Bart: »Was geschehen ist, ist geschehen, und ich bin sicher, daß es nicht Jorys Schuld war, daß das Schiff zerbrochen ist. Er hat es gut gemeint. Er hat uns die ganze Zeit erzählt, daß er das Schiff für das Kaminsims in deinem Büro zusammenbaut.«
»Ich bin sicher, daß Jory es gut gemeint hat«, stimmte Bart ruhig zu, der seine Selbstbeherrschung wiedergewonnen hatte. »Aber meine liebe kleine Adoptivschwester haßt mich und will mich zweifellos dafür bestrafen, daß ich ihrem Freund die Prügel verpaßt habe, die er verdiente. Das nächste Mal wird sie es sein, die ich verprügeln werde.«
»Vielleicht hat Jory die Schachtel fallen lassen«, sagte Joel scheinheilig. Ich sah den alten Mann mit den glitzernden schwachen Augen an und wartete auf eine Gelegenheit, ihm unter vier Augen die Wahrheit zu sagen.
»Nein«, bestritt Bart. »Es muß Cindy gewesen sein. Ich muß zugeben, daß mich mein Bruder immer fair behandelt hat, selbst wenn ich es nicht verdiente.«
Und während er diese Worte sprach, blickte ich die ganze Zeit Joel an, auf dessen Gesicht ein Grinsen lag und dessen Augen befriedigt funkelten.
Knapp bevor ich mich zurückzog, bekam ich meine Gelegenheit. Wir befanden uns in einem hinteren Korridor des ersten Stockwerks. »Joel, Cindy würde Jorys Werk nicht zerstören und Barts Geschenk vernichten. Aber du liebst es, Zwietracht unter den Mitgliedern unserer Familie zu säen. Ich glaube, du hast das Schiff zerbrochen und es dann wieder eingepackt.«
Er erwiderte kein Wort, nur sein unnachgiebiger Blick wurde noch haßerfüllter.
»Warum bist du zurückgekommen, Joel?« schrie ich. »Du behauptest, du hättest deinen Vater gehaßt und wärst in

dem italienischen Kloster glücklich gewesen. Warum bist du nicht dort geblieben? Du hast in all den Jahren bestimmt ein paar Freunde gefunden. Du mußt gewußt haben, daß du hier keine zu erwarten hattest. Meine Mutter hat mir erzählt, daß du dieses Haus immer gehaßt hast. Jetzt gehst du hier herum, als würde es dir gehören.«
Er antwortete noch immer nichts.
Ich folgte ihm in sein Zimmer und sah mich zum ersten Mal darin um. An den Wänden hingen Illustrationen biblischer Szenen. Zitate aus der Bibel steckten in billigen Rahmen.
Er trat hinter mich. Ich spürte seinen keuchenden warmen Atem an meinem Hals, er roch alt und kränklich. Als er seine Arme bewegte, wußte ich, daß er mich erwürgen wollte. Erschrocken fuhr ich herum, und er stand nur wenige Zentimeter von mir entfernt.
Wie lautlos und rasch er sich doch bewegen konnte. »Die Mutter meines Vaters hieß Corrine«, erklärte er mit honigsüßer Stimme, die allein schon genügte, um mich unsicher zu machen. »Meine Schwester trug den gleichen Namen, den sie als eine Art Vergeltung bekommen hatte, damit mein Vater ständig an seine treulose Mutter erinnert wurde und nie vergaß, daß man keiner schönen Frau trauen darf –, wie recht er doch damit hatte.«
Er war ein alter Mann, über achtzig, doch ich ohrfeigte ihn, schlug kräftig zu. Er stolperte rückwärts, dann verlor er das Gleichgewicht und stürzte zu Boden.
»Du wirst diesen Schlag noch bedauern, Catherine«, schrie er voll Zorn. »So wie Corrine all ihre Sünden bereut hat. Auch du wirst lang genug leben, um deine Verfehlungen zu bedauern!«
Ich floh aus seinem Zimmer, denn ich fürchtete, daß seine Prophezeiungen nur allzu leicht wahr werden konnten.

Der traditionelle Foxworth-Ball

Am Abend des Weihnachtstages wurde das Abendessen gegen fünf Uhr serviert, um der Familie genügend Zeit zu geben, sich auf das große Ereignis vorzubereiten, das um halb zehn beginnen würde. Bart strahlte geradezu vor Glück. Er legte seine warme Hand auf die meine, was einen leichten angenehmen Schauer bei mir hervorrief, denn er zeigte so selten seine Zuneigung durch eine Berührung. »Wenn ich meinen Reichtum schon nicht gleich haben kann, dann soll mir wenigstens das ganze Prestige zufallen, das dem Besitzer dieses Hauses gebührt.«

Ich bedeckte lächelnd mit meiner freien Hand die seine. »Ja, das verstehe ich, und wir werden auch alles tun, was menschenmöglich ist, damit deine Party ein gewaltiger Erfolg wird.«

Joel saß daneben, als gingen von ihm unsichtbare Schwingungen aus. Er lächelte zynisch. »Gott helfe diesen Narren, die sich selbst täuschen«, murmelte er halblaut. Bart tat, als hörte er ihn nicht, doch ich war beunruhigt. Jemand hatte Jorys Klipper zerbrochen, der als Versöhnungsgeschenk für Bart gedacht war. Es konnte nur Joel gewesen sein, der das Schiff, an dem Jory viele Monate lang eifrigst gebastelt hatte, herzlos zerschmettert hatte. Was konnte er noch anstellen?

Meine Augen fingen Joels Blick auf. Wie Joel in diesem Augenblick aussah, konnte ich mit keinem anderen Ausdruck beschreiben als mit scheinheilig. Er stocherte wählerisch in seinem Essen herum, zerschnitt den englischen

Kuchen in winzige Würfel, die er mit seinen langen Fingern zum Mund führte. Er kaute sie mit angestrengter Konzentration und verwendete dazu nur seine Vorderzähne, wie ein Kaninchen, das eine Karotte frißt.
»Ich gehe jetzt zu Bett«, erklärte Joel. »Ich bin mit der heutigen Party nicht einverstanden, Bart, das will ich dir nicht verschweigen. Denk daran, was sich bei deiner Geburtstagsparty ereignet hat, du hättest also klüger sein können. Ich muß leider wiederholen, daß es eine Vergeudung guten Geldes ist, Leute zu bewirten, die du kaum kennst. Ich verurteile auch Menschen, die an dem gottgeweihten Tag trinken, herumtollen und sich ausgelassen benehmen. Dieser Tag gehört Gott und seinem Sohn. Wir sollten alle niederknien und vom Morgen bis Mitternacht in dieser Haltung verharren, wie wir es in meinem Kloster gehalten haben, während wir schweigend dafür dankten, daß wir am Leben waren.«
Da niemand von uns ein Wort sprach, fuhr Joel fort: »Ich weiß, daß betrunkene Frauen und Männer schließlich versuchen werden, mit jemand anderem als ihrer Begleitperson Geschlechtsverkehr zu treiben. Ich erinnere mich an deine Geburtstagsparty und was sich dabei abgespielt hat. Das sündhafte moderne Leben macht mir erst deutlich, wie rein die Welt in meiner Jugend war. Nichts ist mehr so wie damals. Damals wußten die Menschen, daß man sich in der Öffentlichkeit anständig benimmt, ganz gleich, was man hinter verschlossenen Türen tut. Jetzt kümmert sich niemand mehr darum, ob er bei seinem Tun beobachtet wird. Als ich ein Junge war, entblößten Frauen ihre Brüste nicht, noch hoben sie ihre Röcke für jeden Mann hoch, der sie begehrte.«
Er richtete seine kalten blauen Augen auf mich und dann auf Cindy. »Diejenigen, die Sünde auf Sünde häufen, müssen immer sehr dafür bezahlen, was einige in diesem Raum schon wissen müßten.« Dann blickte er Jory bedeutungsvoll an.
»Dieser alte Hurensohn«, murmelte Cindy, die beobach-

tete, wie er genauso verstohlen, wie er aufgetaucht war, aus dem Raum glitt.

»Cindy, ich möchte nie wieder so etwas von dir hören!« rief Bart zornig. »Niemand verwendet unter meinem Dach obszöne Ausdrücke.«

»Da soll mich doch gleich der Teufel holen!« fuhr Cindy auf. »Erst unlängst habe ich gehört, wie du Joel genauso genannt hast. Und außerdem, Bart Foxworth, werde ich das Kind beim richtigen Namen nennen – auch unter deinem Dach!«

»Geh auf dein Zimmer und bleib dort!« brüllte Bart.

»Amüsiert euch nur weiter«, sagte Jory und fuhr seinen Rollstuhl zum Lift. »Verdammt, ich möchte am liebsten auf meine Zugehörigkeit zum Christentum verzichten.«

»Du bist allerdings nie Christ gewesen«, rief Bart. »Keiner von uns besucht die Kirche. Aber es wird bald der Tag kommen, an dem wir alle die Kirche besuchen werden.«

Chris stand auf, legte betont seine Serviette weg und blickte Bart und Cindy gebieterisch an. »Ich habe genug von diesem kindischen Gezänk. Ich stelle überrascht fest, daß ihr alle, die ihr euch für Erwachsene haltet, im Nu wieder zu Kindern werden könnt.«

Doch Jory ließ sich diesmal nicht mehr zurückhalten. Er drehte seinen Rollstuhl unvermittelt herum, sein für gewöhnlich beherrschtes Gesicht war rot vor Wut, seine Nasenflügel waren gebläht. »Es tut mir leid, Dad, aber jetzt rede ich.« Er wandte sich Bart zu, der aufgestanden war. »Hör mir einmal zu, kleiner Bruder.« Seine kräftigen Hände ließen den Steuerknüppel los und ballten sich zu Fäusten. »Ich glaube an Gott... aber nicht an die Religion. Die Religion wird dazu mißbraucht, um uns zu manipulieren und zu bestrafen. Wird auf tausenderlei Arten für das Profitstreben benutzt, denn sogar in der Kirche ist das Geld der wahre Gott.«

»Bart«, flehte ich, weil ich Angst hatte, daß er Jory wieder verletzen würde, »es ist an der Zeit, daß wir alle nach oben gehen.«

Bart war blaß geworden. »Kein Wunder, daß du in dem Rollstuhl sitzt, wenn das dein Glaubensbekenntnis ist. Gott bestraft dich, genau wie Joel gesagt hat.«
»Joel«, rief Jory höhnisch. »Wen zum Teufel kümmert es, was ein alter Narr wie Joel daherredet? Ich wurde bestraft, weil ein hirnverbrannter Idiot den Sand angefeuchtet hat! Gott hat es nicht regnen lassen, um seinen Zweck zu erreichen. Ein Gartenschlauch ist an Gottes Stelle getreten, und deshalb sitze ich in diesem Rollstuhl und bin nicht dort, wohin ich gehöre. Ich werde sobald wie möglich dieses Haus verlassen, Bart. Ich vergesse, daß du mein Bruder bist, den ich immer lieben und dem ich helfen wollte. Ich werde es nicht wieder versuchen.«
»Hoch, Jory!« rief Cindy, sprang auf und applaudierte.
»Schluß!« rief ich und ergriff Cindys Arm, während Chris den anderen packte, und wir schleppten sie von Bart weg. Sie wand sich und kämpfte, um sich zu befreien. »Du verdammter, verrückter Heuchler!« schrie sie Bart an. »Bei deiner Geburtstagsparty habe ich gehört, wie fleißig du das örtliche Bordell besuchst…«
Gott sei Dank schloß sich die Fahrstuhltür hinter uns, und wir waren unterwegs nach oben, ehe Bart auf Cindy losgehen konnte.
»Lern doch endlich, den Mund zu halten«, warf Jory ihr vor. »Du machst alles nur noch schlimmer, Cindy –, und ich bedaure, was ich soeben gesagt habe. Hast du sein Gesicht gesehen? Ich glaube nicht, daß er heuchelt, wenn es um Religion geht. Er meint es todernst. Er scheint wirklich ein gläubiger Mensch zu sein. Joel ist scheinheilig, Bart ist es nicht.«
Chris sah beide streng an, dann verließ er den Fahrstuhl. »Jory, Cindy, hört mir aufmerksam zu. Ich will, daß ihr beide heute nacht euer Bestes tut, damit Barts Party zu einem Erfolg wird. Vergeßt eure Feindseligkeit, wenigstens für diese eine Nacht. Er war ein schwieriger kleiner Junge und ist zu einem noch schwierigeren Mann geworden. Er braucht Hilfe, und zwar dringend. Nicht durch weitere

Sitzungen bei Psychiatern, sondern Hilfe von jenen Menschen, die ihn am meisten lieben – und trotz allem weiß ich, daß ihr ihn beide liebt. So wie seine Mutter und ich ihn lieben und sich Sorgen über seine Entwicklung machen. Melodie habe ich vor dem Dinner aufgesucht, und sie fühlt sich nicht gut genug, um an der Party teilzunehmen. Sie wollte sich von mir nicht untersuchen lassen, obwohl ich darauf bestanden habe, und sie meint, sie wäre zu unförmig, zu schwerfällig, und sie wolle nicht, daß die Gäste sie und ihren riesigen Umfang anstarren. Es ist ohnehin die beste Lösung. Aber wenn ihr wollt, sucht sie auf und sprecht ein paar nette aufmunternde Worte, denn das arme Mädchen ist ganz außer sich vor Kummer...«

Jory steuerte seinen Stuhl durch den Korridor, bog direkt zu seinem Zimmer ab und kümmerte sich nicht um Melodies geschlossene Tür. Ich seufzte, und Chris machte es mir nach.

Cindy sprach pflichtschuldig vor Melodies verschlossener Tür ein paar tröstende Worte, dann lief sie zu mir und Chris zurück. »Ich werde mir meinen Spaß nicht durch Melodie verderben lassen. Sie benimmt sich wie eine verdammte, selbstsüchtige Närrin. Ich habe jedenfalls vor, mich heute nacht so gut zu unterhalten wie noch nie.« Mit diesen Worten wandte Cindy sich zum Gehen. »Ich kümmere mich nicht um Bart und seine Party, sondern denke nur an das Vergnügen, das sie mir bereitet.«

»Ich mache mir Cindys wegen Sorgen«, meinte Chris, als wir in unserem breiten Bett lagen und versuchten, ein kurzes Schläfchen zu halten. »Ich habe das Gefühl, daß Cindy mit ihren Gunstbezeigungen zu freigebig ist.«

»Das darfst du nicht sagen, Chris! Nur weil wir sie mit dem jungen Lance ertappt haben, bedeutet es noch lange nicht, daß sie ein lockerer Vogel ist. Sie sucht, sieht sich jeden jungen Mann an, den sie kennenlernt, und hofft, daß er der Richtige ist. Wenn einer sagt, er liebt sie, glaubt sie es, weil sie es glauben will. Ist dir nicht klar, daß Bart ihr das Selbstvertrauen genommen hat? Sie hat

Angst, daß sie genau das ist, wofür Bart sie hält. Sie schwankt zwischen dem Bestreben, so verrucht zu sein, wie Bart annimmt, und so brav zu sein, wie wir sie gern hätten. Cindy ist eine schöne junge Frau... und Bart behandelt sie wie den letzten Dreck.«

Für Chris war es ein langer Tag gewesen. Er schloß die Augen und drehte sich auf die Seite, um mich zu küssen. »Irgendwann wird Bart sich ändern«, murmelte er. »In seinen Augen liegt zum ersten Mal das Bedürfnis, einen Kompromiß zu schließen. Er sehnt sich verzweifelt danach, jemanden oder etwas zu finden, woran er glauben kann. Eines Tages wird er bekommen, was er braucht, und dann kann er endlich der großartige Mensch werden, der sich unter diesem abscheulichen Benehmen verbirgt.«

Schlafe und träume von unmöglichen Dingen, zum Beispiel Harmonie in der Familie, zum Beispiel Brüder und eine Schwester, die einander liebevoll zugetan sind. Träume weiter, Träumer...

Die Pendeluhr unten im Korridor schlug sieben, es war Zeit aufzustehen, zu baden und uns anzuziehen. Ich schüttelte Chris wach und sagte ihm, er solle sich schleunigst anziehen. Er streckte sich, gähnte und stand langsam auf, um zu duschen, während ich in die Wanne stieg, dann rasierte er sich und zog anschließend seinen maßgeschneiderten Smoking an. Er betrachtete sich in einem großen Spiegel. »Habe ich zugenommen, Cathy?« fragte er besorgt.

»Nein, Liebster. Du siehst toll aus –, wie Cindy sagen würde.«

»Und was sagst du?«

»Du siehst von Jahr zu Jahr besser aus.« Ich trat näher, umschlang ihn mit den Armen und lehnte die Wange an seinen Rücken. »Ich liebe dich jedes Jahr mehr..., und selbst wenn du so alt sein wirst wie Joel, werde ich dich noch so sehen wie du jetzt bist..., vier Meter groß, in einer glänzenden Rüstung, bereit, auf deinem weißen Einhorn zu reiten. In der Hand wirst du eine vier Meter lange Lanze tragen, auf deren Spitze ein grüner Drachenkopf steckt.«

Im Spiegel sah ich sein Bild; in seinen Augen glänzten Tränen. »Nach so langer Zeit erinnerst du dich noch?« flüsterte er heiser. »Nach so vielen Jahren...«

»Als ob ich es je vergessen könnte...«

»Aber es ist so lange her...«

»Und heute mittag hat der Mond geschienen«, murmelte ich, trat vor ihn und legte ihm die Arme um den Hals, »ein Schneesturm trug dein Einhorn herbei... und ich merkte zu meinem Entzücken, daß ich immer Achtung für dich empfunden habe. Du mußtest sie dir nicht erst verdienen.«

Die zwei Tränen rannen langsam über seine Wangen hinunter. Ich küßte sie weg. »Du verzeihst mir also, Catherine? Sag jetzt, da wir die Gelegenheit dazu haben, daß du mir verzeihst, daß ich dich durch so viele Höllen geführt habe. Denn Bart wäre anders geworden, wenn ich nur sein Onkel geblieben wäre und eine andere Frau geheiratet hätte.«

Ich achtete sorgfältig darauf, seinen Smoking nicht mit meinem Make-up zu verschmieren, als ich meinen Kopf an sein Herz lehnte, dessen Klopfen ich hörte. Genauso wie ich es damals gehört hatte, als unsere Liebe sich veränderte und mehr wurde, als sie sein durfte. »Wenn ich nur einmal blinzle, bin ich wieder zwölf Jahre alt, und du bist vierzehn. Ich sehe dich vor mir, wie du damals warst..., aber mich kann ich nicht sehen. Chris, warum kann ich mich nicht sehen?«

Sein verzerrtes Lächeln war bittersüß. »Weil ich alle Erinnerungen an dich, wie du einst warst, gestohlen und in meinem Herzen aufbewahrt habe. Aber du hast nicht gesagt, daß du mir verzeihst.«

»Wäre ich hier, wenn es anders wäre?«

»Ich hoffe und bete darum«, und ich wurde umschlungen, so fest von seinen Armen umschlungen, daß meine Rippen schmerzten.

Draußen begann es wieder zu schneien. Hier drinnen hatte mein geliebter Christopher die Zeit zurückgedreht, und wenn Melodie in diesem Haus nichts Zauberhaftes sah und Lances Abreise Cindy ihres Liebhabers beraubt hatte, so gab es doch noch mehr als genug Wunderbares für mich, wenn Chris anwesend war und mich bezauberte.
Um halb zehn waren wir alle bereit aufzuspringen, wenn Trevor den Besuchern die Tür öffnen würde. Er blickte unruhig auf seine Uhr, dann mit sichtlichem Stolz auf uns. Bart, Chris, Jory und ich in unserer eleganten, teuren Abendkleidung saßen den Vorderfenstern mit ihren herrlichen Vorhängen gegenüber. Der gewaltige Christbaum in der Halle glitzerte im Schein von tausend kleinen weißen Kerzen. Fünf Leute hatten Stunden gebraucht, um diesen Baum zu schmücken.
Ich fühlte mich wie ein Aschenbrödel mittleren Alters, das seinen Prinzen bereits gefunden, ihn geheiratet hat und sich im Baum des von da ab ewig währenden Glücks befand, das allerdings nicht ganz vollkommen war, als etwas oben meine Aufmerksamkeit erregte. In den Schatten des Rundbaus, wo zwei Ritter in voller Rüstung auf Postamenten einander gegenüberstanden, bewegte sich ein dunkler Schatten. Selbst im Schatten des kleineren, uns näher stehenden Ritters erkannte ich, wer es war. Joel, der in seinem Bett schlafen oder auf den Knien für alle unsere sündigen, heidnischen Seelen beten sollte.
»Bart«, flüsterte ich meinem zweiten Sohn zu, der neben meinen Stuhl trat, »sollte das nicht die besondere Party werden, und Joel alle seine alten Freunde wiedersehen?«
»Ja«, antwortete er leise und legte mir den Arm um die Schultern. »Aber das war nur eine Ausrede von mir. Ich wußte, daß er nicht kommen würde. In Wirklichkeit sind nur noch wenige von seinen alten Freunden am Leben, obwohl viele Schulkolleginnen meiner Großmutter noch unter uns weilen.« Seine kräftigen Finger preßten sich in das zarte Fleisch an meiner Schulter. »Du siehst entzükkend aus – wie ein Engel.«

War das ein Kompliment oder eine Anspielung?
Er lächelte mir zynisch zu, dann zog er seinen Arm zurück, als hätte er ihn zu etwas verleitet.
Ich lachte nervös. »Ach, wenn ich einmal so alt sein werde wie Joel, werde ich einen runden Rücken bekommen wie eine Matrone, werde schlurfend gehen, und wenn mein sündiges Leben zu Ende ist, werde ich den Heiligenschein wieder zurückerhalten, den ich in der Pubertät verloren habe...«
Bart und Chris sahen mich bei meiner Bemerkung finster an, aber ich fühlte mich besser, als Joels Schatten sich davonstahl.
Livrierte Diener bereiteten die Büfettische vor, während Bart aufstand, hin und her ging und in seinem schwarzen Smoking mit der gefältelten Hemdbrust außerordentlich gut aussah.
Ich griff nach Jorys Hand und drückte sie. »Du siehst ebenso gut aus wie Bart«, flüsterte ich.
»Hast du ihn dazu beglückwünscht, Mam? Er sieht wunderbar aus, wirklich wunderbar, genauso muß sein Vater gewesen sein.«
Ich errötete und schämte mich. »Nein, ich habe kein Wort gesagt, weil er so verdammt selbstzufrieden wirkt, daß er platzen würde, wenn ich ihn auch noch lobe.«
»Du irrst dich, Mam. Komm schon, sag ihm doch, was du mir gesagt hast. Du findest vermutlich, daß ich es nötiger habe, aber ich glaube, er braucht es.«
Ich stand auf und ging zu Bart, der auf die Einfahrt hinausblickte, die in Kurven den Hügel hinunterführte. »Ich kann keine Scheinwerfer sehen«, beklagte er sich verärgert. »Jetzt schneit es nicht. Die Straßen sind geräumt worden. Unsere ist sogar mit Schotter bestreut; wo zum Teufel bleiben sie?«
»Du hast noch nie besser ausgesehen als heute, Bart.«
Er sah mich an, dann warf er einen Blick auf Jory. »Besser als Jory?«
»Ebenso gut.«

Er runzelte die Stirn und wandte sich wieder dem Fenster zu. Dort draußen bemerkte er etwas, das ihn von sich ablenkte. »Sieh doch, da kommen sie!«
Ich sah zu, wie die fernen Scheinwerfer den Hügel heraufkamen. »Alles bereitmachen«, rief Bart und bedeutete Trevor aufgeregt, an der Tür bereitzustehen.
Chris ging zu Jorys Stuhl, den er geschickt schob, während ich Barts Arm ergriff und wir vier ein Empfangskomitee bildeten. Trevor lächelte uns strahlend an.
»Ich liebe Partys, habe es schon immer getan und werde es immer tun. Sie lassen mein Herz höher schlagen, und meine alten Knochen fühlen sich wieder jung. Ich spüre schon, heute nacht wird es eine tolle, herrliche Party werden.«
Das wiederholte Trevor zwei- oder dreimal – jedesmal mit weniger Überzeugung, als keines dieser Scheinwerferpaare unsere Einfahrt erreichte. Niemand klingelte an unserer Tür oder verwendete unseren Türklopfer.
Die Musiker saßen unter dem Rundbau auf einem Podium, das speziell für sie errichtet worden war und sich genau zwischen den beiden Treppen befand. Sie stimmten ihre Instrumente immer wieder, während meine Füße in den eleganten, hochhackigen Tanzschuhen zu schmerzen begannen. Ich setzte mich wieder auf einen der eleganten Stühle, zog meine Füße unter die Falten meines Kleides zurück, das von Minute zu Minute schwerer und unbequemer wurde, und schlüpfte aus den Schuhen. Schließlich setzte sich Chris neben mich, Bart nahm den Stuhl rechts von mir ein, und wir schwiegen alle, fast hielten wir den Atem an. Jory hatte seinen eigenen Stuhl, mit dem er unermüdlich herumfuhr. Er rollte von einem Fenster zum anderen, blickte hinaus und berichtete.
Cindy wartete im Obergeschoß in vollem Staat darauf, »vornehm« spät zu kommen und alle zu beeindrucken, wenn sie schließlich die Treppe herunterschwebte. Sie mußte schon ziemlich ungeduldig sein.
»Sie müssen jeden Augenblick kommen –«, sagte Jory, als

es halb elf geworden war. »Auf den Seitenstraßen befinden sich hohe Schneewälle, die sie vielleicht aufhalten...«

Barts Lippen waren verbissen zusammengepreßt, sein Blick eiskalt.

Keiner sprach ein Wort. Ich hatte Angst, auch nur Vermutungen darüber zu äußern, warum niemand gekommen war. Trevor machte ein sehr bekümmertes Gesicht, wenn er glaubte, daß wir nicht hinsahen.

Um an etwas Angenehmes zu denken, betrachtete ich die Büfettische, die mich so sehr an den ersten Ball erinnerten, den ich im ursprünglichen Foxworth Hall erlebt hatte.

Das Bild, das sich mir jetzt bot, war genau das gleiche.

Rote Leinentischtücher, Silberteller und -schüsseln. Ein Springbrunnen mit Champagner. Große, schimmernde Wärmepfannen, von denen köstliche Gerüche ausgingen. Berge von Speisen auf eleganten Aufsätzen aus Kristall, Porzellan, Gold und Silber. Schließlich konnte ich nicht länger widerstehen und stand auf, um eine Kleinigkeit hier und dort zu kosten, während Bart sich unwillig darüber beklagte, daß ich die schöne Dekoration zerstörte. Ich zuckte die Achseln und reichte Chris einen Teller mit allen Speisen, die er am liebsten hatte. Bald darauf bediente sich auch Jory.

Rote Bienenwachskerzen brannten immer stärker herunter. Hoch aufgetürmte Meisterwerke aus Gelatine begannen zusammenzusinken. Geschmolzener Käse wurde hart, und die warmgehaltenen Soßen dickten ein. Geschlagener Crêpeteig wartete darauf, in Zinnpfannen gebacken zu werden, während die Köche einander merkwürdige Blicke zuwarfen. Ich konnte nicht mehr hinsehen, weil soviel verdarb.

Kaminfeuer verliehen unseren Haupträumen eine heitere Note, machten sie gemütlich und außerordentlich angenehm. Die Aushilfsdienerschaft wurde unruhig und nervös, begann herumzugehen, miteinander zu flüstern und wußte nicht, was sie tun sollte.

Cindy schwebte in einem leuchtendroten Kleid mit Reifrock die Treppe herunter, das so kunstvoll gearbeitet war, daß es mein vornehm mit Perlen besticktes Kleid in den Schatten stellte. Das ihre hatte ein eng anliegendes Oberteil mit Rüschen, die ihre Oberarme bedeckten, ihre Schultern vorteilhaft hervorhoben und einen wunderbaren Rahmen für ihre weichen, schwellenden Brüste bildeten. Das Kleid war tief ausgeschnitten. Der Rock war ein Meisterwerk aus Rüschen, die mit weißen Seidenblumen und Tropfen aus schimmerndem Kristall besetzt waren. Einige weiße Seidenblumen steckten in ihrem hochgekämmten Haar; Scarlett O'Hara hätte diese Aufmachung bestimmt gefallen.

»Wo sind denn alle?« fragte sie, sah sich um, und ihr strahlender Gesichtsausdruck verschwand. »Ich habe darauf gewartet, daß die Musik zu spielen beginnt, dann bin ich eingeschlafen, und als ich aufwachte, dachte ich, daß ich den ganzen Spaß versäumt hätte.«

Sie brach ab, blickte sich wieder um, und ihr Gesichtsausdruck verwandelte sich in Entsetzen. »Sagt mir bloß nicht, daß niemand kommen wird! Ich kann keine neuerliche Enttäuschung ertragen!« Sie hob dramatisch die Hände.

»Es ist noch niemand gekommen, Miss«, meldete Trevor taktvoll. »Sie müssen sich verirrt haben, und ich muß sagen, Sie sehen einfach zauberhaft aus, genau wie Ihre Frau Mutter.«

»Danke«, sagte sie, schwebte auf ihn zu und streifte seine Wange mit einem kindlichen Kuß. »Sie sehen auch überaus vornehm aus.« Sie lief an dem erstaunten Bart vorbei zum Klavier. »Bitte, darf ich?« fragte sie einen jungen, gut aussehenden Musiker, der glücklich war, weil endlich etwas geschah.

Cindy setzte sich neben ihn, legte die Hände auf die Tasten, warf den Kopf zurück und begann zu singen: »O heilige Nacht, o Nacht voll Sternenschein.«

Wir alle sahen erstaunt das Mädchen an, das wir so gut zu kennen glaubten. Es war kein leichtes Lied, aber sie

sang es so gut, mit soviel Gefühl, daß sogar Bart aufhörte herumzulaufen und sie verwundert anstarrte.
Ich hatte Tränen in den Augen. Ach, Cindy, wie konntest du diese Stimme so lange vor uns geheimhalten? Ihr Klavierspiel ging gerade so an, aber diese Stimme, das Gefühl, das sie hineinlegte! Dann setzten alle Musiker ein, um ihr Klavierspiel zu übertönen, nicht aber ihre Stimme.
Ich war verblüfft und konnte kaum glauben, daß meine Cindy so schön singen konnte. Als sie geendet hatte, klatschten wir alle begeistert Beifall. Jory rief: »Sensationell! Phantastisch! Einfach wundervoll, Cindy! Du Geheimniskrämerin – du hast uns nie erzählt, daß du weiter Gesangsunterricht genommen hast.«
»Habe ich gar nicht. Ich bringe nur zum Ausdruck, was ich fühle.«
Sie senkte den Blick, dann sah sie verstohlen, verschmitzt zu Bart hinüber, auf dessen erstauntem Gesicht nicht nur Überraschung, sondern auch Freude lag. Zum ersten Mal hatte er an Cindy etwas gefunden, das er bewundern konnte. Ihr leises Lächeln der Befriedigung verging rasch, ein beinahe trauriges Lächeln, als sehnte sie sich danach, daß Bart sie auch aus anderen Gründen mochte.
»Ich liebe Weihnachtslieder und religiöse Gesänge, sie gehen mir so nahe. Ich habe einmal in der Schule ›Swing low, sweet chariot‹ gesungen, und der Lehrer meinte, ich besäße jenes emotionelle Gefühl, das große Sängerinnen auszeichnet. Aber ich möchte doch am liebsten Schauspielerin werden.«
Lachend und wieder glücklich forderte sie uns auf, mitzusingen und aus der mißglückten Einladung noch eine richtige Party zu machen. Sie begann zuerst ›Joy to the World‹ herunterzuhämmern und dann ›Jingle Bells‹.
Diesmal war Bart nicht beeindruckt.
Er trat wieder ans Fenster und starrte, hoch aufgerichtet, hinaus. »Sie können doch unmöglich meine Einladungen mißachten, wenn sie zugesagt haben«, murmelte er.
Ich konnte nicht verstehen, wie seine Geschäftsfreunde es

wagen konnten, ihn zu beleidigen, denn er war doch ihr bedeutendster Kunde, außerdem besuchte jedermann gern eine Party, besonders eine Party, die eine Sensation sein würde.

Irgendwie wirkte Bart mit den jährlichen fünfhunderttausend Dollar Wunder, indem er sie auf eine Art und Weise, die Chris für zu riskant gehalten hätte, vermehrte. Bart riskierte alles . . ., ein berechnetes Risiko, das sich überaus bezahlt machte. Erst jetzt wurde mir klar, daß meine Mutter vielleicht diese Wirkung angestrebt hatte. Hätte sie Bart das ganze Vermögen in einer einzigen Summe vererbt, hätte er nicht so hart gearbeitet, um ein eigenes Vermögen aufzubauen; wenn er so weitermachte, würde es weit größer sein als Malcolms Hinterlassenschaft. Und auf diese Weise würde Bart seinen eigenen Wert erkennen.

Aber welche Rolle spielte Geld, wenn er jetzt so enttäuscht war, daß er trotz der verschwenderisch zur Schau gestellten Pracht keinen Bissen essen konnte? Die Enttäuschung trieb ihn jedoch zum Alkohol, und es gelang ihm, in kurzer Zeit ein halbes Dutzend harter Drinks hinunterzustürzen, während er auf und ab ging und immer zorniger wurde.

Ich konnte es kaum noch ertragen, seine Enttäuschung mitanzusehen, und bald flossen mir unwillkürlich Tränen über das Gesicht.

Chris flüsterte: »Wir können nicht zu Bett gehen und ihn allein hier lassen, Cathy, er leidet. Sieh nur, wie er hin und her läuft. Bei jedem Schritt wird sein Ärger größer. Jemand wird für diese Beleidigung büßen müssen.«

Es wurde halb zwölf und noch später.

Cindy war die einzige, die sich unterhielt. Die Musiker und Diener bewunderten sie. Sie spielten eifrig, und sie sang. Wenn sie nicht sang, tanzte sie mit jedem Mann, der zur Verfügung stand, sogar mit Trevor und den anderen Dienern. Sie forderte die Dienstmädchen auf, mitzutanzen, und sie beteiligten sich alle fröhlich an dem Fest, das

sie aus dem Boden stampfte, während sie abwechselnd dafür sorgten, daß wenigstens Cindy sich unterhielt.
»Laßt uns alle essen, trinken und fröhlich sein!« rief Cindy und lächelte Bart zu. »Es ist nicht das Ende der Welt, Bruder Bart. Was macht es dir schon aus? Wir sind zu reich, um beliebt zu sein. Wir sind auch zu reich, um uns selbst zu bedauern. Und schau, wir haben mindestens zwanzig Gäste ..., wir wollen tanzen, trinken, essen und uns vergnügen!«
Bart blieb stehen und sah sie an. Cindy erhob ihr Champagnerglas. »Mein Trinkspruch für dich, Bruder Bart. Für jedes häßliche Wort, das du mir gesagt hast, wünsche ich dir von ganzem Herzen Gesundheit, langes Leben und viel Liebe.« Sie stieß mit ihrem Champagnerglas an sein Cocktailglas an, dann trank sie, strahlte ihn bezaubernd an und brachte noch einen Trinkspruch aus. »Du siehst absolut phantastisch aus, und die Mädchen, die heute nacht nicht hier auftauchen, versäumen die Chance ihres Lebens. Hier also noch ein Trinkspruch auf den begehrtesten Junggesellen der Welt. Ich wünsche dir Freude, Glück, ich wünsche dir Liebe. Ich würde dir auch Erfolg wünschen, aber den brauchst du nicht.«
Er konnte die Augen nicht von ihr abwenden. »Warum brauche ich keinen Erfolg?« fragte er leise.
»Was könntest du noch mehr vom Leben verlangen? Du hast Erfolg, wenn du Millionen besitzt, und bald wirst du über soviel Geld verfügen, daß du nicht mehr wissen wirst, was du damit anfangen sollst.«
Bart senkte den dunklen Kopf. »Ich habe nicht das Gefühl, erfolgreich zu sein. Nicht, wenn kein Mensch zu meiner Party kommen will.« Seine Stimme brach, und er kehrte uns den Rücken zu.
Ich ging zu ihm. »Willst du mit mir tanzen, Bart?«
»Nein!« fuhr er mich an und floh zu einem weiter hinten liegenden Fenster, durch das er wieder hinausstarrte.
Cindy unterhielt sich blendend mit den Musikern und den Männern und Frauen, die eigentlich Barts Gäste bedienen

sollten. Ich aber war zutiefst niedergeschlagen, denn ich bedauerte Bart, der so große Erwartungen an den Ball geknüpft hatte. Ihm zuliebe gingen wir alle, außer Cindy und dem Dienstpersonal, in den vorderen Salon, und dort warteten wir in unseren unerhört teuren Kleidern auf Gäste, die offenbar die Einladungen angenommen hatten, nur um Bart später sitzen zu lassen – und uns auf diese Weise wissen ließen, was sie von den Foxworths auf dem Hügel hielten.
Die Pendeluhr schlug zwölf. Bart trat vom Fenster zurück und ließ sich auf das Sofa vor dem Kaminfeuer fallen. »Ich hätte wissen sollen, daß es so kommen würde.« Er sah Jory bitter an. »Vielleicht kamen sie damals zu meiner Geburtstagsparty nur, um dich tanzen zu sehen, und nun, da du nicht mehr tanzen kannst – zum Teufel mit mir! Sie haben mir ihre Verachtung gezeigt – und sie werden dafür bezahlen«, verkündete er mit harter, kalter Stimme, lauter und stärker als Joel, aber mit der gleichen Wut des Fanatikers. »Wenn ich mit ihnen fertig bin, wird es in einem Umkreis von zwanzig Meilen kein Haus geben, das nicht mir gehört. Ich werde sie alle ruinieren. Alle. Mit der Macht der Foxworth-Stiftung im Rücken kann ich Millionenkredite aufnehmen, dann werde ich die Banken aufkaufen und verlangen, daß sie ihre Hypotheken zurückzahlen. Ich werde die Dorfläden aufkaufen und sie schließen. Ich werde andere Rechtsanwälte anstellen, meine jetzigen entlassen und dafür sorgen, daß sie aus dem Anwaltstand ausgeschlossen werden. Ich werde neue Börsenmakler finden, neue Immobilienagenten anstellen, dafür sorgen, daß der Wert der Grundbesitze sinkt, und wenn sie billig verkaufen, werde ich der Käufer sein. Wenn ich mit ihnen fertig bin, wird es keine einzige alte aristokratische Virginia-Familie mehr auf dieser Seite von Charlottesville geben! Und kein einziger von meinen Geschäftskollegen wird außer Schulden, die er abzahlen muß, etwas besitzen!«
»Dann wirst du zufrieden sein?« fragte Chris.

»Nein!« tobte Bart mit harten, stechenden Augen. »Ich werde mich nicht zufriedengeben, bevor Gerechtigkeit geschehen ist! Ich habe nichts getan, um diese Nacht zu verdienen! Ich habe nur versucht, ihnen wie unsere Vorfahren ein Fest zu bereiten –, und sie haben mich zurückgewiesen! Sie werden bezahlen und nochmals bezahlen.«
Er klang wie ich! Als ich meine eigenen Worte aus dem Mund meines Kindes hörte, das ich unter dem Herzen getragen hatte, strömte mir das Blut in die Füße. Zitternd bemühte ich mich um Fassung. »Es tut mir leid, Bart. Aber es war doch kein vollkommener Fehlschlag, nicht wahr? Wir befinden uns alle gemeinsam unter diesem Dach, endlich ist die Familie vereint. Und Cindys Musik und ihr Gesang haben doch ein Fest daraus gemacht.«
Er hörte mir nicht zu.
Er blickte auf all die Speisen, die noch gegessen werden mußten. Auf den Champagner mit der abgestandenen Kohlensäure. Auf den Wein und die Alkoholika, die so manche Zunge gelöst und ihm so Informationen verschafft hätten, die er ausnutzen wollte. Er sah die Mädchen in ihren hübschen schwarzweißen Kleidern an, die beschwipst herumtorkelten, manche tanzten noch, während die Musik immer weiter spielte. Er funkelte die wenigen Kellner an, die noch Servierbretter mit inzwischen warm gewordenen Drinks in den Händen hielten. Einige blickten ihn an und warteten darauf, daß er erklärte, die Veranstaltung sei zu Ende. Ein beeindruckender Tafelaufsatz, auf dem eine Krippe aus Eis mit den drei Schäfern, den Weisen aus dem Morgenlande und allen Tieren stand, war zu einer Lache geschmolzen, die auf das rote Tischtuch hinunterlief und es dunkel färbte.
»Wie glücklich du warst, als du im ›Nußknacker‹ getanzt hast, Jory«, sagte Bart, der schnell zur Treppe ging. »Du warst der häßliche Nußknacker, der sich in den schönen Prinzen verwandelt. Du hast jede männliche Hauptrolle beherrscht – und jedesmal die hübschesten Partnerinnen bekommen. In ›Aschenbrödel‹, in ›Romeo und Julia‹, in

›Dornröschen‹, ›Gisèle‹, ›Schwanensee‹ – jedesmal, außer dem letzten. Und es ist immer das letzte Mal, das zählt, nicht wahr?«

Wie grausam! Wie schrecklich grausam! Ich sah, wie Jory zusammenzuckte, und diesmal zeigte er seine Qual, so daß mein Herz um ihn blutete.

»Frohe Weihnachten«, rief Bart, während er die Treppe hinaufstieg. »Wir werden dieses Fest nie mehr feiern, auch kein anderes in diesem Haus, solange ich hier der Herr bin. Joel hatte recht. Er hat mich davor gewarnt, mich anzupassen und wie die anderen sein zu wollen. Er hat gemeint, ich solle nicht versuchen, die Leute dazu zu bringen, mich zu mögen oder zu achten. Von nun an werde ich so sein wie Malcolm. Ich werde mir Achtung erwerben, indem ich den anderen mit eisernen Fäusten und mit rücksichtsloser Entschlossenheit meinen Willen aufzwingen werde. Alle, die mich heute vor den Kopf gestoßen haben, werden meine Macht zu spüren bekommen.«

Als er außer Sicht war, wandte ich mich an Chris: »Er klingt verrückt!«

»Nein, Liebste, er ist nicht verrückt –, er ist nur Bart, jung und sehr, sehr gekränkt. Als er noch ein Kind war, hat er sich immer wieder die Knochen gebrochen, um sich dafür zu bestrafen, daß er gesellschaftlich und in der Schule versagt hatte. Jetzt wird er das Leben von anderen zerbrechen. Ist es nicht schade, Cathy, daß ihm nichts gelingt?«

Ich stand beim Geländer und blickte hinauf, wo sich ein alter Mann im Dunkel versteckte, der sich vor lautlosem Lachen schüttelte.

»Geh doch hinauf, Chris, ich komme dir gleich nach.«

Chris wollte wissen, was ich vorhatte, deshalb log ich, daß ich nur kurz mit unserer Haushälterin darüber sprechen wolle, wie man das Haus wieder in Ordnung bringen könnte. Aber ich hatte etwas anderes im Sinn.

Sobald niemand mehr in Sichtweite war, verschwand ich in Barts großem Arbeitszimmer, schloß die Tür und durchsuchte seinen Schreibtisch, um die Antwortkarten zu finden, mit denen die Gäste pflichtgemäß vor Wochen ihr Kommen zugesagt hatten.

Sie mußten, nach den Tintenflecken auf den Umschlägen zu schließen, wiederholt in die Hand genommen worden sein. Es waren zweihundertfünfzig Zusagen. Ich biß mich auf die Unterlippe. Keine Ablehnung, nicht eine einzige. In der Gesellschaft war so etwas nicht üblich, nicht einmal jemandem gegenüber, den man nicht schätzt. Wenn die Leute nicht hätten kommen wollen, hätten sie die Einladungen zusammen mit der Antwortkarte in den Papierkorb geworfen oder die Karte mit einer Absage zurückgeschickt.

Ich legte die Karten sorgfältig wieder an ihren Platz zurück, dann stieg ich die Hintertreppe zu Joels Zimmer hinauf.

Ohne vorher anzuklopfen, öffnete ich seine Tür; er saß vorgebeugt auf seinem schmalen Bett; entweder hatte er schreckliche Magenkrämpfe oder aber er lachte lautlos und haßerfüllt. Er zuckte, zitterte, umfaßte sich mit seinen knochigen Armen.

Ich wartete ruhig, bis sein hysterischer Anfall vorbei war, und erst dann erblickte er meinen langen Schatten. Keuchend, mit eingesunkenem Mund, denn seine künstlichen Zähne lagen in einer Tasse neben dem Bett, starrte er zu mir empor. »Warum bist du hier, Nichte?« fragte er mit seiner weinerlichen, aber rauhen Stimme; seine schütteren, zerrauften Haare standen wie Teufelshörner empor. »Unten habe ich vor einer Weile aufgeblickt und sah, daß du im Schatten des Rundbaues standest und lachtest. Warum hast du gelacht, Joel? Du mußt doch gesehen haben, wie sehr Bart getroffen war.«

»Ich weiß nicht«, mümmelte er, drehte sich halb weg und steckte sich die Zähne in den Mund. Dann fuhr er sich mit der Hand über sein zerwühltes Haar und brachte es in Ordnung. Nur die Haarlocke über der Stirn blieb widerspenstig. Nun konnte er meinem Blick begegnen. »Deine Tochter hat dort unten so viel Radau gemacht, daß ich

nicht schlafen konnte. Als ich euch alle in euren ausgefallenen Kleidern in Erwartung der Gäste sah, regte sich mein Sinn für Humor.«
»Du hast einen sehr grausamen Sinn für Humor, Joel. Ich dachte, du magst Bart.«
»Ich liebe den Jungen.«
»Wirklich?« fragte ich scharf. »Ich glaube es nämlich nicht, sonst hättest du Mitleid mit ihm gehabt.« Ich sah mich in seinem spärlich ausgestatteten Zimmer um und überlegte. »Warst du es nicht, der die Einladungen für die Party auf die Post brachte?«
»Ich erinnere mich nicht mehr«, antwortete er ruhig. »Für einen alten Mann wie mich bedeutet die Zeit nicht viel, wenn sie so kurz wird. Was vor Jahren passiert ist, habe ich klarer im Gedächtnis als Ereignisse, die vor einem Monat eingetreten sind.«
»Mein Gedächtnis ist viel besser als deines, Joel.«
Ich setzte mich auf den einzigen Stuhl, den es in seinem Zimmer gab. »Bart hatte eine wichtige Verabredung, und ich erinnere mich, daß er dir den Stoß von Einladungen übergab. Hast du sie abgeschickt, Joel?«
»Natürlich habe ich sie abgeschickt«, fuhr er zornig auf.
»Aber du hast soeben gesagt, daß du dich nicht erinnerst.«
»An diesen Tag erinnere ich mich. Es hat so lange gedauert, sie nacheinander in den Schlitz zu stecken.«
Ich hatte die ganze Zeit über seine Augen aufmerksam beobachtet. »Du lügst, Joel.« Es war ein Schuß ins Dunkel. »Du hast die Einladungen nicht abgeschickt. Du hast sie hierher mitgenommen, in der Abgeschiedenheit dieses Raumes jede einzelne geöffnet, den für ›Ja, ich werde gern kommen‹ vorgesehenen freien Raum ausgefüllt und sie dann in den beigelegten Umschlägen an Bart zurückgeschickt. Ich habe sie nämlich in Barts Büro gefunden. Ich habe noch nie ein so merkwürdiges Sammelsurium von gefälschten Unterschriften in verschiedenen Schattierungen von blauer, violetter, grüner, schwarzer und brauner Tinte gesehen. Du hast die Federn gewechselt, Joel,

um den Eindruck zu erwecken, daß verschiedene Gäste diese Karten unterschrieben haben, während du sie alle selbst unterschrieben hast.«

Langsam stand Joel auf. Er raffte die handgewebte, unsichtbare braune Mönchskutte zusammen und schob seine knorrigen Hände in die unsichtbaren Ärmel. »Du hast den Verstand verloren, Weib«, zischte er kalt. »Wenn du willst, geh zu deinem Sohn, erzähle ihm von deinem wahnsinnigen Verdacht und sieh zu, ob er dir glaubt.«

Ich sprang auf und ging zur Tür. »Genau das habe ich vor.« Ich schlug die Tür heftig hinter mir zu und hastete davon.

Bart saß in seinem Büro hinter dem Schreibtisch; er trug jetzt einen Pyjama, darüber einen schwarzen Wollschlafrock mit roten Streifen. Im Rausch warf er die Antwortkarten einzeln in das lodernde Feuer. Zu meiner Verzweiflung gingen die letzten in Flammen auf, während ich zusah, wie sich Bart noch einen Drink eingoß.

»Was willst du?« fragte er undeutlich, kniff die Augen zusammen und war offenbar überrascht, mich vor sich zu sehen.

»Ich muß dir etwas mitteilen, Bart, und du mußt mir genau zuhören. Ich glaube nicht, daß Joel deine Einladungen abgeschickt hat, und deshalb sind auch deine Gäste nicht erschienen.«

Er versuchte mich scharf anzusehen und sich zu konzentrieren, doch sein Verstand war sichtlich unter dem Einfluß des Alkohols, den er sich einverleibt hatte, ins Wanken geraten. »Natürlich hat er sie abgeschickt. Joel tut immer, was ich anordne.« Er lehnte sich zurück, die Rückenlehne seines Drehstuhl gab automatisch dem von ihm ausgeübten Druck nach, und er schloß die Augen. »Bin jetzt müde. Geh weg. Steh nicht dort und starre mich mit mitleidigen Augen an. Und sie haben zugesagt . . . habe ich nicht eben ihre Antworten verbrannt?«

»Hör mich an, Bart. Schlaf nicht ein, bevor ich gesprochen habe. Hast du nicht bemerkt, wie seltsam sie unterzeichnet waren? Die vielen verschiedenfarbigen Tinten? Die gefälschte, unbeholfene Handschrift? Joel hat deine Einladungen nicht abgeschickt, sondern sie in sein Zimmer mitgenommen, geöffnet, die Antwortkarten und Umschläge herausgenommen, und da du alle mit Briefmarken versehen hattest, brauchte er nur zum Postamt zu fahren und dir jeden Tag ein paar zurückzuschicken.«

Seine Augen öffneten sich zu einem Spalt. »Mutter, du solltest zu Bett gehen. Mein Großonkel ist der beste Freund, den ich jemals hatte. Er würde nie etwas tun, das mich verletzen könnte.«

»Bitte, Bart. Setze nicht allzu viel Vertrauen in Joel.«

»Hinaus mit dir!« brüllte er. »Es ist deine Schuld, daß sie nicht gekommen sind! Deine und dieses Mannes, mit dem du schläfst!«

Ich stolperte, als ich mich niedergeschlagen abwandte, und war von der Angst erfüllt, daß er sehr wohl recht haben konnte –, und daß Joel nur das war, was Bart und Chris in ihm sahen, ein harmloser alter Mann, der das Ende seines Lebens in diesem Haus verbringen wollte, in der Nähe des Menschen, der ihn achtete und liebte.

Ein Kind wurde geboren ...

Der Weihnachtstag war vorüber. Ich lag zusammengerollt neben Chris im Bett, der immer leicht einschlafen konnte, während ich meine Gedanken nicht abschütteln konnte und mich herumwarf und -drehte. Das Rubinauge des großen einäugigen Schwans war aufmerksam auf etwas gerichtet, so daß ich immer wieder herausbekommen wollte, was er eigentlich sah. Ich hörte die Pendeluhr am Ende des Korridors in tiefen sanften Tönen drei Uhr schlagen. Einige Minuten zuvor war ich aufgestanden und hatte zugesehen, wie Barts roter Wagen die Einfahrt zur Ortskneipe hinunterraste, wo er wohl seinen Kummer in viel Alkohol ertränken und im Bett einer Hure landen würde. Mehr als einmal war er nach Alkohol und billigem Parfüm stinkend nach Hause gekommen.

Eine Stunde nach der anderen verging, während ich auf Barts Rückkehr wartete. Ich stellte mir alle möglichen Arten von Unfällen vor. In einer solchen Nacht wimmelte es draußen von betrunkenen Lenkern, die tödlicher waren als Arsen.

Warum sollte ich nichts unternehmen? Ich schlüpfte aus dem Bett, zog die Decken sorgfältig über den schlafenden Chris, küßte ihn auf die Wange, legte seine kräftigen Arme um ein Kissen, das er vermutlich für mich halten würde, und das war auch der Fall, nach der Art, wie er es an sich drückte. Ich wollte Bart in seinem Zimmer erwarten.

Es war fast fünf Uhr früh, der Wintermorgen war kalt und stürmisch, als sein Wagen die Einfahrt heraufkam.

Ich hatte mich in meinem dicken rosa Verlourschlafrock auf einem seiner weißen Sofas zusammengerollt und mir seine schwarzroten Kissen hinter den Rücken gesteckt. Ich war halb eingenickt, dann hörte ich ihn die Treppe heraufpoltern, hörte, wie er betrunken von einem Zimmer ins andere ging und gegen die Möbelstücke rannte wie damals, als er noch ein Kind gewesen war. Er war es gewöhnt, in jedem Raum nachzusehen, ob er ordentlich aufgeräumt worden war, bevor das Personal schlafen ging. Nach der Zeit zu schließen, die er brauchte, um in seine eigenen Räume zu gelangen, besorgte er es zu meiner Bestürzung jetzt. Keine Zeitungen durften herumliegen. Alle Illustrierten mußten zu säuberlichen Stößen gestapelt sein. Keine Kleidungsstücke durften auf dem Boden liegen, keine Jacken an Türklinken oder über Stuhllehnen hängen.
Einige Minuten später trat er in sein Zimmer und knipste das Licht an. Er schwankte vor und zurück, dann erblickte er mich in seinem Zimmer, wo ich ein Feuer angezündet hatte, das munter im Dunkel knisterte. Schatten tanzten über die weißen Wände, färbten sie orange und rosa, das schwarze Leder der anderen Wand bekam rote Glanzlichter und erweckte den Eindruck eines vorgetäuschten Infernos.
»Was, zum Teufel, ist los, Mutter? Habe ich dir nicht gesagt, du sollst meinen Flügel nicht betreten?« Doch in seinem betrunkenen Zustand war er anscheinend froh, mich zu sehen.
Er schwankte unsicher zu einem Stuhl, zielte sorgfältig, ließ sich in ihn fallen und schloß die dunkel umschatteten Augen. Ich stand auf und massierte seinen Nacken, während er den Kopf sinken ließ, als schmerze er ihn schrecklich. Er legte sein Gesicht in die Hände, während meine Massage seine Schmerzen linderte. Dann seufzte er, lehnte sich zurück und sah mir in die Augen. »Ich hätte nicht trinken sollen«, murmelte er undeutlich und seufzte, als ich zurücktrat und mich vor ihn setzte. »Es bringt mich

immer dazu, verrückte Sachen anzustellen, und dann wird mir übel. Es ist ein Blödsinn, daß ich es immer wieder tue, wenn der Alkohol bei mir nie etwas anderes bewirkt hat, als meine Probleme zu vergrößern. Was ist mit mir los, Mutter? Ich kann mich mit dem Alkohol nicht einmal soweit betäuben, daß ich alles vergesse. Ich bin immer zu sensibel. Ich habe einmal gehört, wie Jory zu dir sagte, er baue das wunderbare Schiff, um es mir zu schenken, und ich war begeistert. Niemand hat je so viele Monate dafür verwendet, mir ein Geschenk zu machen –, und dann ist es zerbrochen. Er hat so eine wunderbare Arbeit geleistet, sich soviel Mühe gegeben, damit alles naturgetreu ist. Und jetzt landet all diese Arbeit im Abfalleimer.«

Er klang wie ein Kind, verwundbar, leicht beeinflußbar, und ich wollte es versuchen, versuchen, ihm jedes Quentchen Liebe zu geben, deren ich fähig war. Er war nicht böse, wenn er betrunken war, nicht abgestumpft, sondern liebenswert, rührend in seiner Menschlichkeit. »Liebling, Jory wird dir gern ein neues Schiff machen«, versprach ich, obwohl ich nicht sicher war, ob er diese langwierige Arbeit ein zweites Mal auf sich nehmen würde.

»Nein, Mutter, jetzt will ich es nicht mehr. Dem zweiten würde auch etwas zustoßen. So geht es mir immer. Das Leben hat die grausame Gewohnheit, mir wegzunehmen, woran ich am meisten hänge. Es gibt weder Glück noch Liebe, die morgen um die Ecke auf mich warten. Ich kann nicht für mich gewinnen, was ich haben will – meinen Herzenswunsch, wie ich die unmöglichen Träume meiner Jugend nannte. War das nicht kindisch und albern? Kein Wunder, daß ich dir leid tat – ich wollte so viel. Zu viel. Nie war ich zufrieden. Du und der Mann, den du liebst, ihr gabt mir alles, sobald ich nur einen Wunsch äußerte, und vieles, das ich nicht einmal erwähnte, und dennoch habt ihr mir nie das Glück gegeben. Deshalb habe ich beschlossen, aus nichts mehr etwas zu machen. Der Weihnachtsball hätte mir auch keine Freude gemacht, wenn die

Gäste erschienen wären. Ich hätte sie noch immer nicht beeindruckt. Unbewußt war ich die ganze Zeit davon überzeugt, daß sich meine Party nur als ein weiterer Mißerfolg erweisen würde wie alle anderen Partys, die du für mich gegeben hast. Dennoch habe ich weitergemacht und mir suggeriert, daß ich sozusagen einen Präzedenzfall schaffen würde, wenn das Fest heute nacht ein Erfolg wird, und dann würde sich mein ganzes Leben zum Besseren wenden.«

Mein zweiter Sohn sprach zu mir wie noch nie zuvor. Der Alkohol löste ihm die Zunge.

»Ich war dumm, nicht wahr?« fuhr er fort. »Cindy hat recht, wenn sie mich einen Widerling und ein Scheusal nennt. Ich schaue in den Spiegel und sehe einen gutaussehenden Mann, das Abbild meines Vaters, von dem du behauptest, du hättest ihn mehr geliebt als jeden anderen Mann. Aber ich habe nicht das Gefühl, daß ich innerlich gut aussehe. Tief innen bin ich häßlicher als die Sünde. Dann erwache ich, spüre die frische, morgendliche Bergluft, sehe den Tau auf den Rosen schimmern, sehe den Wintersonnenschein auf dem Schnee glitzern und glaube wieder, daß mir das Leben vielleicht doch noch eine Chance bieten wird. Ich habe die Hoffnung, eines Tages zu meinem wirklichen Ich zu finden –, mit dem ich mich identifizieren kann, und deshalb beschloß ich vor Monaten, diese Weihnachten zu den glücklichsten in unser aller Leben zu gestalten, nicht nur für Jory, der es verdient, sondern auch für dich und mich. Du glaubst, daß ich Jory nicht liebe, aber das stimmt nicht.«

Er senkte den Kopf in die Hände und seufzte schwer. »Beichtstunde, Mutter. Ich hasse Jory auch, das leugne ich nicht. Aber ich bringe Cindy keine Liebe entgegen. Sie hat mich immer nur bestohlen –, und sie gehört nicht einmal zu uns. Jory hat immer den größten Anteil von deiner Liebe bekommen, alles, was dir noch verblieb, nachdem du deinem Bruder das Beste gegeben hattest. Mir hat niemand den größten Anteil seiner Liebe geschenkt. Ich habe geglaubt, daß es bei Melodie endlich der Fall war. Heute weiß ich, daß sie als Ersatz für Jory jeden Mann genommen hätte, jeden Mann, der verfügbar und willig war, deshalb hasse ich sie jetzt ebenso sehr wie ich Cindy hasse.«

Er ließ die Hände sinken; in seinen dunklen Augen lag tiefe Bitterkeit, im Widerschein des Feuers sahen sie aus wie rotglühende Kohlen. Infolge der alkoholischen Getränke roch sein Atem sauer. Mein Herz hörte fast zu schlagen auf. Was wollte er? Ich stand auf, trat hinter seinen Stuhl, schlang die Arme um seinen Hals und senkte den Kopf auf sein zerzaustes Haar. »Du bist heute abend weggefahren, Bart, und ich habe nicht schlafen können, während ich auf deine Rückkehr wartete. Sag mir, was ich tun kann, um dir zu helfen. Niemand hier haßt dich, wie du glaubst. Nicht einmal Cindy. Du verärgerst uns oft, weil du uns enttäuschst, nicht weil wir dich ablehnen.«

»Schick Chris weg«, stieß er tonlos hervor, als hätte er keine Hoffnung, daß Chris jemals aus meinem Leben verschwinden würde. »Das würde mir beweisen, daß du mich liebst. Nur wenn du mit ihm brichst, kann ich in deiner Gegenwart ein gutes Gefühl haben.«

Diese Worte versetzten mir einen Stich. »Ohne mich würde er sterben, Bart«, flüsterte ich. »Du kannst nicht verstehen, was uns aneinander bindet, und ich kann es auch nicht erklären, warum er mich braucht und warum ich ihn brauche –, es sei denn, daß wir jung und einsam waren und uns in einer entsetzlichen Lage befanden, in der wir nur einander hatten. Wir schufen uns eine phantastische Traumwelt, als wir eingesperrt waren, und damit saßen wir in der Falle, und nun, da wir beide älter geworden sind, leben wir noch immer in dieser Phantasiewelt. Ohne sie können wir nicht weiterleben. Ihn jetzt zu verlieren, würde nicht nur ihn, sondern auch mich vernichten.«

»Aber Mutter!« schrie er leidenschaftlich, umschlang mich und drückte sein Gesicht an meine Brust, »du hast

doch noch mich!« Er sah mir ins Gesicht, ohne mich loszulassen. »Ich will, daß du deine Seele läuterst, ehe es zu spät ist. Dein Verhältnis mit Chris verstößt gegen die Gebote Gottes und der Gesellschaft. Laß ihn gehen, Mutter. Bitte, laß ihn gehen – bevor jemand etwas Entsetzliches tut, verzichte auf die Liebe zu deinem Bruder.«
Ich trat zurück und schob eine herabhängende Haarsträhne beiseite. Ich fühlte mich besiegt und hoffnungslos; denn das, was er von mir verlangte, war ganz unmöglich. »Würdest du mir etwas antun, Bart?«
Er biß sich auf die Lippe, eine Gewohnheit aus seiner Kinderzeit, die wieder auftrat, wenn er aufgeregt war. »Ich weiß nicht. Manchmal möchte ich es. Mehr als ich ihm etwas antun will. Du lächelst mich so zärtlich an, und mein Herz verlangt nach dir, will, daß du dich nie änderst. Dann gehe ich zu Bett, und ein Flüstern in meinem Kopf sagt mir, daß du böse bist und deshalb sterben solltest. Wenn ich mir vorstelle, daß du tot im Grab liegst, füllen sich meine Augen mit Tränen, mein Herz ist leer und gebrochen, schwerer als Blei – und ich möchte es ungeschehen machen. Mir ist so kalt, ich bin allein und habe Angst. Bin ich verrückt, Mutter? Warum kann ich mich nicht verlieben und davon überzeugt sein, daß es von Dauer ist? Warum kann ich nicht vergessen, was du tust?
Eine Zeitlang dachte ich, daß Melodie und ich es geschafft hatten. Sie erschien mir so vollkommen, und dann begann sie dick und häßlich zu werden. Sie jammerte und nörgelte herum und beklagte sich über mein Haus. Sogar Cindy war verständnisvoller. Ich führte Melodie in die besten Restaurants, in Theater und Kinos, und versuchte sie von Jory abzulenken, aber sie ließ nicht locker. Sie sprach immerfort vom Ballett und wieviel es für sie bedeutete, und da erkannte ich, daß ich nur ein Ersatz für Jory war und sie mich nie geliebt hatte, überhaupt nie. Ich war für sie nur ein Mittel, ihren Verlust eine Zeitlang zu vergessen. Jetzt hat sie nicht mehr die entfernteste Ähnlichkeit mit dem Mädchen, in das ich mich verliebt hatte. Sie

braucht Mitleid und Zuneigung, nicht Liebe. Sie hat meine Liebe genommen und sie so mißachtet, daß ich sie jetzt nicht einmal mehr ansehen kann.«
Seufzend senkte er den Blick und flüsterte so leise, daß ich ihn kaum verstand. »Ich sehe die junge Cindy, und mir wird klar, daß du in deiner Jugend so ausgesehen hast, und halb und halb weiß ich, warum Chris sich in dich verliebt hat. Das bringt mich dazu, sie noch mehr zu hassen. Sie quält mich, weißt du. Cindy möchte am liebsten unter meine Haut kriechen und mich dazu bringen, etwas so Böses zu tun, wie Chris mit dir. Sie trägt in ihrem Schlafzimmer nur einen Bikinibüstenhalter und -höschen. Und sie weiß, daß ich ihre Zimmer kontrolliere, bevor ich zu Bett gehe. Heute abend trug sie ein so durchsichtiges Nachthemd, daß ich alles sah. Sie ließ sich einfach anstarren. Joel behauptet, daß sie nur eine Hure ist.«
»Dann geh nicht in ihr Schlafzimmer«, entgegnete ich ruhig. »Weiß Gott, wir müssen mit niemandem zusammenkommen, der hier wohnt, wenn wir nicht wollen –, und Joel ist ein bigotter, engstirniger Narr. In Cindys Generation trägt man eben so gut wie keine Unterwäsche. Aber du hast recht, sie sollte sich nicht darin zur Schau stellen. Ich werde am Morgen mit ihr darüber sprechen. Bist du sicher, daß sie sich dir absichtlich gezeigt hat?«
»Du mußt es genauso gemacht haben«, fuhr er anklagend fort. »All die Jahre, in denen du mit Chris eingeschlossen warst, hast du ihm da deinen Körper – absichtlich gezeigt?«
Wie sollte ich ihm schildern, wie es gewesen war und es ihm begreiflich machen? Er würde es doch nie verstehen.
»Wir versuchten alle, anständig zu sein, Bart. Es ist so lange her, und ich erinnere mich ungern daran. Ich versuche, es zu vergessen. Ich möchte glauben, daß Chris mein Mann ist und nicht mein Bruder. Wir können keine Kinder haben, konnten es nie. Wird es dadurch nicht besser – ein wenig besser?«
Er schüttelte den Kopf, seine Augen umdüsterten sich. »Geh weg. Du speist mich nur mit Ausreden ab und rührst

alles wieder in mir auf, die Übelkeit, die ich empfand, als ich herausfand, wie ihr zueinander steht. Ich war noch ein Kind, das sich nach Sauberkeit sehnte. Ich sehne mich noch immer danach. Deshalb dusche ich immerfort, rasiere mich, räume alles weg, befehle den Dienstboten, alles zu schrubben, staubzusaugen und Staub zu wischen, und zwar jeden Tag. Ich versuche den Schmutz zu beseitigen, den ihr, du und Chris, in mein Leben gebracht habt –, und ich schaffe es nicht!«

Ich fand keinen Trost in Chris' Armen, als ich versuchte zu schlafen. Ich verfiel in einen unruhigen Traum. Dann wurde ich plötzlich wach und hörte in der Ferne Schreie. Ich verließ zum zweiten Mal in dieser Nacht mein Bett und rannte in die Richtung, aus der die Schreie kamen.

Melodie lag im langen Korridor auf dem Boden. Sie trug ein weißes Nachthemd, das scheinbar rote Streifen hatte. Sie kroch mir stöhnend entgegen, so daß ich glaubte, noch zu träumen. Ihr langes Haar war feucht und wirr, von ihren Brauen tropfte der Schweiß –, und sie zog eine Blutspur hinter sich her!

Sie starrte mich blindlings flehend an. »Cathy, mein Kind kommt . . .« Sie schrie auf, dann wurden ihre Augen langsam ausdruckslos, und sie brach ohnmächtig zusammen.

Ich lief zu Chris und rüttelte ihn wach. »Es ist Melodie!« schrie ich, als er sich aufsetzte und die müden Augen rieb. »Die Wehen haben eingesetzt. Sie ist gerade in Ohnmacht gefallen, liegt mit dem Gesicht nach unten im Korridor und hinterläßt eine Blutspur . . .«

»Beruhige dich«, beschwichtigte er mich, sprang aus dem Bett und zog den Bademantel über. »Das erste Kind läßt sich bekanntlich Zeit.« Dennoch drückten seine Augen eine gewisse Besorgnis aus, als würde er im Geist rechnen, wie lange Melodie schon in den Wehen gelegen hatte. »Ich habe alles, was ich brauche, in meiner Tasche«, erklärte er, während er eilig Decken, saubere Laken und Handtücher zusammensuchte. Er hatte noch immer die Ärztetasche, die er zum Abschluß seines Medizinstudiums bekommen hatte, als wäre ihm die Tasche heilig. »Die Zeit ist zu kurz, um sie ins Krankenhaus zu bringen, wenn sie Blut verliert. Du mußt jetzt nur hinunter in die Küche und das viele heiße Wasser aufstellen, das die Ärzte in den Filmen brauchen.«

Ich fuhr ihn ungeduldig an, glaubte, er wolle mich nur aus dem Weg haben. »Wir sind nicht beim Film, Chris!«

Wir waren inzwischen in den Korridor gelaufen, und er beugte sich über Melodie. »Das weiß ich – es wäre besser, wenn du etwas Vernünftiges machst, statt neben mir herzulaufen und dich hysterisch aufzuführen. Mach jetzt Platz, Catherine«, schrie er mich an, während er sich bückte, um Melodie aufzuheben. In seinen Armen schien sie nicht mehr Gewicht zu haben als eine Feder, während ihr Bauch hoch wie ein Berg wirkte.

In ihrem Zimmer stopfte er Kissen unter ihre Hüften, verlangte weitere weiße Handtücher, Laken, Zeitungspapier und fuhr mich an: »Komm schon, Catherine, beeil dich! Nach der Lage des Kindes ist der Kopf unten, und es ist schon unterwegs. Lauf! Ich muß noch einige Instrumente sterilisieren. Verdammt, daß sie mir nicht gesagt hat, daß die Wehen so früh eingesetzt haben. Während wir unsere Geschenke auspackten, hat sie keinen Laut von sich gegeben. Was, zum Teufel, ist mit den Menschen in diesem Haus los? Sie hätte nur den Mund aufmachen und ein Wort sagen müssen!«

Bevor er mit seiner Tirade fertig war, die er mehr an sich selbst als an mich richtete, rannte ich durch den langen Korridor, dann stürzte ich die zur Küche führende Treppe hinunter. Ich drehte den Warmwasserhahn auf und stellte den Kessel mit dem heißen Wasser zum Kochen auf. Ich wartete ängstlich, denn ich war davon überzeugt, daß Melodie Mitleid genoß, uns bestrafen wollte und vielleicht sogar wollte, daß ihr Kind starb, damit sie nach New York zurückkehren konnte, ohne daß sie ein verkrüppelter Ehemann und ein vaterloses Kind daran hinderten.

Es dauerte so lange, bis das Wasser im Kessel kochte. Tausend Gedanken schossen mir durch den Kopf, häßliche Gedanken, während ich ins Wasser blickte, um das leiseste Aufwallen zu bemerken. Was machte Chris? Sollte ich Jory wecken und ihm erzählen, was los war? Warum hatte Melodie das getan? War sie in gewisser Hinsicht so wie Bart – wollte sie sich selbst für ihre Sünden bestrafen? Endlich, es kam mir wie eine Stunde vor, begann das Wasser aufzuwallen, dann brodelte es heftig. Der Dampf entwich aus dem Schnabel, während ich die Treppe hinauf und durch die endlosen Korridore lief, bis ich Melodies Schlafzimmer erreichte.

Chris hatte Melodie aufgesetzt und ihr viele Kissen hinter den Rücken gestopft. Ihre Knie waren aufgestellt, und Chris hatte sie mit weiteren Kissen gespreizt. Von der Taille abwärts war sie nackt, und aus ihrem Körper tropfte noch immer Blut. Bei diesem Anblick wurde mir seltsam zumute, und ich betrachtete die Unterlage aus Handtüchern und Laken, die er über Zeitungen gebreitet hatte, um das Blut aufzusaugen. »Ich kann die Blutung nicht stillen«, meinte er bekümmert. »Ich habe Angst, daß das Kind etwas davon schlucken könnte.« Er warf mir einen Blick zu. »Cathy, zieh die zusätzlichen Gummihandschuhe an und verwende den Greifer, den du in meiner Tasche findest, um jedes Instrument, das ich herausgelegt habe, in das kochende Wasser zu tauchen. Ich erwarte von dir, daß du mir die Instrumente gibst, wenn ich sie brauche und danach verlange.« Ich nickte, obwohl ich schreckliche Angst hatte, daß ich mich nicht an die Namen der Instrumente erinnern würde, denn es war ja so lange her, noch bevor er sein Medizinstudium abgeschlossen hatte.

»Wach auf, Melodie«, sagte er immer wieder, »ich brauche deine Mithilfe.« Er schlug sie leicht ins Gesicht. »Cathy, befeuchte einen Waschlappen mit kaltem Wasser. Wisch ihr das Gesicht damit ab, damit sie zu sich kommt, so daß sie pressen und dazu beitragen kann, daß das Kind kommt.«

Der kalte Stoff auf ihrem Kopf brachte Melodie in die schmerzhafte Wirklichkeit zurück. Sie begann sofort zu schreien, wollte Chris wegschieben und die Decken hinaufziehen. »Wehr dich doch nicht gegen mich«, redete ihr Chris väterlich zu. »Dein Kind ist beinahe da, Melodie, aber du mußt pressen und tief atmen, und ich kann nicht sehen, was ich tue, wenn du dich zudeckst.«
Sie schrie ruckartig, krampfhaft weiter und versuchte, Chris' Anordnungen zu befolgen, während ihr der Schweiß über das Gesicht strömte und ihr Haar und ihre Brust durchnäßte. Ihr Nachthemd, das bis zur Taille hochgeschoben war, war bald klitschnaß. »Hilf mir, Cathy«, befahl Chris, der ein Instrument in der Hand hatte, das ich für eine Zange hielt. Ich legte meine Hände auf die Stelle, die er mir angab, und preßte.
»Bitte, Liebling«, flüsterte ich, als sie kurz aufhörte zu schreien und mich hören konnte, »du mußt mithelfen. Dein Kind bemüht sich gerade, zu überleben und ans Licht der Welt zu kommen.«
Ihre von Schmerz und Angst geweiteten, verstörten Augen bemühten sich, die Wirklichkeit um sie zu erkennen. »Ich sterbe!« schrie sie, dann preßte sie die Augen zusammen, holte tief Luft und preßte, unterstützt durch meine Hände, entschlossener.
»Du machst es großartig, Melodie«, ermutigte sie Chris. »Jetzt noch einmal kräftig pressen, dann sollte ich imstande sein, den Kopf deines Kindes zu sehen.« Schweißüberströmt hielt sie sich an meinen Händen fest und preßte die Augen noch fester zusammen, dann unternahm sie eine letzte mächtige Anstrengung.
»Gut . . . sehr gut! Ich kann den Kopf des Kindes sehen«, meldete Chris zufrieden und warf mir einen stolzen Blick zu. In diesem Augenblick sank Melodies Kopf zur Seite, und ihre Augen schlossen sich.
Sie hatte wieder das Bewußtsein verloren. »In Ordnung«, erklärte Chris mit einem Blick auf ihr Gesicht. »Sie hat brav mitgearbeitet, und ich kann jetzt meine Arbeit ma-

chen. Sie hat das Schlimmste hinter sich und kann sich ausruhen. Ich befürchtete schon, ich würde die Zange verwenden müssen, aber es wird nicht notwendig sein.

»Sicher und vorsichtig schob er seine Hand in die Vagina und holte das sehr kleine Neugeborene heraus, das er mir überreichte. Ich hielt das kleine schleimige, rote Wesen in den Händen und blickte ehrfürchtig auf Jorys Sohn hinunter. Ach, wie vollkommen dieser kleine Junge war, der mit seinen winzigen Fäusten herumfuchtelte, mit den unglaublich kleinen Füßen strampelte, sein verschrumpeltes Gesicht verzog und Luft holte, um zu brüllen, als Chris die Nabelschnur abband und durchtrennte. Kalte Schauer liefen mir über den Rücken. Aus der Vereinigung meines Sohnes mit seiner Frau stammte dieser vollkommene kleine Enkel, der vor dem ersten Schrei mein Herz im Sturm eroberte. Mit Tränen in den Augen, mit freudig pochendem Herzen, weil Jory so glücklich sein würde, sah ich, wie Chris weiter mit Melodie beschäftigt war und etwas aus ihrem Leib herauszog, das die Nachgeburt sein mußte.

Wieder blickte ich auf das weinende, schleimige, puppenartige Kind, das kaum mehr als vier Pfund wiegen konnte. Ein aus der Leidenschaft und Schönheit der Ballettwelt geborenes Kind ... geboren aus Musik, die erklungen war, als er empfangen wurde. Ich drückte das Kind an mein Herz und dachte, daß es wohl Gottes größtes Wunder war, schöner als ein Baum, länger während als eine Rose, ein als sein Ebenbild geborener Mensch. Tränen flossen mir über die Wangen, denn wie Gottes Sohn war dieses Kind fast am Weihnachtstag zur Welt gekommen. Mein Enkel! »Er ist so klein, Chris. Wird er am Leben bleiben?«

»Selbstverständlich«, antwortete er geistesabwesend, ganz von seiner Tätigkeit in Anspruch genommen, während er sich weiter mit Melodie befaßte und verdutzt die Stirn runzelte. »Wie wäre es, wenn du ihn einmal abwiegst. Dann solltest du ihn in lauwarmem Wasser baden. Verwende die Lösung, die ich zusammengemischt und in eine blaue Schale getan habe, um seine Augen auszuwaschen, und die Lösung in der rosa Schale, um seinen Mund und die Ohren zu reinigen. Irgendwo muß es hier Windeln und Decken geben. Er muß sehr warm gehalten werden.«

»In ihrem Handkoffer«, rief ich, während ich mit dem Kleinen auf dem Arm in das anstoßende Badezimmer eilte und begann, eine rosa Plastikwanne zu füllen. »Schon vor Wochen hat sie die Babysachen eingepackt und bereitgestellt.«

Ich war aufgeregt und überglücklich und bedauerte nur, daß ich Jory nicht geholt hatte, damit er der Geburt seines Kindes beiwohnte. Ich seufzte dann, als mir einfiel, daß es sein einziges Kind bleiben würde. Die Aussichten, daß er jemals ein weiteres zeugen konnte, waren sehr gering. Er hatte Glück gehabt, weil ihm dieser Junge geschenkt worden war.

Das Kind in meinen Armen war so zart, es hatte nur einen blonden Flaum, der seinen Kopf bedeckte. Winzige Hände und unglaublich kleine Füße strampelten in der kühlen Luft herum. Sein rosiger Mund vollführte saugende Bewegungen, während er versuchte, die verklebten Augen zu öffnen. Trotz des Geburtsschleims auf seiner roten Haut flog ihm mein Herz zu.

Schönes kleines Baby. Geliebter, süßer kleiner Junge, der meinen Jory glücklich machen wird. Ich wollte die Farbe seiner Augen sehen, aber er hielt sie fest geschlossen.

Ich war so nervös, als hätte ich noch nie ein Neugeborenes gesehen, und irgendwie war es so. Dieses Kind war so klein, sah so zart aus. Meine beiden Söhne waren voll ausgetragen und sofort nach ihrer Geburt von erfahrenen Kinderschwestern betreut worden.

»Wickle ihn fest ein«, erinnerte mich Chris aus dem anderen Zimmer. »Vergiß nicht, mit deinem Finger in seinen Mund zu fahren und alle Blut- und Schleimklümpchen herauszuholen, die du findest. Neugeborene können an dem, was sie im Mund haben, ersticken.«

Der Kleine protestierte heftig, weil er das warme vertraute Fruchtwasser im Mutterleib verloren hatte, aber sobald ich ihn sanft ins warme Wasser legte, hörte er auf zu weinen und schlief ein. Das kleine Neugeborene sah so hilflos, so verletzlich aus, daß es mir leid tat, während ich meinen Pflichten nachkam. Sogar im Schlaf suchten seine Puppenhändchen nach seiner Mutter und ihren Brüsten. Sein winziger Penis stand in die Höhe, als ich warmes Wasser auf sein Geschlechtsteil goß. Dann hörte ich zu meiner Überraschung ein zweites Kind schreien.
Rasch wickelte ich meinen sauberen kleinen Enkel in ein dickes weißes Handtuch und lief ins Schlafzimmer, wo Chris ein zweites Kind anstarrte.
Chris blickte mit einem seltsamen Ausdruck im Gesicht auf. »Ein Mädchen«, flüsterte er. »Blondes Haar, blaue Augen. Ich habe selbst mit ihrem Frauenarzt gesprochen, und er hat mit keinem Wort erwähnt, daß er zwei Herzschläge gehört hätte. Das kommt manchmal vor, wenn ein Kind hinter dem anderen liegt . . ., aber wie merkwürdig, daß er kein einziges Mal –« Er brach mitten im Satz ab, wechselte das Thema und fuhr fort: »Zwillinge sind für gewöhnlich kleiner als normale Babys allein, und ihre geringe Größe, dazu das Gewicht des zweiten, das auf das erste preßt, tragen dazu bei, daß das erste schneller kommt als eine Einzelgeburt – für gewöhnlich. Melodie hatte Glück . . .«
»Ohhhh«, hauchte ich, nahm das kleine Mädchen in meinen freien Arm und betrachtete es. Sofort wußte ich, wem sie ähnlich sahen. Sie waren die wiedergeborenen Carrie und Cory.
»Chris, wie phantastisch, wie wunderbar!« Ich lachte, dann wurde ich traurig, weil ich an meine geliebten Zwillingsgeschwister dachte, die schon so lang tot waren. Dennoch sah ich sie noch immer vor mir, wie sie in Gladstone durch den hinteren Garten und durch den erbärmlichen Mansardengarten mit der Fauna und Flora aus Papier rannten. »Die gleichen Zwillinge, Doppelgänger.«

Chris blickte auf, seine in Gummihandschuhen steckenden Hände waren blutig. »Nein, Cathy«, widersprach er entschieden, »keine Doppelgänger. Diese Kinder sind nicht die wiedergeborenen Zwillinge. Vergiß das nicht. Carry kam damals als erste zur Welt, und diesmal war der Junge früher dran. Das ist kein unglückliches, dem Untergang geweihtes Paar Kinder. Diese beiden werden nur das Beste bekommen. Würdest du jetzt gefälligst aufhören, sie anzustarren, und dich an die Arbeit machen? Auch sie braucht ein Bad. Und wickle den Jungen in Windeln, bevor er alles anspritzt!«

Es war gar nicht so leicht, mit glitschigen kleinen Lebewesen umzugehen. Doch ich schaffte es und war von Glück überwältigt. Trotz allem, was Chris einzuwenden hatte, wußte ich, wer diese Zwillinge waren – Cory und Carrie, wiedergeboren, um das wunderbare Leben zu führen, das ihnen zustand, das glückliche Leben, um das sie durch Habgier und Egoismus betrogen worden waren.

»Macht euch nur keine Sorgen«, flüsterte ich, während ich die kleinen roten Wangen küßte und dann ihre süßen Händchen und Füßchen. »Eure Großmutter wird dafür sorgen, daß ihr glücklich werdet. Ganz gleich, was ich anstellen muß, ihr werdet alles bekommen, was Carrie und Cory entbehren mußten.«

Ich blickte zum Schlafzimmer, in dem die erschöpfte Melodie eben erst aus ihrer Ohnmacht erwachte.

Chris erklärte mir, daß Melodie jetzt mit einem warmen Schwamm abgerieben werden mußte, und kam ins Badezimmer, um mir die beiden Kleinen abzunehmen. Er schickte mich zu der jungen Mutter, während er die beiden Neugeborenen gründlicher untersuchte.

Als ich Melodie wusch und ihr dann ein frisches rosa Nachthemd über den Kopf zog, wachte sie auf und sah mich ausdruckslos und gleichgültig an. »Ist es vorbei?« fragte sie mit schwacher, matter Stimme.

Ich griff nach ihrer Haarbürste und begann, ihre feuchten strähnigen Haare zu entwirren.

»Ja, Liebling, die Geburt ist vorbei.«
»Was ist es? Ein Junge?« In ihren Augen lag zum ersten Mal seit vielen Tagen Hoffnung.
»Ja, Liebling, ein Junge ... und ein Mädchen. Du hast soeben schöne, vollkommene Zwillinge geboren.«
Ihre Augen weiteten sich, wurden dunkel und blickten so angstvoll, daß ich befürchtete, sie würde wieder ohnmächtig werden.
»Sie sind vollkommen und alles ist bei ihnen am richtigen Platz.«
Sie sah mich an, bis ich hinauslief, um ihr die Zwillinge zu bringen. Sie starrte sie zutiefst verwundert an, dann lächelte sie schwach. »Oh, sie sind süß ... aber ich dachte, sie würden dunkles Haar haben wie Jory.«
Ich legte ihr die beiden Kinder in die Arme. Sie blickte auf sie hinunter, als könne sie es nicht glauben. »Zwei«, flüsterte sie immer wieder. Ihre Augen blickten ins Leere. »Zwei. Ich habe immer vorgehabt, nach dem zweiten Kind aufzuhören. Ich wollte einen Jungen und ein Mädchen haben ... aber nicht Zwillinge. Nun muß ich für zwei Mutter und Vater sein! Zwillinge! Das ist nicht fair, nicht fair!«
Ich schob ihr Haar sanft zurück. »Liebling, das ist Gottes Art, dich und Jory glücklich zu machen. Er hat dir die vollständige Familie beschert, die du wolltest, und du wirst die Quälerei kein zweites Mal durchmachen müssen. Und du stehst nicht allein; wir werden alles tun, was in unserer Macht steht, um dir zu helfen. Wir werden Kinderschwestern aufnehmen, Hausmädchen, was immer du brauchst. Weder dir noch deinen Kindern wird es an etwas fehlen.«
Hoffnung leuchtete in ihren Augen auf, dann schloß sie sie. »Ich bin müde, Cathy, so müde. Es ist schön, einen Jungen und ein Mädchen zugleich zu haben, wenn Jory keine mehr zeugen kann. Ich hoffe nur, daß er dadurch ein wenig für seinen Verlust entschädigt wird ..., und er wird sich freuen.«

Damit fiel sie in tiefen Schlaf, noch während ich die Haare fertig bürstete. Einmal war ihr Haar so schön glänzend gewesen; nun war es stumpf, leblos. Ich mußte es mit Shampoo waschen, bevor Jory sie sah. Wenn Jory seine Frau das nächste Mal zu Gesicht bekam, würde sie wieder das entzückende Mädchen sein, das er geheiratet hatte. Denn ich würde dieses Paar wieder zusammenbringen, und wenn es das Letzte war, was ich tat.

Chris trat zu uns und nahm ihr die Zwillinge aus den Armen. »Geh jetzt, Cathy. Sie ist erschöpft und braucht viel Ruhe. Es genügt, wenn du ihr morgen die Haare wäschst.«

»Habe ich es laut gesagt? Ich habe nur daran gedacht.«

Er lachte. »Du hast nur daran gedacht, aber du hast ihr Haar betastet, und deine Gedanken waren dir deutlich von den Augen abzulesen. Ich weiß, wie du über sauberes Haar denkst – dein Allheilmittel für alle Depressionen.«

Ich küßte ihn, drückte ihn an mich und ließ ihn bei Melodie zurück, während ich Jory aufsuchte, um ihn zu wekken. Er kehrte aus seinen Träumen in die Wirklichkeit zurück, rieb sich die Augen und blinzelte mich an. »Was ist jetzt wieder los? Neuer Verdruß?«

»Diesmal gibt es keinen Verdruß, Liebling.« Ich grinste ihn an, bis er glaubte, ich hätte den Verstand verloren. Er sah mich so verdutzt an, während er sich auf den Ellbogen stützte. »Ich habe ein nachträgliches Weihnachtsgeschenk für dich, Jory, mein Liebling.« Er schüttelte verwirrt den Kopf.

»Hätte dieses Geschenk nicht bis zum Morgen warten können, Mam?«

»Nein, dieses nicht. Du bist Vater, Jory!« Ich lachte und umarmte ihn wieder. »Ach Jory, Gott ist gütig. Weißt du noch, als du mit Melodie eure Familie geplant hast, stelltet ihr fest, daß ihr zwei Kinder wollt, zuerst einen Jungen, dann ein Mädchen. Als besonderes Geschenk direkt vom Himmel habt ihr Zwillinge bekommen! Einen Jungen und ein Mädchen!«

Seine Augen füllten sich mit Tränen, und er fragte erstickt: »Wie geht es Melodie?«
»Chris ist bei ihr, er kümmert sich um sie. Bei Melodie hatten schon gestern abend die Wehen eingesetzt, und sie hat kein Wort gesagt.«
»Warum?« stöhnte er und vergrub das Gesicht in den Händen. »Warum, wenn Dad die ganze Zeit hier war und ihr helfen konnte.«
»Ich weiß es nicht, mein Sohn, aber laß uns nicht länger darüber nachgrübeln. Es geht ihr gut, wirklich gut. Chris meint, daß sie nicht einmal ins Krankenhaus müßte, obwohl er mit den Zwillingen hinfahren wird, um sie zur Sicherheit untersuchen zu lassen. So kleine Kinder brauchen mehr Pflege als voll ausgereifte. Und er meint auch, es könne nicht schaden, wenn ein Geburtshelfer Melodie untersucht. Er mußte sie schneiden, er nannte es einen Dammschnitt. Ohne den kleinen operativen Eingriff wäre ein Einriß entstanden. Er hat den Schnitt erstklassig zugenäht, aber es schmerzt natürlich, Jory, bis die Nähte herauskommen. Zweifellos wird er die Kinder und sie am selben Tag zurückbringen.«
»Gott ist gut, Mam«, flüsterte er heiser, wischte die Tränen weg und versuchte zu lächeln. »Ich kann es nicht erwarten, sie zu sehen. Es dauert zu lang, wenn ich aufstehe und zu ihnen fahre – könntest du sie mir hierher bringen?«
Zuerst mußte er sich aufsetzen, um in der Lage zu sein, die Zwillinge in die Arme zu nehmen. An der Tür wandte ich mich zu ihm um, ich hatte nie einen glücklicheren Mann gesehen.
Während meiner Abwesenheit hatte Chris zwei herausgezogene Schubladen, die er mit weichen Decken gefüllt hatte, in Kinderbettchen verwandelt. Er wollte sofort wissen, wie Jory die Neuigkeit aufgenommen hatte, und lächelte, als er von Jorys Freude hörte. Zärtlich legte er beide Kinder in meine Arme. »Geh vorsichtig, mein Liebling«, flüsterte er und küßte mich. Dann brachte ich mei-

nem ältesten Sohn seine Erstgeborenen. Er nahm sie als empfindliche Geschenke entgegen, die er immer lieben würde, und blickte stolz und liebevoll auf die Kinder, die ihm ihr Leben verdankten.

»Sie sehen Cory und Carrie so ähnlich«, flüsterte ich in dem warmen Schein seines dämmrigen Zimmers. »Sie sind so hübsch, wenn sie auch noch sehr klein sind. Hast du über Namen für sie nachgedacht?«

Errötend verschlang er die Kleinen in seinen Armen mit den Augen. »Natürlich habe ich Namen ausgesucht, obwohl mir Mel nicht verraten hat, daß es eventuell Zwillinge werden könnten. Das macht vieles wieder gut.« Seine Augen leuchteten hoffnungsvoll. »Mam, du hast die ganze Zeit behauptet, daß Mel sich ändern würde, wenn das Kind erst mal da ist. Ich kann es nicht erwarten, sie zu sehen, sie wieder in meinen Armen zu halten.«

Dann stockte er und wurde rot. »Zumindest können wir im gleichen Bett schlafen.«

»Du wirst eine Möglichkeit finden, Jory . . .«

Er sprach weiter, als hätte er mich nicht gehört. »Wir hatten unser Leben genau geplant, wir wollten bis zu meinem vierzigsten Lebensjahr tanzen und dann unterrichten oder choreographieren. Wir haben dabei mögliche Unfälle oder plötzliche Tragödien nicht einkalkuliert, ebensowenig wie es deine Eltern taten, und im großen ganzen hat sich meine Frau ziemlich gut gehalten.«

Er war gütig, sehr großzügig! Melodie war die Geliebte seines Bruders gewesen, aber vielleicht wollte er es nicht wahrhaben.

Oder, was wahrscheinlicher war, er verstand ihr Bedürfnis und hatte bereits nicht nur Melodie verziehen, sondern auch Bart. Widerwillig erlaubte mir Jory, ihm die Zwillinge abzunehmen.

In Melodies Zimmer erklärte Chris: »Ich bringe Melodie und die Zwillinge ins Krankenhaus. Ich werde sobald wie möglich zurückkommen. Ich möchte, daß ein anderer Arzt Melodie untersucht, und die Zwillinge müssen natürlich in Brutkästen kommen, bis sie zumindest fünf Pfund wiegen. Der Junge wiegt dreieinhalb Pfund und das Mädchen um hundert Gramm weniger ... aber sie sind dennoch recht gesunde Kinder. Du wirst die Zwillinge in dein Herz schließen und sie ebenso lieben wie Cory und Carrie.« Wieso wußte er, daß mich jedesmal, wenn ich die kleinen Menschlein ansah, Visionen von »unseren« Zwillingen überfielen?

Jory saß strahlend neben Bart am Frühstückstisch, als ich den sonnigen Raum betrat, der für besondere Vormittage reserviert war. Die Teller leuchteten hellrot auf dem weißen Tischtuch, und eine Vase mit Stechpalmenzweigen stand in der Mitte. Überall befanden sich weiße und rote Weihnachtssterne.
»Guten Morgen, Mam«, grüßte Jory, als er mich erblickte. »Ich bin heute ein sehr glücklicher Mensch ... und ich wollte meine Neuigkeit Bart erst mitteilen, wenn du, Cindy und Dad da seid.«
Ein glückliches Lächeln spielte um Jorys Mund. Seine strahlenden Augen baten mich, nicht ärgerlich zu sein, als Cindy schläfrig und zerzaust hereinstolperte; jetzt erst verkündete Jory stolz, daß er Vater von Zwillingen war, einem Mädchen und einem Jungen, er und Melodie hatten sich darauf geeinigt, sie Darren und Deirdre zu nennen. »Es hat hier einmal Zwillinge gegeben, deren Vornamen mit C begannen. Wir halten uns ein wenig daran, gehen jedoch einen Schritt im Alphabet weiter.«
Bart runzelte neidisch, aber auch spöttisch die Stirn. »Zwillinge, doppelt so viel Sorgen wie mit einem Kind. Arme Melodie, kein Wunder, daß sie so unförmig wurde. Was für ein Kummer – als hätte sie nicht schon genügend Probleme.«
Cindy quiekte entzückt auf. »Zwillinge? Wirklich? Wie wunderbar! Kann ich sie gleich sehen? Kann ich sie in die Arme nehmen?«
Jory war noch immer über Barts taktlose Bemerkung em-

pört. »Halte mich nicht für erledigt, Bart, nur weil ich jetzt geschwächt bin. Für Mel und mich gibt es keine Probleme, die wir nicht überwinden können – sobald wir einmal von hier fort sind.«

Bart stand wortlos auf und ließ sein Frühstück unberührt stehen.

Jory und Melodie wollten fortziehen und die Zwillinge mitnehmen? Mein Herz wurde schwer. Ich schlang nervös die Finger ineinander.

Ich sah die Hand nicht, die die meine ergriff und sie drückte. »Mach kein so trauriges Gesicht, Mam. Wir würden dich oder Dad nie aus unserem Leben ausschließen. Wohin ihr geht, dahin gehen wir auch –, doch wir können nicht länger hier bleiben, wenn Bart sich nicht vollkommen ändert. Wenn du deine Enkelkinder sehen willst, mußt du nur rufen – oder auch nur flüstern.«

Gegen zehn kam Chris mit Melodie nach Hause, die sofort zu Bett gebracht wurde. »Es geht ihr jetzt gut, Jory. Wir hätten sie gern einige Tage im Krankenhaus gelassen, aber sie erhob so viele Einwände, daß ich sie mitgenommen habe. Die Zwillinge befinden sich in der Säuglingsabteilung, wo sie in getrennten Brutkästen liegen, bis sie zugenommen haben.«

Chris küßte mich auf die Wange, dann verkündete er strahlend: »Siehst du, Cathy, ich habe dir ja gesagt, daß alles gutgehen würde. Und mir gefallen die Namen, Jory, die du und Melodie ausgewählt habt. Wirklich schöne Namen.«

Kurz darauf trug ich ein Tablett zu Melodie hinauf, die aufgestanden war und aus dem Fenster auf die Schneelandschaft hinausblickte. Sie begann sofort zu sprechen.

»Als ich noch ein Kind war, habe ich ungeduldig auf den Schnee gewartet«, erinnerte sie sich verträumt, als wären Kinder, die aus den Augen sind, auch aus dem Sinn. »Ich wünschte mir immer weiße Weihnachten fern von New York. Jetzt habe ich weiße Weihnachten, und nichts hat sich geändert. Kein Zauber kann Jorys Beinen die Bewegungsfähigkeit wiedergeben.«

Sie sprach in dieser seltsamen, verträumten Art weiter, die mir Angst machte. »Wie werde ich mit zwei Kleinkindern fertig werden? Wie? Ich war nur auf eines gefaßt. Und Jory wird mir keine Hilfe sein . . .«

»Habe ich dir nicht versprochen, daß wir dir helfen werden?« fragte ich ein wenig ärgerlich, denn Melodie war offenbar entschlossen, sich zu bemitleiden, ganz gleich aus welchem Grund. Dann begriff ich, denn Bart stand in der offenen Tür.

Sein ernstes Gesicht war vollkommen ausdruckslos.

»Herzlichen Glückwunsch, Melodie«, sagte er ruhig. »Cindy hat sich von mir ins Krankenhaus fahren lassen, um deine Zwillinge zu sehen. Sie sind sehr . . . sehr . . .« Er zögerte, dann schloß er – »klein.«

Er ging.

Melodie starrte mit leerem Blick auf die Stelle, wo er gestanden hatte.

Später fuhr Chris mit Jory, Cindy und mir ins Krankenhaus, um die Zwillinge wieder zu besuchen. Melodie blieb in ihrem Bett liegen, schlief tief und sah sehr erschöpft aus. Cindy betrachtete die winzigen Babys in ihren kleinen, verglasten Brutkästen noch einmal. »Sind sie nicht allerliebst? Wie stolz du sein mußt, Jory. Ich werde die beste Tante der Welt sein, warte nur ab. Ich kann es kaum erwarten, sie in die Arme zu nehmen.« Sie stand hinter seinem Stuhl, beugte sich zu ihm und umarmte ihn. »Du warst ein so fabelhafter Bruder . . . ich danke dir dafür.«

Bald waren wir wieder daheim, Melodie erkundigte sich schwach nach ihren Kindern und schlief wieder ein, sobald sie wußte, daß es ihnen gut ging. Der Tag verging, ohne daß Gäste vorbeigekommen wären, ohne daß Freunde angerufen hätten, um Jory zu seiner Vaterschaft zu gratulieren. Wie einsam war es doch auf diesem Berghang . . .

Schatten verschwinden

Die traurigen Wintertage verstrichen und waren mit unzähligen trivialen Belanglosigkeiten ausgefüllt. Zu Silvester hatten wir eine Party besucht und Cindy und Jory mitgenommen. Endlich bekam Cindy Gelegenheit, alle jungen Männer der Umgebung kennenzulernen. Sie verzeichnete einen überwältigenden Erfolg. Bart war nicht mitgekommen, weil er fand, daß er sich in dem exklusiven Herrenklub, dem er beigetreten war, besser unterhalten würde.

»Der Klub ist nicht nur für Männer gedacht«, flüsterte Cindy, die glaubte, daß sie alles wußte. »Er geht in ein Bordell.«

»Daß du nie wieder so etwas sagst!« rügte ich sie. »Was Bart tut, ist ganz allein seine Angelegenheit. Wo hast du diesen Klatsch gehört?«

Auf der Neujahrsparty befanden sich einige der Gäste, die Bart zu seiner Party eingeladen hatte, und ich versuchte taktvoll herauszufinden, ob sie Barts Einladung erhalten hatten. Jeder antwortete mit Nein, aber alle musterten Chris und mich und dann Jory in seinem Rollstuhl, als machten sie sich im geheimen Gedanken, die sie nie aussprachen.

»Ich glaube dir nicht, Mutter«, widersprach Bart kalt, als ich ihm erzählte, daß die Gäste, die ich gesprochen hatte, seine Einladungen nicht erhalten hätten. »Du haßt Joel, du siehst nur Malcolm in ihm, und deshalb willst du mein Vertrauen zu einem guten, frommen alten Mann unter-

graben. Er hat mir geschworen, daß er die Einladungen abgeschickt hat, und ich glaube ihm.«
»Und mir glaubst du nicht?«
Er zuckte die Schultern. »Die Leute sind heimtückisch. Vielleicht wollten die Personen, mit denen du gesprochen hast, nur höflich sein.«
Am zweiten Januar fuhr Cindy wieder in ihr Internat; sie war froh, daß sie der Langeweile des Lebens hier entkam, das sie für die Hölle auf Erden hielt. Sie würde in diesem Frühjahr die Mittelschule abschließen und hatte nicht die Absicht, das College zu besuchen, wozu Chris sie überreden wollte.
»Auch eine Schauspielerin braucht eine gewisse Bildung.«
Aber es hatte nicht gewirkt. Unsere Cindy war in ihrer Art ebenso eigensinnig, wie es Carrie seinerzeit gewesen war.
Melodie war still, mißgelaunt, melancholisch und so entsetzlich langweilig, daß ihr alle aus dem Weg gingen. Sie hatte keine Lust, sich um die Säuglinge zu kümmern, obwohl ich angenommen hatte, daß es ihr Freude bereiten und ihr eine sinnvolle Beschäftigung geben würde. Wir mußten bald eine Kinderschwester aufnehmen. Melodie half mir auch kaum bei Jory, also übernahm ich alle Tätigkeiten, die er nicht selbst besorgen konnte.

Chris hatte seine Arbeit, die ihn befriedigte und ihn bis Freitag gegen vier Uhr nachmittags dem Haus fernhielt; dann kam er zur Tür herein, so wie Daddy früher am Freitag heimgekommen war. Alles wiederholte sich. Chris war in seiner Arbeitswelt gefangen, während wir in der unseren auf dem Berghang festsaßen. Chris kam und ging, sah frisch, lebhaft und selbstsicher aus und war glücklich, wenn er die Wochenenden mit uns verbrachte. Er schob Probleme zur Seite, als wären sie Lappalien, die es nicht wert waren, bemerkt zu werden.
Wir blieben in Foxworth Hall und gingen nie aus, denn Jory wollte nicht auf die Geborgenheit seiner wunderbaren Räume verzichten.

Jorys dreißigster Geburtstag stand kurz bevor. Wir waren ihm etwas ganz Besonderes schuldig. Dann hatte ich eine Idee. Ich würde alle Mitglieder seiner New Yorker Ballettgruppe zu der Party einladen. Vorher mußte ich natürlich mit Bart darüber sprechen.

Er drehte seinen Bürostuhl vom Computer weg. »Nein! Ich will keine Invasion von Tänzern in meinem Haus! Ich werde nie mehr eine Party geben und mein gutes Geld für Leute hinauswerfen, die ich nicht einmal kennenlernen will. Denk dir etwas anderes für ihn aus – aber lade niemanden ein.«

»Du hast doch einmal erwähnt, Bart, daß es dich freuen würde, wenn seine Ballettgruppe für die Gäste bei deinen Partys auftritt.«

»Jetzt nicht mehr. Ich habe meine Meinung geändert. Außerdem habe ich nie wirklich etwas für Tänzer übrig gehabt, niemals, und werde es auch in Zukunft so halten. Das hier ist das Haus Gottes . . . und im Frühjahr wird ein Gotteshaus errichtet werden, um Seine Herrschaft über uns feierlich zu begehen.«

»Was meinst du damit, daß ein Gotteshaus errichtet wird?«

Er grinste und wandte dem Computer wieder seine Aufmerksamkeit zu. »Eine Kapelle, die so nahe ist, daß du ihr nicht ausweichen kannst, Mutter. Wird das nicht schön sein? Jeden Sonntag werden wir früh aufstehen, um dem Gottesdienst beizuwohnen. Wir alle.«

»Und wer wird auf der Kanzel stehen und predigen? Du vielleicht?«

»Nein, Mutter, nicht ich. Noch bin ich von meinen Sünden nicht reingewaschen. Mein Onkel wird der Prediger sein. Er ist ein überaus frommer, rechtschaffener Mann.«

»Chris liebt es aber, an Sonntagen lang zu schlafen, und ich auch«, wandte ich ein, obwohl ich mir vorgenommen hatte, ihn immer zu beschwichtigen. »Wir frühstücken gern im Bett, und im Sommer ist der Schlafzimmerbalkon der ideale Ort, um den Tag gut zu beginnen. Außerdem

müßtest du auch mit Jory und Melodie darüber sprechen.«
»Das habe ich bereits getan. Sie werden meine Anweisungen befolgen.«
»Bart... Jory hat am vierzehnten Geburtstag. Vergiß nicht, er wurde am Valentinstag geboren.«
Wieder sah er mich an. »Ist es nicht seltsam und bedeutungsvoll, daß in unserer Familie Kinder oft an Feiertagen – oder knapp vorher oder nachher – zur Welt kommen? Onkel Joel meint, es bedeute etwas – etwas Wichtiges.«
»Zweifellos!« fuhr ich auf. »Der liebe Joel glaubt, daß alles wichtig ist – und ein Ärgernis in den Augen seines Gottes. Als gehöre ihm Gott nicht nur persönlich, sondern als habe er auch Gewalt über ihn!« Ich fuhr herum und bot Joel die Stirn, der sich nie mehr als drei Meter von Bart entfernt befand. Ich schrie, denn aus irgendeinem Grund machte er mir Angst. »Hör auf, Joel, meinem Sohn verrückte Ideen in den Kopf zu setzen!«
»Ich brauche ihm solche Gedanken nicht in den Kopf zu setzen, liebe Nichte. Du hast die Struktur seines Gehirns lange vor seiner Geburt geformt. Das Kind wurde aus Haß gezeugt. Und in der Bedrängnis kommt der Engel der Erlösung. Denk daran, bevor du über mich urteilst.«

Eines Morgens berichteten die Schlagzeilen der Lokalzeitung über eine Familie, die Bankrott gemacht hatte. Eine angesehene Familie, die meine Mutter oft erwähnt hatte. Ich las die Einzelheiten, faltete die Zeitung zusammen und blickte nachdenklich vor mich hin. Hatte Bart etwas damit zu tun, daß das Vermögen dieses Mannes plötzlich dahingeschwunden war? Er gehörte zu den Geladenen, die nicht erschienen waren.
Ein anderes Mal meldete die Zeitung, daß ein Vater seine Frau und zwei Kinder getötet hatte, weil er den größten Teil seiner Ersparnisse auf dem Rohstoffmarkt angelegt hatte und der Weizenpreis drastisch gefallen war. Damit war ein weiterer Feind von Bart aus dem Weg geschafft –

ein zu diesem unglückseligen Weihnachtsball geladener Gast. Wenn das aber der Fall war, wie konnte Bart die Märkte, die Konkurse beeinflussen?
»Ich weiß nichts davon!« schrie Bart wütend, als ich ihn danach fragte. »Diese Leute graben sich mit ihrer Habgier selbst das Grab. Was glaubst du, wer ich bin, Gott? An dem Weihnachtsabend habe ich eine Menge gesagt, aber ich bin nicht ganz so verrückt, wie du annimmst. Ich habe nicht die Absicht, meine Seele in Gefahr zu bringen. Narren gelingt es immer, über die eigenen Füße zu stolpern.«

Wir feierten Jorys Geburtstag mit einer Familienparty; Cindy flog für zwei Tage nach Hause und freute sich, daß sie mit Jory feiern durfte. Ihre Koffer steckten voller Geschenke, die ihm Beschäftigung boten. »Wenn ich einen Mann wie dich kennenlerne, Jory, werde ich ihn mir sofort angeln. Ich warte nur darauf, daß ein anderer Mann nur halb so wunderbar ist. Bisher hat sich Lance Spalding nicht einmal zur Hälfte als ein Mann wie du erwiesen.«
»Und wie willst du das erkennen?« scherzte Jory, der die Einzelheiten über Lances plötzliche Abreise nicht kannte. Er warf seiner Frau einen prüfenden Blick zu; sie hielt Darren im Arm, während ich Deirdre bei mir hatte. Wir saßen vor dem gemütlichen Kaminfeuer und gaben beiden Säuglingen die Fläschchen. Die Kinder gaben uns allen Grund zur Annahme, daß die Zukunft vielversprechend war. Sogar Bart war davon fasziniert, wie schnell sie heranwuchsen, wie süß und kuschelig sie sich anfühlten, wenn er sich bequemte, sie einige Sekunden lang auf dem Arm zu halten. Dann sah er mich beinahe stolz an.
Melodie legte Darren in die große Wiege, die Chris in einem Antiquitätenladen entdeckt und wieder instand gesetzt hatte, so daß sie fast wie neu aussah. Mit dem Fuß wiegte sie das Kleine, warf Bart einen bohrenden Blick zu und sah dann wieder nachdenklich in das lodernde Feuer. Sie sprach selten und zeigte kein wirkliches Interesse an den Kindern. Sie nahm sie nur gleichgültig auf den Arm,

als wäre es eine lästige Pflicht, und zeigte weder für uns noch für unsere Aktivitäten Interesse.

Jory bestellte bei Versandhäusern Geschenke für sie, um sie zu überraschen, und fast täglich kam eines. Sie öffnete jede Schachtel, sagte matt danke, legte manchmal das Paket sogar ungeöffnet beiseite und dankte Jory, ohne ihn auch nur anzusehen. Es schmerzte mich, wie er zusammenzuckte oder den Kopf senkte, um seinen Gesichtsausdruck zu verbergen. Er bemühte sich –, warum konnte sie sich nicht auch bemühen?

Tag um Tag zog sich Melodie immer mehr von ihrem Mann und zu meiner Verwunderung auch von ihren Kindern zurück. Ihre Liebe war undurchsichtig, ohne stärkere Bindung. Ich war es, die mitten in der Nacht aufstand, um die Kinder zu füttern. Ich war es, die hin und her lief und versuchte, zwei Windeln zugleich zu wechseln, und ich war es, die in die Küche hinunterrannte, um ihre Fläschchen zuzubereiten und sie hochhielt, bis sie aufstießen. Ich nahm mir die Zeit und die Mühe, sie in Schlaf zu wiegen, sang leise Wiegenlieder, während ihre großen blauen Augen mich fasziniert ansahen, bis sie schläfrig wurden und widerwillig die Augen schlossen. Oft merkte ich an ihrem leichten, zufriedenen Lächeln, daß sie mir noch zuhörten. Es erfüllte mich mit Freude, daß sie Cory und Carrie immer ähnlicher wurden.

Wir lebten zwar von der Gesellschaft abgesondert, aber nicht vom bösartigen Klatsch, den die Dienstboten aus den Geschäften im Ort nach Hause brachten. Oft hörte ich sie tuscheln, wenn sie Zwiebeln schnitten, grünen Pfeffer hackten und die Pasteten, Kuchen und andere Nachspeisen zubereiteten, die wir alle gern aßen. Unsere Dienstmädchen trieben sich zu lange in den hinteren Korridoren herum und machten unsere Betten, während wir uns noch im Obergeschoß aufhielten. Weil wir annahmen, daß uns niemand hörte, hatten wir viele Geheimnisse ausgeplaudert, die ihrem Klatsch neue Nahrung lieferten.

Auch ich dachte über vieles nach, womit auch sie sich be-

schäftigten. Bart war selten zu Hause, und manchmal war ich ihm dafür dankbar. Wenn er nicht da war, gab es niemanden, der Streitigkeiten vom Zaun brach; Joel blieb in seinem Zimmer und betete, das nahm ich zumindest an.
Eines Morgens fiel mir ein, daß ich vielleicht die Gewohnheiten des Hauspersonals nachahmen und mich in der Nähe der Küche herumtreiben sollte . . ., und als ich das tat, versorgten die Köchin und die Dienstmädchen mich mit Tratsch, den sie von den Leuten im Dorf gehört hatten. Demnach hatte Bart viele Liebesaffären mit den hübschesten und reichsten, verheirateten wie unverheirateten Damen der Gesellschaft. Eine Ehe hatte er schon zerstört, es handelte sich zufällig wieder um eines der Paare, deren Name auf der Liste seiner Weihnachtsgäste gestanden hatte. Bart besuchte auch häufig ein Bordell, das sich in fünfzehn Kilometer Entfernung, außerhalb der Stadtgrenze, befand.
Es gab Hinweise darauf, daß etliche dieser Gerüchte wahr sein konnten. Oft kam er betrunken oder in leicht angeheitertem Zustand nach Hause, wobei ich zu meinem Bedauern wünschte, er würde betrunken bleiben. Nur dann konnte er nämlich lächeln und sogar lachen.
Eines Tages drängte sich mir die Frage auf: »Was machst du eigentlich in den vielen Nächten, in denen du so lange ausbleibst?«
Er kicherte gern, wenn er zuviel getrunken hatte; jetzt kicherte er auch. »Onkel Joel sagt, daß die frömmsten Evangelisten die ärgsten Sünder waren; er meint, man muß sich erst im Dreck der Gosse wälzen, um zu erkennen, wie man sich fühlt, wenn man sauber und erlöst ist.«
»Und das tust du in diesen Nächten, du wälzt dich in der Gosse?«
»Ja, meine liebe Mutter – denn der Teufel soll mich holen, wenn ich weiß, wie man sich fühlt, wenn man sauber oder erlöst ist.«

Der Frühling kam vorsichtig wie eine schüchterne Blaumeise. Der stürmische kalte Wind schwächte sich zu einer warmen Brise aus dem Süden ab. Der Himmel leuchtete in einem Blau, bei dem ich mich jung und hoffnungsvoll fühlte. Oft harkte ich draußen im Garten die Blätter zusammen und riß Unkraut aus, das die Gärtner übersehen hatten.

Ich konnte es nicht erwarten, daß die Krokusse in den Wäldern blühten, konnte es nicht erwarten, daß die Tulpen und Narzissen, die rosa und weißen Hartriegelblüten sprossen. Ich konnte es nicht erwarten, daß die Azaleen überall prangten, durch die mein Leben, das der Zwillinge, das der gesamten Familie zu einem köstlichen Märchenland wurden. Ich bewunderte die Bäume, die niemals deprimiert oder einsam waren. Die Natur – wieviel konnten wir von ihr lernen, wenn wir nur den Willen dazu hatten.

Ich nahm Jory mit, soweit er in seinem stabilen elektrischen Rollstuhl mit den großen Ballonreifen gelangen konnte, mit denen er die meisten sanften Steigungen schaffte. »Wir müssen eine Möglichkeit finden, damit du tiefer in den Wald hineinfahren kannst«, überlegte ich nachdenklich. »Wenn wir überall Steinplatten legen, wäre das sehr schön, aber wenn es im Winter friert, würden sie springen, dein Rollstuhl könnte dagegenfahren und umfallen. Obwohl ich Beton hasse, werden wir ihn doch benutzen oder eine Asphaltdecke anlegen müssen. Irgendwie ist mir Asphalt sympathischer, was meinst du?«

Er lachte über meine Unerfahrenheit. »Rote Ziegel, Mam. Ziegelwege sind so hübsch farbig, und außerdem ist mein Rollstuhl ein wahres Wunder.« Er sah sich um, lächelte glücklich und hob das Gesicht, damit die Sonne darauf fiel. »Wenn sich Mel doch mit meinem Unfall abfinden und mehr Interesse für die Zwillinge zeigen könnte.«

Was konnte ich dazu sagen, nachdem ich mit Melodie schon ein dutzendmal darüber gesprochen hatte und sie immer aufgebrachter wurde, je länger ich bei dem Thema blieb. »Das ist mein Leben, Cathy!« hatte sie mich angeschrien. »Mein Leben – nicht das deine!« Ihr Gesicht war dabei zu einer zornroten Maske verzerrt.

Jorys Heiltherapeut zeigte ihm, wie er sich ohne allzu große Anstrengung auf den Boden hinunterlassen konnte, und dann lehrte er ihn, wie er ohne Hilfe wieder in seinen Rollstuhl gelangen konnte. Und so konnte Jory mir helfen, mehr Rosenstöcke zu pflanzen. Seine kräftigen Hände gingen mit dem Spaten viel besser um als ich.

Die Gärtner erklärten Jory eifrig, wie man Sträucher stutzte, wann man düngen mußte, wie man Beete mit Stroh abdeckte. Für ihn und mich war die Gartenarbeit nicht nur ein Hobby, sondern Bestandteil unseres Lebens, die uns davor bewahrte, verrückt zu werden. Das Treibhaus wurde vergrößert, damit wir exotische Blumen züchten konnten, und dort war uns eine Welt anvertraut, die etwas eigenartig Stilles und Erregendes besaß. Aber das genügte Jory nicht, der beschloß, sich in irgendeiner Form der Kunst zu widmen.

»Dad ist nicht der einzige in unserer Familie, der einen verhangenen Himmel so malen kann, daß du die Luftfeuchtigkeit spürst oder einen Tautropfen auf eine gemalte Rose setzt, die so wirklichkeitsgetreu ist, daß man ihren Duft zu riechen glaubt«, meinte er lächelnd. »Ich entwickle mich zum Künstler, Mam.«

Obwohl Melodie im selben Haus wohnte, gestaltete er sein Leben ohne sie. Er fertigte Tragriemen für seinen Stuhl an, die über seine Schultern verliefen, so daß er seine Zwillinge mit sich herumtragen konnte. Seine Freude über ihr Lächeln, wenn er in ihr Zimmer kam, rührte mein Herz und vertrieb Melodie aus dem Kinderzimmer. »Sie lieben mich jetzt, Mam! Es steht in ihren Augen!«

Sie kannten Jory besser als ihre Mutter. Sie lächelten sie ausdruckslos und schüchtern an, vielleicht weil Melodies Gesicht so leer und geistesabwesend war, wenn sie sie ansah.

Ja, die Zwillinge liebten Jory nicht nur und wußten, daß er ihr Vater war, sie vertrauten ihm auch vollkommen.

Wenn er nach ihnen griff, schreckten sie weder zurück, noch fürchteten sie, daß er sie fallenlassen könnte. Sie lachten, als wüßten sie, daß er sie immer festhalten würde. Melodie saß mürrisch in ihrem Zimmer, sie war jetzt richtig mager, ihr früher so schönes Haar war matt und strähnig. »Es dauert eine gewisse Zeit, Melodie, bis sich der Mutterinstinkt entwickelt«, redete ich ihr zu, während ich mich unaufgefordert und offenbar unerwünschterweise setzte. »Du überläßt die Pflege der Zwillinge zu sehr mir und den Mädchen. Sie werden dich nicht als ihre Mutter erkennen, wenn du ihnen fernbleibst. Sobald ihre kleinen Gesichter aufleuchten, wenn du hereinkommst, und sie glücklich lächeln, wenn sie dich, ihre Mutter, erblicken, wirst du die Liebe finden, die du suchst. Dein Herz wird weich werden. Wenn du für ihre Bedürfnisse sorgst, wirst du eine Befriedigung erleben, die du sonst nirgends findest, und du wirst nur noch allesumfassende Zuneigung für deine Kinder empfinden, wenn sie dich lieben und du sie ebenfalls liebst.«
Ein schwaches, bittersüßes Lächeln huschte über ihr Gesicht, war aber rasch wieder verschwunden. »Wann gibst du mir schon die Möglichkeit, meine Kinder zu bemuttern, Cathy? Wenn ich nachts aufstehe, bist du schon da. Wenn ich zeitig aufstehe, hast du sie bereits gebadet und angezogen. Sie brauchen keine Mutter, wenn sie eine Großmutter wie dich haben.«
Ihr unfairer Angriff überrumpelte mich. Ich lag oft im Bett und hörte die Zwillinge lang weinen, bevor ich aufstand, um mich um sie zu kümmern. Mich peinigte ihr Geschrei, während ich darauf wartete, daß Melodie nach ihnen sah. Was sollte ich tun –, ihr Jammern nicht beachten? Ich ließ ihr genügend Zeit. Ihr Zimmer lag dem der Kinder gegenüber und meines in einem anderen Flügel.
Offenbar erriet sie, was ich dachte, denn ihre Stimme klang wie das Zischen einer Giftschlange. »Du bist immer obenauf, nicht wahr, Schwiegermutter? Es gelingt dir immer zu bekommen, was du willst, aber es gibt etwas, das

du nie bekommen wirst, und das ist Barts Liebe und Achtung. Als er mich liebte – und er hat mich einmal geliebt –, gestand er mir, daß er dich haßt, dich richtig verachtet. Damals tat er mir leid, und du noch mehr. Jetzt verstehe ich, warum er so empfindet. Denn wenn Jory eine Mutter wie dich hat, braucht er keine Frau wie mich.«

Der nächste Tag war ein Donnerstag. Ich dachte schweren Herzens an all die häßlichen Worte, die Melodie mir gestern ins Gesicht geschleudert hatte. Ich seufzte, setzte mich auf, schwang die Beine über den Bettrand und schob meine Füße in die Satinpantoffeln. Vor mir lag ein arbeitsreicher Tag, denn am Donnerstag hatten alle unsere Angestellten mit Ausnahme von Trevor Ausgang. Am Donnerstag war ich in derselben Lage wie seinerzeit Mama, ich bereitete mich auf den Freitag vor und wurde erst richtig lebendig, wenn der Mann, den ich liebte, zur Tür hereinkam.

Jory schluchzte leise, als ich mit den frisch gebadeten und gewickelten Zwillingen im Arm in sein Zimmer trat. Er hielt ein langes, cremefarbenes Blatt Papier in den Händen.

»Lies das«, brachte er erstickt hervor, legte das Papier auf den Tisch neben seinem Stuhl und griff nach seinen Kindern. Als er beide in den Armen hielt, senkte er sein Gesicht in das weiche Haar seines Sohnes, dann in die Lokken seiner Tochter.

Ich nahm das Papier: die schlechten Nachrichten aus Foxworth Hall kamen immer auf cremefarbenem Papier.

Mein liebster, geliebter Jory,

ich bin feige. Das habe ich immer schon gewußt und gehofft, daß Du es nie merken würdest. Du hattest immer Kraft für uns beide. Ich liebe Dich und werde Dich zweifellos immer lieben, aber ich kann nicht mit einem Mann leben, der mich nie mehr lieben kann.

Ich sehe Dich in diesem entsetzlichen Rollstuhl, an den Du

Dich gewöhnt hast, an den ich mich aber nie gewöhnen werde, ebensowenig wie an Deine Behinderung. Deine Eltern kamen in mein Zimmer und drängten mich, Dir gegenüberzutreten und alles zu sagen, was ich fühle. Aber ich bin dazu nicht fähig, denn wenn ich mich dazu aufraffe, könntest Du mich vielleicht mit Worten oder Taten von meiner Absicht abbringen, und ich muß fort von hier, sonst verliere ich den Verstand.

Verstehst Du, mein Liebling, ich bin schon halb verrückt, weil ich in diesem Haus lebe, diesem entsetzlichen verhaßten Haus mit seiner trügerischen Schönheit. Ich liege einsam im Bett und träume vom Ballett. Ich höre die Musik, obwohl es eine Einbildung ist. Ich muß dorthin zurück, wo ich sie wieder hören kann, obwohl ich weiß, daß es häßlich und egoistisch von mir ist! Verzeih mir, wenn Du kannst.

Sprich wenigstens gut von mir zu unseren Kindern, wenn sie alt genug sind, um nach ihrer Mutter zu fragen. Sag ein paar nette Worte, auch wenn sie nicht wahr sind, denn ich weiß, ich habe Dich ebenso im Stich gelassen wie sie. Ich habe Dir alle Ursache gegeben, mich zu hassen, aber bitte, denke nicht voller Haß an mich. Behalte mich im Gedächtnis, wie ich war, als wir jünger waren und unser Leben sehr gut in der Hand hatten.

Mach Dir wegen meines Entschlusses auf keinen Fall Vorwürfe, auch niemand anderem. Alles ist allein meine Schuld. Ich bin kein realistischer Mensch, war es nie und werde es nie sein. Ich kann der grausamen Wirklichkeit nicht die Stirn bieten, die Leben zerstört und zunichte gemachte Träume zurückläßt. Vergiß auch folgendes nicht: Ich bin die Phantasie, die Du aus Deinem und meinem Verlangen geschaffen hast.

Leb also wohl, mein Geliebter, meine erste und schönste Liebe, und so traurig es auch ist, vielleicht meine einzige wahre Liebe. Finde eine von den seltenen Frauen wie Deine Mutter, die meinen Platz einnehmen kann. Deine Mutter hat Dir die Fähigkeit gegeben, mit der Wirklichkeit fertig zu werden, ganz gleich, wie bitter sie ist.

Warum hat Gott mir nicht eine solche Mutter geschenkt wie die Deine?

Deine kummervolle Mel

Der Brief fiel mir aus der Hand und flatterte zerknittert auf den Teppich. Jory und ich blickten traurig auf ihn hinab, als er – als eine endgültige Entscheidung – auf dem Boden lag.

»Es ist vorbei, Mam«, murmelte er tonlos, seine Stimme klang tief und heiser. »Was begonnen hat, als ich zwölf und sie elf war, ist nun vorbei. Ich habe mein Leben auf sie aufgebaut und gedacht, sie würde bei mir bleiben, bis wir zusammen alt geworden wären. Ich gab ihr alles, was ich zu bieten hatte, aber es war doch nicht genug, sobald der Glanz fort war.«

Wie hätte ich ihm sagen können, daß Melodie auch nicht geblieben wäre, wenn er weiterhin auf der Bühne getanzt hätte. In ihrer Schwäche nahm sie ihm seine Stärke übel, seine angeborene Fähigkeit, mit Situationen fertig zu werden, die ihr Begriffsvermögen überstiegen.

Ich schüttelte den Kopf. Nein, ich war unfair. »Es tut mir leid, Jory, so schrecklich leid.« Ich sagte nicht, vielleicht ist es für dich besser, daß du sie los bist.

»Es tut mir auch leid«, flüsterte er, ohne mich anzusehen. »Welche Frau wird mich jetzt noch haben wollen?«

Vielleicht würde er nie mehr normalen Geschlechtsverkehr haben können, und ich wußte, daß er in diesen langen, einsamen Nächten jemanden neben sich im Bett brauchte. Ich merkte morgens an seinem Gesicht, daß die Nächte die schlimmsten Abschnitte seines Lebens waren, in ihm das Gefühl aufkommen ließen, einsam, emotionell verwundbar und dazu noch körperlich hilflos zu sein. Er war wie ich; ich brauchte Arme, die mich in der Dunkelheit umschlangen, ich sehnte mich nach Küssen, die mich einschläferten, mich weckten, mir die Sicherheit der Liebe schenkten.

»Gestern nacht habe ich den Wind gehört. Ich bin aufgewacht und glaubte, daß Mel neben mir atmete, aber es war niemand da. Die Vögel bauten fröhlich ihre Nester, sie begrüßten zwitschernd den neuen Tag, und dann sah ich ihren Brief. Ich wußte, ohne ihn zu lesen, was in ihm stand, und dachte weiter an die Vögel, an ihre Liebesgesänge, die plötzlich nur noch zur Abgrenzung ihres Reviers dienten.« Wieder brach seine Stimme, während er den Kopf senkte, um sein Gesicht zu verbergen. »Ich habe gehört, daß Gänse sich nur einmal paaren und dann nie wieder, und ich sehe Melodie immer als ewig treuen Schwan, ganz gleich, wie die Umstände sich ändern.«

»Ich weiß, Liebling, ich weiß«, beruhigte ich ihn und streichelte seine dunklen Locken. »Aber Liebe kann wieder aufflammen, halte es dir vor Augen – und du bist nicht allein.«

Er nickte. »Ich danke dir, daß du immer zur Stelle bist, wenn ich dich brauche. Danke auch Dad in meinem Namen . . .«

Plötzlich fürchtete ich, daß auch ich beginnen würde zu weinen, und umarmte ihn. »Jory, Melodie ist fort, aber sie hat dir einen Sohn und eine Tochter geschenkt, sei ihr dafür dankbar. Da sie dich verlassen hat, gehören sie jetzt ganz dir. Sie hat nicht nur dich, sondern auch ihre Kinder im Stich gelassen. Du kannst dich von ihr scheiden lassen und dich ganz dafür einsetzen, daß deine Kinder den gleichen Lebensmut und die gleiche Entschlossenheit entwikkeln wie du. Du wirst ohne Melodie zurechtkommen, Jory, und solange du uns brauchst, werden deine Eltern dir gern helfen.«

Ich dachte die ganze Zeit, daß sich Melodie absichtlich von ihren Kindern zurückgezogen hatte, um den Bruch zu erleichtern; sie hatte verhindert, daß sie die Kinder liebte und daß die Kinder sie liebten. Ihr Abschiedsgeschenk für den Geliebten ihrer Kindheit waren seine Kinder.

Jory wischte sich die Tränen aus den Augen und versuchte zu lächeln. Als es ihm gelang, lag Ironie darin.

DRITTES BUCH

Cindys Sommer

Plötzlich unternahm Bart Geschäftsreisen, flog fort, kam nach wenigen Tagen zurück, blieb nie mehr als zwei oder drei Tage aus, als hätte er Angst, daß wir während seiner Abwesenheit, in der er umherreiste und seine Geschäfte abwickelte, mit seinem Vermögen durchgehen würden. Er drückte es so aus: »Ich muß über den Dingen stehen. Ich kann niemandem mehr Vertrauen schenken als mir selbst.«

Zufällig war er an dem Tag abwesend, an dem Melodie aus Foxworth Hall verschwand und Jory den feigen Brief hinterließ, den er auf seinem Nachttisch fand. Barts Miene änderte sich nicht, als er nach Hause kam und Melodies Stuhl am Eßtisch leer blieb. »Ist sie wieder oben und bläst Trübsal?« fragte er gleichgültig und zeigte auf ihren Stuhl, der ständig an ihre Abwesenheit erinnerte.

»Nein, Bart«, antwortete ich, als Jory ihn weder anblickte noch antwortete. »Melodie hat beschlossen, ihre Karriere fortzusetzen, ist weggefahren und hat Jory einen Brief hinterlassen.«

Er zog zynisch die linke Braue hoch, dann warf er Jory einen Blick zu, bedauerte aber ihre Abreise mit keinem Wort, noch drückte er seinem Bruder sein Mitgefühl aus.

Später, als Jory oben war und ich die Windeln wechselte, kam Bart ins Zimmer. »Schade, daß ich zu der Zeit in New York war. Ich hätte gern Jorys Gesichtsausdruck gesehen, als er ihre Nachricht las. Übrigens, wo ist der Brief? Ich würde gern lesen, was sie zu sagen hatte.«

Ich wandte mich zu ihm um. Zum ersten Mal kam ich auf die Idee, daß Melodie sich vielleicht mit ihm in New York treffen wollte. »Nein, Bart, du wirst diese Nachricht nie zu lesen bekommen . . . und ich hoffe zu Gott, daß du mit ihrem Entschluß, uns zu verlassen, nichts zu tun hast.«
Sein Gesicht wurde zornrot. »Ich war auf einer Geschäftsreise! Und ich habe seit Weihnachten keine zwei Worte mit Melodie gewechselt. Ich bin jedenfalls froh, daß wir sie los sind.«
In mancher Hinsicht war es besser, daß Melodie nicht immerfort übelgelaunt herumsaß und die Räume mit ihrer trübseligen Depression erfüllte. Ich machte es mir zur Gewohnheit, Jory kurz vor dem Schlafengehen zu besuchen, ihm die Decke zurechtzuziehen, die Fenster zu öffnen, das Licht zu dämpfen und dafür zu sorgen, daß er Wasser in Reichweite hatte. Mein Kuß auf seine Wange war ein schwacher Ersatz für den Kuß einer Frau.
Nachdem Melodie uns verlassen hatte, stellte ich fest, daß sie doch ein wenig mitgeholfen hatte, indem sie mitunter früh aufgestanden war, um die Kinder zu wickeln und zu füttern. Sie hatte ihnen sogar mehrmals am Tag die Windeln gewechselt.
Bart kam oft ins Kinderzimmer, als würde er unwiderstehlich angezogen, und betrachtete die winzigen Zwillinge, die lächeln gelernt und zu ihrem Vergnügen herausgefunden hatten, daß die strampelnden Schatten ihre Füße und Händchen waren. Sie langten nach den Mobiles, kleinen, hübschen Vögeln, und bemühten sich, sie herunterzuziehen und in den Mund zu stecken.
»Sie sind richtig lieb«, meinte Bart nachdenklich, er half mir sogar ein wenig, indem er mir Kinderöl und -puder reichte. Doch als die Zwillinge fast sein Herz erobert hatten, kam Joel ins Kinderzimmer, betrachtete die hübschen Kleinen finster, worauf Barts aufkeimende Freundlichkeit und Sympathie völlig verschwanden und er schuldbewußt neben mir stand.
Joel warf den Zwillingen einen stechenden kurzen Blick

zu und wandte sich dann beleidigt ab. »Genau wie die ersten Zwillinge, die bösen«, murmelte er. »Das gleiche blonde Haar und die blauen Augen . . . von diesen beiden ist auch nicht viel Gutes zu erwarten.«
»Was meinst du damit?« fuhr ich ihn wütend an. »Cory und Carrie haben nie jemandem etwas getan. Sie waren es, denen man etwas angetan hat. Sie duldeten das Los, das ihnen durch deine Schwester und deine Eltern bereitet wurde, Joel. Daß du es ja nicht wagst, das zu vergessen!«
Joel antwortete mit Schweigen, dann verließ er den Raum und nahm Bart mit.

Mitte Juni flog Cindy nach Hause, um den Sommer über zu bleiben. Sie bemühte sich entschlossen, ihre Zimmer in Ordnung zu halten, und hängte ihre Kleider ordentlich auf, die sie sonst immer auf den Boden geworfen hatte. Sie half mir beim Wickeln der Zwillinge und hielt ihre Fläschchen, während sie sie in Schlaf wiegte. Es war ein schöner Anblick, sie im Schaukelstuhl mit einem Kind auf jedem Arm, wie sie sich bemühte, zwei Fläschchen gleichzeitig zu halten; sie trug einen Baby-Doll-Pyjama und hatte die hübschen langen, nackten Beine untergeschlagen. Sie wirkte selbst noch sehr kindlich. Sie badete und duschte so oft, daß ich dachte, ihre Haut würde so schrumpelig werden wie eine Dörrpflaume.
Eines Abends kam sie aus ihrem luxuriösen Bade- und Ankleidezimmer, sah strahlend frisch und lebendig aus und duftete wie ein exotischer Blumengarten. »Ich liebe die Abenddämmerung«, rief sie überschwenglich und wirbelte umher. »Ich liebe es, durch den Wald zu schlendern, wenn der Mond aufgeht.«
Wir saßen auf unserer bevorzugten Terrasse und tranken Cocktails. Bart spitzte die Ohren und sah sie an. »Wer erwartet dich denn im Wald?«
»Nicht wer, lieber Bruder, sondern was.« Sie lächelte ihn unschuldig, bezaubernd an. »Ich werde nett zu dir sein, Bart, ganz gleich, wie eklig du zu mir bist. Ich bin zu dem

Schluß gelangt, daß ich keine Freunde gewinnen kann, indem ich mit scharfen, bösartigen Bemerkungen um mich werfe.«

Er sah sie argwöhnisch an. »Ich glaube noch immer, daß du dich im Wald mit einem Jungen triffst.«

»Ich danke dir, Bruder Bart, daß du mich nur mit Bosheit und Argwohn bestrafst. Ich habe mehr erwartet – und Schlimmeres. Es gibt einen Jungen in Süd-Carolina, in den ich mich irre verknallt habe, und er ist ein Naturliebhaber. Er hat mich gelehrt, alles zu schätzen, was man für Geld nicht kaufen kann. Ich liebe Sonnenauf- und -untergänge. Wenn Kaninchen laufen, renne ich hinterher. Wir fangen gemeinsam seltene Schmetterlinge, und er präpariert sie. Wir picknicken im Wald, schwimmen in den Seen. Da ich hier keinen Freund haben darf, werde ich allein auf dem Gipfel eines Hügels stehen und versuchen, einfach hinunterzuschlendern. Es macht Spaß, die Schwerkraft zu überwinden und nicht atemlos und unkontrolliert zu laufen.«

»Welchen Männernamen trägt die Schwerkraft? Bill, John, Marl oder Lance?«

»Diesmal werde ich mich von dir nicht aufziehen lassen«, erwiderte sie hochnäsig. »Ich betrachte gern den Himmel, zähle die Sterne, finde die Sternbilder heraus und sehe zu, wie der Mond hinter den Wolken Verstecken spielt. Manchmal zwinkert mir der Mann im Mond zu, und ich antworte ihm auf die gleiche Weise. Dennis hat mich gelehrt, wie man ganz still steht und die Stimmung der Nacht in sich aufnimmt. Ich sehe Wunder, von denen ich nicht einmal wußte, daß es sie gibt, weil ich verliebt bin – irrsinnig, leidenschaftlich, lächerlich, wahnsinnig verliebt!«

Neid flackerte in Barts dunklen Augen auf, bevor er knurrte: »Was ist mit Lance Spalding? Ich habe geglaubt, daß deine Gefühle ihm galten? Oder habe ich seine hübsche Larve für immer verunstaltet, so daß du es nicht ertragen kannst, ihn anzusehen?«

Cindy wurde blaß. »Im Gegensatz zu dir, Bart Foxworth, ist Lance innerlich und äußerlich schön, wie Daddy, und ich liebe ihn noch immer, und Dennis auch.«
Barts finsterer Blick wurde noch düsterer. »Ich kenne deine Naturliebe! Du willst dich auf den Rücken legen und deine Beine für irgendeinen Dorftrottel breitmachen –, und das lasse ich nicht zu!«
»Was geht hier vor?« fragte Chris, der vom Telefon zurückkam und verblüfft feststellte, daß es mit dem Frieden vorbei war.
Cindy sprang auf und stemmte die Hände in die Hüften. Sie blickte Bart ins Gesicht und bemühte sich, die reife Selbstbeherrschung zu bewahren, zu der sie sich ihm gegenüber entschlossen hatte. »Warum nimmst du immer, wenn es um mich geht, das Schlimmste an? Ich will nur im Mondschein spazierengehen, und das Dorf ist fünfzehn Kilometer entfernt. Wie schade, daß du nicht verstehst, wie es ist, sich als Mensch zu fühlen.«
Ihre Antwort und ihr Blick reizten ihn noch mehr. »Du bist nicht meine Schwester, nur ein kleines, gerissenes geiles Luder – genau wie deine Mutter.«
Diesmal war es Chris, der emporschnellte und Bart eine schallende Ohrfeige versetzte. Bart wich zurück und hob die Fäuste, als wollte er Chris einen Kinnhaken versetzen – da sprang ich auf und stellte mich vor Chris. »Nein, untersteh dich nicht, den Mann zu schlagen, der versucht hat, der bestmögliche Vater zu sein! Wenn du das tust, Bart, sind du und ich für immer miteinander fertig!« Das genügte ihm, mich so wütend anzublitzen, als wolle er mit seinem Blick ein Feuer entfachen.
»Warum siehst du diese kleine Hure nicht so, wie sie wirklich ist? Ihr beide seht alles, was an mir schlecht ist, aber ihr verschließt eure Augen vor den Sünden eurer Lieblinge. Sie ist nichts als ein billiges Flittchen, ein gottverdammtes Flittchen.« Er verstummte mit weit aufgerissenen, entsetzten Augen.
Er hatte den Namen Gottes umsonst genannt. Er blickte

sich nach Joel um, der sich aber diesmal außer Sicht- und Hörweite befand. »Siehst du, Mutter, was sie mir antut? Sie korrumpiert mich – noch dazu in meinem eigenen Haus.«

Chris sah Bart mißbilligend an und setzte sich wieder. Cindy verschwand ins Haus. Ich sah ihr unglücklich nach, während Chris scharf und vorwurfsvoll zu Bart sagte: »Siehst du denn nicht, daß Cindy ihr Bestes tut, um deinen Vorstellungen zu entsprechen? Seit sie nach Hause gekommen ist, tut sie, was sie kann, um dich zu beschwichtigen, aber du wehrst sie ab. Wie kannst du einen harmlosen Spaziergang in diesen einsamen Wäldern so mißdeuten? Ich verlange, daß du sie von nun an rücksichtsvoll behandelst –, denn wenn du es nicht tust, könnte sie aus Trotz etwas Unüberlegtes tun. Für diesen Sommer genügt es, daß wir Melodie verloren haben.«

Diese Worte wirkten so wenig, als hätte Chris keine Stimme und Bart keine Ohren. Schließlich sah Chris Bart noch strafender an und fand noch schärfere Worte, stand dann auf und zog sich ins Haus zurück. Er wollte wahrscheinlich Cindy folgen und sein Möglichstes tun, um sie zu trösten.

Als ich mit meinem zweiten Sohn allein war, versuchte ich, wie immer, ihn zur Vernunft zu bringen. »Warum verhältst du dich Cindy gegenüber so häßlich, Bart?« begann ich. »Sie ist in einem sehr schwierigen Alter und ist ein anständiges Mädchen, das mehr Verständnis braucht. Sie ist kein Flittchen, keine Hure und kein Luder. Sie ist ein reizendes junges Mädchen, das sich sehr darüber freut, gut auszusehen und bei jungen Männern soviel Aufmerksamkeit zu erregen. Das heißt nicht, daß sie sich gleich mit jedem einläßt. Sie besitzt Hemmungen, Ehrgefühl. Die Episode mit Lance Spalding hat sie nicht verdorben.«

»Sie war schon längst verdorben, Mutter, du willst es mir nur nicht glauben. Lance Spalding war nicht der erste.«

»Wie kannst du es wagen, das zu behaupten?« fragte ich

wirklich wütend. »Was für ein Mensch bist du überhaupt? Du schläfst mit allen möglichen Frauen, tust, was dir gefällt, aber sie soll ein Engel mit einem Heiligenschein und mit Flügeln am Rücken sein. Geh jetzt hinauf und entschuldige dich bei Cindy!«

»Eine Entschuldigung ist das Letzte, das sie von mir erwarten kann.« Er setzte sich wieder, um zu Ende zu frühstücken. »Die Dienstboten tratschen schon über Cindy. Du hörst sie nicht, denn du bist mit deinen Enkelkindern zu sehr beschäftigt, die du nicht allein lassen kannst. Aber ich höre sie beim Saubermachen und Abstauben. Deine Cindy ist eine wirklich feine Nummer. Leider hältst du sie für einen Engel, weil sie so aussieht.«

Ich beugte mich vor und stützte die Ellbogen schwer auf die Glasplatte des weißen schmiedeeisernen Tisches; ich war unglaublich müde, genau wie Jory, der kein einziges Wort für oder gegen Cindy gesagt hatte. Es war so anstrengend, eine Zeitlang mit Bart zusammen zu sein; die Anspannung, ja kein falsches Wort zu sagen, beanspruchte die ganze Nervenkraft.

Ich richtete den Blick auf die roten Rosen, die an diesem Abend in der Mitte des Tisches standen. »Hast du je daran gedacht, Bart, daß Cindy sich verdorben vorkommen könnte, daß ihr jetzt alles gleichgültig ist? Und du trägst bestimmt nicht dazu bei, ihre Selbstachtung zu heben.«

»Sie ist eine leichtfertige, liederliche Schlampe«, stellte er mit absoluter Überzeugung fest.

Meine Stimme klang ebenso kompromißlos wie die seine. »Nach dem Tratsch, den ich gelegentlich mitanhören muß, wenn die Dienstboten miteinander tuscheln, zieht dich offensichtlich genau der Frauentyp an, den du verdammst.«

Er stand auf, warf seine Serviette auf den Tisch und stelzte zielstrebig ins Haus. »Ich werde alle diese verdammten Klatschmäuler hinauswerfen.« Ich seufzte. Bald würden wir keine Dienstboten mehr bekommen, wenn er immer wieder Leute aufnahm und nach kurzer Zeit hinauswarf.

»Ich gehe zu Bett, Mam«, sagte Jory. »Dieses angenehme Frühstück auf der Terrasse ist genauso ausgegangen, wie ich es mir vorgestellt habe.«

Am selben Abend setzte Bart alle Dienstboten vor die Tür –, außer Trevor, der selten etwas sagte, außer zu Chris und mir. Wenn uns Trevor jedesmal verlassen hätte, wenn Bart ihn gefeuert hatte, wäre er längst fort gewesen. Trevor war verständnisvoll und wußte genau, wann Bart es ernst meinte. Er widersprach Bart nie, er sah ihm allerdings auch nie in die Augen. Vielleicht nahm Bart deshalb an, daß er Trevor eingeschüchtert hatte. Trevor verzieh Bart vermutlich deshalb, weil er ihn verstand und Mitleid mit ihm hatte.

Ich ging zu Cindys Zimmer und traf dabei Chris, der gerade herunterkam. »Sie ist sehr aufgebracht. Versuche sie zu beruhigen, Cathy. Sie spricht davon, daß sie von hier weggehen und nie wiederkommen will.«

Cindy lag mit dem Gesicht nach unten auf dem Bett und murrte und stöhnte leise. »Er zerstört alles«, jammerte sie. »Ich habe meine leiblichen Eltern nie gekannt – und Bart will mich von dir und Daddy trennen«, schluchzte sie, während ich mich zu ihr auf das Bett setzte. »Jetzt ist er entschlossen, mir den Sommer zu verderben, mich aus dem Haus zu treiben wie Melodie.«

Ich schloß ihren schlanken Körper in die Arme und tröstete sie, so gut ich konnte; dabei dachte ich, daß ich sie wegschicken müßte, um sie vor weiteren Kränkungen durch Bart zu bewahren. Wohin konnte ich Cindy nur schicken, ohne ihre Gefühle zu verletzen, die keinen weiteren grausamen Schlag vertrugen? Ich dachte noch darüber nach, als ich zu Bett ging, während Cindy aus dem Haus schlüpfte, um sich mit einem Jungen aus dem Dorf zu treffen.

Darüber sollte ich später noch hören.

Wie Bart angenommen hatte, trug Cindys Naturerlebnis einen Namen. Victor Wade. Während ich im Bett lag, Chris neben mir schlief, und ich darüber nachdachte, was

ich mit Cindy anfangen sollte, ohne ihre Liebe zu verlieren, schlich unsere Cindy aus dem Haus und fuhr mit Victor Wade nach Charlottesville.
In Charlottesville unterhielt sich Cindy glänzend, tanzte mit Victor Wade, bis sie Löcher in den dünnen Sohlen ihrer Sandalen mit den zehn Zentimeter hohen Glasabsätzen (in Wirklichkeit nur durchsichtiger Kunststoff und daher nicht so schwer wie Glas) hatte. Dann fuhr Victor mit ihr, seinem gegebenen Versprechen getreu, nach Foxworth Hall zurück. An einer der Straßen, die zu unserem Hügel hinaufführten, parkte er und zog Cindy in die Arme.
»Ich habe mich in dich verliebt«, flüsterte er heiser, küßte sie gekonnt auf das Gesicht, hinter die Ohren, dann auf den Hals, tastete sich zu ihren Brüsten vor, die er entblößte. »Ich habe nie ein Mädchen kennengelernt, mit dem ich mich nur halb so gut unterhalten habe wie mit dir. Und du hattest recht. Auch in Texas gibt es so etwas nicht . . .«
Cindy war halb beschwipst, weil sie zuviel Wein getrunken hatte, sein erfahrenes Vorspiel erregte sie, und ihre Versuche, seinem Liebeswerben zu widerstehen, erlahmten. Bald regte sich ihre leidenschaftliche Natur, und sie half ihm eifrig, sich auszuziehen, während sie den Reißverschluß ihres Kleides öffnete und es bald abgestreift hatte, ebenso wie alle anderen Kleidungsstücke. Er fiel über sie her –, und genau in diesem Augenblick tauchte Bart auf. Brüllend wie ein wütender Stier stürzte er zu dem geparkten Wagen und ertappte Cindy und Victor beim Koitus.
Als er ihre nackten Körper mit verschlungenen Armen und Beinen auf dem Rücksitz sah, war sein Verdacht bestätigt, und er geriet noch mehr in Wut. Er riß die Tür auf und zog Victor mit Gewalt an den Fußgelenken von Cindys Körper herunter, so daß er mit dem Gesicht nach unten auf den groben Kies des Banketts fiel.
Bart gab dem Jungen keine Gelegenheit, sich zu erholen, sondern griff ihn brutal mit den Fäusten an.

Schreiend vor Wut schleuderte Cindy ihr Kleid, ohne sich um ihre Nacktheit zu kümmern, Bart ins Gesicht und nahm ihm für einen Augenblick die Sicht. Das gab Victor die Möglichkeit, aufzuspringen und seinerseits einen Schlag zu landen, der Bart kurz stoppte, doch Victors Nase blutete bereits, und er hatte ein blaues Auge.
Im Mondlicht wirkte seine nackte Gestalt blau. »Und Bart war so unbarmherzig, Mama! So entsetzlich! Er benahm sich wie ein Verrückter – besonders als es Victor gelang, ihm einen gut sitzenden rechten Haken zu verpassen. Dann versuchte er, Bart in den Unterleib zu treten. Er traf ihn, aber nicht voll. Bart klappte zusammen, schrie auf, dann stürzte er sich so wütend auf Victor, daß ich Angst hatte, er würde ihn umbringen! Er erholte sich von diesem Schmerz so schnell, Mama, so schnell – ich hatte immer gehört, daß das einen Mann auf der Stelle erledigt.«
Cindy hatte schluchzend ihren Kopf in meinem Schoß vergraben.
»Er war wie der Teufel, der direkt aus der Hölle kommt, stieß Flüche gegen Victor aus, brüllte alle obszönen Worte, die er bei mir immer beanstandet. Er schlug Victor nieder und hörte erst auf, als er bewußtlos war. Danach ging er auf mich los. Ich hatte Angst, er würde mir das Gesicht zerschlagen, mir die Nase brechen, mich verunstalten, wie er immer gedroht hatte. Irgendwie gelang es mir, das Kleid anzuziehen, aber der Reißverschluß stand im Rükken weit offen. Er packte mich an den Schultern und schüttelte mich so heftig, daß das Kleid hinunterrutschte und ich nackt dastand –, aber er merkte es gar nicht. Er sah mir ins Gesicht, während er mich abwechselnd auf die linke und auf die rechte Wange schlug, und mein Kopf von einer Seite zur anderen flog, bis ich mich schwindlig und schwach fühlte. Er hob mich auf wie einen Mehlsack, warf mich über seine Schulter, marschierte durch den Wald davon und ließ Victor am Boden liegen.
Es war entsetzlich, Mama, so erniedrigend! So getragen zu werden, als wäre ich ein Stück Vieh! Ich schrie die

ganze Zeit und bat Bart, einen Krankenwagen zu rufen, falls Victor ernstlich verletzt war . . ., aber er wollte nichts hören. Ich flehte ihn an, mich abzusetzen, damit ich mich anziehen konnte, doch er befahl mir, den Mund zu halten, sonst würde er etwas Entsetzliches tun. Dann trug er mich –«

Sie brach jäh ab und starrte angsterfüllt vor sich hin.

»Wohin hat er dich gebracht, Cindy?« fragte ich, mir war schlecht, als wäre ihre Erniedrigung die meine, ich war so wütend auf Bart, und sie tat mir wegen ihres entsetzlichen Erlebnisses leid. Zugleich war ich außer mir, weil sie sich selbst hineingeritten hatte, indem sie alles, was ich ihr auseinandergesetzt hatte, mißachtet und mir nicht gehorcht hatte.

Leise, mit gesenktem Kopf beendete sie ihre Erzählung. Sie hielt den Kopf gesenkt, so daß ihr das Haar ins Gesicht fiel und es verdeckte: »Nach Hause, Mama . . . nur nach Hause.«

Es steckte noch mehr dahinter, aber sie weigerte sich, mir mehr zu erzählen. Ich wollte sie schelten, sie bestrafen, sie wieder daran erinnern, daß sie doch so genau über Bart und sein aufbrausendes Naturell Bescheid wußte, aber sie war seelisch zu erschüttert, um mir zuzuhören.

Ich stand auf, um zu gehen. »Ich entziehe dir alle Vergünstigungen, Cindy. Ich werde einen Diener heraufschicken, der dein Telefon entfernen wird, so daß du keinen deiner Freunde anrufen kannst, damit er dir zur Flucht verhilft. Ich habe jetzt deine Version der Geschichte gehört, und heute morgen hat mir Bart seine Schilderung gegeben. Ich bin nicht damit einverstanden, wie er dich oder diesen Jungen bestraft hat. Er war viel zu brutal, und dafür bitte ich dich um Entschuldigung. Du verschenkst aber deine Gunst sehr freizügig. Das kannst du nicht leugnen, denn ich habe es selbst gesehen, als der junge Lance im Haus war. Es schmerzt mich, daß du meine Versuche, dir Zurückhaltung beizubringen, so wenig beachtest. Ich weiß, daß es schwierig ist, jung und anders zu sein als deine Angehörigen, aber ich hatte dennoch gehofft, daß du warten würdest, bis du reif genug bist, um zu wissen, wann man Beziehungen eingehen darf. Ich würde es nicht ertragen, daß ein unbekannter Mann mich berührt – und schon gar nicht, daß es zu Intimitäten kommt –, und du hast diesen Jungen eben erst kennengelernt, Cindy! Ein vollkommen Fremder, der dich hätte verletzen können!«

Sie hob ihr unglückliches hübsches Gesicht. »Hilf mir, Mama!«

»Habe ich denn dein Leben lang nicht mein Bestes getan, um dir zu helfen? Hör mir zu, Cindy, hör mir einmal wirklich zu. Das Schönste an der Liebe ist das langsame Kennenlernen eines Mannes, indem man ihm ermöglicht, einen als Persönlichkeit kennenzulernen, bevor man beginnt, an Sex zu denken –, man gibt sich nicht dem Erstbesten hin!«

Sie fuhr mich erbittert an. »Mama, alle Bücher handeln von Sex. Sie erwähnen die Liebe als Gefühl nicht. Die meisten Psychiater vertreten die Ansicht, daß es so etwas wie Liebe nicht gibt. Du hast mir nie genau erklärt, was Liebe eigentlich ist. Ich weiß nicht einmal, ob sie wirklich existiert. In meinem Alter ist Sex so notwendig wie Wasser und Brot, und Liebe ist nur Erregung; dein Blut erhitzt sich, der Puls geht schneller, das Herz klopft, der Atem geht rascher, heftiger, und schließlich ist es nur ein natürlicher Trieb, nicht schlimmer als das Bedürfnis nach Schlaf. Deshalb gebe ich, trotz dir und deinen altmodischen Anschauungen, nach, wenn ein Junge, der mir sympathisch ist, es darauf abgesehen hat. Victor Wade wollte mich . . . und ich wollte ihn. Schau mich jetzt nicht so wütend an! Er hat mich nicht gezwungen, hat mich nicht vergewaltigt – ich habe es einfach geschehen lassen! Ich wollte, daß er es tut!«

Ihre blauen Augen forderten mich heraus, als sie aufsprang und mich ansah. »Bezeichne mich jetzt als Sünderin, wie Bart es getan hat! Brüll und schrei und sag, daß ich in die Hölle kommen werde –, ich glaube dir ebenso-

wenig wie ihm! Wenn ihr recht habt, sind neunundneunzig Prozent der gesamten Weltbevölkerung Sünder –, du und dein Bruder miteingeschlossen!«
Bestürzt, zutiefst verletzt wandte ich mich um und verließ sie.

Die schönen Sommertage schleppten sich dahin, während Cindy in ihrem Zimmer schmollte, böse auf Bart, auf mich, sogar auf Chris war. Sie weigerte sich, zu Tisch zu kommen, wenn Bart oder Joel zugegen waren. Sie duschte nicht mehr zwei- bis dreimal täglich und ließ ihr Haar so strähnig und stumpf werden wie seinerzeit Melodie, als wollte sie uns deutlich machen, daß sie jetzt drauf und dran war, uns zu verlassen, so wie Melodie, und sie versuchte auch, Melodies Verhalten möglichst genau nachzuahmen. Doch selbst bei ihrer mürrischen Stimmung blitzten ihre Augen unternehmungslustig, und sie sah selbst dann noch hübsch aus, wenn sie ungepflegt war.
»Du erreichst nur, daß du dich elend fühlst«, mahnte ich sie, als sie rasch den Fernseher in ihrem Zimmer abschaltete, als wollte sie mich glauben machen, ihr sei kein einziges Vergnügen geblieben, während ihr Zimmer jeglichen Luxus bot, ausgenommen das Telefon, das ich hatte entfernen lassen, damit sie nicht heimlich Verabredungen mit Victor Wade oder jemand anderem treffen konnte.
Sie saß auf dem Bett und sah mich ärgerlich an. »Laß mich einfach fort, Mama. Sag doch Bart, er soll mich gehen lassen, und ich werde ihm nie wieder auf die Nerven gehen. Ich werde nie wieder in dieses Haus zurückkehren. Niemals!«
»Wo willst du denn hin und was willst du anfangen, Cindy?« fragte ich besorgt, denn ich hatte Angst, sie würde eines Nachts davonrennen, und wir würden nie wieder von ihr hören. Ich wußte auch, daß sie nicht genügend Geld erspart hatte, so daß sie höchstens zwei Wochen durchhalten konnte.
»Ich werde tun, was ich tun muß!« schrie sie, Tränen des

Selbstmitleids flossen über ihr blasses Gesicht, das schon seine rosige Farbe verlor. »Du und Daddy ward großzügig zu mir, so daß ich meinen Körper nicht verkaufen muß, wenn du das meinst. Es sei denn, ich will es tun. In diesem Augenblick fühle ich mich genauso, wie Bart mich sieht, und damit würde ich es ihm endlich einmal zeigen.«
»Dann bleibst du vorerst einmal in diesem Zimmer, bis du dich genauso fühlst, wie ich dich haben will. Wenn du vernünftig mit mir sprechen kannst, ohne gleich zu schreien, und mir ein paar durchdachte Pläne vorlegen kannst, wie du dein Leben gestalten willst, werde ich dir helfen, dieses Haus zu verlassen.«
»Mama!« jammerte sie. »Hasse mich nicht. Ich kann nichts dafür, wenn ich die Jungen mag und sie mich auch mögen! Ich möchte mich gern für den einzig Richtigen bewahren, aber ich habe noch nie den Richtigen kennengelernt. Wenn ich sie abblitzen lasse, gehen sie geradewegs von mir zu einem anderen Mädchen, das sich nicht ziert. Wie hast du es denn geschafft, Mama? Wie hast du es angestellt, daß all diese Männer dich geliebt haben, nur dich allein?«
All diese Männer? Ich wußte nicht, was ich darauf antworten sollte. Ich vermied es, wie auch andere Eltern, die in die Enge getrieben werden, eine offene Antwort zu geben, die ich ohnehin nicht zur Verfügung hatte. »Cindy, du weißt doch, daß dein Vater und ich dich sehr lieben. Jory liebt dich. Und die Zwillinge lächeln, wenn du nur in ihre Nähe kommst. Bevor du dich zu etwas Unüberlegtem entschließt, setz dich doch mit mir, deinem Vater und mit Jory zusammen, dann sprich dich aus und erkläre uns, was du für dich anstrebst. Und wenn es vernünftig ist, werden wir alles tun, was in unserer Macht steht, damit du dein Ziel erreichst.«
»Ihr werdet Bart also nicht hinzuziehen?« fragte sie argwöhnisch.
»Nein, Liebling. Bart hat bewiesen, daß er nicht logisch denken kann, wenn es um dich geht. Seit dem Tag, an

dem du in unsere Familie aufgenommen worden bist, hat er dich gehaßt, und nach so langer Zeit gibt es keine Möglichkeit mehr, etwas dagegen zu unternehmen. Joel mag dich ebenfalls nicht, und er hat keinen Anspruch darauf, an unserem Familienrat über deine Zukunft teilzunehmen.«

Plötzlich warf sie mir die Arme um den Hals. »Ach, Mama, ich schäme mich so, daß ich so viele häßliche Dinge gesagt habe. Ich wollte dich neulich verletzen, weil Bart mich so gedemütigt hat. Rette mich vor Bart, Mama. Bitte finde eine Möglichkeit, bitte.«

Indem Chris, Jory, Cindy und ich uns berieten, fanden wir einen Weg, um Cindy nicht nur vor Bart, sondern auch vor sich selbst zu schützen. Ich versuchte Bart zu beruhigen, der sie drastischer bestrafen wollte.

»Sie liefert dem im Dorf bereits brennenden Feuer nur noch neue Nahrung«, schrie er, als ich sein Büro betrat.

»Ich versuche, ein anständiges, gottesfürchtiges Leben zu führen – schrei mich jetzt nicht an und sag nicht, daß du etwas anderes gehört hast. Ich gebe zu, daß ich mich eine Zeitlang im Schmutz gewälzt habe, aber das hat sich inzwischen geändert. Diese Frauen haben mir nichts gegeben. Melodie war die einzige, die mir ein Gefühl gegeben hat, das eine Ähnlichkeit mit Liebe hatte.«

Ich versuchte, ihn nicht mißbilligend anzusehen. Wie leicht hatte er sich von ihr abgewandt, sobald er wußte, daß sie ihn liebte . . .

Ich musterte die Kostbarkeiten in seinem Büro und fragte mich wieder, ob Bart nicht tote Dinge lieber hatte als Menschen, ich sah die wertvollen orientalischen Antiquitäten, die er bei Auktionen ersteigert hatte und die Hunderttausende von Dollar gekostet hatten. Seine Möbel stellten die Einrichtung des Weißen Hauses in den Schatten. Er würde tatsächlich der reichste Mann der Welt werden, wenn er seine fünfhunderttausend Dollar jährlich alle paar Monate verdoppelte, wie es ihm bis jetzt irgendwie geglückt war. Noch bevor er »sein Erbe antrat«, würde er etliche Millionen verdient haben. Er war geschickt, rasch entschlossen, intelligent. Wie schade, daß er für die Menschheit nichts Besseres sein wollte als ein weiterer habgieriger, egoistischer Millionär.

»Geh jetzt, Mutter. Du vergeudest meine Zeit.« Er drehte seinen Stuhl zum Fenster und blickte in den schönen Garten hinaus, der in voller Blüte stand. »Schick Cindy weg – irgendwohin. Nur schaffe sie uns vom Hals.«

»Cindy hat uns gestern abend gesagt, daß sie den Rest des Sommers in einer Schauspielschule in New England verbringen möchte. Sie nannte uns den Namen und die Adresse der Schule, die sie ausgesucht hat. Chris hat sich telefonisch erkundigt, sie scheint verläßlich zu sein und hat auch einen guten Ruf. Sie wird uns also in drei Tagen verlassen.«

»Dann sind wir sie Gott sei Dank los«, bemerkte er gleichgültig.

Ich stand auf und warf ihm einen mitleidigen Blick zu. »Bevor du Cindy in Grund und Boden verdammst, Bart, denk über dich selbst nach. Hat sie etwas Schlimmeres getan als du?«

Er begann sich mit seinem Computer zu befassen, ohne mir zu antworten.

Ich schlug die Tür hinter mir zu.

Drei Tage später half ich Cindy beim Kofferpacken. Wir hatten eingekauft, also verfügte sie über genügend salopbe Freizeitkleidung, sechs Paar neue Schuhe und zwei neue Badeanzüge. Sie küßte Jory zum Abschied, dann blieb sie noch eine Weile bei den Zwillingen, die sie in den Armen wiegte. »Liebe, kleine Babys«, sang sie leise, »ich werde wiederkommen. Ich werde herein- und wieder hinausschlüpfen, ohne daß Bart mich sieht. Jory, du solltest auch weggehen. Mama und Daddy, bringt ihn doch fort.«

Sie stellte die Zwillinge widerstrebend in ihr Laufställchen, kam zu mir, umarmte und küßte mich. Ich

schwamm schon in Tränen. Ich verlor meine Tochter. Ich wußte aus der Art, wie sie mich ansah, daß es zwischen uns nie mehr so sein würde wie jetzt.
Sie umarmte mich noch einmal. »Daddy wird mich zum Flughafen bringen«, erklärte sie, während sie den Kopf an meine Schulter legte. »Du kannst auch mitkommen, wenn du nicht weinst und mich nicht bedauerst, denn ich bin überglücklich, weil ich dieses verdammte Haus nicht mehr sehen muß. Und hört nur einmal auf mich –, löst Jory und euch von diesem Haus. Es ist ein böses Haus, und jetzt hasse ich seinen Geist genauso, wie ich einst seine Schönheit geliebt habe.«
Wir fuhren zum Flughafen, ohne daß Cindy Bart oder Joel Lebewohl gesagt hatte. Obwohl sie kein Wort mehr sprach, verriet mir ihr unbestimmter Gesichtsausdruck alles. Sie küßte Chris zum Abschied herzlich. Mir winkte sie nur zu, während sie zu ihrem Terminal eilte. »Bleibt nicht hier und wartet, bis meine Maschine startet. Ich bin froh, daß ich einsteigen kann.«
»Wirst du uns schreiben?« fragte Chris.
»Natürlich, wenn ich Zeit dazu finde.«
»Cindy«, rief ich unwillkürlich, denn ich hatte wieder das Gefühl, sie beschützen zu müssen, »schreib wenigstens einmal in der Woche. Wir möchten gern wissen, wie es dir geht. Wir sind immer für dich da, werden alles für dich tun, wenn du uns brauchst. Früher oder später wird Bart finden, was er sucht. Er wird sich ändern. Ich werde dafür sorgen, daß er sich ändert. Ich werde alles tun, damit wir wieder eine richtige Familie sind.«
»Er wird seine Seele nie finden, Mama«, erwiderte sie kalt und ging dabei weiter. »Er kam ohne Seele zur Welt.«
Noch bevor ihre Maschine abhob, waren meine Tränen versiegt und ich hatte einen unumstößlichen Entschluß gefaßt. Ich würde, bevor ich starb, dafür sorgen, daß meine Familie wieder vereint war, eine gesunde Einheit bildete –, und wenn ich den Rest meines Lebens dazu brauchen würde.

Chris versuchte, mich aus meiner Depression zu reißen, während wir zu unserem sogenannten »Zuhause« zurückfuhren. »Wie macht sich die Kinderschwester?«

Meine Sorge um Cindy hatte mich so in Anspruch genommen, daß ich der schönen dunkelhaarigen Kinderschwester wenig Beachtung geschenkt hatte, die Chris vor kurzem eingestellt hatte; sie wohnte im Haus und half bei den Zwillingen und Jory. Sie war seit einigen Tagen im Haus, und ich hatte kaum mehr als ein Dutzend Worte mit ihr gewechselt.

»Was hält Jory von Toni?« fragte er. »Ich habe mir beträchtliche Mühe gegeben, genau die richtige zu finden. Meiner Meinung nach ist sie ein Haupttreffer.«

»Ich glaube nicht, daß er sie auch nur angesehen hat, Chris. Er ist mit seiner Malerei und den Kindern so beschäftigt. Sie beginnen gerade, ohne merkliche Anstrengung herumzukriechen. Gestern hat Cory – ich meine Darren – einen Käfer im Gras gefangen und versucht, ihn in den Mund zu stecken. Zum Glück ist Toni hingelaufen und hat ihn daran gehindert. Ich erinnere mich nicht, daß Jory sie auch nur eines Blicks gewürdigt hat.«

»Früher oder später wird er sie bemerken. Und du mußt aufhören, Cathy, die Zwillinge als Cory und Carrie zu bezeichnen. Wenn das Jory hört, wird er ungehalten sein. Sie sind nicht unsere Zwillinge – sie sind Jorys Kinder.«

Während der langen Rückfahrt nach Foxworth Hall sprach Chris kein Wort mehr, auch nicht, als er in unsere lange Einfahrt einbog und langsam in die Garage fuhr.

»Was geht in diesem verrückten Haus vor?« fragte Jory, als ich auf die Terrasse trat, wo er auf einer Turnmatte saß, die auf den Steinplatten lag. Die Zwillinge waren bei ihm und spielten fröhlich im Sonnenschein. »Kurz nachdem ihr mit Cindy zum Flugplatz gefahren seid, kam eine Gruppe von Bauarbeitern und begann im Erdgeschoß in dem Zimmer, in dem Joel so gern betet, zu klopfen und zu hämmern. Ich habe Bart nicht gesehen und wollte Joel nicht fragen. Und außerdem –«

»Ich verstehe nicht . . .«

»Diese verdammte Kinderschwester, die du und Dad engagiert habt, Mam. Sie sieht sehr gut aus und macht ihre Arbeit ordentlich –, nur kann ich sie nie erwischen. Ich habe zehn Minuten lang nach ihr gerufen, und sie hat sich nicht gemeldet. Die Zwillinge sind triefnaß, und sie hat mir nicht genügend Windeln zurechtgelegt, so daß ich sie nicht wickeln kann. Ich kann nicht ins Haus fahren, um Windeln zu holen, denn dann müßte ich die Kinder allein lassen. Sie schreien jetzt, wenn ich versuche, sie in die Gurte zu setzen. Sie wollen selbständig sein. Besonders Deirdre.«

Ich gab den Zwillingen frische Windeln und legte sie schlafen, dann ging ich auf die Suche nach dem neuesten Mitglied unseres Haushalts.

Zu meiner Überraschung fand ich sie mit Bart in dem neuen Swimmingpool, beide lachten und bespritzten einander.

»Hallo, Mutter!» rief Bart, der braungebrannt und gesund aussah und zum ersten Mal, seit er geglaubt hatte, er sei in Melodie verliebt, fröhlich wirkte. »Toni spielt ausgezeichnet Tennis. Es ist wunderbar, sie als Partnerin zu haben. Wir haben uns viel Bewegung gemacht, und uns war so heiß, daß wir beschlossen, uns im Pool abzukühlen.«

Antonia Winters verstand genau, was mein Gesichtsausdruck bedeutete. Sie stieg sofort aus dem Becken und begann sich abzutrocknen. Sie rieb ihr Haar trocken, dann wand sie das weiße Handtuch um ihren roten Bikini. »Bart hat mich aufgefordert, ihn beim Vornamen zu nennen. Sie haben doch nichts dagegen, Mrs. Sheffield, oder?«

Ich musterte sie prüfend und fragte mich, ob sie wirklich genügend Verantwortungsbewußtsein besaß, um Jory und die Zwillinge zu betreuen. Mir gefiel ihr dunkles Haar, das in dunklen Wellen und Locken um ihr ungeschminktes Gesicht lag. Sie war ungefähr einszweiundsiebzig groß und besaß ebenso viele aufregende Kurven wie Cindy, Kurven, die Bart an seiner Schwester gestört hatten. Doch

nach der Art, wie er die Krankenschwester ansah, gefiel ihm ihre Figur sehr gut.
»Toni«, sagte ich ruhig, »Jory, für dessen Pflege ich Sie angestellt habe, hat Sie gerufen, damit Sie ihm Windeln für die Zwillinge bringen. Er war mit den Kindern draußen auf der Terrasse, und Sie hätten sich bei ihm aufhalten sollen, nicht bei Bart. Wir erwarten von Ihnen, daß Sie weder Jory noch seine Kinder vernachlässigen.«
Ihr Gesicht wurde vor Verlegenheit rot. »Es tut mit leid, aber Bart . . .«, dann stockte sie und warf ihm einen unsicheren Blick zu.
»Schon gut, Toni, ich nehme die Schuld auf mich«, erklärte Bart. »Ich hatte gemeint, daß es Jory gut geht und er imstande ist, allein für sich und die Zwillinge zu sorgen. Ich hatte den Eindruck, daß er bestrebt ist, unabhängig zu sein.«
»Sorgen Sie dafür, daß es nicht wieder vorkommt, Toni«, ermahnte ich sie, ohne mich um Bart zu kümmern.
Dieser verdammte Kerl würde uns noch alle verrückt machen! Dann hatte ich eine glänzende Idee. »Bart, du und Tony, ihr hättet Jory eine große Freude gemacht, wenn ihr ihn auch in den Pool geholt hättet. Er kann seine Arme ungehindert gebrauchen. Sie sind sogar sehr kräftig. Und du solltest daran denken, Bart, daß ein Swimmingpool ohne Umzäunung ziemlich gefährlich ist, wenn sich zwei kleine Kinder im Haus befinden. Toni könnte mit Jorys Hilfe den Zwillingen das Schwimmen beibringen... für alle Fälle.«
Bart sah mich nachdenklich an, er erriet wohl meine Gedanken. Er blickte Antonia nach, die zum Haus ging. »Ihr bleibt also hier – warum?«
»Willst du etwa nicht, daß wir bleiben?«
Sein Lächeln erinnerte mich an den Charme seines toten Vaters. »Aber natürlich, ja. Jetzt, da Toni im Haus ist, um meine einsamen Stunden zu verschönern.«
»Laß sie in Frieden, Bart!«
Er grinste mich mutwillig an und planschte im Becken

herum. Dann schnellte er herum, packte mich so fest an den Knöcheln, daß es schmerzte. Einen Moment lang befürchtete ich, er würde mich ins Wasser ziehen und das Seidenkleid ruinieren, das ich trug.
Ich blickte auf ihn hinunter und hielt unerschrocken seinen dunklen, plötzlich drohenden Augen stand. »Laß meine Knöchel los. Ich bin schon heute früh geschwommen.«
»Warum leistest du mir nicht gelegentlich beim Schwimmen Gesellschaft?«
Was war schuld daran, daß aus der Drohung Traurigkeit wurde, daß er mich wehmütig ansah, sich vorbeugte und meine Zehen mit den rosa Nägeln, die aus den offenen Sandalen hervorguckten, küßte? Jetzt brach mir das Herz. Er sprach genau im Tonfall seines toten Vaters: »Ich werde nie jemanden so Bezaubernden sehen wie dich...« Er blickte zu mir hinauf. »Weißt du, Mutter, auch ich besitze ein wenig künstlerisches Talent.«
Das war der richtige Augenblick für mich. Er war verwundbar, etwas, das er in meinem Gesicht gelesen hatte, rührte ihn. »Ja, natürlich bist du begabt, Bart, aber tut es dir nicht ein wenig leid, daß Cindy fort ist?«
Seine dunklen Augen wurden hart und abweisend. »Nein, es tut mir nicht leid. Ich bin froh, daß sie aus dem Haus ist. Habe ich dir nicht bewiesen, was sie wirklich ist?«
»Du hast nur bewiesen, wie abscheulich du sein kannst.«
Seine Augen wurden noch dunkler. Ein leidenschaftlich entschlossener Ausdruck trat in sein Gesicht, der mir Angst machte. Er blickte zum Haus hinüber, als er ein leises schlurfendes Geräusch hörte. Ich folgte seinem Blick. Joel kam auf den Rasen heraus, der unseren ovalen Swimmingpool umgab.
Schweigend verurteilte uns Joels Blick, er stützte das Kinn auf die knochigen Hände mit den langen Fingern. Dann beugte er den Kopf nach hinten und blickte zum Himmel. Seine leise, zarte Stimme erreichte uns stockend. »Du läßt Gott warten, Bart, während du deine Zeit vergeudest.«
Hilflos beobachtete ich, wie in Barts Augen Schuldbe-

wußtsein trat und er eilig das Schwimmbecken verließ. Einen Augenblick lang stand er in seiner jugendlich-männlichen Pracht vor mir, seine langen kräftigen Beine waren dunkelbraun, sein Bauch fest und flach, seine Schultern breit, seine Muskeln spielten unter der Haut, das Haar auf seiner Brust war kraus, und eine Sekunde lang dachte ich, er spanne seine starken Muskeln für einen heldenhaften Sprung, um Joel an die Kehle zu fahren. Ich fragte mich gespannt, ob er jemals auf die Idee kommen würde, seinen Onkel zu schlagen. Eine Wolke verdunkelte die Sonne. Irgendwie warfen die nicht eingeschalteten Lampen am Schwimmbecken Schatten, die ein Kreuz auf dem Boden bildeten. Bart blickte zu Boden.

»Siehst du, Bart«, sprach Joel mit bannender Stimme weiter, die ich noch nie bei ihm gehört hatte, »du vernachlässigst deine Pflichten, und schon verschwindet die Sonne. Gott sendet dir sein Kreuzeszeichen. Er sieht dich immer. Er hört dich. Er kennt dich. Denn du bist auserwählt.«

Auserwählt wofür?

Als hätte Joel ihn hypnotisiert, folgte Bart seinem Großonkel ins Haus und ließ mich neben dem Schwimmbecken zurück. Ich lief zu Chris, um ihm von Joel zu erzählen.

»Was kann er nur meinen, Chris –, wenn er sagt, daß Bart auserwählt ist?«

Chris war soeben von einem Besuch bei Jory und den Zwillingen zurückgekommen. Er zwang mich, mich zu setzen und zu entspannen. Er brachte mir sogar meinen Lieblingsdrink, bevor er sich neben mich auf unseren kleinen Balkon setzte, von dem man den Blick über die Gärten und die umliegenden Berge hatte. »Ich habe vor wenigen Minuten mit Jory gesprochen. Bart hat Arbeiter kommen lassen, die in dem kleinen leerstehenden Raum, den er für seine Andachten bevorzugt, eine kleine Kapelle errichten sollen.«

»Eine Kapelle?« fragte ich verwundert. »Wozu brauchen wir eine Kapelle?«

»Ich glaube, daß sie nicht für uns bestimmt ist, sondern

für Bart und Joel. Ein Ort, an dem sie ihre Andacht verrichten können, ohne ins Dorf gehen zu müssen und sich den Blicken der Dorfbewohner auszusetzen, die die Foxworths verachten. Und wenn Bart glaubt, daß es ihm helfen wird, zu sich selbst zu finden, dann sag um Himmels willen kein Wort, mit dem du das Theater verdammst, das er mit Joel aufführt. Ich glaube nicht, Cathy, daß Joel ein schlechter Mensch ist. Meiner Ansicht nach bemüht er sich vor allem, zu einem Anwärter für einen Heiligenschein zu werden.«

»Ein Heiliger? Das käme mir so vor, als würde man Malcolm einen Heiligenschein auf den Kopf setzen.«

Chris verlor die Geduld mit mir. »Laß Bart doch tun, was er will. Ich finde jedenfalls, daß es Zeit für uns ist, dieses Haus zu verlassen. Ich kann hier nicht mit dir reden und eine vernünftige Antwort erwarten. Wir werden nach Charlottesville übersiedeln und Jory, die Zwillinge und Toni mitnehmen, sobald ich dort ein passendes Haus gefunden habe.«

Ohne daß ich es bemerkt hatte, war Jory in unsere Suite gerollt und erschreckte mich, als er plötzlich zu sprechen begann: »Mam, Dad hat vielleicht recht. Joel könnte wirklich der freundliche, wohlwollende Heilige sein, als der er sich gibt. Manchmal glaube ich, daß wir beide übertrieben argwöhnisch sind, und dann hast du wieder so oft recht. Ich beobachte Joel, wenn er es nicht merkt. Er versucht in vielerlei Hinsicht, nicht wie der Mensch zu sein, den wir am meisten fürchten – eine Wiedergeburt des Großvaters, den ihr beide gehaßt habt.«

»Ich halte das alles für lächerlich. Natürlich ist Joel nicht so wie sein Vater, sonst hätte er ihn nicht so gehaßt«, brauste Chris ungewöhnlich zornig auf, sein Gesicht war hart und er hatte seine Geduld nicht nur mit mir, sondern auch mit Jory verloren. »Dieses ganze Gerede von Seelen, die in späteren Generationen wiedergeboren werden, ist absoluter Unsinn. Wir dürfen unser Leben nicht noch weiter komplizieren, denn es ist schon so kompliziert genug.«

Am nächsten Montag fuhr Chris wieder zu seiner Arbeit, die er nun ebenso liebte wie seinen früheren Beruf als praktischer Arzt. Ich sah seinem Wagen nach und hatte das Gefühl, daß hauptsächlich seine blühende Liebesaffäre mit der Biochemie meine Rivalin war.
Beim Abendessen fühlte ich mich ohne Chris und Cindy so einsam, und Toni befand sich im Obergeschoß, wo sie die Zwillinge zu Bett brachte, was Bart sehr aufbrachte. Er deutete Jory gegenüber an, daß Toni bis über beide Ohren in ihn verliebt war. Die Mitteilung berührte Jory überhaupt nicht; er war zu sehr in seine Gedanken versunken. Er sprach während der ganzen Mahlzeit keine zwei Worte, auch nicht, als Toni sich schließlich zu uns gesellte.

Wieder war es Freitagabend, und Chris kehrte zurück, wie früher einmal Daddy jeden Freitag nach Hause gekommen war. Irgendwie störte es mich, daß unser Leben so ähnlich verlief wie das unserer Eltern. Den Sonnabend verbrachten wir größtenteils mit Jory und den Zwillingen im Schwimmbecken, wobei Toni und ich die Kinder hielten, während Chris Jory half, der eigentlich nicht viel Hilfe benötigte. Er schwamm ausgezeichnet, seine kräftigen Arme machten die schlaff herabhängenden Beine mehr als wett. Im Becken lagen seine Beine unter der Wasseroberfläche, und er sah beinahe so aus wie früher, was sich in seinem glücklichen Gesichtsausdruck spiegelte.
»He, das ist herrlich! Ziehen wir doch noch nicht fort. Es gibt in Charlottesville nicht viele Häuser mit solchen Swimmingpools. Ich brauche die breiten Korridore und den Fahrstuhl. Und ich habe mich an Bart, ja sogar an Joel gewöhnt.«
»Möglicherweise werde ich nächstes Wochenende nicht kommen.« Chris wich meinem Blick aus, als er beim Frühstückstisch am Sonntag diese überraschende Mitteilung machte. Er fuhr fort, wobei er weder mich noch sonst jemanden in der Runde anblickte: »In Chicago findet ein Biochemiker-Kongreß statt, zu dem ich gern fliegen

möchte. Ich werde zwei Wochen ausbleiben. Wenn du dich entschließen könntest, mitzukommen, Cathy, wäre ich dir dankbar.«

Bart spitzte die Ohren, um meine Antwort zu hören, und bohrte seinen Löffel in seine reife Melone. In seinen dunklen Augen lag ein ruhiger, abwartender Blick, als würde sein Leben von meiner Antwort abhängen. Ich wollte Chris begleiten. Vor allem aber wollte ich diesem Haus samt seinen Problemen entkommen und den Mann, den ich liebte, ganz für mich haben. Ich wollte in seiner Nähe sein, mußte es ihm aber abschlagen und wieder eine Anstrengung unternehmen, um Bart zu retten. »Ich würde sehr gern mit dir fahren, Chris, aber Jory ist es peinlich, von Toni gewisse intime Hilfeleistungen zu verlangen. Er braucht mich.«

»Um Gottes willen! Deshalb haben wir sie doch angestellt! Sie ist Krankenschwester!«

»Chris, unter meinem Dach darfst du den Namen Gottes nicht so einfach aussprechen!« Daraufhin funkelte Chris Bart an und erhob sich. »Mir ist plötzlich der Appetit vergangen. Ich werde in der Stadt frühstücken, falls ich überhaupt noch Appetit auf etwas habe.«

Er warf mir einen zornigen Blick zu, fixierte Bart böse, legte Jory die Hand kurz auf die Schulter, und dann war er fort.

Es war gut gewesen, daß ich ihn schon vorher ersucht hatte, eine Krankenschwester aufzutreiben. Jetzt wäre ich mit den Plänen für meine beiden Söhne bei ihm nur auf taube Ohren gestoßen. Die beiden trieben irgendwie einen Keil zwischen uns. Doch ich konnte Jory nicht im Stich lassen, jedenfalls jetzt noch nicht, wenn ich nicht vollkommen sicher war, daß Toni ihn gut betreuen würde.

Toni gesellte sich am Mittagstisch zu uns; sie trug eine frische weiße Schwesterntracht. Wir saßen zu dritt bei Tisch, sprachen vom Wetter und von anderen Belanglosigkeiten, und sie ließ Bart nicht aus den Augen. Ihre schönen, sanften, leuchtend grauen Augen drückten

Scheu – und Verliebtheit aus. Es war so deutlich, daß ich sie am liebsten ermahnt hätte, Jory anzusehen und nicht den Mann, der sie wahrscheinlich vernichten würde.
Bart spürte ihre Bewunderung, ließ seinen Charme spielen, lachte und erzählte ihr alberne Geschichten, indem er sich über den kleinen Jungen lustig machte, der er einst gewesen war. Jedes Wort, das er sagte, zog sie noch mehr in seinen Bann, während Jory unbeachtet in seinem verhaßten Rollstuhl saß und tat, als würde er die Morgenzeitung lesen.
Tag um Tag beobachtete ich, wie Tonis Verliebtheit für Bart zunahm, obwohl sie die Zwillinge liebevoll betreute und geduldig für Jory alles tat, was ihr möglich war. Mein erstgeborener Sohn war ständig in übler Laune, wartete auf Anrufe von Melodie, wartete auf Briefe, die nie eintrafen, wartete darauf, daß jemand ihm bei Verrichtungen half, die er früher selbst besorgt hatte und jetzt nicht mehr tun konnte. Ich spürte seine Ungeduld, wenn die Dienstboten zu lange brauchten, um sein Bett zu machen, seine Zimmer aufzuräumen, aus seinem Blickfeld zu verschwinden und ihn allein zu lassen. Er schonte sich nicht, engagierte einen Mallehrer, der dreimal wöchentlich kam und ihm verschiedene Techniken beibrachte. Arbeit, Arbeit, Arbeit... er überanstrengte sich, um der bestmögliche Maler zu werden, so wie er früher sein Balletttraining früh, mittags und abends durchgeführt hatte.
Die vier E der Ballettwelt vergingen bei manchen von uns nie: Energie, Entsagung, Elan, Entschlossenheit.
»Glaubst du, daß Toni die richtige Pflegerin für die Zwillinge ist?« fragte ich eines Abends, als sie die Straße hinunterging und die Zwillinge in einem doppelten Kinderwagen vor sich her schob. Sie liebten es, im Freien zu sein. Schon der Anblick des Kinderwagens löste bei ihnen Freudenschreie und Aufregung aus. Kaum hatte ich ausgesprochen, sahen Jory und ich, wie Bart ihnen nachlief, um die Schwester einzuholen. Dann schoben sie gemeinsam Jorys Kinder.

Ich wartete beunruhigt darauf, was Jory dazu sagen würde. Er schwieg. Er blickte Bart mit düsterer Miene nach, der sich jetzt um seine Kinder und um die Pflegerin kümmerte, die ich eigentlich für ihn aufgenommen hatte. Es war, als könnte ich seine Gedanken lesen. Er hatte bei keiner Frau eine Chance, weil er in diesem Stuhl saß, weil seine Beine nicht mehr tanzen, nicht einmal gehen konnten. Doch die Ärzte hatten Chris und mir erklärt, daß viele behinderte Männer heirateten und ein mehr oder minder normales Leben führten. Prozentual gingen behinderte Männer viel öfter eine Ehe ein als behinderte Frauen. »Frauen besitzen mehr Mitgefühl als Männer. Die meisten normalen Männer denken mehr an ihre eigenen Bedürfnisse. Ein Mann muß außerordentlich mitfühlend und verständnisvoll sein, um eine Frau zu heiraten, die körperlich behindert ist.«

»Jory, fehlt dir Melodie noch immer?«

Er brütete finster vor sich hin, wandte absichtlich den Blick von Toni und Bart ab, die sich auf einen Baumstumpf gesetzt hatten und offenbar plauderten. »Ich versuche, nicht viel nachzudenken. Es ist eine gute Methode, damit ich mir wegen der kommenden Jahre und der Art, sie zu bewältigen, keine Sorgen mache. Irgendwann werde ich allein sein, und davor fürchte ich mich, befürchte, daß ich damit nicht fertig werden kann.«

»Chris und ich werden immer bei dir bleiben, solange du uns brauchst und solange wir leben, aber lange bevor einer von uns sterben wird, wirst du jemanden gefunden haben. Ich weiß, daß es so sein wird.«

»Woher willst du das wissen? Ich glaube nicht, daß ich überhaupt jemanden haben will. Es wäre mir jetzt peinlich, wenn ich eine Frau hätte. Ich versuche, eine Beschäftigung zu finden, mit der ich die Leere, die der Tanz in meinem Leben hinterlassen hat, ausfüllen kann, und das ist mir bis jetzt noch nicht gelungen. Das Positivste in meinem Leben sind jetzt meine Zwillinge und meine Eltern.«

Ich schaute wieder zu dem Paar auf dem Baumstumpf

hinüber, gerade noch rechtzeitig, um zu sehen, wie Bart aufsprang, die Zwillinge aus dem doppelten Kinderwagen hob und dann mit ihnen im Gras neben der Straße spielte. Sie mochten jeden Menschen und versuchten sogar, Joel zu erobern, der sie nie anrührte, nie mit ihnen sprach wie wir. Aus der Ferne hörten wir das Lachen des kleinen Jungen und des kleinen Mädchens, das jeden Tag hübscher wurde. Bart wirkte glücklich und benahm sich entsprechend. Ich sagte mir, daß Bart ebenso dringend wie Jory jemanden brauchte. In gewissem Sinn sogar noch dringender als Jory. Jory würde bestimmt seinen Weg finden, mit oder ohne Frau.

Wir beobachteten das Paar weiterhin, das mit den Zwillingen spielte. Der Vollmond ging auf, er wirkte im Zwielicht überaus groß und golden. Über dem nahen See stieß ein einsamer Vogel seinen Ruf aus. »Was ist das?« fragte ich und richtete mich auf. »Ich habe hier noch nie so einen Vogel gehört.«

»Es ist ein Eistaucher«, antwortete Jory und blickte zum See hinüber. »Manchmal treibt sie ein Sturm hier herüber. Mel und ich haben oft ein Cottage auf der Mount Desert Isle gemietet, haben die Schreie der Eistaucher gehört und sie romantisch gefunden. Ich möchte wissen, warum wir diesen Eindruck hatten. Jetzt klingt dieser Ruf nur unglücklich, sogar unheimlich.«

Aus dem Dunkel beim Gesträuch erklang Joels Stimme: »Manche Leute behaupten, daß verlorene Seelen in den Körpern der Eistaucher wohnen.«

Ich wandte mich um und fragte scharf: »Was ist eine verlorene Seele, Joel?«

Seine sanfte Stimme erwiderte leise: »Die Seelen, die keinen Frieden in ihren Gräbern finden können, Catherine. Die zwischen Himmel und Hölle zaudern, ihre Zeit auf Erden noch einmal überblicken und erkennen, was sie nicht vollendet haben. Durch den Rückblick sitzen sie für immer in der Falle oder zumindest, bis ihr Lebenswerk vollendet ist.«

Mich überlief ein Schauer, als wehte ein kalter Wind vom Friedhof herüber.

»Versuch nicht, diesen Unsinn zu verdauen, Mam«, sagte Jory ungeduldig. Leider kann ich nicht die beschreibenden Eigenschaftswörter verwenden, mit denen Cindys Altersgenossen so leichthin herumwerfen, ohne den Eindruck zu haben, daß sie sich ungehörig benehmen. »Komisch«, fügte er nachdenklicher hinzu, während Joel wieder in der Dunkelheit verschwand, »als ich in New York war und angewidert, ungeduldig oder verärgert war, verwendete ich auch vulgäre Ausdrücke. Wenn ich mir jetzt auch nur vorstelle, daß ich diese Worte ausspreche, hindert mich etwas daran.«

Ich mußte es ihm nicht erklären. Ich wußte genau, was er meinte. Es befand sich überall um uns, in der Atmosphäre, in der klaren Bergluft, in der scheinbaren Nähe der Sterne... die Allgegenwart eines strengen, fordernden Gottes. Überall.

Das neue Liebespaar

Sie trafen sich in der Dunkelheit. Sie küßten sich in den Korridoren. Sie hielten sich in den sonnigen, weitläufigen Gärten auf, streiften auch im Mondschein dort herum. Sie schwammen gemeinsam, spielten miteinander Tennis, spazierten Hand in Hand am Seeufer entlang; sie gingen und joggten durch die Wälder, picknickten am Swimmingpool, am See, in den Wäldern; gingen tanzen, in Restaurants, dann ins Theater, ins Kino.

Sie lebten in ihrer eigenen Welt, während wir anscheinend für sie nicht vorhanden waren, sie uns weder sahen noch hörten, wenn sie einander über den Speisetisch hinweg mit leuchtenden Augen anstrahlen konnten, als gehöre ihnen die ganze Welt, die sie nie wieder hergeben würden. Gegen meinen Willen nahm mich ihre Liebesaffäre gefangen, ich war begeistert, so leidenschaftliche, schöne junge Liebende in meiner Nähe zu wissen, ein so gut zusammenpassendes Paar mit fast der gleichen dunklen Haarfarbe. Ich war glücklich und unglücklich zugleich; entzückt, aber wieder traurig, weil es nicht Jory war, der eine andere Frau gefunden hatte, die er liebte. Ich wollte Toni darauf aufmerksam machen, daß sie sich auf unsicherem Boden bewegte, daß man Bart nicht trauen konnte, aber dann sah ich Barts strahlendes Gesicht, in dem weder Schuldbewußtsein noch Scham lag. Diesmal stahl er nichts, das seinem Bruder gehörte. Meine mahnenden

Worte würden ungesprochen bleiben. Wie konnte ich ihm vorschreiben, wen er lieben sollte? Gerade ich mußte stumm bleiben und ihm seine Chance lassen. Es war nicht dasselbe wie seinerzeit mit Melodie. Toni gehörte nicht Jory.

Bart zeigte, wie glücklich er war, indem er selbstsicherer wurde, und weil er seiner neugefundenen Liebe sicher war, vergaß er seine absonderlichen Gewohnheiten, sein fanatisches Streben nach Sauberkeit, trug sportliche Kleidung und wirkte entspannt. Früher hatte er einen Tausend-Dollar-Anzug mit teuren Seidenhemden und -krawatten als Statussymbol getragen, jetzt war es ihm gleichgültig, denn Toni hatte ihm das Gefühl für seinen persönlichen Wert gegeben. Zum ersten Mal in seinem Leben hatte er festen Grund unter den Füßen.

Er lächelte und küßte mich mehrmals auf die Wange. »Ich weiß, was du dir gewünscht hättest. Wirklich! Aber sie liebt mich, Mutter! Mich! Toni sieht in mir etwas Sonderbares, Vornehmes! Ist dir klar, was für ein herrliches Gefühl das ist? Melodie beteuerte immer, daß auch sie diese Eigenschaften in mir erkannte, aber ich fühlte mich weder wunderbar noch vornehm, wenn ich daran dachte, wie sehr ich Jory verletzte. Jetzt liegt der Fall anders. Toni war nie verheiratet, hatte noch nie vorher einen Liebhaber, obwohl sie viele Freunde hatte. Denk nur, Mutter, ich bin ihr erster Geliebter! Es ist großartig, der Mann zu sein, auf den sie gewartet hat. Wir erleben etwas Wundervolles, Besonderes, Mutter. Sie findet an mir die gleichen Eigenschaften wie du an Jory.«

»Das ist wunderbar, Bart. Ich freue mich für euch beide.«

»Wirklich?« Seine dunklen Augen wurden ernst, während er versuchte zu ergründen, ob ich die Wahrheit sprach. Bevor ich antworten konnte, meldete sich Joel aus der offenen Tür zu Barts Büro.

»Du alberner Narr! Du glaubst, daß diese Krankenschwester dich will? Diese Frau sieht nur die Anziehungskraft deines Geldes! Sie ist nur hinter deinen Banknoten her,

Bart Foxworth! Hast du bemerkt, wie sie mit halb geschlossenen Augen durch dieses Haus schlendert und sich offensichtlich anmaßt, daß sie hier die Herrin ist? Sie liebt dich nicht. Sie benutzt dich nur, um zu bekommen, was jede Frau will – Geld, Herrschaft, Macht und dann noch mehr Geld. Sobald du sie heiratest, ist sie für ihr Leben finanziell abgesichert, auch wenn du dich später scheiden läßt.«

»Halt den Mund!« schrie Bart und funkelte den alten Mann wütend an. »Du bist nur eifersüchtig, weil ich keine Zeit mehr für dich habe. Das ist die reinste, keuscheste Liebe meines Lebens –, und ich werde nicht zulassen, daß du sie schlecht machst!«

Joel senkte demütig und scheinbar niedergeschlagen den Kopf, während er die Hände unter seinem Kinn faltete und den Korridor zu dem kleinen Raum hinunterschlich, den Bart in eine Familienkapelle umgewandelt hatte, obwohl nur Joel und Bart dort beteten. Ich hatte nicht einmal einen Blick hineingeworfen.

Ich stellte mich auf die Zehenspitzen, um Bart auf die Wange zu küssen, ihn zu umarmen und ihm viel Glück zu wünschen. »Ich bin glücklich für dich, Bart. Aufrichtig glücklich. Ich gebe ehrlich zu, daß ich gehofft hatte, Toni würde sich in Jory verlieben und ihm über den Verlust von Melodie hinweghelfen. Ich wollte, daß die Zwillinge eine Mutter bekommen, solange sie noch so klein sind. Sie hätte die Möglichkeit gehabt, sie wie ihre eigenen Kinder zu lieben, und sie würden sich später an keine andere Mutter als sie erinnern. Da sich aber alles anders entwickelt hat, schenkt mir der Anblick deines und ihres Glücks ein warmes, gutes Gefühl.«

Seine dunklen Augen bohrten sich in meine Seele. Ich mußte fragen: »Wirst du sie heiraten?«

Er legte mir die Hände leicht auf die Schultern. »Ja, ich werde sie bald darum bitten, nachdem ich mich vergewissert habe, daß sie es ehrlich meint. Ich habe schon eine Methode gefunden, um sie zu prüfen.«

»Das ist unfair, Bart. Wenn du liebst, mußt du Vertrauen haben.«

»Blindes Vertrauen zu jemand anderem als Gott ist unvernünftig.«

Ich wußte nur allzu gut, was Chris immer sagte. Suche und du wirst finden. Damit hatte er recht. Ich war immer den Chancen gegenüber, die das Leben mir bot, mißtrauisch gewesen, und bald genug war die Gelegenheit vertan.

»Mutter«, begann er überraschend aufrichtig, »ich weiß jetzt, daß Melodie, wenn Jorys Beine bewegungsfähig geblieben wären, mir nie gestattet hätte, sie auch nur anzurühren. Sie liebte ihn, nicht mich. Vielleicht hat sie sich sogar eingeredet, daß ich er war, denn manchmal bemerke ich eine gewisse Ähnlichkeit zwischen uns. Ich glaube auch, daß Melodie sah, was sie sehen wollte, und sich mir zuwandte, weil er ihre körperlichen Bedürfnisse nicht mehr befriedigen konnte. Ich war ein Ersatzgeliebter für meinen Bruder, so wie ich immer den zweiten Platz hinter Jory belegt habe. Nur bei Toni war ich der erste.«

»Diesmal hast du recht, Bart. Jory ist hier, und Toni sieht ihn nicht. Sie sieht dich, nur dich.«

Seine Lippen kräuselten sich ironisch. »Ja ... aber du erwähnst nicht, daß ich auf gesunden Beinen stehe und er nicht. Ich habe Geld, und er besitzt im Vergleich dazu ein bescheidenes Einkommen. Und er hat schon zwei Kinder am Hals, die nicht die ihren sein würden. Drei Gründe gegen Jory ... deshalb bin ich der Sieger.«

Nun wollte ich auch, daß er siegte; er brauchte Toni zehnmal mehr als Jory. Mein Jory war stark, auch wenn er am Boden lag, und Bart war so verwundbar und unsicher, obwohl er vollkommen gesund war. »Wenn du dich nicht einmal selbst lieben kannst, so wie du bist, Bart, wie kannst du dann erwarten, daß jemand anderer dich liebt? Du mußt endlich daran glauben, daß Toni dich auch ohne Geld lieben würde.«

»Das werden wir bald herausfinden«, erwiderte er tonlos, und etwas in seinen Augen erinnerte mich an Joel. Er

wandte sich um und verabschiedete mich. »Ich habe zu arbeiten, Mutter. Wir sehen uns später. . .« Er hatte mir zum letzten Mal so liebevoll zugelächelt, als er neun gewesen war. Widerspenstig, schwierig, verwirrend, herausfordernd, das war der Mann, zu dem mein kleiner verängstigter Bart herangewachsen war . . .
Cindy hatte uns geschrieben, wie wunderbar ihre Sommertage in der Schauspielschule in New England verliefen. »Wir spielen in richtigen Aufführungen mit, Mama, in Scheunen, die provisorisch in ein Theater umgewandelt wurden. Mir gefällt es, ich liebe wirklich alle Facetten des Showbusiness.«
Während die Sommertage vergingen, fehlte mir Cindy oft. Wir schwammen alle im See oder im Swimmingpool und führten die rasch größer werdenden Zwillinge in die Wunder der Natur ein. Sie hatten jetzt kleine Zähnchen und krabbelten blitzschnell dorthin, wo sie hinwollten, und das war praktisch überall. Nichts war vor ihren zugreifenden Händchen sicher, die jeden Gegenstand auf seine Eßbarkeit untersuchten. Das flachsblonde Haar auf ihren Köpfen ringelte sich zu Löckchen, durch die Sonne bekamen ihre Wangen Farbe, und ihre großen, unschuldigen blauen Augen blickten umher, verarbeiteten alle ersten Eindrücke.
Die herrlichen heißen Sommertage zogen dahin wie schillernder Staub, der sich in Fotoalben niederschlägt, die die schönen Tage und glücklichen Momente im Leben festhalten. Klick, klick, klick machten die Verschlüsse von Kameras, während Chris, Jory und ich eine Aufnahme nach der anderen von unseren wunderbaren Zwillingen schossen. Sie liebten es, sich im Freien aufzuhalten, an Blumen zu riechen, die Baumrinde zu betasten, die Vögel, Eichhörnchen, Kaninchen, Waschbären zu beobachten, den Enten und Gänsen zuzuschauen, die oft in unser Schwimmbecken einfielen und rasch von den Erwachsenen verjagt wurden.
Ehe ich es merkte, war der Sommer vorbei, und es wurde

wieder Herbst. Dieses Jahr konnte Jory diese herrliche Jahreszeit in den Bergen genießen. Die Bäume auf den Berghängen leuchteten in den buntesten Farben.

»Vor einem Jahr wähnte ich mich in der Hölle«, erinnerte sich Jory und blickte auf die Bäume und Berge und dann auf seine linke Hand, an der der goldene Ehering fehlte. »Ich habe die endgültige Scheidungsurkunde erhalten, und ich war nur empfindungslos. Ich habe meine Frau an dem Tag verloren, an dem meine Beine ihre Bewegungsfähigkeit verloren, und dennoch lebe ich weiter und finde, daß das Leben weitergeht und auch vom Rollstuhl aus schön sein kann.«

Ich umarmte ihn. »Weil du Kraft und Entschlossenheit besitzt, Jory. Du hast deine Kinder, also hat deine Ehe dir etwas gebracht. Du bist noch immer eine Berühmtheit, vergiß das nicht, und wenn du willst, kannst du Ballettunterricht erteilen.«

»Nein, ich kann meinen Sohn und meine Tochter nie vernachlässigen, wenn sie keine Mutter haben.« Dann legte er den Kopf zurück und lächelte mir zu. »Nicht, daß du keine großartige Mutterfigur wärst, aber ich will, daß du und Daddy, euer eigenes Leben führt, nicht belastet durch Kleinkinder, die euren Lebensstil einschränken könnten.«

Lachend zersauste ich seine dunklen Locken. »Welchen Lebensstil, Jory? Chris und ich sind glücklich, wenn wir mit unseren Söhnen und Enkelkindern zusammen sind.«

Die hellen Herbsttage wurden langsam kühl und rochen oft nach brennenden Holzfeuern. Mich zog es jeden Tag früh ins Freie, und ich nahm dabei Jory und die Zwillinge mit. Die Zwillinge zogen sich zum Stehen hoch, indem sie sich an Händen oder Möbeln festhielten. Deirdre hatte sogar ein paar unsichere, breitbeinige Schritte gemacht. Darren krabbelte glücklich und schnell durch die Gegend und gelangte im Handumdrehen dorthin, wohin er wollte –, und das war überall. Ich hatte ihn sogar dabei ertappt, wie er rückwärts über die hohen Stufen der Vordertreppe kroch, und Deirdre hielt sich knapp hinter ihm.

An diesem schönen Tag Anfang Oktober saß Deirdre auf Jorys Schoß und plapperte glücklich vor sich hin, während ich den bedächtigeren Darren trug; wir benutzten die neuen Waldwege, die Bart aufmerksamerweise hatte planieren lassen, damit Jory mit seinem Rollstuhl durch die Wälder fahren konnte. Baumwurzeln, durch die sein Stuhl hätte umstürzen können, waren mit beträchtlichen Kosten entfernt worden. Seit Bart eine Frau hatte, die ihn liebte, behandelte er seinen Bruder mit mehr Rücksicht und Achtung.
»Bart und Toni haben ein Verhältnis, nicht wahr, Mutter?« fragte Jory unerwartet.
»Ja«, gab ich zögernd zu.
Da sagte er etwas, das mich erschreckte. »Ist es nicht merkwürdig, wie wir in Familien hineingeboren werden und uns damit abfinden müssen, was wir bekommen? Wir haben einander nicht verlangt, dennoch sind wir unser Leben lang an Menschen gekettet, mit denen wir kein zweites Mal sprechen würden, wenn wir nicht Blutsverwandte wären.«
»Jory, magst du Bart wirklich so wenig?«
»Ich spreche nicht von Bart, Mam. Er benimmt sich in letzter Zeit ziemlich anständig. Den alten Mann, der behauptet, daß er unser Onkel ist, mag ich nicht. Als er auftauchte, tat er mir zuerst leid. Wenn ich Joel jetzt genau betrachte, bemerke ich etwas Bösartiges in seinen Augen. Er erinnert mich irgendwie an John Amos Jackson. Ich glaube, er benutzt uns, Mam. Nicht aus praktischen Gründen, um ein Dach über dem Kopf und sein Essen zu haben ..., er hat etwas anderes im Sinn. Heute hörte ich zufällig Joel im hinteren Korridor mit Bart flüstern. Ich glaube, daß Bart Toni die volle Wahrheit über seine Vergangenheit erzählen wird – seine psychologischen Probleme – und die Tatsache, daß er, wenn er jemals in eine Anstalt eingeliefert wird, seine ganze Erbschaft verlieren würde. Joel drängt ihn dazu. Er sollte es ihr auf keinen Fall erzählen, Mam! Wenn Toni ihn wirklich liebt, wird

sie sich mit der Tatsache abfinden, daß er einmal Probleme gehabt hat. Soweit ich sehen kann, ist er jetzt völlig normal und sehr geschickt, wenn es um Geld geht.«

Ich senkte den Kopf. »Ja, Jory. Bart hat es mir selbst gesagt, aber er verschiebt diese Enthüllung immer wieder, als nähme er selbst an, daß sie es auf sein Geld abgesehen hat.«

Jory nickte und hielt Deirdre fest, die versuchte, von seinem Schoß hinunterzuklettern und selbständig auf Entdeckungsreisen zu gehen. Kaum hatte Darren bemerkt, was seine Schwester tat, wollte er auch seine Freiheit.

»Hat Joel je angedeutet, daß er versuchen könnte, das Testament seiner Schwester umzustoßen und das Geld an sich zu bringen, das Bart erben soll, sobald er fünfunddreißig ist?«

Jory lachte kurz und trocken. »Mam, dieser alte Mann sagt nie etwas, das nicht zweideutig ist. Er mag mich nicht und geht mir daher möglichst aus dem Weg. Er mißbilligt die Tatsache, daß ich Tänzer war und knappsitzende Kostüme trug. Er verurteilt dich. Er beobachtet dich mit zusammengekniffenen Augen und murmelt vor sich hin. ›Genau wie ihre Mutter ... nur noch schlimmer, viel schlimmer.‹ Ich erzähle es dir ungern, aber er ist erschrekkend, Mam, wirklich ein unheimlicher alter Mann. Er sieht Dad haßerfüllt an. Und er schleicht nachts durch das Haus. Seit ich behindert bin, höre ich sehr gut. Ich höre die Bodenbretter im Korridor vor meiner Tür knarren, und manchmal wird meine Tür einen Spaltbreit geöffnet. Es ist Joel, ich weiß, daß er es ist.«

»Aber warum sollte er in dein Zimmer schauen?«

»Das weiß ich nicht.«

Ich biß mir auf die Unterlippe, ahmte Barts nervöse Gewohnheit nach. »Jetzt machst du mir Angst, Jory. Ich habe gute Gründe für die Annahme, daß er uns allen etwas antun will. Ich glaube, daß Joel das Schiff zerschlagen hat, das du für Bart gebaut hast, und ich bin davon überzeugt, daß Joel die Weihnachtseinladungen nie abgeschickt hat. Er wollte Bart treffen, deshalb trug er sie in sein Zimmer, nahm die Antwortkarten heraus, unterschrieb sie selbst, als wären die Einladungen angenommen worden, und schickte sie per Post an Bart zurück. Das ist die einzige Erklärung dafür, daß niemand kam.«

»Mam ... warum hast du mir das nicht früher gesagt?«

Wie konnte ich ihm von meinem Verdacht Joel gegenüber erzählen, ohne daß er darauf so reagiert hätte wie Chris? Chris hatte sich entschieden geweigert, mir zu glauben, daß Joel geplant hatte, Bart zu verletzen. Und manchmal dachte ich sogar, daß ich zu viel Phantasie entwickelte und Joel für böser hielt, als er in Wirklichkeit war.

»Und außerdem glaube ich, Jory, daß er gehört hat, wie die Dienstboten in der Küche davon sprachen, daß Cindy mit diesem Jungen, Victor Wade, zusammenkam, und daß er diese Neuigkeit sofort an Bart weitergab. Woher hätte Bart es sonst wissen können? Dienstboten sind für Bart wie ein Tapetenmuster, nicht wert, von ihm bemerkt zu werden –, es ist Joel, der heimlich herumhorcht, damit er Bart berichten kann, was über uns getratscht wird.«

»Mam ... du hast wegen des Schiffes, der Einladungen und Cindy vermutlich durchaus recht. Joel führt etwas im Schild, und ich fürchte, es ist nichts Gutes.«

Ich war tief in Gedanken versunken, und Jory mußte mich zweimal ersuchen, ihm seinen Sohn auf den Schoß zu setzen, damit er auf Jorys zweitem Bein reiten konnte und wir im Wald schneller vorankamen. Schon ein Zwilling war eine Last, wenn man ihn längere Zeit tragen mußte, und ich setzte Darren sehr bereitwillig seinem Vater auf den Schoß. Deirdre quiekte vor Entzücken und umarmte ihren kleinen Bruder. »Wenn Toni Bart wirklich liebt, Mam, wird sie bleiben, ganz gleich, wie seine Vergangenheit aussieht – oder wieviel er erben wird.«

»Jory ... genau das versucht er zu beweisen.«

Gegen Mitternacht, als ich schon am Einschlafen war, klopfte jemand leise an meine Tür. Es war Toni.

Sie kam in einem rosa Schlafrock herein, ihr langes dunkles Haar fiel offen auf ihre Schultern, und ich sah ihre langen Beine, als sie an mein Bett trat. »Ich hoffe, es macht Ihnen nichts aus, Mrs. Sheffield . . . ich habe auf einen Abend gewartet, an dem Ihr Mann außer Haus ist.«
»Nennen Sie mich einfach Cathy«, schlug ich vor, setzte mich auf und griff nach meinem Schlafrock. »Ich habe noch nicht geschlafen. Ich denke nach, und es ist mir ganz recht, daß ich mit einer Frau sprechen kann.«
Sie begann in meinem großen Schlafzimmer auf und ab zu gehen. »Ich muß mit einer Frau sprechen, weil sie mich besser versteht als ein Mann, deshalb bin ich zu Ihnen gekommen.«
»Setzen Sie sich. Worum geht es?« Sie setzte sich schüchtern auf ein kleines Sofa, drehte eine Strähne ihres dunklen Haares zwischen den Fingern und nahm sie manchmal zwischen die Lippen.
»Ich bin vollkommen durcheinander . . . Cathy. Bart hat mir heute einige sehr beunruhigende Tatsachen erzählt. Er hat erwähnt, daß Sie schon wissen, daß er mich liebt und ich ihn liebe. Sie haben uns ein paarmal in einem der Zimmer in eher intimen Situationen ertappt. Und ich danke Ihnen dafür, daß Sie so taten, als bemerkten Sie nichts, damit ich nicht in Verlegenheit geriet. Ich habe bestimmte Prinzipien, die die meisten Leute für veraltet halten.«
Sie lächelte mich nervös an und versuchte bei mir Verständnis zu finden. »Ich habe mich in dem Augenblick in Bart verliebt, als ich ihn kennenlernte. Seine dunklen Augen haben etwas so Anziehendes, so Mystisches und Zwingendes an sich. Und heute abend hat er mich in sein Büro mitgenommen, sich hinter seinen Schreibtisch gesetzt und mir wie ein unbeteiligter, Abstand haltender Fremder eine lange Geschichte über sich erzählt, als sprächen wir von jemand anderem, jemandem, den er nicht mochte. Ich fühlte mich wie ein Kunde in einem Geschäft, dessen Reaktionen genau beobachtet werden. Mir war nicht klar, was er von mir erwartete. Vielleicht war er dar-

auf gefaßt, daß ich entsetzt oder von Abscheu erfüllt sein würde, und zugleich blickten mich seine Augen so flehend an.

Er liebt Sie, Cathy . . . liebt Sie fast wie ein Besessener«, erklärte sie. Ihre verrückte Vorstellung verblüffte mich so sehr, daß ich mich aufsetzte. »Wahrscheinlich ist ihm gar nicht klar, wie sehr er Sie verehrt. Er glaubt, daß er Sie wegen Ihrer Beziehung zu Ihrem Bruder hassen muß.« Sie errötete und blickte zu Boden. »Es tut mir leid, daß ich es erwähnen muß, aber ich will vollkommen aufrichtig sein.«

»Sprechen Sie weiter«, forderte ich sie auf.

»Weil Bart das Gefühl hat, er müsse Sie deshalb hassen, zwingt er sich dazu. Doch etwas an Ihnen, eine innere Stimme, hindert ihn daran, sich endgültig für eines der beiden Gefühle zu entscheiden. Er wünscht sich eine Frau wie Sie, nur weiß er es nicht.« Sie unterbrach sich, blickte auf und sah mir in die Augen. »Ich erklärte ihm, Cathy, daß er eine Frau wie seine Mutter sucht. Er wurde blaß, fast totenbleich. Der Gedanke schien ihn vollkommen aus der Fassung zu bringen.«

Sie wartete und beobachtete meine Reaktion. »Sie müssen sich irren, Toni. Bart wünscht sich keine Frau wie ich, sondern das genaue Gegenteil.«

»Cathy, ich habe Psychologie studiert, und Bart lehnt sich zu sehr gegen Sie auf, also versuchte ich, objektiv zuzuhören. Bart unterstrich auch die Tatsache, daß er geistig immer labil war, daß er irgendwann den Verstand verlieren könnte und damit auch seine Erbschaft. Es ist geradezu so, als wolle er, daß ich ihn hasse, alle Beziehungen zu ihm abbreche und davonlaufe . . . also werde ich kündigen«, schluchzte sie und vergrub das Gesicht in den Händen, so daß ihre Tränen durch die langen, feingliedrigen Finger sickerten. »So sehr ich ihn liebe und annahm, daß er mich ebenfalls liebt, ich kann einen Mann, der so wenig Vertrauen zu meiner Ehrlichkeit – und was noch schlimmer ist, zu der seinen – besitzt, nicht weiter lieben und mit ihm schlafen.«

Ich sprang rasch auf, um sie zu trösten. »Bitte, Toni, gehen Sie nicht fort, bleiben Sie. Geben Sie Bart eine Chance. Lassen Sie ihm Zeit, alle Probleme durchzudenken. Bart neigte immer dazu, aus einem Impuls heraus zu handeln. Er hat auch diesen alten Großonkel, der ihm in den Ohren liegt und ihm einredet, daß Sie ihn nur seines Geldes wegen lieben. Nicht Bart ist verrückt, sondern Joel, der Bart vorschreibt, worauf er bei einer künftigen Frau achten soll.«

Sie sah mich hoffnungsvoll an und versuchte, ihren Tränenstrom zum Versiegen zu bringen. Ich war entschlossen, Bart zu helfen; er mußte einmal von der kindischen Vorstellung, daß er wertlos war, und von Joels Einfluß loskommen. »Die Zwillinge lieben Sie, Toni, und was ich tun kann, ist nur begrenzt. Bleiben Sie, um Jory zu helfen, so daß wir beide dafür sorgen können, daß er beschäftigt ist. Er braucht auch medizinische Hilfe, um seine Rehabilitation voranzutreiben. Und vergessen Sie nicht, daß Barts Verhalten unvorhersehbar, manchmal unvernünftig ist, aber er liebt Sie. Er hat mir mehrmals bestätigt, wie sehr er Sie liebt und bewundert. Er prüft Ihre Liebe zu ihm, indem er Ihnen erzählt, was er für die Wahrheit hält. Als Kind war er geistig labil, aber es gab zwingende Ursachen für seine geistige Störung. Lassen Sie sich Ihren Glauben an ihn nicht rauben, dann können Sie ihn vor sich selbst und vor seinem Großonkel retten.«

Toni blieb. Das Leben nahm seinen gewöhnlichen Lauf. Deirdre lief schon vor ihrem ersten Geburtstag überallhin, wohin es sie lockte oder wohin wir sie ließen. Sie war klein und niedlich, ihre goldenen Locken wippten, sie bezauberte uns alle mit ihrem unaufhörlichen Geplapper, aus dem wir bald einfache Wörter heraushörten, und Darren machte es ihr nach. Wenn sie anfing zu sprechen, konnte sie nicht mehr aufhören. Obwohl Darren später begann zu gehen, war er unternehmungslustiger, wenn es darum ging, dunkle, schwach beleuchtete Winkel zu erkunden, vor denen seine Zwillingsschwester Angst hatte.

Er war von unermüdlichem Forschungsdrang erfüllt, mußte alles in die Hand nehmen und untersuchen, und ich sah mich gezwungen, teure, zerbrechliche Kunstgegenstände auf höhere Regale zu stellen, wo er sie nicht erreichen konnte.

Von Cindy traf ein Brief ein, in dem sie schrieb, daß sie Sehnsucht nach ihrer Familie hatte und zum Erntedankfest nach Hause kommen und bis Weihnachten bleiben wollte, daß sie aber zu einer phantastischen Neujahrsparty eingeladen war und daran teilnehmen würde.

Ich ließ Jory den Brief lesen. Er blickte lächelnd auf. »Hast du ihr von Bart und seiner Liebesaffäre mit Toni erzählt?«

»Nein«, antwortete ich, denn ich wollte, daß sie es selbst merkte. Als Cindy uns im Sommer verlassen hatte, war Toni erst seit zwei Tagen im Haus gewesen, doch Cindy war damals so mißgelaunt gewesen, daß sie in ihr nur eine Hilfskraft sah und ihr keine Beachtung schenkte.

Der Tag, an dem Cindy eintreffen sollte, war bitterkalt. Chris und ich waren am Flughafen, als sie durch die Sperre kam; sie trug einen hellroten Mantel und sah so gut aus, daß alle Leute im Flughafen sich nach ihr umdrehten.

»Mam! Dad!« rief sie glücklich, warf sich zuerst mir in die Arme und umarmte dann Chris. »Ich bin so glücklich, euch wiederzusehen. Und bevor ihr mich ausdrücklich ermahnt, verspreche ich, nichts zu tun oder zu sagen, das Bart verärgern könnte. Diese Weihnachten werde ich der ideale süße Engel sein, den er haben möchte . . . Zweifellos wird er trotzdem etwas an mir auszusetzen haben, aber ich werde es einfach nicht beachten.« Dann fragte sie nach Jory, nach den Zwillingen, und ob wir etwas von Melodie gehört hätten. Und wie machte sich die neue Krankenschwester? Und hatten wir noch denselben Koch? War Trevor noch so nett wie früher?

Irgendwie vermittelte mir Cindy das Gefühl, daß wir eigentlich doch eine wirkliche Familie waren . . . und das genügte, um mich sehr glücklich zu machen. In der gro-

ßen Vorhalle erwarteten uns Toni, Bart und Jory, der die Zwillinge auf dem Schoß hielt, um Cindy zu begrüßen. Nur Joel hielt sich im Hintergrund und weigerte sich, unsere Tochter willkommen zu heißen. Bart schüttelte ihr herzlich die Hand, was mich mit Erleichterung und Freude erfüllte. Cindy lachte. »Eines Tages wirst du dich wirklich freuen, mich zu sehen, Bruder Bart, und vielleicht gestattest du dann deinen keuschen Lippen, meine verruchte Wange zu küssen.«
Er wurde rot und warf Toni einen unsicheren Blick zu. »Ich muß dir etwas gestehen, Toni. Früher sind Cindy und ich nicht immer gut miteinander ausgekommen.«
»Das ist mild ausgedrückt«, bemerkte Cindy. »Aber sei unbesorgt, Bart, ich bin nicht gekommen, um Schwierigkeiten zu machen. Ich habe keinen Freund mitgebracht. Ich werde mich anständig benehmen. Ich bin gekommen, weil ich meine Familie liebe und es nicht ertragen kann, sie während der Feiertage nicht zu sehen.«
Weihnachten hätte nicht schöner verlaufen können als in diesem Jahr, es sei denn, wir hätten die Uhren zurückdrehen, Jory wieder gesund machen und ihm Melodie zurückgeben können.
Innerhalb weniger Tage wurden Cindy und Toni vertraute Freundinnen. Toni ging mit uns einkaufen, während sich Jory mit Hilfe eines Dienstmädchens um die Zwillinge kümmerte. Die Zeit verflog viel rascher, als wenn Cindy nicht bei uns war. Die vier Jahre Altersunterschied zwischen ihr und Toni spielten keine Rolle. Cindy lieh Toni großzügig eines ihrer schönsten Kleider, als wir am Weihnachtsabend nach Charlottesville fuhren, wo sie mit einem der Söhne des Doktors tanzen konnte, den sie im Vorjahr kennengelernt hatte. Jory begleitete uns, sah aber unglücklich aus, während Bart mit Toni tanzte.
»Mam«, flüsterte Cindy, als sie zu unserem Tisch zurückkam, »Bart hat sich verändert. Er ist jetzt viel freundlicher. Ich beginne beinahe zu glauben, daß er etwas Menschliches an sich hat.«

Ich nickte lächelnd, mußte aber unwillkürlich an Joel denken und daran, daß er und Bart so viel Zeit in dem kleinen Raum verbrachten, den sie zu einer Kapelle umgebaut hatten. Warum? Es gab doch überall in der Umgebung Kirchen.
Silvester kam, und Bart und Toni beschlossen, mit Cindy nach New York zu fliegen und dort zu feiern; Chris, Jory und ich mußten eben ohne sie auskommen, so gut wir konnten. Wir benutzten diese Gelegenheit, um einige von Chris' Kollegen mit ihren Ehefrauen einzuladen, obwohl wir wußten, daß Joel Bart davon erzählen würde, wenn er zurückkam. Doch das war mir gleichgültig.
Am Abend traf ich Joel, als ich aus dem Kinderzimmer kam. Ich blickte ihn lächelnd an. »Na, Joel, mein Sohn wird nicht mehr so von dir abhängig sein, wenn er Toni heiratet.«
»Er wird sie nie heiraten«, widersprach Joel in seiner scharfen, prophetischen Art. »Er ist wie alle jungen verliebten Männer, ein Narr, der die Wahrheit nicht sieht. Sie will sein Geld, nicht ihn, und er wird es bald erkennen.«
»Joel«, flüsterte ich mitleidig. »Bart ist ein sehr gut aussehender junger, leidenschaftlicher Mann, und auch wenn er nur ein Straßenkehrer wäre, würden sich die Mädchen in ihn verlieben. Wenn er nicht versucht, der Welt zu beweisen, wie hochbegabt er ist, ist er ein sehr liebenswerter junger Mann. Laß ihn in Ruhe. Hör auf, ihn zu einem Menschen umzuformen, der dir gefällt, aber nicht zu ihm paßt. Laß ihn doch seinen Weg selbst finden . . . denn das wird das richtige für ihn sein, auch wenn es nicht deinen Vorstellungen entspricht.«
Er musterte mich verächtlich. »Was weißt du schon davon, was richtig und was falsch ist, Nichte? Hast du nicht schon bewiesen, daß du keine Ahnung von Moral hast? Ohne meine Anleitung wird Bart nie zu sich selbst finden. Hat er es nicht sein ganzes Leben lang erfolglos versucht? Hast du ihm damals geholfen – hilfst du ihm jetzt? Gott

wird für Bart sorgen, Catherine, während du Bart weiter mit deinen Sünden quälst.«
Er wandte sich von mir ab und schlurfte den Korridor entlang.
Während Bart mit Toni und Cindy in New York war, vollendete Jory sein eindrucksvollstes Aquarell, das Foxworth Hall darstellte. Er hatte die rosa Ziegeln in staubigem, trübseligem, fahlem Rot gemalt, die gepflegten Gärten waren von Unkraut überwuchert; der Friedhof war näher gerückt, so daß links auf dem Bild Grabsteine zu sehen waren, deren lange Schatten wie ein Netz über dem Haus lagen; Foxworth Hall sah aus, als wäre es zweitausend Jahre alt und stecke voller Gespenster.
Bart und Toni flogen von New York nach Hause, und ich bemerkte sofort eine Veränderung. Sie sahen einander weder an, noch sprachen sie miteinander, sondern gingen still auf ihre Zimmer, ohne fröhliche Geschichten darüber zu erzählen, wie gut sie sich unterhalten hatten. Als ich versuchte, das Thema anzuschneiden, weigerten sich beide, mir Einzelheiten zu erzählen. »Laß mich in Frieden!« tobte Bart. »Sie ist auch nur eine Frau wie viele andere.«
»Ich kann es Ihnen nicht sagen, Cathy«, weinte Toni. »Er liebt mich nicht, das ist alles.«
Der Januar ging rasch vorbei, dann kam der Februar, in dem wir Jorys einunddreißigsten Geburtstag feierten. Wir ließen eine große herzförmige Torte für ihn backen, die mit roter Glasur überzogen war und das Geschenk zum Valentinstag symbolisierte, das er für uns gewesen war; sein Name stand in weißem Zuckerguß darauf, und das Ganze war mit weißen Rosen verziert. Die Zwillinge waren entzückt und sahen quiekend zu, wie er die Kerzen ausblies. Die beiden saßen in ihren hohen Kinderstühlen neben ihm, und bevor Jory die Torte anschneiden konnte, streckten sie gleichzeitig die Hände aus und schnappten sich große Stücke von der weichen, frischen Torte. Wir starrten alle auf die Verwüstung, die sie an dem Kunstwerk angerichtet hatten, während sie die Brocken in den

Mund steckten und sich die Gesichter mit der roten Glasur beschmierten.
»Die Reste sind noch genießbar«, lachte Jory.
Toni erhob sich schweigend, um den beiden völlig beklekkerten Einjährigen Hände und Gesichter zu waschen. Bart verfolgte jede ihrer Bewegungen mit traurigen, sehnsüchtigen Augen.
Wir wurden alle von den Winterblizzards zu Gefangenen gemacht, vom eisigen Wetter im Haus festgehalten, mußten miteinander vorliebnehmen, obwohl uns andere Gesellschaft willkommen gewesen wäre, und manche von uns liebten weiterhin die falschen Personen.
Dann hörte es endlich auf zu schneien, und Chris konnte zu seinem Krebsforschungsteam zurückkehren, das unentwegt arbeitete, ohne zu absolut gültigen Schlüssen zu gelangen.
Ein neuerlicher Schneesturm hielt Chris in Charlottesville fest, und zwei Wochen zogen sich endlos dahin, obwohl wir jeden Tag miteinander telefonierten, wenn die Telefonleitungen nicht unterbrochen waren – aber es waren keine erfreulichen Gespräche. Ich hatte jedesmal das Gefühl, daß jemand an einem zweiten Apparat mithörte.
Am nächsten Donnerstag rief Chris an und kündigte an, er würde nach Hause kommen, ich sollte dafür sorgen, daß die Kaminfeuer loderten, das Steak auf Holzkohle gegrillt, der Salat frisch war, ». . . und zieh das neue weiße Nachthemd an, das ich dir zu Weihnachten geschenkt habe.«
An einem Fenster im Oberstock wartete ich ungeduldig, um Chris' blauen Wagen zu erspähen, wenn er durch die Einfahrt fuhr, und als ich ihn sah, rannte ich die Treppe hinunter zur Garage, um schon dort zu sein, wenn er ausstieg. Wir umarmten einander wie Liebende nach einer langen Trennung, als würden wir nie wieder Gelegenheit haben, einander zu küssen und zu umarmen. Doch erst als wir uns im Schutz unserer Zimmer befanden und die Türen geschlossen hatten, glitten meine Arme wieder um

seinen Hals. »Du fühlst dich noch immer kalt an. Damit dir warm wird, mußt du dir alle langweiligen Dinge anhören, die sich hier abspielen – und zwar in allen köstlichen Details. Gestern abend habe ich gehört, wie Joel Bart wieder versicherte, daß Toni nur hinter seinem Geld her ist.«

»Stimmt das?« fragte er und knabberte an meinem Ohr.

»Ich glaube nicht, Chris. Ich glaube, sie liebt ihn aufrichtig, bin aber nicht sicher, wie lange ihre Liebe halten wird oder die seine. Als sie mit Cindy zu Silvester nach New York fuhren, hat Bart Cindy wieder hemmungslos beschimpft, sie in einem Nachtklub gedemütigt, und Cindy berichtet in ihrem Brief, daß er Toni später angefahren hat, weil sie es wagte, mit einem anderen Mann zu tanzen. Er hat Toni mit seinen brutalen Anschuldigungen so verletzt, daß sie seither vollkommen verändert ist. Ich glaube, sie hat Angst vor seiner Eifersucht.«

Er zog die Brauen spöttisch hoch, doch er erinnerte mich nicht daran, daß er ja »mein Bart« war. »Und wie geht es Jory?«

»Er kommt wunderbar zurecht, ist aber einsam und melancholisch und sehnt sich danach, daß Melodie ihm schreibt. Er wacht in der Nacht auf und ruft ihren Namen. Manchmal nennt er mich versehentlich Mel. Ich habe im ›Variety‹ einen kleinen Artikel über Melodie gefunden. Melodie ist zu ihrer alten Balletttruppe zurückgekehrt und hat einen neuen Partner. Ich habe den Artikel heute Jory gezeigt, weil ich fand, daß er davon wissen sollte. Seine Augen wurden ausdruckslos. Er schob seine Wasserfarben beiseite, obwohl er eben einen wunderschönen Winterhimmel angelegt hatte, und wollte das Bild nicht zu Ende malen. Ich habe es an einem sicheren Ort aufgehoben, damit er es später fertigstellen kann.«

»Ja… es wird schon alles gut werden.« Und damit gaben wir uns einander hin und vergaßen unsere Probleme in der Ekstase, die wir so gut herbeiführen konnten.

Die Zeit verflog, wir vergeudeten sie mit Nichtigkeiten. Bart und Toni stritten täglich wegen seines Verhaltens Cindy gegenüber, die Toni wirklich mochte, sowie seiner ständigen Verdächtigungen, sie wäre ihm und nur ihm nicht treu. »Du hättest mit diesem Mann nicht tanzen dürfen, den du kaum fünf Minuten vorher kennengelernt hast!« und so weiter. Es gab auch tägliche Auseinandersetzungen wegen der Zwillinge und wie sie erzogen werden sollten, und bald genug verbreiterte sich der schmale Golf zwischen ihnen zu einem Ozean.
Wir gingen einander auf die Nerven. Wir sahen und hörten einander ständig, lebten dicht an dicht, und das alles nahm uns mit. Wenn Bart und Toni aneinandergerieten, unterstützte oder tadelte ich keinen von ihnen. Sie mußten allein mit ihren Schwierigkeiten fertig werden, und ich hätte nur weitere Komplikationen heraufbeschworen. Bart begann wieder die Kneipen der Umgebung aufzusuchen und blieb oft die ganze Nacht aus. Ich hatte den Verdacht, daß er etliche Nächte im Bordell verbrachte, oder daß er in der Stadt eine Freundin gefunden hatte. Toni widmete den Kindern mehr Zeit, und da Jory den beiden Tanzunterricht gab und sie lehrte, deutlicher zu sprechen, widmete sie natürlich auch ihm mehr Zeit.
Dann kam der März mit heftigen Regengüssen und dem böigen Wind, aber auch mit willkommenen Anzeichen für das Nahen des Frühlings. Ich beobachtete Toni sorgfältig, weil ich wissen wollte, ob sie Jory auch als Mann und nicht nur als Patient zur Kenntnis nahm. Sein Blick folgte ihr, wohin sie auch ging. In diesem Jahr gab es ein paar Wochen, in denen ich wetterbedingt unter einer schweren Erkältung litt, und sie übernahm alle meine Pflichten, wusch auch Jorys Rücken und massierte seine langen Beine, die nach und nach ihre schöne Form verloren. Ich haßte es, daß seine schönen Beine sich in dünne Stäbe verwandelten. Ich schlug Toni vor, sie solle sie mehrmals am Tag massieren. »Er war immer sehr stolz auf seine Beine, Toni. Sie trugen ihn so mühelos und sahen im Trikot so

großartig aus. Obwohl sie jetzt weder gehen noch tanzen oder sich bewegen können, tun Sie Ihr Möglichstes, damit sie nicht gänzlich ihre Form verlieren. Dann kann er sich ein wenig von seinem Stolz bewahren.«

»Cathy, seine Beine sind noch schön; mager, aber gut geformt. Er ist ein wunderbarer Mann, so freundlich und verständnisvoll und von Natur aus fröhlich. Und wissen Sie, ich habe die längste Zeit nur Bart gesehen.«

»Halten Sie Bart für schön?«

Ihr Gesichtsausdruck wurde hart. »Früher ja. Jetzt merke ich, daß er wohl sehr gut aussieht, aber nicht Jorys Schönheit besitzt. Früher habe ich ihn für vollkommen gehalten, aber während unseres Aufenthalts in New York hat er sich Cindy und mir gegenüber so häßlich benommen, daß ich meine Meinung über ihn geändert habe. Er war ekelhaft und grausam zu uns. Ehe ich mich versah, brachte er mich in einem Nachtlokal in Verlegenheit, indem er mich wegen meines Kleides anfuhr, obwohl es sehr hübsch war. Vielleicht war der Ausschnitt etwas tief, aber alle Mädchen tragen solche Kleider. Als wir aus New York zurückkamen, hatte ich ein bißchen Angst vor ihm. Jetzt wächst diese Angst mit jedem Tag, er reagiert auch bei harmlosen Vorfällen scharf und hält alle Menschen für verderbt. Erst gestern abend beschuldigte er mich, daß ich versuche, seinen Bruder sexuell zu erregen. Er könnte nicht so zu mir sprechen, wenn er mich wirklich liebte. Als ich heute morgen aufwachte, war mein Herz vollkommen leer, und mir wurde klar, daß ich nichts mehr für Bart empfinde. Er hat unsere Liebe dadurch zerstört, daß er mir zeigte, was mich erwartet, wenn ich ihn heirate. Er hat sich ein unsichtbares Idealbild von der vollkommenen Frau geschaffen, und ich bin eben nicht vollkommen. Seiner Ansicht nach ist Ihr einziger Fehler Ihre Liebe zu Chris..., und wenn er jemals eine Frau findet, die er zunächst für vollkommen hält, so wird er bestimmt so lange suchen, bis er etwas an ihr findet, das er hassen kann. Deshalb habe ich Bart aufgegeben.«

Es war mir peinlich, die nächste Frage zu stellen, aber ich mußte mir Gewißheit verschaffen. »Aber... ist Bart trotz eurer Meinungsverschiedenheit noch Ihr Geliebter?«
Sie schüttelte zornig den Kopf. »Nein! Natürlich nicht! Er verwandelt sich jeden Tag mehr in einen Mann, für den ich nicht einmal Sympathie empfinden kann. Er hat die Religion für sich entdeckt, nach seiner Meinung, Cathy, wird die Religion seine Rettung sein. Jeden Tag ermahnt er mich, mehr zu beten, in die Kirche zu gehen... und Jory in Ruhe zu lassen. Wenn er so weitermacht, könnte es sehr wohl geschehen, daß ich ihn zu hassen beginne, und ich will nicht, daß es dazu kommt. Wir hatten anfänglich eine so schöne Beziehung. Ich möchte diese Zeit wie eine Blume aufbewahren, die ich zwischen den Seiten meiner Erinnerung pressen kann.«
Sie stand auf, verschmierte ihre Tränen mit dem zusammengeknüllten Taschentuch, zog den engen weißen Rock hinunter und versuchte zu lächeln. »Wenn Sie es wünschen, so gehe ich, damit Sie eine andere Pflegerin für Jory und seine Kinder einstellen können.«
»Nein, Toni, bleiben Sie«, antwortete ich schnell, denn ich befürchtete, sie würde dennoch kündigen. Ich wollte nicht, daß sie uns jetzt verließ, wenn ich wußte, daß sie Bart bestimmt nicht mehr liebte und Jory endlich die Hoffnung aufgegeben hatte, daß Melodie zu ihm zurückkehren würde. Und jetzt, da seine letzte Hoffnung begraben war, hatte sich Jory endlich der Frau zugewandt, die er für die Geliebte seines Bruders hielt.
Ich würde ihm sobald wie möglich beibringen, daß sich die Lage geändert hatte. Aber... nachdem Toni das Zimmer verlassen hatte, dachte ich an Bart und daran, wie traurig es war, daß er eine Geliebte nicht an sich binden konnte, wenn er sie einmal gefunden hatte. Zerstörte er die Liebe bewußt aus Angst, sie würde ihm Fesseln auferlegen, wie er mich oft beschuldigte, daß ich Chris, meinen eigenen Bruder, an mich kette?
Die Tage krochen endlos dahin. Toni verfolgte Bart nicht

mehr mit sehnsüchtig um Liebe flehenden Blicken wie am Anfang. Ich bewunderte sie allmählich dafür, daß sie ihre Haltung ungeachtet Barts beleidigender Andeutungen während der Mahlzeiten nicht verlor. Er nahm auf ihre frühere Liebe zu ihm Bezug und verwendete sie gegen sie, indem er ihr unterstellte, daß sie leichtfertig, verdorben, unmoralisch war und ihn verführt hatte.

Mahlzeit um Mahlzeit sahen wir zu, wie die beiden sich durch die häßlichen Worte, die Bart so leicht über die Lippen kamen, voneinander entfernten.

Toni trat an meine Stelle und spielte mit Jory die Gesellschaftsspiele, mit denen ich ihn zerstreut hatte..., nur gelang es ihr viel besser, seine Augen zum Leuchten zu bringen und ihm das Gefühl zu geben, daß er ein vollwertiger Mann war.

Allmählich wurden die Tage milder, zwischen dem braunen Gras zeigten sich Spitzen von frischem Grün, die Krokusse sprossen in den Wäldern, die Narzissen blühten, die Tulpen leuchteten rot, und die griechischen Anemonen, die Jory und ich überall gepflanzt hatten, wo kein Gras wuchs, überzogen die Hügel mit allen Farben der Palette. Chris und ich standen wieder auf dem Balkon und sahen zu, wie die Gänse nach Norden zurück zogen, während wir zu unserem alten Freund und gelegentlichen Feind, dem Mond, hinaufblickten. Ich konnte die Augen nicht von dem schnellen Schwarm wenden, bis er jenseits der Hügel verschwand.

Als der Sommer kam, wurde mein Leben schöner, da der Schnee Chris nicht mehr daran hinderte, an den Wochenenden nach Hause zu kommen. Die Spannungen ließen nach, denn wir konnten ins Freie flüchten.

Im Juni waren die Zwillinge eineinhalb Jahre alt und waren imstande, überall dorthin zu laufen, wo wir es ihnen erlaubten. Wir hatten Schaukeln, von denen sie nicht herunterfallen konnten, an Baumästen befestigen lassen, und sie waren so glücklich, wenn sie besonders hoch hinaufgetragen wurden... oder was sie eben für so hoch hielten, daß es ihnen gefährlich vorkam. Sie rissen die Blüten von meinen schönsten Blumen ab, aber das machte mir nichts aus – wir hatten ja Tausende von Blumen und konnten alle Räume des Hauses täglich mit frischen Sträußen schmücken.

Nun bestand Bart darauf, daß nicht nur die Zwillinge den Gottesdiensten beiwohnten, sondern auch Chris und ich, Jory und Toni. Wir taten ihm den Gefallen. Jeden Sonntag saßen wir in der ersten Bankreihe und betrachteten das schöne bunte Glasfenster hinter der Kanzel. Die Zwillinge hatten ihren Platz zwischen Jory und mir. Joel trug einen schwarzen Talar, während er Predigten über die ewige Verdammnis hielt. Bart saß neben mir und hielt meine Hand mit so festem Griff umklammert, daß ich zuhören mußte, sonst hätte er mir vermutlich die Knochen gebrochen. Nach mir folgte mein zweiter Sohn, dann kam Toni, und neben ihr saß Chris. Ich wußte, daß diese Predigten nur für uns bestimmt waren, um uns vor dem ewigen Höllenfeuer zu retten. Die Zwillinge waren unruhig, wie alle Kinder in ihrem Alter, sie mochten weder die harten Bänke noch die Enge mit der Langeweile der überaus langen Gottesdienste. Nur wenn wir aufstanden und Kirchenlieder sangen, blickten sie begeistert zu uns empor.

»Singt, singt«, ermutigte sie Bart, kniff sie in ihre dünnen Ärmchen oder zupfte an ihren goldigen Locken.

»Laß die Hände von meinen Kindern!« fuhr ihn Jory an. »Sie werden singen oder nicht singen, wie es ihnen gerade paßt.«

Der Krieg zwischen den Brüdern war wieder in vollem Gang.

Dann kam der Herbst; zu Halloween, dem Abend vor Allerheiligen, nahmen Chris und ich die Zwillinge bei den Händen und führten sie zu dem einzigen Nachbarn, den wir für so »anständig« hielten, daß er uns oder unseren Kindern nichts vorwerfen würde. Unsere kleinen Kobolde nahmen schüchtern ihre ersten Halloween-Süßigkeiten entgegen und jubelten auf dem Heimweg über zwei Ta-

feln Schokolade und zwei Päckchen Kaugummi, die ihnen allein gehörten.
Der Winter kam, Weihnachten und Neujahr gingen vorbei, ohne daß sich etwas Besonderes ereignet hätte, denn in diesem Jahr kam Cindy nicht nach Hause. Sie war mit dem Aufbau ihrer Karriere so sehr beschäftigt, daß sie uns nur anrief oder kurze, aber aufschlußreiche Briefe schrieb.
Bart und Toni lebten jetzt in verschiedenen Welten.
Vielleicht war ich nicht die einzige, die erriet, daß Jory sich in Toni verliebt hatte, nachdem alle Versuche fehlgeschlagen waren, wieder eine brüderliche Beziehung zu Bart herzustellen. Ich konnte es Jory nicht verübeln, denn Bart hatte ihm Melodie genommen und sie dann aus dem Haus getrieben und versuchte jetzt sogar, Toni wieder an sich zu binden, weil er bemerkte, daß Jory ihr immer mehr Interesse entgegenbrachte. Damit Jory Toni nicht bekam, wandte er sich ihr wieder zu...
Die Liebe zu Toni gab Jory neuen Lebensmut. Man konnte sie in seinen Augen lesen, und auch der Eifer bewies es: er stand früh auf, machte die schwierigen Übungen, stand zum erstenmal auf den Füßen und benutzte den Barren, den wir in seinem Zimmer aufgestellt hatten. Sobald das Wasser warm genug war, schwamm er am frühen Morgen und am späten Abend je drei Längen in unserem großen Swimmingpool.
Vielleicht wartete Toni noch immer darauf, daß Bart sie heiratete, obwohl sie das oft in Abrede stellte. »Nein, Cathy, ich liebe ihn nicht mehr. Er tut mir nur leid, weil er nicht weiß, wer oder was er ist, und vor allem, was er für sich anstrebt außer Geld und noch mehr Geld.« Es fiel mir auf, daß Toni unerklärlicherweise hier ebenso verwurzelt war wie wir.
Die sonntäglichen Gottesdienste machten mich gereizt und müde. Die drohenden Worte, die der alte Mann mit der schwachen Lunge hinausschrie, erinnerten mich beängstigend an einen anderen alten Mann, den ich nur ein-

mal gesehen hatte. Satansbrut. Satansbrut. Der Samen des Bösen im flachen Boden. Schon böse Gedanken waren ebenso sündhaft wie böse Taten –, und was hielt Joel nicht für gottlos? Nichts. Gar nichts.
»Wir werden nicht mehr an der Andacht teilnehmen«, erklärte ich Chris entschieden.
»Allein der Versuch, Bart entgegenzukommen, war dumm. Mir gefallen die Ideen nicht, die Joel den leicht zu beeindruckenden jungen Gehirnen der Zwillinge einhämmern will.« Chris war einverstanden, und wir weigerten uns, dem Gottesdienst in der Kapelle beizuwohnen oder zuzulassen, daß die Zwillinge das Gezeter über die Hölle und ihre Strafen anhörten.

Joel besuchte das Spielgelände im Garten, wo es unter den Bäumen einen Sandkasten, Schaukeln, eine Rutsche und einen Rundlauf gab, mit denen sich die Zwillinge gern vergnügten. Es war ein schöner, sonniger Julitag, und er sah rührend aus, wie er zwischen den Zwillingen saß, ihnen beibrachte, wie man Schnurabnehmen spielt, die Schnur ineinanderschlang und die neugierigen Zwillinge damit verblüffte. Sie verließen den Sandhaufen mit der hübschen Markise darüber, setzten sich neben ihn und blickten in der freudigen Erwartung, aus einem alten Feind einen neuen Freund zu machen, zu ihm auf.
»Ein alter Mann kennt viele kleine Kunstfertigkeiten, mit denen er kleine Kinder unterhält. Wißt ihr, daß ich Flugzeuge und Schiffe aus Papier machen kann? Und die Schiffe segeln auf dem Wasser.«
Ihre vor Staunen runden Augen gefielen mir nicht. Ich runzelte die Stirn. Das brachte wohl jeder fertig.
»Heb dir deine Energie für neue Predigten auf, Joel«, mengte ich mich ein und sah ihm in die demütigen Augen. »Von den alten habe ich genug. Wo bleibt das Neue Testament in deinen Predigten? Das kannst du Bart beibringen. Christus wurde geboren. Er hat die Bergpredigt gehalten. Halte ihm doch darüber eine Predigt, Onkel.

Sprich zu uns von Vergebung, denn ›Was du nicht willst, daß man dir tue, das tu einem andern auch nicht‹ (Tob. 4,16). Erzähle uns von dem Splitter im Auge des Nächsten und dem Balken in deinem eigenen.«

»Verzeih mir, wenn ich Gottes eingeborenem Sohn gegenüber nachlässig war«, entschuldigte er sich demütig.

»Cory, Carrie, kommt«, rief ich und stand auf. »Wir wollen nachschauen, was Daddy macht.«

Joels gesenkter Kopf fuhr auf. Seine blaßblauen Augen wurden dunkel. Ich biß mir auf die Zunge, als ich Joels verzerrtes Lächeln bemerkte. Er nickte weise. »Ja, ich weiß. Für dich sind sie die ›anderen Zwillinge‹ – die aus gottlosem Samen geboren wurden, der in die falsche Erde gepflanzt wurde.«

»Wie kannst du wagen, so zu mir zu sprechen!« fuhr ich auf.

Mir war nicht klar, daß ich, indem ich Jorys Zwillinge manchmal bei den Namen meiner geliebten toten Zwillinge rief, Öl ins Feuer goß – ein Feuer, das schon, ohne daß ich es wußte, kleine rote Schwefelfunken versprühte.

Ein dunkler Morgen zieht herauf

Ein Gewitter bedrohte einen herrlich schönen Sommertag mit dunklen dräuenden Wolken, so daß ich hinauslief, um die Blumen für den Frühstückstisch zu schneiden, solange sie noch taufrisch waren. Als ich sah, wie Toni gelbe und weiße Margeriten abschnitt, die sie Jory in einer kleinen Vase aus Milchglas brachte, blieb ich stehen. Sie stellte sie in die Nähe des Tisches, an dem Jory an einem neuen Aquarell arbeitete, auf dem eine dunkelhaarige Frau, die Toni sehr ähnlich sah, Blumen pflückte. Das dichte Gesträuch verbarg mich, und ich konnte dann und wann einen Blick hinüberwerfen, ohne daß die beiden mich bemerkten. Aus einem unerfindlichen Grund ermahnte mich meine Intuition, mich still zu verhalten und nicht zu sprechen.

Jory dankte Toni höflich, lächelte ihr kurz zu, reinigte seinen Pinsel in reinem Wasser, tauchte ihn in eine Mischung von Blautönen und fügte da und dort ein paar Tupfer hinzu. »Ich kann anscheinend nie genau den Farbton des Himmels treffen«, murmelte er vor sich hin. »Der Himmel verändert sich unaufhörlich..., was würde ich nur dafür geben, Turner zum Lehrer zu haben...«

Sie sah zu, wie die Sonne auf Jorys gewelltem, blauschwarzem Haar glänzte. Er hatte sich nicht rasiert, und dadurch wirkte er doppelt so männlich, wenn auch nicht so gepflegt. »Ich entschuldige mich für mein Aussehen, Toni«, meinte er verlegen. »Ich hatte es heute morgen sehr eilig, mit der Arbeit zu beginnen, bevor es regnet und

mir noch ein Tag verdorben wird. Ich hasse die Tage, die ich nicht im Freien verbringen kann.«
Sie sprach noch immer nicht, und die in den Wolken versteckenspielende Sonne brachte ihre gleichmäßig gebräunte Haut zur Geltung. Seine Blicke glitten über ihr reines, frisches Gesicht, dann betrachtete er ihre Figur.
»Ich danke Ihnen für die Margeriten. Sie sollen nichts ausplaudern. Wie lautet ihr Orakelspruch?«
Sie bückte sich und hob ein paar Skizzen auf, die er in den Papierkorb geworfen, ihn aber verfehlt hatte. Bevor sie sie in den Korb warf, betrachtete sie die Motive, dann errötete sie. »Sie haben ja mich gezeichnet«, flüsterte sie.
»Werfen Sie sie weg!« befahl er heftig. »Sie sind mißglückt. Ich kann Blumen und Hügel malen und treffe Landschaften recht gut, aber Porträts finde ich so verdammt schwierig. Ich kann nie das Wesentliche an ihnen einfangen.«
»Ich finde die Porträts sehr gut«, widersprach sie und musterte sie noch einmal. »Sie sollten Ihre Skizzen auf keinen Fall wegwerfen. Darf ich sie behalten?«
Sie versuchte sorgfältig die Knitterfalten zu glätten, dann legte sie die Zeichnungen auf den Tisch und stapelte schwere Bücher darauf. »Ich wurde angestellt, um mich um Sie und die Zwillinge zu kümmern. Aber Sie verlangen nie etwas von mir. Und Ihre Mutter spielt gern am Vormittag mit den Kindern, dadurch habe ich freie Zeit, genügend Zeit, um vielerlei für Sie zu erledigen. Was kann ich für Sie tun?«
Der Pinsel färbte die Unterseite von Wolken grau, dann legte Jory eine Pause ein und drehte seinen Stuhl so, daß er sie ansehen konnte. Ein schmerzliches Lächeln spielte um seine Lippen. »Früher einmal wäre mir etwas eingefallen. Jetzt schlage ich vor, Sie lassen mich einfach in Frieden. Behinderte Männer sind nicht sonderlich anregend, muß ich leider gestehen.«
Sie schien sich über die Abfuhr zu ärgern und ließ sich auf ein langes bequemes Sofa fallen. »Jetzt wiederholen Sie,

was mir Bart die ganze Zeit sagt – ›Geh weg‹, brüllte er, ›laß mich in Frieden.‹ Ich ahnte nicht, daß Sie genauso sind.«

»Warum nicht?« fragte er bitter. »Wir sind schließlich Brüder, Halbbrüder. Wir haben beide unsere schlimmen Launen –, und da ist es wirklich besser, man läßt uns in Frieden.«

»Ich hielt ihn für den wunderbarsten Mann auf der Welt«, gestand sie traurig. »Aber ich kann mich auf mein eigenes Urteil nicht mehr verlassen. Ich dachte, daß Bart mich heiraten will – jetzt schreit er nur mit mir herum und jagt mich fort. Dann ruft er mich wieder zurück und bittet mich um Verzeihung. Ich möchte dieses Haus verlassen und niemals zurückkommen – aber etwas hält mich fest, flüstert immerfort, daß es nicht der richtige Augenblick ist, wegzugehen...«

»Ja«, stimmte Jory zu und begann wieder mit sorgfältig gesetzten Pinselstrichen zu malen, neigte das Brett, damit die Wasserfarben herunterliefen und »zufällige« Mischungen erzeugten, die manchmal schöne Resultate ergaben. »Das ist Foxworth Hall. Wer einmal durch sein Portal tritt, kommt nur selten wieder heraus.«

»Ihre Frau ist ihm entgangen.«

»Das stimmt; es spricht für sie, obwohl ich es damals nicht so gesehen habe.«

»Das klingt so bitter.«

»Es ist nicht bitter, ich bin sauer wie eine Essiggurke. Ich genieße mein Leben. Ich bin zwischen Himmel und Hölle in einer Art Fegefeuer gefangen, in dem die Geister der Vergangenheit nachts durch die Korridore schleichen. Ich höre das Klirren und Rasseln ihrer Eisenketten und kann nur dafür dankbar sein, daß sie sich niemals zeigen, oder vielleicht vertreibt sie das leise Surren meiner Gummiräder.«

»Warum bleiben Sie hier, wenn Sie es so empfinden?«

Jory stieß sich von seinem Maltisch ab und sah sie an. »Was, zum Teufel, tun Sie hier bei mir? Gehen Sie zu Ih-

rem Liebhaber. Offenbar gefällt Ihnen die Art, wie er Sie behandelt, denn Sie könnten sich doch ganz leicht aus dem Staub machen. Sie halten hier keine Erinnerungen, Hoffnungen und Träume fest, die sich nie verwirklichen. Sie sind weder eine Foxworth noch eine Sheffield. In diesem Haus gibt es keine Ketten, um Sie anzuschmieden.«
»Warum hassen Sie ihn?«
»Warum hassen Sie ihn nicht?«
»Manchmal bin ich beinahe soweit.«
»Vertrauen Sie Ihrem Manchmal-Urteil und gehen Sie fort. Gehen Sie, bevor Sie durch Osmose zu einer von uns werden.«
»Und was sind Sie?«
Jory fuhr mit seinem Stuhl an den Rand der Steinplatten, wo die Blumenbeete begannen, und blickte zu den Bergen hinauf. »Ich war einmal ein Tänzer und dachte nie über meine Nasenspitze hinaus. Da ich jetzt nicht mehr tanzen kann, muß ich annehmen, daß ich für niemanden wichtig bin. Also bleibe ich hier, denn ich glaube, daß ich hierher besser passe als anderswohin.«
»Wie können Sie das sagen? Glauben Sie denn nicht, daß Sie für Ihre Eltern, Ihre Schwester und vor allem für Ihre Kinder überaus wichtig sind?«
»Sie brauchen mich nicht wirklich. Meine Eltern haben einander. Meine Kinder haben ihre Großeltern. Bart hat Sie. Cindy hat ihre Karriere. Somit bin ich der Überzählige.«
Toni stand auf, trat hinter seinen Stuhl und begann fachkundig seinen Hals zu massieren. »Schmerzt Sie Ihr Rükken nachts immer noch?«
»Nein«, antwortete er heiser. Aber der Schmerz quälte ihn, ich wußte es. In meinem Versteck hinter den Sträuchern stutzte ich weiter die Rosen, denn ich spürte, daß sie von meiner Anwesenheit nichts ahnten.
»Wenn Ihr Rücken wieder schmerzt, läuten Sie nach mir, und ich werde Sie massieren, um den Schmerz zu lindern.«

Jory wirbelte den Stuhl um hundertachtzig Grad herum, stellte sich ihr trotzig. Sie mußte zurückspringen, sonst hätte er sie umgestoßen. »Wenn Sie den einen Bruder nicht bekommen können, geben Sie sich offenbar mit dem anderen zufrieden – dem gelähmten, der Ihren vielen Reizen nicht widerstehen kann. Danke, kein Bedarf. Meine Mutter wird mir den schmerzenden Rücken massieren.«
Sie ging langsam ins Haus zurück, wandte sich aber noch zweimal zu ihm um. Sie wußte nicht, daß sein Herz in seinen Augen lag, als er ihr nachsah. Sie schloß leise die Balkontür hinter sich. Ich hörte auf, die Rosen für den Frühstückstisch zu schneiden, und setzte mich ins Gras. Hinter mir spielten die Zwillinge »Kirche«.
Wir hielten uns an Chris' Vorschriften und taten unser Bestes, um ihren Wortschatz täglich zu vergrößern, und unser Unterricht schien Wunder zu wirken.
»Und der Herr sagte zu Eva, verlasse diesen Ort.« Darrens kindliche Stimme ging in Gelächter über.
Ich drehte mich um.
Beide Kinder hatten ihre Spielhöschen und die weißen Sandalen ausgezogen. Deirdre steckte ein Blatt auf das kleine Geschlechtsorgan ihres Bruders, blickte dann auf ihre Scham hinunter und zog die Stirn in Falten. »Dare... was ist das, sündigen?«
»So wie laufen«, antwortete ihr Bruder. »Nicht gut, wenn du barfuß bist.«
Sie kicherten beide, sprangen auf und liefen zu mir. Ich nahm sie in die Arme, drückte ihre weichen, warmen, nackten Körper an mich und bedeckte ihre Gesichter mit Küssen. »Habt ihr euer Frühstück gegessen?«
»Ja, Oma. Toni hat uns Grapefruit gegeben, die wir hassen. Wir haben alles gegessen außer den Eiern. Wir mögen keine Eier.«
Deirdre redete meist gleich für Darren mit, wie Carrie zumeist Corys Sprachrohr gewesen war.
»Mam – wie lang bist du schon dort?« rief Jory. Es klang ärgerlich, auch ein wenig verlegen.

Ich stand mit den nackten Zwillingen in den Armen auf und ging zu Jory. »Ich fand Toni im Swimmingpool, wo sie die Zwillinge im Schwimmen unterrichtete, diese Beschäftigung nahm ich ihr ab und ersuchte sie, sich um dich zu kümmern. Sie machen gute Fortschritte im Wasser und paddeln selbstsicher herum. Warum bist zu heute morgen nicht auch hingekommen?«
»Warum hast du dich versteckt?«
»Ich habe, wie jeden Morgen, Rosen abgeschnitten, Jory. Du weißt ja, das ist meine tägliche Beschäftigung. Die Schnittblumen, die ich am Morgen in jeden Raum stelle, machen das Haus freundlich.« Spielerisch steckte ich ihm eine rote Rose hinter das Ohr. Er nahm sie rasch ab und steckte sie zu den Margeriten, die ihm Toni gebracht hatte.
»Du hast Toni und mich belauscht, nicht wahr?«
»Jory, wenn ich im August im Freien bin und weiß, daß der September vor der Tür steht, lasse ich mir keinen dieser kostbaren Augenblicke entgehen. Ich habe den Rosenduft noch in der Nase, so daß ich glaube, daß ich mich im Himmel oder in Pauls Garten befinde. Er hatte die schönsten Gärten. Alle möglichen Gärten. Er hatte das Areal in verschiedene Gärten unterteilt; englische, japanische, italienische –«
»Das kenne ich alles schon!« unterbrach er mich ungeduldig. »Ich habe gefragt, ob du uns zugehört hast.«
»Allerdings. Ich habe lauter faszinierende Dinge gehört, und wenn ich Gelegenheit hatte, guckte ich über die Rosen und beobachtete euch.«
Er blickte mich finster an, ganz wie sein Bruder Bart, während ich die Kinder auf den Boden stellte, jedem einen Klaps auf den nackten Po gab und ihnen auftrug, zu Toni zu gehen, die ihnen beim Anziehen helfen würde. Sie trippelten davon wie nackte Puppen.
Ich setzte mich lächelnd, während Jory mich vorwurfsvoll ansah. Wenn er ärgerlich war, ähnelte er Bart noch mehr. »Ich hatte wirklich nicht die Absicht, euch zu belauschen,

Jory. Ich war bereits dort, bevor ihr beide herauskamt.«
Ich machte eine Pause und sah seine gerunzelte Stirn an.
»Du liebst Toni, nicht wahr?«
»Ich liebe sie nicht! Sie gehört Bart! Der Teufel soll mich holen, wenn ich wieder Barts abgelegte Freundinnen haben will.«
»Wieder?«
»Hör doch auf, Mam. Du weißt so gut wie ich, weshalb Mel dieses Haus verlassen hat. Er hat sich ja klar genug ausgedrückt, und sie auch an dem Weihnachtsmorgen, als der Klipper rätselhafterweise zerbrochen war. Sie wäre sicherlich hiergeblieben, wenn Bart weiter als Ersatz für mich zur Verfügung gestanden hätte. Sie hat sich gegen ihren Willen in ihn verliebt, während sie versuchte, ihr Verlangen nach mir und unseren sexuellen Beziehungen zu befriedigen. Ich habe sie nachts weinen gehört. Ich lag im Bett und wollte zu ihr gehen, war aber nicht fähig, mich zu bewegen, sie tat mir leid, aber ich tat mir noch mehr leid. Es war die Hölle. Jetzt ist es auch die Hölle. Eine andere Art von Hölle.«
»Was kann ich nur tun, um dir zu helfen – Jory?«
Er beugte sich vor und sah mich so intensiv an, daß er mich an Julian erinnerte und daran, wie oft ich seine Pläne durchkreuzt hatte.
»Trotz allem, Mam, was dieses Haus für dich darstellt, ist es für mich zu einem Zuhause geworden. Die Korridore und Türöffnungen sind breit. Der Fahrstuhl bringt mich hinauf und herunter. Es gibt den Swimmingpool, die Terrassen, die Gärten und die Wälder. Eigentlich das Paradies auf Erden – bis auf ein paar Schönheitsfehler. Ich hatte geglaubt, ich könnte es nicht erwarten, von hier wegzukommen. Jetzt möchte ich nicht mehr fort, und ich möchte dir wirklich nicht noch mehr Sorgen bereiten, als du ohnehin hast, muß aber dennoch mit dir sprechen.«
Ich wartete ängstlich auf diese paar »Schönheitsfehler«.
»Als ich ein Kind war, dachte ich, die Welt sei voller Wunder, und es gäbe noch unerklärliche Ereignisse. Blin-

de würden eines Tages sehen, Lahme würden eines Tages gehen können, und so weiter. Der Gedanke daran half mir, die Ungerechtigkeiten, die ich überall sah, all das Häßliche besser zu ertragen. Das Ballett hat mich daran gehindert, ganz erwachsen zu werden, ich behielt also die Vorstellung bei, daß Wunder wirklich geschehen können, wenn man fest an sie glaubt – wie das Lied ›Wenn du dir bei einer Sternschnuppe etwas wünschst, werden deine Träume Wirklichkeit‹. Und im Ballett geschehen die ganze Zeit über Wunder, also blieb ich ein Kind, auch als ich schon erwachsen war. Ich glaubte noch immer, daß sich in dieser Welt, der realen Welt, im Laufe der Zeit alles zum Guten wenden würde, wenn ich nur fest genug daran glaubte. Das hatten Mel und ich gemeinsam. Das Ballett erhält einen sozusagen jungfräulich. Du siehst nichts Böses, hörst nichts Böses, wenn ich auch nicht sagen würde, daß du nichts Böses sagst. Du verstehst sicherlich, was ich meine, denn es war ja auch deine Welt.« Er unterbrach sich und blickte zu dem gewitterdrohenden Himmel hinauf.
»In dieser Welt besaß ich eine Frau, die mich liebte. In der wirklichen Welt fand sie rasch einen Liebhaber als Ersatz für mich. Ich haßte Bart, weil er sie mir weggenommen hatte, als ich sie am meisten brauchte. Dann haßte ich Mel, weil sie zuließ, daß er sie als Waffe gegen mich benutzte. Er hat es noch immer nicht aufgegeben, Mam. Und ich würde dich nicht mit diesen Vorgängen behelligen, wenn ich nicht manchmal Angst um mein Leben, Angst um meine Kinder hätte.«
Ich hörte ihm zu und versuchte, nicht zu zeigen, wie erschrocken ich war, als er Dinge erwähnte, über die er nie eine Andeutung gemacht hatte.
»Erinnerst du dich an den Barren, an dem ich übe, um die Rücken- und Beinstützen zu gebrauchen? Jemand hat das Metall angekratzt, so daß sich Metallsplitter in meine Handflächen bohren, wenn meine Hände an den Stangen entlanggleiten. Dad hat sie mir herausgezogen und mir das Versprechen abgenommen, es dir nicht zu erzählen.«

Ich erschauerte und verkrampfte mich innerlich. »Was noch, Jory? Das ist nicht alles, das sehe ich dir an.«

»Nicht viel, Mam. Nur Kleinigkeiten, um mir das Leben zu vergällen, zum Beispiel Insekten in meinem Kaffee, dem Tee und der Milch. Mein Zuckerstreuer ist mit Salz gefüllt, und mein Salzfäßchen ist voll Zucker... dumme Witze, kindische Streiche, die mir gefährlich werden könnten. – In meinem Bett tauchen Reißnägel auf, auch auf meinem Stuhl... in diesem Haus wird für mich ununterbrochen für Überraschungen gesorgt. Manchmal möchte ich darüber lachen, weil es so kindisch ist. Wenn ich aber einen Schuh anziehe und sich in meine große Zehe ein Nagel bohrt, den ich nicht spüren kann, und er zu einer Infektion führt, weil meine Blutzirkulation im Bein nicht gerade erstklassig funktioniert, ist das schon nicht mehr zum Lachen. Es könnte mich ein Bein kosten. Ich vergeude soviel Zeit damit, alles zu untersuchen, bevor ich es benutze, wie meinen Rasierapparat, in dem die neuen Klingen plötzlich rostig sind.«

Er blickte sich um, als wollte er sehen, ob sich Joel oder Bart in Hörweite befanden, und obwohl er nichts bemerkte, denn ich blickte mich ebenfalls um, senkte er seine Stimme zu einem Flüstern. »Gestern war es sehr warm, erinnerst du dich? Du hast selbst drei Fenster in meinem Zimmer geöffnet, damit die frische kühle Brise hereinkam – dann drehte sich der Wind, blies aus Norden, und es wurde sehr kalt. Du bist hereingestürzt, um meine Fenster zu schließen und mich mit einer zusätzlichen Decke zu versehen. Ich schlief wieder ein. Eine halbe Stunde später erwachte ich aus einem Traum, der am Nordpol spielte. Die Fenster – alle sechs – standen weit offen. Der Regen wehte herein und durchnäßte mein Bett. Aber das war noch nicht das Schlimmste. Meine Decken waren weg. Ich wollte nach dem Personal klingeln, damit man mir half. Meine Glocke war verschwunden. Ich setzte mich auf und griff nach meinem Stuhl. Er stand nicht an seinem gewöhnlichen Platz, knapp neben meinem Bett. Einen

Moment lang geriet ich in Panik. Da aber meine Arme jetzt viel kräftiger sind, ließ ich mich auf den Boden hinunter und zog mich mit den Armen zu einem gewöhnlichen Stuhl, den ich in die Nähe der Fenster schieben konnte. Wenn ich auf dem Stuhl saß, konnte ich die Schiebefenster leicht hinunterziehen. Aber das erste rührte sich nicht. Ich schob den Stuhl zum nächsten, aber das ließ sich ebensowenig schließen. Es klemmte wegen des frischen Anstrichs, der erst vor ein paar Wochen aufgetragen worden war. Mir war klar, daß es sinnlos war, es bei den vier restlichen Fenstern zu versuchen, und dem kalten Regen und Wind Trotz zu bieten, denn ich bin körperlich behindert, auch wenn meine Arme stark sind. Doch weil ich verwegen bin, wie du oft behauptest, gab ich nicht auf. Zwecklos. Daraufhin setzte ich mich wieder auf den Boden und zog mich zur Tür. Sie war versperrt. Ich schleppte mich also weiter, indem ich mich an Möbelbeinen festhielt, bis ich im Einbauschrank war, und dort zog ich einen Wintermantel vom Haken herunter, deckte mich mit ihm zu und schlief ein.«

Was war mit meinem Gesicht geschehen? Es fühlte sich wie taub an, so daß ich weder die Lippen bewegen noch Worte artikulieren konnte, auch mein Entsetzen konnte ich nicht zeigen. Jory sah mich scharf an.

»Hörst du mir zu, Mam? Denkst du nach? Bitte, sage vorläufig noch nichts, bis ich meine Erzählung beendet habe. Wie gesagt, ich schlief völlig durchnäßt in dem Wandschrank auf dem Boden ein. Als ich erwachte, lag ich wieder in meinem Bett. Es war ein trockenes Bett, ich war von Laken und Decken bedeckt, und ich hatte einen frischen Pyjama an.« Er machte eine Pause und begegnete meinem entsetzten Blick. »Mam... wenn jemand in diesem Haus wollte, daß ich Lungenentzündung bekomme und sterbe, würde mich dieser Jemand wieder ins Bett gelegt und zugedeckt haben? Dad war nicht zu Hause, um mich hochzuheben und zu tragen, und du besitzt bestimmt nicht die erforderliche Kraft dazu.«

»Aber Bart haßt dich nicht so sehr«, flüsterte ich. »Er haßt dich überhaupt nicht...«
»Vielleicht war es Trevor, der mich gefunden hat, und nicht Bart. Aber irgendwie glaube ich nicht, daß Trevor jung und kräftig genug ist, um mich zu tragen. Dennoch haßt mich jemand. Jemand, der mich aus dem Haus haben will. Ich habe lange darüber nachgedacht und bin zu dem Schluß gelangt, daß mich Bart in dem Wandschrank gefunden und in das Bett zurückgetragen haben muß. Hast du daran gedacht: Wenn du, Dad, ich und die Zwillinge aus dem Weg wären, würde Bart unser Erbe zusätzlich zu dem seinen bekommen.«
»Aber er ist doch schon wahnsinnig reich! Er braucht nichts mehr!«
Jory drehte seinen Stuhl, daß er nach Osten blickte, und sah in die schwache Sonne. »Ich habe mich vor Bart noch nie wirklich gefürchtet. Ich habe ihn immer bedauert und wollte ihm helfen. Ich wollte schon mit den Zwillingen, dir und Dad fortgehen..., aber das wäre feige. Wenn Bart die Fenster geöffnet hat, um Regen und Wind hereinzulassen, hat er sich später anders besonnen und kam zurück, um mich zu retten. Ich denke an den Klipper, der zerbrochen wurde, und dafür konnte Bart sicherlich nicht verantwortlich sein, denn er wünschte ihn sich so sehr. Und ich denke auch über Joel nach, den du für den Schuldigen hältst –, und dann überlege ich mir, wer Bart hier am stärksten beeinflußt. Jemand im Haus setzt Bart unter Druck, stellt die Uhren der Zeit zurück, so daß er wieder zu dem gequälten zehnjährigen Kind wird, das wollte, daß du und seine Großmutter im Feuer starben und auf diese Weise erlöst werden...«
»Bitte, Jory, du hast gesagt, du würdest diese Periode in unserem Leben nie wieder erwähnen.«
Stille trat ein, und es dauerte unendlich lang, bevor er weitersprach. »Die Fische in meinem Aquarium sind gestern eingegangen. Der Luftfilter war abgeschaltet. Der Temperaturregler zerschlagen.« Wieder unterbrach er

sich und musterte mein Gesicht aufmerksam. »Glaubst du überhaupt etwas von dem, was ich dir eben erzählt habe?«
Ich blickte zu den in blauem Dunst liegenden Bergen mit ihren weichen, gerundeten Gipfeln hinaus, die mich an alte, riesige tote Jungfrauen erinnerten, die in zerklüfteten Reihen dort lagen und deren emporragende, moosbedeckte Brüste alles waren, was von ihnen übrig war. Ich blickte zum tiefblauen Himmel und den sturmgepeitschten Gewitterwolken empor, unter denen goldschimmernde Wolkenstreifen sichtbar wurden, die einen schönen Tag verhießen.
Unter diesem Himmel, zwischen den gleichen Bergen, hatten Chris, Cory, Carrie und ich das Entsetzen erlebt, während Gott tatenlos zugesehen hatte. Meine Finger wischten nervös die unsichtbaren Spinnweben weg, und ich versuchte, die passenden Worte zu finden.
»So ungern ich es sage, Mam, ich glaube, wir müssen Bart aufgeben. Wir können seiner hie und da aufflackernden Liebe zu uns nicht mehr trauen. Er braucht wieder die Hilfe eines Nervenarztes. Ich habe immer angenommen, daß er ein Übermaß an Liebe besitzt, aber nicht weiß, wie er sie freisetzen oder ausdrücken soll. Und nun glaube ich, daß er nicht mehr zu retten ist. Wir können ihn nicht aus seinem eigenen Haus vertreiben – es sei denn, wir wollen ihn für geisteskrank erklären und in eine geschlossene Anstalt bringen lassen. Ich will nicht, daß es dazu kommt, und ich weiß, daß ihr es auch nicht wollt. Es bleibt uns also nichts anderes übrig, als fortzugehen. Und ist es nicht komisch –, jetzt möchte ich bleiben, obwohl mein Leben in Gefahr ist. Ich habe mich so an dieses Haus gewöhnt; es gefällt mir hier, also setze ich mein Leben, unser aller Leben aufs Spiel. Die spannende Frage, was sich heute ereignen wird, schützt mich davor, mich zu langweilen. Mam, das Schlimmste in meinem Leben ist die Langeweile.«
Ich hörte Jory nicht einmal mit einem halben Ohr zu.
Meine Augen wurden groß, denn ich sah, wie Deirdre

und Darren Joel und Bart zu der kleinen Kapelle folgten, die man vom Garten aus durch eine eigene Außentür betreten konnte. Sie verschwanden in ihr, und die Tür ging hinter ihnen zu.

Ich vergaß meinen Korb mit den abgeschnittenen Rosen und sprang auf. Wo blieb Toni? Warum beschützte sie die Zwillinge nicht vor Bart, vor Joel? Dann schalt ich mich unvernünftig, denn warum sollte sie glauben, daß Bart oder Joel eine Bedrohung für zwei so kleine unschuldige Kinder darstellten? Ich verabschiedete mich hastig von Jory und bat ihn, sich keine Sorgen zu machen, ich würde in wenigen Minuten mit Darren und Deirdre zurückkommen, damit wir zusammen lunchen konnten. »Jory, es wird dir doch nichts ausmachen, wenn ich dich für kurze Zeit allein lasse?«

»Sicher nicht, Mam. Geh zu den Kindern. Ich habe heute morgen mit Trevor gesprochen, und er hat mir ein batteriebetriebenes Funksprechgerät gegeben. Trevor ist vollkommen verläßlich.«

Da ich der Loyalität unseres Butlers vertraute, lief ich den vieren in die Kapelle nach.

Wenige Minuten später schlich ich durch die kleine Innentür im Erdgeschoß in die Kapelle, von der Joel Bart eingeredet hatte, sie sei notwendig, wenn er seine Seele vor der Sünde bewahren wolle. Es war ein kleiner Raum, der die Kapellen zu kopieren versuchte, die viele alte Schlösser und Paläste für Andachten im Kreis der Familie besaßen. Bart kniete in der ersten Bankreihe zwischen Darren und Deirdre. Joel stand mit gesenktem Kopf auf der Kanzel und begann zu beten. Ich kam vorsichtig näher und versteckte mich im Schatten eines Strebebogens.

»Uns gefällt es hier drinnen nicht«, beklagte sich Deirdre laut flüsternd bei Bart.

»Sei still. Das ist das Haus Gottes«, warnte sie Bart.

»Ich höre meine Katze weinen«, meldete sich Darren leise und wich vor Bart zurück.

»Du kannst hier deine Katze unmöglich hören, auch kei-

ne andere Katze. Außerdem ist es nicht deine, sondern Trevors Katze, mit der ihr nur spielen dürft.«
Beide Zwillinge begannen zu schnüffeln und versuchten, nicht vor Kummer zu weinen. Sie liebten Kätzchen, Hündchen, Vögel, alle Lebewesen, die klein und lieb waren. »Ruhe!« schrie Bart. »Ich höre nichts von draußen, aber wenn ihr aufpaßt, wird Gott zu euch sprechen und euch sagen, wie ihr überleben könnt.«
»Was ist überleben?«
»Darren, warum läßt du deine Schwester alle Fragen stellen?«
»Sie redet lieber als ich.«
»Warum ist es hier drinnen so dunkel, Onkel Bart?«
»Deirdre, du redest zu viel, wie alle Frauen.«
Sie jammerte lauter. »Tu ich nicht! Oma hat es gern, wenn ich rede...«
»Deine Oma hört jeden gern reden, solange es jemand anderer ist als ich«, antwortete Bart bitter und kniff Deirdre in ihren zarten Arm, damit sie schwieg.
Dutzende von Kerzen brannten auf dem Podium, auf dem Joel den Kopf hob. Die Architekten hatten die Scheinwerfer an der Decke so angeordnet, daß ihr Licht sich über der Kanzel schnitt, so daß Joel in der Mitte eines mystischen, künstlichen Kreuzes aus Licht stand.
Er sprach mit klarer lauter Stimme: »Wir stehen auf und singen zur Ehre Gottes, bevor die heutige Predigt beginnt.« Seine Stimme klang voll, sicher und gebieterisch.
Ich hatte mich inzwischen hinter einen Pfeiler geschlichen, von wo aus ich hervorspähen konnte, ohne gesehen zu werden. Die Zwillinge, die offensichtlich schon oft ohne ihren Vater, Chris, mich oder Toni hier gewesen waren, wirkten wie zwei kleine, gut gedrillte, eingeschüchterte Roboter. Sie standen gehorsam links und rechts von Bart, der ihnen die Hände auf die Schultern gelegt hatte, und begannen mit ihm Kirchenlieder zu singen. Ihre Stimmen klangen dünn und zögernd, und sie waren nicht fähig, die Melodie richtig zu singen. Doch sie bemühten

sich sehr, mit Bart mitzuhalten, dessen überraschend gute Baritonstimme mich verblüffte.

Warum hatte Bart nie so gesungen, wenn wir den Andachten in der Kapelle beiwohnten? Schüchterten Chris, ich und Jory Bart so sehr ein, daß er nicht wagte, die ihm von Gott geschenkte, natürliche Gabe einzusetzen? Wenn wir Cindys schöne Stimme gelobt hatten, hatte er nur die Stirn gerunzelt, geschwiegen und nicht darauf hingewiesen, daß auch er eine wunderbare Stimme besaß. Barts Komplexe würden mich wahrscheinlich noch zum Wahnsinn treiben.

Unter anderen, weniger seltsamen Umständen hätte ich mich vermutlich sehr darüber gefreut, daß Barts Stimme sich so froh, aus vollem Herzen erhob. Durch die bunten Glasfenster fiel das Sonnenlicht und zauberte rote und grüne Reflexe auf sein Gesicht. Wie schön wirkte er, während er mit strahlenden Augen sang, als wäre er wirklich von der Macht des Heiligen Geistes erfüllt.

Ich war über seinen Glauben an Gott gerührt. Tränen traten mir in die Augen, während mich ein Gefühl der Erleichterung überkam und ich mich rein fühlte.

Ach Bart, du kannst kein böser Mensch sein, wenn du so singen und so aussehen kannst. Es ist nicht zu spät, um dich zu retten, darf es nicht sein.

Kein Wunder, daß Melodie ihn geliebt hatte. Kein Wunder, daß Toni nicht imstande war, einem solchen Mann endgültig den Rücken zu kehren und ihn zu verlassen.

»O sing dieses Lied... dieses Lied der Liebe zu Dir,
In Gott vertrauen wir, in Gott vertrauen wir...«

Seine Stimme stieg empor, übertönte die dünnen Stimmen der Zwillinge. Ich wurde über mich selbst hinausgehoben, war bereit, an die Macht Gottes zu glauben. Ich sank auf die Knie und senkte den Kopf.

»O Gott, ich danke dir«, flüsterte ich, »ich danke dir dafür, daß du meinen Sohn gerettet hast.«
Dann sah ich ihn wieder an, erfaßte den Heiligen Geist und war bereit, an alles zu glauben, woran er glaubte. Worte kamen aus der Vergangenheit. Damals war Bart bei uns gewesen. »Wir müssen auf Jory achten«, hatte Chris gewarnt. »Das Abwehrsystem seines Körpers ist geschwächt. Wir dürfen nicht riskieren, daß er eine Erkältung bekommt, die seine Lunge mit Flüssigkeit füllen könnte...«
Ich blieb wie gelähmt knien. Ich war davon überzeugt, daß Bart nur ein aus dem Gleichgewicht geratener junger Mann war, der verzweifelt versuchte, den für ihn richtigen Weg zu finden.
Barts mächtiger Bariton sang die letzten Noten des Kirchenliedes. Wenn nur Cindy ihn hätte hören können. Wenn sie nur endlich als Freunde, durch ihre gleichen Begabungen verbunden, zusammen singen könnten! Niemand war da, um zu applaudieren, als das Lied zu Ende war. Es herrschte nur tiefe Stille, und mein Herz klopfte.
Die Zwillinge blickten mit großen, unschuldsvollen Augen zu Bart empor. »Sing weiter, Onkel Bart«, bat Deirdre. »Sing von dem Felsen...«
Nun wußte ich, weshalb sie in diese Kapelle kamen – um ihren Onkel singen zu hören, um das gleiche zu empfinden wie ich, die Anwesenheit eines unsichtbaren Wesens, die das Herz erwärmte und ermutigte.
Ohne Begleitung sang Bart »Fels der Ewigkeit«. Ich schwamm bereits in einem Meer von Gefühlen. Bei einer solchen Stimme würde ihm die Welt zu Füßen liegen, und er schloß sein Talent in einem Büro ein.
»Das genügt, Neffe«, erklärte Joel, als das zweite Lied zu Ende war. »Alle setzen sich, und wir hören jetzt die heutige Predigt.«
Gehorsam nahm Bart Platz und zog die Zwillinge neben sich auf die Bank. Er legte jedem den Arm so beschützend um die Schultern, daß ich wieder zu Tränen gerührt war.

Liebte er Jorys Zwillinge? Hatte er die ganze Zeit nur so getan, als mochte er sie nicht, weil sie den bösen Zwillingen von gestern ähnlich sahen?

»Laßt uns die Köpfe senken und beten«, forderte Joel sie auf.

Auch mein Kopf senkte sich.

Ich hörte mir ungläubig seine Predigt an. Sie klang so fachgerecht, so voll Sorge um die Menschen, die nie die Freude erlebt hatten, »gerettet zu werden und Christus ganz anzugehören«.

»Wenn ihr euer Herz öffnet und Christus eintreten laßt, wird er euch mit Liebe erfüllen. Wenn ihr Gott liebt, seinen Sohn liebt, der für euch gestorben ist, und an das gerechte Walten Gottes und seines so grausam an dieses Kreuz genagelten Sohnes glaubet, werdet ihr den Frieden der Erfüllung finden, den ihr früher nie gefunden habt. Laßt ab von euren Sünden, euren Schwertern, euren Schilden, eurem Streben nach Macht und Geld. Legt eure irdischen Begierden ab, die die Fleischeslust anstreben. Laßt ab von euren irdischen Lüsten, die nie befriedigt werden können, und glaubet, glaubet! Tretet in die Fußstapfen Christi. Folget ihm, wohin er uns vorausgegangen ist, glaubet an seine Lehren, und ihr werdet gerettet werden. Gerettet vor den Übeln dieser Welt der Sünde und Gier nach Unzucht und Macht. Rettet euch, bevor es zu spät ist!«

Sein glühender Eifer war erschreckend. Warum konnte ich an seine leidenschaftliche Predigt nicht so glauben wie an Barts schöne Stimme? Warum befreiten mich Visionen von Wind und Regen, die durch die offenen Fenster über Jory hereinbrachen, von Joels Predigten? Ich hatte das Gefühl, daß ich Jory verraten hatte, weil ich einen Augenblick lang geglaubt hatte, daß Joel wirklich so war, wie er in diesem Moment zu sein schien.

Seine Predigt aber ging weiter. Ich war über den zwanglosen Plauderton erstaunt, den er nun annahm, als spräche er direkt zu Bart. »Die Stimmen im Dorf haben sich im Augenblick beruhigt, weil wir in diesem großen Herrenhaus auf dem Berg ein kleines Heiligtum errichtet haben, das der Anbetung Gottes gewidmet ist. Die Arbeiter, die dieses Haus der göttlichen Andacht gebaut und die kunstvollen Verzierungen angebracht haben, haben ihnen berichtet, was wir getan haben, und andere verbreiteten die Kunde, daß die Foxworths versuchen, ihre Seelen zu retten. Sie sprechen nicht mehr von der Rache an den Foxworths, die mehr als zweihundert Jahre lang über sie geherrscht haben. Sie tragen tief in ihren Herzen den Groll über die Dinge, die unsere selbstgefälligen, egoistischen Vorfahren ihnen in der Vergangenheit angetan haben. Sie haben weder die Sünden von Corinne Foxworth, die ihren Halbonkel heiratete, vergessen oder vergeben, noch die Sünden deiner Mutter, Bart, und ihres Bruders, den sie liebt, vergessen. Unter deinem eigenen Dach schenkt sie ihm noch immer ihren Körper, an dem er sich erfreut, während sie Gefallen an ihm findet... und unter Gottes blauem Himmel liegen die beiden nackt in der Sonne, bevor sie miteinander verschmelzen. Sie sind so süchtig nach einander, als wären sie nach einer der vielen Drogen süchtig, von denen in der heutigen unmoralischen, verstockten, selbstsüchtigen, freizügigen Gesellschaft so viele im Umlauf sind.

Er, der Arzt, ihr eigener Bruder, macht durch seine Bemühungen, der Menschheit zu dienen, wieder einiges gut, indem er sein Leben der Medizin und Wissenschaft widmet. So kann ihm auch leichter vergeben werden als der sündigen Frau, deiner Mutter, die der Welt nur eine lasterhafte Tochter gegeben hat, die sich vielleicht noch schamloser verhalten wird, und einen erstgeborenen Sohn, der für Geld unsittlich tanzte! Zur Verherrlichung seines Körpers! Und für diese Sünde hat er bezahlt, teuer bezahlt, indem seine Beine die Bewegungsfähigkeit verloren, und damit verlor er seinen Körper, und damit verlor er seine Frau. Das Schicksal ist unendlich gerecht, wenn es entscheiden muß, wen es bestrafen und wen es unter-

stützen soll.« Wieder machte er eine Pause, als strebe er eine besondere dramatische Wirkung an, dann fixierten seine fanatischen Augen Bart, als wolle er seinen Willen gewaltsam in das Gehirn meines Sohnes brennen. »Nun, mein Sohn, ich weiß, daß du deine Mutter liebst und ihr zeitweise alles vergeben würdest... falsch, falsch – denn wird Gott ihr vergeben? Nein, das glaube ich nicht. Rette sie, denn wie kann Gott ihr jemals vergeben, daß sie ihren Bruder in ihre Arme gelockt hat?«
Er brach ab, seine blassen Augen leuchteten vor religiösem Eifer, und er wartete die Wirkung auf Bart ab.
»Ich habe Hunger!« jammerte Deirdre plötzlich.
»Ich auch«, schrie Darren.
»Ihr werdet hierbleiben und werdet tun, was ihr zu tun habt, oder die Folgen zu tragen haben!« schrie Joel von seiner Kanzel.
Sofort verkrochen sich die Zwillinge in kleine, enge Schneckenhäuser und starrten Joel aus riesigen, angsterfüllten Augen an. Was hatte Joel getan, um ihnen solche Angst einzuflößen? O Gott, hatte ich Joel oder Bart Gelegenheit gegeben, sie irgendwie zu verletzen?
Endlose Zeit verging, als wollte Joel sie absichtlich auf die Probe stellen. Ich wollte aufspringen und Joel zurufen, er solle aufhören, unschuldigen Kindern unsinnige Gedanken in die Köpfe zu setzen. Aber Bart schien Joels Worte nicht gehört zu haben. Seine dunklen Augen waren auf das herrliche bunte Glasfenster unmittelbar hinter der Kanzel gerichtet. Buntes Glas, auf dem Jesus mit den kleinen Kindern zu seinen Füßen zu sehen war, die sich an seine Knie schmiegten und voller Verehrung zu seinem Gesicht emporblickten. Die gleiche Verehrung lag auf Barts Gesicht. Er hörte seinem Großonkel nicht zu. Er war von der Gegenwart Gottes, die sogar ich an diesem Ort fühlen konnte, erfüllt.
Gott existierte, er war immer da gewesen, auch wenn ich ihn verleugnen wollte. Christi Worte haben in der heutigen Welt noch eine Bedeutung, und irgendwie hatten sei-

ne Lehren Zugang zu dem Labyrinth von Barts wirren Gehirngängen gefunden.
»Bart, deine Nichte und dein Neffe schlafen ein«, schrie Joel zornig. »Du vernachlässigst deine Pflicht! Weck sie auf! Sofort!«
»Hab doch Geduld mit den kleinen Kindern, Onkel Joel«, beschwor ihn Bart. »Deine Predigten dauern zu lang, es wird ihnen langweilig, und daher werden sie unruhig. Sie sind deswegen weder schlecht noch sittlich verdorben. Sie sind im heiligen Ehegelübde geboren. Sie sind nicht wie die ersten Zwillinge, die blutsverwandten Zwillinge, Onkel – sie sind nicht die gottlosen Zwillinge...«
Als ich sah, wie Bart Darren und Deirdre schützend in die Arme nahm, kämpften in mir Hoffnung und Angst. Bart verhielt sich genauso großartig und edel wie sein Vater. Kaum gingen mir diese Gedanken durch den Kopf, da hörte ich Worte, die mein Blut erstarren ließen. Ich blieb regungslos stehen.
Bart war mit den Zwillingen in den Armen aufgestanden.
»Setz sie nieder«, befahl Joel, seine Predigt war zu Ende, und seine laute Stimme sank zu seinem gewöhnlichen leisen Flüstern herab. Hatte er seine Energiereserven erschöpft, so daß er jetzt zu nichts mehr fähig war? Ich betete darum.
»Jetzt werdet ihr Kinder, die ihr nicht gelernt habt, eure körperlichen Bedürfnisse zu beherrschen, die Lektionen wiederholen, die ich euch gelehrt habe. Sprecht und sagt sie auf, Darren, Deirdre! Sprecht die Worte, die ihr für immer in eurem Gedächtnis und euren Herzen bewahren sollt. Sprecht, damit Gott sie hören kann!«
Ihre Stimmen klangen so kindlich dünn, und sie konnten immer nur wenige zusammenhangende Worte sprechen. Manchmal geriet der Satzbau durcheinander... aber diesmal sprachen sie ebenso genau und ernst wie Erwachsene. Bart hörte aufmerksam zu, als hätte er mitgeholfen, ihnen den Text einzupauken.
»Wir sind aus schlechtem Samen geborene Kinder. Wir

sind Kinder des Satans, Satansbrut. Wir haben alle bösen Anlagen geerbt, zu denen die blutschänderischen Beziehungen führen.«

Zufrieden mit ihrer Leistung lächelten sie einander zu, weil sie es richtig gesagt hatten, ohne den Sinn der Worte auch nur annähernd zu verstehen. Dann wandten beide Zwillinge ihre ernsten blauen Augen dem abstoßenden alten Mann auf der Kanzel zu. »Morgen werden wir den Unterricht fortsetzen.« Mit diesen Worten schloß Joel seine riesige schwarze Bibel.

Bart hob die Zwillinge auf, küßte sie auf die Wangen und sagte ihnen, daß sie jetzt saubere, trockene Höschen anziehen, Mittag essen, baden und ihr Schläfchen halten konnten, bevor sie wieder dem Gottesdienst in der Kapelle beiwohnten.

In diesem Augenblick stand ich auf und trat vor. »Bart, was hast du mit Jorys Kindern vor?«

Mein Sohn starrte mich an und wurde unter seiner Sonnenbräune blaß. »Mutter, du sollst nicht hierher kommen, außer an Sonntagen...«

»Warum? Hoffst du, daß du mich aussperren kannst, damit du aus den Zwillingen verschrobene Menschen machen und sie später bestrafen kannst? Strebst du das an?«

»Wer ist daran schuld, daß du verschroben bist?« fragte Joel kalt, seine Augen waren zusammengekniffen und hart.

Wütend wandte ich mich ihm zu. »Deine Eltern!« schrie ich. »Deine Schwester, Joel, hat uns eingesperrt und gefangengehalten, wir lebten Jahr um Jahr von Versprechungen, während Chris und ich heranwuchsen und niemanden außer uns hatten, den wir lieben konnten. Schreib also denen die Schuld zu, die Chris und mich zu den Menschen erzogen, die wir heute sind. Aber bevor du mit deinen Einwänden kommst, werde ich einmal alles zur Sprache bringen. Ich liebe Chris und ich schäme mich dessen nicht. Du meinst, ich hätte der Welt nichts von Bedeutung gegeben, doch dort steht dein Großneffe mit

meinen Enkeln auf den Armen, und auf der Terrasse befindet sich mein zweiter Sohn. Und sie sind nicht verdorben! Sie sind nicht Kinder des Satans, keine Satansbrut – und wage es ja nie wieder in deinem Leben, diese Worte zu jemandem zu sagen, der zu meiner Familie gehört, sonst werde ich dafür sorgen, daß du von hier weggebracht und für unzurechnungsfähig erklärt wirst!«
Barts Gesicht nahm wieder Farbe an, während aus Joels käsiger Haut die wenige Farbe verschwand, die sie noch aufwies. Seine verzweifelten, verwaschenen blauen Augen suchten die Barts, doch Bart sah mich an, als würde er mich zum ersten Mal in seinem Leben sehen. »Mutter«, entgegnete er schwach und hätte noch mehr gesagt, aber die Zwillinge entwanden sich seinen Armen und liefen zu mir.
»Hungrig, Oma, hungrig…«
Ich sah Bart in die Augen. »Du besitzt die schönste Singstimme, die ich je gehört habe«, erklärte ich, trat zurück und nahm die Zwillinge mit. »Sei dein eigener Herr, Bart. Du brauchst Joel nicht. Du hast deine Begabung gefunden, nutze sie jetzt.«
Er blieb regungslos stehen, als hätte er noch eine Menge zu erwidern, doch Joel zupfte ihn bittend am Ärmel, während die Zwillinge ihr Mittagessen verlangten.

Der Himmel kann nicht warten

Ein paar Tage später war Jory an einer schweren Erkältung erkrankt, die nicht abklingen wollte. Die Kälte, heftiger Regen und Wind hatten ihren Tribut gefordert. Er lag mit Fieber im Bett, in seinen Brauen glitzerten Schweißtropfen, er war unruhig, warf den Kopf unaufhörlich von einer Seite zur anderen, stöhnte, ächzte und rief immer wieder nach Melodie. Ich sah, wie Toni bei jedem Ruf zusammenzuckte, obgleich sie ihr Bestes tat, um ihn gesundzupflegen.

Während ich beobachtete, wie sie für ihn sorgte, erkannte ich, daß sie Jory wirklich mochte; es war deutlich aus der Sorgfalt ersichtlich, die sie für ihn aufwendete; ihre sanften, mitfühlenden Augen und ihre Lippen, die sein Gesicht berührten, wann immer sie sich von mir unbeobachtet glaubte verrieten sie.

Sie lächelte mir tapfer zu. »Sie sollten sich nicht so viele Sorgen machen, Cathy«, bat sie und rieb Jorys nackte Brust mit kühlem Wasser ab. »Die meisten Leute begreifen nicht, daß das Fieber für gewöhnlich sehr dazu beiträgt, die Krankheitskeime abzutöten. Als Frau eines Arztes wissen Sie das bestimmt und befürchten nur, daß er eine Lungenentzündung bekommen könnte. Dazu kommt es sicherlich nicht. Da bin ich vollkommen sicher.«

»Lassen Sie uns beten, daß er sie nicht bekommt...«

Ich machte mir trotzdem weiterhin Sorgen; sie war schließlich nur eine Krankenschwester ohne Chris' ärztliche Erfahrung. Ich rief ihn jede Stunde an und versuchte, ihn in dem riesigen Universitätslabor an den Apparat zu bekommen. Warum reagierte Chris nicht auf meine dringenden Anrufe? Allmählich war ich nicht nur besorgt, sondern auch wütend, weil Chris für mich nicht erreichbar war. Hatte er nicht versprochen, immer zur Stelle zu sein, wenn er gebraucht wurde?

Zwei Tage waren vergangen, seit Joel seine Predigt gehalten hatte, und Chris hatte noch nicht angerufen.

Das drückend schwüle, feuchte Wetter mit seinen Regengüssen und Gewittern wirkte sich noch bedrückender und verheerender auf mein Gemüt aus. Über mir krachte der Donner. Blitze flammten auf und erleuchteten kurz den dunklen, drohenden Himmel. Zu meinen Füßen spielten die Zwillinge und flüsterten einander zu, daß es Zeit für den Unterricht in der Kapelle wäre. »Bitte, Oma, Onkel Joel sagt, daß wir kommen müssen.«

»Deirdre, Darren, hört mir jetzt zu und vergeßt, was Onkel Joel und Onkel Bart euch gesagt haben. Euer Vater will, daß ihr bei mir und bei Toni, in seiner Nähe bleibt. Ihr wißt, daß euer Daddy sehr krank ist, und er will auf keinen Fall, daß sein Sohn und seine Tochter die Kapelle aufsuchen, wo… wo…« und da stotterte ich. Denn was konnte ich über Joel sagen, was nicht später einmal auf mich zurückfallen würde? Er lehrte das Wort Gottes, wie er es für richtig hielt. Wenn er ihnen nur nicht diese Redensarten beigebracht hätte…, Kinder des Satans, Satansbrut.

Sofort jammerten beide, als wären sie sich einig. »Wird Daddy sterben?« schrien sie gleichzeitig.

»Nein, natürlich wird er nicht sterben. Was wißt ihr eigentlich über den Tod?« Dann erklärte ich ihnen, daß ihr Großvater ein ganz wunderbarer Arzt war und daß er jeden Augenblick nach Hause kommen würde.

Sie sahen mich verständnislos an, bevor ich begriff, daß sie oft Wörter verwendeten, die sie auswendig gelernt hatten und deren Inhalt sie keineswegs verstanden. Tod – was konnten sie schon darüber wissen?

Toni warf mir einen merkwürdigen Blick zu. »Ich muß Ihnen etwas erzählen. Wenn ich den beiden beim An- und Ausziehen helfe und sie bade, plaudern sie unaufhörlich. Sie sind wirklich sehr begabte und aufgeweckte Kinder. Die Tatsache, daß sie soviel mit Erwachsenen zusammen sind, hat sicherlich ihre Entwicklung mehr beschleunigt als der Umgang mit anderen Kindern. Wenn sie allein spielen, ist ihr Geplauder größtenteils kindisches Zeug. Dann fallen aber in diesem albernen Geplapper ernste Wörter, Wörter, die Erwachsene verwenden. Sie bekommen große Augen. Sie flüstern, sie sehen sich um und scheinen vor etwas Angst zu haben, als erwarteten sie jemanden oder etwas zu sehen, plötzlich warnen sie einander leise vor Gott und seinem Zorn. Das erschreckt mich.«
Sie sah von mir und den Zwillingen wieder zu Jory hin.
»Hören Sie mir genau zu, Toni. Lassen Sie die Zwillinge nie aus den Augen. Behalten Sie sie tagsüber immer bei sich, außer wenn Sie bestimmt wissen, daß sie mit mir, Jory oder meinem Mann beisammen sind. Wenn Sie sich gerade mit Jory befassen und zu beschäftigt sind, um sie im Auge zu behalten, rufen Sie mich, und ich werde sie Ihnen abnehmen. Vor allem lassen Sie sie nicht zusammen mit Joel weggehen«, und so ungern ich es tat, ich mußte auch Barts Namen hinzufügen.
Sie warf mir wieder einen besorgten Blick zu. »Meiner Ansicht nach waren nicht nur die Zwischenfälle mit Cindy und mir in New York schuld daran, daß Bart mich für die schlimmste Sünderin hielt, sondern auch Joels Äußerungen. Es schmerzt, wenn einem der Mann, den man zu lieben glaubt, so häßliche Anschuldigungen an den Kopf wirft.«
Wieder wusch sie Jory Arme und Brust. »Jory würde niemals so häßliche Worte aussprechen, ganz gleich, was ich täte. Manchmal sieht er mich wütend an, aber auch dann bemüht er sich, auf meine Gefühle Rücksicht zu nehmen. Ich habe noch nie einen so rücksichtsvollen und einfühlsamen Mann gekannt.«

»Wollen Sie damit andeuten, daß Sie Jory lieben?« fragte ich, denn ich wollte daran glauben, fürchtete aber, daß ihre Enttäuschung nachwirkte und sie in Jory nur einen Ersatz sah.

Sie errötete und senkte den Kopf. »Ich bin seit fast zwei Jahren in diesem Haus, und ich habe sehr vieles gesehen und gehört. Hier habe ich bei Bart sexuelle Befriedigung gefunden, aber die Beziehung war weder romantisch noch innig, nur erregend. Erst jetzt beginne ich, den Zauber eines Mannes zu spüren, der versucht, mich zu verstehen und mir die seelische Wärme zu geben, die ich brauche. Er wirft sich nie zum Richter auf, über seine Lippen kommen nie häßliche Worte, wenn ich nichts getan habe, das ich für schrecklich halte. Meine Liebe zu Bart war ein brennendes Feuer, das an dem Tag, an dem wir einander kennenlernten, zu einer hohen Flamme aufloderte, während meine Füße im Treibsand steckenblieben, und ich nie wußte, was er wollte oder was er brauchte, außer daß er eine Frau wie Sie suchte...«

»Mir wäre lieber, Toni, Sie würden das nicht immer wiederholen«, erwiderte ich beunruhigt. Bart konnte sich selbst so wenig leiden, daß er davor Angst hatte, die Frau könnte das Verhältnis beenden, und um das zu vermeiden, hatte er mit Melodie gebrochen, bevor sie die Möglichkeit hatte, sich von ihm abzuwenden. Später übertrug er den Abscheu vor sich selbst auf Toni, ehe sie ihn hassen und ihn verlassen konnte. Wieder seufzte ich.

Toni war bereit, nie wieder mit mir über Bart zu sprechen, und dann begann sie mit meiner Hilfe, Jory eine frische Pyjamajacke anzuziehen. Wir arbeiteten wie ein Team miteinander, während die Zwillinge auf dem Boden spielten und wie seinerzeit Cory und Carrie kleine Wagen und Lastwagen herumschoben.

»Sie müssen sich nur darüber klar werden, welchen Bruder Sie lieben, bevor Sie beide vor den Kopf stoßen. Ich werde noch einmal mit meinem Mann und Jory sprechen und werde, verdammt noch mal, dafür sorgen, daß wir, sobald Jory gesund ist, dieses Haus verlassen. Sie können mit uns kommen, wenn Sie wollen.«

Ihre hübschen grauen Augen weiteten sich. Sie blickte von mir zu Jory, der sich auf die Seite gewälzt hatte und in seinen Fieberphantasien unzusammenhängend vor sich hinmurmelte. Es klang wie: »Mel... ist das unser Einsatz?«

»Nein, es ist Toni, Ihre Pflegerin«, flüsterte sie, streichelte sein Haar und strich es ihm aus der schweißnassen Stirn. »Sie haben eine sehr schwere Erkältung..., aber sie werden sich bald wieder wohl fühlen.«

Jory sah verwirrt zu ihr hinauf, als versuchte er, diese Frau mit dem Traumbild zu vergleichen, das er jede Nacht vor sich sah. Tagsüber hatte er nur für Toni Augen, aber nachts verfolgte ihn Melodies Anblick. Welche Triebkraft bringt die Menschen dazu, mit solcher Hartnäckigkeit an Tragödien festzuhalten und leichtsinnig auf das Glück zu verzichten, das in Reichweite liegt?

Er begann heftig zu husten, würgte und spuckte große Schleimklumpen aus. Toni hielt ihm zärtlich den Kopf, dann warf sie die benutzten Papiertaschentücher weg.

Alles, was sie für ihn tat, machte sie zärtlich, sie schüttelte seine Kissen auf, massierte ihm den Rücken, bewegte seine Beine, damit sie geschmeidig blieben, auch wenn er sie nicht bewegen konnte. Ich war unwillkürlich davon beeindruckt, wie sie darauf achtete, daß er sich wohl fühlte.

Ich ging zur Tür, denn ich störte die beiden während eines sehr wichtigen, persönlichen Augenblicks; Jory kam soweit zu sich, daß er ihre Hand ergreifen und ihr in die Augen sehen konnte. Obwohl er so krank war, konnte sie etwas in seinen Augen lesen. Leise ergriff ich Darren und Deirdre bei der Hand. »Wir müssen jetzt gehen«, flüsterte ich und sah, wie Toni zitternd den Kopf beugte.

Zu meiner Überraschung zog sie einen Augenblick, bevor ich die Tür hinter mir schloß, seine Hand an ihre Lippen und küßte jeden seiner Finger. »Ich benutze die Gelegenheit«, flüsterte sie, »weil Sie sich in diesem Zustand nicht wehren können, aber ich muß Ihnen sagen, wie dumm ich gewesen bin. Sie waren die ganze Zeit in meiner Nähe, und ich habe Sie nie gesehen. Immer stand Bart zwischen uns.«

Jory antwortete mit schwacher Stimme, während er sie innig ansah und ihre ehrlichen Worte, ihren liebevollen Gesichtsausdruck in sich aufnahm. »Es ist nicht schwer, einen Mann im Rollstuhl zu übersehen, und vielleicht genügte dieser Umstand, um Sie mit Blindheit zu schlagen. Aber ich habe gewartet, gehofft...«

»Ach, Jory, werfen Sie mir nicht vor, daß ich mich von Barts Charme blenden ließ. Ich war überwältigt und wunderte mich darüber, daß er mich so begehrenswert fand. Er ließ mich den Boden unter den Füßen verlieren. Jede Frau sehnt sich insgeheim nach einem Mann, der sich weigert, ein Nein zu akzeptieren, und sie unaufhörlich bedrängt, bis sie nachgeben muß. Verzeihen Sie mir, daß ich so dumm und so leicht zu erobern war.«

»Schon gut, schon gut«, flüsterte er, dann schloß er die Augen. »Ich hoffe nur, daß Ihr Gefühl für mich nicht Mitleid ist – denn ich würde es merken.«

»Du bist so, wie ich mir Bart immer gewünscht habe!« rief sie, während ihre Lippen sich den seinen näherten.

Nun schloß ich die Tür endgültig.

In meinem Zimmer setzte ich mich ans Telefon und wartete darauf, daß Chris auf meine dringenden Botschaften hin anrief. Ich war dem Einschlafen nahe, nachdem ich die Zwillinge zu ihrem Nachmittagsschlaf in mein Bett gesteckt hatte, als das Telefon läutete. Ich nahm den Hörer ab und meldete mich. Eine tiefe mürrische Stimme verlangte Mrs. Sheffield, und ich nannte meinen Namen.

»Wir wollen Sie und Ihresgleichen nicht hier haben«, grollte die einschüchternde tiefe Stimme. »Wir wissen, was dort oben vor sich geht. Die kleine Kapelle, die Sie gebaut haben, kann uns keineswegs täuschen. Sie ist ein Schwindel, hinter dem ihr euch versteckt, während ihr Gottes Gebote des Anstandes frech verletzt. Verschwin-

det, bevor wir Gottes Willen selbst vollstrecken und jeden einzelnen von euch aus unseren Bergen vertreiben.«
Ich war unfähig, eine passende Antwort zu finden, sondern wartete bestürzt und sehr erschüttert, bis er auflegte. Ich blieb noch längere Zeit mit dem Hörer in der Hand sitzen. Die Sonne brach durch die Wolken und wärmte mein Gesicht...erst dann legte ich auf. Ich sah mich in den Räumen um, die ich selbst nach meinem Geschmack eingerichtet hatte, und stellte zu meiner Überraschung fest, daß diese Räume mich nicht mehr an meine Mutter und ihren zweiten Mann erinnerten. Es gab hier nur Erinnerungen aus der Vergangenheit, die ich nicht vergessen wollte.
Corys und Carries Kinderfotos in Silberrahmen auf meinem Toilettentisch neben den Bildern von Darren und Deirdre. Sie waren eineiige Zwillinge, aber wenn man sie sehr gut kannte, konnte man sie unterscheiden. Mein Blick wanderte zum nächsten Silberrahmen, aus ihm lächelte mir Paul zu, und aus einem anderen Henny. Julian schmollte in seinem Goldrahmen, er hielt das für sexy, und ich besaß auch einige Schnappschüsse von seiner Mutter, Madame Marisha, die neben dem Foto ihres Sohnes standen. Aber ein Foto von Bartholomew Winslow fand ich nirgends. Ich betrachtete das Bild meines Vaters, der gestorben war, als ich zwölf war. Er sah Chris sehr ähnlich, nur war Chris jetzt älter als mein Vater zur Zeit der Aufnahme. Im Handumdrehen wird aus dem Jungen, den du so gut gekannt hast, ein Mann. Die Jahre gehen so rasch vorbei, früher einmal war mir ein Tag länger erschienen als jetzt ein ganzes Jahr.
Wieder blickte ich auf die beiden Zwillingspaare. Nur jemand, der beide Paare sehr gut kannte, war imstande, die kleinen Unterschiede zu erkennen. Jorys Kinder hatten eine schwache Ähnlichkeit mit Melodie, kaum eine vage Andeutung. Ich betrachtete ein Foto von Chris und mir, das in Gladstone, Pennsylvania, aufgenommen worden war, als wir dort gelebt hatten. Ich war damals zehn,

Chris war eben dreizehn geworden. Wir standen in metertiefem Schnee neben einem Schneemann, den wir soeben fertiggebaut hatten, und lächelten Daddy zu, während er rasch ein Foto schoß. Ein Foto, das später braun wurde, unsere Mutter hatte es in ihr blaues Album geklebt. Jetzt war es unser blaues Album. Diese kleinen Rechtecke und Quadrate aus glänzendem Papier hielten kleine Bruchstücke aus unserem Leben fest. Catherine saß in einem hauchdünnen Nachthemd auf dem Fensterbrett eines Mansardenzimmers, während Chris im Schatten eine Zeitaufnahme machte. Wie war es mir gelungen, so still zu sitzen und den Gesichtsausdruck beizubehalten – wie? Durch das Nachthemd konnte ich die zarten, knospenden Brüste erkennen – und in dem mädchenhaften Profil die wehmütige Traurigkeit, die mich damals erfüllt hatte.
Wie reizend sie – nein, ich gewesen war. Ich sah sie lange prüfend an. Dieses zarte, schlanke Mädchen hatte sich längst in eine Frau mittleren Alters verwandelt. Ich war traurig, weil ich das besondere Mädchen verloren hatte, dessen Kopf voller Träume steckte. Ich versuchte, meinen Blick von ihm loszureißen; statt dessen stand ich auf und nahm das Foto zur Hand, das Chris im College, an der ärztlichen Fakultät, bei sich getragen hatte. Dieses Foto hatte er auch noch als Assistenzarzt immer bei sich. War das Stückchen Papier in meiner Hand schuld daran, daß seine Liebe zu mir am Leben geblieben war? Das klassische Profil eines fünfzehnjährigen Mädchens im Mondschein? Das sich sehnte, sich immer nach einer Liebe sehnte, die ewig währen würde? Ich sah nicht mehr so aus wie das Mädchenbild in meiner Hand. Ich sah aus wie meine Mutter in der Nacht, in der sie das alte Foxworth Hall angezündet hatte.
Schrilles Telefonklingeln schreckte mich in die Gegenwart zurück. »Ich hatte eine Reifenpanne«, berichtete Chris, als er meine leise Stimme hörte. »Ich war in ein anderes Labor gefahren, hatte dort einige Stunden zugebracht,

und als ich zurückkam, fand ich deine Nachrichten über Jory vor. Es kann ihm doch nicht schlechter gehen, nicht wahr?«

»Nein, Liebster, es geht ihm nicht schlechter.«

»Was ist geschehen, Cathy?«

»Ich werde es dir erzählen, wenn du hier bist.«

Eine Stunde später kam Chris nach Hause, umarmte mich hastig und lief zu Jory. »Wie geht es meinem Sohn?« fragte er, während er sich auf Jorys Bett setzte und ihm den Puls fühlte. »Ich habe von deiner Mutter gehört, daß jemand alle deine Fenster geöffnet und der Regen dich durchnäßt hat.«

»Wer kann bloß etwas so Schreckliches getan haben?« rief Toni. »Es tut mir so leid, Doktor Sheffield. Ich sehe jede Nacht zwei- oder dreimal nach Jory, ich meine Mister Marquet, auch wenn er nicht nach mir ruft.«

Jory grinste sie glücklich an. »Du kannst jetzt aufhören, Toni, mich Mr. Marquet zu nennen.« Seine Stimme klang sehr schwach und heiser. »Und es ist an deinem freien Tag geschehen.«

»Es muß also der Vormittag gewesen sein«, überlegte sie, »an dem ich in die Stadt gefahren bin, um meine Freundin zu besuchen.«

»Es ist nur eine Erkältung, Jory«, sagte Chris und untersuchte seine Lunge noch einmal. »Es gibt keine Anzeichen für Lungenflüssigkeit, und den Symptomen nach hast du nicht einmal eine Grippe. Schluck also schön deine Medizin, trink brav Tees, die Toni dir bringt, und hör auf, dich über Melodie zu kränken.«

Später saß Chris entspannt in seinem Lieblingssessel in unserem Wohnzimmer und hörte sich alles an, was ich ihm erzählte. »Hast du die Stimme erkannt?«

»Ich kenne niemanden von den Dorfbewohnern gut genug, Chris. Verdammt, ich gehe ihnen doch, so gut es geht, aus dem Weg.«

»Woher weißt du, daß es einer aus dem Dorf war?«

Darüber hatte ich nicht nachgedacht. Ich hatte es einfach

angenommen. Nichtsdestoweniger beschlossen wir beide, dieses Haus zu verlassen, sobald es Jory halbwegs gut ging.

»Wenn du es willst«, stimmte Chris bedauernd zu. »Mir gefällt es hier, das muß ich ehrlich zugeben. Mir gefällt die Weite ringsum, die Gärten, das Personal, das uns bedient, und es wird mir schwerfallen, das alles zu verlassen. Aber wir wollen doch wenigstens nicht zu weit von hier wegziehen. Ich möchte meine Arbeit an der Universität weiterführen.«

»Keine Sorge, Chris, das werde ich dir nicht wegnehmen. Wenn wir hier ausziehen, übersiedeln wir nach Charlottesville und beten zu Gott, daß dort niemand weiß, daß ich deine Schwester bin.«

»Meine liebste, süßeste Cathy, auch wenn sie es wüßten, wäre es ihnen verdammt gleichgültig. Und außerdem siehst du eher wie meine Tochter aus als wie meine Frau.«

Er war so bezaubernd, er konnte mit dem ehrlichsten Blick lügen. Er war blind, wenn er mich ansah. Er sah nur, was er sehen wollte, und das war das Mädchen, das ich einst gewesen war.

Er lachte über meine zweifelnde Miene. »Ich liebe die Frau, die du geworden bist. Suche also keinen Schwindel, wenn ich dir achtzehnkarätig goldene Ehrlichkeit offeriere. Ich würde sogar sagen vierundzwanzigkarätige, aber dann würdest du finden, daß sie zu weich und daher unbrauchbar ist. Also gebe ich dir das Beste, das es gibt: meine achtzehnkarätige Liebe, die davon überzeugt ist, daß du inwendig, drumherum und dazwischen wunderschön bist.«

Cindy kam auf einen Kurzbesuch und berichtete überschwenglich und atemlos bis ins letzte Detail, was sie erlebt hatte, seit sie uns das letzte Mal gesehen hatte. Es war beinahe unglaublich, daß ein neunzehnjähriges Mädchen so viel erleben konnte.

Kaum befanden wir uns in der großen Halle, rannte sie

die Treppe hinauf und warf sich Jory so stürmisch in die Arme, daß ich befürchtete, sie würde seinen Stuhl umkippen. »Wirklich, Cindy«, lachte er, »du wiegst einiges mehr als eine Feder.« Er küßte sie, musterte sie und lachte wieder. »Toll! Was trägst du denn da?«

»Etwas, über das ein gewisser Bruder namens Bart entsetzt sein wird. Ich habe es nur deshalb genommen, um ihn und den lieben Onkel Joel zu ärgern.«

Jory wurde ernst. »Wenn ich du wäre, Cindy, würde ich aufhören, Bart absichtlich zu reizen. Er ist schließlich kein kleiner Junge mehr.«

Ohne daß Cindy es merkte, war Toni ins Zimmer getreten und wartete geduldig darauf, Jorys Temperatur zu messen.

»Ach«, staunte Cindy, als sie sich umdrehte und Toni erblickte. »Ich dachte, daß Sie nach der schrecklichen Szene, die Bart Ihnen in New York gemacht hat, begreifen würden, wie er wirklich ist, und dieses Haus verlassen würden.« Der Ausdruck in Tonis Augen veranlaßte Cindy, Jory anzusehen und dann wieder Toni, dann lachte sie. »Sie sind also vernünftig geworden! Ich lese es in euren Augen, Toni, Jory. Ihr liebt euch! Hurra!« Sie umarmte und küßte Toni, setzte sich neben Jorys Stuhl und sah ihn anbetend an. »In New York habe ich Melodie getroffen. Sie hat bitterlich geweint, als ich ihr erzählte, wie hübsch die Zwillinge sind... aber am Tag, nachdem eure Scheidung ausgesprochen wurde, heiratete sie einen anderen Tänzer. Er sieht dir übrigens ähnlich, Jory, nur ist er bei weitem nicht so hübsch wie du und tanzt auch nicht so gut.«

Jory behielt sein leises Lächeln bei, als hätte er Melodie endgültig zu den Akten gelegt. Er grinste Toni an. »Damit werden meine Alimentenzahlungen eingestellt. Sie hätte es mir wenigstens mitteilen können.«

Wieder sah Cindy Toni an. »Was ist mit Bart?«

»Was soll mit mir sein?« fragte eine Baritonstimme von der offenen Tür her.

Erst jetzt bemerkten wir, daß Bart arrogant am Türpfosten lehnte und alles beobachtete, was wir sagten und taten, als wären wir Exponate in seinem Privatzoo von Familienoriginalen.

»So wahr ich lebe«, sagte er gedehnt, »unsere bezaubernde kleine Marilyn-Monroe-Kopie will uns mit ihrer Effekthascherei begeistern.«

»So würde ich meine Gefühle bei deinem Anblick nicht beschreiben«, blitzte Cindy ihn an, »ich bin abgekühlt, nicht begeistert!«

Bart musterte sie, ihre hautenge Hose aus goldfarbenem Leder, ihren weiß-golden gestreiften Baumwollpullover. Die horizontalen Streifen betonten ihre Brüste, die bei jeder Bewegung wippten; bis zu den Knien reichende, goldfarbene Stiefel zierten ihre Beine.

»Wann reist du wieder ab?« fragte Bart, während er Toni musterte, die auf Jorys Bett saß und seine Hand hielt. Chris saß neben mir auf dem kleinen Sofa und versuchte ein paar Briefe zu lesen, die zu uns nach Hause und nicht in sein Labor geschickt worden waren.

»Sag was du willst, lieber Bruder, mich kümmert es nicht. Ich besuche meine Eltern und den Rest meiner Familie. Ich werde bald genug wieder abreisen. Selbst stählerne Ketten könnten mich hier nicht festhalten.« Sie lachte, trat näher zu ihm und blickte ihm voll ins Gesicht. »Du mußt mich nicht mögen oder mich akzeptieren. Selbst wenn du den Mund zu einer Beleidigung öffnest, werde ich immer nur lachen. Ich habe einen Mann gefunden, der mich liebt und neben dem du wie ein aus dem Moor gefischter Leichnam aussiehst.«

»Cindy!« ermahnte Chris sie scharf und legte seine noch ungeöffnete Post beiseite. „Während du hier bist, wirst du dich ordentlich kleiden, mit Bart anständig reden, und er wird es genauso halten. Ich habe endgültig genug von diesen kindischen Zänkereien wegen nichts und wieder nichts.«

Cindy widmete ihm einen beleidigten Blick, so daß ich es

für angebracht hielt, mich einzumischen. »Liebling, das ist schließlich Barts Haus. Und manchmal würde auch ich dich gern in Kleidern sehen, die nicht so knapp sitzen.«
Der Ausdruck in ihren blauen Augen, die so erwachsen gewirkt hatten, wurde jetzt kindlich. Sie jammerte: »Ihr stellt euch beide auf seine Seite – obwohl ihr wißt, daß er nur ein verrückter Kerl ist, der es darauf angelegt hat, uns alle unglücklich zu machen!«
Toni schaute verlegen zu Boden, bis ihr Jory etwas ins Ohr flüsterte, dann lächelte sie. »Es hat nichts zu bedeuten«, hörte ich ihn flüstern. »Bart und Cindy macht es einfach Spaß, einander zu reizen.«
Leider wurde Barts Aufmerksamkeit von Cindy abgelenkt, weil Jory Toni den Arm um die Schultern legte. Bart winkte Toni unmutig zu. »Komm mit, ich möchte dir das Innere der Kapelle mit allen neuen Ergänzungen zeigen.«
»Eine Kapelle? Wozu brauchen wir eine Kapelle?« fragte Cindy, die über den neuesten Umbau nicht informiert worden war.
»Cindy, Bart wollte in dieses Haus eine Kapelle einbauen.«
»Wenn jemand eine Kapelle in Reichweite nötig hat, ist es der Schleicher vom Foxworthhügel.«
Mein zweiter Sohn sagte kein Wort.
Toni lehnte es ab, Bart zu begleiten. Sie entschuldigte sich damit, daß sie die Zwillinge baden müsse. In Barts Augen blitzte Zorn auf, der sich aber wieder legte; er machte einen seltsam einsamen Eindruck, wie er so dort stand. Ich stand auf und ergriff seine Hand. »Ich würde gern sehen, womit du die Kapelle umgestaltet hast.«
»Ein andermal«, winkte er ab.
Ich beobachtete ihn heimlich beim Abendessen, während Cindy Bart auf eher kindische Art verspottete, die uns zum Lachen gebracht hätte, wenn er nur ihren Humor verstanden hätte. Aber Bart hatte es nie über sich gebracht, über sich selbst zu lachen, was jammerschade war.

Er nahm alles so tierisch ernst. Sie grinste triumphierend. »Siehst du, Bart«, neckte sie ihn, »ich kann über meine kindischen Schwächen, sogar über körperliche, lachen. Aber du kannst mit nichts fertig werden, was in deinem Bauch gärt und dein Gehirn vernichtet. Du bist wie eine Kloake, die alles Stinkende und Verfaulte behält und es nie von sich gibt.«

Er sprach noch immer nicht.

Chris, der während des Abendessens geschwiegen hatte, verlangte: »Cindy, entschuldige dich bei Bart.«

»Nein.«

»Dann verlasse den Tisch und iß auf deinem Zimmer, bis du gelernt hast, dich anständig zu benehmen.«

Das unheilverkündende Blitzen ihrer Augen galt diesmal Chris. »In Ordnung! Ich gehe auf mein Zimmer – aber morgen verlasse ich dieses Haus und werde nie mehr wiederkommen. Niemals!«

Dazu hatte Bart endlich etwas zu sagen: »Die beste Neuigkeit seit vielen Jahren.«

Cindy brach in Tränen aus, noch bevor sie den bogenförmigen Ausgang des Speisezimmers erreicht hatte.

Diesmal sprang ich nicht auf, um ihr zu folgen. Ich blieb sitzen und tat, als wäre alles in schönster Ordnung. Früher hatte ich immer Cindys Partei ergriffen und Bart gemaßregelt, aber ich sah ihn nun mit anderen Augen. Der Sohn, den ich offensichtlich nie gekannt hatte, besaß Eigenschaften, die nicht dunkel und gefährlich waren.

»Warum gehst du nicht zu Cindy, wie du es früher immer getan hast, Mutter?« fragte Bart, als wollte er mich provozieren.

»Ich habe mein Abendessen noch nicht beendet, Bart. Und Cindy muß lernen, auch die Ansichten anderer zu respektieren.«

Er blickte mich an, als wäre er völlig überrascht.

Am frühen Morgen des nächsten Tages stürmte Cindy ohne anzuklopfen in unser Zimmer; ich war gerade aus dem

Bad gekommen und nur in ein Handtuch gehüllt, Chris rasierte sich noch. »Mam, Dad, ich fahre weg«, erklärte sie starrköpfig. »Ich kann hier nicht froh werden. Ich möchte nur wissen, warum ich überhaupt hergekommen bin. Es ist klar, daß ihr entschlossen seid, bei jedem Streit Barts Partei zu ergreifen, und wenn das der Fall ist, bin ich erledigt. Ich werde im April zwanzig und bin alt genug, um ohne Familie auszukommen.«
Ihre Augen füllten sich gegen ihren Willen mit Tränen. Ihre Stimme wurde leise und klang gebrochen. »Ich will euch beiden dafür danken, daß ihr so wundervolle Eltern gewesen seid, als ich noch klein war und jemand wie euch brauchte. Ihr werdet mir fehlen, du und Daddy, auch Jory und Darren und Deirdre, aber jedesmal, wenn ich hierher komme, fühle ich mich ganz krank, wenn ich wieder wegfahre. Wenn ihr euch jemals entschließen solltet, fern von Bart zu leben, werdet ihr mich vielleicht wiedersehen ... vielleicht.«
»Ach, Cindy«, rief ich und schloß sie in die Arme. »Geh doch nicht weg!«
»Nein, Mama«, lehnte sie standhaft ab, »ich fliege nach New York zurück. Meine Freunde werden eine ganz heiße Party für mich veranstalten. In New York verstehen sie alles besser.«
Aber ihre Tränen strömten nun rascher, heftiger. Chris wischte sich den Rasierschaum vom Gesicht, kam herein und umarmte sie innig. »Ich kann verstehen, was du fühlst, Cindy. Bart kann einen Menschen schon reizen, aber gestern bist du entschieden zu weit gegangen. In gewissem Sinn warst du sehr unterhaltsam, aber dafür hat er leider nicht das geringste Verständnis. Du mußt abschätzen können, wen du necken kannst und wen nicht. Du bist Bart über den Kopf gewachsen. Wir werden nichts dagegen einwenden, wenn du so bald wegfahren willst. Aber du sollst wissen, daß deine Mutter und ich mit Jory, seinen Kindern und Toni nach Charlottesville übersiedeln werden. Wir werden dort ein großes Haus finden und uns

unter anderen Menschen niederlassen; wenn du also wiederkommst, wirst du nicht allein sein, und Bart wird noch immer fern von dir hier oben auf dem Hügel leben.«
Sie klammerte sich schluchzend an Chris. »Es tut mir leid, Daddy. Ich war eklig zu ihm, aber er sagt mir immer so gemeine Dinge, und ich muß mich wehren, sonst fühle ich mich wie sein Fußabstreifer. Ich mag es nicht, wenn er sich die Füße an mir abstreift –, und er ist wie eine Kloake, wirklich.«
»Ich hoffe, du wirst ihn eines Tages gerechter beurteilen«, besänftigte sie Chris, hob ihr hübsches tränenüberströmtes Gesicht hoch und hauchte ihr einen Kuß auf die Wangen. »Also küß deine Mutter, verabschiede dich von Jory, Toni, Darren und Deirdre ... aber sag nicht, daß du nicht wiederkommen willst. Das würde uns beide sehr unglücklich machen. Du machst uns viel Freude, und die solltest du uns nicht verderben.«
Ich half Cindy, die Kleider im Koffer zu verstauen, die sie erst vor kurzem ausgepackt hatte. Dabei merkte ich, daß sie unentschlossen war und bleiben würde, wenn ich sie nur darum bat. Leider hatten wir die Tür offengelassen, und als ich mich umdrehte, sah ich Joel, der uns vom Korridor aus beobachtete. Er richtete seine Augen auf Cindy. »Warum hast du so rote Augen, kleines Mädchen?«
»Ich bin kein kleines Mädchen!« schrie sie und funkelte ihn zornig an. »Du stehst mit ihm im Bunde, nicht wahr? Du trägst dazu bei, daß er so geworden ist. Du freust dich hämisch darüber, daß ich meine Koffer packe, stimmt's? Du freust dich, weil ich abreise – aber bevor ich gehe, werde ich dir noch meine Meinung sagen. Und ich kümmere mich nicht darum, ob meine Eltern mich tadeln, weil ich keine Achtung vor dem Alter zeige.« Sie trat näher an ihn heran und überragte seine geduckte Gestalt. »Ich hasse dich, Alter! Ich hasse dich, weil du meinen Bruder daran hinderst, ein normales Leben zu führen, und das wäre ihm ohne dich möglich! Ich hasse dich!«
Jetzt wurde Chris, der am Fenster saß, wütend. »Cindy,

was soll das? Du hättest abreisen und den Mund halten sollen.« Joel war inzwischen verschwunden. Cindy sah Chris kalt an. »Cindy«, flüsterte Chris, streckte die Hand aus und streichelte ihr Haar. »Joel ist ein alter Mann, der an Krebs stirbt. Er wird nicht mehr lange unter uns weilen.«
»Was meinst du damit?« fragte sie. »Er sieht doch gesünder aus als damals, als wir hierher zogen.«
»Vielleicht ist seine Krankheit vorübergehend zum Stillstand gekommen. Er weigert sich, einen Arzt aufzusuchen und will sich auch von mir nicht untersuchen lassen. Er behauptet, er habe sich damit abgefunden, daß er bald sterben muß. Also nehme ich ihn beim Wort.«
»Du willst wahrscheinlich, daß ich mich bei ihm entschuldige – das werde ich jedenfalls nicht tun! Ich habe jedes Wort ernst gemeint. Damals in New York, als Bart mit Toni so glücklich war und sie so verliebt waren, waren wir auf einer Party, als plötzlich ein alter Mann auftauchte, der so aussah wie Joel –, und sofort hat sich Bart verändert. Er wurde gemein, widerlich, als hätte man ihn verzaubert, er begann meine Kleidung zu kritisieren, Tonis hübsches Kleid, das er als schamlos bezeichnete. . ., und nur wenige Minuten vorher hatte er ihr Komplimente darüber gemacht, wie hübsch sie in eben diesem Kleid aussah. Also erzähle mir ja nicht, daß Joel nicht sehr viel mit Barts verrücktem Verhalten zu tun hat.«
Sofort stellte ich mich auf Cindys Seite. »Siehst du, Chris. Cindy ist der gleichen Meinung wie ich. Ohne Joels Einfluß würde Bart vernünftig werden. Jage Joel davon, Chris, ehe es zu spät ist.«
»Ja, Daddy, bring den alten Mann dazu, auszuziehen. Gib ihm Geld.«
»Und was soll ich Bart sagen?« fragte Chris und sah uns der Reihe nach an. »Ist euch nicht klar, daß er sich selbst ein Urteil über Joel bilden muß? Wir können ihm nicht sagen, daß Joel einen schlechten Einfluß auf ihn ausübt. Das muß Bart selbst herausfinden.«

Bald danach fuhren wir nach Richmond, von wo Cindy einen Flug zurück nach New York nehmen konnte. In einer Woche wollte sie dann nach Hollywood übersiedeln, um eine Filmkarriere zu starten. »Ich werde nicht wieder nach Foxworth Hall kommen, Mama«, erklärte sie noch einmal. »Ich liebe dich und ich liebe Dad, auch wenn er auf mich böse ist, weil ich meine Meinung frei heraussage. Richte Jory noch einmal aus, daß ich ihn und seine Kinder liebe. Aber sobald ich dieses Haus betrete, ergreifen Haß und schreckliche Gedanken von mir Besitz. Zieht von dort weg, Mama, Daddy. Verlaßt Foxworth Hall, ehe es zu spät ist.«

Ich nickte ergeben.

»Erinnerst du dich an die Nacht, Mama, in der Bart Victor Wade zusammengeschlagen hat? Er trug mich nackt ins Haus –, und er brachte mich in Joels Zimmer hinauf. Er hielt mich fest, so daß Joel mich ansehen konnte, und der alte Mann spuckte mich an und verfluchte mich. Damals konnte ich es euch nicht erzählen. Die beiden versetzen mich in Angst, wenn sie zusammen auftreten. Allein könnte Bart normal werden. Solange Joel ihn beeinflußt, könnte er gefährlich werden.«

Sie saß bald im Flugzeug, und wir sahen zu, wie sie wieder abflog.

Sie flog in den Morgen. Wir fuhren nach Hause in die Nacht.

Es konnte nicht so weitergehen. Um Jory, Chris, die Zwillinge und mich zu retten, mußten wir das Haus verlassen, selbst wenn es bedeutete, daß wir Bart nie wieder sehen würden.

Garten im Himmel

Arme Cindy, dachte ich, wie würde es ihr in Hollywood ergehen? Ich seufzte, dann sah ich mich nach den Zwillingen um. Sie saßen ernst in ihrer Sandkiste unter der Markise in allen Farben des Regenbogens, obwohl das Wetter anfangs September allmählich kühler wurde. Sie schaufelten weder den Sand in ihre bunten Eimer, noch bauten sie Sandburgen. Sie machten nichts. »Wir hören nur zu, wie der Wind weht«, sagte Deirdre.

»Mag den Wind nicht«, fügte Darren hinzu.

Bevor ich etwas sagen konnte, kam Chris auf uns zu, und ich berichtete ihm gleich. »Cindy hat soeben aus Hollywood angerufen. Sie hat angeblich dort schon eine Menge Freunde gefunden. Ich weiß nicht, ob es stimmt. Aber sie hat jedenfalls genügend Geld. Ich habe bereits eine meiner Freundinnen angerufen, die sich ihrer annehmen wird.«

»So ist es besser«, seufzte er sorgenvoll. »Hier ist für Cindy nichts glattgegangen. Sie kommt mit Bart nicht zurecht, und nun ist sie auch mit Joel zerstritten. Sie findet, daß Joel noch ärger ist als Bart.«

»So ist es auch, Chris! Hast du das noch nicht erkannt?« Er verlor die Geduld mit mir, und dabei hatte ich geglaubt, daß ich ihn überzeugt hatte. »Du bist voreingenommen, weil er Malcolms Sohn ist, und das ist wohl der Hauptgrund. Eine Zeitlang, als auch Cindy ihn beschuldigte, habt ihr beide mich beinahe überzeugt, aber Joel unternimmt nichts, um Bart zu beeinflussen. Soviel ich höre, ist Bart ein Vollbluthengst, der sich großartig unterhält, nur weißt du nichts davon. Und Joel hat nicht mehr lange zu leben. Der Krebs zehrt ihn immer mehr auf, auch wenn er nicht abnimmt. Ich gebe ihm nicht mehr als einen oder zwei Monate.«

Ich war darüber nicht unglücklich. Ich war in diesem Moment nicht einmal schuldbewußt oder beschämt. Ich gestand mir aufrichtig ein, daß Joel vom Schicksal genau das zugemessen bekam, was er verdiente. »Woher weißt du, daß er an Krebs leidet?«

»Er hat mir erzählt, daß er zurückgekommen ist, um sozusagen auf heimatlichem Boden zu sterben. Er will in der Familiengruft beigesetzt werden.«

»Aber Cindy meinte, daß er jetzt besser aussieht als bei seiner Ankunft.«

»Weil er gut ernährt wird und gut untergebracht ist. Er hat in diesem Kloster in Armut gelebt. Du siehst ihn aus deiner Perspektive und ich aus der meinen. Er vertraut mir, Catherine, und erzählt mir, wie sehr er sich bemüht hat, dich für sich einzunehmen. Tränen treten in seine Augen, ›... und sie sieht meiner lieben Schwester, ihrer lieben Mutter, so ähnlich‹, wiederholt er immer wieder.«

Nachdem ich Joel in der Kapelle erlebt hatte, glaubte ich diesem bösen alten Mann keine Minute lang. Obwohl ich anschließend Chris den Vorfall in der Kapelle in allen Einzelheiten schilderte, hielt er ihn nicht für so schrecklich, bis ich erwähnte, was er den Zwillingen beigebracht hatte.

»Du hast das wirklich gehört? Die Kleinen haben tatsächlich gesagt, daß sie eine Satansbrut sind?« Seine blauen Augen waren von Unglauben erfüllt.

»Kommt dir das nicht bekannt vor? Siehst du noch Cory und Carrie neben ihren Betten knien, wie sie Gott um Verzeihung bitten, weil sie aus Satans bösem Samen geboren sind? Obwohl sie nicht wußten, was das bedeutete? Wer weiß besser als du und ich, welchen Schaden solche Ideen anrichten können, die in den jungen Geist gepflanzt werden? Chris, wir müssen bald von hier weg! Nicht erst nach Joels Tod, sondern so bald wie möglich!«

Er erwiderte genau das, was ich befürchtete. Wir mußten an Jory denken, der eine spezielle Unterkunft und auch besondere Einrichtungen brauchte. »Er muß einen Fahrstuhl haben. Die Türöffnungen müssen erweitert werden. Die Korridore müssen breit genug sein. Und dann müssen wir noch etwas bedenken – vielleicht wird Jory Toni heiraten. Er hat mich gefragt, was ich davon halte, wollte wissen, ob ich glaube, daß er Toni glücklich machen kann. Ich bejahte es, natürlich ist es möglich. Ich sehe, wie ihre Liebe von Tag zu Tag wächst. Mir gefällt die Art, wie sie ihn behandelt, als würde sie weder den Rollstuhl noch das sehen, was er nicht tun kann – sondern nur das, was er kann. Und, Cathy, zwischen Toni und Bart hat kaum echte Zuneigung bestanden. Es war blinde Leidenschaft, der Sexualtrieb – nenne es, wie du willst, aber Liebe war es nicht. Nicht die ewige Liebe, die uns verbindet.«

»Nein...«, hauchte ich, »nicht unsere Liebe, die ewig«...

Zwei Tage später rief Chris aus Charlottesville an und erzählte mir, daß er ein Haus gefunden hatte.

»Wieviele Räume hat es genau?«

»Elf. Nach Foxworth Hall wird es uns klein erscheinen. Aber die Räume sind groß, luftig, freundlich. Es hat unter anderem vier Badezimmer und ein Boudoir, fünf Schlafzimmer, ein Gästezimmer und ein weiteres Badezimmer über der Garage; im ersten Stock befindet sich auch ein riesiger Raum, den wir in ein Studio für Jory umwandeln können, und eines der überzähligen Schlafzimmer kann mein Privatbüro werden. Dieses Haus wird dir gefallen.«

Ich bezweifelte es, er hatte es zu rasch gefunden, obwohl ich ihn darum ersucht hatte. Er klang so glücklich, und das stimmte mich optimistisch. Er lachte, dann erklärte er weiter: »Es ist schön, Cathy, genau das Haus, das du dir immer schon gewünscht hast. Nicht zu groß, nicht zu klein, in dem jeder ungestört sein kann, wenn er will. Vier Morgen voller Blumenbeete.«

Es war also abgemacht.
Sobald wir unsere Koffer und die vielen persönlichen Habseligkeiten, die sich in den Jahren in Foxworth Hall angesammelt hatten, packen konnten, würden wir ausziehen.
Ich war doch etwas traurig, wenn ich durch die großen Räume schlenderte, die dank meiner Änderungen allmählich behaglich geworden waren. Bart hatte sich mehr als einmal darüber beklagt, daß ich Dinge veränderte, die eigentlich unverändert bleiben sollten. Aber sobald er die Verbesserungen gesehen hatte, die aus dem Haus ein richtiges Heim und kein Museum machten, hatte er mir freie Hand gelassen.
Freitag abend kam Chris zu mir und sah mich mit seinen sanften Augen an. »Hab noch ein paar Tage Geduld, Liebste, damit ich nach Charlottesville zurückfahren und das Haus gründlicher in Augenschein nehmen kann, bevor wir den Vertrag unterschreiben. Ich habe eine nette Wohnung gefunden, die wir mieten können, bis wir endgültig in das Haus übersiedeln. Ich muß auch noch im Labor einiges regeln, um mir ein paar Tage freizunehmen, in denen ich dir beim Einrichten helfen kann. Wie ich dir schon am Telefon gesagt habe, werden zwei Wochen Arbeit nach Vertragsabschluß genügen, um unser neues Haus für uns alle wohnbar zu machen – Auffahrtsrampen, Fahrstuhl und dergleichen mehr.«
Nachsichtig wie immer erwähnte er all die Jahre nicht, in denen er mit Bart zusammengelebt und gewußt hatte, daß irgendwo der Zeitzünder leise tickte, der früher oder später explodieren mußte. Nie hatte er ein Wort des Vorwurfs gefunden, weil ich ihn mit einem rebellierenden, aufsässigen Sohn belastet hatte, dem es gleichgültig war, wieviel Liebe wir ihm schenkten.
Welche Qualen hatte er wegen Bart erduldet, dennoch verlor er mir gegenüber kein Wort des Vorwurfs, weil ich bewußt den zweiten Mann meiner Mutter in mein Bett gelockt hatte. Ich preßte den Kopf in die Hände, denn der heftige Schmerz setzte wieder ein.

Am frühen Morgen fuhr mein Christopher weg und überließ mich den Sorgen und Ängsten eines weiteren langen Tages. Im Lauf der Jahre war ich immer abhängiger von ihm geworden, während ich früher stolz darauf gewesen war, daß ich unabhängig war, meinen Weg selbst finden konnte und niemanden so sehr brauchte, wie die anderen mich. Wie egoistisch war meine Einstellung zum Leben gewesen, als ich noch jünger gewesen war. Meine eigenen Bedürfnisse hatten immer Vorrang gehabt. Jetzt hatten die Bedürfnisse der anderen Vorrang.

Ruhelos ging ich herum, kümmerte mich um alle meine Lieben, sah Bart nach Hause kommen, hätte ihm so gern heftige Vorwürfe gemacht, und dennoch überwog mein Mitleid für ihn. Wenn er hinter seinem Schreibtisch saß, sah er wie der perfekte junge Manager aus. Er war weder schuldbewußt noch schämte er sich, während er feilschte, manipulierte, verhandelte, immer mehr Geld machte, nur indem er telefonierte oder sich mit seinem Computer befaßte. Er sah mich an und lächelte. Ein aufrichtiges, erfreutes Lächeln.

»Als Joel mir erzählte, daß Cindy sich entschlossen hat wegzufahren, war ich den ganzen Tag heiter gestimmt, und ich befinde mich noch immer in dieser Stimmung.«

Doch wie sollte ich die merkwürdige Düsternis auf dem Grund seiner dunklen Augen deuten? Warum sah er mich an, als würde er bald in Tränen ausbrechen? »Bart, wenn du mir etwas anzuvertrauen hast –«

»Ich habe dir nichts anzuvertrauen, Mutter.«

Seine Stimme klang sanft. Zu sanft, als spräche er zu jemandem, der bald fort sein würde – für immer fort.

»Vielleicht ist es dir nicht klar geworden, Bart, aber der Mann, den du so haßt, mein Bruder und dein Onkel, hat alles Menschenmögliche getan, um dir den Vater zu ersetzen.«

Das verneinte er kopfschüttelnd. »Das Menschenmögliche wäre gewesen, seine Beziehung zu dir, seiner Schwester, abzubrechen, und das hat er nicht getan. Ich hätte ihn lieben können, wenn er nur mein Onkel geblieben wäre. Du solltest wissen, daß es keinen Sinn hat, mich zu täuschen. Du solltest wissen, daß heranwachsende Kinder Fragen stellen und sich gut an Ereignisse erinnern, von denen du annimmst, sie würden bald in Vergessenheit geraten, aber die Kinder vergessen nichts. Sie bewahren sie tief in ihrer Erinnerung und holen sie später hervor, wenn sie sie verstehen können. Und ich kann mich daran erinnern, daß nur der Tod die Beziehung zwischen euch beiden lösen kann.«

Mein Herz klopfte rascher. Auf dem Dach von Foxworth Hall, unter Sonne und Sternen, hatten Chris und ich das Gelübde abgelegt, uns bis in alle Ewigkeit nicht zu trennen. Wie jung und unüberlegt von uns, in die eigene Falle zu gehen.

In letzter Zeit füllten sich meine Augen so leicht mit Tränen. »Bart – wie könnte ich ohne ihn leben?«

»Ach, Mutter, du könntest! Du weißt, daß du es könntest. Laß ihn doch gehen, Mutter. Sei mir die ehrbare, gottesfürchtige Mutter, die ich immer gebraucht habe, damit ich nicht den Verstand verliere.«

»Wenn ich mich aber nicht von Chris trennen kann – was dann, Bart?«

Sein dunkler Kopf senkte sich. »Dann helfe dir Gott, Mutter. Ich werde es nicht können. Gott helfe auch mir. Ich muß an meine unsterbliche Seele denken.«

Da ging ich.

Die ganze Nacht über träumte ich von Feuer, von so schrecklichen Ereignissen, daß ich aufwachte und mich nur noch an das Feuer deutlich erinnern konnte, doch da war noch etwas anderes gewesen, etwas Schreckliches, an das ich mich erinnerte, das ich aber immer wieder verdrängte. Was war es nur? Was? Ich war nicht fähig, die unerklärliche Müdigkeit abzuschütteln, die mich drückte, schlief wieder ein und geriet in eine Fortsetzung des Alptraums, in dem ich Jorys Zwillinge als Cory und Carrie

sah, die weggeschleppt wurden, um verschlungen zu werden. Zum zweiten Mal zwang ich mich aufzuwachen. Zwang mich aufzustehen, obwohl mein Kopf heftig schmerzte.
Ich war benommen, wie betrunken, während ich mich meinen täglichen Pflichten widmete. Die Zwillinge liefen hinter mir her und stellten tausend Fragen, besonders Deirdre. Sie erinnerte mich so sehr an Carrie mit ihrem ewigen Warum? Wo? Und wem gehört es? Und wieso gehört es ihm oder ihr? Sie plapperten und schnatterten ohne Ende, während Darren in Schränke guckte, Schubladen aufzog, Briefumschläge untersuchte, Illustrierte durchblätterte und sie dabei zerfledderte, so daß sie unleserlich waren. Ich mußte ihn ermahnen: »Cory, leg das weg! Das gehört deinem Großvater, und er will die Journale lesen, auch wenn dich nur die Bilder in ihnen interessieren. Carrie, würdest du bitte nur fünf Minuten lang still sein? Nur fünf?« Das forderte natürlich weitere Fragen heraus, da sie wissen wollten, wer Cory und Carrie waren, und warum ich sie immer bei diesen komischen Namen rief?
Endlich kam Toni und befreite mich von den allzu wißbegierigen Kindern. »Tut mir leid, Cathy, aber Jory wollte, daß ich ihm heute im Garten Modell sitze, bevor alle Rosen sterben . . .«
Bevor alle Rosen sterben? Ich sah sie an, dann schüttelte ich den Kopf und dachte, ich höre zuviel aus gewöhnlichen Worten heraus. Die Rosen würden noch leben, bis schwerer Frost einsetzte, und der Winter war noch Monate entfernt.
Gegen zwei Uhr nachmittags läutete das Telefon in meinem Zimmer. Ich hatte mich gerade hingelegt, um mich ein wenig auszuruhen. Es war Chris. »Liebling, ich mache mir unaufhörlich Sorgen, daß etwas passieren könnte. Du hast mich mit deinen Ängsten angesteckt. Hab Geduld. Ich werde in einer Stunde bei dir sein. Geht es dir gut?«
»Warum sollte es mir nicht gutgehen?«

»Ich wollte es nur bestätigt haben. Ich hatte kein gutes Gefühl. Ich liebe dich.«
»Ich liebe dich auch.«

Die Zwillinge waren unruhig, sie wollten nicht in der Sandkiste spielen, lehnten alle meine Vorschläge ab.
»De-dee mag nicht seilhüpfen«, protestierte Deirdre, die ihren Namen noch nicht richtig aussprechen konnte und es eigentlich auch nicht versuchte. Je mehr wir uns bemühten, ihn ihr richtig beizubringen, desto mehr stotterte sie. Sie war genauso eigensinnig wie Carrie. Weil Darren überaus bereit war, ihr überallhin zu folgen, stotterte er ebenfalls, wenn sie es tat. Und was machte es schon aus, wenn ein kleiner Junge in seinem Alter mit Puppen spielte.
Ich legte die Zwillinge zu ihrem Nachmittagsschläfchen nieder. Sie weigerten sich lautstark, bis Toni hereinkam und ihnen eine Geschichte vorlas, die sie ihnen versprochen hatte – während ich ihnen doch die gleiche Geschichte schon dreimal vorgelesen hatte! Bald darauf schliefen sie in ihrem Zimmer bei zugezogenen Vorhängen. Wie süß sie aussahen, sie lagen einander zugekehrt auf der Seite, genau wie seinerzeit Cory und Carrie.
Nach einem kurzen Besuch bei Jory, der eifrig in einem Buch studierte, wie man gewisse Muskeln am Penis kräftigen kann, wandte ich mich meinem vernachlässigten Tagebuch zu und brachte es auf den neuesten Stand. Als ich müde wurde, weil mich die absolute Stille im Haus schläfrig machte, ging ich zu den Zwillingen, um sie zu wecken. Sie lagen nicht in ihren Bettchen!
Jory und Toni lagen auf der Terrasse nebeneinander auf der gepolsterten Übungsmatte. Sie umarmten und küßten einander lange und leidenschaftlich.
»Es tut mir leid, daß ich euch störe«, entschuldigte ich mich mit schlechtem Gewissen, weil ich ihre Intimsphäre stören und eine für Jory – und Toni – wunderbare Erfahrung unterbrechen mußte. »Wo sind die Zwillinge?«
»Wir dachten, sie seien mit dir beisammen«, erwiderte

Jory und blinzelte mir zu, bevor er sich wieder Toni zuwandte. »Such sie bitte ... ich bin mit meiner heutigen Lektion noch nicht fertig.«
Ich lief auf dem schnellsten Weg zur Kapelle. In dem Garten blickte ich beunruhigt zu dem Wald hinüber, hinter dem der Friedhof lag. Die Schatten der Bäume wurden schon länger und kreuzten einander, als ich mich der Tür der Kapelle näherte. Ein seltsamer Duft schwebte in der warmen Sommerbrise. Weihrauch. Ich lief weiter und erreichte die Kapelle atemlos, mit klopfendem Herzen. Seit ich das letzte Mal dort gewesen war, war sie um eine Orgel bereichert worden. Ich trat so leise wie möglich ein.
Joel spielte schön auf der Orgel und bewies, daß er einmal wirklich ein Berufsmusiker mit beachtlichen Fähigkeiten gewesen war. Bart stand auf und sang. Ich entspannte mich, als ich die Zwillinge in der vordersten Bankreihe sitzen sah, die zufrieden zu ihrem Onkel aufblickten, der so schön sang, daß meine Angst schwand und ich Frieden fand.
Das Lied klang aus. Automatisch sanken die Zwillinge auf die Knie und falteten ihre Händchen unter dem Kinn. Sie sahen aus wie Engelchen – oder Lämmer auf einer Schlachtbank.
Warum kam mir so etwas Gräßliches in den Sinn? Das war doch eine heilige Stätte.
»Und obwohl wir durch das Tal der Todesschatten gehen, werden wir nichts Böses fürchten ...« sprach Bart, der ebenfalls kniete. »Sprecht mir nach, Darren, Deirdre.«
»Und obwohl wir durch das Tal der Todesschatten gehen, werden wir nichts Böses fürchten«, wiederholte Deirdre gehorsam; ihre hohe dünne Stimme begann als erste, und Darren sprach ihr nach.
»Denn du bist bei mir ... « sprach ihnen Bart vor.
»Denn du bist bei mir ...«
»Dein Zepter und dein Stab werden mich trösten.«
»Dein Zepter und dein Stab werden mich trösten.«
Ich trat vor. »Bart, was, zum Teufel, tust du? Heute ist weder Sonntag, noch ist jemand gestorben.«

Sein gesenkter Kopf hob sich. Seine dunklen Augen drückten tiefsten Kummer aus und richteten sich auf mich. »Bitte geh, Mutter.«

Ich lief zu den Kindern, die aufsprangen. Ich schloß sie in die Arme.

»Hier gefällt es uns nicht«, flüsterte Deirdre. »Wir mögen das nicht.«

Joel war aufgestanden. Hochgewachsen schlank stand er im Schatten, und die bunten Glasfenster warfen Farbflekken auf sein langes, hageres Gesicht. Er sprach kein Wort, sondern musterte mich nur giftig von oben bis unten.

»Bitte, Mutter, geh wieder in deine Zimmer, bitte.«

»Du hast kein Recht, diese Kinder Furcht vor Gott zu lehren. Wenn du sie schon in Religion unterrichtest, Bart, dann sprich von Gottes Liebe, nicht von seinem Zorn.«

»Sie haben keine Angst vor Gott, Mutter. Du sprichst von deiner eigenen Furcht.«

Ich trat zurück und zog die Zwillinge mit. »Eines Tages wirst du die Liebe begreifen, Bart. Du wirst erkennen, daß sie sich nicht erzwingen läßt, weil du sie haben willst oder sie brauchst. Du bekommst sie nur, wenn du sie dir verdienst. Sie kommt zu dir, wenn du sie am wenigsten erwartest, tritt durch die Tür, schließt sie leise, und wenn sie sich zu Hause fühlt, bleibt sie. Du kannst sie nicht finden, indem du Pläne schmiedest oder jemanden verführst und hoffst, daß daraus Liebe wird. Du mußt sie verdienen, sonst wirst du niemals jemanden finden, der lange genug an deiner Seite bleibt.«

Seine dunklen Augen blickten trübe. Er ging die drei Stufen hinunter und trat auf mich zu.

»Wir ziehen alle fort, Bart. Darüber wirst du dich sicherlich freuen. Keiner von uns wird je wiederkommen und dich stören. Jory und Toni begleiten uns. Damit wirst du dein Erbe antreten. Jeder Raum in dem riesigen einsamen Foxworth Hall wird dir ganz allein gehören. Wenn du willst, wird Chris die Treuhandverwaltung bis zu deinem fünfunddreißigsten Lebensjahr Joel übertragen.«

Einen Moment, einen kurzen, aufschlußreichen Moment lang zuckte Furcht über Barts Gesicht, während man zugleich in Joels Augen Triumph lesen konnte.
»Sag Chris, er soll die Treuhandverwaltung meinem Anwalt übertragen«, antwortete Bart schnell.
»Ja, wenn du es so wünschst.« Ich lächelte Joel zu, der das Gesicht abwandte. Er warf Bart einen bösen, enttäuschten Blick zu, der meinen Argwohn bestätigte –, er ärgerte sich, weil Bart sich nehmen würde, was er vielleicht selbst bekommen wollte.
»Morgen früh werden wir alle fort sein«, flüsterte ich heiser.
»Ja, Mutter, ich wünsche euch gute Reise und viel Glück.«
Ich blickte meinen zweiten Sohn an, der einen Meter von mir entfernt stand. Wo hatte ich diese Worte das letzte Mal gehört? Ach ja ... vor sehr langer Zeit. Von dem hochgewachsenen Schaffner des Nachtzuges, in dem wir als Kinder hierhergekommen waren. Er hatte auf den Stufen des Schlafwagens gestanden, uns diese Worte zugerufen, und der Zug hatte einen traurigen Abschiedspfiff ausgestoßen.
Als ich Barts nachdenklichem Blick begegnete, fiel mir ein, daß ich mich jetzt in dieser Hauskapelle verabschieden sollte, so daß ich morgen, wenn ich wahrscheinlich weinen würde, nicht zu sprechen brauchte.
Er kam mir zuvor. »Mütter neigen anscheinend immer dazu, wegzugehen und die Söhne ihrem Schicksal zu überlassen. Warum läßt du mich im Stich?«
Seine heisere schmerzliche Stimme erfüllte mich mit Kummer. Dennoch antwortete ich wahrheitsgemäß: »Weil du mich schon vor Jahren im Stich gelassen hast. Ich liebe dich, Bart. Ich habe dich immer geliebt, obwohl du es nicht wahrhaben willst. Chris liebt dich. Aber du weist seine Liebe zurück. Du sagst dir jeden Tag deines Lebens vor, daß dein leiblicher Vater dir ein besserer Vater gewesen wäre –, weißt aber nicht, ob das wirklich zu-

trifft. Er war seiner Frau, meiner Mutter, nicht treu – und ich war nicht sein erster Seitensprung. Ich möchte von einem Mann nicht schlecht sprechen, den ich damals sehr geliebt habe, aber er reichte nicht an Chris heran. Er hätte dir nicht so viel von sich selbst geben können.«
Die durch die Fenster fallenden Sonnenstrahlen färbten Barts Gesicht rot. Er drehte den Kopf gequält zur Seite und ballte die herabhängenden Hände zu Fäusten. »Sprich kein Wort mehr!« schrie er. »Er ist der Vater, den ich haben will, immer haben wollte! Chris hat mir nur Scham und Verlegenheit gegeben. Geht nur! Ich bin froh, daß ihr weggeht. Nehmt euren Schmutz mit und vergeßt, daß ich existiere!«

Stunden verrannen, und noch immer tauchte Chris nicht auf. Ich rief im Universitätslabor an. Seine Sekretärin sagte, er sei vor drei Stunden weggefahren. »Er müßte schon bei Ihnen eingetroffen sein, Mrs. Sheffield.«
Sofort begannen mich Gedanken an meinen Vater zu quälen. Ein Unfall auf der Autobahn. Verhielten wir uns wie meine Mutter, nur im umgekehrten Sinn, indem wir Foxworth Hall fluchtartig verließen, nicht dorthin zurückkehrten? Die Uhren tickten. Mein Herz pochte laut. Ich mußte Kinderlieder singen, damit die Zwillinge einschliefen und mir keine weiteren Fragen stellten. Kleiner Tommy Spinner, sing doch für dein Dinner . . . Wenn eine Sternschnuppe fällt, dann wünsch dir was . . . tanzen im Dunkel . . . unser Leben lang tanzen wir im Dunkel . . .
»Bitte, Mutter, hör auf, immerfort auf und ab zu gehen«, protestierte Jory. »Du strapazierst meine Nerven. Warum hast du es so eilig, Foxworth Hall zu verlassen? Sag mir, warum, bitte sag doch etwas.«
Joel und Bart betraten das Zimmer.
»Du warst nicht beim Abendessen, Mutter. Ich werde dem Koch sagen, er soll dir ein Tablett zurechtmachen.« Er warf Toni einen Blick zu. »Du kannst bleiben.«
»Nein, danke, Bart. Jory hat mich gefragt, ob ich ihn hei-

raten will.« Sie schob herausfordernd das Kinn vor. »Er liebt mich auf eine Weise, zu der du nie fähig wärst.«
Bart sah seinen Bruder enttäuscht und verletzt an. »Du kannst doch nicht heiraten. Was für einen Ehemann kannst du jetzt noch abgeben?«
»Genau den Ehemann, den ich möchte!« rief Toni, trat neben Jorys Stuhl und legte ihm die Hand leicht auf die Schulter.
»Wenn es dir um Geld geht –, er besitzt nicht einmal ein Prozent meines Vermögens.«
»Es würde mir auch nichts ausmachen, wenn er mittellos wäre«, antwortete sie stolz, ohne seinem drohenden Blick auszuweichen. »Ich liebe ihn, wie ich noch nie jemanden geliebt habe.«
»Du hast nur Mitleid mit ihm«, stellte Bart nüchtern fest.
Jory zuckte zusammen, sagte aber kein Wort. Er schien zu begreifen, daß Toni mit Bart reinen Tisch machen mußte.
»Früher habe ich ihn bemitleidet«, bekannte sie ehrlich. »Ich hielt es für jammerschade, daß ein so wunderbarer Mann mit soviel Talent behindert ist. Jetzt sehe ich ihn nicht mehr als Behinderten. Verstehst du, Bart, wir alle sind auf die eine oder andere Art behindert. Bei Jory ist es ja offensichtlich. Bei dir ist es verborgen – und du bist krank. Du bist so krank, daß ich jetzt Mitleid für dich empfinde!«
In Barts Gesicht spiegelten sich widerstreitende Gefühle. Ich blickte zufällig Joel an, der Bart anstarrte, als wolle er ihm befehlen zu schweigen.
Bart wandte sich mir zu und schrie: »Warum seid ihr alle in diesem Raum versammelt? Warum geht ihr nicht zu Bett? Es ist spät.«
»Wir warten darauf, daß Chris nach Hause kommt.«
»Auf der Autobahn hat es einen Unfall gegeben«, meldete sich Joel. »Ich hörte die Meldung im Radio. Ein Mann wurde getötet.« Es schien ihm Freude zu bereiten, daß er mir diese Nachricht mitteilen konnte.

Mein Herz schien stillzustehen –, war wieder ein Foxworth durch einen Unfall ums Leben gekommen?
Nicht Chris, nicht mein geliebter Christopher. Nein, noch nicht, noch nicht.
Aus weiter Ferne hörte ich, wie die Küchentür geöffnet und wieder geschlossen wurde. Der Koch ging wohl in seine Wohnung über der Garage, so nahm ich an – oder vielleicht war es Chris. Hoffnungsvoll wandte ich mich der Garage zu. Keine strahlend blauen Augen, kein herzliches Lächeln und keine ausgebreiteten Arme. Niemand kam durch die Tür.
Minuten vergingen, während wir einander unruhig anblickten. Mein Herz begann schmerzhaft zu pochen; es war höchste Zeit, daß er nach Hause kam.
Joel beobachtete mich und spitzte die Lippen besonders widerlich, als wüßte er mehr, als er verraten hatte. Ich wandte mich Jory zu, kniete neben seinem Stuhl nieder und ließ mich von ihm umarmen. »Ich habe Angst, Jory«, schluchzte ich. »Er sollte längst zu Hause sein. Er hat nicht einmal im Winter auf eisigen Straßen drei Stunden gebraucht.«
Niemand sprach ein Wort. Weder Jory, der mich festhielt, noch Toni, noch Bart oder Joel. Die Tatsache, daß wir alle gemeinsam warteten und warteten, erinnerte mich nur allzu lebhaft an die Party anläßlich des sechsunddreißigsten Geburtstags meines Vaters und an die beiden Polizisten, die uns mitgeteilt hatten, daß er ums Leben gekommen war.
In meiner Kehle stieg ein Schrei auf, als ich einen weißen Wagen auf unserer Privatstraße heraufkommen sah, auf dessen Dach ein rotes Blinklicht rotierte.
Die Vergangenheit kehrte wieder.
Nein! Nein! Nein! Immer wieder schrie es mein Gehirn, während sie den Unfall schilderten, von dem Arzt berichteten, der aus seinem Wagen gesprungen war, um den Verletzten und Sterbenden Hilfe zu leisten, die am Straßenrand lagen, und als er über die Straße gelaufen war,

hatte ihn ein Mann überfahren und dann Fahrerflucht begangen.
Sorgfältig, pietätvoll legten sie seine Sachen auf einen Tisch, wie sie die Habseligkeiten meines Vaters auf einen Tisch in Gladstone gelegt hatten. Diesmal starrte ich auf alle die Kleinigkeiten, die Chris für gewöhnlich in seinen Taschen verwahrte. Alles war so unwirklich, wie ein neuerlicher Alptraum, aus dem ich erwachen würde –, es war nicht mein Foto in der Brieftasche, nicht die Armbanduhr von meinem Chris und der Saphirring, den ich ihm zu Weihnachten geschenkt hatte. Nicht mein geliebter Christopher, nein, nein. Die Umgebung verschwamm, wurde undeutlich. Dunkelheit durchdrang mich, stieß mich ins Nirgends. Die Polizisten schrumpften zusammen. Jory und Bart schienen weit entfernt zu sein. Toni ragte riesig über mich empor, als sie mir auf die Füße half. »Es tut mir so leid, Cathy ... so schrecklich leid ...«
Ich glaube, sie sagte noch mehr. Aber ich entwand mich ihrem Griff und lief, lief, als wären mir alle Alpträume, die ich je in meinem Leben gehabt hatte, auf den Fersen. Ich lief immer weiter und versuchte, der Wahrheit zu entkommen, ich lief, bis ich die Kapelle erreichte, wo ich mich vor der Kanzel niederwarf und zu beten begann, wie ich noch nie in meinem Leben gebetet hatte.
»Bitte, Gott, das kannst du mir oder Chris doch nicht antun! Es gibt keinen besseren Mann auf der Welt als Chris ..., das mußt du doch wissen ...« Und dann schluchzte ich. Denn mein Vater war ein wunderbarer Mann gewesen, und das hatte auch keine Rolle gespielt. Das Schicksal wählte nicht die Ungeliebten, die Verlassenen, die Unnötigen oder Unerwünschten. Das Schicksal war eine nicht faßliche Form mit einer grausamen Hand, die aufs Geratewohl, unbekümmert und unbarmherzig zugriff.

Sie begruben den Leichnam meines geliebten Christopher nicht in der Familiengruft der Foxworth, sondern auf dem

Friedhof, in dem Paul, meine Mutter, Barts Vater und Julian unter der Erde lagen. Nicht weit entfernt befand sich Carries kleines Grab.
Ich hatte schon Auftrag erteilt, die Leiche meines Vaters aus der kalten, harten, fremden Erde in Gladstone, Pennsylvania, hierher zu überführen, damit er im Tode mit uns allen vereint sein konnte. Er würde sich darüber freuen, wenn er es wüßte.
Ich war die letzte der vier Meißener Porzellanpuppen. Nur ich. . ., und ich wollte nicht hier sein.
Die Sonne schien heiß und strahlend. Ein Tag zum Fischen, zum Schwimmen, zum Tennisspielen und zum Plaudern, und sie begruben meinen Christopher.
Ich versuchte, nicht an seine blauen Augen zu denken, die für immer geschlossen waren. Ich blickte Bart an, der mit Tränen in den Augen die Grabrede hielt. Ich hörte seine Stimme wie aus weiter, weiter Ferne, er sprach alle Worte, die er zu Chris' Lebzeiten hätte sagen sollen, da Chris sich darüber gefreut hätte, die freundlichen, liebevollen Worte zu vernehmen.
»In der Bibel steht geschrieben«, begann Bart mit seiner wohltönenden, überzeugenden Stimme, die er einsetzen konnte, wenn er es nur wollte, »daß es niemals zu spät ist, um Verzeihung zu bitten. Ich hoffe und bete, daß das wahr ist, denn ich werde diesen Mann, der hier vor mir liegt, bitten, daß seine Seele vom Himmel herabblickt und mir verzeiht, daß ich nicht der liebende, verständnisvolle Sohn war, der ich hätte sein können und sollen. Dieser Vater, den ich nie als meinen Vater akzeptiert habe, hat mir oftmals das Leben gerettet, und hier stehe ich, und mein Herz ist mit aller Schuld und Scham einer vergeudeten Kindheit und Jugend beladen, die sein Leben hätte glücklicher gestalten können.«
Sein dunkler Kopf beugte sich, so daß sein Haar und seine Tränen im Sonnenschein leuchteten. »Ich liebe dich, Christopher Sheffield Foxworth. Ich hoffe, daß du mich hörst. Ich hoffe und bete zu Gott, daß du mir verzeihst,

weil ich deiner Güte gegenüber blind gewesen bin.« Tränen strömten ihm über die Wangen. Seine Stimme wurde heiser. Die Trauergäste begannen zu weinen.
Nur ich hatte trockene Augen und ein ausgetrocknetes Herz.
»Doktor Christopher Sheffield hat seinen Familiennamen Foxworth abgelehnt«, fuhr Bart fort, als er seine Stimme wiedergefunden hatte. »Ich weiß jetzt, daß er es tun mußte. Er war bis zu seinem letzten Atemzug Arzt, der fanatisch bestrebt war, alles zu tun, was er konnte, um die Leiden seiner Mitmenschen zu lindern, während ich als sein Sohn ihm das Recht absprach, an mir Vaterstelle zu vertreten. Ich beuge meinen Kopf in Demut, in Reue und Scham, und spreche dieses Gebet. . .«
Er sprach weiter, während ich meine Ohren verschloß und meine Augen abwandte, denn ich war vor Kummer betäubt.

»War es nicht eine wunderbare Huldigung, Mam?« fragte Jory an einem trostlosen Tag. »Ich habe geweint, ich konnte nicht anders. Bart hat sich gedemütigt, Mam, und noch dazu vor dieser riesigen Menschenmenge. Ich habe ihn noch nie zuvor so zerknirscht gesehen. Das muß man zu seiner Ehre sagen.«
Seine dunkelblauen Augen flehten mich an.
»Mam, du solltest auch weinen. Es ist nicht gut für dich, daß du nur ins Leere starrst. Es ist jetzt zwei Wochen her. Du bist nicht allein. Du hast uns. Joel ist in das Kloster zurückgeflogen, um dort an dem Krebs zu sterben, an dem er angeblich leidet. Wir werden ihn nie wiedersehen. Er schrieb als seine Abschiedsworte, daß er nicht in der Erde von Foxworth Hall begraben sein will. Du hast mich, du hast Toni, Bart, Cindy und deine Enkelkinder. Wir lieben und brauchen dich. Die Zwillinge wollen wissen, warum du nicht mehr mit ihnen spielst. Kapsele dich nicht ab. Du hast dich nach jeder Tragödie wieder aufgerafft. Finde auch diesmal zu dir zurück. Komm zurück zu

uns allen –, aber komm vor allem Bart zuliebe zurück; denn wenn du dich zu Tode kränkst, wirst du auch ihn vernichten.«
Bart zuliebe blieb ich in Foxworth Hall und versuchte, mich in einer Welt zurechtzufinden, die mich eigentlich nicht mehr brauchte.

Neun Monate der Einsamkeit vergingen. Der blaue Himmel erinnerte mich jedesmal an Chris' blaue Augen. Alles, was golden glänzte, assoziierte ich mit der Farbe seiner Haare. Ich blieb auf der Straße stehen und blickte Jungen nach, die aussahen wie Chris in ihrem Alter; ich starrte junge Männer an, die mich daran erinnerten, daß er in ihrem Alter so ausgesehen hatte; ich blickte sehnsüchtig auf die Rücken von hochgewachsenen kräftigen Männern mit blondem, ergrauendem Haar und hoffte sehnsüchtig, Chris würde mir zulächeln, wenn sie sich umdrehten. Manchmal wandten sie sich mir zu, als spürten sie die glühende Sehnsucht in meinen Augen, und ich mußte enttäuscht den Blick abwenden, denn es war immer ein Fremder.
Ich streifte durch die Wälder, die Hügel, fühlte ihn neben mir, knapp außerhalb meiner Reichweite, aber noch immer neben mir.
Während ich allein weiterwanderte, nur mit Chris' Geist als Begleitung, wurde mir klar, daß unser Leben vorherbestimmt gewesen und nichts zufällig geschehen war.
Bart bemühte sich nach besten Kräften und auf alle möglichen Arten, mich zu mir finden zu lassen, und ich lächelte, zwang mich sogar zu lachen, und dadurch gab ich ihm den Frieden und das Selbstvertrauen, das er immer zu seinem Wertgefühl gebraucht hatte.
Doch wer und was war ich jetzt, da Bart zu sich selbst gefunden hatte? Das Gefühl, mein vorherbestimmtes Geschick zu kennen, nahm immer mehr zu, wenn ich oft allein in den eleganten, großartigen Räumen von Foxworth Hall saß.

Schließlich begriff ich trotz der Dunkelheit, der Qual, den anscheinend unvermeidbaren Tragödien und erschütternden Ereignissen unseres Lebens. Warum hatte kein Psychiater in Barts Jugend erkannt, daß er die erprobte und ihm adäquate Rolle im Leben zu finden suchte? Während der Qualen seiner Kindheit, seiner ganzen Jugendzeit, hatte er rücksichtslos seine Fehler ausgemerzt, sich vor dem Häßlichen zurückgezogen, das seiner Meinung nach seine Seele verunstaltete, und unverwandt an seinem Glauben festgehalten, daß das Gute schließlich über das Böse triumphiert. Und er fand, daß Chris und ich in Sünde gelebt hatten. Endlich, zu guter Letzt, hatte Bart den ihm vorbestimmten Platz im Plan einer elitären Macht gefunden. Ich mußte nur an einem beliebigen Sonntagmorgen und manchmal auch mitten in der Woche den Fernsehapparat einschalten, dann konnte ich meinen zweiten Sohn singen und predigen hören, der allgemein als der Evangelist mit der stärksten Ausstrahlung auf der Welt galt. Messerscharf bohrten sich seine Worte jedem ins Gewissen, und Millionen Dollar strömten in seinen Safe. Er verwendete das Geld, um seine Botschaft zu verbreiten.

Dann sah ich eines Sonntagmorgens überrascht, daß Cindy zu Bart auf das Podium stieg. Sie trat neben ihn und schob ihren Arm in den seinen. Bart lächelte stolz, als er ansagte: »Meine Schwester und ich widmen dieses Lied unserer Mutter. Wenn du zusiehst, Mutter, wirst du genau wissen, wieviel dieses Lied nicht nur für uns beide, sondern auch für dich bedeutet.«

Gemeinsam, als Bruder und Schwester, sangen sie mein liebstes Kirchenlied ... und ich hatte vor langer Zeit meinen Glauben verloren, denn ich fand, er wäre nichts für mich, da so viele Menschen bigott, engstirnig und grausam waren.

Doch jetzt strömten mir Tränen über die Wangen ... und ich weinte. Nach all den Monaten, seit Chris auf der Autobahn ums Leben gekommen war, vergoß ich nun all die vielen aufgestauten Tränen.

Bart hatte die letzten schlechten Erbanlagen von Malcolm ausgemerzt und nur das Gute übriggelassen.
Um ihn zu schaffen, war ein Haus zu Schutt und Asche geworden, war unsere Mutter gestorben und auch unser Vater . . . nur um den geistigen Führer hervorzubringen, der die Menschheit von der Straße zur Selbstzerstörung wegführen würde.
Als Barts TV-Sendung zu Ende war, schaltete ich ab. Es war die einzige Sendung, die ich mir regelmäßig ansah.
Nicht weit von uns entfernt wurde ein riesiges Gebäude zu Ehren meines Christopher errichtet.
Es würde »Das Krebsforschungszentrum zum Gedenken an Christopher Sheffield« heißen.
In Greenglenna, Süd-Carolina, stiftete Bart auch ein Stipendium für angehende junge Anwälte, das »Das Bartholomew Winslow Jusstipendium« hieß.
Ich wußte, daß Bart sich bemühte, das Unrecht, das er an jenem Mann getan hatte, der sich bemüht hatte, ihm den Vater zu ersetzen, durch gute Taten wettzumachen. Hundertmal versicherte ich ihm, daß Chris sich freuen, sehr freuen würde.

Toni hatte Jory geheiratet. Die Zwillinge hingen an ihr. Cindy hatte einen Filmvertrag und war ein rasch aufsteigender Star. Es kam mir merkwürdig vor, daß ich nach einem Leben der Hingabe an die Zwillinge meiner Mutter, an meine Ehemänner, meine Kinder und Enkel nicht mehr gebraucht wurde, kein eigenes Heim hatte. Nun war ich überflüssig.
»Mam!« verkündete mir Jory eines Tages, »Toni ist schwanger! Du ahnst nicht, was das für mich bedeutet. Wenn wir einen Jungen bekommen, soll er Christopher heißen. Wenn uns ein Mädchen beschert wird, taufen wir sie Catherine. Sag jetzt nicht, daß wir das nicht tun können, denn wir tun es trotzdem.«
Ich betete, daß sie einen Jungen wie meinen Christopher oder meinen Jory bekämen, und ich betete, daß Bart eines

Tages die richtige Frau finden möge, die ihn glücklich machte. Erst da wurde mir klar, daß Toni recht gehabt hatte: Er suchte eine Frau, die mir ähnlich war, aber nicht meine Schwächen, sondern nur meine Stärken hatte, und mich als lebendiges Vorbild betrachtete –, er würde sie vermutlich nie finden.
»Und ich habe zum erstenmal einen Preis in der Aquarellklasse gewonnen, Mam«, hatte Jory bei dem gleichen Gespräch erzählt, ». . . also bin ich auf dem besten Weg zu einer zweiten, erfolgreichen künstlerischen Laufbahn.«
»Genau wie dein Vater es vorausgesagt hat«, antwortete ich.

Alle diese Gedanken gingen mir im Kopf herum und machten mich glücklich, wenn ich an Jory und Toni, an Bart und Cindy dachte, während ich zu der geschwungenen Doppeltreppe ging, die mich hinaufführen würde, hinauf.
Gestern nacht hatte mich der Wind von den Bergen gerufen und mir gesagt, daß es Zeit für mich war zu gehen, und als ich aufgewacht war, hatte ich gewußt, was ich zu tun hatte.
Sobald ich mich in dem kalten, trüben Raum befand, in dem es keine Möbel, Teppiche oder Vorleger gab, sondern nur ein Puppenhaus, das nicht so wunderbar war wie das Original, öffnete ich die hohe schmale Tür und begann die steile, enge Treppe emporzusteigen.
Unterwegs zur Mansarde.
Unterwegs dorthin, wo ich meinen Christopher wiederfinden würde . . .

Epilog

Es war Trevor, der meine Mutter dort oben fand; sie saß auf der Bank des Fensters des ehemaligen Schulzimmers, das sie in den Geschichten aus ihrem Leben als Gefangene von Foxworth Hall so oft erwähnt hatte. Ihr schönes langes Haar hing offen auf ihre Schultern herab. Ihre Augen standen offen und starrten zum Himmel hinauf. Trevor berichtete mir, wie er sie gefunden hatte, und in seiner Stimme lag tiefe Trauer, während ich Toni heranwinkte, damit sie auch zuhören konnte. Wie schade, daß Bart sich auf einer Weltreise befand, denn er wäre sofort nach Hause geflogen, wenn er geahnt hätte, daß sie ihn brauchte.

Trevor fuhr in seinem Bericht fort. »Sie hatte sich seit Tagen nicht wohl gefühlt. Sie war so in sich gekehrt, als versuche sie, Sinn in ihr Leben zu bringen. In ihren Augen lag die tiefe Traurigkeit, die erschütternde Sehnsucht, die mir ins Herz schnitten. Ich machte mich auf die Suche nach ihr, und schließlich stieg ich die schmale Treppe hinauf, die zur Mansarde führt. Ich sah mich um und stellte überrascht fest, daß sie die Mansarde seit kurzem mit Papierblumen – wie in ihrer Kindheit – geschmückt hatte...«

Er machte eine Pause, während ich meine Tränen und mein Bedauern darüber unterdrückte, daß ich ihr nicht das Gefühl hatte geben können, daß sie gebraucht wurde und für uns notwendig war. Trevor fuhr mit seltsam müder Stimme fort. »Ich muß Ihnen etwas Merkwürdiges sagen. Ihre Mutter sah auf der Fensterbank so jung, so schlank und zart aus –, und auf ihrem Gesicht lag noch im Tod ein Ausdruck von großer Freude und Glück.«

Trevor erzählte mir noch weitere Einzelheiten. Als hätte meine Mutter geahnt, daß sie bald sterben würde, hatte sie Papierblumen an die Wände der Mansarde geklebt, darunter auch eine seltsam geformte orangefarbene Schnecke und einen purpurfarbenen Wurm. Sie hatte auch ein paar Zeilen auf einen Zettel geschrieben, den sie mit erstarrten Fingern festhielt.

Es gibt einen Garten im Himmel, der auf mich wartet. Ein Garten, den Chris und ich uns vor Jahren in unserer Phantasie geschaffen haben, während wir auf einem harten schwarzen Schieferdach lagen und zur Sonne und den Sternen hinaufblickten.
Er lebt dort oben und erzählt mir flüsternd im Wind, daß dort das Purpurgras wächst. Sie sind alle dort oben versammelt und erwarten mich.
Verzeiht mir also, daß ich zu müde bin, zu müde, um bei euch zu bleiben. Ich habe lange genug gelebt und kann sagen, daß mein Leben voll von Glück wie auch von Trauer gewesen ist. Obwohl manche Menschen es nicht so sehen würden. Ich liebe euch alle, jeden gleichermaßen. Ich liebe Darren und Deirdre und wünsche ihnen viel Glück im Leben, wie auch deinem zukünftigen Kind, Jory.
Die Saga von den Meißener Puppen ist zu Ende.
Ihr werdet mein letztes Manuskript in meinem Privattresor finden. Macht damit, was ihr wollt.
Es sollte so sein. Es gibt keinen anderen Ort für mich als diesen. Niemand braucht mich mehr als Chris.
Aber sagt bitte nie, daß ich mein wichtigstes Ziel nicht erreicht habe. Ich bin vielleicht nicht die Primaballerina geworden, wie ich es mir vorgenommen hatte. Auch nicht die ideale Ehefrau oder Mutter –, aber es ist mir gelungen, wenigstens einen Menschen davon zu überzeugen, daß er den richtigen Vater hatte.
Und es war nicht zu spät, Bart.
Es ist niemals zu spät.

Inhaltsübersicht

ERSTES BUCH

ZWEITES BUCH

DRITTES BUCH